外 国 文 学 名 著 丛 书

〔法〕卢梭／著

忏 悔 录

第 一 部

范希衡 等／译

"外国文学名著丛书"编委会

人民文学出版社
PEOPLE'S LITERATURE PUBLISHING HOUSE

Jean-Jacques Rousseau
LES CONFESSIONS
根据 Editions Bordas，Paris 1949 年版本译出。

图书在版编目（CIP）数据

忏悔录：全 2 册/（法）卢梭著；范希衡等译. —北京：人民文
学出版社，2019（2023.3 重印）
（外国文学名著丛书）
ISBN 978-7-02-015109-7

Ⅰ.①忏… Ⅱ.①卢…②范… Ⅲ.①自传体小说—法国—近代
Ⅳ.①I565.44

中国版本图书馆 CIP 数据核字（2019）第 045979 号

责任编辑　黄凌霞
装帧设计　刘　静
责任印制　王重艺

出版发行　**人民文学出版社**
社　　址　北京市朝内大街 166 号
邮政编码　100705

印　　刷　北京盛通印刷股份有限公司
经　　销　全国新华书店等

字　　数　564 千字
开　　本　850 毫米×1168 毫米　1/32
印　　张　26.5　插页 4
印　　数　12001—15000
版　　次　1992 年 6 月北京第 1 版
印　　次　2023 年 3 月第 4 次印刷

书　　号　978-7-02-015109-7
定　　价　99.00 元（全两册）

如有印装质量问题，请与本社图书销售中心调换。电话：010-65233595

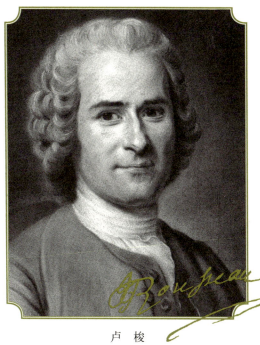

卢　梭

出 版 说 明

　　人民文学出版社自一九五一年成立起,就承担起向中国读者介绍优秀外国文学作品的重任。一九五八年,中宣部指示中国科学院文学研究所筹组编委会,组织朱光潜、冯至、戈宝权、叶水夫等三十余位外国文学权威专家,编选三套丛书——"马克思主义文艺理论丛书""外国古典文艺理论丛书""外国古典文学名著丛书"。

　　人民文学出版社与中国科学院文学研究所,根据"一流的原著、一流的译本、一流的译者"的原则进行翻译和出版工作。一九六四年,中国社会科学院外国文学研究所成立,是中国外国文学的最高研究机构。一九七八年,"外国古典文学名著丛书"更名为"外国文学名著丛书",至二〇〇〇年完成。这是新中国第一套系统介绍外国文学作品的大型丛书,是外国文学名著翻译的奠基性工程,其作品之多、质量之精、跨度之大,至今仍是中国外国文学出版史上之最,体现了中国外国文学研究界、翻译界和出版界的最高水平。

　　历经半个多世纪,"外国文学名著丛书"在中国读者中依然以系统性、权威性与普及性著称,但由于时代久远,许多图书在市场上已难见踪影,甚至成为收藏对象,稀缺品种更是一书难求。在中国读者阅读力持续增强的二十一世纪,在世界文明交流互鉴空前频繁的新时代,为满足人民日益增长的美好生活的需要，人民文学出版社决定再度与中国社会科学院外国文学研究所合作，以"网罗经典，格高意远，本色传承"为出发点，优中选优，推陈出新，出版新版"外国文学名著丛书"。

值此新版"外国文学名著丛书"面世之际，人民文学出版社与中国社会科学院外国文学研究所谨向为本丛书做出卓越贡献的翻译家们和热爱外国文学名著的广大读者致以崇高敬意！

"外国文学名著丛书"编委会
二〇一九年三月

编 委 会 名 单

（以姓氏笔画为序）

1958—1966

卞之琳	戈宝权	叶水夫	包文棣	冯　至	田德望
朱光潜	孙家晋	孙绳武	陈占元	杨季康	杨周翰
杨宪益	李健吾	罗大冈	金克木	郑效洵	季羡林
闻家驷	钱学熙	钱锺书	楼适夷	蒯斯曛	蔡　仪

1978—2001

卞之琳	巴　金	戈宝权	叶水夫	包文棣	卢永福
冯　至	田德望	叶麟鎏	朱光潜	朱　虹	孙家晋
孙绳武	陈占元	张　羽	陈冰夷	杨季康	杨周翰
杨宪益	李健吾	陈　燊	罗大冈	金克木	郑效洵
季羡林	姚　见	骆兆添	闻家驷	赵家璧	秦顺新
钱锺书	绿　原	蒋　路	董衡巽	楼适夷	蒯斯曛
蔡　仪					

2019—

王焕生	刘文飞	任吉生	刘　建	许金龙	李永平
陈众议	肖丽媛	吴岳添	陆建德	赵白生	高　兴
秦顺新	聂震宁	臧永清			

目　次

附　录

译 本 序

在历史上多得难以数计的自传作品中,真正有文学价值的显然并不多,而成为文学名著的则更少。至于以其思想、艺术和风格上的重要意义而奠定了撰写者的文学地位——不是一个普通的文学席位,而是长久地受人景仰的崇高地位的,也许只有《忏悔录》了。卢梭这个不论在社会政治思想上,在文学内容、风格和情调上都开辟了一个新的时代的人物,主要就是通过这部自传推动和启发了十九世纪的法国文学,使它——用当时很有权威的一位批评家的话来说——"获得最大的进步""自巴斯喀以来最大的革命",这位批评家谦虚地承认:"我们十九世纪的人就是从这次革命里出来的"。①

写自传总是在晚年,一般都是在功成名就、忧患已成过去的时候,然而对于卢梭来说,他这写自传的晚年是怎样的一个晚年啊!

一七六二年,他五十岁,刊印他的著作的书商,阿姆斯特丹的马尔克-米谢尔·雷伊,建议他写一部自传。毫无疑问,

① 圣-勃夫:《让-雅克·卢梭的〈忏悔录〉》,《月曜日丛谈》第3卷,第78页,巴黎 Garnier Frères 版。

像他这样一个平民出身、走过了漫长的坎坷的道路、通过自学和个人奋斗居然成为知识界的巨子、名声传遍整个法国的人物，的确最宜于写自传作品了，何况在他的生活经历中还充满了五光十色和戏剧性。但卢梭并没有接受这个建议，显然是因为自传将会牵涉到一些当时的人和事，而卢梭是不愿意这样做的。情况到《爱弥儿》出版后有了变化，大理院下令焚烧这部触怒了封建统治阶级的作品，并要逮捕作者，从此，他被当作"疯子""野蛮人"而遭到紧追不舍的迫害，开始了逃亡的生活。他逃到瑞士，瑞士当局也下令烧他的书，他逃到普鲁士的属地莫蒂埃，教会发表文告宣布他是上帝的敌人，他没法继续待下去，又流亡到圣彼得岛。对他来说，官方的判决和教会的谴责已经是够严酷的了，更沉重的一击又接踵而来：一七六五年出现了一本题名为《公民们的感情》的小册子，对卢梭的个人生活和人品进行了攻击，令人痛心的是，这一攻击并不是来自敌人的营垒，而显然是友军之所为。卢梭眼见自己有被抹得漆黑、成为一个千古罪人的危险，迫切感到有为自己辩护的必要，于是在这一年，当他流亡在莫蒂埃的时候，他怀着悲愤的心情开始写他的自传。

整个自传是在颠沛流离的逃亡生活中断断续续完成的。在莫蒂埃和圣皮埃尔岛时，他仅仅写了第一章，逃到英国的伍顿后，他完成了第一章到第五章前半部分，第五章到第六章则是他回到法国后，一七六七年住在特利堡时完成的，这就是《忏悔录》的第一部。经过两年的中断，他于一七六九年又开始写自传的第七章至第十二章，即《忏悔录》的第二部，其中大部分是他逃避在外省的期间写出来的，只有末尾一章完成于他回到了巴黎之后，最后"竣工"的日期是一七七○年十一月。此后,他在孤独和不幸中活了将近八年,继续写了自传的续篇《一个孤独的散步者的遐想》(又译《漫步遐想录》)。

《忏悔录》就是卢梭悲惨的晚年的产物,如果要举出他那些不幸岁月中最重要的,甚至是唯一的内容,那就是这一部掺和着辛酸的书了。这样一部在残酷迫害下写成的自传,一部在四面受敌的情况下为自己的存在辩护的自传,怎么会不充满一种逼人的悲愤?它那著名的开篇,一下子就显出了这种悲愤所具有的震撼人心的力量。卢梭面对着种种谴责和污蔑、中伤和曲解,自信他比那些迫害和攻击他的大人先生、正人君子们来得高尚纯洁、诚实自然,一开始就向自己的时代社会提出了勇敢的挑战:"不管末日审判的号角什么时候吹响,我都敢拿着这本书到至高无上的审判者面前,果敢地大声说:'请看! 这就是我所做过的,这就是我所想过的,我当时就是那样的人……请您把那无数的众生叫到我跟前来! 让他们听听我的忏悔……然后,让他们每一个人在您的宝座前面,同样真诚地披露自己的心灵,看看有谁敢于对您说:"我比这个人好!"'"①

这定下了全书的论辩和对抗的基调。在这对抗的基调后面,显然有着一种激烈的冲突,即卢梭与社会的冲突,这种冲突绝不是产生于偶然的事件和纠葛,而是有着深刻的社会阶级根由的。

卢梭这个钟表匠的儿子,从民主政体的日内瓦走到封建专制主义之都巴黎,从下层人民中走进了法兰西思想界,像他

① 卢梭:《忏悔录》(第一部),第4页。

3

这样一个身上带着尘土、经常衣食无着的流浪汉,和整个贵族上流社会当然是两个不同的世界,即使和同一营垒的其他启蒙思想家孟德斯鸠、伏尔泰、狄德罗也有很大的不同。孟德斯鸠作为一个拥有自己的庄园、同时经营工商业的穿袍贵族,一生过着安逸的生活;伏尔泰本人就是一个大资产者,家有万贯之财,一直是在社会上层活动;狄德罗也是出身于富裕的家庭,他虽然也过过清贫的日子,毕竟没有卢梭那种直接来自社会底层的经历。卢梭当过学徒、仆人、伙计、随从,像乞丐一样进过收容所,只是在经过长期勤奋的自学和个人奋斗之后,才逐渐脱掉听差的号衣,成了音乐教师、秘书、职业作家。这就使他有条件把这个阶层的情绪、愿望和精神带进十八世纪的文学。他第一篇引起全法兰西瞩目的论文《论科学与艺术》(1750)中那种对封建文明一笔否定的勇气,那种敢于反对"人人尊敬的事物"的战斗精神和傲视传统观念的叛逆态度,不正反映了社会下层那种激烈的情绪?奠定了他在整个欧洲思想史上崇高地位的《论人类不平等的起源和基础》(1755)和《民约论》(1762)对社会不平等和奴役的批判,对平等、自由的歌颂,对"主权在民"原则的宣传,不正体现了十八世纪平民阶层在政治上的要求和理想?他那使得"洛阳纸贵"的小说《新爱洛伊丝》又通过一个爱情悲剧为优秀的平民人物争基本人权,而带给他悲惨命运的《爱弥儿》则把平民劳动者当作人的理想。因此,当卢梭登上了十八世纪思想文化的历史舞台的时候,他也就填补了那个在历史上长期空着的平民思想家的席位。

但卢梭所生活的时代社会,对一个平民思想家来说,是完全敌对的。从他开始发表第一篇论文的五十年代到他完成

《忏悔录》的七十年代，正是法国封建专制主义最后挣扎的时期，他逝世后十一年就爆发了资产阶级革命。这个时期，有几百年历史的封建主义统治已经到了山穷水尽的境地。长期以来，封建生产关系所固有的矛盾、沉重的封建压榨已经使得民不聊生，农业生产低落；对新教徒的宗教迫害驱使大量熟练工匠外流，导致了工商业的凋敝；路易十四晚年一连串对外战争和宫廷生活的奢侈浪费又使国库空虚；路易十五醉生梦死的荒淫更把封建国家推到了全面破产的边缘，以致到路易十六的时候，某些改良主义的尝试也无法挽救必然毁灭的命运了。这最后的年代是腐朽、疯狂的年代，封建贵族统治阶级愈是即将灭顶，愈是顽固地要维护自己的特权和统治。杜尔果当上财政总监后，提出了一些旨在挽救危机的改良主义措施，因而触犯了贵族特权阶级的利益，很快就被赶下了台。他的继任者内克仅仅把宫廷庞大的开支公之于众，触怒了宫廷权贵，也遭到免职。既然自上而下的旨在维护封建统治根本利益的改良主义也不为特权阶级所容许，那么，自下而上的反对和对抗当然更要受到镇压。封建专制主义的鼎盛虽然已经一去不复返，但专制主义的淫威这时并不稍减。伏尔泰和狄德罗都进过监狱，受过迫害。这是十八世纪思想家的命运和标志。等待着思想家卢梭的，就正是这种社会的和阶级的必然性，何况这个来自民间的人物，思想更为激烈，态度更为孤傲：他居然拒绝国王的接见和赐给年金；他竟然表示厌恶巴黎的繁华和上流社会的奢侈；他还胆敢对"高贵的等级"进行如此激烈的指责："贵族，这在一个国家里只不过是有害而无用的特权，你们如此夸耀的贵族头衔有什么可令人尊敬的？你们贵族阶级对祖国的光荣、人类的幸福有什么贡献！你们是法律和自由的死敌,凡是在贵族阶级显赫不可一世的国家,除了专制的暴力和对人民的压迫以外还有什么?"①

《忏悔录》就是这样一个激进的平民思想家与反动统治激烈冲突的结果。它是一个平民知识分子在封建专制压迫面前维护自己不仅是作为一个人,更重要的是作为一个普通人的人权和尊严的作品,是对统治阶级迫害和污蔑的反击。它首先使我们感到可贵的是,其中充满了平民的自信、自重和骄傲,总之,一种高昂的平民精神。

由于作者的经历,他有条件在这部自传里展示一个平民的世界,使我们看到十八世纪的女仆、听差、农民、小店主、下层知识分子以及卢梭自己的平民家族:钟表匠、技师、小资产阶级妇女。把这样多的平民形象带进十八世纪文学,在卢梭之前只有勒萨日。但勒萨日在《吉尔·布拉斯》中往往只是把这些人物当作不断蔓延的故事情节的一部分,限于描写他们的外部形象。卢梭在《忏悔录》中则完全不同,他所注重的是这些平民人物的思想感情、品质、人格和性格特点,虽然《忏悔录》对这些人物的形貌的描写是很不充分的,但却足以使读者了解十八世纪这个阶层的精神状况、道德水平、爱好与兴趣、愿望与追求。在这里,卢梭致力于发掘平民的精神境界中一切有价值的东西:自然淳朴的人性、值得赞美的道德情操、出色的聪明才智和健康的生活趣味等等。他把他平民家庭中那亲切宁静的柔情描写得多么动人啊,使它在那冰冷无

---

① 卢梭:《新爱洛伊丝》第 1 卷,第 62 封信,《卢梭作品集》第 6 卷,第 209 页,巴黎 Armand Aubrée 版。

情的社会大海的背景上，像是一个始终召唤着他的温情之岛。他笔下的农民都是一些朴实的形象，特别是那个冒着被税吏发现后就会被逼得破产的拿出丰盛食物款待他的农民，表现了多么高贵的慷慨；他遇到的那个小店主是那么忠厚和富有同情心，竟允许一个素不相识的流浪者在他店里骗吃了一顿饭；他亲密的伙伴、华伦夫人的男仆阿奈不仅人格高尚，而且有广博的学识和出色的才干；此外，还有"善良的小伙子"平民乐师勒·麦特尔、他的少年流浪汉朋友"聪明的巴克勒"、可怜的女仆"和善、聪明和绝对诚实的"玛丽永，他们在那恶浊的社会环境里也都发散出了清新的气息，使卢梭对他们一直保持着美好的记忆。另一方面，卢梭又以不加掩饰的厌恶和鄙视追述了他所遇见的统治阶级和上流社会中的各种人物："羹匙"贵族的后裔德·彭维尔先生"不是个有德的人"；首席法官西蒙先生是"一个不断向贵妇们献殷勤的小猴子"；教会人物几乎都有"伪善或厚颜无耻的丑态"，其中还有不少淫邪的色情狂；贵妇人的习气是轻浮和寡廉鲜耻，有的"名声很坏"；至于巴黎的权贵，无不道德沦丧、性情刁钻、伪善阴险。在卢梭的眼里，平民的世界远比上流社会来得高尚、优越。早在第一篇论文中，他就进行过这样的对比："只有在庄稼人的粗布衣服下面，而不是在廷臣的绣金衣服下面，才能发现有力的身躯。装饰与德行是格格不入的，因为德行是灵魂的力量。"①这种对"布衣"的崇尚，对权贵的贬责，在《忏悔录》里又有了再一次的发挥，他这样总结说："为什么我年轻的时候遇到了这样多的好人，到我年纪大了的时候，好人就那

①　卢梭：《论科学与艺术》。

样少了呢？是好人绝种了吗？不是的，这是由于我今天需要找好人的社会阶层已经不再是我当年遇到好人的那个社会阶层了。在一般平民中间，虽然只偶尔流露热情，但自然情感却是随时可以见到的。在上流社会中，则连这种自然情感也完全窒息了。他们在情感的幌子下，只受利益或虚荣心的支配。"①卢梭自传中强烈的平民精神，使他在文学史上获得了他所独有的特色，法国人自己说得好："没有一个作家像卢梭这样善于把穷人表现得卓越不凡。"②

当然，《忏悔录》中那种平民的自信和骄傲，主要还是表现在卢梭对自我形象的描绘上。尽管卢梭受到了种种责难和攻击，但他深信在自己的"布衣"之下，比"廷臣的绣金衣服"下面更有"灵魂"和"力量"。在我们看来，实际上也的确如此。他在那个充满了虚荣的社会里，敢于公开表示自己对于下层、对于平民的深情，不以自己"低贱"的出身、不以他过去的贫寒困顿为耻，而宣布那是他的幸福年代，他把淳朴自然视为自己贫贱生活中最可宝贵的财富，他骄傲地展示自己生活中那些为高贵者的生活所不具有的健康的、闪光的东西以及他在贫贱生活中所获得、所保持着的那种精神上、节操上的丰采。

他告诉读者，他从自己那充满真挚温情的平民家庭中获得了"一颗多情的心"，虽然他把这视为"一生不幸的根源"，但一直以他"温柔多情"、具有真情实感而自豪；他又从"淳朴

① 卢梭：《忏悔录》(第一部)，第 176 页。
② 圣-勃夫：《月曜日丛谈》第 3 卷，第 80 页，巴黎 Garnier Frères 版。

的农村生活"中得到了"不可估量的好处","心里豁然开朗，懂得了友情"，虽然他后来也做过不够朋友的事，但更多的时候是在友情与功利之间选择了前者，甚至为了和流浪少年巴克勒的友谊而高唱着"再见吧，都城！再见吧，宫廷、野心、虚荣心！再见吧，爱情和美人"，离开了为他提供"飞黄腾达"的机遇的古丰伯爵。

他过着贫穷的生活，却有自己丰富的精神世界。他很早就对读书"有一种罕有的兴趣"，即使是在当学徒的时候，也甘冒受惩罚的危险而坚持读书，甚至为了得到书籍而当掉了自己的衬衫和领带。他博览群书，从古希腊罗马的经典著作一直到当代的启蒙论著，从文学、历史一直到自然科学读物，长期的读书生活唤起了他"更高尚的感情"，形成了他高出于上层阶级的精神境界。

他热爱知识，有着令人敬佩的好学精神，他学习勤奋刻苦，表现出"难以置信的毅力"。在流浪中，他坚持不懈；疾病缠身时，他也没有中断；"死亡的逼近不但没有削弱我研究学问的兴趣，似乎反而更使我兴致勃勃地研究起学问来"。他为获得更多的知识，总是最大限度地利用他的时间，劳动的时候背诵，散步的时候构思。经过长期的努力，他在数学、天文学、历史、地理、哲学和音乐等各个领域积累了广博的学识，为自己创造了作为一个思想家、一个文化巨人所必须具备的条件。他富有进取精神，学会了音乐基本理论，又进一步尝试作曲，读了伏尔泰的作品，又产生了"要学会用优雅的风格写文章的愿望"；他这样艰苦地攀登，终于达到当代文化的高峰。

他生活在充满虚荣和奢侈的社会环境中，却保持了清高的态度，把贫富置之度外，"在我的一生中，从没有过因为考虑贫富问题而令我心花怒放或忧心忡忡的时候。"他比那些庸人高出许多倍，不爱慕荣华富贵，不追求显赫闻达，"在我那一生难忘的坎坷不平和变化无常的遭遇中"，也"始终不变"。巴黎"一切真正富丽堂皇的情景"使他反感，他成名之后，也"不愿意在这个都市长久居住下去"，他之所以在这里居住了一个时期，"只不过是利用我的逗留来寻求怎样能够远离此地而生活下去的手段而已。"他在恶浊的社会环境中，虽不能完全做到出淤泥而不染，但在关键的时刻，在重大的问题上，却难能可贵地表现出高尚的节操。他因为自己"人格高尚，决不想用卑鄙手段去发财"，而抛掉了当讼棍的前程，宫廷演出他的歌舞剧《乡村卜师》时邀他出席，他故意不修边幅以示怠慢，显出"布衣"的本色，国王要接见并赐给他年金，他为了洁身自好，保持人格独立而不去接受。

他处于反动黑暗的封建统治之下，却具有"倔强豪迈以及不肯受束缚受奴役的性格"，敢于"在巴黎成为专制君主政体的反对者和坚定的共和派"。他眼见"不幸的人民遭受痛苦"，"对压迫他们的人"又充满了"不可遏制的痛恨"，他鼓吹自由，反对奴役，宣称"无论在什么事情上，约束、屈从都是我不能忍受的"。他虽然反对法国的封建专制，并且在这个国家里受到了"政府、法官、作家联合在一起的疯狂攻击"，但他对法兰西的历史文化始终怀着深厚的感情，对法兰西民族寄予了坚强的信念，深信"有一天他们会把我从苦恼的羁绊中解救出来"。

十八世纪贵族社会是一片淫靡之风，卢梭与那种寡廉鲜耻、耽于肉欲的享乐生活划清了界线。他把妇女当作一种美来加以赞赏，当作一种施以温情的对象，而不是玩弄和占有的对象。他对爱情也表示了全新的理解,他崇尚男女之间真诚深挚的情感,特别重视感情的高尚和纯洁,认为彼此之间的关系应该是这样的:"它不是基于情欲、性别、年龄、容貌,而是基于人之所以为人的那一切,除非死亡,就绝不能丧失的那一切",也就是说,应该包含着人类一切美好高尚的东西。他在生活中追求的是一种深挚、持久、超乎功利和肉欲的柔情,有时甚至近乎天真无邪、纯洁透明,他恋爱的时候,感情丰富而热烈,同时又对对方保持着爱护、尊重和体贴。他与华伦夫人长期过着一种纯净的爱情生活,那种诚挚的性质在十八世纪的社会生活中是很难见到的。他与葛莱芬丽小姐和加蕾小姐的一段邂逅,是多么充满稚气而又散发出迷人的青春的气息!他与巴西勒太太之间的一段感情又是那样温馨而又洁净无瑕!他与年轻姑娘麦尔赛莱一道作了长途旅行,始终"坐怀不乱"。他有时也成为情欲的奴隶而逢场作戏,但不久就出于道德感而抛弃了这种游戏。

他与封建贵族阶级对奢侈豪华、繁文缛节的爱好完全相反,保持着健康的、美好的生活趣味。他热爱音乐,喜欢唱歌,抄乐谱既是他谋生的手段,也是他寄托精神之所在,举办音乐会,更是他生活中的乐趣。他对优美的曲调是那么动心,童年时听到的曲调清新的民间歌谣一直使他悠然神往,当他已经是一个"饱受焦虑和苦痛折磨"的老人,有时还"用颤巍巍的破嗓音哼着这些小调",怎么也不能一气唱到底"而不被自己的眼泪打断"。他对绘画也有热烈的兴趣,"可以在画笔和铅笔中间一连待上几个月不出门"。他还喜欢喂鸽养蜂,和这些有益的动物亲切地相处,喜欢在葡萄熟了的时候到田园里去分享农人收获的愉快。他是法国文学中最早对大自然表示深沉热爱的作家。他到一处住下,就关心窗外是否有"一片田野的绿色";逢到景色美丽的黎明,就赶快跑到野外去观看日出。他为了到洛桑去欣赏美丽的湖水,不惜绕道而行,即使旅费短缺。他也是最善于感受大自然之美的鉴赏家,优美的夜景就足以使他忘掉餐风宿露的困苦了。他是文学中徒步旅行的发明者,喜欢"在天朗气清的日子里,不慌不忙地在景色宜人的地方信步而行",在这种旅行中享受着"田野的风光,接连不断的秀丽景色,清新的空气,由于步行而带来的良好食欲和饱满精神……"

《忏悔录》就这样呈现出一个淳朴自然、丰富多彩、朝气蓬勃的平民形象。正因为这个平民本身是一个代表人物,构成了十八世纪思想文化领域里一个重大的社会现象,所以《忏悔录》无疑是十八世纪历史中极为重要的思想材料。它使后人看到了一个思想家的成长、发展和内心世界,看到一个站在正面指导时代潮流的历史人物所具有的强有力的方面和他精神上、道德上所发出的某种诗意的光辉。这种力量和光辉最终当然来自这个形象所代表的下层人民和他所体现的历史前进的方向。总之,是政治上、思想上、道德上的反封建性质决定了《忏悔录》和其中卢梭自我形象的积极意义,决定了它们在思想发展史上、文学史上的重要价值。

假如卢梭对自我形象的描述仅止于以上这些,后人对他也可以满足了,无权提出更多的要求。它们作为十八世纪反封建的思想材料不是已经相当够了吗?不是已经具有社会阶级的意义并足以与蒙田在《随感集》中对自己的描写具有同等的价值吗?但是,卢梭做得比这更多,走得更远,他远远超过了蒙田,他的《忏悔录》有着更为复杂得多的内容。

卢梭在《忏悔录》的另一个稿本中,曾经批评了过去写自传的人"总是要把自己乔装打扮一番,名为自述,实为自赞,把自己写成他所希望的那样,而不是他实际上的那样"①。十六世纪的大散文家蒙田在《随感集》中不就是这样吗?虽然也讲了自己的缺点,却把它们写得相当可爱。卢梭对蒙田颇不以为然,他针锋相对地提出了一个哲理性的警句:"没有可憎的缺点的人是没有的。"②这既是他对人的一种看法,也是他对自己的一种认识。认识这一点并不太困难,但要公开承认自己也是"有可憎的缺点",特别是敢于把这种"可憎的缺点"披露出来,却需要极大的勇气。人贵有自知之明、严于解剖自己,至今不仍是一种令人敬佩的美德吗?显然,在卢梭之前,文学史上还没有出现过这样一个有勇气的作家,于是,卢梭以藐视前人的自豪,在《忏悔录》的第一段就这样宣布:"我现在要做一项既无先例、将来也不会有人仿效的艰巨工作。我要把一个人的真实面目赤裸裸地揭露在世人面前。这个人就是我。"③

卢梭实践了他自己的这一诺言,他在《忏悔录》中的确以真诚坦率的态度讲述了他自己的全部生活和思想感情、性格人品的各个方面,"既没有隐瞒丝毫坏事,也没有增添任何好事……当时我是卑鄙龌龊的,就写我的卑鄙龌龊;当时我是善

① 一八五〇年十月,《瑞士杂志》发表了《忏悔录》另一段开头,这是卢梭从自己的初稿中删去的。该稿本当时藏于讷沙泰尔图书馆。
② 圣-勃夫:《月曜日丛谈》第3卷,第81页,巴黎 Garnier Frères 版。
③ 卢梭:《忏悔录》(第一部),第3页。

良忠厚、道德高尚的,就写我的善良忠厚和道德高尚。"①他大胆地把自己不能见人的隐私公之于众,他承认自己在这种或那种情况下产生过一些卑劣的念头,甚至有过下流的行径。他说过谎,行过骗,调戏过妇女,偷过东西,甚至有偷窃的习惯。他以沉重的心情忏悔自己在一次偷窃后把罪过转嫁到女仆玛丽永的头上,造成了她的不幸,忏悔自己在关键时刻卑劣地抛弃了最需要他的朋友勒·麦特尔,忏悔自己为了混一口饭吃而背叛了自己的新教信仰,改奉了天主教。应该承认,《忏悔录》的坦率和真诚达到了令人难于想象的程度,这使它成了文学史上的一部奇书。在这里,作者的自我形象并不只是发射出理想的光辉,也不只是裹在意识形态的诗意里,而是呈现出了惊人的真实。在他身上,既有崇高优美,也有卑劣丑恶,既有坚强和力量,也有软弱和怯懦,既有朴实真诚,也有弄虚作假,既有精神和道德的美,也有某种市井无赖的习气。总之,这不是为了要享受历史的光荣而绘制出来的涂满了油彩的画像,而是一个活生生的复杂的个人。这个自我形象的复杂性就是《忏悔录》的复杂性,同时也是《忏悔录》另具一种价值的原因。这种价值不仅在于它写出了惊人的人性的真实,是历史上第一部这样真实的自传,提供了非常宝贵的、用卢梭自己的话来说,"可以作为关于人的研究——这门学问无疑尚有待于创建——的第一份参考材料;"②而且它的价值还在于,作者之所以这样做,是有着深刻的思想动机和哲理作为指导的。

---

① 卢梭:《忏悔录》(第一部),第3页。
② 卢梭:《忏悔录》(第一部),前言。

卢梭追求绝对的真实,把自己的缺点和过错完全暴露出来,最直接的动机和意图,显然是要阐述他那著名的哲理:人性本善,但罪恶的社会环境却使人变坏。他现身说法,讲述自己"本性善良",家庭环境充满柔情,古代历史人物又给了他崇高的思想,"我本来可以听从自己的性格,在我的宗教、我的故乡、我的家庭、我的朋友间,在我所喜爱的工作中,在称心如意的交际中,平平静静、安安逸逸地度过自己的一生。我将会成为善良的基督教徒、善良的公民、善良的家长、善良的朋友、善良的劳动者,"①但社会环境的恶浊,人与人之间关系的不平等,却使他也受到了沾染,以致在这写自传的晚年还有那么多揪心的悔恨。他特别指出了社会不平等的危害,在这里,他又一次表现了他在《论人类不平等的起源和基础》中的思想,把社会生活中的不平等视为正常人性的对立面,并力图通过他自己的经历,揭示出这种不平等对人性的摧残和歪曲。他是如何"从崇高的英雄主义堕落为卑鄙的市井无赖"呢?正是他所遇到的不平等、不公正的待遇,正是"强者"的"暴虐专横","摧残了我那温柔多情、天真活泼的性格",并"使我染上了自己痛恨的一些恶习,诸如撒谎、怠惰、偷窃等等"。以偷窃而言,它就是社会不平等在卢梭身上造成的恶果。卢梭提出一个问题:如果人是处于一种"平等、无忧无虑的状态"中,"所希望的又可以得到满足的话",那么又怎么会有偷窃呢?既然"作恶的强者逍遥法外,无辜的弱者遭殃,普天下皆是如此",那么怎么能够制止偷窃的罪行呢?对弱者的惩罚

①　卢梭:《忏悔录》(第一部),第49页。

不仅无济于事，反而更激起反抗，卢梭在自己小偷小摸被发现后经常挨打，"渐渐对挨打也就满不在乎了"，甚至"觉得这是抵消偷窃罪行的一种方式，我倒有了继续偷窃的权利……我心里想，既然按小偷来治我，那就等于认可我做小偷"。卢梭在通过自己的经历来分析不平等的弊害时，又用同样的方法来揭示金钱的腐蚀作用，他告诉读者："我不但从来不像世人那样看重金钱，甚至也从来不曾把金钱看作多么方便的东西"，而认定金钱是烦恼的根源。然而，金钱的作用却又使他不得不把金钱看作"是保持自由的一种工具"，使他"害怕囊空如洗"，这就在他身上造成了这样一种矛盾的习性："对金钱的极端吝惜与无比鄙视兼而有之"。因此，他也曾"偷过七个利勿尔零十个苏"，并且在钱财方面不时起过一些卑劣的念头，如眼见华伦夫人挥霍浪费、有破产的危险，他就想偷偷摸摸建立起自己的"小金库"，但一看无济于事，就改变做法，"好像一只从屠宰场出来的狗，既然保不住那块肉，就不如叼走我自己的那一份。"从这些叙述里，除了可以看到典型卢梭式的严酷无情的自我剖析外，就是非常出色的关于社会环境与人性恶的互相关系的辩证法的思想了。在这里，自我批评和忏悔导向了对社会的谴责和控诉，对人性恶的挖掘转化成了严肃的社会批判。正因为这种批判是结合着卢梭自己痛切的经验和体会，所以也就更为深刻有力，它与卢梭在《论人类不平等的起源和基础》中对于财产不平等、社会政治不平等的批判完全一脉相承，这一部论著以其杰出的思想曾被恩格斯誉为"辩证法的杰作"。

卢梭用坦率的风格写自传，不回避他身上的人性恶，更为根本的原因还在于他的思想体系。他显然并不把袒露自己，包括袒露自己的缺点过错视为一种苦刑，倒是为深信这是一个创举而自诩。在他看来，人具有自己的本性，人的本性中包括了人的一切自然的要求，如对自由的向往、对异性的追求、对精美物品的爱好，等等。正如他把初民的原始淳朴的状态当作人类美好的黄金时代一样，他又把人身上一切原始的本能的要求当作了正常的、自然的东西全盘加以肯定。甚至在他眼里，这些自然的要求要比那些经过矫饰的文明化的习性更为正常合理。在卢梭的哲学里，既然人在精美的物品面前不可能无动于衷，不，更应该有一种鉴赏家的热情，那么，出于这种不寻常的热情，要"自由支配那些小东西"，又算得了什么过错呢？因此，他在《忏悔录》中几乎是用与"忏悔"绝缘的平静的坦然的语调告诉读者："直到现在，我有时还偷一点儿我所心爱的小玩意儿"，完全无视从私有制产生以来就成为道德箴言的"勿偷窃"这个原则，这是他思想体系中的一条线索。另一条线索是：他与天主教神学相反，不是把人看作是受神奴役的对象，而是把人看成是自主的个体，人自主行动的动力则是感情，他把感情提到了一个重要的地位，认为"先有感觉后有思考"是"人类共同的命运"。因此，感情的真挚流露、感情用事和感情放任，在他看来就是人类本性纯朴自然的表现了。请看，他是如何深情地回忆他童年时和父亲一道，那么"兴致勃勃地"阅读小说，通宵达旦，直到第二天清晨听到了燕子的呢喃，他是多么欣赏他父亲这种"孩子气"啊！这一类感情的自然流露和放任不羁，就是卢梭哲学体系中的个性自由和个性解放。卢梭无疑是十八世纪中把个性解放的号角吹得最响的一个思想家，他提倡绝对的个性自由，反对宗教信条和封建道德法规的束缚，他傲视一切地宣称，那个时代的习俗、礼教和偏见都不值一顾，并把自己描绘成这样一个典型，宣扬他以个人为中心、以个人的感情、兴趣、意志为出发点、一任兴之所至的人生态度。这些就是他在《忏悔录》中的思想的核心，这也是他在自传中力求忠于自己、不装假、披露一切的根本原因。而由于所有这一切，他的这部自传自然也就成为一部最活生生的个性解放的宣言书了。

卢梭虽然出身于社会的下层，但在当时的历史条件下，他的思想体系不可能超出资产阶级的范围，他在《忏悔录》中所表现的思想，其阶级性质是我们所熟悉的，它就是和当时封建思想体系相对立的资产阶级人道主义的思想。一切以时间、地点、条件为转移。这种思想在历史发展过程中、在当时十八世纪，显然具有非常革命的意义。它以宗教世界观为对立面，主张以人为本，反对神学对人的精神统治，它从人这个本体出发，把自由、平等视为人的自然本性，反对封建的奴役和压榨，在整个资产阶级反封建的历史时期里，起着启迪人们的思想、摧毁封建主义的意识形态、为历史的发展开辟道路的作用。然而，这种思想体系毕竟是一个剥削阶级代替另一个剥削阶级、一种私有制代替另一种私有制的历史阶段的产物，带有历史的和阶级的局限性。因而，我们在《忏悔录》中可以看到，卢梭在与宗教的"神道"对立、竭力推崇自己身上的"人性"、肯定自己作为人的自然要求的同时，又把自己的某些资产阶级性当作正当的"人性"加以肯定；他在反对宗教对人的精神奴役、肯定自我活动的独立自主性和感情的推动作用的同时，又把自己一些低劣的冲动和趣味美化为符合"人性"的东西。他所提倡的个性自由显然太至高无上了，充满了浓厚的个人主义的味道；他重视和推崇人的感情，显然又走向了极端，而成为了感情放纵。总之,这里的一切既表现了反封建反宗教的积极意义,又暴露了资产阶级意识形态的本质。

卢梭并不是最先提出资产阶级人道主义思想的思想家,在这个思想体系发展的过程中,他只是一个环节。早在文艺复兴时代,处于萌芽阶段的资本主义关系就为这种意识形态的产生提供了土壤,这种思想体系的主要方面和主要原则,从那时起,就逐渐在历史的过程中被一系列思想家、文学家充实完备起来了。虽然卢梭只是其中的一个阶段,却无疑标志着一个新的阶段。他的新贡献在于,他把资产阶级人道主义的基本原则进一步具体化为自由、平等的社会政治要求,为推翻已经过时的封建主义的统治的斗争,提供了最响亮、最打动人心的思想口号。他还较多地反映了平民阶级、也就是第三等级中较下层的群众的要求,提出了"社会契约"的学说,为资产阶级革命后共和主义的政治蓝图提供了理论基础。这巨大的贡献使他日后在法国大革命中被民主派、激进派等奉为精神导师,他的思想推动了历史的前进。这是他作为思想家的光荣。在文学中,他的影响似乎也并不更小,如果要在他给法国文学所带来的多方面的新意中指出其主要者的话,那就应该说是他的作品中那种充分的"自我"意识和强烈的个性解放的精神了。

"自我"意识和个性解放是资产阶级文学的特有财产,它在封建贵族阶级的文学里是没有的。在封建主义之下,个性往往消融在家族和国家的观念里。资本主义关系产生后,随着自由竞争而来的,是个性自由这一要求的提出,人逐渐从封建束缚中解脱出来,才有可能提出个性解放这一观念和自我意识这种感受。这个新的主题在文学中真正丰富起来,在法国是经过了一两百年。十六世纪的拉伯雷仅仅通过一个乌托邦的德廉美修道院,对此提出了一些憧憬和愿望,远远没有和现实结合起来;十七世纪的作家高乃依在《勒·熙德》里,给个性和爱情自由的要求留下了一定的地位,但也是在国家的利益、家族的荣誉所允许的范围里;在莫里哀的笔下,那些追求自由生活的年轻人的确带来了个性解放的活力,但与此并存的,也有作家关于中常之道的说教。到了卢梭这里,发生了根本的变化,是他,第一次把个性自由的原则和"自我"提到如此高的地位;是他,以那样充足的感情,表现出了个性解放不可阻挡的力量,表现出"自我"那种根本不把传统观念、道德法规、价值标准放在眼里的勇气;是他,第一个通过一个现实的人,而且就是他自己,表现出一个全面体现了资产阶级人道主义精神的资产阶级个性;是他,第一个以那样骇世惊俗的大胆,如此真实地展示了这个资产阶级个性"我"有时像天空一样纯净高远、有时像阴沟一样肮脏恶浊的全部内心生活;也是他,第一个那么深入地挖掘了这种资产阶级个性与社会现实的矛盾以及他那种敏锐而痛苦的感受。由于所有这些理由,即使我们不说《忏悔录》是发动了一场"革命",至少也应该说是带来了一次重大的突破。这种思想内容和风格情调的创新,是资本主义的发展在文学中的必然结果,如果不是由卢梭来完成的话,也一定会有另一个人来完成的。唯其如此,卢梭所创新的这一切,在资产阶级反封建斗争高涨的历史阶段,就成了一种典型的、具有表征意义的东西而对后来者产生了启迪和引导的作用。它们被效法,被模仿,即使后来者并不想师法卢梭,但也跳不出卢梭所开辟的这一片"个性解放""自我意识""感情发扬"的新天地了。如果再加上卢梭第一次引入文学的对大自然美的热爱和欣赏，对市民阶级家庭生活亲切而温柔的感受，那么，几乎就可以说，《忏悔录》在某种程度上是十九世纪法国文学灵感的一个源泉了。

《忏悔录》前六章第一次公之于世，是一七八一年，后六章是一七八八年。这时，卢梭已经不在人间。几年以后，在资产阶级革命高潮中，巴黎举行了一次隆重的仪式，把一个遗体移葬在伟人公墓，这就是《忏悔录》中的那个"我"。当年，这个"我"在写这部自传的时候，无论如何也不会想到有一天会获得这样巨大的哀荣。当他把自己一些见不得人的方面也写了出来的时候，似乎留下了一份很不光彩的历史记录，造成了一个相当难看的形象，否定了他作为一个平民思想家的光辉。然而，他这样做本身，他这样做的时候所具有的那种悲愤的力量，那种忠于自己哲学原则的主观真诚和那种个性自由的冲动，却又在更高一级的意义上完成了一次"否定之否定"，即否定了那个难看的形象而显示了一种不同凡响的人格力量。他并不想把自己打扮成历史伟人，但他却成了真正的历史伟人，他的自传也因为他不想打扮自己而成了此后一切自传作品中最有价值的一部。如果说，卢梭的论著是辩证法的杰作，那么，他的事例不是更显示出一种活生生的、强有力的辩证法吗？

柳　鸣　九
一九八〇年三月

第 一 部

黎星 译　范希衡 校

这是世界上绝无仅有,也许永远不会再有的一幅完全依照本来面目和全部事实描绘出来的人像。不管你是谁,只要我的命运或我的信任使你成为这本书的裁判人,那么我将为了我的苦难,仗着你的恻隐之心,并以全人类的名义恳求你,不要抹煞这部有用的独特的著作,它可以作为关于人的研究——这门学问无疑尚有待于创建——的第一份参考材料;也不要为了照顾我身后的名声,埋没这部关于我的未被敌人歪曲的性格的唯一可靠记载。最后,即使你曾经是我的一个不共戴天的敌人,也请你对我的遗骸不要抱任何敌意,不要把你的残酷无情的不公正行为坚持到你我都已不复生存的时代,这样,你至少能够有一次高贵的表现,即当你本来可以凶狠地进行报复时,你却表现得宽宏大量;如果说,加害于一个从来不曾或不愿伤害别人的人,也可以称之为报复的话。

让-雅克·卢梭

第 一 章

Intus et in cute①

　　我现在要做一项既无先例、将来也不会有人仿效的艰巨工作。我要把一个人的真实面目赤裸裸地揭露在世人面前。这个人就是我。

　　只有我是这样的人。我深知自己的内心，也了解别人。我生来便和我所见到的任何人都不同；甚至于我敢自信全世界也找不到一个生来像我这样的人。虽然我不比别人好，至少和他们不一样。大自然塑造了我，然后把模子打碎了，打碎了模子究竟好不好，只有读了我这本书以后才能评定。

　　不管末日审判的号角什么时候吹响，我都敢拿着这本书走到至高无上的审判者面前，果敢地大声说："请看！这就是我所做过的，这就是我所想过的，我当时就是那样的人。不论善和恶，我都同样坦率地写了出来。我既没有隐瞒丝毫坏事，也没有增添任何好事；假如在某些地方作了一些无关紧要的

---

　　① 这几个拉丁字是卢梭从古罗马讽刺诗人波尔斯(34—62)的一句诗里摘引来的(《讽刺诗》第3首第30句)，意思是"深入肺腑和深入肌肤"；卢梭把这几个字放在本书第一部和第二部的前面，是为了表明他借自己这部《忏悔录》把内心深处的隐私披露出来的愿望。

修饰,那也只是用来填补我记性不好而留下的空白。其中可能把自己以为是真的东西当真的说了,但绝没有把明知是假的硬说成真的。当时我是什么样的人,我就写成什么样的人:当时我是卑鄙龌龊的,就写我的卑鄙龌龊;当时我是善良忠厚、道德高尚的,就写我的善良忠厚和道德高尚。万能的上帝啊!我的内心完全暴露出来了,和您亲自看到的完全一样,请您把那无数的众生叫到我跟前来!让他们听听我的忏悔,让他们为我的种种堕落而叹息,让他们为我的种种恶行而羞愧。然后,让他们每一个人在您的宝座前面,同样真诚地披露自己的心灵,看看有谁敢于对您说:'我比这个人好!'"

我于一七一二年生于日内瓦,父亲是公民伊萨克·卢梭,母亲是女公民苏萨娜·贝纳尔。祖父留下的财产本来就很微薄,由十五个子女平分,分到我父亲名下的那一份简直就等于零了,全家就靠他当钟表匠来餬口。我父亲在这一行里倒真是个能手。我母亲是贝纳尔牧师的女儿①,家境比较富裕;她聪明美丽,我父亲得以和她结婚,很费了一番苦心。他们两人的相爱,差不多从生下来就开始了:八九岁时候,每天傍晚他们就一起在特莱依广场上玩耍;到了十岁,已经是难舍难分的了。两人心心相印和相互同情,巩固了他们从习惯中成长起来的感情。两人秉性温柔和善感,都在等待时机在对方的心里找到同样的心情,而且宁可说,这种时机也在等待着他们。因此两个人都心照不宣,谁也不肯首先倾吐衷肠:她等着他,他等着她。命运好像在阻挠他们的热恋,结果反使他们的爱情更热烈了。这位多情的少年,由于情人到不了手,愁苦万

---

① 事实上,卢梭的母亲是贝纳尔牧师的侄女。

分,形容憔悴。她劝他去旅行,好把她忘掉。他旅行去了,但是毫无收效,回来后爱情反而更热烈了。他心爱的人呢,还是那么忠诚和温柔。经过这次波折以后,他们只有终身相爱了。他们海誓山盟,上天也赞许了他们的誓约。

我的舅舅嘉伯利·贝纳尔爱上了我一个姑母,可是我的姑母提出了条件:只有他的姐姐肯嫁给她自己的哥哥,她才同意嫁给他。结果,爱情成全了一切,同一天办了两桩喜事。这样,我的舅父便也是我的姑丈,他们的孩子和我是双重的表兄弟了。过了一年,两家各自生了一个孩子,不久便因事不得不彼此分手了。

贝纳尔舅舅是一位工程师:他应聘去帝国①和匈牙利,在欧仁亲王麾下供职。他后来在贝尔格莱德战役中建立了卓越的功勋。我父亲在我那唯一的哥哥出生之后,便应聘到君士坦丁堡去当了宫廷钟表师。我父亲不在家期间,我母亲的美丽、聪慧和才华②给她招来了许多向她献殷勤的男人。其中表现得最热烈的要算法国公使克洛苏尔先生。他当时的感情

---

① 指奥地利哈布斯堡王朝的"德意志神圣罗马帝国"。

② 就我母亲的出身来说,她的才华的确太绚烂多彩了。她的父亲是一个牧师,对她十分钟爱,在她的教育方面费了不少心血。她擅长绘画、唱歌,唱时能自己弹竖琴伴奏,她读过不少书,而且能写相当不坏的诗。当她的丈夫和哥哥不在家时,有一次,她同嫂嫂领着她们的两个孩子去散步,有人向她问起她们的丈夫,她就信口吟成这样的诗句:

> 不在我们身边的两位先生,
> 处处令我们觉得可爱可亲;
> 他们是我们的朋友和爱侣,
> 是我们的兄弟与夫君,
> 又是这些孩子的父亲。

——作者原注

一定是非常强烈的,因为在三十年后,他向我谈起我母亲的时候还十分动情呢。但是我母亲的品德是能够抵御这些诱惑的,因为她非常爱她的丈夫,她催他赶紧回来。他急忙放下一切就回来了。我就是父亲这次回家的不幸的果实。十个月后生下了我这个羸弱多病的孩子。我的出生使母亲付出了生命,我的出生也是我无数不幸中的第一个不幸。

我不知道父亲当时是怎样忍受这种丧偶的悲痛的,我只知道他的悲痛一直没有减轻。他觉得在我身上可以重新看到自己妻子的音容笑貌,同时他又不能忘记是我害得他失去了她的。每当他拥抱我的时候,我总是在他的叹息中,在他那痉挛的紧紧拥抱中,感到他的抚爱夹杂着一种辛酸的遗恨:唯其如此,他的抚爱就更为深挚。每次他对我说:"让-雅克,我们谈谈你妈妈吧。"我便跟他说:"好吧,爸爸,我们又要哭一场了。"这一句话就使他流下泪来。接着他便哽咽着说:"唉!你把她还给我吧!安慰安慰我,让我能够减轻失掉她的痛苦吧!你把她在我心里留下的空虚填补上吧!孩子!若不是因为你是你那死去的妈妈生的孩子,我能这样疼你吗?"母亲逝世四十年后,我父亲死在第二个妻子的怀抱里,但是嘴里却始终叫着前妻的名字,心里留着前妻的形象。

赐给我生命的就是这样两个人。上天赋予他们的种种品德中,他们遗留给我的只有一颗多情的心。但,这颗多情的心,对他们来说是幸福的源泉,对我来说却是我一生不幸的根源。

我生下来的时候几乎是个死孩子,能否把我养活,希望很小。我身上还带着一种生的病根,它随着年岁而加重,现在虽然有时稍微减轻,但那只是为了叫我换一种方式挨受更残酷的痛苦。我父亲有一个妹妹①,她是个聪明亲切的姑娘,她对我照拂备至,终于把我救活了。我写这本书的时候她还健在,不过已经是八十高龄的老人了,她还侍候着比她年轻,但因饮酒过度而损伤了身体的丈夫。亲爱的姑姑,我不怨你把我救转来让我活下去,我痛心的是,你在我年幼时费尽心力照顾我,而我在你的晚年却不能有所报答。还有我那位亲爱的老乳母雅克琳娜,她也健在,精神矍铄,身体壮实。在我出生时给我扒开眼睛的手,很可能还要在我死的时候给我合上眼睛。

我先有感觉后有思考,这本是人类共同的命运。但这一点我比别人体会得更深。我不知道五六岁以前都做了些什么,也不知道是怎样学会阅读的,我只记得我最初读过的书,以及这些书对我的影响:我连续不断地记录下对自己的认识就是从这时候开始的。我母亲留下了一些小说,吃过晚饭我就和父亲读这些小说。起初,父亲不过是想利用这些有趣的读物叫我练习阅读,但是不久以后,我们就兴致勃勃地两个人轮流读,没完没了,往往通宵达旦。一本书到手,不一气读完是决不罢休的。有时父亲听到早晨的燕子叫了,才很难为情地说:"我们去睡吧;我简直比你还孩子气呢。"

这种危险的方法,不久便使我非但获得了极端娴熟的阅读能力和理解能力,还叫我获得了在我这样年龄的人谁也没有的那种关于情欲方面的知识。我对事物本身还没有一点儿概念,却已经了解到所有的情感了。我什么都还不理解,却已经感受到了。我接二连三感受到的这些混乱的激情,一点也

---

① 指苏萨娜·卢梭,即贡赛路夫人。

没有败坏我的理智,因为我那时还没有理智,但却给我造成了一种特型的理智,使我对于人生产生了荒诞而奇特的看法,以后不管是生活体验或反省,都没能把我彻底纠正过来。

到了一七一九年夏季的末尾,我们读完了所有的那些小说。当年冬天又换了别的。母亲的藏书看完了,我们就拿外祖父留给我母亲的图书来读。真幸运,里面有不少好书;这原是不足为奇的,因为这些图书是一位牧师收藏的,按照当时的风尚,牧师往往是博学之士,而他又是一个有鉴赏力、有才能的人。勒苏厄尔著的《教会与帝国历史》、博叙埃的《世界通史讲话》、普卢塔克的《名人传》、那尼的《威尼斯历史》、奥维德的《变形记》、拉勃吕耶尔的著作、封特奈尔的《宇宙万象解说》和《已故者对话录》①,还有莫里哀的几部著作,一齐搬到我父亲的工作室里来了。每天父亲工作的时候,我就读这些书给他听。我对这些书有一种罕有的兴趣,在我这个年纪便有这样一种兴趣,恐怕只我一人。特别是普卢塔克,他成了我最心爱的作者,我一遍又一遍,手不释卷地读他的作品,其中的乐趣总算稍稍扭转了我对小说的兴趣;不久,我爱阿格西拉斯、布鲁图斯、阿里斯提德②便甚于爱欧隆达特、阿泰门和攸巴③了。由于这些有趣的读物,由于这些书所引起的我和父

① 勒苏厄尔(1602—1681),法国新教牧师与教会史作家;博叙埃(1627—1704),法国传教士,专制政体的思想家;普卢塔克(约46—120),古希腊传记作家;那尼(1616—1678),威尼斯共和国历史学家和政治家;奥维德(前43—约17),古罗马诗人;拉勃吕耶尔(1645—1696),法国作家;封特奈尔(1657—1757),法国作家。
② 阿格西拉斯、布鲁图斯、阿里斯提德均为古希腊、罗马时代的人物。其传记见普卢塔克的《名人传》。
③ 欧隆达特、阿泰门、攸巴是当时三部流行小说中的人物;作者为十七世纪法国贵族社会的作家斯居台里和卡尔普勒奈。

亲之间的谈话，我的爱自由爱共和的思想便形成了；倔强高傲以及不肯受束缚和奴役的性格也形成了；在我一生之中，每逢这种性格处在不能发挥的情况下，便使我感到苦恼。我不断想着罗马与雅典，可以说我是同罗马和希腊的伟人在一起生活了。加上我自己生来就是一个共和国的公民，我父亲又是个最热爱祖国的人，我便以他为榜样而热爱起祖国来。我竟自以为是希腊人或罗马人了，每逢读到一位英雄的传记，我就变成传记中的那个人物。读到那些使我深受感动的忠贞不贰、威武不屈的形象，就使我两眼闪光，声高气壮。有一天，我在吃饭时讲起西伏拉①的壮烈事迹，为了表演他的行动，我就伸出手放在火盆上，当时可把大家吓坏了。

　　我有一个比我大七岁的哥哥。那时，他正学我父亲那一行手艺。由于家里人对我过分疼爱，对他就未免有些漠不关心，这样厚此薄彼，我并不赞成。这种漠不关心影响了他的教养。还不到放荡的年龄，他就真正放荡起来了。后来把他送到别的师傅那里去学艺，他依旧像在家里一样经常偷跑出去。我几乎根本见不着他，只能勉强说我跟他相识罢了：但我确实非常喜爱他，他也像一个顽劣少年能爱别人似地爱我。记得有一次，父亲生气了，狠狠地打他，我急忙冲到他们两人中间，紧紧地搂住他，用我的身子掩护他，替他挨打。我保持这种姿势，一动也不动，最后，父亲只好把他饶了；这也许是因为我连哭带喊，弄得父亲没办法，也许是不愿意叫我比哥哥吃更大的

---

　　① 西伏拉是罗马英雄。根据传说，当伊特拉斯坎人于公元前五○七年包围罗马时，他曾前往行刺侵略者的国王波森纳，但认错了人，刺死了国王的助手，他在被逮捕审问时，把手勇敢地放在火盆上烧，一声不响，以显示罗马人抵抗侵略的决心。

苦头。后来我的哥哥越来越堕落下去,终于从家里逃走,一去无踪。过了一些时候,才听说他在德国。他连一封信也没给家来过。从那时候起,就再没得到他的消息,这样一来,我就成为我父亲的独子了。

如果说这个可怜的孩子的教养从小被忽略了,他的兄弟可就不是那样了。即便是国王的儿子,也不会像我小时候那样受到无微不至的关怀和周围人们的钟爱;非常罕见的是,我是一个一向只被人特别疼爱而从来不曾被人溺爱的孩子。在我离开家庭之前,从来没有让我单独在街上和其他孩子们一起乱跑过,也从来没有抑制或放任过我那些稀奇古怪的脾气,这些古怪脾气,有人说是天生的,其实那是教育的结果。我有我那个年龄所能有的一些缺点;我多话,嘴馋,有时还撒谎。我偷吃过水果,偷吃过糖果或其他一些吃食,但我从来不曾损害人,毁坏东西,给别人添麻烦,虐待可怜的小动物,以资取乐。可是我记得有一次,我曾趁我的一位邻居克罗特太太上教堂去的时候,在她家的锅里撒了一泡尿。说真的,我至今想起这件事还觉得十分好笑,因为那位克罗特太太虽然是个善良的女人,但实在可以说是我一生中从没有遇见过的爱唠叨的老太婆。这就是我幼年时期干过的种种坏事的简短而真实的历史。

既然我所见到的人都是善良的榜样,而我周围的人又都是最好的人物,我怎能变坏了呢?我的父亲,我的姑姑,我的乳母,我的亲戚,我们的朋友,我们的邻居,总之所有跟我接近的人,并不都是一味地顺从我,而是爱我,我也同样爱他们。我的遐想很少受到刺激和拂逆,因此我竟觉得我根本没有什么遐想。我敢发誓,在我没有受到老师辖制以前,从来不知道什么叫作幻想。我除了在父亲身边念书写字以及乳母带我去散步的时间以外,别的时间总跟姑姑在一起,在她身边坐着或站着,看她绣花,听她唱歌,我心中十分快活。姑姑为人好说好笑,很温柔,容貌也可爱,给我留下了极为深刻的印象,她的神情、目光和姿态,如今还都历历在目,她跟我说的那些惹人欢喜的话至今也还记得。我可以说出她那时穿的衣服和她的发髻式样,当然也忘不了她两鬓上卷起的两个黑发小鬈,那是当时流行的式样。

我对于音乐的爱好,更确切地说,我在很久以后才发展起来的音乐癖,确信是受了姑姑的影响。她会唱无数美妙的小调和歌曲,以她那清细的嗓音,唱起来十分动听。这位出色的姑娘的爽朗心情,可以驱散她本人和她周围一切人的怅惘和悲愁。她的歌声对我的魅力是那样大,不仅她所唱的一些歌曲还一直留在我的记忆里,甚至在我的记忆力已经衰退的今天,有些在我儿童时代就已经完全忘却了的歌曲,随着年龄的增长,又浮现在我的脑海中,给了我一种难以表达的乐趣。谁相信,像我这样一个饱受焦虑和苦痛折磨的老糊涂,在用颤巍巍的破嗓音哼着这些小调的时候,有时也会发现自己像个小孩子似的哭泣起来呢?特别是其中有一支歌,调子我清清楚楚想得起来,可是它那后半段歌词,我却怎么也想不起来了,虽然它的韵脚还隐隐约约在我脑际盘旋。这支歌的开始和我所能想得起来的其余几句是这样:

> 我真没有胆量啊,狄西!
> 再到那小榆树下,
> 倾听你的牧笛;
> 因为在我们的小村里,
> 已经有人窃窃私议。

....

……一个牧童，

……一往情深；

……无所畏惧①，

玫瑰花哪有不带刺儿的。

为什么我一回忆起这支歌曲，就产生一种缠绵悱恻的感情？这种奇异的情趣，我真是百思不得其解。然而，我怎么也不能把这支歌曲一气唱到底，而不被自己的眼泪打断。我曾无数次打算写信到巴黎去，请人设法补全其余的歌词，如果有人还能记得的话。但是，我几乎可以断定，假如我准知道这支歌曲除了我那可怜的苏森姑以外，还有别人唱过，那么，我这种一心要追忆这支歌曲的乐趣，恐怕就会消失大半。

这就是我踏入人世后的最初的感情；这样，我就开始养成或表现出一种既十分高傲而又非常温柔的心灵；一种优柔怯懦却又不受约束的性格，这种性格永远摇摆于软弱与勇敢、犹疑与坚定之间，最后使我自身充满了矛盾，我连节制与享受、欢乐与慎重哪一样都没有得到。

一次意外的变故打断了这种教育，其结果影响了我后来的一生。我父亲跟一个名叫高济埃先生的法国陆军上尉发生了一场纠纷，高济埃和议会②里的人有亲戚关系。这个高济埃为

① 本书一八三四年的版本补正如下：

心儿是冒着危险的，

如果对一个牧童

太那么一往情深。

② 这里所指的是由二十五个委员组成的"小议会"，是当时日内瓦共和国行使行政权的机关。

人蛮横无理而又胆小如鼠,我父亲把他鼻子打出血了。为了报复,他就诬告我父亲在城里向他持剑行凶。他们要把我父亲送入监狱,但是,依照当时的法律,我父亲坚决要求原告应和他一同入狱;这个要求被驳回了,我父亲只好离开日内瓦,让自己的余生在异乡度过;他宁愿这样,也决不让步:他认为若是让步,他一定会失掉荣誉和自由。

父亲走后,我的舅父贝纳尔就做了我的监护人。舅父那时正在日内瓦防御工事中任职。他的大女儿已死,但还有一个和我同岁的儿子。我们一起被送到包塞,寄宿在朗拜尔西埃牧师家里,以便在那里跟他学习拉丁文,附带学习在所谓教育的名义下的一些乱七八糟的科目。

两年的乡村生活,把我那罗马人的严峻性格减弱了一些,恢复了童年的稚气。在日内瓦,谁也不督促我,我却喜欢学习,喜欢看书,那几乎是我唯一的消遣;到了包塞,功课使我对游戏发生了爱好,它起了调剂劳逸的作用。乡村对我真是太新奇了,我不知厌倦地享受着它。我对它产生了一种非常浓厚的兴趣,这种兴趣一直没有减退过。此后,在我所有的岁月中,我一想起在那里度过的幸福时日,就使我对这些年代在乡村的逗留和乐趣感到怅惘,直到我又返回乡村时为止。朗拜尔西埃先生是个很通情达理的人,他对我们的教学从不马虎,但也不给我们过多的课业。他在这方面安排得很好,有两点可以证明,即:尽管我很不愿意受老师管束,可是当我回忆我的求学时代,却从来没有感到厌恶;我从他那里学到的东西虽不多,可是我所学到的都没有费什么力气就学会了,而且一点也没有忘掉。

这种淳朴的农村生活给我带来了不可估量的好处,我的心里豁然开朗,懂得了友情。在此以前,我只有一些高雅而空想的感情。共同生活在恬静的环境里逐渐使我和我的贝纳尔表兄相处得很亲密。没有多久,我对他的感情就超过了对我哥哥的感情,而且这种感情从来没有消失。他是一个身材高大而骨瘦如柴、十分羸弱的男孩。他性情柔和正如他身体羸弱,并不以自己是我监护人的儿子而过分利用家里对他的偏爱。我们俩的功课、游戏和爱好完全相同:我们都没有别的朋友,两人年龄相同,每个人都需要有个同伴;要是把我们分开,简直可以说是毁灭我们。我们虽然很少有机会表现出彼此间深厚的感情,但这种感情确已到了无以复加的程度。我们不仅是一时一刻谁也不能离开谁,甚至我们谁也没想象过我们会有分开的一天。我们两人的性情都是听两句好话便心软,只要人们不强制我们,老是那么殷勤,无论对于什么,我们的意见都相同。如果说,由于管教我们的长者的偏爱,我的表兄在他们眼里好像比我高一等,可是当我们俩单独在一起的时候,我又比他高一等,这样我俩就算扯平了。我们上课的时候,他背诵不出来,我就小声提示他;我的练习做完以后就帮助他做;游戏的时候,我的兴趣比他大,总是做他的辅导。总之,我们俩性情是如此相投,我们之间的友谊是如此诚挚,因而不管是在包塞或在日内瓦,五年多的时间我们几乎是形影不离。我承认,我们时常打架,但是从不需要别人来劝解,我们间的任何一次争吵从来没有超过一刻钟,而且我们也从来没有谁去向老师告对方的状。也许有人会说,这都是些不值一提的小孩子的事;不过,自从世界上有了孩子以来,这也许是个独特的例子。

包塞的生活方式,对于我太合适了,只要时间再长一些,就可以使我的性格彻底定型了。所有温柔、亲切、平和的感情,构成了这个生活方式的基调。我认为,世间再也没有一个人生来比我的虚荣心更小的了。虽然有时候我一冲动,心情会特别激昂,但我立刻又会陷入原有的颓唐。让跟我接近的人都爱我,乃是我那时最强烈的愿望。我的性情柔和,我表兄也柔和,连所有管教我们的人也都很柔和。整整两年里,我没见过谁粗暴地发脾气,也没受过谁的粗暴待遇。凡此种种,都在我心中培养天赋的素质。看到人人都喜欢我,也喜欢一切,我就感到极度的愉快。我常常想起我在礼拜堂里一时回答不出教理问答时的情景,朗拜尔西埃小姐脸上那种痛苦和不安的表情,使我特别心烦意乱。我在大庭广众面前答不上来,固然会感到羞愧和极端难受,但朗拜尔西埃小姐的这种表情则是唯一使我比羞愧更加难受的事。因为我虽然对于表扬没有什么感觉,对于羞耻却总是非常敏感的,在这里我可以说:我怕朗拜尔西埃小姐的责备远不如怕惹她难过那样厉害。

然而,她和她哥哥一样,在必要的时候也会严厉;但这种严厉差不多总是合理的,而且从不过分,所以虽然使我感到愁闷,但是我完全不想反抗。我觉得使别人不愉快比自己受责罚更难受,而看到别人一个不愉快的脸色比自己受到体罚还更难堪。要想把我的心情说得更清楚些是相当麻烦的,但这也是必要的。假如人们更清楚地看到,他们对待年轻人往往不加区别地,甚至常冒昧从事而使用的那种方法所产生的长远后果,他们或许会改变这种方法!我从这一既普遍而又不幸的事例中得出了重大教训,因而决定在这里加以解释。

朗拜尔西埃小姐对我们不但有母亲般的慈爱,还拥有母亲般的权威,遇到我们应该受罚的时候,她有时也采用惩罚子女的办法。有一段相当长的时间她只是以惩罚来恫吓我们。受着这种在我看来是十分新颖的惩罚的恫吓,我觉得十分可怕;

但是在她惩罚了以后，我却发现受罚倒不如等待处罚的时候那么可怕；而更奇怪的是，这种处罚使我对于处罚我的那位朗拜尔西埃小姐更加热爱。我发现在受处罚的痛楚乃至耻辱之中还掺杂着另外一种快感，使得我不但不怎么害怕，反倒希望再尝几回她那纤手的责打；只是由于我对她的真挚感情和自己的善良天性，才不去重犯理应再受到她同样处罚的过错。真的，这里边无疑有点儿早熟的性的本能，因为同样的责打，如果来自她哥哥，我就感不到丝毫快意。不过，按她哥哥的脾气来说，我是不怕他替妹妹动手的。我所以约束自己，免受惩罚，唯一的原因是怕招朗拜尔西埃小姐生气；这就是好感在我身上发挥的威力，甚至可以说，由肉感产生出来的好感所发挥的威力，而好感在我的心中总是支配着肉感的。

这个我不怕重犯却又远而避之的错误又发生了，但这不怨我，也就是说，我并不是有意要犯的，而且可以说，我是心安理得地利用了这个机会。不过，这第二次也是最后的一次，因为朗拜尔西埃小姐说，她不再用这种办法了，这种办法使她太累了。她一定也从某种迹象中看出这种惩罚达不到自己的目的。在这以前，我们睡在她的房里，冬天甚至有几次还睡在她的床上。过了两天，她便把我们安置到另外一个房间里去睡了。从此以后，我就有了她把我当大男孩子看待的荣誉，其实我并不需要这种荣誉。

谁能想到这种由一个三十岁的年轻女人的手给予一个八岁儿童身上的体罚，竟能恰恰违反自然常态而决定了我以后一生的趣味、欲望、癖好，乃至我这整个的人呢？在我的肉感被激起的同时，我的欲望也发生了变化，它使我只局限于以往的感受，而不想再找其他事物。虽然我的血液里几乎生来就燃烧着肉欲的烈火,但直到最冷静、最迟熟的素质都发达起来的年龄,我始终是守身如玉地保持住纯洁。有一段很长的时间,我不知为什么经常用一双贪婪的眼睛注视着漂亮的女人。我不时在回想她们,但仅只是为了让她们像我幻想的那样一个个活动起来,叫她们一个个都变成朗拜尔西埃小姐。

甚至在我到了结婚年龄以后,这种奇异的癖好,这种一贯顽强、并且快发展到堕落乃至疯狂地步的癖好,也没有使我丧失我的纯洁的习尚,尽管它像是早该失去了。假如说真的有过质朴而纯洁的教育的话,那么我所受过的教育就是这种教育。我的三位姑姑不但是贤德典范的女人,而且她们身上的那种庄重典雅也是当时一般女人所没有的。我父亲倒是个喜欢玩乐的人,但他的情趣是旧式的,在他所爱的女人们跟前,他也从没讲过使一个处女感到害羞的话;在任何别的地方,我也没有见过像在我们家里,尤其在我面前那样,注意对孩子们应有的尊重。我觉得朗拜尔西埃先生对这个问题也同样注意:有一个十分和善的女仆,只因在我们面前说了一句稍微有些放肆的话,就被辞退了。在我成年以前,我对于两性的结合根本没有清晰的概念,就是这一点点模糊的概念也总是以一种丑恶而可厌的形象呈现在我的脑际,我对娼妓具有一种永难磨灭的痛恨。我每遇到一个淫棍,就不能不表示轻蔑,甚至感到恐怖,因为有一天,我到小萨果内克斯去,经过一条低洼的小路,我看两旁有一些土洞,有人跟我说,那些家伙就在里面野合,从那以后我对淫乱行为就是这样深恶痛绝。我想到这种人,脑子里又经常回忆到我所见过的狗的交媾,一回忆就觉得恶心。

由教育而来的这种先入为主的观念本身就能够推迟那种易于燃起欲火的天生气质最初的迸发,像我前面所说过的,我的肉欲初次露出的苗头在我身上所引起的规避作用对此也有所帮助。尽管我被沸腾起来的血液所冲动，可是由于我的想象只限于我过去的感受，所以我只知道把我的欲望寄托在我所已知的这种快感上，从来也未想到人们曾说得使我憎恶的那种快乐上面；这种快乐和我那种快感非常相近，我却丝毫没有理会到。在我愚妄的遐想中，在我色情的狂热中，在这种遐想与狂热有时使我做出的一些荒唐举动中，我曾运用想象力求助于异性，可是除了我所渴望获得的那种功用而外，我从来没想到异性还有什么其他的用途。

就这样，我竟以十分热情、十分淫靡和异常早熟的气质，度过了青春期，除了朗拜尔西埃小姐无意中使我认识到的一些肉感上的快慰以外，从来不曾想过，也不曾有过任何别种肉感之乐；甚至在我年龄增长，到了成人以后，仍然如此，依然是原来可以把我毁掉的事物保全了我。我旧有的童年嗜欲不但没有消失，反而和另外那种嗜欲联结一起，使我怎么也不能从感官所燃起的欲望里把它剔除掉。这种怪癖，加上我生性腼腆，就使我在女人面前很少有冒险的劲头；原来我认为另外那种享受只不过是我所好的那种享受的终点，而我所好的这种享受，男方心里想而又抢夺不来，女方可以给而又猜想不到；既然我在女人面前不敢把什么都说出来，或不能把什么都做出来，当然我就灰溜溜的了。我就是这样过了一辈子，在最心爱的女人身边垂涎三尺而不敢吭声，我既不敢把我的癖好向对方说明，就只好用一些使我能想起这种癖好的男女关系来聊以自慰。跪在一个泼辣情妇面前，服从她的命令，乞求她的原宥，对我说来就是极甜美的享受；我那敏捷的想象力越使我血液沸腾，我就越像个羞羞答答的情郎。谁都知道，这种搞恋爱的方式不会有什么迅速的进展,对于被爱者的贞操也没有多大危险。因此,我实际上所获甚微,可是运用了我的方式,就是说运用想象力,我仍然得到很多的享受。我的情欲,配合上我那腼腆的性格和浪漫的心情,就这样保持了我的感情纯洁和习尚端正;假使我稍微脸皮厚一些,同样的癖好也许会使我陷入最粗野的淫欲里。

在我自动坦白的这座黑暗而充满污泥的迷宫里,我总算走完了最初的、最困难的一步了。最难出口的倒不是罪恶的事,而是又可笑又可耻的事。现在我心里已经稳定了,说出了我方才大胆说出的话以后,便没有任何顾虑了。根据我自白的事情,人们可以断定,在我一生中,有时在我狂爱的女人跟前激奋起来,甚至眼不能见,耳不能闻,神魂颠倒,全身痉挛,但从来也没有向她们说出我的怪癖,从来也没有在最亲密的情况下向她们恳求我需要的唯一的恩宠。这样的事从来也没发生过,只是在我童年时和一个跟我同岁的女孩子有过一次,不过那也是她先提出的。

这样追溯到我感情生活的最初事迹,我发觉有些因素有时似乎非常矛盾,但又连在一起,有力地产生一个同样而单纯的效果;我又发现有些因素表面看来都一样,由于发生了某些情况而形成完全不同的巧合,以致使人想象不出它们之间当初会有什么关系。譬如,谁能相信我灵魂上一种最坚强的力量,是从我那有着柔弱与嗜欲两种因素的血液的同一泉源里淬砺出来的呢?下面的事情并没离开我刚才所说的主题,人们却可以从中得出完全不同的印象。

有一天,我正在厨房隔壁的一间屋子里独自念书。女仆把朗拜尔西埃小姐的几把拢梳放在砂石板上烤干。在她来取的时候,发现一把拢梳有一边齿儿都断了。这是谁弄坏的呢?除我以外,没有别人到这间房里来过。他们追问我,我否认动过那个拢梳。朗拜尔西埃先生和朗拜尔西埃小姐一起来训诫我,逼问我,甚至还恫吓我,我始终坚决否认,然而,我的一切抗议都没有用,他们认定是我弄坏的,尽管人们从来没见过我如此大胆说谎。他们把这件事看得很严重,事实上也应该这样看。毁坏东西、说谎、硬不认错,似乎都应该受罚。可是这回却不是朗拜尔西埃小姐动手来惩罚我。他们给我舅父贝纳尔写了信,舅父来了。我那可怜的表兄也被加上另一种同样严重的罪名,我们两个人要受到同样的惩处。这次由我舅父动手的处罚可真厉害。为了以毒攻毒,彻底矫正我那败坏了的欲望,这可能是不能再好的方法了。所以,此后在很长一个时期内这些欲望没有再来干扰我。

他们没能从我口中得出他们所希望的口供,以后又逼问了好几次,弄得我狼狈不堪,但我毫不动摇,我宁可死,并且决心去死。结果,暴力面对一个孩子的"魔鬼般的倔强"(他们对我的不屈不挠找不出别的字眼来形容)让步了。我从这次残酷的遭遇逃脱出来以后,已被折磨得不像人样了,然而,我胜利了。

这件事差不多已经有五十年了,今天我不必再担心为这一事件而受惩罚了。那么,让我在上帝的面前声明:我在这件事上是无罪的,我既没弄坏那把拢子,也没有动过它,我不但没挨近那块砂石板,甚至连想都没有想过。大家不必问我这件东西到底是怎么弄坏的;我不知道,而且我也想不出道理来。我所确实知道的,就是我在这件事上是无罪的。

人们可以设想,一个儿童在平常生活里性情腼腆温顺,但在激情奋发的时候却是那样激烈、高傲而不可驯服。他一向听从理智的支配,日常所受到的都是温柔、公正、亲切的待遇,在他心里连不公正这个观念都没有,可是现在恰恰受到了他所最爱和最尊敬的人们方面的第一次不公正的磨难。当时,他的思想该是多么混乱!他的感情该是多么复杂!在他的心里,在他的脑海中,在他那整个小小生灵的精神和理智里又该是多么天翻地覆的变化!我所以要请读者们,如果可能的话,自己想象一下这种情况,是因为我那时是怎样一种心情,我自己也无力分析清楚和详细叙述出来。

那时我还没有足够的能力去理解表面的情况如何使我脱不开罪责,我也不会设身处地替别人想一想。我只能从我本身着想,我感觉到的只是:因为一个并不是我犯的过错,竟给我如此严厉的惩罚,实在太残酷了。肉体上的痛楚虽然剧烈,我并不觉得怎么样,我所感觉到的只有气愤、激怒和失望。我表兄的情况也跟我差不多,人们把一件无心的过错当作蓄意已久的行为来处罚他,因此也跟我一样怒不可遏,可以说,他跟我采取了一致行动。我们俩倒在一张床上,激动得不住颤抖,互相拥抱在一起,甚至喘不过气来。等到我们幼小的心灵稍稍平静了些,能够发泄我们的愤怒的时候,我们就起来直挺挺坐在床上,两个人一起用尽全身的力气,不停地喊:刽子手!刽子手!刽子手!

我写这件事的时候,还觉得脉搏怦怦跳动;即使我活到十万岁,这些情景也一直历历在目。这是我有生以来第一次对不公正和暴力的感受,它深深地铭刻在我的心上,以致一切和这种感受有关的观念都会使我的心情又像最初那样激愤起来;这种感受,一开始是由我自己身上而起的,以后它变得非常坚强并且完全摆脱了个人的利害关系,无论不公正行为的受害者是谁,也无论它是什么地方发生的,只要我看见或听到,便立刻怒发冲冠,有如身受。每当我在书中读到凶恶暴君的残忍,或是邪恶僧侣的阴谋诡计的时候,真有心不惜万死去把这些无耻之徒宰掉。有时我看到一只公鸡、一头母牛、一只狗或是其他畜生侵害别的畜生,我往往会跑得满身大汗去追它,或用石块去砍它,唯一的理由就是因为它恃强凌弱。这种感情可能是我的天性,我也相信一定是生来就有的;但是,我第一次所遭受的不公正的沉痛回忆和我的天性密切融合得太久,因而这种天性更加增强了。

我那欢畅的童年生活就这样结束了。从那以后我再也享受不到纯洁的幸福了。就是在今天,我仍觉得我所回忆的幸福童年也就到这里为止。我们以后还在包塞住了几个月。在这期间,我们在那里,就好像人们所描述的亚当的情况那样,虽然还在地上乐园,但已不能再享受其中之乐:表面的环境虽然没有变,生活实际完全不同了。学生对于他们的教导者再也没有那种热爱、尊敬、亲密和信赖的关系了,我们再不把他们看作洞悉我们心灵深处的神灵了!我们做了坏事不像从前那样感到羞愧,而是比以前更加害怕被人告发:我们开始隐瞒、反驳、说谎。我们那个年龄所能有的种种邪恶,腐蚀了我们的天真,丑化了我们的游戏。田园生活在我们眼中也失去了那种令人感到惬意的宁静和淳朴,好像变得荒凉阴郁了;又像盖上了一层黑幕,使我们看不到它的优美。小花园也辍了耕,我们不再去莳花锄草。我们不再轻轻地去把地上的土掀开,发现我们撒下的种子发了芽也不再欢呼了。我们讨厌了这种生活,人家也讨厌了我们。舅父把我们接回去,我们就跟朗拜尔西埃先生和朗拜尔西埃小姐分了手,彼此都觉得腻烦,没有什么惜别之感。

我离开包塞以后,将近三十年的时间从没有一次愉快地想过在那里的光景,只觉得那里没有什么值得念念不忘的。但是当我盛年即逝,行将进入老年的时候,别的回忆逐渐消失,而这些回忆却重新浮起,深深地刻在我的脑际,而且越来越显得美妙和有力。我好像由于感到生命即将逝去而设法把它抓回来,再从头开始。那个时期的一点小事都使我喜悦,其所以如此,只是因为它是那个时候的事情。时间、地点和人物的情况,我都回忆起来了:女仆或男仆在屋子里忙着;一只燕子从窗户飞进屋来;我背诵的时候有一只苍蝇落在我的手上;种种情景历历在目。我清楚地记得我们住过的那个房间的一切布置:右边是朗拜尔西埃先生的书房,墙上挂着一张历代教皇的版画、一只晴雨表和一个大型日历。这所房子后面,是一座花园,地势很高,那里有许多覆盆子树,不仅树荫遮住了窗子,甚至有时树枝一直钻到窗户里面来。我很知道读者并不大需要知道这些,但是我需要把这些告诉读者。所有在这幸福岁月里的一些轶事,现在想起来还使我喜欢得跳跃起来,我有什么不敢向读者说的呢!特别有五六件轶事应该讲一讲。让我们打个折扣吧。我给你删去五件,只谈一件;不过这一件,请允许我尽量把它述说得长一些,好让我延长一下我的快乐。

　　假如我只是讨你们高兴,我一定会选择朗拜尔西埃小姐露出屁股的故事,她不幸在草地边缘上跌了一跤,正好撒丁王从那里经过,把她整个屁股都看见了。但是土台上的胡桃树的轶事我更觉得有趣,因为我是这个轶事的演员;而在她跌跤的轶事中我不过是个观客;我承认,尽管那件事的本身很可笑,可是那时我还把她当作母亲看待,甚至比对母亲还爱,那件事只有使我惊慌,并不感到有什么可笑的地方。

啊,读者们,你们是想知道那土台上胡桃树的伟大历史的,就请你们听听它那惊人的悲剧吧,如果可能的话,请不要颤抖!

院门外边,进口处左侧有一片土台,下午大家常到那里去闲坐,但那里一点阴凉也没有。为了使它能有点阴凉,朗拜尔西埃先生叫人在那里栽了一棵胡桃树。栽这棵树时仪式相当隆重,我们两个寄宿生做了这棵树的教父。人们往坑里填土的时候,我们每人用一只手扶着树,唱着凯歌。为了便于浇水,在树根周围还砌了个池子。我和我的表兄每天都兴致勃勃地看着人们浇水,我们天真地确信:在这土台上栽一棵树比在敌人堡垒的墙孔上插一面旗帜还要伟大;因此我们俩决心取得这种光荣,而不让任何人分享。

为此,我们砍来一根嫩柳树枝子,也把它栽在土台上,离那棵雄伟的胡桃树大约有十来英尺。我们也没忘了在我们那棵小树根下围起一个池子。困难的是没有水往里浇,因为水源离得相当远,人家又不许我们跑去提水。但是我们的柳树非浇水不可,因此,那几天我们想出种种诡计来给它浇水,成绩果然不坏,我们亲眼看到它发了芽,长出嫩叶来。我们不时地量一量叶子长了多大。尽管全树不过一英尺高,但我们确信它不久便会给我们阴凉的。

这棵小树占据了我们的整个心灵,弄得我们干什么也不能专心,一点书也念不下去,我们简直就像发了疯。人们不了解我们在跟谁斗气,只好对我们管束得比以前更严了。我们到了真正缺水浇的严重时刻了,眼看着小树要干死,心里实在难受。可是急中生智,我们想出了一个窍门,能保证小树和我们免于一死,那就是在地底下掘一个小暗沟,把浇胡桃树的水给小柳树暗暗引过来一部分。我们积极地执行了这项措施,但是起初并未成功。我们把那个沟的斜坡做得太不合适,水根本不流,土往下坍,把小沟给堵死了,入口处又塞满了一些脏东西,一切都不顺利。但是我们并不灰心:"Omnia vincit labor improbus."①我们又把小沟和小柳树根下的池子挖深了一些,让水容易流过来。我们把小箱子的底劈成小窄木板,先用一些一条接着一条地平铺在沟里,然后又用一些斜放在沟的两侧,做成了一个三角形的水道。在入口处插上一排细木棍,棍与棍之间留有空隙,好像一种铁篦子或澡盆里的放水孔,可以挡住泥沙石块,而又能使水流得通畅。我们非常仔细地把这项工程用土盖好,并且把土踩平。全部完工的那一天,我们怀着希望和恐惧交织在一起的紧张心情等待着浇水时刻的到来。好像等了有几世纪之久,这个时刻终于来到了。朗拜尔西埃先生跟往常一样,来参加这项工作;在浇水的时候,我们俩老站在他身后,以便掩护那棵小柳树;最侥幸的是,他始终是背对着树,没有转过身来。

头一桶水刚刚浇完,我们就看见水流到我们树的池子里。看到这种情景,我们忘掉了谨慎,不由得欢呼起来,朗拜尔西埃先生因此回过头来,这一下可糟糕了!他刚才看到胡桃树底下的泥土大量吸收水分,认为是土质好,心里非常快活;此时,他忽然发觉水分到两个池子里去了,不禁吃了一惊,也大叫起来。他仔细一瞧,看破了诡计,立刻叫人拿来一把大镐,一镐下去,我们的木板就飞起了两三片,他大声喊道:"一条地下水道!一条地下水道!"他毫不留情地把各处都给刨了,每刨一下子都刨到我们的心上。一刹那间,木板、水沟、池子、小柳树,全都完

---

① 　拉丁文:顽强努力战胜万难。——引自古罗马诗人维吉尔的《耕耘颂》。

了,全都被刨得稀烂。在这一段可怕的破坏工作中,他什么话也没说,只是不停地叫着"地下水道"。他一面喊着:"地下水道! 地下水道!"一面破坏着一切。

有人也许会想,这件事情必然会给小建筑师们带来不幸,但他想错了,全部事件到此为止。朗拜尔西埃先生并没有说一句责备我们的话,也没有给我们脸色看,也再没跟我们提这件事;甚至过了一会儿,我们还听见他在他妹妹跟前哈哈大笑,他的笑声老远就能听得见。更怪的是,我们除了起初有点惊慌,也没有觉得太难过。我们在别处又栽了一棵树,我们也常常提起第一棵树的悲剧,一提起来我们俩就像背诵文章似的叫道:"一条地下水道! 一条地下水道!"在此以前,当我以阿里斯提德或布鲁图斯自居的时候,曾不时出现过那么一种骄傲感。这是我的虚荣心第一次明显的表现。我觉得我们能够亲手筑成一条地下水道,栽一棵小柳枝来和大树竞赛,真是至高无上的光荣,我十岁时对事物的看法比恺撒在三十岁时还要高明①。

这棵胡桃树以及同它有关的那段小故事,一直非常清楚地留在我的脑际,或者说时常浮现在我的脑际,因此当我于一七五四年到日内瓦去的时候,我最惬意的打算之一就是到包塞去再看一下我儿童时代游戏的纪念物,特别是那棵亲爱的胡桃树,它该有一个世纪的三分之一的寿命了。但是我那时一直有事缠身,不能自主,始终没有满足这种愿望的机会。看来这样的机会也不可能再有了。然而,我并没有因此而放弃得到这种机会的愿望;我差不多可以断定,假如一旦我能回到那心爱的

① 据说恺撒三十二岁时,觉得已到了亚历山大去世的年龄,仍然一事无成,不觉大哭起来。

地方,看到那棵心爱的胡桃树还活着的话,我一定会用我的眼泪浇灌它的。

回到日内瓦以后,我在舅父家里住了两三年,等待着人们对我前途的安排。舅父希望自己的儿子当工程师,他教给我表兄一点制图学,并给他讲欧几里得的《几何学原理》。我也陪着他一起学,并且发生了兴趣,特别是对于制图学。这时大家却商量着叫我做钟表匠、律师或牧师。我很喜欢做牧师,我觉得传道说教倒挺有意思。可是我母亲遗产每年的那点收入由哥哥和我一分,就不够供我继续读书了。既然我当时的年龄还不那么急于选择职业,就只好暂时留在舅父家里等待着,这几乎是虚度光阴,同时还得支付一笔虽然公平合理、数目却也实在可观的膳宿费。

我的舅父和我父亲一样,也是个喜欢玩乐的人,他也像我父亲一样不善于用义务约束自己,很少关心我们。舅母是一个稍带虔信派教徒作风的虔诚女人,她宁愿去唱圣诗,也不愿注意我们的教育;他们对我们几乎是完全放任,我们也从来不滥用这种放任。我们两人形影不离,互相帮助,无求于他人,而且因为我们从来不想去跟那些和我们年纪相仿的顽童们厮混,所以丝毫没有沾染上由于终日无所事事而养成的那种浪荡逍遥的习气。其实,我说我们闲散是错误的,因为我们一辈子也没有闲荡过。值得庆幸的是,我们感到极为有趣的各种毫不间断的游戏,使我们在家里忙个不停,甚至使我们不想出门。我们自己做鸟笼子、笛子、毽子、鼓,盖小房子,做水枪、弩弓等玩具。我们也学我那位和善的年迈外祖父那样制造钟表,有时竟弄坏了他的那些工具。另外还有一种最喜欢的爱好,就是在纸上涂抹,起画稿,施墨,加彩,糟蹋颜色。有一个名叫刚巴高尔达的意大利江湖艺人到日内瓦来,我们去看过一次就不想再去了;但是,他有木偶,我们也就造起木偶来;他的木偶演一些喜剧式的东西,我们也就为我们的木偶编喜剧。没有变音哨子,我们就用假嗓子学那滑稽小丑的语声,来演我们这些动人的喜剧,我们那些慈祥的长辈们倒也都耐心地看,耐心地听。但是有一天,我的舅父贝纳尔召集家人朗读了他自己写的一篇动人的讲道稿。于是我们又丢开了喜剧,也写起讲道稿来了。这些琐事没有多大意思,我自己也承认;不过,这些琐事证明,我们最初的教育是多么需要很好的指导,才能使我们这些在那样幼小的年龄就几乎自己管束自己的孩子很少滥用这种放任。我们不太需要结交同伴,甚至有这种机会,我们也不重视。我们出去散步的时候,经常看到孩子们玩耍,但是并不羡慕,甚至也不打算参加。我们两人之间的友情足以使我们心满意足,只要我们两人能在一起,就是最单调的娱乐,我们也会感到喜悦。

由于我们两人形影不离,人们注意起来了;特别是我的表兄身材很高,而我很矮,这样的一对确是十分可笑。他瘦高个子,小脸儿像个皱苹果,神气柔弱、步伐无力,招得孩子们嘲笑。

人家用当地的土语给他起了一个绰号,叫他"笨驴",只要我们一出门,就会在我们的周围响起一片"笨驴,笨驴"的喊声。他对于这种嘲笑比我更能处之泰然。我恼火了,想跟他们打架,这正是那些小流氓求之不得的。我跟他们打起来了,结果挨了打。我那可怜的表兄尽力帮助我,可惜他弱不禁风,人家一拳就把他打倒了。这么一来,我简直气疯了。虽然我脑袋上、肩膀上挨的那几拳的确不轻,但他们要打的并不是我,而是"笨驴"。我这种倔强的怒火反倒把事情弄得更糟,后来,只有在人家上课的时间,我们才敢出门,我们唯恐受到小学生们的詈骂和追赶。

现在我已成了打抱不平的骑士了。为了做一个像样的骑士，我需要有一位情人；我有过两位。我时常到尼翁去看我父亲，尼翁是伏沃州的一个小镇，我父亲已定居在那里。我父亲的人缘很好，连他的儿子也沾了光。我在他那里住的日子虽不多，看在他面上，所有的人对我都很亲切。有一位菲尔松太太更是对我万分疼爱，这还不算，她女儿还把我看作她的情人。一个十一岁的男孩子给一个二十二岁的姑娘作情人，人们当然会明白这是怎么一回事。所有这种非常机灵的姑娘们都很乐意把小洋娃娃摆在前面，以便把大洋娃娃掩蔽起来，她们很会运用手腕，造成一种令人着迷的假象，来诱惑那些大洋娃娃。在我这方面看不出她和我有什么不相称的地方，因此我对这件事倒挺认真；我把我整个的心，或者更确切地说，把我全副的脑筋都用在这上面了，因为，虽然我爱她已达发狂的程度，虽然我的狂热、兴奋、激昂做出了许多令人绝倒的趣剧，但我也只是在我那小脑袋里爱她而已。

据我所知，有两种完全不同而又完全真实的爱情，它们虽然都很强烈，但是彼此间几乎没有共同的地方；它们跟亲密的友谊也不一样。我整个一生被这两种风马牛不相及的爱情各占去一半，甚至我曾在同一时间亲身体验了这两种爱情。比方说，在我刚刚讲述的那个时期，也就是当我公然把德·菲尔松小姐据为己有、专横到不能忍受别的男子跟她接近的时候，我曾经跟一位小姑娘戈登小姐有过几次时间不长、但是热烈的幽会；幽会时，她好像老师对待学生一样对待我。全部经过，如此而已。虽然不过如此，但是实际上，我却觉得这就是一切，这就是无上的幸福了。我当时已经体会到秘密之可贵。虽然在使用秘密方面,我还十分幼稚,但是当我发现德·菲尔松小姐跟我定情,只不过为了遮掩其他风流勾当的时候,我便针锋相对地以同样的方式报答了她。这是她万万没有料到的。但我深感遗憾的是,我的秘密被发现了。也可以说,我的小老师并没有像我一样保守秘密。不久,人家就把我们分开了。又过些天,当我回日内瓦从库当斯路过的时候,我听到有几个小姑娘低声喊道:"戈登跟卢闹翻了。"

这位戈登小姐的确是一个不寻常的人物。她长得并不美,但她那脸庞是令人难以忘记的;我至今还时常想起她来,拿我这样一个老疯子来说,未免想得过分了一些。她的身段,她的姿态,特别是她那双眼睛都与她的年龄不相称。她那副小神气又威严又骄傲,倒很合乎她扮的那种角色,也就是她那副小神气使我们想起演这种角色来。但是,她最奇怪的一点是,她那种大胆与端庄混合在一起的样子,是令人难以了解的。她对我肆无忌惮,我对她却丝毫不能随便。她完全把我当作小孩子看待,因此我相信,要么她已经不再是一个孩子,要么恰恰相反,她本人还是一个孩子,居然把面临的危险视为儿戏。

我对她们两人,可以说都是一心一意。而且我是那样全心全意,当我跟其中一个在一起的时候,心里从来不想另一个。不过,话又说回来,我对她们两人的感情却没有一点相似的地方。我就是跟德·菲尔松小姐过一辈子,也不会想到要离开她;但是,我接近她的时候,我的喜悦心情是平静的,绝不会感情激动。我爱她,特别是在跟许多人一起谈笑的时候,打趣取笑,打情骂俏,甚至争风吃醋,都使我心花怒放,津津有味。我看到那些年岁大的情敌仿佛受到冷遇,而我独为她所垂青,便洋洋得意地自豪起来。我也曾被逗得愁肠百转,但是我喜欢承受这种苦痛。人们的赞美、鼓励和欢笑，又使我心头发暖，勇气倍增。我又发脾气，又说机灵话，在交际场里，我爱她爱得发狂；若是单独和她相对，我反而会局促不安，心情冷淡，甚至有些厌烦的情绪。不过，我对她是那样关心，当她生病的时候，我非常苦恼，我宁愿牺牲自己的身体使她得以恢复健康。请大家注意，由于我本身的经验，我是深切了解疾病和健康的意义的。一离开她，我就想念她，觉得非有她不可；而在和她相会的时候，她的那些爱抚使我感到甜蜜的是心灵而不是肉体。我跟她在一起有一种泰然的感觉；我除了她所给的一切，并不想得到更多的东西。不过，我要是看见她跟别人也是这样，那我是不能容忍的。我对她是爱若兄妹，妒如情郎。

至于戈登小姐，我每一想到她可能像对待我一样对待别的男子，心里就嫉妒起来，仿佛土耳其人、疯子或者老虎那样。因为她的所赐即便星星点点，我若不下跪也是得不到的。当我和德·菲尔松小姐接近的时候，我只感到欢喜，并不动情；但是，只要戈登小姐一出现，我便任何别的东西都看不见了，简直神魂颠倒。跟前者相处，虽然很亲昵，绝没有什么放肆的地方；但在后者面前，那就完全相反了，即便是彼此已十分厮熟，我心里也是七上八下，忐忑不安。我觉得，假如我跟她在一起的时间太久，我的命都得断送掉，因为心脏的跳动准会把我活活憋死。对于她们两个，我同样害怕失宠；不过，我对一方是体贴备至，而对另一方则是唯命是从。把世界上所有的财宝都给我，我也不肯去惹德·菲尔松小姐生气；可是，如果戈登小姐命令我去跳火坑，我相信，我马上就会去跳的。

我跟戈登小姐的那些桃色事件——或者更确切地说，那些幽会——没有维持多久，这对她对我都算天大的幸事。我跟德·菲尔松小姐的交往没有发生同样的危险,不过,经过稍长的时间之后,也形成了一场悲剧的结局。这类事件的结局永远带有一些浪漫的气息,使人不禁为之感叹。我跟德·菲尔松小姐的情爱虽然并不炽烈,但是也许更加眷恋。我们没有一次不是挥泪而别,更奇怪的是,在分手以后,我便感到难堪的寂寞。我一开口,便会谈起她,我一沉思,便会想到她。我的伤感是真实和痛切的。不过,我相信,实际上这种英雄之泪决非完全为她而洒,在我的伤感中,对于以她为中心的那种玩乐的留恋,也占很大的成分,只是我没有理会这一点罢了。为了排遣离愁别恨,两个人写了一阵情书,词句之动人就是冷若岩石的人也会为之心碎。我终于得到了胜利;她再也忍耐不住,只好到日内瓦来看我。这一下子我更晕头转向了,在她小住的两天中,我简直如醉如痴。她要离开的时候,我真想她一走我便去投水自尽。我的号啕声久久停留在茫茫的太空中。过了一个星期,她给我寄来一些糖果和几副手套,假若我不知这时她已经结婚,她那次"光临"只是为了置办嫁妆而来的,那么,我一定会觉得她这种举动是多情的表示。当时我是何等愤怒,不用描述,就可想而知。我满怀崇高的怒火,坚决发誓,永远不再见这个负心的女子。我觉得这是对她最严重的惩罚。可是,她并没有因此而死去。二十年后,我去看我的老父。我们父子二人泛舟湖上的时候,我看见离我们的船不远,有一只游艇,上面坐着几个女人,我问那是谁。"怎么!"我父亲笑着说,"想不起来了吗?那是你当年的情人啊。现在叫克里斯丹夫人,就是从前的德·菲尔松小姐。"听到这个差不多已经完全忘掉的名字,我哆嗦了一下。不过,我马上吩咐船夫把船划开了。虽然这是一个相当好的复仇机会,但是我觉得犯不上违背誓言,跟一个年已四十的女人算二十年前的账。

在没有确定我的前途以前,我少年时代的大好光阴便在这些无聊的琐事中浪费掉了。人们根据我的天性,经过再三考虑,终于给我选择了一个最不称心的职业。他们把我送到本城法院书记官马斯隆那里,叫我在他手下学习"承揽诉讼人"的行道,依照贝纳尔先生的说法,那是种有用的职业。我对"承揽诉讼人"这个雅号讨厌透了。我人格高尚,决不想用卑鄙手段去发财。天天干这行业务真是枯燥无味,令人难以容忍,加上工作时间又长,还得和奴才一样听人驱使,我心里就更不高兴了。我每走进事务所大门的时候,总是怀着憎恶的心情,这种心情日甚一日。至于马斯隆先生呢,他很不满意我,对我抱着轻蔑的态度。他经常骂我懒惰和蠢笨,他每天都喋喋不休地说:"你舅舅硬说你会这个,会那个,其实你什么也不会。他答应给我送来一个能干的小伙子,哪知道送来的却是一头驴。"结果,我以"无能"的罪名,很不光彩地被赶出了那家事务所;照马斯隆先生的那些办事员们的说法,我除了使用钟表匠的锉刀以外,没有别的用处。

自己的天资经过这样评定以后,我就只好去当学徒了。不过,他们叫我去投靠的不是一个钟表制造匠,而是一个零件镂刻师。书记官的轻蔑态度实在把我的骄气压得太低了,所以我依命而行,毫无怨言。我的师傅,人称杜康曼先生,是一个脾气粗暴的青年人,在很短的期间里,就把我儿童时代的一切光华全都磨光了;他摧残了我那温柔多情、天真活泼的性格,使我不但在实际生活上,而且在精神面貌上变成了一个真正的学徒。我的拉丁文和我所学的古典文学和历史,都长期抛在脑后,我甚至记不起世界上有过罗马人。我去看我父亲的时候,他再也看不出我是他的"宝贝"了。在那些太太小姐们的心目中,我再也不是风流潇洒的让-雅克了。连我自己都确切地相信,朗拜尔西埃兄妹绝不会认出我是他们的门生,因此,我真不好意思去拜访他们;从那以后,我永远也没有再碰到他们了。最低级的趣味、最下流的习惯代替了我当年可爱的娱乐,甚至使那些娱乐在我的记忆里连一点影子都没有了。我虽然受过良好的教育,但是,想必是我生来就有一种易于堕落的倾向,因为我丝毫没费力,转瞬之间便堕落到不可收拾的地步,就连非常早熟的恺撒,也不曾这样迅速地变成拉里东①。

说起那行手艺本身,我并不讨厌。我非常喜欢打图样的艺术,挥动刻刀也觉得很有趣味。同时,在钟表制造业这一行里,镂刻零件,用不着有多么高超的技术,所以我希望在这方面能有卓越的成就。假如不是由于我师傅蛮横无理,由于我所受的种种束缚,因而对这种工作感到厌烦的话,那么,我也许会达到这个目的了。我曾经背着他在工作时间内搞了一些虽然属于同样性质,但是对我那不受束缚的性格具有吸引力的东西。我镂刻了一些骑士勋章,供我自己和伙伴们佩带之用。我师傅发现我私下里干这种违禁的活儿,痛打了我一顿,并且说我在练习制造伪币,因为我们的勋章上面刻有共和国的国徽。说老实话,我根本不懂得什么是伪币,就是对于真币,我认识的也不多。我对罗马的"阿斯"②的铸造方法倒比对我们的三苏辅币更加熟悉。

由于师傅的暴虐专横,终于使我对于本来喜爱的工作感到

---

① 拉封丹寓言《教育篇》中的一只狗的名字,原句是:"呜呼,多少好恺撒,竟都变成拉里东。"

② 阿斯,古罗马青铜币名。

苦不堪言,并使我染上了自己痛恨的一些恶习,诸如撒谎、怠惰、偷窃等等。这一时期我身上发生的变化,回忆起来,令我深刻地体会到在家靠父母和出外当奴隶之间的天壤之别。我生性腼腆而懦怯,尽管可以有千百个缺点,但决不至于堕落到厚颜无耻的程度。在此以前,我所享受的正当的自由仅只是一点一点地缩小范围,而现在呢,它完全化为乌有了。跟父亲在一起的时候,我肆无忌惮;在朗拜尔西埃先生家里的时候,我无拘无束;在舅父家里,我谨言慎行;到了我师傅那里,我就变得胆小如鼠了。从那以后,我就成为一个堕落的孩子。当初跟长辈在一起的时候,我过惯了完全和他们一样的生活:没有一种娱乐我不能参加,没有一种佳肴会缺少我的那一份,我心里想什么,嘴里便说什么。而在我师傅家里竟变成怎样一个人呢?大家是一想便知的。因为在那里,我不敢张嘴;在那里,饭只吃到三分之一的时候,就得离开饭桌,马上就得走出去;在那里,我是一天忙到晚,我看见别人有玩有乐,只是我什么也享受不着;在那里,主人及其狐朋狗友的逍遥放荡,越发使我感到受人奴役的重压;在那里,即便争论我最熟悉的事情,我也不敢张嘴;总之,在那里,我眼睛看见什么,心里就羡慕什么。为什么?只是因为被剥夺一切。永别了,我的安逸生活;永别了,我的愉快活泼;就是从前我犯错误时候往往使我躲过责罚的那些聪明话,而今也休想再说了。有一件事情,我一想起来便不能不笑;某天晚上,在父亲家里,我因为淘气,罚我不吃饭就上床睡觉;当我拿着一小片面包从厨房走出去的时候,我看见并且闻到铁叉子上烤着一大块肉。大家站在炉灶周围;我从那儿走过去,不得不向他们每个人道声晚安。道完晚安之后,我向那块肉瞥了一眼。哎呀,它的颜色多么好看,它的味儿多么香啊!我不由自主地也向它鞠了一躬,用悲戚的声音对它说:"烤肉,再见吧!"这句灵机一动、脱口而出的天真无邪的玩笑话是那样逗乐,他们到底还是叫我一块吃晚饭了。在我师傅家里,如果这样做,也许可以产生同样的效果;但是,我相信,在那里,我从来没有过这种机灵劲儿,即便有,我也决不敢说出口来。

我就这样学会了贪婪,隐瞒,作假,撒谎,最后,还学会了偷东西——以前,我从来没有过这种念头,可是现在一有了这种念头,就再也改不掉了。力不从心,结果必然走上这条邪恶的道路。这就是为什么所有的奴仆都是连偷带骗,个个学徒都是连骗带偷。不过,如果后者处在与人平等、无忧无虑的状态,而所希望的又可以得到满足的话,那么,在他们逐渐成长的过程中,一定会丢掉这种不光彩的癖好。可惜我没有遇到那样有利的条件,所以未能收到良好的效果。

儿童第一步走向邪恶,大抵是由于他那善良的本性被人引入歧途的缘故。我在师傅家里已经待了一年以上,尽管经常感到手头拮据,不断受到外物的诱惑,但是,就连吃的东西我也没想偷过。我第一次偷东西本是出于一番给人帮忙的好意,不过,它为另外几次偷窃揭开了序幕,而那几次偷窃的动机却不值得赞扬。

我师傅有位伙友,叫作维拉,他家与我们为邻,稍远处有一个园子,园中种着最名贵的龙须菜。这时维拉手头不大宽裕,他想背着自己的母亲偷几棵刚刚长成的嫩小龙须菜,当作鲜货把它卖掉,换几顿好饭吃。他自己不愿意去冒这个风险,而且他手脚也不灵便,就选中我去办这件事。他首先恭维了我一顿,我当时没有识破他的用意所在,所以很容易就上了圈套。然后,他假装忽然想出这个主意,让我去干。我拒绝了好半天;

可是他固执己见,又向我百般阿谀奉承,我抵抗不住,结果投降了。我每天早晨去割一些最好的龙须菜,拿到茂拉尔市场出售;市场上有位老太婆,她猜我是偷来的,便向我当面揭穿,以便贱价收买。我做贼心虚,只好凭她随意给价,然后我将钱如数交给维拉。这钱马上变成一顿饭菜,置办人是我,吃的是他和另外一个伙友。他给我一点小惠已经使我心满意足了,至于他们的酒杯,我摸都没有摸到。

这种小把戏我一直干了好几天,我丝毫没有想到偷窃一下偷窃者,即从维拉盗卖龙须菜的收入中抽个头儿。我实心实意干这种勾当,唯一的动机就是为了讨主使人的欢心。但是,假若我被人捉住的话,我要怎样挨打、受骂、大吃苦头啊,而那个坏蛋一定会说我诬赖他,别人也一定会相信他的话,结果,我便要以诬告之罪受到加倍的惩罚,因为他是个伙友,而我只是一个学徒!作恶的强者逍遥法外,无辜的弱者遭殃,普天下皆是如此。

这样一来,我才了解到偷窃并不像我原来想象的那样可怕。我对这门学问很快便登堂入室,凡是我想弄到手的东西,只要我力所能及,那就难保安全了。在师傅家里,我吃的并不算坏;我所以难以克制自己的食欲,是由于看到我师傅吃东西太没节制。每当端来美味珍馐的时候,他便把青年人赶下桌子,我觉得这种习尚是培养馋鬼和小偷的最有利因素。没有多久,我便兼任这两种角色了;一般来说,我总是得心应手,只偶尔被捉住挨顿苦揍而已。

有一次我偷苹果,付出了很大的代价,我一想起这件事情的时候,就感到战栗,也觉得好笑。那些苹果放在储藏室的最里边,那间储藏室上面有一个很高的格子窗,厨房里的阳光可以射到里面去。有一天，家里只有我一个人，我便登在案板上，向"赫斯珀里得斯①苹果园"张望我所不能接近的禁脔。我把烤肉的铁叉子取来，看它是否够得着；不成，它太短了。我又找了一个小叉子（我师傅喜欢打猎，为了烤打来的野味，所以专门预备一个小叉子）接在上面。我扎了几次，都没有成功，最后，我到底扎上了一个苹果，这可把我乐坏了。我小心翼翼地往上拉，苹果已经接近格子窗户了。我伸手去拿。但是，多么叫人伤脑筋啊！苹果太大，从格子里拿不出来。为了拿它，我费了多少苦心！要使铁叉子不掉下来，我必须找个夹住它的东西，要切苹果，我必须找把相当长的刀子，在切的时候，又必须有一块托板。等万事齐备以后，我就开始切苹果，我打算把它切成两半，分别取出来。但是，我刚刚切开，两块苹果就都掉到储藏室地下去了。富有同情心的读者哟，请分担我的烦恼吧！

我并没有丧失勇气；不过，我已经浪费了许多时间。我怕冷不防被人逮住，只好等第二天再来做比较幸运的尝试。于是，我就好像没事人儿似的，干我的工作去了。至于储藏室里那两个不会保守秘密的凭证，对我是多么不利，我连想都没有想它。

第二天，我找了个适当机会，又作了一次新的尝试。我爬上我的楼板，伸出铁叉，对准苹果，正准备去扎……谁知道那个守卫龙并没睡着，储藏室的门吧嗒一声开了。我师傅走了出来，两手一叉，瞪着我，对我说："好哇！"……写到这里，我的手哆嗦得连笔都攥不住了。

由于经常挨打，我渐渐对挨打也就满不在乎了。后来我觉

①　赫斯珀里得斯是希腊神话中守护金苹果园的诸女神。

得这是抵消偷窃罪行的一种方式,我倒有了继续偷窃的权利了。我并不把眼睛向后看,看我挨打时的情况,而是把眼睛向前看,看我究竟怎样复仇。我心里想,既然按小偷来治我,那就等于认可我做小偷。我发现,偷东西与挨揍是相辅而行的事情,因而构成了一种交易,作为交易的一方,我只要履行我所承担的义务就行了,至于对方的义务,那就让我师傅费心去履行吧。在这种思想的支配下,每当我偷东西的时候,就比以前更加心安理得了。我对自己说:"结果会怎样呢?挨揍吗?管它呢!我生来就是为挨揍的。"

我好食而不贪,好色而不淫:由于别的欲念太多,这两种欲望就被冲淡了。非心闲时,我从来不思口福,而我平生又难得心闲,所以就很少有思考美味的时间。正因为这样,我才没有把我的偷窃伎俩长期局限在食物上,不久,我便把它扩展到我所希求的一切东西上面去了;后来我所以没有变成职业小偷,只是因为我一向不爱钱的缘故。在作坊的一端,我师傅另有一间私室,门老是锁着,我想了个窍门,把它打开,然后再神不知鬼不觉地把它关好。我潜入那个房间,征用了师傅的应手工具、精美图案和产品模型,凡是我所喜爱,凡是他有意瞒着我的东西,我都拿。说真的,这种偷窃是无辜的,因为我偷来的东西还是用在给我师傅干的活上;不过,由于我能够自由支配那些小东西,所以心里喜欢得不得了;我觉得,在偷师傅的产品时,仿佛连他的技术都偷来了。另外,在一些小匣里,我发现有碎金块、碎银块、小宝石、贵重物品和钱币。我呢,口袋里只要有四五个苏,就心满意足了,因而不但没有去摸匣子里的任何东西,就连贪婪地看上一眼,我记得也没有过。我看见那些东西的时候,我心里不是喜欢,而是恐怖。我深深相信,我对于盗窃金银财宝以及对于由此而产生的后果的畏惧,大半是由于教育的结果。另外一小半,是由于内心里交织着丢脸、坐牢、受罚、上绞刑架的观念,只要一起盗心,这些思绪便会使我不寒而栗;所以,我总觉得,我的那些恶作剧只不过是淘气罢了,实际上也正是如此。我认为,结果顶多挨我师傅一顿狠揍,这是我早就有所准备的。

不过,我再重复一遍,我渴望的那点儿东西实在有限,根本谈不上什么悬崖勒马的问题,我一点也不觉得有什么不好的念头要打消。对于我,一张上等图画纸比可以买一令纸的金钱具有更大的吸引力。我的怪癖是从自己的一种特殊性格产生的,因为这种性格对我的行动发生过巨大影响,所以我必须说个仔细。

我的欲望是非常炽烈的,每当它激动起来的时候,我的那种狂热是无与伦比的:什么审慎,恭敬,畏惧,礼节,我完全不管不顾,我变成一个厚脸皮的胆大包天的人,羞耻心阻挡不住我,危险也不能使我畏葸不前,除了我所迷恋的那件东西而外,我觉得天地虽大,却仿佛空无一物。然而,这只是一瞬间的事,过了这一瞬间,我又陷入虚无缥缈之中了。

宁静的时候,我简直是疏懒和懦怯的化身;无论什么都使我害怕,无论什么都使我沮丧;一只苍蝇飞过,都吓我一跳,哪怕一句话,我都懒得讲,哪怕一个手势,我都懒得做,我的畏惧和羞耻心把我拘束到了极点,我真想藏到谁也看不见的地方。在我非动不可的时候,我不知道该怎样动;在我非说不可的时候,我不知道该怎样说;如果有人注视我,我便张皇失措。在我热情洋溢的时候,我也能够说几句漂亮话,但是,在日常谈话中,我简直无话可说,甚至连一句话也说不出来;而我又非说不可,所以我遇到日常谈话就苦不堪言了。

再说,我的任何一种占有支配地位的欲念,都是不能用金钱收买的东西。我所追求的是纯洁的玩乐,而金钱会把一切玩乐都玷污。比方说,我喜欢美味,但是,我受不了高朋满座时的拘束,也受不了小酒馆里的放荡,我只能跟一个知己共享其乐;我不能独餐,因为独餐时,我便胡思乱想,结果就会食而不知其味。如果我心里焚起情欲之火,需要女人的话,那么,我这颗兴奋起来的心所更渴望的是爱情。凡是可以用金钱得到手的女人,在我的眼睛里,她们所有的动人之处,都会荡然无存,我甚至怀疑我是否还愿意跟这种女人在一起。我对于唾手可得的享乐都是如此。如果它们需要出钱买,我便感到索然无味。我爱的是那些只有我一个人首先尝到味道的东西。

我不但从来不像世人那样看重金钱,甚至也从来不曾把金钱看作多么方便的东西;金钱本身是毫无用处的,要享受它,必须把它变成别的东西:必须购买,必须讨价还价,必须时常受骗;虽掷千金,难遂所愿。我本想得到一件质地好的货色,但如果用钱去买,弄到手必然是一件劣货。我以高价买鲜蛋,结果是个臭蛋;我以高价购买成熟的水果,结果是个未成熟的;我以高价找个纯洁少女,结果是个淫荡的。我好美酒,但是到哪儿去找?到酒肆去吗?不论我怎样预防,结果我得到的还是伤身的劣酒。如果我非要称心满意不可,那便要操多少心,弄多少麻烦!我必须结识许多朋友,找代理人,送佣金,写信,东奔西走,伫候佳音,而结果往往还是上当。金钱金钱,烦恼根源!我怕金钱,甚于我爱美酒。

在我学徒时期和学徒以后的时期,我曾经千百次地想出去买点甜美的吃食。我走到一家点心铺门前,看见柜台那里有几个女人，我心里就想，她们又说又笑，一定是在嘲笑我这个小馋鬼呢。我又走到一家水果店门口，瞟着鲜艳诱人的梨，但是，有两三个小伙子就在旁边盯着我，我的一个熟人正站在店铺门前，我又看见有一个姑娘从远处走来，便怀疑她是不是家里那个女仆？由于我是近视眼，我产生种种的幻觉，我把所有的过路者都当成熟人了。总之，不管在哪儿，我都觉得胆怯，都知难而退；我越觉得不好意思，瞅着那些东西就越眼馋。到末了，我只好像一个傻瓜似的，带着馋涎欲滴的食欲转回家去；我口袋里的钱虽然足可供我一顿美餐，但我不敢买任何东西。

在我自己或别人使用我的金钱的时候，我所经常感受到的困窘、羞惭、厌恶、麻烦以及其他种种的不快，如果必须把它们都一一写出来，那就得记一大篇枯燥无味的细账。但是，读者在逐渐了解我的生活的时候，一定会逐渐熟悉我的性格，因此，用不着我来赘述，他们便会了解前面所讲的一切了。

一旦有了这些了解，人们就容易明白我所具有的矛盾之一就是：对金钱的极端吝惜与无比鄙视兼而有之。对于我，金钱并不是多么可人意的东西；当我没有它的时候，我决不想它；当我有它的时候，由于我不知道怎样使用才合我的心意，只好把它长期存放起来；但是，只要遇到适意的良机，我便顺手花掉，连钱包空了都不知道。不过，不要从我身上寻找守财奴的怪癖——为了摆阔而大手大脚地花钱；恰恰相反，我总是偷偷地花钱，其目的完全是为了自己的快乐；我决不以挥金如土来炫耀自己，而是尽量隐蔽。我深深觉得，金钱不是由我这样的人使用的东西；只要手头有几文，我都感到可耻，更不用说去使用它了。万一我有一笔足够让我过惬意生活的收入，老实说，我决不会当一个守财奴。我一定把这笔款子统统花光，并不用它生利吃息。可是，我的不安定处境使我害怕。我热爱自由，我憎恶窘迫、苦恼和依附别人。只要我口袋里有钱，我便可以保持我的独立，不必再费心思去另外找钱。穷困逼我到处去找钱，是我生平最感头痛的一件事。我害怕囊空如洗，所以我吝惜金钱。我们手里的金钱是保持自由的一种工具；我们所追求的金钱，则是使自己当奴隶的一种工具。正因为这样，我才牢牢掌握自己占有的金钱，不贪求没有到手的金钱。

所以说，我的淡泊不过是出于懒惰罢了。我觉得，有钱的乐趣抵偿不了求财的痛苦。我的挥霍也是出于懒惰，因为既然有了一掷千金的机会，谁还斤斤计较利害得失呢？对于我，物的诱惑力比钱的诱惑力大，因为在金钱和所希望享有的物品之间，永远存在着一个媒介物，而物品本身和享用之间却是毫无间隔的。我看到某一物品的时候，它能诱惑我，而当我只看到获得该物品的手段的时候，我就感觉不到这种手段的诱惑力。正因为这样，我才做贼，直到现在，我有时还偷一点儿我所心爱的小玩意儿，我宁愿自己去拿，而不愿向人家讨。然而，在我一生之中，无论是孩提时代还是成人以后，我从来没有偷过人家的一个铜板；只有一次例外，那就是十五年前，我偷过七个利勿尔零十个苏。这件事是值得一提的，因为它是无耻与愚蠢的巧合，假若当事者不是我，而是另外的人，我简直不会信以为真。

事情发生在巴黎：约下午五点钟，我跟德·弗兰格耶一同在"王宫"散步。他掏出怀表看了看，对我说："咱们到歌剧院去吧！"我欣然同意，我们就去了。他买了两张池座，给我一张，然后，他拿着自己那张票一个人在前边走，我跟在后边。他先走进去了，我往里走的时候，发现门口已经挤得水泄不通。我向里边瞧了瞧，只见大家都在站着。我心想，在这样拥挤的人群中,我很容易被挤丢;反正德·弗兰格耶一定这样想。于是,我离开那里,交了副票,取了钱,走了出来。万万没有想到,我刚走到大门口,观众全都坐下了,德·弗兰格耶很清楚地看到我不在剧场里边[1]。

这种行为跟我的天性完全背道而驰。我所以把它记载在这里,是为了说明人们有时陷入精神错乱的状态,在这种情况下,我们不能根据他们的行动断定他们的善恶。我所要偷的不是金钱本身,而是金钱的用途。不过越说不是做贼,就越寡廉鲜耻。

如果我把学徒时代从崇高的英雄主义堕落为卑鄙的市井无赖所走过的每个历程一一讲述,那就永远讲不完了。我虽然染上了学徒的种种恶习,但是,我对这些恶习未能产生丝毫兴趣。我讨厌伙伴们的那些娱乐。当我由于束缚重重,连对工作都感到乏味的时候,我便厌倦了一切。结果,我把久已放弃的读书癖重新捡了起来。我是占用工作时间偷着看书的,因此造成一种新的罪过,惹来一些新的惩罚。不过,我的读书癖越受到限制,兴致也越高,不久,就陷入狂热状态了。有一个有名的女租书商,名字叫拉·特里布,她向我提供了各种各样的书籍。好书坏书都行,我不挑选,什么书我都同样贪婪地阅读。我在干活的案子上读,出去办事的时候读,蹲在厕所里读,我经常一连几小时沉醉在书籍里。我读得头昏脑涨,别的事儿什么也干不下去了。我师傅窥探我,捉住我,打我,抢走我的书。有多少本书被撕毁,被焚烧,被扔到窗户外边去啊!拉·特里布的店

---

① 根据法国女作家乔治桑(1804—1876)在她的自传《我的一生》中所述,她的外祖父德·弗兰格耶坚决否认有这段轶事。

铺里,有多少部残缺不全的文集啊!我没钱付给的时候,我就把自己的衬衫,自己的领带,自己的衣服给了那位租书商。我每星期日一定把师傅付给我的三个苏零花钱给她送去。

讲到这里,读者也许要说,金钱不还是必需的吗!说得对。不过,这是在我爱书成癖、不能进行其他活动的时候。新的兴趣完全征服了我;我除了读书以外,什么都不想干,连东西也不想偷了。这也是我身上突出的特点:当我的某种爱好已经成为习惯的时候,一点儿小事就能使我转移目标,就能改变我,迷惑我,最后使我如醉如痴。于是我忘却一切,一心只想我所倾慕的新的东西了。我口袋里只要有一本新书,我的心就怦怦跳了起来,恨不得一口气把它读完,只要剩下我一个人,我马上就把它掏出来,这时,我再也不想上我师傅的私室里去乱翻了。我相信,即使我爱上什么更高价的娱乐,我也决不会去偷钱的。我只顾眼前,不顾未来。拉·特里布肯赊给我,押金很少。我只要有书放在衣袋里,其他一切就全都抛到九霄云外了。不管得到多少钱,我都原封不动献给那位女老板。当她向我催索欠款的时候,我便立刻拿自己的东西去抵偿,那是最简便不过的办法。偷钱以备不时之需,未免太有远见,偷钱还账也谈不上什么诱惑。

由于吵嘴、打架,由于偷阅选择不当的书,我变得性情孤僻,沉默寡言;我的精神也开始变坏,我过起真正落落寡合的生活来了。虽然由于我嗜书如狂,难免阅读一些平淡无味的东西,但是,我幸而没有阅读那些下流的淫书。原因倒不在拉·特里布这个八面玲珑的女人把这种书租给我有什么良心上的不安,而是每当她向我推荐那些淫书的时候,为了提高租价,总是摆出一副神秘的面孔。这种面孔一方面使我感到羞惭,一方面使我感到厌恶，因此，我每次都断然拒绝了。我的天性本来就腼腆，再加上机缘凑巧，所以一直到三十岁，我从来没有涉猎过任何一部上流社会的漂亮女人在读的时候都觉得难为情的坏书，这种书她们只能偷着看。

不到一年工夫，我把拉·特里布这家小书铺的书全读光了。此后，每当闲暇无事的时候，我就感到十分烦闷。但我的读书癖已经纠正了我那些幼稚无赖的恶习；我对书籍，虽然有时选择不当，而且其中常常有些很坏的东西，可是，凡是我所读过的书籍，在我的内心里，都比我的职业能唤起更高尚的感情。对唾手可得的东西，我感到厌烦，那些可能诱惑我的东西，我又觉得它们离我太远，于是找不到任何能够打动我的心弦的东西了。我的感官早已蠢蠢欲动，我简直想象不出它所要求的享乐究竟要达到怎样的目标。我对于这个真正的目标可谓一无所知，我仿佛是一个没有性欲的人。当我已经进入成年，春情不住发动的时候，我常常想起从前一些古怪的行径，然而，事情只此而已。在这种奇异的情况下，惶惶不安的想象把我从自己的手里拯救出来，平息了我那日益旺炽的欲火。经过是这样：我以沉思默想书中曾使我最感兴趣的环境来自娱，我追忆那些环境，我改变它们，综合它们；我要变成我所想象的人物之一，并使我所设想的那些空中楼阁恰恰适合我的身份。我总是把自己放在我感到最称心如意的地位。到了最后，我已完全处在我所玄想的环境中，竟至把我极端不满的现实环境都忘掉了。由于我喜欢这种空中楼阁，又容易到那里去神游，结果，我就讨厌起我周围的一切，养成了爱好孤独的性格，从此以后，我始终是一个爱好孤独的人。乍看起来，这种性格显然是极端恨世的，十分阴郁的，然而实际上，它是从一颗充满热情、善良、温和亲切的心产生出来的，而这颗心，由于找不到跟它相似的心，就不得不耽于幻想了。现在，我只指出这种癖好的起源与最初的原因就够了。这种癖好改变了我所有的欲念，并且因为这种癖好本身包含着欲念，就使得我热衷于梦幻而懒于行动。

　　就这样，我到了十六岁。这时候，我心神不安，对自己和其他一切都感不满，对自己的工作毫无兴趣，我没有十六岁少年应有的欢乐，心中充满了茫无目的的欲念，我毫无原因地潸然泪下，我无缘无故地喟然长叹，一句话，由于看不到自己周围有什么值得留恋的东西，我就只好寄情于玄思遐想了。每到星期日的时候，我的伙伴们在做过礼拜以后，就来找我跟他们一同出去玩。在未去以前，如果我有可能逃走的话，我是宁愿逃开他们的。不过，一旦参加他们的娱乐，我比谁都兴奋，比谁都跑得远。推动我是很困难的，叫我停下也不容易。我的脾气永远是这样。当我们到郊外去散步的时候，我总是跑在前头，除非别人提醒我，我连到时候该回去都忘了。我有两回不得不在城外过夜，因为在我回城以前，城门已经关上。第二天我受到怎样的处分，是可以想象的。第二次，师傅警告我说，如果下次再犯，一定严惩不贷，因此我下定决心不再冒险了。可是，这个万分可怕的第三次仍然落到了我的头上。米努托里队长是一个该死的家伙，当他看守城门的时候，总比别人提前半个钟头关城门。我虽然早有警惕，结果也毫无用处。那天，我跟两个伙伴一同回城。离城还有半里，我听见预备关城的号声响了。我两步并作一步走。我听见鼓声咚咚地响了起来。我拼命往前跑，跑得通身大汗，连气都喘不上来。我的心怦怦直跳。我远远看见那些兵士还在站岗。我赶紧跑上前去，上气不接下气地呼喊。可是已经迟了。我在离前卫二十步的地方，看到第一号桥①已经吊了起来。当我看到号兵扬起可怕的号角的时候，我身上就哆嗦起来，因为这是凶多吉少的预兆，我那不可避免的遭遇就从这一刹那开始了。

我于万分悲痛中倒在斜堤上，嘴啃着地。伙伴们对于我的不幸只是觉得可笑，他们马上决定应该怎样做。我也确定了自己的方针，但是，我的方针跟他们的完全不同。我当场发誓，从今以后，再也不回我师傅那儿去了。第二天，城门开后，他们回城的时候，我就跟他们永远道别了。只是恳求他们把我的决定偷偷告诉我的表兄贝纳尔，并且通知他可以跟我再见一面的地点。

自从我当学徒以后，因为我住的地方离我表兄家较远，两人就很少见面了。最初，我们每星期日还聚会一下，但是后来，由于我们不知不觉地已经各有所好，两个人就渐渐疏远起来。我相信，这种变化大部分是他母亲促成的。他是上城区的子弟，而我这个可怜的学徒只不过是圣日尔维区②的孩子。尽管有亲戚关系，我们的身份是完全不同的。他跟我常来常往，那是有失体面的事情。不过，我们俩的关系并没有完全断绝。表兄为人憨厚，尽管有他母亲的训诫，他有时还是按照自己的心愿办事。他听到我下定决心以后，就跑来看我。他跑来不是为了劝阻我或者陪我逃走，而是为了送给我一点财物，以便减轻我出逃中的困苦，因为以我自己的财力，我是不能走出多远的。在他送给我的那些东西里还有一把短剑，我非常

① 当时，日内瓦每个城门外边有三个吊桥，晚上关城门时吊起，第二天早晨开城门时放下来。

② 上城区为日内瓦的贵族住宅区；圣日尔维区为贫民区。

喜爱它，我一直将它带到都灵。在那里，穷困逼得我把它出脱了，变了钱好吃食。后来，我越思量表兄在这紧要关头对我所表示的态度，我越觉得那一定是他母亲的主意，并且也许还有他父亲的主意。因为如果依照他自己的意思，他不可能不阻止我逃走，或者跟我同行。然而，他并没有这样做！看他那意思，与其说是在劝阻我，毋宁说是在鼓励我执行自己的计划。当他看到我已经下定决心的时候，他就跟我道别，眼睛里没有流几滴泪。从那以后，我们既没有书信往还，也不曾重新会面。真是千古恨事！他的脾气本来很好，我们俩是天生的一对知心朋友。

当我听天由命、远走高飞以前，让我这样考虑一下：假若我遇见的是一个比较好的师傅，我的前途该是什么样子呢？我觉得在某些行业里，特别是在日内瓦镂刻行业中当一名善良的手艺人，过那种平稳安定的、默默无闻的生活，倒是最合乎我的癖性，能够给我带来莫大的幸福。干这种行业，虽然不能发财致富，但是温饱有余。它可以限制我此后的生活中不致有很大的虚荣心，它可以给我充分的闲暇来从事一些有节制的爱好；这样，我就可以满足于我的小天地，既不想也不能僭越雷池一步。我的想象力是非常丰富的，它足可以用那些绚丽的幻想来美化任何生活；我的想象力是十分强烈的，它足可以让我随心所欲地从这一幻想飞驰到另一幻想；至于我自己实际上究竟处在怎样的地位，我是不大在乎的。不论叫我干什么，我都能轻而易举地飞上我所臆造的海市蜃楼。我觉得，天下最简单的职业，最不必费心劳神的职业，最能够保持精神自由的职业，正是最适合于我的职业；而我的职业恰恰是这样一种职业。我本来可以听从自己的性格，在我的宗教、我的故乡、我的家庭、我的朋友间，在我所喜爱的工作中，在称心如意的交际中，平平静静、安安逸逸地度过自己的一生。我将会成为善良的基督教徒，善良的公民，善良的家长，善良的朋友，善良的劳动者，在任何方面都是一个老好人。我本来可以热爱我的职业，也许还能为本业争光，并且在度过虽然朴素微贱，但是既无风波而又安乐的一生之后，在家人的环绕中安然地瞑目。当然，大家很快就会把我忘掉。不过，只要有人想到我，他对我一定会追念不止的。

可是，事情偏偏不是如此……我给大家描述的将是怎样一幅画面呢？哎！先不要急着谈我身世中的那些惨痛境况吧，这种辛酸事，我将来向读者谈得只会太多而不会太少的。

第 二 章

当我由于恐惧而计划逃跑的时候,心里有多么凄惨,但是在一旦实行这一计划的时候,心里反而觉得十分惬意。当时我还是个孩子,就离开家乡,离开亲属,没有依靠,没有生活来源;学艺刚学了一半,还没掌握足以谋生的技能,就中途而辍,置身于没有任何出路的悲惨的穷困境遇中;在稚弱无知的年龄,面临着邪恶和绝望的种种诱惑,在比我以前所不能忍受的还要无情得多的压迫下,到很远的地方去接受苦恼、谬误和陷阱,接受奴役和死亡:这便是我当时要做的,也是我当时料到的前景。然而这跟我自己当时想象的情景又是多么迥然不同啊!我自以为已经获得了的独立是使我精神振奋的唯一一种心情。可以自由地支配我自己,做自己的主人了,于是我便以为什么都能做,什么都做得成,只要我一纵身就能腾空而起,在空中翱翔了。我可以安全稳妥地进入广阔的天地,那里,将充满我的丰功伟绩,每走一步我都会遇到豪华的宴会和财宝,碰到奇遇,遇到准备为我效劳的朋友和急于博得我的欢心的情人。我一出现,就可以囊括宇宙,但是,我并不想囊括整个宇宙,我要放弃一部分,因为我不需要那么多。我只要结交一些可爱的朋友就够了,其他的事我就不操心了。我不贪婪,我只要一个小小的范围,但这个小小范围是经过精心选择的,在那里我能够支配一切。一座宅第就是我最大的奢望，只要能做那里的领主和领主夫人的宠人，小姐的恋人，少爷的朋友，邻居的保护人，我就心满意足了，我再没有更多的要求。

我期待着这个朴素的未来，我在城郊流浪了几天，住在我熟识的农人家里，他们对我的接待比城里人亲切得多。他们接待我，留我住，给我饭吃，他们对我实在太好了，真使我受之有愧。这也不能叫施舍，他们在接待中并没有摆出任何高高在上的倨傲神气。

我到处漫游，到处乱跑，一直来到了距离日内瓦二法里①的萨瓦境内龚非浓地方，那里的教区神父是德·彭维尔先生。这个在共和国历史上赫赫有名的名字，大大引起了我的兴趣。我真想看看"羹匙"贵族②的后裔到底是什么样的人物。于是我去拜访德·彭维尔先生：他亲切地接待了我，和我谈起日内瓦的异教以及圣母教会的权威，最后留我吃饭。我对于这样结束议论，又有什么话可说呢！因为我认为，在他那里吃得那样好，像他这样的神父至少可以和我们的牧师相等。我自信一定比德·彭维尔先生更有学问，尽管他是个贵族，但是，当时我一心一意要做一个好食客，就顾不得做一个好神学家了。他那弗朗基葡萄酒，我喝了觉得十分醇美，这种酒就能让他在辩论中取胜，所以我不好意思再把这样一位好主人逼得闭口无言。我让步了，至少我没有正面反驳。就我说话行事这样有分寸来看，有人会认为我虚伪，谁要果真这样，那可就错了。

---

① 指法国古里，约等于四公里半。
② 萨瓦的一群天主教贵族，十六世纪宗教改革时期，他们企图控制日内瓦，曾宣誓要"用勺子吃掉"日内瓦人，他们在脖子上戴一个羹匙作为标志。领导这群人的是德·彭维尔家族。

我不过是待人忠厚而已，这是确实的。奉承，或者更确切地说，迁就别人的意见，不见得总是恶习，尤其对于年轻人，它往往是一种美德。人家盛情招待我们，自然要对人家表示点情谊！对他退让并不是为了欺骗他，只是为了不使他扫兴，不以怨报德而已。德·彭维尔先生接见了我，很好地招待我，有意说服我，这对他有什么好处呢？除了我个人所受的好处之外，对他任何好处也没有。当时我幼稚的心就是这样想的。我对这位和善的神父充满了感谢和尊敬之意。我觉得自己比他高一等，但是我不愿意拿这种优越感使他难堪，以此来报答他的款待。我这种行为丝毫没有伪善的动机，我一点也不想改变信仰；我不但不能这么快就产生这种改变信仰的想法，而且我一考虑到这点就感到厌恶，因此在一个很长的时期内，我对这种想法总是避而远之。我只是不肯叫那些有意使我改变信仰而表示好感的人不高兴，我愿以虚与委蛇的态度对待他们的美意，显出不那么胸有成竹的样儿，从而给他们一点获得成功的希望。我在这方面的错误，就像那些正经女人的故作媚态，她们有时为了达到自己的目的，既不许给你什么，也不答应你什么，却会使你所希望的比她们到时候真能给你的东西要多得多。

当然，理智、怜悯和爱惜体统，都会要求人们不但不能赞成我的愚蠢行为，而且还要把我送回家去，使我离开我正在走着的灭亡之路。这正是任何一个真正有德的人都会这样做的，或者试图这样做的。然而，德·彭维尔先生虽然是个好人，却一定不是个有德的人；相反，他是一位除了拜圣像和做祈祷的德行以外，不知道还有别的美德的信仰者。他是这样一种传教士：为了信仰上的利益，除了写些小册子诋毁日内瓦的牧师们而外,再也想不出什么更好的主意了。他根本不想把我送回家去,反而利用我那种远离家乡的念头,使我处于纵然有意回家也无法再回去的境地。总之,我可以断言:他让我走的道路是,死于穷困或者变成一个无赖。然而他所看到的绝不是这方面,他只看到把一个灵魂从异教中抢救出来,把它交还给天主教会。只要我去参加弥撒,至于做个正直人或是做个无赖汉,那算得了什么呢?再说,不要认为这种想法是天主教徒所独有的,凡是只讲教义的宗教都有这种想法,那儿最根本的是信仰而不是行为。

德·彭维尔先生对我说:"上帝在召唤你,你到安讷西去吧!你在那里可以见到一位非常仁慈的善心的夫人,她由于国王的恩惠,不仅自己摆脱了谬误,还可以把别人的灵魂从谬误中拯救出来。"这指的是最近皈依天主教的华伦夫人,实际上神父们迫使她和任何跑来出卖自己信仰的坏蛋分享撒丁王给她的一笔两千法郎的年金。我居然需要一位非常仁慈的善心夫人的帮助,这使我感到十分羞辱。我很欢迎有人供给我日常所需,但是我不接受任何人的施舍,而且一个虔诚的女信徒对我也没有多大吸引力。然而,一方面由于德·彭维尔先生的催促和那饥饿的熬煎,另一方面,我觉得去做一次旅行,有了一个目标,倒也不错,因此,虽然心里有点不自在,却也下了动身到安讷西去的决心。本来一天的工夫就可以顺利到达,但我不慌不忙,一共走了三天。每逢看到路旁的庄园宅第,我就去寻找奇遇,好像准有什么奇遇在等着我。我既不敢进入宅第,也不敢去敲门,因为我一向是非常腼腆的。但是我在最漂亮的窗户下面唱歌,使我十分惊讶的是,我唱了那么久,连肺都唱疼了,却没有见到贵妇人,也没有见到小姐被我的优美的歌声或绝妙的歌词吸引出来,因为我所会的歌曲都是很精彩的,是我跟伙伴们学来的,而且我唱得也相当精彩。

我终于到达了安讷西,见到了华伦夫人。我一生中的这个时期决定了我的性格,我绝不能轻轻地略过不谈。那时我已经十六岁半。我虽然不能说是一个美少年,但是我那小小的身材却很匀称,腿脚纤小玲珑,神态洒脱,容貌清秀,嘴小而可爱,乌黑的眉毛和头发,一双小而微陷的眼睛有力地放射出热血中烧的光芒。然而遗憾的是我当时对于这一切丝毫没有理会,而且我从来也未曾想到过我的风采,只是在以后我已不能拿它取得好处的时候才想到过一下。因此我除了因年龄关系而胆怯以外,同时还因为天生多情而胆怯,我总是怕自己使别人不痛快。此外,虽然我的知识已经相当丰富,但是我从来没有见过世面,对社交方面的礼节习惯完全不懂,我的知识不但不能弥补我的短处,反而使我越发感觉到自己在这方面的缺陷,因此更加胆怯了。

由于担心自己的拜访得不到华伦夫人的垂青,我便采用了别的有利的方法。我以演说家的手法写了一封文词华丽的信,在信上把书中看到的名句和小徒弟的日常用语组合在一起,为了博得华伦夫人的好感,我施展了我所有的才华。我把德·彭维尔先生的信封在我的信里,然后带着惶恐的心情进行这次非同小可的拜谒。当时正逢华伦夫人不在家,人们对我说她刚刚出门到教堂去了。这是一七二八年举行圣枝仪式①的日子。我跑着赶上前去:我看到了她,追上了她,和她

---

① 也称圣枝主日,即复活节前的一个星期日,因为那一天要在教堂拿着树枝举行游堂礼。

谈了话……我想我永远忘不了那个地方。此后我曾多少次把我的眼泪洒在这个地方，用我的热吻吻这个地方啊。哎！我真想用金栏杆把这块幸福的地方围起来①，使全世界的人都来瞻仰它！谁尊重人类得救的纪念物，谁就该跪拜前进到该纪念物的跟前。

她的住宅后面，有一条走道，右边有一条小溪把房舍和花园隔开，左边是院墙，有一个便门通向方济各会②的教堂。华伦夫人正要进入这道门的时候，听到我的声音便转过头来。这一刹那，我真不知惊讶到了什么程度！我本来以为她一定是个面目可憎、老态龙钟的丑老婆子，我认为德·彭维尔先生说的善心的太太只能是这个样子；然而我现在所见到的却是一个风韵十足的面庞，一双柔情美丽的大蓝眼睛，光彩闪耀的肤色，动人心魄的胸部的轮廓——我这新入教的年轻信徒，一眼便把她完全看遍了。我立刻被她俘虏了。毫无疑问，用这样的传教士来传教，一定会把人领进教堂的。我用哆哆嗦嗦的手把信递给她，她笑盈盈地接过去拆开，在德·彭维尔先生的信上瞥了一眼，就来看我写的信，并且从头看到尾，如果不是她的仆人告诉她到了进教堂的时候，恐怕她还要看一遍。她对我说："哎，孩子，"她的声音使我战栗，"你这样年轻就到处漂泊，实在太可惜了。"她不等我回答又接着说，"到家里去等我吧，叫他们给你预备早饭，弥撒以后我就来和你谈谈。"

路易丝·爱丽欧诺尔·德·华伦是伏沃州佛威市的古老贵族拉图尔·德·比勒家的小姐。她很年轻的时候就和洛桑

---

① 两世纪以后，即一九二八年，这个栏杆在德·华伦夫人故宅的基地上（在让-雅克·卢梭街安讷西司教馆的院子里）终于建立起来了。
② 十三世纪初由亚西西的圣方济所创立的天主教苦修会。

市罗华家的威拉尔丹先生的长子华伦先生结婚,婚后没有生养子女。由于这桩婚姻不大美满,又受了些家庭纠纷的烦恼,华伦夫人就趁维克多-亚梅德王①到艾维安来的机会,渡过湖去,拜伏于这位国王的膝下;就这样,由于一时的轻率,她抛弃了她的丈夫、她的家庭和她的故乡。她的轻率和我很相似,并且也常常因此而非常懊悔。这位喜欢装作是热心肠的天主教徒的国王便把华伦夫人收留在他的庇护之下,并且给她一千五百皮埃蒙特银币的年金。从一位并不好挥霍的国王手中拿出这样一笔款子,也算是很可观的了。然而,当他得知有人认为他这样收留华伦夫人是对她有爱恋之意的时候,他就派了一支卫队把她护送到安讷西来。在这里,她在日内瓦名誉主教米歇尔-加俾厄尔·德·贝尔奈的主持下,在圣母访问会女修道院里发誓放弃新教,皈依了天主教。

我来到安讷西的时候,她已在这里住了六年,她是和本世纪一同诞生的,当时二十八岁。她的美不在面貌上,而是在风姿上,因此经久不衰,现在仍保有当初少女的丰采。她的态度亲切妩媚,目光十分温柔,嫣然一笑好像一个天使,她的嘴和我的嘴一般大小,美丽的灰发也是很少见的,她漫不经心地随便一梳,就增添了不少风韵。她的身材不高,甚至有点矮小,致使她的体态稍嫌矮胖,虽然没有什么不相称的地方,但是,要找比她那样更美的头、更美的胸部、更美的手和更美的胳膊,那是办不到的事。

她所受的教育是非常杂乱的:她也和我一样,生下来就失去了母亲,因而漫无条理地遇到什么就学什么,从她家庭女教

① 即撒丁王,一七二〇年以前为萨瓦大公。

师那里学了一点,从她父亲那里学了一点,从她学校的老师们那里学了一点,而且,从她的情人们那里学的更不少,特别是从一位达维尔先生那里学的最多。这位先生是一个又风雅又有学识的人,并以他的风雅和学识美化了他所喜爱的女人。可是,种种不同的教育是要互相干扰的,而她又不曾很好地加以安排,因此,她所学的东西便不能正确发挥她那天赋的智慧。虽然她学到了一些哲学和物理学的原理,但同时也沾染上了她父亲的对经验医学及炼金术的喜好:她制造过各种液体配剂、酊剂、芳香剂与所谓的神奇妙药,并且自以为有一些秘诀。一些江湖术士便利用她的弱点包围了她,纠缠她,使她倾家荡产,在药炉和药剂之中消耗她的才智、天资和风韵。但以她这种才智、天资和风韵本可以在上流社会中受到极大欢迎的。

尽管那些卑鄙的骗子流氓利用她走入歧途的教育来迷惑她的理智,她那高尚的心灵却丝毫没有受影响,始终如一:她那爱人而又温和的性格,她那对不幸者的同情,她那无限的仁慈,她那愉快、开朗而率直的性情从来没有改变。甚至就是在她接近晚年陷入贫困、疾病和种种灾难的时候,她那爽朗的美丽灵魂仍然使她保持着最幸福时日的愉快,直到死亡。

她的一些谬误的根源在于她总想利用她那取之不尽的精力从事各样活动。她喜欢做的不是妇女们那些偷偷摸摸的艳事,而是要创办和主持一些事业,她是生来就想做一番大事的。隆格威尔夫人①要是处在她这种地位只能是一个迷惑人

---

① 隆格威尔夫人(1619—1679),十七世纪法国统帅康德大公的姐姐,公爵夫人;在投石党时代起过重要作用。

的荡妇,而她要是处在隆格威尔夫人的地位,一定会治理国家。她是个怀才不遇的女人,她的那些才能,如果她处在较高的地位,能使她享有盛名,而她实际所处的那种地位,却把她毁灭了。她处理事情的时候,总是好大喜功,好高骛远,因此,她所采用的方法,实际上是心有余而力不足的方法,结果由于别人的过错而告失败。她的计划没有成功,别人几乎毫无损失,而她却毁灭了。这种事业心虽然给她造成了那么多的灾害,但是至少对她有一个很大的好处,那就是在她被劝诱避居女修道院的时候,阻碍了她在修道院里终其余年。没有变化的、单调的修女生活,小客室中无聊的谈话,不能使一个脑筋总在活动的人心满意足,因为她每天都在拟定新的计划,她需要自由,以便完成那些计划。那位仁慈的贝尔奈主教虽然不如弗朗索瓦·德·撒勒那样富于才智,却与德·撒勒有不少相似之点;他把华伦夫人称作他的女儿,而华伦夫人则有许多地方像尚达耳夫人①。要不是她的性情把她从女修道院的闲逸生活中拉出来,而是在那里隐居下去的话,那就更像尚达耳夫人了。新近皈依教会的女教徒,在主教指导下做一些细微的虔诚修行的事情,是应该的,但这个可爱的妇人如果不如此,也决不能说她缺乏虔诚。不管她改教的动机是什么,她是忠于这个宗教的。她可以悔恨自己犯了一次错误,但决不希望弥补这个错误。她不仅临死的时候是个很好的天主教徒,而且在真诚的信仰中度过她的一生,我了解她的心灵深处,我敢肯定,她只是因为讨厌装模作样才决不当众表现她是一位

---

① 弗朗索瓦·德·撒勒是日内瓦的名誉主教,驻在安讷西。他于一六一〇年创立圣母访问会女修道院,并使若讷·德·尚达耳进了该院,以后还让她当了该院院长。他称尚达耳为"他的"女儿。

虔诚的女信徒,她的信仰非常坚固,用不着装作虔诚。不过,这里不是大谈特谈她的信仰的地方,以后有机会再说。

一切否认心灵感应的人,假使他们能够的话,就请他们讲讲吧,为什么我和华伦夫人第一次会面,第一次交谈,第一次凝视,就不仅令我对她无限钟情,而且对她产生了一种永不磨灭的完全的信赖。假使我对她的感情是真正出自爱情——至少看到我们交往史的人会认为是可疑的,那么,为什么这种爱情一产生,伴随着的却是与爱情无关的内心平静、镇定、宁静、可靠和信赖等等情绪呢?为什么我初次接近一位和蔼、端庄、令人眩惑的女人,接近一位身份比我高而我从未接触过的贵妇人,接近一个能以她对我关心的程度来决定我命运的女人,总之,为什么当我初次去接近这样一个女人的时候,就立刻感到自由自在和轻松愉快,就好像我有充分信心能讨她欢心呢?我为什么一会儿也没感到窘迫、羞怯、拘束呢?我这个天性羞怯、遇事手足无措、从未见过世面的人,为什么第一天、第一瞬间的相处,便和她好像有了十年亲交而自然形成的那种举止随便、言谈温柔和语调亲昵呢?我不谈没有欲望的爱情,因为我是有欲望的,世界上能有既无挂虑、又无嫉妒心的爱情吗?人不是都想知道一下自己所爱的对象是否爱自己么?可是我一辈子没有想到向她提出这个问题,我只想到问我自己是否爱她;她对我也是如此,对于这个事,她从来没有表现得比我更加关心。我对这位动人的女人的感情中一定有点什么奇异的东西,大家在后面将会看到一些意料不到的怪事。

这时要谈的是关于我的前途的问题,为了从从容容地谈论这件事,她留我共进午餐。这是我有生以来第一次吃饭的时候没有食欲,连她那伺候我们用饭的女仆也说,像我这样年龄、这样体格、远道而来的客人竟这样不想吃饭,这是她从来没有见过的。这些话并没有使女主人对我产生什么不好的印象,倒似乎使那和我们一起进餐的一个大胖子感到难堪,他一个人狼吞虎咽,吃了足够六个人的饭。我完全陷入心神恍惚的状态,不想吃东西。我的心完全被一种新的情绪所占据,我不能再考虑任何其他事物了。

华伦夫人想知道我过去的详情,为了向她述说我那短短的历史,我又恢复了在师傅家中失去的那种满腔热情。我越激起这个杰出的女人对我的关怀,她就越对我即将遇到的不幸表示惋惜。她的神态、眼神和举动,都流露着亲切的同情。她不敢劝我回日内瓦,就她所处的地位说来,如果她这样劝我,那是悖逆天主教的一大罪行,她很知道现在她怎样受监视,她所说的话怎样被注意。然而她以一种极其动人的口吻对我叙说我父亲的痛苦,人们可以清楚地看出:她这是赞成我回去安慰我的父亲。她没想到她这样不知不觉说出来的话对她自己是多么不利。我不仅已经拿定了主意不回日内瓦去——这一点似乎已经说过了,而且,我越感到她善于辞令,富于说服力,她那些话越打动我的心,我就越离不开她。我觉得回日内瓦去就是在她和我之间筑一道几乎不可逾越的障碍,势必再来一次逃跑,那就不如一狠心坚持下来,而我也就这样坚持下来了。华伦夫人看到自己白费劲,也就到此为止,以免连累自己,但是她用一种怜悯的眼光望着我说:"可怜的孩子,你应该到上帝召唤你去的地方,你将来长大成人,就会想起我的。"我相信她自己也没料到这个预言居然残酷无情地应验了。

困难依然没有解决。像我这样小小年纪,远离家乡,怎样生存下去呢？学徒期刚刚过了一半，说起精通那行手艺还差得远呢。而且即使精通，也不能在萨瓦赖以为生，因为这个地方太穷了，养活不起手艺人。替我们吃饭的那个大胖子，由于不得不暂停一会儿，以便歇一歇他的腭骨，于是发表了一个意见，他说这个意见是来自天上的，可是，从结果来看，倒不如说是从反面那里来的。他的意见是让我到都灵去，那里有一个为训练准备行洗礼的新入教者而建立的教养院，他说要是我到那里去，不仅是灵魂和肉体生活都有了着落，等到我领了圣体以后，我还可以依靠善男信女的慈悲，找到一个适当的位置。"至于路费，"那个大胖子继续说，"只要夫人向主教大人把这件善事提出来，他一定会发善心供给的，而且男爵夫人非常慈善，"他一面在他菜碟上颔首致意，一面说，"也一定乐于解囊相助的。"

我觉得所有这些馈赠都非常令人难堪，我心里很不好受，什么话也没说。华伦夫人对采纳这个计划并不像提议人那样热心，只是回答说，对于这个善事，人人都该量力而行，她可以和主教谈谈。但是，我们这位人形魔鬼因为这件事对自己有点小便宜，唯恐华伦夫人不按他的意思去谈，便立即通知那些管事的神职人员，并且跟这些善心的神甫都说好了，所以当华伦夫人不放心我去旅行而要向主教谈这件事的时候，她发现事情已成定局，主教当时就把给我的一小笔旅费交给了她。她没敢坚持叫我留下，因为拿我已届的年龄来说，像她那样年龄的女人要把我这样一个青年人留在身边是不合适的。

我的行程既然由照顾我的人们这样决定了，当然只有服从，甚至我在服从的时候也没有什么反感。虽然都灵比日内瓦远,但我认为:由于它是首都①,和安讷西的关系总比和一个不同国家、不同宗教的城市的关系要密切些;再说,听从华伦夫人的话我才动身,我认为依然是在夫人的指导之下生活,这比在她身边生活更好。而且,这次远途旅行,正适合我那已形成的漫游癖好,我觉得像我这样的年岁就能爬山越岭,登临阿尔卑斯山的高峰俯视朋辈,真是件美事。各处遨游乃是日内瓦人几乎无法抗拒的诱惑,所以我同意了。那个大胖子两天之后就要和他妻子一同动身,于是我就被托付给他们,由他们来照顾我。我那由华伦夫人给添了不少钱的钱包也交给了他,另外,华伦夫人还私下给了我一点钱和东西,并且周详地嘱咐了我一番,然后我们就在复活节前的星期三启程了。

我离开安讷西的第二天,我的父亲便和一位跟他一样当钟表匠的朋友里瓦尔先生来到了安讷西;他们是来找我的。里瓦尔先生是个有才学的人,甚至是个很有才学的人,他写的诗比拉莫特②写的还好,他讲话也差不多同拉莫特一样好;他还是一个十分正直的人,但是他的文才没有得到发挥的机会,结果只能把他的一个儿子造就成喜剧演员。

这两位先生见到了华伦夫人。他们骑马,我步行,要想追上我,是轻而易举的,但是他们并没追我,只是和华伦夫人一起对我的命运悲叹了一番。我的舅父贝纳尔也这样白走了一趟。他曾来到龚非浓,知道我在安讷西以后,又回到日内瓦去了。我的亲属们好像是和我的司运星串通一气,要把我送到正在等着我的那个命运的手里。我哥哥就是因为没有受到人们的照

①　都灵当时是撒丁王国的首都。
②　拉莫特(1672—1731),名噪一时的法国诗人兼剧作家。

拂而自行出走的;出走之后,杳无音信,至今谁也不知其下落。

父亲不仅是个正人君子,而且是个耿直的人,他有一个坚强的灵魂,足以构成弘毅之德。此外,特别对我说来,他还是个好父亲。他非常疼爱我,但是,他也爱他自己的乐趣,自从我远离了他以后,他的其他一些爱好就把他那父爱冲淡了。他在尼翁续了弦,虽然他的妻子已经到了不能再给我生育弟弟妹妹的年龄,但她有她的亲属,这就使他成立了另一个家庭,生活在另一种环境,过另一种日子,所以,父亲就不常想念我了。我父亲日益衰老,却没有任何养老的财产。我哥哥和我从母亲手里得了一点财产,这笔财产的收益在我们出外的时候当然就归我父亲了。他不是特意盘算这件事的,也不会因此就放弃了做父亲的责任,只是在不知不觉中这种想法对他发生了作用,冲淡了他的热情,要没有这件事,他会更尽父责的。所以我认为:他明明知道追到尚贝里,就可以追上我,可是只追到安讷西,没有到尚贝里,原因就在这里;我出走之后,每逢去看他,我受到的只是父亲的抚爱,他却没有坚决把我留下来。

我十分了解我父亲的慈爱和美德,他的这种行为促使我自己反省,这种反省大大帮助我保持心灵的健全。从这里,我得出了一种道德上的重大教训,这或许是唯一的富有实际效用的教训:我们要避免我们的义务与我们的利益发生冲突,避免从别人的灾难中企望自己的幸福;我确信,一个人处于这样情况的时候,不设法避免,那就不管他的心地多么善良和公正,迟早会不知不觉地衰颓下去,事实上会变成邪恶的和不公正的。

这种教训深深地铭刻在我的心灵深处,虽然实行得晚了些,总算贯彻在我的一举一动中。这种教训使我在公众眼前,尤其是在亲友们当中，显得极其古怪和愚蠢。于是人们就责怪我标奇立异，所作所为与众不同。其实，我既没有想使我的行为同别人一样，也没有想使我的行为同别人不一样，我只是真诚地希望做好事罢了。每当我遇有一种情况，会使我的利益和某一个人的利益发生抵触，因而会使我对那个人产生一种隐蔽的、虽然不是有意的幸灾乐祸之心，我总是竭尽全力从这种情况中摆脱出来。

两年前，元帅大人①要把我列入他的遗嘱上，我极力反对。我向他表示，无论给我多少世上的财宝，我也不肯叫人把我的名字列在任何人的遗嘱上，更不肯列在他的遗嘱上。他只好依从我的意见。现在他要给我一笔终身年金，我没有反对。或许有人说这么一来我更合算了；这是可能的。可是，我的恩人啊，我的尊长啊，如果我不幸死在你之后，我知道，你一死，我就失去一切，我对于你的死是绝对无利可图的。

依我看这才是好的哲学，唯一真正合乎人情的哲学。我日益深刻地体会到这一哲理的深邃之处，因此，在我最近的一些著作中，都以种种不同的方式反复予以论述。然而，那些目光短浅的人没有理会到这一点。如果在这部著作完成以后，我的余年还允许我着手另一部的话，我将在《爱弥儿》的续篇②中写关于这种哲理的一个非常生动感人的实例，使读者们不能不注意。然而对于一个旅行者的反省已经够了，现在

①　即乔治·吉斯(1693—1779)，详见本书第二部第十二章。
②　卢梭的教育小说《爱弥儿》于一七六二年出版。卢梭在这本书中给当时的封建教育制度和宗教教条以尖锐的批评，并提出自己的"自然教育"思想。这里所说的续篇卢梭并没有写，但他对这件事始终萦于怀，在临死的前几天，还和他的医生谈到这个续篇。

又是该启程的时候了。

我的旅程比我所想象的要愉快得多，那个大胖子并不像他外表上让人看着那么讨厌，他是一个中年人，斑白的头发扎成了一个短辫，样子像个士兵，嗓音粗大，相当活泼，能走，更能吃。他什么行业都干过，哪一行都不精通。我记得他曾经打算在安讷西设立一个什么手工厂，华伦夫人当然同意这个计划。现在他到都灵去，是为了取得大臣的批准，路上的大批开销都是别人供给的。这个人富于钻营的天才，经常在神父们当中鬼混，装出向神父们殷勤效力的样子。他曾在神父的学校里学会了一种虔诚的信徒的语言，他就不断援用这种语言，自以为是一个伟大的传道家。他只会《圣经》中的一段拉丁文，却装作会一千段似的，因为他每天要重述一千遍；此外，只要他知道别人的钱袋里有钱，他就不会没钱花；说他是个骗子倒不如说他是个机灵鬼，他用一种诱募士兵的军官的口吻来进行虚假的说教，好像当年隐居的修士彼得腰间挎着剑宣传十字军似的。

他的妻子沙勃朗太太则是一个相当和善的妇人，她白天比夜里安静些。由于我每天都跟他们睡在一个房间，他们那种夜不成眠时弄出来的声音常把我吵醒，我要是知道那些吵人的声音是怎么回事，我就更睡不着了。可是，我那时甚至对这种事情连一点疑心也没有，我在这方面是完全愚昧无知的，只好听任本能来慢慢开导我。

我愉快地跟我那位虔诚的向导和他的活泼的佳侣继续前进。没有任何意外来打搅我们的行程；我的肉体和精神都沉浸在我有生以来最幸福的状态中。

当时，我年轻力壮，朝气勃勃，无忧无虑，对人对己满怀信心,我正处于人生中的那个短暂而宝贵的时期,这个时期里有种青春活力,可以说把我们整个身心都舒展开了,同时用生活的乐趣把我们眼前的万物也美化了。我那种别具风味的惶惶不定的心情有了对象,不那么飘摇了,这对象固定了我的想象。我把我自己看作华伦夫人的作品、她的学生、她的朋友,甚至是她的情人。她对我所说的亲切的言辞,对我轻柔的抚爱,对我那种体贴以及她那脉脉含情的目光(在我看来,她那种目光充满了爱情,因为它激起了我的爱情),这一切,在旅途中养育着我的思想,使我沉湎在甜蜜的梦幻中。对于我的命运的任何恐惧和惶惑,都扰乱不了我的梦想。我认为把我送往都灵就是负责让我在那里有个饷口之计,在那里给我找个适当的位置。我自己什么都甭操心了,因为有人替我张罗。我没有这个重担,就走得轻松愉快了。我心里充满了青春的愿望、美妙的期待和灿烂的远景。我所看到的一切,好像都是我那即将来临的幸福的保证。我在幻想中看到家家都有田舍风味的宴会;草场上都有愉快的游戏;河边都有人洗澡、散步和钓鱼;树枝上都有美果;树荫下都有男女的幽会;山间都有大桶的牛乳和奶油,惬意的悠闲、宁静、轻快以及信步漫游的快乐。总之,凡是映入眼帘的东西,都令我内心感到一种醉人的享受。这种景象的雄伟、多彩和实际的美都足以说明其所以如此引人入胜是不无理由的;于是,我的虚荣心也露出了锋芒。在这样小的年纪就到意大利去,经过那样多的地方,越过重山,踏着汉尼拔①的足迹,对我说来都是一种非我这种年龄

①　汉尼拔(公元前247—前183),迦太基名将,在罗马人与迦太基人的第二次战争中,屡败罗马军。

所应有的荣誉。除此以外，还常常在很好的驿站打尖，我胃口非常好，又有完全满足这种胃口的食物，因为，说老实话，在那些食物面前，我用不着客气，而且和沙勃朗先生的一顿饭比起来，我吃的那点东西就不值一提了。

我们这次旅行竟用了七八天的工夫，我不记得我这一辈子有过比这七八天的旅行更无忧无虑的时候。我们的步子必须适应沙勃朗太太的步子，因此这次旅行只不过是一次长途散步。所有和这一次旅行有关的事物的回忆，特别是那些高山和徒步旅行，都给我留下了极其强烈的兴趣。我只是在这些美好的日子里这样徒步旅行过，而且总是十分愉快。不久以后，由于种种职责事务和需要携带的行李，使我不得不装成绅士的样子雇车出门；而劳神的挂虑、繁难与困窘，也都和我一起上了车，从此我就不像以前旅行那样，一心只想途中的快乐，而是只想快点到达目的地了。在巴黎时，我曾想找两个和我有同样兴趣的伙伴，每人豁出五十路易和一年的时光，共同去作一次周游意大利的徒步旅行，除了一个拿行囊的随身僮仆以外什么也不带。我找了好久，有不少人曾来找我，他们表面上很赞成这个计划，而实际上每个人都把它看成是空中楼阁，只是随便谈谈，并不打算实行。我记得，我跟狄德罗和格里姆曾经很兴奋地谈过这个计划，终于使他们也有了这种奇思异想。我当时以为这事就算说妥了，但是不久又都化为只想作一次纸上空谈的旅行。在这样的旅行中，格里姆所最感兴趣的只是叫狄德罗去犯许多反对宗教的罪行，让我替他关进宗教裁判所。

遗憾的是我到都灵太快了，只是由于喜欢在这个大城市观光，又因脑子里有了妄图虚名的空想，希望自己早日成为出头露面的人物,这种遗憾心情才缓和下来。这时我已经觉得自己的身份比我过去当学徒高了无数倍;我丝毫没有预料到,过不了多少时间,我就要变得远远不如当学徒了。

我方才已经说了一些琐碎的事情,下面还要接着谈一些在读者看来毫无趣味的事,因此,在继续往下叙述以前,我应先请读者原谅,并向读者为自己作一些辩解。我既然把我自己完全赤裸裸地摆在公众面前,就不该有任何隐晦或隐瞒的情节,我必须从始至终站在读者面前,叫读者可以原原本本地了解我心灵中的一切迷误,叫读者洞见我生活中的一切角落,叫读者片刻不停地用眼盯着我,要不然,当读者在我的叙述中发现最小的漏洞和空隙时,心里会想:"他那时候做什么去了?"就会指责我好像不肯把一切都讲出来。我宁可利用这些叙述来揭露人的邪念,而不愿由于我的沉默,扩大了人的邪念。

我随身携带的一些钱和东西全完了:因为闲谈中我泄露了秘密。我太粗心大意,对我的引路人说来,这倒是不无收获的。沙勃朗太太耍尽了一切手法,甚至把华伦夫人给我系在短剑上的一条银丝带都给我弄走了,在我失去的东西中这是我最爱惜的物件;如果我再不力争的话,连那柄短剑也落到他们手里了。路上他们倒老老实实地替我支付了一切费用,但是最后他们把我弄得两手空空。我一到都灵就钱也没了,衣服也没了,连换洗衣服都没了,我只有凭自己的本领去找生财之道了。

我带了几封介绍信,拿出来交给了收信人,我立即被人送到志愿领洗者教养院去,我是为了换取衣食才去受这种宗教开导的。我一往里走,就看见一个大铁栅栏门,我刚一进去,这个大铁门就紧跟着用两道锁牢牢地锁上了。这样的开端使我感到的只是重压而不是轻松。当有人把我带进一间相当宽阔的房间的时候,我就开始思索起来。这个房间尽头有一个木制的祭台,祭台上有个大十字架,祭台周围放着四五把椅子,也都是木制的,那些椅子看来好像上过蜡,其实不过是由于长久使用和不断摩擦而发亮罢了。这就是房间里的全部家具。大厅内有四五个奇丑的恶汉,那就是我的学友,与其说他们是要作上帝儿女的后补教徒,不如说他们是魔鬼的护卫。其中有两个克罗地亚人,他们自称是犹太人和摩尔人,他们对我说,他们一向在西班牙和意大利过着流浪的生活,不管在哪儿,只要他们认为有利可图,便接受天主教教义,领受洗礼。另外一个铁门打开了,它是在院内的大阳台中央。我们那些志愿领洗礼的姊妹们从这个门走进来,她们和我一样,不是通过洗礼,而是通过改教的宣誓来获得新生。她们都是最不顾廉耻的卖身的女人和一些最丑恶的淫妇,基督的羊圈①这样受糟踏可说是第一次。其中只有一个我看着还漂亮,也十分迷人,她差不多和我年岁相仿,也许比我大一两岁。她有一对滴溜溜的眼睛,有时和我的目光相遇,这就引起了我想和她结识的愿望。三个月以前她就到了这里,虽然以后又在这里待了差不多两个月,要想接近她却是绝对不可能的,因为我们那位年老的女监管人寸步不离地看管着她,那位神圣的教士也总是缠着她毫不放松,这个一心要使她改教的神圣教士,对她所用的热情远超乎诲人不倦的努力。应该设想,她是极端愚蠢的,虽然她看来并不如此,因为从来没有人像她似的需要受

~~~~~~~~~~~~~~~~

① 基督的羊圈即教会的意思。

这么久的训诲。那位神圣的教士总认为她还不够宣誓的程度。但是她过腻了这种幽居的生活，要求离开这个避难所，入教不入教没关系。所以，必须在她还愿意做一个天主教徒的时候接受她的要求，不然的话，她要是反抗起来，就会连天主教徒都不愿意当了。

为了欢迎我这个新来的人，这一批人数不多的志愿领洗者全体集合，开了一个小会，会上有人对我们做了简短的训话，叫我不要辜负上帝赐予我的恩惠，叫别人为我祈祷，并劝他们给我做好榜样。会后，我们的贞女们都回到她们的修道院去了，现在我才有足够的时间怀着惊奇的心情悠闲自在地欣赏我所住的地方。

第二天早晨，为了进行训诲，又把我们集合起来，这时我才开始第一次考虑到我将要采取的步骤，以及促使我这样做的一切情况。

我从前说过，现在还说，将来也许还要说的一件事，我日益深信的一件事，就是如果有个受过合理而良好的教育的孩子，那就是我。我出生于一个风俗习惯不同于一般人民的家庭里，我所受到的教训，都是我尊亲长辈们明智的教训，我所看到的榜样，都是我尊亲长辈们贤德的榜样。父亲虽然是一个喜好玩乐的人，然而他不仅十分正直，而且宗教观念很强，他在社交界是个漂亮人物，回到家里却是一个教徒，他很早就把自己所具有的道德观念灌输给我了。我的三个姑姑都非常贤惠。大姑和二姑是虔诚的信女。三姑是个非常娴雅聪明而又通情达理的姑娘；她也许比我两个大姑更虔诚，虽然她的虔诚在表面上不太显著。我从这样一个值得尊重的家庭到了朗拜尔西埃先生那里，朗拜尔西埃先生不仅是个教会中人，而且是个宣教士,他衷心信仰上帝,言行也差不多一致。他和他的妹妹发现了我心灵中的虔诚的宿根,他们就用温和的、理性的教育培养我这宿根。为了这件事,这两位可敬佩的人所用的方法都是十分真诚、十分谨慎、十分合理的,所以在他们讲道说教的时候,我从来没有感觉到厌烦,我每次听完讲道以后,总是深受感动,并且立志要过正当的生活,而且由于我念念不忘他们的教导,很少破坏过自己的誓言。但贝纳尔舅母的虔诚却使我有点儿厌恶,因为她好像把虔诚当作一种职业。在我师傅家里,对宗教方面的事,我几乎完全不想了,但是我的想法没有改变。我没有遇到把我引诱坏了的青年朋友,我虽然变成了一个顽皮的孩子,却不是一个不信教的人。

所以,我那时候对宗教的信仰,完全是我那样年龄的孩子所能有的信仰,而且我的信仰甚至比一般孩子还深。但是现在为什么隐瞒我的思想呢?因为童年时候我一点儿也不像个儿童,我总是像成年人一样地感觉、思考。我生来就和别人不同,只是年纪越来越大,我才渐渐变成了一个普通人。你看到我这样把自己说得有点儿像个神童,一定会笑我的。笑就笑吧,但是,笑够了以后,请你再找出一个六岁的孩子,能被小说吸引住,能对小说发生兴趣,甚至感动得流出热泪来,如果你能找出,我就觉得我这种自炫是可笑的,我就承认我错了。

因此,我说,为了叫人们日后能保持宗教信仰,就决不要对孩子们谈宗教,孩子们是不会像我们那样去认识上帝的。这话不是根据我自己的经验,而是根据我的观察,因为我知道自己的经验是完全不适于别人的。找几个像让-雅克·卢梭那样的六岁的孩子来,在他们七岁的时候跟他们谈上帝,我保证你绝对不会冒险的。

我想谁都知道，一个儿童，甚至一个成年人，其有所信仰，无非是生在哪个宗教里就信仰哪个宗教，这是显然的。这种信仰有时会减弱，但很少有所增强；信仰教义是教育的结果。除了这种一般的道理使我热衷于我先辈的宗教之外，我对天主教深感厌恶，这种厌恶的心情是我的故乡城市的人们所特有的。人们常对我们说，天主教是极端的偶像崇拜，并且把天主教的教士们描绘成非常阴险可怕的人物。这种感情在我身上是非常强烈的，起初，我一瞧见教堂的内部，一遇到穿小白衣的神父，一听到迎神时的钟声，就立刻惊慌恐怖得浑身发抖，后来不久，在城里时我没有这种情绪了，但是到了乡村教堂里还常有这种感觉，因为这些教堂和我最初体会到这种感觉的教堂太相似了。不过，想起日内瓦附近的神父们那样乐于爱抚城市的孩子，这就确实形成了奇异的对照。送临终圣体的钟声，固然使我恐惧，教堂里做弥撒和做晚祷的钟声则又使我想到午餐和午后点心、鲜奶油、水果和奶酪。彭维尔先生的盛宴又曾对我发生巨大的影响。这些都使我很容易地麻醉了自己。我原先只从娱乐与美食方面来认识罗马旧教，觉得可以逐渐习惯这里的生活，至于正式加入这个教会的念头在我脑筋里只是一闪即过，认为这是遥远的将来的事。现在没有办法变卦了：我抱着极大的厌恶心看待我自己的这种诺言及其不可避免的后果。我周围的未来的新入教者又不能以他们的榜样来支持我的勇气，因此我无法装模作样，实际上我的神圣功业只是一种歹徒的勾当。虽然我还年轻，我已感觉到不管哪个宗教是真正的宗教，我也要出卖自己的宗教了；即使我的选择是正确的，我也会在心灵的深处欺骗圣灵，并因而受到人们的鄙视。我越想这些，就越对自己愤恨，并且抱怨命运使我落得这种下场，好像这种下场不是我自作自受。这些想法有时非常强烈，如果转瞬之间我发觉大门是开着的，我一定会逃走，然而，我没有遇到这样的机会，所以我的决心也未能长时间保持下去。

有过多的秘密欲望在进行搏斗，以战胜我的心。除此之外，坚持不返回日内瓦的既定计划，没脸见人，登山越岭的艰苦，以及远离故乡、一贫如洗、举目无亲的困窘，这一切都令我感到我的良心上的谴责是为时已晚的悔恨。我为了给以后要做的事情寻找卸责的借口，便假装着谴责以前所做的事情。我夸大从前的罪过，以便把将来的罪过视为必然的后果。我不向自己说："你还没有犯下什么重大的罪过，只要你愿意，还可以成为无罪的。"却向自己说，"哀叹你自己犯过的和你不得不继续要犯的罪过吧。"

实际上，像我这样年龄的人，要推翻自己的诺言或人们对我的期望，以便打破自己加在自己身上的锁链，并以极大的勇气不顾一切后果公开声明我决不放弃我祖先的信仰，这需要多么坚强的意志啊！这种勇气不是我这种年龄的人所能有的，侥幸成功的可能性也是很小的。事情已经发展到无法挽回的地步，我反抗越厉害，人们就竭力想办法来制服我的反抗。

大多数人都是在运用力量已经太晚的时候，才埋怨缺乏力量。这虽似诡辩，但是我的失败也就在这里。勇气只有我们犯错误的时候才是可贵的，假使我们始终谨慎从事，我们就很少需要勇气了。但是，种种容易克服的倾向对我们具有无可抗拒的吸引力，只是我们轻视诱惑的危险，才会向轻微的诱惑屈服。我们都是不知不觉地陷入本来毫不费力就可以避免的险境。可是，等到陷入这种险境之后，没有惊人的英勇毅力便不能从那里挣脱出来。我们终于落入深渊了，这时便向上帝哀祷："为什么你把我造得这样软弱？"上帝却不管我们怎样辩解，只是对我们的良心回答说："我是把你造得太软弱了，以致你自己爬不出深渊，因为我原先把你造得够坚强的，你本来就不会掉进深渊。"

我还没有下定决心当个天主教徒。但是，我看到限期还远，可以慢慢地习惯于这种改教的想法，在等候期间，我想或许会发生什么意外的事件使我从困难中摆脱出来。为了争取时间，我决意尽可能来进行最有力的防御。不久，我的虚荣心也使我忘却了准备作天主教徒的决心。自从我发现有几次我把那些试图开导我的人难住以后，我便觉得不用费更多的力量就可以完全把他们驳倒。我甚至怀着一种可笑的热忱来做这种工作，因为在他们开导我的时候，我也开导他们。我真相信，只要说得他们信服了，他们就会转为新教教徒的。

因此，他们发现我无论在知识方面，或是在意志方面，都不像他们所想象的那么容易对付。一般说来，新教徒比天主教徒学问高，而且是必然如此：前者的教义要求论证，后者的教义则要求服从。天主教徒必须接受别人的判断，新教徒则必须学会自己判断。这点他们是知道的，他们只是没有料到以我的资历和年龄会给一些对宗教研究有素的人带来多少困难。再说，我还没有拜领过圣体，也没有受过与此有关的教育，这都是他们知道的，但是，另一方面，他们却不知道我曾经在朗拜尔西埃先生那里获得了丰富的知识；另外，我还有一间小仓库，也是让这些先生们十分头痛的，这就是《教会与帝国历史》，我在父亲那里差不多把这部书都背了下来，后来日子一久便渐渐淡忘,但是,随着争论激烈展开,我又想了起来。

有一位老神父,人虽矮小却是相当严肃的,他把我们叫在一起,第一次向我们布道。这次布道会对学友们来说,与其说是进行一次辩论,不如说是一次教理问答,这位老神父注意的是向他们传授知识,而不是解答他们的问题。但他对我这样可就不行了。轮到我说话的时候,每个问题我都要逼问他,凡是我能给他找出的难题一个也不放过。这就把布道会的时间拖长了,参加的人都十分厌倦。我这位老神父说了很多的话,越说越发火,先是支吾其词,最后下不了台的时候,就借口自己不太懂法语一走了之。第二天,由于怕我轻率的反问对学友们发生坏作用,我就被单独放在另一间屋子里,让我同一位神父同住。这位神父比较年轻,健谈善辩,就是说,会编冗长的句子,并且非常自满。其实真有学问的人从来也不会那么自满的,但是,我没有让他这种堂皇的架势镇住,另外,我认为,反正凭借自己的努力,我能够十分自信地回答他的问题,并且尽我所能从各方面把他堵得没话可说。他想用圣奥古斯丁、圣格里果利①以及其他圣师来压服我,可是,我引用起这些圣师的著作来,差不多和他一样娴熟,真使他万分惊异。我从前没有读过他们的著作,他大概也没有读过,但是,我记住了勒苏厄尔的教会史的很多片断,每逢他给我引出一段的时候,我并不直接反驳他的引证,而是用同一圣师的另一段话来回击他,这就常常使他非常为难。然而,最后还是他胜利了,此中有两个原因:第一,他的势力比我大,我知道我是在他的

---

① 圣奥古斯丁(354—430),罗马教会的大僧侣;圣格里果利(328—390),希腊教会的有名大僧侣。

支配之下的,我不管怎样年轻,总还懂得不应该逼人太甚,我已相当明确地看到,那位矮小的老神父不论是对我本人或者对我的学识都没有什么好感。另外一个原因是:这位年轻的神父作过专门研究,而我却没有,因此,他有他的论证方式,他运用一种方法,使我没法听懂,每逢他觉得要遇到意外的反驳使他陷于困境的时候,他就借口我超出了本题的范围,把问题拖延到第二天。他驳斥我的引文甚至有几次是假的,并自告奋勇去替我找原书,说我一定找不到那些引文。他觉得这样也不会有什么大危险,因为就凭我那一点表面知识,我是不大会翻阅书籍的,而且我对拉丁语的修养又实在有限,即使我知道引文一准在某本书里,我也没法在一本厚书里找到那一段。我甚至怀疑他也用过他责难牧师们的那种不忠实的治学方法。我怀疑他为了摆脱使自己感到窘困的反驳,有时不惜编造一些引文。

这些无谓的论争在继续,日子一天一天在争辩、诵经和耍无赖中过去,这时我遇到了一件令人十分厌恶的小小的丑事,这件事差一点对我产生了极其不利的后果。

任何一个人,不管他的灵魂多么卑鄙,他那颗心多么粗野,到时候也不会不发生某种爱慕之情的。那两个自称为摩尔人的歹徒中的一个喜欢上我了。他愿意和我亲近,毫无避讳地跟我说些乱七八糟、难以理解的话,向我献些小殷勤,吃饭中间有时把他自己的菜饭分给我,并且经常热情地吻我,吻得我实在难为情。他那张椒盐面包似的脸,上面还点缀着一道长长的刀痕,他那双火辣辣的眼睛与其说是充满了柔情,毋宁说是充满了狂热。我虽然一见就感到害怕,还是忍受着他的亲吻,我心里想:"这个可怜人对我这样友爱,拒绝他是不对的。"以后他一步一步地放肆起来了,向我说的话是那样下流,以致我有时认为他是发疯了。有一天晚上,他要来和我睡在一个床上,我借口我的床太小,把他拒绝了,于是他想使我到他的床上去,我也拒绝了,因为这个家伙脏得厉害,浑身是嚼烟草的臭味儿,真叫我恶心。

第二天大清早,大厅里只有我们俩:他又开始抚摸我了,可是,这次他的动作十分猛烈,神色越来越可怕。最后,他居然要干最丑恶的狎昵的事儿,他攥住我的手,强迫我干这样的事。我用力挣脱开了,同时大嚷一声,向后面跳了一步,没有表示愤恨,也没表示恼怒,因为我一点也不知道这种举动有什么意义。我非常坚决地向他表示惊愕和厌恶,最后他把我放开了。在他自己胡闹一阵以后,我看见一种不知是什么黏糊糊的白色东西朝着壁炉射去,落在地上,我恶心透了,当时飞快跑到阳台上去,我一辈子也没有那样激动,那样慌张,那样恐怖,差点儿晕了过去。

我那时还不能理解这个坏家伙是怎么回事,我以为他是得了疯病,或是什么更严重的癫狂;看到这种猥亵、肮脏的样子和这一副兽欲如火的可怕面孔,对于任何一个冷静的人说来,不知道还有什么更丑恶的事。我从来没有见过这样的男人,如果我们在女人面前做出这种狂乱的举动,只有她们的眼睛被迷惑住,才不致把我们看成是奇丑而可怕的东西。

我一会儿也等不了,马上就把我自己所遇到的事向大家讲开了。我们的女总管叫我不要声张,我看出这件事情使她非常不高兴,我还听见她咬牙切齿地嘟囔着:"该死的东西!野蛮的畜生!"我不知道为什么不准我声张,我仍旧照样到处嚷嚷。我嚷得太厉害了,结果,第二天大清晨就有一个管理员来找我，严厉地申斥了我一顿，责备我小题大做，甚至损害了神圣道院的名誉。

他训了我很久，还向我解释了许多我所不知道的事情，但是，我并不以为这是在给我讲我所不懂得的事，因为他相信我懂得别人要跟我干什么事，只因不肯同意，才进行了抵抗。他严肃地对我说，这种行为和淫乱一样都是被禁止的，但这种意图对于作为这种行为对象的那个人说来并不算多大的侮辱，被别人看得可爱，有什么可发火的。他毫不掩饰地对我说，他自己年轻时候也碰到过这种荣幸，由于来得突然，未能抗拒，他丝毫也没感到其中有什么苦得受不了的。他恬不知耻，居然用了直陈其事的词句；他还推想我所以拒绝是因为怕疼，于是向我保证这种害怕是多余的，完全用不着大惊小怪。

我听了这个无耻之徒的话，感到极大的惊奇，因为他毫不为他自己辩护，他似乎完全是为了我好而来开导我的。在他看来，这完全是件极平常的事儿，所以他根本不必找个地方跟我密谈；我们身旁有一位作为第三者的教士，他也觉得这不必大惊小怪。他们这种泰然自若的神气完全把我懵住了，我只好相信，这准是人间习以为常的事，只是先前我没有领教的机会罢了。所以，我听了他的话并没有生气，但不无厌恶之感。我所亲身遭遇的，尤其是我所亲眼看到的情景，在我记忆里留下的印象太深了，所以我回想起来还觉得恶心。我当时也不知道为什么把对那件事的憎恶一直伸展到辩护者的身上了，我无论怎样控制自己，也不能不使他看出他的教训所发生的恶劣效果。他以一种不大亲切的目光瞪了我一眼，自此以后，他便用尽办法让我在教养院的日子越来越不好过。他总算达到了目的，因而我看到，要跳出教养院，只有一条出路，过去我拖延时日,不肯采取这个途径,如今我是急不可待了。

这件事倒起了一种防护作用,使我一生也不会干出男子同性爱的勾当,而且一看到这样的人,就联想起那个可怕的摩尔人的样子和举动,心里便产生一种难以隐藏的厌恶。另一方面,相形之下,女人在我心目中却博得了极大的价值。我觉得应该对她们表示温柔的感情与崇高的敬意,以补偿男性对她们的侮辱,因此,当我想起那个假非洲人的时候,就连最最丑的女人都认为是值得崇敬的对象了。

至于这个假非洲人,我不知道人们对他会有什么说法,据我看,除了罗伦莎太太以外,谁都跟从前一样看待他。可是,他不再接近我,也不再和我说话了。过了一个星期,他就在庄严的仪式下接受了洗礼,从头到脚一身白色服装,这是表示他重生的灵魂的纯洁。第二天,他就离开了教养院。此后,我再也没有见到他。

一个月之后,轮到了我。我的指导者想获得使一个难以转变的人皈依正教的荣誉,是需要这么一段时间的,并且,为了赢得我的新的顺从,又要我复习了一下所有的信条。

最后,我受到了充分的教育,我的教师们对我也相当满意了。于是在迎圣体的行列的陪伴下,我被送到圣约翰总堂①,以便在那里庄严地宣誓脱离新教,并且接受洗礼的一些辅助仪式,虽然他们实际上没有给我施洗。仪式和真的洗礼差不多,这是为了使人们相信新教徒并不是基督徒。我穿了一件专供这种仪式使用的带白花边的灰长袍。在我的前后各有一人拿着铜盘,两人用钥匙敲打盘子。人们按照各自的诚心或

---

① 总堂是主教驻在地的教堂。

者对新改宗者的不同程度的关怀往盘子上放些布施。总之，天主教的种种浮夸的仪式哪样都没有略掉，以便这种盛典对公众含有更多的训导意义。对我则含有更多的耻辱。只有一项规定给略掉了，就是我非常需要的那身白衣服他们并没像给摩尔人那样给了我，因为我不是犹太人，所以我不能享受这种荣幸。

这还不算完。接着还要到宗教裁判所去领取异教徒的赦免证，举行亨利四世本人所遵照的，并由其钦差大臣代为举行的同样仪式①，才返回天主教会。那位可尊敬的裁判神父的神气和举止绝不能消除我刚来时候的内心的恐怖。他问过了我的信仰、我的地位以及我的家庭以后，突然问起我的母亲是否已经下了地狱。当时的恐惧压住了我开始爆发的愤怒，我只回答说：我希望她没有下地狱，她在临终的时候，可能看到了上帝的灵光。这个神父没有吭声，但是，他做了一个鬼脸，好像完全不同意似的。

一切都办完了。我正在寻思可能终于会按照我的希望给我一个适当的位置的时候，他们把我赶出了门，把收到的布施（约有二十多个法郎的零钱）给了我。他们嘱咐我活着要做一个善良的信徒，不要辜负上帝的恩典，最后他们祝我幸运，紧跟着就砰的一声把门关上了，于是，一切都消失了。

我的一切崇高的希望，就这样在一刹那间幻灭了，我刚采取的自私的行动，只给我留下自己是个背教者又是个傻瓜的回忆了。不难想象我的梦变得多么突然：原来怀着灿烂辉煌的计划，忽然坠入最悲惨的境地，早晨想选择我将要居住的宫

---

① 法国国王亨利四世曾因王位关系于一五九三年宣誓放弃新教。

殿,晚上竟落到露宿街头。有人会认为,我一下子陷入如此残酷的绝望之中,在悔恨自己犯了错误的同时,一定会狠狠地责备自己,埋怨一切的不幸都是自己亲手造成的。实际上绝非如此,这是我有生以来第一次被幽禁了两个多月之久,所以我首先感到的,乃是重新获得自由的一种喜悦心情。经过长期奴隶生活以后,我现在又成了自己的主人了,又有了行动自由了,在这样一个繁华富庶、阔人很多的大城市里,我的天资和才干一被人发现,立刻就会有人接待我。此外,我尽可以等待一个时期,衣袋里装着的二十多个法郎,在我看来简直是一个取之不尽用之不竭的宝库,我可以不和任何人商量随自己的意思花这笔钱。这样富裕,我还是生平第一次。因此,我绝对没有灰心失望,更没有伤心流泪。我仅仅是改变了自己的希望,我的自尊心并没有受到丝毫损伤。我从来也没有感到这样自信和镇定。我仿佛觉得我已经走远了,并且完全是靠自己了,我感到自豪。

我要做的第一件事就是游览全城来满足我的好奇心,即使只是为着表现我的自由,我也要这样做。哨兵上岗我要看看,因为我非常喜好军乐。遇到教会迎圣体的行列,我也要跟着瞧瞧,因为我爱听神父的合唱。我要看看王宫,我带着畏惧的心情走向前去,看见别人往里面走,我也就跟着进去,也没有人拦我。这也许是因为我胳膊底下夹着一个小包的缘故吧。不管怎样,当我出现在这个宫殿里的时候,我自以为是很了不起的。我几乎已经把自己看成是久居在这宫中的人了。最后,由于我不住脚地到处走动,觉得身体疲乏,腹中饥饿,天气很热,我便走进一家乳食商店。人们给我端来奶糕、奶酪和两片美味的皮埃蒙特棒形面包,这是我最喜欢不过的,我仅仅花了五六个苏，就吃了我有生以来最好的一餐。

　　我必须找一个住处。皮埃蒙特话我已学会了不少，可以让人明白我的意思，因此没有费事就找到了住处。我是谨慎地按我的财力，而不是完全按我的趣味选择我的住处的。有人告诉我，在波河街有一个当兵的妻子，家里留住闲散下来的仆人，每夜只收费一个苏。我在她家里得到了一张破旧的空床，便在那里安居下来。这位女人很年轻，新近才结婚，虽然她已经有五六个孩子了。母亲、孩子和住宿的客人，大家都睡在一个房间里。我在她家住的时候一直是这样。不管怎么说，她是一个好女人。她骂起人来非常难听，整天袒胸露怀，蓬头散发，但是她心地善良，勤勤恳恳，待我很好，甚至还帮了我一些忙。

　　好几天的工夫，我完全沉溺在无拘无束与好奇的乐趣之中，我城里城外到处游逛，东钻钻，西探探，寻找一切我认为稀奇和新鲜的事物去看，对于一个初出茅庐从来没有见过首都的年轻人说来，什么都是稀奇和新鲜的。我特别喜欢准时去瞻仰王宫，每天早晨参加王家小教堂的弥撒。能够和亲王及其侍从待在一个小教堂里，我觉得美极了。但是，宫廷的豪华很快就全看了，而且老是那个样子，也就渐渐失去了吸引力。这时，我开始热爱音乐了。我每天必到王宫去，原因就在音乐对我有了最大的吸引力。撒丁王当时拥有欧洲最好的交响乐队。索密士、黛雅丹、贝佐斯①等大师都先后在那里大显身手。其实，要吸引住一个年轻人，用不着这么大的排场，最简

①　这三人都是当时的大音乐家，其中索密士为王家音乐院院长，意大利音乐界最有名人物，甚至被称为皮埃蒙特派。

单的一种乐器，只要演奏得好，能使人欢欣雀跃，也就够了。何况，我对于眼前令我惊讶的一切富丽豪华，只有一种呆子似的赞叹，并无羡慕之心。在这气象万千的华丽宫院中，我所关心的只有一件事，就是看看那里是否有个值得我尊敬的年轻公主，以便和她闹一场风流韵事。

我差点儿在豪华不及王宫的情况下闹起一场风流韵事，如果我能达到目的，我会感受到妙不可言的、千百倍的愉快。

我的生活虽然非常节俭，可是我的钱袋却不知不觉地快空了。我这种节俭并非出于谨慎，而是由于我的食欲简单。就是今天，佳筵盛宴也没有改变我这种简单的食欲。我从前不知道，现在仍然不知道有什么能比具有田舍风味的一顿饭更精美的饮食了。只要是好的乳类食品、鸡蛋、蔬菜、奶饼、黑面包和普通的酒，就能让我饱餐一顿。只要没有侍膳长和侍者围着我让我饱尝他们的讨厌的神气，我的好胃口吃什么都是香甜的。那时我总是花五六个苏就能吃一顿非常好的饭，以后用六七个法郎吃反倒没有那么好了。我饮食有节只是因为我没有受到诱惑，但是，我把这一切都说成饮食有节也是不对的，因为说到吃，我也是尽量享点口福的。我所喜爱的梨、奶糕、奶饼、皮埃蒙特面包和几杯掺兑得法的蒙斐拉葡萄酒，便可以使我这个贪图口福的人心满意足。尽管如此，我的二十个法郎还是眼看就要完了。这一点我一天比一天看得清楚，尽管我还处于对什么都漫不经心的年龄，但由于前途茫茫而产生的忧虑不久就变成了恐怖。我的一切幻想都破灭了，只剩下找个赖以餬口的职业的念头，然而这个念头也是不易实现的。我想起我从前的手艺来，但是我的手艺还不精通，镂刻师傅不会雇我，而且这一行的师傅在都灵也不多。于是，在没找到什么好机会以前，我就挨门挨户，一个铺子一个铺子去自荐，愿意替他们在银器上镂刻符号或图记，工钱随便，满心想用廉价吸引主顾。可是这种权宜之计也很不成功。几乎到处都遭到谢绝，即使找到一点活儿也挣钱很少，仅够几顿饭钱。然而，有一天清早，我从公特拉诺瓦街经过，透过一家商店的橱窗，看见一个年轻的女店主，她风度优美，相貌动人，尽管我在女人面前很腼腆，我还是毫不犹豫地进去了，主动向她推荐我这小小的技能。她不但完全没有严词拒绝，反而让我坐下，叫我谈一下我的简短的经历，她同情我，劝我鼓起勇气，还说她的基督徒是不会把我扔下不管的。后来，在她叫人到一个邻近的金银器皿店去寻找我所需用的工具的时候，她亲自上楼到厨房给我拿来早点。这样开端似乎是个好兆头，其后的事实也没有否定这个兆头。看来，她对我的那点活儿还满意，而且对在我稍微安下心来后的那阵子海阔天空的闲聊更满意；由于她丰姿绰约，服饰华丽，虽然态度和蔼，她的风采仍引起了我的敬意。然而，她那充满盛情的招待、同情的语调以及她那温柔的风度，很快就使我一点也不感到拘束了。我认为我是成功了，而且还会获得更多的成就。然而，尽管她是一个意大利女人，又那么漂亮，在外表上难免显得有些风骚，但是，她却非常稳重，再加上我生来腼腆，事情就很难有迅速的进展。我们没有得到充分的时间完成这项奇遇。每当我回忆起和她在一起的那些短暂时刻，就感到极大的快慰，而且可以说，我在那里尝到了宛如初恋的那种最甜蜜、最纯洁的快乐。

她是个富有风趣的棕发女子，她那美丽的脸上显示出来的天生和善的神情使得她那种活泼劲儿十分动人。她叫巴西勒太太，她丈夫的年岁比她大，醋意相当浓，在他出远门的时候，把她托给一个性情忧郁、不会讨女人欢心的伙计照管。这个伙计也有自己的野心，不过他只是用发脾气的方式来表示罢了。他笛子吹得很好，我也很喜欢听他吹，但是他却非常讨厌我。

这个新的埃癸斯托斯①一看见我到他的女主人店里来，就气得嘴里直嘟囔，他以轻蔑的态度对待我，女主人也毫不留情地以同样的态度对待他。她甚至好像为了自己开心，故意在他面前对我表示亲昵，叫他难堪。这种报复方法非常适合我的胃口，如果我们单独在一起的时候，她对我也是这样，那就更合我的口味了。但是她却并不把事情发展到这种程度，或者至少是方式不一样。也许是她认为我太年轻，也许她不知道该怎样采取主动，也许她确实愿意做一个贤淑的女人，她对我采取一种保留态度，固然这种态度并不拒人于千里之外，我却不知道为什么竟感到畏缩。我对她感觉不到像对华伦夫人那种真心实意、情致缠绵的尊敬，而是感到更多的畏惧，同她远不像同华伦夫人那样亲密。我又窘又战战兢兢，我不敢盯着看她，在她跟前甚至屏着呼吸；可是要我离开她却比叫我死还难受。在不至于引起她注意的当儿，我用贪婪的目光凝视着她身上所能看到的各个部分：衣服上的花，美丽的小脚尖，手套和袖口之间露出的那段结实白皙的胳膊，以及在脖子和围巾之间有时露出的那部分。她身上的每个部分都使我对其他部分更为向往。由于我目不转睛地看那些所能看见的部

---

① 当阿伽门农去参加特洛亚战争时，曾把妻子托埃癸斯托斯照应，巴西勒同阿伽门农一样，把妻子托给他的伙计，这里埃癸斯托斯即指这个伙计。

分,甚至还想看那些看不见的部分,这时我眼花缭乱,心胸憋闷,呼吸一阵比一阵急促,简直不知如何是好。我只能在我们中间经常保持的沉默中暗暗发出非常不舒服的叹息。幸亏巴西勒太太忙于自己的活计,她没有理会这些,至少我认为她没有理会。但是我有时看到,由于她的某种同情以及她的披肩下面的胸膛不时起伏,这种危险的情景更使我神魂颠倒。当我热情迸发到几乎不能自持的时候,她便以平静的声音向我说句话,我便立即清醒过来。

有不少次我和她单独在一起,她总是这样,从来没有一句话、一个动作,甚至一个带有过分表情的眼色,显示我们相互间有半点心心相印之处。这种情况使我非常苦恼,却也使我感到甜蜜。在我那天真的心灵中也弄不清我为什么会有这种苦恼。从表面上看,这种短短的两人独处,她也并不讨厌,至少是她屡次提供这样的机会。当然,这在她那方面并不是有意的,因为她并没有利用这样的机会向我表示些什么,也没有容许我向她表示些什么。

有一天,她听腻了那个伙计枯燥无味的谈话,就上楼到自己的房间去了,我把我正在店铺后柜做的那点活儿赶完,连忙去找她。她的房门半开着,我进去的时候她没有理会,她正在窗前绣花,面对着窗口,背对着门。她既不能看见我,而且由于街上车马的嘈杂声,也没听到我进去。她身上穿的衣服一向是非常考究的,那一天她的打扮几乎可以说是有点妖冶诱人。她的姿态非常优美,稍微低垂着头,可以让人看到她那洁白的脖子;她那盘龙式的美丽发髻,戴着不少花朵。我端详了她一会儿,她的整个面容都有一种迷人的魅力,简直使我不能自持了。我一进门就跪下了,以激动的心情向她伸出手臂,我确信她听不见我的声音，也没想到她能看见我。但是壁炉上的那面镜子把我出卖了。我不知道我这种激情的动作在她身上产生了什么效果。她一点也没有看我，也没跟我说一句话，只是转过半个脸来，用她的手简单地一指，要我坐在她跟前的垫子上。颤抖、惊惧、奔往她指给我的位置上，这三桩事可以说同时并进，但是人们很难相信我在这样的情况下，竟没有做出进一步的举动。一句话也不说，也不敢抬头看她，甚至不敢利用这个局促的姿势挨一挨她，在她膝上趴一会儿。我变成哑巴了，一动也不动，当然也不是很平静的；在我身上所表现的只有激动、喜悦、感激，以及没有一定目标和被一种怕招她不高兴的恐怖心情所约束住的热望，我那幼稚的心灵对于她是否真的会恼我，是没有什么把握的。

　　她的表现也不比我镇静，胆怯的程度也不比我小。她看我来到她面前，心里就慌了，把我引诱到那里以后，这时有些不知所措。她开始意识到那一手势的结果，无疑地，这个手势是没有经过考虑贸然做出来的。她既不对我表示欢迎，也不驱逐我，她的眼光始终不离自己手里的活计，尽力装出没有看见我在她跟前的样子。尽管我无知，也可以断定她不仅和我一样发窘，也许还和我有同样的渴望，只是也被那种和我相同的羞涩心情束缚住了。但这并没有给我增加克服这种羞涩的力量。她比我大五六岁，照我看来，她理应比我更大胆一些。我想，既然她没用什么表示来鼓舞我的胆量，那就是她不愿意我有这样的胆量。即使在今天，我还认为我的这个判断是正确的，可以肯定的是：她非常聪明，一定知道像我这样一个初出茅庐的孩子不仅需要鼓励，而且需要加以指导。

　　要是没有人来打扰我们，我真不知道这个紧张而无言的场面将怎样结束,也不知道我会在这种可笑而愉快的情况下一动不动地待多久。正在我的激情达到顶点的时候,我听到隔壁的厨房门开了。于是巴西勒太太惊慌起来,用激动的声音和手势向我说:"快起来,罗吉娜来了。"我赶紧站起来,同时抓住了她伸给我的一只手,热烈地吻了两下,在我吻第二下的时候,我觉得她那只可爱的手稍稍按了一下我的嘴唇。我一生也没经过这样愉快的时刻,可惜良机不再,我们这种青春的爱情也就到此为止了。

也许正是因为这样,这个可爱的女人的形象才在我的心灵深处留下了令人迷醉的印象。以后我对社会和女人了解得越深,在我心灵中,也就越觉得她美丽。如果她稍微有点经验的话,她一定会用另一种态度来激励一个少年。虽然说她的心是脆弱的,但却是纯朴的,她会无意中向引诱她的倾向让步;从一切现象来看,这是她不贞的开端,可是我要战胜她的害羞心情,恐怕比战胜我自己的羞涩心情还要困难。我并没有做到这一点,却在她跟前尝到了不可言喻的甜蜜。在占有女人时所能感到的一切,都抵不上我在她脚前所度过的那两分钟,虽然我连她的衣裙都没有碰一下。是的,任何快乐都比不上一个心爱的正派女人所能给予的快乐。在她跟前,一切都是恩宠。手指的微微一动,她的手在我嘴上的轻轻一按,都是我从巴西勒太太那里所得到的恩宠,而这点轻微的恩宠现在想起来还使我感到神魂颠倒。

其后两日,我尽力寻找能和她单独在一起的机会,但未能如愿以偿。在她那一方面,我一点也看不出有想安排这种机会的意思;并不是她的态度比以前冷淡了,而是她比以往谨慎了。我觉得她老躲避我的视线,唯恐她不能充分控制住自己的目光。那个可恶的伙计比任何时候都更可恼了,他甚至冷嘲热讽起来,说我在女人跟前前途无量。我生怕一时粗心会泄漏了风声,我那点兴趣,到此为止,原用不着掩掩藏藏的,但现在我认为和巴西勒太太已经算是心心相印了,便想用一种神秘气氛把它隐蔽起来。这使得我在寻找满足这种兴趣的机会时变得比较谨慎了,我老想找十分安全的机会,结果一次也没有找到。

我另外还有一种迄今尚未医好的恋爱怪癖,这种怪癖和我天生的胆怯加在一起,就大大否定了那个伙计的预言。我敢说,由于我爱得太真诚,太深挚,反倒不容易得手了。从来没有过像我这样强烈却同时又这样纯洁的热情,从来没有过这样温柔、这样真实,而又这样无私的爱情。我宁肯为我所爱的人的幸福而千百次地牺牲自己的幸福,我看她的名誉比我的生命还要宝贵,即使我可以享受一切快乐,也绝不肯破坏她片刻的安宁;因此我在自己的行动上特别小心,特别隐秘,特别谨慎,以至一次都没有成功。我在女人跟前经常失败,就是由于我太爱她们了。

现在返回来谈谈那个吹笛人埃癸斯托斯吧,奇怪的是这个密探虽然变得越发令人难以忍耐,但他显得更殷勤了。他的女主人从对我垂青的第一天起,就想法使我成为商店里一个有用的人。因为我懂得一点儿算术,她曾跟那个伙计商量,叫他教我管账,但是,那个坏家伙对这个建议坚决反对,他也许是怕我夺去他的饭碗吧。因此,我所有的工作只不过是在做完了我那镂刻活计以后,去抄写几张账目和账单,誊几本账簿,把几封意大利文的商业函件译成法文而已。可是,突然间,我那个对头又想重新考虑那个一度提出而被否定过的建议了,他并且说愿意教我记复式簿记,愿意使我在巴西勒先生回来的时候,就可以有一套在他手下做事的本领。他说话的语气和神态里的那种虚伪、狡猾和讽刺的成分,我无法细说,总之使我很难信任他。但是没等我回答,巴西勒太太就冷冷地对他说,我对他这种热心帮忙当然是很感激的,但她希望我的命运终于会使我有机会发挥我的才干,她并说像我这样有才干的人仅作一个伙计未免太可惜了。

她曾经多次对我说,她要给我介绍一个可以对我有所帮助的人。她的考虑十分明智,她感觉到这时已经到了应该叫我离开她的时候了。我们默默无言彼此感到倾心的这件事是在星期四发生的。星期天她请了一桌客,其中有我和一位相貌和善的多明我会的教士,她就把我介绍给这个人了。这位教士对我非常亲切,对我的改教表示庆贺,并且问了不少关于我个人经历的事情,从这儿我就知道巴西勒太太曾经把我的经历详详细细地告诉了他。接着,他用手背在我的面颊上轻轻地拍了两下,对我说,要做一个善良的人,要有勇气。他还让我去看他,以便彼此更从容不迫地谈一谈。从大家对他表示的敬意看来,我可以断定他是一个有地位的人,再从他同巴西勒太太说话时那种慈父般的口吻,还可以推定他是她的忏悔师。我也清楚地记得,在他那适合身份的亲切中,夹杂有对他的忏悔者所表示的尊敬和钦佩,可是这种表现在当时给我的印象,不如我今天回想起来时在我脑际留下的印象深。如果那时我更聪明一些的话,能够了解到,像我这样一个人,竟能使一个受到忏悔师尊敬的年轻女人动情,我将会多么感动啊!

由于我们人数较多,餐桌不够大,必须另外加一个小桌子,于是我就在小桌上和那个伙计愉快地对坐了。但是,从关心和菜肴的丰富看来,我坐在小桌上丝毫未受损失。往小桌上送来的菜真不少,可以肯定,这些菜并不是为了那个伙计送来的。一直到这时为止,一切都进行得非常顺利:女人们活泼愉快,男人们殷勤高雅,巴西勒太太以动人的亲切态度款待客人。饭吃到一半的时候,人们听到有辆马车停在门口,有个人走上楼来了,这是巴西勒先生。他走进来的那种样子,我至今还记得清清楚楚,他穿着一件带金扣子的大红上衣,从那一天起我对这种颜色就讨厌起来了。巴西勒先生身材魁伟,长得漂亮,风度很好。他脚步声音很重地走进来,脸上的表情好像要把大家都给吓住似的,虽然在座的都是他的朋友。他的妻子奔过去,搂住他的脖子,抓住他的双手,向他百般表示亲热,而他却毫无反应。他向客人们打了一个招呼,有人给他送来一份食具,他便吃起来了。人们刚刚提到他这次旅行的事时,他便向小桌上看了几眼,用一种严肃的口吻问,坐在那边的小孩子是什么人。巴西勒太太直率地回答了他。他问我是不是住在他家里,有人告诉他说我不住在他家里。他接着粗野地反问说:"怎么会不呢?既然他白天可以在我这里待着,晚上当然也可以在我这里。"这时,那位教士发言了,先对巴西勒太太做了一番严肃而真实的称赞,也用几句话把我夸奖了一番。他补充说:他不仅不应该责备他太太诚意救济贫困的好心,而且也应该积极参加才对,因为这里没有丝毫越礼的事情。丈夫用一种愤怒的口吻反驳了一下,可是由于教士在场,总算把气压住了一半,但是这也足以使我知道他对我的情况已经有所了解,而且也明白了那个伙计曾怎样按照他自己的方式给我帮了倒忙。

客人们刚刚退席，这个伙计就奉了他的老板的指示，显出胜利的神气，通知我立即离开他家，永远不准再进这个门。他在执行这项任务时，还增添了不少冷言恶语，使这个任务具有很大的侮辱性而且十分残暴。我一句话没说就走了，但是心里十分悲伤，我所以悲伤主要并不是因为离开了这个可爱的女人，而是因为叫这个可爱的女人成了她那粗暴的丈夫的牺牲品。他不愿意听任妻子丧失贞操，当然是对的。然而，尽管她很贤惠，并且是良家之女，她毕竟是个意大利女人，这就是说：多情而好复仇。在我看来，他是失策了，因为他对她所采取的手段，适足以给自己招来他所害怕的不幸。

这就是我第一次奇遇的结局。我曾经有两三次故意经过那条街，希望至少再见一见我心里不断想念的那个女人，但是我没有见到她，只看见过她的丈夫和那个认真当看守的伙计。那个伙计看到我，便用店铺里的大木尺向我做出怪样子，要说那种样子是在欢迎我，不如说是在向我示威。我既被如此严加防范，也就泄气了，我再也不到那条街上去了。我曾打算至少去拜访一次她给我引见的那位教士，可惜我又不知道他的名字。我曾在修道院的周围徘徊过好几次，希望能碰见他，但也毫无结果。最后，我因为又遇到了别的事情，便把我对巴西勒太太的动人的回忆丢开了。不久我就把她完全忘掉了。我甚至又像从前那样，恢复为纯朴和稚气十足的人，连看到美丽的女人也不动心了。

然而她的一些馈赠，稍稍补充了一下我那小小的行囊，虽然馈赠不多，却十足表现了一个聪明女人的细心。她注重整洁超过美观；她希望我不受苦，但不叫我去炫耀。我从日内瓦带来的外衣还不错，还可以穿；她仅仅给我添置了一顶帽子和几件内衣。我没有套袖，我也很想要，但是，她不肯给我，她认为我能保持清洁就行了；其实，只要我在她跟前一天，这一点是无须她嘱咐的。

这场灾难结束以后不多几天，我前面提过待我很好的那个女房东对我说，她可能给我找到一个位置，她说有一位贵妇人愿意看看我。我听到这话以后，就真的认为会有什么美妙非凡的奇遇了，因为我总憧憬着这样的事情。可是这位贵妇人并不像我所想象的那样了不起，我跟随把我介绍给那个贵妇人的一个仆人到了她家里，她问了我几句话，仔细端详了我一番，没觉得我讨厌，便立刻叫我在她家里服务了，当然，不是作为她宠爱的侍从，而是作为她的仆人。我也穿着和其他仆人同样颜色的衣服，唯一不同的地方就是他们上衣的边缘上有花边，而我的衣服上没有。由于这种制服上没有花边，就很像一个普通市民的服装。我的那些想入非非就出乎意料地结束了。

我就这样走进了维尔塞里斯伯爵夫人的门庭。她是一个没有孩子的寡妇。她的丈夫是皮埃蒙特人；至于她，我始终认为她是萨瓦人，因为我不能想象一个皮埃蒙特女人能说那样好的法语，口音那么纯。她是个不老不少的中年女人，容貌非常高雅，又很有才华，酷爱法国文学，而且相当精通。她时常写作，写了很多东西，而且总是用法文写。她所写的函札，有赛维尼夫人①函札的笔法，韵味亦近似；有几封信甚至分不出是她写的还是赛维尼夫人写的。我主要的工作，就是照她口

① 赛维尼夫人（1626—1696），法国女作家，以写给女儿的信札《赛维尼夫人书信集》而闻名。

述录下这些信札。我倒也很喜欢做这类事情。她的胸部长了一个肿瘤,使她非常痛苦,不能亲自执笔。

维尔塞里斯夫人不仅富于才华,而且心灵既高尚又刚强。一直到她病死,我都在她身旁。我曾亲眼见她忍受病痛和死亡,她从没有表现出片刻的懦弱,从来没有显示出用力克制自己的样子,也从来没有失去过妇女应有的仪态;她连想都没想到这里面有什么高深的哲学道理,因为哲学这一名词,在当时还不流行,而且她甚至还不了解哲学这两个字在现时代所包含的意义。这种刚强的性格,往往近于冷漠无情。在我看来,她不管是对自己还是对别人都不大动感情,即使她对不幸的人做些善举,也不是出于真正的怜悯,而主要是因为这样做本身就是好事。我在她的身旁待了三个月,对她这种冷淡的性格是有所感受的。她对于一个经常在她眼前,而且前途颇有希望的年轻人难免会产生怜爱之心,在她感到自己要死的时候,一定也会想到在她死后这个年轻人需要帮助和支持,这本来都是很自然的事。但是,也许她认为我还不配受她的特殊照顾,也许因为纠缠着她的人们过于关心自己,叫她只想到他们,而没有容她考虑到我的问题,总之,她什么也没有给我办。

然而我记得非常清楚,她曾表现出某种好奇心,想对我进行了解。她也问过我几次;她很喜欢我把写给华伦夫人的信给她看,跟她谈谈我的心事。但是,她为了解我的心事所采取的办法,显然不是好办法,因为她一向不肯暴露自己的心事。我的心是乐于倾诉的,但必须感觉到别人的心也乐意听我的倾诉。但她只是冷淡而枯燥地询问,对于我的回答既不表示赞成,也不表示反对,这就不能取得我的信赖。在我不了解我那好说话的毛病是使人高兴还是使人讨厌的时候,我总是感到恐惧，于是我就不大愿意暴露自己的思想，而只是想到凡是对自己不利的话一句也不说。以后我理会到，那种通过询问去了解别人的冷淡态度，是自以为有学识的女人的通病。她们想丝毫不暴露自己的心事，而达到洞悉别人心事的目的；但是她们不了解，这样做会打消别人向她们暴露心事的勇气。一个男人只要受到这种询问，马上便会提防起来；如果他认为这并不是对他真正的关心，而只是要套他的话，那么，他的反应不是说谎就是一言不发，或者更加戒备；他宁肯让别人把他当作傻瓜，也不愿意受那好奇者的哄骗。一方面隐瞒自己的心事，一方面要了解别人的心事，这终究是个坏方法。

维尔塞里斯夫人从来没有向我说过一句表示好感、怜悯和亲切的话。她冷淡地询问我，我也以有保留的态度回答她。我的回答非常谨慎，难免使她觉得乏味而感到厌烦。后来，她就不再询问我了，只在叫我给她做点事的时候才跟我说话。她不是按照我本来是什么样的人来看待我，而只是按照她让我变成的那个样子来看待我。因为她看我只不过是一个仆人，结果就使我在她面前不能不以仆人的身份出现了。

我觉得我从这时候开始，便对使我一生不断深受其害的那种为了隐蔽的利己之心而耍的狡猾手腕有所领会了，因而对产生这种利己之心的事物本能地感到厌恶。维尔塞里斯夫人一个儿女也没有，她的财产将由她的外甥德·拉·罗克伯爵继承。罗克伯爵一直不断地逢迎她。除此以外，她的那些亲信家仆看到她已接近死亡，谁都忘不了自己的利益，争先恐后地纷纷向她献殷勤，使她很难有时间想到我。她家的总管，人称罗伦齐先生，是一个非常机灵的人；他的妻子比他还机灵，在女主人面前非常得宠，在夫人家里，她与其说是夫人花钱雇来的女仆,不如说是夫人的一位女友。她把她的侄女朋塔尔小姐介绍给夫人当了侍女,她的侄女是个极狡猾的女人,装出一副贵妇人的侍女的神气,也帮着她的伯母去控制女主人,以致女主人只通过这三人的眼睛来看人,只通过这三人的手来行事。我没有得到上述三个人的欢心,我服从他们,却不巴结他们,因为我想象不到在伺候我们共同的女主人以外,还得当她仆人的仆人。此外,在他们看来,我是个令人不能放心的人物,他们清楚地看到我并不是个做仆人的人,这种做仆人的身份对我是不适当的。他们担心夫人也会有同样看法,生怕夫人对我的安排会减少他们分得的那部分钱。他们这种人太贪婪了,不可能公正无私,他们认为遗嘱上所有分给别人的一切遗赠,都好像是从他们的私产中抽出来的。因此,他们串通好了,设法不叫夫人看到我。她喜欢写信,拿她当时的情况来说,这本是一种病中消遣,他们却设法打消她这种兴趣,并且还叫医生来劝她不要写,说这会使她劳累。借口我不会服侍人,就叫两个抬轿子的粗汉代替我伺候她。最后,在她写遗书的时候,他们安排得那么巧妙,竟使我一个星期没能进她的房间。一个星期过后,我就又和先前一样出入她的房间了,而且比任何人都勤快,因为这个可怜女人的痛苦使我非常难过,她那种忍受痛苦的坚强精神使我对她产生了极大的钦佩和敬爱,我在她的房间流下了既没有让她本人看见也没有叫任何别人看见的真情的眼泪。

我们终于失去了她。我眼瞧着她咽气。她的一生是有才华有见识的妇女的一生,她的死是一位哲人的死。我可以说,看到她以恬静的心灵毫不松懈、毫不伪装地履行天主教徒的一切义务,令我感到天主教之可爱。她的为人本来是很严肃的,在她垂危的时候,竟显出一种快乐的表情,这种表情始终如一,不像是假装的。这纯粹是理智战胜了悲惨处境的表现。她只是在最后两天才躺在床上;就在这两天,她也没有停止安安静静地和大家谈话。最后,她不说话了,陷入了死亡的痛苦里,她放了一个响屁。"好!"她转了一下头说,"会放屁的女人并没有死。"这是她最后的一句话。

她在遗嘱中给她的下等仆人们留出一年的工资作为遗赠。因为她家的人口簿上没有登上我的名字,所以我什么也没有得到。不过,罗克伯爵给了我三十个利勿尔,还允许我穿走身上那套新制服,要依罗伦齐先生的意思,是要从我身上扒下去的。伯爵甚至答应给我谋个事儿,并且叫我去找他。我曾去过两三次,都没能和他谈上话。我是个一碰钉子就泄气的人,以后就不再去了。我错了,我的错不久就可以看出来。

关于我在维尔塞里斯夫人家逗留期间发生的事,我还没有说完!我离开她家时,虽然从表面上看来是依然故我,但是和我进她家门的时候心情迥然不同。我从那里带上了难以磨灭的罪恶的回忆和难以忍受的良心谴责的沉重负担。这种负担过了四十年还压在我的心头,我因此而感到的痛苦不但没有减轻,反而随着我的年龄的增长而加重了。谁相信一个小孩子所犯的过错竟会有那样可怕的后果呢?就是因为这种几乎可以肯定的后果,我才永远不会感到心安。我也许把一位可爱、诚实、可敬,而且确实比我高尚得多的姑娘,葬送到屈辱和贫困里了。

一个家庭瓦解的时候,难免会发生一些混乱,难免会丢失一些东西。然而由于仆人们的忠实和罗伦齐夫妇的周密照料,列入财产目录的东西一样也没缺。只有朋塔尔小姐丢失了一条已经用旧了的银色和玫瑰色相间的小丝带子。其实我要拿的话可以拿到许多好得多的东西，可是偏偏这条小丝带把我迷住了，我便把它偷了过来。我还没把这件东西藏好，就很快被人发觉了。有人问我是从哪里拿的，我立即慌了神，结结巴巴说不出话来，最后，我红着脸说是玛丽永给我的。玛丽永是个年轻的莫里昂讷姑娘，在维尔塞里斯夫人因病停止请客而把她原来的厨师辞退以后，就由玛丽永作了厨师，这时伯爵夫人需要的是鲜美的羹汤，而不是精心烹饪的佳肴。玛丽永不仅长得漂亮，而且还有一种山里人所特有的鲜艳肤色，特别是她那温和质朴的态度，没有人见了不觉得可爱；她也是一位和善、聪明和绝对诚实的姑娘。因此我一提她的名字，大家都感到惊异。但是人们对我比对她更不信任，所以必须弄清楚究竟我们俩谁是小偷。人们把她叫来了，大家蜂拥而至，聚集在一起，罗克伯爵也在那里。她来以后，有人就拿出丝带来给她看，我厚颜无耻地硬说是她偷的；她愣了，一言不发，向我看了一眼，这一眼，就连魔鬼也得投降，可是我那残酷的心仍在顽抗。最后，她断然否认了，一点没有发火。她责备我，劝我扪心自问一下，不要诬赖一个从来没有坑害过我的纯洁的姑娘。但是我仍然极端无耻地一口咬定是她，并且当着她的面说丝带子是她给我的。可怜的姑娘哭起来了，只是对我说："唉！卢梭呀，我原以为你是个好人，你害得我好苦啊，我可不会像你这样。"两人对质的情况就是如此。她继续以同样的朴实和坚定态度来为自己辩护，但是没有骂我一句。她是这样的冷静温和，我的话却是那样的斩钉截铁，相形之下，她显然处于不利地位。简直不能设想，一方面是这样恶魔般的大胆，一方面是那样天使般的温柔。谁黑谁白，当时似乎无法判明。但是大家的揣测是有利于我的。当时由于纷乱，没有时间进行深入了解，罗克伯爵就把我们两个人都辞退了，辞退时只说：罪人的良心一定会替无罪者复仇的。他的预言没有落空，它没有一天不在我身上应验。

我不知道这个被我诬陷的牺牲者后来怎样了，但是，从此以后，她显然不容易找到一个很好的职位了。她蒙受莫须有的罪名，这罪名是从各方面都使她名誉扫地的。偷的东西虽不值钱，但毕竟是偷窃，而且更糟的是利用偷窃来诱惑一个年轻的小孩子。总之，既撒谎又坚持错误，人们对于这样一个把许多恶习集于一身的女人，是不抱任何希望的。我甚至觉得，我坑害她的结果的最大危险还不是穷困和被遗弃，以她那样的年龄，由于无辜受辱而感到悲观绝望，谁知道会使她落到什么地步呢？唉！当我追悔使她身遭不幸时，我心中已是悲切难忍，当我想到会使她变得比我更坏时，我又该是怎样一种心情，请读者想象一下吧！

这种残酷的回忆，常常使我苦恼，在我苦恼得睡不着的时候，便看到这个可怜的姑娘前来谴责我的罪行，好像这个罪行是昨天才犯的。每当我的生活处于平静的状态时，这种回忆带给我的痛苦就比较轻微；如果在动荡多难的生活中，每逢想起这件事来，我就很难再有以无辜受害者自居的那种最甜美的慰藉。它使我深深体会到我在自己某一著作中所说过的话：处于顺境的时候，良心的谴责就睡着了；处于逆境的时候，良心的谴责就加剧了。同时，我从来未能在对朋友谈知心话时把这件事说出来，以减轻我心中的重负。最亲密的友谊也未能使我向哪个人坦白一下，连对华伦夫人也是如此。我所能够做到的只是承认我干过一件应该谴责的残忍的事，但从来没有说过究竟是怎么一回事。这种沉重的负担一直压在我的良心上,迄今丝毫没有减轻。我可以说,稍微摆脱这种良心上的重负的要求,大大促使我决心撰写这部忏悔录。

以上的叙述是十分坦率的,谁也不会认为我在这儿粉饰我的可怕罪行。但是,如果我不把内心的意向同时叙述出来,甚至因为怕给自己辩解而对于当时的一些实际情况也不敢说,那就不能达到我撰写这部书的目的了。在我诬陷那个可怜的姑娘的时候,我确实没有害人之心。我所以嫁祸于这个不幸的姑娘,是由于我对她所抱的友情。说起来这太离奇了,但却是事实。我心中正在想念她,于是就不假思索地把这件事推到她身上了。我主动干出来的事,却诬赖是她干的,说是她给了我这条丝带,这正是因为我想把这个东西送给她。后来当我看到她来到我面前的时候,我真痛心到了极点,但是,有那样多的人在场就把我的后悔心情压下去了。我不太害怕惩罚,我只害怕丢脸;我怕丢脸甚于怕死亡,甚于怕犯罪,甚于怕世界上的一切。当时我真想找个地缝钻进去,把自己闷死在地下。不可战胜的羞耻心战胜了一切;羞耻是造成我的无耻的惟一原因。我的罪恶越严重,怕认罪的恐怖心情越使我变得倔强。我心里最害怕的就是当面被认定是个小偷,是个撒谎的人和诬告者。群情骚动使得我除了害怕之外,不能有其他情绪了。如果容我冷静一下,我一定会毫不隐瞒地和盘托出。如果罗克先生把我单独叫到一边,对我说:"不要陷害这个可怜的姑娘,如果是你做错了的话,就老老实实告诉我吧。"我一定会立刻跪到他的脚下。但是,正当我需要鼓励的时候,人们却一味地恫吓我。再说,年龄问题也是应该注意的,我的童年刚刚结束,甚至可以说我还是个孩子。真正的卑劣行为,年轻时所犯的要比成年所犯的更可恶;但是仅仅由于软弱而做出的坏事,倒是更应该得到宽恕,而我所犯的错误,究其实也不过如此而已。所以,当我回忆起这件事情的时候,使我深感痛苦的与其说是我所做的坏事本身,不如说是因为由于我所做的坏事而可能造成的后果。这件事甚至对我还有一个好处,那就是我这唯一的罪行给我留下的可怕的印象,使我以后永不会做出任何一种可以导致犯罪的行为。我认为我所以那么憎恨撒谎,大部分是因为我痛悔我曾经制造过这样恶劣的谎言。我大胆地说,如果这件罪行可以弥补的话,那么,我在晚年所受的那么多的不幸和我四十年来在最困难的情况下始终保持着的诚实和正直,就是对它的弥补。再说,可怜的玛丽永在世间有了这么多替她报仇的人,无论我把她害得多么苦,我对死后的惩罚也不怎么害怕了。关于这件事我要说的话只此而已。请允许我以后永远不再谈了。

第 三 章

我离开维尔塞里斯夫人家的时候和我进入那里的时候没有什么两样，几乎是依然故我。我回到我的女房东家住了五六个星期。这期间，我由于年轻力壮，无事可做，常常心情烦闷。我坐立不安，精神恍惚，总跟做梦似的，我有时哭，有时叹息，有时希求一种自己毫不了解而又感到缺乏的幸福。这种处境无法描述，甚至能够想象出来的人也很稀少，因为大部分人对于这种既给人以无限烦恼又使人觉得十分甜蜜的充沛生活，都在它尚未到来之前，便陶醉在渴望里，预先尝到了美味。我那沸腾的血液不断地往我脑袋里填了许多姑娘和女人的形象；但是，我并不懂得她们有什么真正的用处，我只好让她们按照我的奇思异想忙个不停，除此以外，还该怎样，我就完全不懂了，这些奇思异想使我的官能老是处于令人难受的兴奋状态中，但是幸而我的这些奇思异想没有教给我怎样解除这种不舒适的状态。只要能遇到一个像戈登小姐那样的姑娘并同她相会十五分钟，我真不惜付出自己的生命。但是，现在已经不是天真烂漫的儿童嬉戏的时代了。羞耻，这个与恶意识为伍的伙伴，与年俱增，这就更加强了我那天生的腼腆，甚至达到难以克服的程度；不论是在当时或是以后，对于我所接触的女性，虽然我知道对方并不那么拘谨，而且我几乎可以断言,只要我一开口就一定会如愿以偿;但是,若非对方首先有所表示,采取某种方式逼迫我,我是不敢贸然求欢的。

我的烦闷发展到了很强烈的程度,由于自己的欲望不能获得满足,我就用最荒诞的行为来挑动。我常常到幽暗的小路或隐蔽的角落去,以便在那里远远地对着异性做出我原想在她们跟前显露的那种状态。我要让她们看到的不是那淫秽部分——我甚至连想都没往这方面想,而只是我的臀部;我要在女人跟前暴露自己的那种愚蠢的乐趣是很滑稽的。我觉得这样距我所渴望的待遇只不过是一步之遥,我毫不怀疑:只要我有勇气等待,一定会有某个豪爽的女人从我身旁经过时会给我一种乐趣。结果,这种愚蠢的行为所闯的乱子几乎是同样可笑的,不过对我说来并不是很开心的。

有一天,我到了一个院落的尽头,那里有一眼水井,这个院子里的姑娘们常常到井边来打水。院子尽头有个小斜坡,从这里有好几个过道通往地窖去。我在幽暗中察看了一下这些地下通道,我觉得它们又长又黑,便认为这些小道并不是死胡同,于是我想,如果人们看见我或要逮我的时候,就可以在那里找到安全的避难所。我怀着这种自信,就向前来打水的姑娘们做出一些怪样子,这与其说是像勾引,不如说是荒唐可笑的恶作剧。那些最机灵的姑娘假装什么也没有看见;另一些只笑了一笑;还有一些认为受了侮辱,竟大叫起来。有人向我赶来了,于是我逃进了避难所。我听到一个男人的声音,这是我没有料到的,我慌了,我冒着迷失方向的危险一个劲儿地往地道里面跑。嘈杂声、喧嚷声、那个男人的声音,一直在追着我。我原来指望可以凭借黑暗藏身,谁知前面却亮起来。我浑身战栗了,我又往里钻了一阵,一堵墙挡住了去路,再也不能前进了,我只好待在那里听天由命。不一会儿我就被一个大汉追上逮住了。那个大汉蓄着大胡子,戴着大帽子,挎着一把腰刀。他后面跟着四五个拿笤帚把的老太婆,我在她们中间看见揭发我的那个小坏丫头,她一准是想亲眼看看我。

带腰刀的男人抓住我的胳膊,厉声问我在那儿打算干什么。不难想象,我并没有准备答复的话。然而,我镇定了一下,在这种危急时刻从脑子里想出了一种传奇式的脱身之计,结果很好。我用哀求的声音央告他,求他可怜我的年轻和处境,我说我是一个富贵人家出身的异乡人,但有神经错乱的毛病,因为家里人要把我关起来,我就逃出来了,如果他把我交出去,我可就完蛋了,他要是肯高抬贵手,放了我,我有朝一日会报答他的大恩的。我的话和我的样子发生了出乎意料的效果:那个可怕的大汉的心肠软了下来,只责备了我一两句,没有再多问我什么,就让我溜之大吉了。我走的时候,那个年轻的女孩子和那些老太婆露出不高兴的神气,我认为,我原来那么害怕的男人对我倒有了莫大的好处,假使只有她们在场,我是不会这么便宜就走掉的。我不知道她们嘀嘀咕咕地说了些什么,但我并不怎样在意,因为只要那把腰刀和那个男人不管,像我这样敏捷强壮的人,可以放心,她们手中的武器和她们自己是对付不了我的。

过了几天,我跟我的邻居——一位年轻的神父在街上走,面对面地遇到了那个带腰刀的人。他认出了我,用嘲笑的口吻学着我的腔调对我说:"我是个亲王,我是个亲王;我也是个傻瓜;请您让殿下下次不要再到这儿来了。"此外,他并没有多说什么话。我低下头逃开了,心里却感激他这样给我留情。我看出那些恶老婆子必定嘲笑他过于轻信。但是尽管他是个皮埃蒙特人，他还是一个老实人，每当我想起他时，内心里不由地产生感激之情。因为这件事是那么可笑，除了他，不管是谁，就是单单为了取笑，也会叫我丢脸的。这件冒险的事，虽然没有产生我所惧怕的那些后果，却也使我老实了很长时间。

我在维尔塞里斯夫人家的那段时期，结识了几个朋友，我经常和他们交往，希望有一天对我会有些好处。其中有一个是我常去拜访的萨瓦神父，人称盖姆先生。他是麦拉赖德伯爵家的孩子们的教师。他还年轻，很少交游，但是他非常富于理智，为人正直，而且有学问，是我相识的最高尚的好人之一。吸引我到他那里去的，并不是我所期待的任何资助，以他本人的名望还不足以给我安排一个适当的位置；但是，我从他身上获得了对我一生都有好处的十分宝贵的东西，那就是健全的道德训诲和正确的至理名言。在我的癖好和思想的转换变化中，不是过于高尚，就是过于卑鄙；有时是阿喀琉斯，有时是忒耳西忒斯①，有时成为英雄，有时变为无赖。盖姆神父苦口婆心地劝我做一个安分守己的人，使我正确地认识自己，对我既不姑息，也不使我败兴。在谈话中，他十分尊重我的天性和才华，但同时也给我指出他所看到的、影响我的发展的重重障碍；因此，在他看来，我的天性和才华与其说是使我走向富贵的阶梯，不如说是使我不慕富贵的保证。我对人生只有一些错误的概念，他给我描绘出一幅人生的真实图画；他给我指出，贤德的人怎样总能在逆境中走向幸福，怎样在逆风中坚持

---

① 阿喀琉斯是荷马长篇史诗《伊利亚特》中的一个英雄人物；忒耳西忒斯是上述同一著作中的一个最卑劣的人。

前进,力求达到幸福的彼岸;他向我指出为什么没有美德就毫无真正的幸福可言,为什么在任何境遇中都可以做一个贤德的人。他大力削弱我对达官显贵的爱慕;同时向我证明:统治别人的人并不比别人更贤明,也不见得比别人更幸福。他跟我说过一句至今我还时常回忆起来的话,大意是,假使每个人都能洞悉别人心里所想的,那么他就会发现,愿意退后的人一定会多于想往上爬的人。这种真实动人并且没有任何夸张的观察,给了我极大的帮助,使我一生之中,始终是怡然自得地安于自己的地位。他使我对于真正所谓德行,有了一些初步的真切的概念,我原来那点华而不实的趋向都只从德行的极致去理解德行。他使我认识到,对崇高美德的热爱,在社会上是不大用得到的。他使我体会到,激昂太过则易转低沉;持续不断、始终不懈地尽自己的本分,所需要的毅力并不亚于完成英雄事业所需要的毅力。他还使我体会到:做好小事情更能获得荣誉和幸福,经常受到人们的尊敬比让别人赞美数次要强过百倍。

要确定人类的种种义务,必须追溯到它们的根源。再说,由于我所采取的途径,以及我因此所处的现状,我们当然要来谈谈宗教问题。人们已经知道,我在《萨瓦助理司铎》一文①中所说的那个助理司铎,至少绝大部分是以这位道德高尚的盖姆先生作典型的。不过,明哲保身的观念使他说话极端小心,所以在某些具体问题上谈得就不那么坦率了;但是除此之外,他的教训,他的见解,他的意见,都是相同的,甚至连劝我

━━━━━━

① 《萨瓦助理司铎》即卢梭所写的《萨瓦助理司铎的信仰自由》,是《爱弥儿》一书的一部分。

重返故里的话,都和我以后所公开发表的一样。因此,他所谈的内容是任何人都可想而知的,我就无须多谈了。我只说一点:他的教训是贤明的,最初虽未发生作用,却成了我心中的道德与宗教的萌芽,这种萌芽从未枯萎,只待有一个更可爱的手来加以培养,就会开花结果。

虽然我当时的改教还不太巩固,我却也不无感动。我决不讨厌他的谈话,反倒非常喜欢,因为他的话简单明了,特别是我感到在他的言语中充满一种内在的关切。我的心原来就是很热情的,我对于那些希望我好的人比对那些实际上对我做了好事的人还要热爱,在这方面,我的感觉锐敏,不会使我看错的。所以,我真心热爱盖姆先生。我可以说成了他的第二弟子,这对我,就是在当时,也有了不可估量的好处,因为这个时期,正是我无所事事的处境把我引向罪恶的下坡路的时刻,他使我回头了。

有一天,完全出乎意外,罗克伯爵派人来叫我。以前,我因为已经去过不少次,都没见到他,不免感到厌烦,就没有再去。我认为他不是已经把我忘了,就是对我印象太坏。其实我想错了。他曾不止一次地看到我高高兴兴地在他姑姑那里工作,他甚至向她说过自己的印象。这件事现在连我自己都不记得了,他却还一再跟我谈起。他亲切地接待了我,他对我说,他过去不愿随便说几句好听的诺言,开开玩笑,而是一直在设法给我找工作,现在已经找到了。他把我放在一条很有希望的道路上,至于以后应该怎么办,那就全在我自己了。他要送我去的那个人家有权有势,又有名望,我不用另外找其他保护人就可以飞黄腾达起来;虽然一开始,由于我本来是个仆人,只能给以仆人的待遇,但是他说我尽可放心,只要人家看到我的见识和行为高过我的身份，决不会总叫我当仆人的。这段谈话的结尾大大冲淡了我开始时所抱有的美好希望。我在心里自怨自艾地说：怎么！老当仆人！然而不久这种想法就被一种自信心给打消了。我认为我这个人本不是为了当仆人而生的，用不着害怕别人老让我当仆人。

他把我送到德·古丰伯爵的家里。德·古丰伯爵是王后的第一侍臣，显赫的索拉尔家族的族长。这位可尊敬的老人的庄严态度，使得他那亲切和蔼的接待更让我受到感动。他很关切地问了我几句话，我真诚坦率地回答了他。他对罗克伯爵说，我的相貌很可爱，一定很有才气；他认为我一定不会缺少才干的，但不能凭此就决定一切，还得看看其他方面；然后他又向我说："孩子，凡事总是开头难，但是你的事，开头不算是太难的。要老实听话，想法叫大家都满意，这就是你目前唯一的工作。另外，你要有勇气和毅力；我们会照顾你的。"他立即把我带到他的儿媳布莱耶侯爵夫人的房中，并且把我介绍给她，接着又把我介绍给他的儿子古丰神父。这种开端我认为是很好的预兆。我已有足够的经验来判定：要是接纳一个仆役，是不会有这种礼数的。事实上，他们也没有把我当仆人看待。我和管事的人一起吃饭，人们也没叫我穿仆人的制服；年轻而轻率的德·法弗里亚伯爵要我站在他的马车后面，但他的祖父禁止我跟随任何马车，禁止我随同任何人外出。然而，我还是得伺候别人吃饭，我在家里做一种和仆人差不多的事情；不过我相当自由，并没有指定我服侍某一个人。我除了在别人口述下写几封信，或者有时给法弗里亚伯爵剪几张画纸以外，差不多整天的时间都由我自己随意支配。我并没有觉察到，处在这样的生活条件下，是非常危险的，甚至不是很近乎人情的，因为这样长期的闲散生活会使我染上一些本来不会有的恶习。

但是幸而这样的事情没有发生。由于盖姆先生的教诲深深地印在我的心上，而且我对他的教诲是那样感兴趣，有时竟自偷偷地跑到他那儿去，再听听他的指导。我相信，那些看到我时常溜出去的人们，是决不会猜到我要上哪儿去的。他对于我的行为所给予的劝告，真是再正确不过了。我开始时的工作，的确是非常出色的，我所表现的勤勉、细心和热情，没有一个人不满意。盖姆神父明智地教导我：最初的热情要适可而止，不然的话，后来一松懈下去，就显得太明显了。"你初来时的表现，"他对我说，"是人们以后所据以要求你的标准，你要善于使用你的力气，以便日后可以多做一些工作，但是你要注意，做事千万不要虎头蛇尾。"

由于人家没有注意到我那些小小的才能，只认为我有点天资，所以尽管伯爵曾跟我谈过不少关于这方面的话，看来他们现在还是不想利用我的长处。这时，许多事情又齐来作梗，我就差不多被人忘掉了。古丰伯爵的儿子德·布莱耶侯爵，是派驻维也纳的大使，当时宫廷所发生的动荡，也反映到家庭中来了，一直乱了好几个星期，对我的事情就没有什么时间来考虑了。在此以前，我对工作并没有怎样懈怠过。这时却发生了一件对我有利也有害的事情，一方面它可以使我摆脱外面的引诱，另一方面也使我对自己的职务多少有些不专心了。

德·布莱耶小姐和我年纪相仿。她体态优美，长得相当漂亮，肤色洁白，头发乌黑，虽然本质像棕发女郎，但是在她的面庞上却流露出金发女郎的温柔神态，这是我的心难以抗拒的。非常适合于少女的宫廷礼服，突出地显示出她那美丽的身段,露出她的胸部和两肩,特别是由于她当时正在服丧,她的肤色显得更加莹洁迷人。有人说一个仆人是不应该留意到这些事情的。当然,我不应该留意这些,然而,我还是留意到了,其实留意到的不只我一个。膳食总管和仆人们在吃饭的时候往往用很粗鄙的话谈论这件事,使我听了非常难受。我并没有糊涂到真想立刻当上恋人,我一点也没有忘掉自己是什么人,我安分守己,丝毫没有这种妄想。我喜欢看布莱耶小姐,愿意听到她说出几句有才气、有理智而且体现出高尚品德的话。我的野心仅限于服侍她时从中得到快乐,从不超出自己的职权范围。在吃饭的时候,我尽量找机会行使这种职权。如果她的仆人暂时离开了她身边,我立刻就去替他,要是没有这种情况,我就站在她的对面,注视着她那双眼睛,看她需要什么,寻找给她换盘子的机会。我多么希望她肯吩咐我做点什么,向我使一个眼色,对我说一句话啊!但是,结果什么也没有得到。我最难受的是她丝毫不把我看在眼里,我站在那里她一点也不理会。不过她的兄弟在吃饭的时候有时和我还谈几句话。有一次他向我说了一句什么不太礼貌的话,我对他作了一个十分巧妙十分委婉的回答,引起了她的注意,并且向我看了一眼。这虽是短暂的一瞥,却使我从心里感到激动。第二天,我又得到了这样一个机会,我很好地利用了。那一天,举行大宴会,我第一次看到膳食总管腰挎短剑,头戴礼帽,这使我十分惊讶。偶然间话题转到了绣在带有贵族标志的一面壁锦上的索拉尔家族的一句铭文"Tel fiert qui ne tue pas"。由于皮埃蒙特人不熟悉法文,有一个人认为这句题词中有一个书法上的错误,说"fiert"这个字多了一个字母"t"。

古丰老伯爵想要回答;但是,当他看到我只微笑着却什么也不敢说的时候，就叫我发言。于是我说："我不认为这个'ｔ'字是多余的，因为，'fiert'是一个古法文字，并不是从名词'ferus'（尊大；威赫）来的，而是从动词'ferit'（他打击，他击伤）来的；所以这个题词的意思，据我看并不是'威而不杀'，而是'击而不杀'。"

　　大家都盯着我，面面相觑地一句话也说不出来。我一辈子也没有见过有人惊奇到这种程度。但是，叫我最得意的是布莱耶小姐的脸上显然露出了满意的神情。这位十分傲慢的少女又向我看了一眼，这一次至少和第一次一样可贵。接着她又把目光转向她的祖父，她好像迫不及待地等待他应该给我的夸奖。老伯爵以非常满意的神气对我加以最大的最完美的赞扬，以致所有在座的人都连忙异口同声地称赞起来。这个时刻虽然短暂，但是从各方面看来，都是令人心旷神怡的。这真是极其难得的时刻，它恢复了事物合情合理的秩序，并且替我那由于受到命运的欺凌而被轻视了的才能报了仇。几分钟以后，布莱耶小姐又抬起头来瞧着我，她用一种含羞而又和蔼的声音要我给她倒点儿水喝。人们可以想象，我绝不会叫她久等的；但是，当我走近她身旁的时候，我是那样受宠若惊，以致浑身哆嗦起来，我把杯子倒得太满了，有一部分水洒在盘子上，甚至还洒在她的身上。她的兄弟冒失地问我，为什么哆嗦得这样厉害。这一问越发使我惶恐不安，而布莱耶小姐也脸红了，甚至连白眼珠都红了。

　　这段故事到此就算结束了。读者可以看到，这次的情况和过去巴西勒太太的情况一样，乃至和我此后整个一生中的情况一样，我的爱恋始终没有过幸福的结局。我空怀着满腔热情在布莱耶夫人的外间屋伫候着，再没有得到她的女儿任何注意的表示。在她出来和进去的时候，连一眼都不看我，我也几乎不敢抬起头来看她。我甚至愚蠢笨拙到这样程度：有一天，当她从外间屋经过的时候，掉了一只手套，我不但没有向我渴望狂吻的那只手套跑过去，自己反而待着，没敢移动，竟让一个我恨不得要把他掐死的笨胖子把那只手套拾起来了。我看得出，我并没有得到布莱耶夫人的青睐，这更使我感到胆怯了。这位夫人不仅什么也不吩咐我做，而且也从来不接受我的效劳；有两次她看到我在她的外间屋等着，曾以非常冷淡的口气问我，是不是我没有什么事情可做了，于是我就不得不离开这间可爱的外间屋；最初，我还觉得很惋惜，但是不久由于别的事情纷至沓来，我便不想这件事了。

布莱耶夫人虽然看不上我，她的公公待我的那番好心足以减轻我的烦恼，他终于看到了我的存在。他在我以上所说的那次宴会的当天晚上，跟我谈了半小时，看来他对这次谈话很满意，我心里也非常高兴。这位和善的老人也是个有才学的人，他虽然比不上维尔塞里斯夫人那样有学问，却比维尔塞里斯夫人热情，我在他跟前，诸事比较遂心。他叫我伺候他的儿子古丰神父，说这位神父很喜欢我，并说如果我能很好地利用这种关怀，不但对我会很有益处，还能使我获得为了担任别人替我安排的工作所缺乏的条件。第二天早晨我就飞快地跑到这位神父先生那里去了。他一点也没有把我当仆人看待，叫我坐在他的火炉旁边，用最和蔼的态度询问我，他立即看出我曾学过很多东西，但是哪一门也没有学到家。他尤其认为我拉丁文更差些，并打算进一步教我学拉丁文。我们说好我每天早晨到他那里去，而且我从第二天就开始去了。这是我的一生中屡次遇到的怪事：在同一时间，我的处境既高于自己的身份又低于自己的身份,在同一个人家,我既是弟子又是仆人,但是在我为奴为仆的时候,却有一个只有君王之子才能得到的名门家庭教师。

古丰神父先生是他家最小的儿子,他家里要培养他能够升到主教的职位,所以他受的教育比一般名门子弟所受的普通教育还要高些。他曾被送到锡耶纳大学念过书,他从那里带来了造诣相当深的关于修辞主义①的学问,致使他在都灵的地位,和从前旦茹神父在巴黎的地位差不多。由于对神学不感兴趣,他就致力于文学。这在意大利从事圣职的人们说来,是常有的事。他读过很多诗。他还可以写相当不错的拉丁文诗和意大利文诗。一句话,他有培养我的趣味所需要的趣味,也有足够的兴趣把我脑子里塞满了的杂乱东西披沙拣金地给整理一下。但是,也许是由于我的健谈使他闹不清我究竟有多大学问,也许因为他嫌初级拉丁文课本太没意思,一开始他就教我许多深奥的东西;刚刚让我译了几篇菲得洛斯②的寓言之后,他就教我译维吉尔的作品,而我差不多一点都不懂。大家以后将会看到,这样就注定了我日后要时常复习拉丁文,同时也注定了我一辈子也学不好。其实,我在学习方面是十分热心的,这位神父先生海人不倦的那番好意,直到现在我想起来心中还十分感激。我早晨很大一部分时间都是和他在一起,他给我上课的时间和我给他做点活儿的时间各

① 修辞主义,这里指的是使意大利的语言纯洁化的一门学问,推行这种主义的运动是由佛罗伦萨克鲁斯卡学院发起的。旦茹神父是布莱耶侯爵的兄弟,法兰西学院的成员,曾写过一些论述文法的著作,在这些著作中,他极力维护语言的纯洁性。

② 菲得洛斯,纪元前一世纪的罗马寓言作家。

占一半;我给他做的活儿并不是伺候他,他从来也不容许我给他个人做任何事情,我只是给他或在他口述下记录或抄写一些东西;我做秘书工作比我做学生受益还多。我不仅学到了纯正的意大利语,而且对文学也发生了兴趣,同时还获得了一定的鉴别好书的能力,这种能力在特里布女租书商那里是不会得到的,这对我后来从事单独写作有很大的帮助。

这段时间是我一生中不仅没有荒诞空想,而且可以完全合情合理地指望自己能有所成就的时期。这位神父先生对我十分满意,并且逢人就说,他父亲更喜欢我了。法弗里亚伯爵曾对我说,他已经在国王面前提到了我。布莱耶夫人这时也放弃了她那轻视我的神气。最后,我在他家里终于变成了一个红人,因而也大大地引起了别的仆人的嫉妒;他们看到我有接受他们主人的儿子教育的光荣,当然就感到我不会长期和他们居于同等地位了。

听到别人在无意中透露出的一些有关对我的安排,我努力进行判断之后又好好地考虑了一下,我看出有意谋求大使职务并希望将来做上大臣的索拉尔家族,很想预先培养一个有才华、有能力的人;这个人由于完全依附于他们,日后可以获得他家的信任,并且忠心为他家效劳。古丰伯爵的这个计划是高尚、明智而伟大的,真不愧是一个仁慈而又有远见的大贵族的计划。但是,这个计划,我当时没有领会到它的远大之处,对我的头脑说来,道理未免太高深了,而且要求屈从的时间也太长了。我那疯狂的野心是只想通过奇遇来谋求显达,我看见这里面既然没有任何女人的事情,就认为这种飞黄腾达的方法是缓慢、痛苦和不愉快的;其实,越是没有女人参与这些事情,我越应该认为这是更可贵更稳妥的方法,因为女人们所爱护的才能,肯定比不上我的才能。

一切都发展得十分顺利。已经几乎争取到了每个人的重视:考验已经结束;这家里的人都把我看成是一个最有出息,而现在正被大材小用的青年,人们正期待我得到一个适当的位置。但是,我的适当的地位并不是由人给我派定的,我是通过完全不同的途径得到的。现在我要提到我固有的一个特点了,这一点无须多加思考,只要向读者说明事实就成。

虽然在都灵有许多像我这样的改教的人,但是我不喜欢他们,也不愿意跟他们之中的任何人接触。不过,我曾见到几个没有皈依天主教的日内瓦人,其中有一个叫穆沙尔先生,绰号叫"歪嘴",是一个细工画匠,跟我还有点亲属关系。这位穆沙尔先生发现我在古丰伯爵家里以后,就带着我学徒时期的伙伴,一个名叫巴克勒的日内瓦人来看我,他是一个非常有趣、十分活泼的人,满嘴诙谐的俏皮话,由于他年纪轻,那些俏皮话就显得格外受听。我立刻就喜欢上了他,甚至喜欢到了不能离开他的程度,但是他不久就要动身回日内瓦,这对我将是多大的损失啊!我觉得这种损失实在太大了。至少我要充分利用他还没走的那几天,我简直离不开他了,或者更确切地说,是他离不开我,因为最初我还没有着迷到不请假就出门,以致整天跟他到外边去玩的程度。然而,不久人们便发现他天天来找我,纠缠起我来就没完没了,于是,门房就不放他进来了。这一下可把我急坏了;除了我的朋友巴克勒以外,我什么都忘了,我既不去侍候神父,也不去侍候伯爵,家里简直看不见我了。他们申斥我,我不听,就用解雇来威胁我。这种威胁成了我堕落的原因。于是我起了一个念头:趁这个机会我可以跟巴克勒一块儿出走。从这时起,除了作这样一次旅行以外，我再也看不出有什么别的乐趣、别的命运和别的幸福了。我一想到这件事，就觉得有说不尽的旅行的快乐。再者，这次旅行完了以后，我还可以看看华伦夫人，虽然这是十分遥远的；至于回日内瓦，我从来也没有考虑到这一点。山峦、原野、森林、溪流、村落，一样样接连不断地以新颖的动人姿态相继出现；这种幸福的行程好像把我的整个生命都吸引去了。我愉快地回想起我到这里来时的同一旅程曾是多么动人。况且这次旅行，除了逍遥自在的魅力以外，还有另一种魅力。有一个年纪相仿、趣味相同的好脾气的朋友做旅伴，而且没有牵挂，没有任务，无拘无束，或留或去全听自便，这将是多么美妙啊！一个人，要是为了实现那些缓慢、困难、不可靠的野心勃勃的计划而牺牲这样的幸福，未免太愚蠢了。即使这样的计划终于实现，不论何等辉煌，也比不上一刻青春时代真正自由的快乐。

　　我脑袋里充满了这种旷达的奇想，我终于故意想办法使他们把我驱逐出来了；说老实话，就是让人赶走，也并不是一件轻而易举的事。一天晚上，我从外面回来，总管家通知我伯爵下令解除了我的职务。这正是我求之不得的，因为不管怎样，我知道自己的行为是荒唐的。为了开脱自己，我又加上一个颠倒黑白、忘恩负义的想法，认为人家辞我，正好诿过于人，因而对自己也就说得过去了。有人告诉我，法弗里亚伯爵叫我在第二天上午离开以前去和他谈话；他们看出我已经迷了心窍，可能不去，总管家于是告诉我，要在这次谈话以后才把主人准备给我的一点钱交给我，当然，这点钱我是很不应该得的，因为主人不肯叫我长期做仆人，并没有给我定工资。

　　法弗里亚伯爵尽管是一个十分轻浮和幼稚的青年人，这一次谈的话却是非常通情达理的，我几乎可以说他跟我说的那些话是最亲切不过的，因为他以非常和蔼动人的态度向我详细述说了他伯父对我的关怀和他祖父对我的期望。最后，在他明确地指出我为了冒堕落的危险而要牺牲的那一切以后，自动向我提出和解，唯一条件就是和那个引诱我的小坏蛋断绝来往。

十分明显，他所说的这一切并不是他个人想出来的，虽然我糊涂得像瞎子一样，此时我也领会到了老主人对我的一片好心，因而非常感动。但是，那种可爱的旅行的景象已深深印入我的想象中，任何力量也不会摧毁它的魅力。我完全失去了理智，因而我更加固执起来，横下了心，我装出什么也不怕的样子，傲慢地回答说：既然已经解除了我的职务，我也接受了，话已出口就不能收回，再说，不管怎么样，我这一辈子也不肯在同一人家，让人把我赶走两次。于是，这个年轻人终于发了火，这是理所当然的。他骂了我几句该骂的话，抓住我的肩膀就把我推出了他的房间，紧跟着便把门关上了。我好像获得了一场伟大的胜利似的，大模大样地走开了。我怕再应付第二次战斗，便没有去向古丰神父先生感谢他对我的好意，竟卑鄙地不辞而别了。

为了了解我这时糊涂到什么程度，必须知道我的心一向是怎样为了最细微事物而狂热起来，以及怎样拼命想象吸引着我的事物，尽管那些事物有时是十分虚妄的。最离奇、最幼稚、最愚蠢的计划都会引诱我那最得意的空想，使我认为这种计划好像真有实现的可能似的。一个将近十九岁的青年竟把自己来日的生存寄托在一个小玻璃瓶上，有谁能相信呢？然而，请听我说吧。

前几个星期，古丰神父送了我一个玩具，一只非常精美的小型埃龙喷水器，我喜不释手。我和聪明的巴克勒，时常一边玩着这个喷水器，一边谈我们的旅行。有一天，我们忽然想到，喷水器对于旅行很可能有大用处，还可以使我们在旅途中多玩些日子。世界上有什么东西比埃龙喷水器还稀罕呢？我们所憧憬的幸福美梦就是建立在这种幻想上面。每到一个村庄，我们就要把老乡们召集到喷水器跟前来。只要他们一看见这种玩意儿，盛餐和美食一定会源源不绝地从天而降，丰富异常，因为我们都相信，对于那些收粮食的农人来说，粮食是绝对算不了什么的，如果他们不让我们过路人装满肚子，那就说明他们心眼儿不好。我们想，到处都是盛宴与婚礼，我们只需费点儿说话的气力，只凭喷水器里的那点儿水，就可以不花一文钱走遍皮埃蒙特，走遍萨瓦，走遍法兰西，甚至走遍全世界。我们拟了一个无穷无尽的旅行计划，我们首先取道北上，与其说是因为需要在某个想妥的地方停留下来，不如说是为了享受越过阿尔卑斯山的乐趣。

这就是我开始执行的计划。我毫不惋惜地抛弃了我的保护人、我的教师、我的学业、我的前途；我也不再等候那几乎是已经很有把握的幸福的到来，便开始了一个真正流浪者的生活。再见吧，都城！再见吧，宫廷、野心，虚荣心！再见吧，爱情和美人，还有我去年一路而来所盼望的一切奇遇！我带着喷水器和我的朋友巴克勒一起动身了。虽然钱袋里没有几文钱，心里却充满了喜悦。我一心想象着如何享受这次漂泊生活的幸福，从前那些宏伟的计划，我都忽然压缩到这种幸福上了。

这种荒诞的旅行的趣味，的确和我所预想的差不多，但又不完全一样。因为我们的喷水器虽然在旅店里也能偶尔博得女主人和女侍们一笑,但在临走的时候该付多少钱还得付多少钱。我们并不感到烦恼,我们只想等到我们缺钱的时候再好好地利用一下这东西来救急。一件意外事件使我们心宽了:快到布拉芒时,喷水器坏了;它坏得正是时候,因为我们虽然没有说出来,心里对它已经有点腻烦了。这种不幸反而使我们比以前更加快活,我们大笑我们的轻率,大笑我们对已经破旧的衣服和鞋子毫不在意,竟想依靠喷水器这玩意儿来获得新衣新鞋。我们和出发时同样快活地继续我们的旅程,只不过是静悄悄地沿着距目的地最近的道路前进,因为逐渐空下来的钱袋迫使我们不得不径直走向目的地。

到了尚贝里后我就沉思起来了,我并不是考虑我最近所做的蠢事,因为从来没有人会那样迅速、那样确切地认清自己过去的所作所为,我考虑的是华伦夫人将怎样接待我,因为我把她的家看作我父母的家。我刚到古丰伯爵那里的时候,曾经给她写过信,她知道我在那里的情况,所以在祝贺我的同时,也给了我一些明智的劝告,教我应该如何报答大家对我的恩情。她认为,只要我自己不犯错误毁坏自己的前途,我的鸿运算是已经走定了。当她看到我回来的时候,会向我说些什么呢?我想她决不会把我推出门外,但是我很怕这会使她伤心。我害怕她的责备,这比我本身受穷还难受。我决心一声不响地忍受一切,要用一切办法来使她安心。现在在这个世界上我只有她一个人了,得不到她的欢心我连活都活不下去。

最使我担心的是我的旅伴。我不愿因他再给华伦夫人添加烦恼,我担心不能顺利地摆脱他。最后那天,我有意早点和他分手,对他便冷淡起来。这个小滑头明白了我的心思,他是个荒唐人,可不是个傻子。我原以为他看到我改变了态度,心里一定会很难受,但是我想错了,我这位朋友巴克勒心里一点儿也不难受。我们刚进安讷西城门口,他就对我说:"你这就到家了。"他拥抱了我,向我告别,一转身就不见了。此后我再也没有听到他的消息。我们的结识和友谊前后总共不过六个星期,然而其结果却影响了我的一生。

我走近华伦夫人房子的时候,我的心跳得多么猛烈啊!我两条腿直哆嗦,眼睛好像蒙上了一层阴云。我什么也看不见了,什么也听不见了,连一个人也辨认不出来了,为了让呼吸正常和恢复知觉,有好几次我不得不停住脚步。是不是因为担心得不到我所需要的接济而心慌意乱到这种地步呢? 在我那样的年龄,我会因为怕饿死而如此惊慌吗? 不会的,绝对不会。我敢以真诚和骄傲的心情说:在我的一生中,从没有过因考虑贫富问题而令我心花怒放或忧心忡忡的时候。在我那一生难忘的坎坷不平和变化无常的遭遇中,我常常无处安身,忍饥受渴,但我对豪华富裕和贫穷饥寒的看法却始终不变。必要的时候,我很可能和别人一样,或是乞讨,或是偷窃,但是从未惊慌到这种地步。很少有人像我这样叹息过,也很少有人在一生中像我流过那样多的眼泪;但是我从来没有因为贫穷或怕陷入贫穷而发出一声叹息或掉过一滴眼泪。我的灵魂,虽然饱受命运的考验,可是除了那些与命运无关的幸福和痛苦之外,我从来不知道还有什么是真正的幸福和痛苦。所以,正是在我什么必要的东西都不缺的时候,我才感到自己是人类中最不幸的人。

我刚刚出现在华伦夫人的眼前,她的神情就使我放心了。刚一听到她说话的声音,我的心便颤动了一下。我急忙扑倒在她的膝下，在极端欢喜的狂热中，我把嘴贴在她的手上。至于她，我不知道她是否预先知道了我的消息，但是我看她的脸上并不怎样惊异，我也看不出她有丝毫忧郁的神色。她用温柔的口吻对我说："可怜的孩子，这么说，你又回来啦！我知道你太年轻，不能做这样的旅行；我很高兴，事情至少还没弄到像我所担心的那种地步。"接着她便叫我谈谈我的情况，我的话不多，但十分忠实，虽然我省略了某些情节，可是在我谈话中，我既没有姑息自己，也没有给自己辩解。

现在该解决我的住处问题了。华伦夫人和她的侍女商议了一下。在她们商谈时，我屏住了呼吸，但是，当我听到就叫我住在这里的时候，我简直高兴得控制不住自己了，我看到有人把我的小行李送到指定给我住的房间时，我的感觉差不多像圣普乐看见自己的马车被带进沃尔马夫人家的车棚时一样①。我更加高兴的是，听说这种优遇并不是为时短暂的。在他们以为我心里正想别的事的时候，我听到华伦夫人说："别人想说什么就说什么吧；既然上帝把他给我送了回来，我就决不能抛弃他。"

我终于这样安顿在她家里了。不过，这样安顿下来还不能说是我一生幸福时日的开端，而只能说是要过幸福日子的准备。虽然这种使我们真正体味到自己生命之乐的内心感觉是自然的赋予，并且也许还是人体机能本身的一种产物，但是还需要有具体环境把它发展起来。如果没有这种引发的条件，即使一个人生来就富于感情，他也会一无所感，不曾体味到自己的生命就茫然死去了。在此以前，我差不多就是这样

————————

① 圣普乐和朱丽·沃尔马夫人是卢梭的小说《新爱洛伊丝》中的主人公。

的人,而且,如果我永远不认识华伦夫人,或者就是认识了她,而不曾在她身旁生活相当长的时间,没有受到她对我的那种温柔情感的感染,恐怕我可能永远就是这样的人了。我敢这样说:仅仅感受到爱情的人,还不能感受到人生中最美好的东西。我有一种另外的感觉,这种感觉或许没有爱情那么强烈,但却比爱情要甜蜜千百倍,它有时和爱情连在一起,但往往又和爱情不相关。这种感情也不是单纯的友情,它比友情更强烈,也更温柔。我并不以为它能够发生于同性的朋友之间;至少,我虽然是一个最好交朋友的人,却从没有在任何男朋友身上有过这种感觉。这现在还不十分清楚,但以后会清楚的,因为情感只有通过它的表现才能说清楚。

她住的是一所相当大的古老的房子,其中有一间漂亮的空屋她留作外客厅,现在我就被安排在这里。它的外面正是我们第一次见面时的那个走道,这在上文已经提到过了,从屋内还可以望见小河和花园那边的田野。这种景色不会使住在这里面的一个年轻人无动于衷的。这是我离开包塞以后第一次看到自己住室窗外有这样的绿色田野。我一向为墙壁所包围,眼前不是屋顶就是灰色的街道。这种新奇的景象该是多么优美、多么感人啊!它大大加深了我对柔情的倾心。我把这种动人的景色也看作是我那亲爱的保护人的一种恩德,我觉得这种景色是她特意为我布置在那儿的;我想象着自己悠闲恬静地追随在她的身旁;在花红柳绿之间,我处处都能见到她;她的美和春天的美融合在一起,映入我的眼帘。我那颗到现在一直感到压抑的心,在这样的环境中舒展开了,我的呼吸在这果树园中间也更为自由了。

在华伦夫人家中,没有我在都灵所见到的那种豪华;但是这里令人感到的是整洁、庄严以及和浮华奢侈绝不相容的古老世家的殷实富足。在她这里没有什么银质餐具，没有瓷器，餐桌上没有野味，地窖里也没有外国酒，但是，不论是在厨房或是地窖里，都有很丰富的储存，可供大家食用，她还用陶制杯子，给客人盛优等咖啡。不论是谁来找她，她都要留他吃饭：或是和她一同进餐，或是让他单独进餐；不论是工人、信差、过路的人，从没有不吃不喝就离开她家的。她的仆人中间有一个相当漂亮的侍女，是弗赖堡人，名叫麦尔赛莱；有一个男仆是她的同乡，名叫克洛德·阿奈，关于这个人的事我以后再谈；还有一个女厨子和她出门拜客时雇用的两个轿夫，而她是极少出门的。两千利勿尔的年金要应付这许多开销，实在不容易；然而在一个土地肥沃、货币值钱的地方，她这笔不大的收入，如果安排得当，原本是足够应用的。可惜，节约从来不是她最喜爱的品德：她借债来打发一切开销，钱随来随用，手里一个都不剩。

她的理家方式，正好是我想要采用的方式：人们可以相信，我正乐得借此享受一番。使我稍感不快的，就是要在饭桌那儿待老长时间。华伦夫人怕闻汤菜刚刚端来时的那种气味，一闻几乎就要晕倒，而且她这种厌恶的感觉要延续很久。她需要慢慢地恢复过来，这时候她只是谈话，一点东西也不吃。半小时之后，她才开始吃点东西。至于我，这样长的时间三顿饭也吃完了；通常，她还没有开始，我早就吃饱了。为了陪她，我还得再开始，这样我就吃了双份，可是我并不觉得这有什么不舒服。总之，我尽情享受着我在她身旁的幸福的甜蜜感觉，特别是在我对维持这种幸福生活的经济条件毫不担忧的时候，这种感觉就更加甜蜜了。最初，我丝毫没有深入了解她的家底,我还以为她的家总是这样呢。就是在以后的一段时间,我在她家里也感到同样的乐趣;但是,当我进一步了解到她家的实际情况,知道她已经预先动用了自己年金的时候,我就不再那样心安理得地感到欢乐了。对于将来的种种考虑总是妨碍着我尽情享受。我预料将来我要落得一场空,而这在我是无法避免的。

从第一天起,我们之间就建立了最亲密的关系,在这以后她的一生中,我们之间总是保持着这种关系。“孩子”是她对我的称呼,“妈妈”则成了我对她的称呼,甚至后来当岁月冲淡了我们二人间的年龄差异的时候,我们也仍旧保持着“孩子”和“妈妈”的称呼。我觉得这两个称呼把我们相互间交往的含义,我们彼此的态度的纯朴,特别是我们心灵间的联系都非常出色地表示出来了。她像最慈爱的母亲那样对待我,从不寻求自己的快乐,只求我的幸福;即使我对她的感情中掺杂有感官成分,这种成分也不能改变感情的性质,而只能使它更有滋味,只能使我感到有个年轻美丽的妈妈的抚爱而亟思陶醉于这种情趣之中。我说“抚爱”这两个字是就其真正的意义来说的,因为她对我从来就不吝惜亲吻和最温柔的慈母般的抚爱,我也从来没有想滥用这些抚爱。或许有人说,我们最后却有过另一种关系,我承认这一点,但是这要等一等,我不能把所有的事情一下子就说完。

我们第一次见面的一刹那,是她真正使我动情的唯一短暂时刻,就是这个时刻也是由于惊讶而产生的。我那冒昧的眼光从来没有搜寻过她项中以下的部位,尽管这个遮盖得不够严密的丰腴的部位很容易引起我的注意。我在她的身旁既没有冲动的激情,也没有什么热烈的欲望;我只是处于一种迷人的宁静中,享受着一种难以解释的快乐。我可以这样在她身边待上一辈子,甚至永远待下去,也不会感到有片刻的厌倦。我同她单独在一起时从不感到枯燥无味,不像跟别人谈话那样,有时明明觉得十分乏味,但因礼貌关系,又不得不勉强谈下去,活像受刑一般。我们两个人的单独谈话,与其说是在谈什么事情,不如说是在没完没了地闲聊天,一定要有人来打断才会结束。因此,绝用不着督促我说话,需要的倒是怎样使我不说话。她由于不断地在考虑自己的计划,往往想得出了神。好吧!就让她凝神沉思吧,我默默地望着她,感到自己是人间最幸福的人。我还有一个非常奇怪的脾气,我虽不强求这种两人独处的优遇,却也不断地在寻找机会,并尽情地享受它,假使有个讨厌的人来扰乱了这个宝贵的时刻,我就会气得发狂。只要有人来,不论是男是女,我就嘟囔着走出去,我不能忍受自己待在她的身旁时有一个第三者在场。我在她的外室一分一秒地数着时间,千百次地咒骂这些久坐不走的客人,我不能想象他们怎么会有这样多的话,因为我自己还有更多的话要谈。

　　我只有在看不见她的时候才体会到自己是多么热烈地眷恋着她。当我能看到她时,只不过心中快乐而已;可是她不在家的时候,我那惶惶不安的心情甚至变成痛苦的了。渴望和她生活在一起的心情,引起我阵阵的忧思,甚至常常使我落下泪来。我始终记得:在一个大节日,当她上教堂去参加晚祷的时候,我自己到城外去散步,这时心里充满着她的形象和跟她在一起生活的热烈愿望。我自己十分明白,这样的愿望目前是不能实现的,我所享受的如此美满的幸福也不会长久的。这样一想,我的心中就增添了感伤,但这种感伤并不使我沮丧，因为有一个令人欣慰的希望把它冲淡了。那一向使我心弦颤动的钟声，那鸟儿的歌唱，那晴朗的天空，宜人的景色，那疏疏落落的田间房舍——其中有一所被我想象成我们的共同住宅——所有这一切都使我产生了强烈而又温柔的、怅惘而又动人的印象，使我恍若置身于美妙的梦境中；而我那颗心，在这样美妙的住处和美妙的时刻，既然有它所向往的全部幸福，便尽情地来享受，甚至没有想到什么感官之快。我不记得在任何时候，我曾像当时那样，用那么大的力量和幻想去憧憬将来。最使我惊异的是，在这个梦想实现之后，回想起来，竟和我最初所想的完全一样。要是说清醒的人的梦想有点像先知的预感，那一定是指我这个梦想说的。我的想象只是在时间长短上发生了错误，因为我想象有多少日子，多少年，乃至一生都在那种持续不变的宁静中度过，而实际上这只不过是一个短暂的时期。唉，我那最实际的幸福原来也只是一场梦，差不多是它刚要实现时我立刻就醒了。

　　我要是把自己这位亲爱的妈妈不在眼前时，由于思念她而做出来的种种傻事详细叙述起来，恐怕永远也说不完。当我想到她曾睡过我这张床的时候，我曾吻过我的床多少次啊！当我想起我的窗帘、我房里的所有家具都是她的东西，她都用美丽的手摸过时，我又吻过这些东西多少次啊！甚至当我想到她曾经在我屋内的地板上走过，我有多少次匍匐在它上面啊！有时，当着她的面我也曾情不自禁地做出一些唯有在最热烈的爱情驱使下才会做出的不可思议的举动。有一天吃饭的时候，她把一块肉刚送进嘴里，我便大喊一声说上面有一根头发，她把那块肉吐到她的盘子里，我立即如获至宝地把它抓起来吞了下去。一句话，拿我和最热烈的情人来比，只剩下唯一的一个差别了,但这也是根本的差别;正是这种差别,使得我的情况从情理上讲,几乎是不可想象的。

我从意大利回来同我到意大利去的时候完全不一样了,不过,恐怕在我这样年龄的人没有能像我这样从那里回来的。我所带回来的不是我童贞的心,而是我童贞的肉体。我觉得自己一年一年的大了,我那不安的气质终于显示了出来,这最初的爆发完全是无意识的,使我对于自己的健康感到惊慌,这比其他什么事情都更好地表明,我在此以前是多么纯洁。不久,我这种惊慌消除了,我学会了欺骗本性的危险办法,这种办法拯救了像我这种性情的青年人,使他们免于淫逸放荡的生活,但却消耗着他们的健康、精力,有时甚至他们的生命。这种恶习,不仅对于怕羞的人和胆小的人是非常方便的,而且对于那些想象力相当强的人还有一种很大的吸引力;换句话说,就是他们可以随心所欲地去占有一切女性,可以使自己心里着迷的漂亮女人来助成自己的乐趣,而无须得到她们的同意。在我受到这种有害的便利的引诱之后,我就一直在摧毁自然赋予我的、多少年来才保养好的健康身体。除了这种不良倾向之外,还有我当时所处的实际环境:住在一位美丽的女人的家里,她的形象无时不是萦回在自己心中,白天不断地见到她,夜间又处在各种使我想到她的东西中间,而我睡的那一张床,我又知道她在上面睡过。多少东西刺激着我啊!读者要是从这些方面来想,也许认为我已经是个半死的人了。事情恰恰相反,原来应该把我毁灭的,正好把我挽救了,至少暂时是这样。我陶醉在和她同住的喜悦里,热烈地希望永远生活在她的身边,不论她在与不在,我始终把她看作是一位慈爱的母亲,一个可爱的姐姐,一个迷人的女友,除此之外,别无其他。我始终都是这样看待她，总是这样，在任何时候，我思想中只有她一个人。她的形象时时刻刻占据着我的心头，因此也就没有给别人留下任何地方。对我说来，世界上只有她一个女人。她使我感受到的极其温柔的感情，不允许我的情欲有时间为别的女人而蠢动起来，这种感情对我是既保护了她本人，也保护了所有的女性。总而言之，我很老实，因为我爱她。关于这些事情，我交代得并不怎么清楚；至于我对她的依恋究竟属于什么样的性质，谁要怎么说就让他去说吧。在我这方面，我所能说的一点就是：如果这种依恋现在已经显得十分出奇，那么后面所说的就会显得越发出奇了。

我以极快乐的心情来消磨我的时光，可是我每天所做的却是一些我最不感兴趣的事。那就是草拟计划，誊写账目，抄写药方；另外就是挑选药草，捣碎药料，看管蒸馏器。除了这些杂乱事务以外，还要接待许多过路客人、乞丐以及各式各样的来访者。我必须同时和士兵、药剂师、教士、贵妇人、修道院的杂役打交道。我嘴里骂着，嘟囔着，诅咒着，咒这群讨厌的乱七八糟的家伙叫魔鬼拉去。可是华伦夫人对什么都感到愉快，我的生气也能使她笑出眼泪来；她看我越生气，就笑得越厉害，这样我就也禁不住笑了起来。我爱唠叨的那些时刻也是趣味横生的时刻。如果恰巧在这样的争吵时突然来了一个讨厌的客人，她还会利用这种机会增添新的乐趣，那就是特意为了开玩笑而延长待客的时间，并且频频地瞟我，使得我真想揍她一下。只是当她看到我因受礼节的束缚不敢发作而用生气的目光望她时，她才勉强地收敛起笑容；虽然我气成那个样子，但当时我心里还是不由得感到这一切确是十分滑稽可笑的。

所有这些虽然都不是我所喜欢的,但由于这一切构成了我所喜欢的生活方式的一部分,也就觉得很有趣了。总之,我周围所发生的事,以及人家叫我去做的事,没有一件合我的口味,却一切都称我的心。如果不是我对医学的厌恶提供了一些使我们不断开心的嬉笑场面的话,我想我终究还会爱上医学的。这也许是这种技术第一次产生愉快的效果。我自诩能一闻气味就知道是不是一本医书,而最有趣的是我很少弄错过。她经常叫我尝那些最令人恶心的药剂。我虽然一见就逃开或者不尝,但都无济于事,不管我怎样抵抗和做出怎样可怕的鬼脸,不管我怎样不愿意而咬着牙齿,但是,当我看到她那沾有药汁的美丽手指挨近我的嘴边的时候,我还是要张开口去尝一下。当她这一套制药的器皿都堆在我的房间里的时候,如果有人光听我们在哈哈大笑中又跑又喊的声音,一定会以为我们在那里演什么笑剧,而不是在那里制作什么麻醉剂或兴奋剂。

我的时间并不完全消磨在这种嬉戏之中。我在自己的屋子里发现了几本书,其中有《旁观者》①、普芬道夫②的集子、圣埃弗尔蒙③的集子和《拉·亨利亚德》④。虽然,我已经不像从前那样是个书迷了,闲着没事的时候还是要看看这些书。特别是《旁观者》这种读物使我深感兴趣,也使我得到了许多

① 英国文学评论家艾迪生(1672—1719)的《旁观者》于一七一四年首次译成法文出版。
② 普芬道夫(1632—1694),德国法学家和史学家,"自然法"理论的奠基人之一。
③ 圣埃弗尔蒙(1610—1703),法国作家,同时还是一个文笔辛辣隽永的评论家,因形势所迫流亡国外,侨居伦敦。
④ 伏尔泰所写的长篇史诗,那时刚刚问世不久。

好处。古丰神父曾教我读书不要贪多，而是要多加思索；这样的读书使我获益不少。我已经习惯于注意语句的结构和优美的文体，我学会了分辨纯粹的法语和我的方言土语。例如，我通过下面《拉·亨利亚德》里的两行诗就改正了我像所有日内瓦人一样容易犯的一个书法上的错误：

Soit qu'un ancien respect pour le sang de leurs maîtres

Parlât encore pour lui dans le cœur de ces traîtres. ①

Parlât 这个字使我非常注意，我从这里懂得了在动词虚拟式的第三人称中需要有一个"t"字，在过去，不论是在书写或发音时，我都和直陈式的过去时一样地用 Parla。

我有时和妈妈谈我所读的书，有时在她身旁诵读：这给我带来很大的乐趣；我尽量朗读得精彩一些，这对我也很有好处。我在前面说过，华伦夫人是一个有教养的女人，而且当时正是她的才华大放异彩的时期，有几个文人争着前来向她献殷勤，指点她怎样鉴赏优秀的作品。如果可以这样说的话，我认为她还有一点新教徒的趣味：她常常谈论皮埃尔·拜勒②，并对那位早被法国忘却的圣埃弗尔蒙极为尊敬。然而这并没有妨碍她对优秀的文学作品有相当的了解，以及影响她的颇为独到的论点。她是在上流社会成长的，年轻的时候就来到了萨瓦；由于经常和当地的上流人士交往，不久便丢掉了故乡伏沃那种矫揉造作的情调。在她的故乡，一般女人把说俏皮话当作上流社会的特点，因此只会说一些警句。

----

① 这两句诗的大意是：或许是由来已久的对他们主人后裔的尊重，此时在这些叛徒们心中还在为他说情。

② 皮埃尔·拜勒(1647—1706)，法国哲学家和评论家，著有《史学辞典》一书，他是十八世纪自由思想的先驱者。

虽然她只是对宫廷匆匆地瞥了一眼,但这也够使她对宫廷有所了解了。她在宫廷里始终保持着一些朋友;尽管有人在暗中嫉妒她,尽管她的作风和她的债务引起了一些闲话,她始终没有失去她的年金①。她有处世的经验,又有使她能够利用这种经验的善于思考的头脑,这也是在她谈话时最得意的话题,对于像我这样爱空想的人说来,听听她在这方面的教导实在比什么都有必要。我们一起读拉勃吕耶的作品。她喜爱拉勃吕耶的著作甚于拉罗什富科②的著作;后者带有悲观色彩,读来令人惆怅,特别对于那些不喜欢按本来面目看人的青年人,感觉更是如此。当她谈起大道理的时候,有时说着说着就没边儿了,但我不时地吻一下她的嘴唇或她的手,这样就有了耐心听下去,对于她的长谈也就不感到厌烦了。

这种生活要是能够长久继续下去,那可实在太美了。这一点我感觉到了,但由于担心好景不长,我目前的幸福生活蒙上了一层阴影。妈妈一面开玩笑,一面研究我,观察我,询问我,为我的前途制订许许多多的计划,其实这些计划对我说来都是多余的。幸运的是,仅仅了解我的倾向、我的喜好和我那小小的才能还不算完,还必须寻找或创造可以利用它们的机会,这就不是一朝一夕所能做到的事情了。这位可怜的女人对于我的才干的偏爱,也拖延了它们得以发挥的时机,因为这些先入之见使得她在方式方法的选择上一点儿也不迁就。总之,由于她对我的评价相当高,事情的进行倒都合我的心意,

---

① 虽然卢梭一再肯定,实际上华伦夫人的年金曾于一七四二年停发,一七四九年以后就被取消了。
② 拉罗什富科(1613—1680),法国的一个出自名门望族的文学家,投石党运动的参加者,著有《箴言集》,悲观色彩甚为浓厚。

然而,在高不成低不就的情况下,又不能不再三地降格以求,这样一来,就使我一刻也得不到安静。她有一个名叫奥博讷的亲戚来看她。奥博讷非常有才干,好耍手腕,而且和她一样,具有做计划的天才,但他却未因此而破产——他是冒险家一类的人物。他刚刚向德·弗勒里红衣主教提出过一项发行彩票的详细计划,红衣主教未表示同意。于是他又向都灵的宫廷提出这一建议,结果被采纳了,并且付诸实施。他在安讷西逗留了一个时期,爱上了这里执政官的夫人。这位夫人是个很可爱的女人,我很喜欢她,到妈妈这里来的女人中间,她是我唯一乐意看见的。奥博讷先生看见了我,华伦夫人就跟他谈起我来:他答应对我进行一番考察,看看我适于干什么,如果他认为我还有才能,就为我设法安插一个位置。

华伦夫人事先一点也不告诉我,她借口叫我去办点事,一连两三个上午派我到奥博讷先生那里去。他非常巧妙地引我说话,对我十分亲切,尽量使我不感到拘束。他不仅向我谈了一些无关紧要的话,而且什么都谈到了,所有这一切,都显得不是在观察我,也没有一点作假的样子,就好像他欢喜跟我在一起,要跟我毫无拘束地交谈。我对他倾慕极了。他观察的结果是:尽管我的外表很好,看起来仪表堂堂,神采奕奕,其实虽不能说是绝对低能,至少是没有多大才华,没有什么思想,差不多没有什么知识,一句话,是一个在各方面都很有限的青年,如果日后能在乡村当一个本堂神父就不错了,这就是我所能向往的最大目标。他在华伦夫人面前对我下了这样的断语。我得到这样的评语已经是第二次或第三次了;但这也不是最后一次,因为马斯隆先生的评价曾屡次受到肯定。

对我这样判断的原因,主要是与我的性格有关,所以就有必要加以说明；凭良心说，谁都知道，我是不能心悦诚服地同意这种判断的，不管马斯隆先生、奥博讷先生和许多别人怎样说，说句公道话，我是不佩服他们的。

　　有两种几乎绝对不能相容的东西，在我身上居然结合在一起，我很难想象这是怎么一回事：一方面是非常炽热的气质，热烈而好冲动的激情，另一方面却是迟钝而又混乱的思想，差不多总是事后才明白过来。简直可以说，我的心和我的头脑不是属于同一个人的。感情比闪电还快，立刻充满了我的心；但是它不仅不能照亮我的心，反而使我激动，使我发昏。我什么都感觉到，却什么也看不清。我非常兴奋，却动作迟钝；我必须冷静下来才能进行思考。令人奇怪的是，只要给我时间，我也是足智多谋，既能深入分析，甚至还很细致；在从容不迫的时候，我也能做出绝妙的即兴诗，可是仓促之间，我却从来没有做过一件恰如其分的事，也没有说过一句恰如其分的话。就像人们所说的西班牙人只是在下棋的时候才能想出好招儿，我唯有通过书信才能说出妙趣横生的话。当我读到关于萨瓦大公的一个笑话，说这位大公正在路上走着，突然转过头来喊道："巴黎商人，当心你的狗命。"我不禁想道："我正是这样。"①

　　我不只是在谈话时感情敏锐，思想迟缓，甚至在我独自一人工作的时候也是这样。我的思想在头脑中经常乱成一团，很难整理出头绪来，这些思想在脑袋里盘旋不已，嗡嗡打转，像发酵似的，使我激动，使我发狂，使我的心怦怦直跳；在这种

---

　① 卢梭经常拿他极端敏锐的感觉来和他的迟钝的思想对比。关于这里所说的故事，是指萨瓦大公在巴黎遇到一个出言不逊、粗野无礼的商人，他到了里昂后才想出这句答复那个巴黎商人的话。

激动的情况下，我什么都看不清楚，一个字也写不出来，我只得等待着。后来，不知不觉地这种海浪般的翻滚渐渐平静下去，这种混沌局面慢慢地打开了，一切都按部就班地排列起来；但是这个过程很慢，而且是经过了一段漫长而混乱的动荡时期。诸位大概看过意大利的歌剧吧？在换场的时候，巨大的剧场是一片令人不愉快的混乱，而且时间相当长；所有的道具布景都混在一起，不管这儿还是那儿，都是乱七八糟的一堆，叫人看着心烦，好像一切都要翻个个儿似的；然而，渐渐地一切都有了安排，每一件东西都有自己的位置，你会惊讶地发现，在这长时间的混乱之后，随之而来的竟然是这样一个赏心悦目的场面。这种情况，和我要写作时脑袋里所发生的情况大致相同。如果我善于等待，我就能把我所要表现的事物的美全部描绘出来，能超过我的作者恐怕没有几个。

因此，对我来说，写作是极端困难的。我的手稿屡经涂抹和修改，弄得乱七八糟，难以辨认，凡此都可以证明，我为写作付出了多么巨大的努力。在发排以前，没有一部手稿不是我誊写过四五遍的。我手里拿着笔，面对着桌子和纸张，是从来也写不出东西的。我总是在散步的时候，在山石之间，在树林里，或是在夜间躺在床上难以成眠的时候，我才在脑袋里进行拟稿；大家可以想象，一个完全没有记性、一辈子不曾背过六篇诗的人，写作起来该是多么迟缓了。所以，我的腹稿，有的段落要在我的脑袋里来回转五六夜才能胸有成竹地写在纸上。正由于这种原因，我的那些需要付出相当劳力的作品，比那些只需一挥而就的信札之类的东西，写得要好得多。书信体的笔调我一直没有掌握好，因此我写这类东西简直等于受罪。我每次写信，就是写一些最无关紧要的事情，也需要艰苦劳动数小时；如果要我立即去写下我所想到的事情，那就既不知道怎样开始也不知道怎样收尾了；我写的信总是又长又乱、废话连篇，读起来几乎不知所云。

我不只是在表达思想方面有很大困难，甚至在领会思想方面也是如此。我曾对人们进行过观察，我自认为是一个相当好的观察家；然而我对眼前所看到的竟视而不见，而对于自己回忆起来的事情倒看得明晰清楚，我只是在回忆中才能显示出智慧。别人在我跟前所说和所做的，以及在我面前发生的一切事情，当时我是毫无感受，也不理解。打动我的仅仅是事物的表面现象。但是，后来所有这一切又再回到我的脑海中：地点、时间、声调、眼色、姿态和当时环境，我都能记起来，毫无遗漏。在这时候，我能够根据人们当时的言行发现他们的思想，而且差错很少。

在我独自一个人的时候，对自己的思考力还这样掌握不住，那么，当我和别人谈话的时候，我是个什么样子，就更可以想见了，因为在谈话中，要说得得体，必须同时而且刻不容缓地想到千百种东西。我只要一想到在谈话时还有那么多的礼节，而且自己准会漏掉一两处时，我就够胆战心惊的了。我简直不能理解人们怎么敢在大庭广众中说话，因为在那种场合，每说一句话都要考虑到所有在场的人，为了确有把握地不说出任何得罪人的话，需要知道每个在场的人的性格和他们的过去。在这一方面，那些久在交际场中活动的人是有很大便利的：他们对于什么话不应该说知道得比较清楚，因而对于自己所说的话也就更有把握。虽然如此，他们还免不了无心中说出一些不该说的话来。人们可以想象，一个毫无社会阅历的、好像从云彩里掉下来的人，叫他不说错话，即使只一分钟也是办不到的。至于两个人之间的谈话，我觉得更为苦恼，因为这需要不断地说话：人家对你说，你就必须回答，如果人家不说了，你就得没话找话。仅仅这种不堪忍受的窘况，就使我讨厌社交生活。我觉得没有比叫我立即说话，并且一个劲儿地说下去，更令人难受的了。我所以如此，不知道是不是因为我非常讨厌受拘束的缘故，总之，硬要我找话说，我就不可避免地会说出一些蠢话来。

对我来说，比这更糟糕的是，既然无话可说，就应该缄默才对，而我却像急着要还账一样，发疯似的说了起来。我急急忙忙、结结巴巴地说了一些不相连贯的话，如果这些话真的毫无意义，那倒是我的幸福。我本来想克服或掩盖我的笨拙，结果却很少不把我的笨拙暴露出来。在我可以列举的无数实例中，我现在只举出一项，这不是我年轻时候的事，而是我进入社会已经多年之后的事；那时候，如有可能，我总是要尽量摆出从容不迫、谈笑风生的神气。有一天晚上，我同两位贵妇人和一位先生在一起，这位先生不妨指出名字来，他就是德·贡托公爵。房里没有别的人，我极力想插几句话。天知道我插了什么话！在四个谈话的人中，三个人完全不需要我插嘴。女主人叫人送来了一副鸦片剂，因为她的胃不好，每天要服用两次。另一位夫人看到她在直咧嘴，就笑着问她说："是特龙香先生的药①吗？""我想不是的。"主妇用同样的语调回答说。"我想就是这种药也不见得有效！"这就是有才气的卢梭为了献殷勤而补充的一句话。在座的人一听都愣住了，谁也不说一句话，谁也不笑一笑，过了一会儿，话题转到别的事情

---

① 特龙香先生是当时欧洲的名医，看来，他的药是治疗妇女性病的。

上去了。这种愚蠢的话若是对别的女人说的,可能只是句趣话,但对于一位可爱到难免会引起一些闲话的女人说来,虽然我确实无意得罪她,这种话也是够厉害的;我相信在场的两个证人,一男一女,都是忍了又忍才没有笑出来。这就是我在没话找话的时候无心说出来的俏皮话。我很难忘掉我说的这句话,因为除了这句俏皮话本身很值得记忆以外,我还认为它产生了一些致使我时常想起这句话来的后果。

我相信,读了上述的一切,人们就足能明白,为什么我虽然不是一个傻瓜,却常常被人看成是傻瓜,甚至一些具有相当鉴别能力的人也不例外。特别不幸的是:我的面貌和眼睛看来长得很精明,因此人们对我的失望使得我的愚蠢就越发刺眼了。这种小事,虽然是在特殊情况下发生的,但对于了解以后的事情却是十分必要的。它是了解我的很多怪事的钥匙;人们看到那些怪事的时候,往往归咎于我性情孤僻,其实我的性情并不如此。如果不是由于我深知自己在交际场中出现不仅会使自己处于不利地位,而且不能保持自己的本色,我也是会和别人一样喜欢交际的。我决定从事写作和隐退,这对我来说,是最合适的了。我若出现在人们面前,谁也看不出我有多大才干,甚至猜也猜不到,杜宾夫人就遇到过这种情形,虽然她是一个聪明的女人,而且我在她家还住过几年;自那时以后,她本人就曾多次向我谈到这一点。当然也有一些例外,这我以后再谈。

我的才能大小就这样被确定了,适合于我的职业也这样被选好了,剩下的问题就是再次研究怎样履行我的天职。困难在于我没有正式入过学,我会的那点儿拉丁文连当个神父都不够用。华伦夫人想叫我到修道院去受一个时期的教育,她去和修道院院长商量。那位院长是一位遣使会的神父,名叫格罗,他是一个身材矮小的憨厚的人,一只眼半瞎、瘦弱、头发斑白,说他是我见过的遣使会的神父里最有才智、最少学究气的一个,并不算过分。

他有时到妈妈家里来,妈妈款待他,抚爱他,也戏弄他,她有时叫他帮着系好她上衣后面的带子,这是他十分愿意干的工作。在他执行这项任务的时候,妈妈忽而去做这个,忽而去做那个,在房中到处打转。这位院长先生被带子牵着跑,嘴里不断叨念着:"我说,太太,你倒站稳点儿呀!"这是一项十足的绘画题材。

格罗院长慨然同意了妈妈的提议。他答应按极少的膳宿费收留我,我的教育由他负责。问题就看主教是不是同意了。主教不仅同意,而且还愿意替我付膳宿费。他还允许:直到认为我取得人们所预期的成绩以前,可以照旧穿普通人的服装。

这是多么大的变化啊!我不得不服从。我就像赴刑场一样到神学院里去了。神学院真是一个阴森森的住所,特别是对于刚从一位可爱的女人家里出来的人,尤其阴森可怕。我仅带去了一本书,这是我恳求妈妈给我的,它给我以无限的慰藉。谁也猜不出这是本什么书:原来是一本乐谱。在她所研究的学问之中,音乐也没有被遗忘。她有一副很好的歌喉,唱得相当不错,还会点儿大钢丝琴。她很热心地教了我一些音乐课,我必须从最浅的地方开始学,因为我连唱圣诗的歌谱都不会。一个女人给我上了八次或十次课,而且断断续续,不仅未能教会我依谱唱歌,而且连音乐符号的四分之一我也没有学会。然而我对这门艺术非常爱好,愿意自己一个人慢慢练习。我带去的这本乐谱并不是很浅易的,这是克莱朗波①的

━━━━━━━━━━

① 克莱朗波(1676—1749),法国作曲家。

合唱曲。我既不懂变调，也不知音节的长短，但是，终于把《阿尔菲和阿蕾土斯》①合唱曲的第一首宣叙调和第一首咏叹调的乐谱读了出来，而且还唱得毫无错误，人们可以想见我是下了多大的功夫，是怎样顽强地坚持了练习啊；当然，这首曲子是谱得准的，你只要按那歌词的节奏读出来，也就自然可以合拍了。

神学院里有一个可恶的遣使会神父尽找我麻烦，因而我连他教我的拉丁文都讨厌起来。他有一头平滑而油亮的黑发，面包颜色的面孔，水牛般的声音，猫头鹰似的眼睛，胡须好像野猪鬃，微笑中带有恶意的讽刺，四肢一动好像木偶人。他那讨厌的名字我忘记了；但是他那可怕而又令人肉麻的面貌却始终留在我的记忆里，我一想到他就不寒而栗。我当时在走廊里遇到他的光景，至今还历历在目，他彬彬有礼地拿他那顶沾满污垢的方帽向我摇晃，表示请我进他的房间，我觉得他的房间简直比监牢还可怕。这样一位教师和曾经当过我的老师的宫廷神父对比起来，该有多大的区别啊！

如果我再让这个怪物摆布两个月，我准会精神失常的。但是，和善的格罗先生看出了我的苦闷，那时我吃不下东西，一天天消瘦下来，他当时就明白了我苦闷的原因。这并不是很难解决的事情，他使我摆脱了那畜生的爪牙。并且，又来一个更鲜明的对比，他把我交给一个最温和的人：这个人叫加迪埃，是弗西尼地方的一个年轻教士，到这个神学院里来进修的。这个教士为了帮助格罗先生，我想也是出于仁爱之心，很

① 这是克莱朗波的作品；阿尔菲为希腊神话中的河神，阿蕾土斯为希腊神话中的一个仙女，为逃避阿尔菲的追逐，变成了一个喷泉。

愿意分出自己进修的时间来指导我的学习。我从来没有见过比加迪埃先生更动人的相貌,他的头发是金黄色的,胡须近于赤褐色,他的风度和他家乡所有的人们一样,在憨厚的神色下蕴藏着很大的智慧。然而,他身上真正突出的是敏感、多情和热忱。他那双大蓝眼睛,具有亲切、温和和悲愁的混合情调,使得别人见了他,就不能不关心他。从这位可怜的年轻人的眼光和声音看来,简直可以说,他已经预知自己的命运,而且感到自己生来就是为了受苦的。

他的性格和他的外貌非常吻合;他十分耐心,十分谦和,与其说他教我读书,不如说是和我共同学习。我很快就喜欢他了,因为他的前任已经为此打好了基础。然而,尽管他为我费了不少时间,尽管我们双方都很努力,而且他教得又很好,可是我无论怎样用功,进步还是很小。说起来真是奇怪,我虽然也有相当的理解能力,我却从来不能从老师那里——父亲和朗拜尔西埃先生是例外——学到什么东西。我另外的一些知识,都是我自学来的,这个以后就会清楚的。我那不能忍受任何束缚的思想不肯服从时间的限制;担心学不会的心情妨碍着我专心听讲;生怕由于自己不懂而让教我的人着急的心情促使我装懂,教的人一直往下教,我却什么也不懂。我想按自己的步调行动,不愿顺从别人的步调。

接受圣职的时刻到来了,加迪埃先生要返回本省,去当助祭教士。临走时候,我对他依依不舍,又是惜别又是感激。我对他的祝愿,也像对自己的祝愿一样,并未成为事实。几年以后,我听说他在一个教区中作副本堂神父的时候,和一个姑娘发生关系,生了一个孩子。那是他以一颗从来没有爱过任何女人的、非常温柔悱恻的心爱上了这个姑娘。这在一个管理得非常严格的教区里是一件震惊全区的最严重的事件。按照常例，神父只可以同已婚妇女发生关系生孩子。现在他犯了教规，被关进监狱，受到凌辱，并被驱逐出境。我不知道他以后是不是能恢复职务，但是，由于我同情他的厄运，这件事深深地铭刻在我的心中，在我写《爱弥儿》的时候，又想起了这件事，因此我就把加迪埃先生和盖姆先生合并在一起，把这两位可敬的神父作了"萨瓦助理司铎"的原型。我感到满意的是，我这种描写并没有玷污我所选择的原型。

我在神学院的时候，奥博讷先生被迫离开了安讷西。这是因为执政官先生认为自己的妻子和奥博讷先生发生爱情是一件丑事。实际上这只是"园丁之犬"①的作风；古尔维奇太太虽然是个可爱的女人，但是她的丈夫对她态度非常恶劣，由于山外人②的怪癖，他认为她是没用的，并且对她非常粗暴，以致提出了分居问题。古尔维奇先生是一个恶汉，像鼹鼠一样阴险，像枭鸟一样狡猾，由于不断地招惹别人，结果，自己也被撵走了。据说普罗旺斯人是用歌曲向敌人报仇的，奥博讷先生用一出喜剧向自己的敌人报了仇；他曾经把这出喜剧寄给华伦夫人，华伦夫人拿给我看过。我很喜欢这个剧本，它使我也产生了写一个喜剧的念头：让人看看我是不是真像这位作者宣称的那样笨。不过，这个计划一直等我到了尚贝里后才实现，剧本叫《自恋的情人》③。我在那个剧本的序言中曾

----

① 这是一个谚语，是说园丁的一只狗看守菜园，自己不吃蔬菜，却又不让别人拿。

② 山外是指阿尔卑斯山外而言。在法国，有时称意大利人为山外人。

③ 全名是《纳尔西斯，或自恋的情人》，是卢梭一七三三年写的一个喜剧，一七五三年在巴黎上演（参看本书第八章）。

经说我是在十八岁时写的,其实我是瞒了几岁。

差不多就在这个时候,发生了一件事,这件事本身并没有什么了不起,但是,对我却产生了一些影响,并且在我已经把它忘掉了的时候,社会上还在纷纷议论。我得到允许每个星期外出一次;我怎样利用我的外出时间,那是用不着说的。有个星期日,我正在妈妈家里的时候,和妈妈的住宅毗连的方济各会的一间房子着火了。这间房子里有个炉灶,还堆满了干柴。没有多大时间,就都着起来了。妈妈的住宅非常危急,已经被风吹过来的火苗盖住了。人们不得不赶紧从屋子里往外搬东西,把抢救出来的家具放在花园里。这个花园就在我以前住室的窗户对面,在我说过的那条小河那边。我当时惊慌万状,手里抓到什么东西,就毫不考虑地从窗口扔出去,甚至连平时我简直拿不起来的石臼也给扔出去了。要是没有人拦阻的话,一面大镜子也差一点被我扔了出去。那一天,正来拜访妈妈的好心的主教也没有闲着,他把妈妈带到花园里,同她以及所有在那里的人一起祈祷;我来晚了一会儿,看到所有的人都在那里跪着,我也就和别人一样跪下了。正当这位圣者祈祷的时候,风向变了,而且变得非常突然,非常及时,正好使已经扑到房屋、眼看就要钻进窗口的火焰转到庭院的另一面去了,因此房子也就安然无事了。两年之后,德·贝尔奈主教去世了,他的老会友们——安多尼会的修士们为了给他举行宣福礼,开始搜集一些可以作为依据的材料。由于布戴神父的请求,我便把我刚才所说的事实作为见证附在这些材料里,这是我做对了的一面;但是错误的一面是,我竟把这件事说成是奇迹。我曾目睹主教在那儿祈祷,正在他祈祷时,风向变了,甚至变得非常及时,这是我所能说的和所能证明的。至于说这两个事实中,究竟是不是有一个是另一个事实的原因,这是我不该证明的,因为我不可能知道此事。但是,就我记忆所及,那时我是真诚的天主教徒,是不说瞎话的。我的非常合乎人情的对于奇迹的喜爱,我对于这位德高望重的主教的敬畏,以及由于我本人自以为对这个奇迹也许有所贡献而出自内心的骄傲,凡此种种都怂恿我犯了这个错误。总之,我敢肯定的是:如果这个奇迹确是热诚祈祷的结果,我当然也有一份功劳在内。

三十多年以后,我发表《山中书简》的时候,我不知道弗雷隆先生怎么发现了这个证明材料,并且在他的评论中引用了它。应该承认这个发现是很幸运的,竟这样适逢其会,我觉得是很有趣的事。

我到处碰壁。关于我的进步,加迪埃先生曾尽可能地作了比较有利的报告,但我的进步和我的努力仍然显得不成比例,这种情况也就无法鼓舞我继续学习下去了。因此,主教和神学院院长对我失掉了信心,又将我送回到华伦夫人那里去了,因为我连当神父的材料都不够。不过,他们还是承认我是个相当不错的小伙子,没有什么恶习;正是由于这个缘故,尽管大家对我有那么多不利的偏见,华伦夫人却没有抛弃我。

我带着那本乐谱,胜利地回到了妈妈那里,这本书使我受益不小。我唱的《阿尔菲和阿蕾土斯》曲调,差不多就是我在神学院所学的全部东西。我对这种艺术的特别爱好,使她产生了要把我培养成一个音乐家的想法;机会很好,她家里每星期至少要举行一次音乐会,指挥这个小音乐会的一位大教堂的乐师也时常来看妈妈。他是巴黎人,名叫勒·麦特尔,是一个优秀的作曲家,他非常活泼和快乐,还很年轻,外表很吸引人,才气却不甚高,不过总的说来是一个善良的小伙子。妈妈介绍我和他相识,我很喜欢他,他也不讨厌我。我们谈了一下膳宿费用的问题,双方很快就商妥了。简单地说,我搬到他家去了,并在那里过了一个冬天。特别愉快的是那儿离妈妈的住宅不过二十来步远,一忽儿就能到她家里,并常常同她一起吃晚饭。

不难想见,在音乐学校里跟音乐家和歌咏团的儿童们一起,终日过着愉快的歌唱生活,要比我在神学院里天天和遣使会的神父们一起快乐得多了。然而这种生活虽然自由,却跟神学院一样,是有规章制度的。我生来喜好自由,但却从不滥用自由。在整整六个月中,除了到妈妈家或到教堂去以外,我一次都没有出过门,甚至也不想出去。这段时期是我一生中最平静的阶段,也是我回想起来最感到愉快的阶段。在我经历过的各种环境中,有一些使我感到非常幸福的情景,至今回想起来还为之心旷神怡,好像仍然生活于其中似的。我不仅记得时间、地点和人物,而且还记得周围的一些事物,气候的温度,空气的气味,天空的色彩,以及只有在那个地方才能得到的某种印象,这种生动的回忆仿佛又重新把我送到了那里。例如,音乐学校里所练习的一切曲子,合唱时所唱的一切歌词,那里发生的一切事情;教士的美丽而华贵的法衣,神父的长袍,歌咏队员的四角帽,乐师的面容;一位吹低音巴松管的瘸腿老木匠,一位拉小提琴的矮个子的金栗色头发修士;勒·麦特尔先生放下佩剑后,在他的世俗服装上披上一件旧黑袍,再穿上一件好看的小白衣到经楼去;我带着骄傲的心情拿着一管长笛坐在乐台上,准备演奏勒·麦特尔先生特意为我作的一小段独奏曲,心里想着奏完以后的盛馔,会餐时的那种好胃口。这种种事情，成百次生动地重现在我的脑际，使我感到无穷的愉快，可以说，和当时所感到的一样快乐，甚至比当时还要快乐。我对于以宛转悠扬的声音奏出的《美丽的繁星之神》乐曲中的某一曲调一直怀有最缠绵的亲切之感，因为在降临节①的一个星期日，天还没亮，我正睡在床上，听见人们按照当地教堂的仪式，在圣堂的石阶上唱这首赞美歌。妈妈的贴身侍女麦尔赛莱小姐懂得一点音乐，我永远也忘不了勒·麦特尔先生叫我跟她一起唱的那首叫《请献礼》的合唱赞歌，当时她的女主人是那样高兴地听着。总之，所有这些，甚至连那位常被歌咏团的儿童惹得生气的好心肠的女仆佩琳娜，我都记得。这种对幸福的天真时代的回忆，常使我陶醉，也使我忧伤。

我在安讷西住了将近一年，没有受到一点责难，不论谁都对我很满意。我自从离开都灵以后，就没有再做蠢事了；只要是在妈妈的眼前，我是绝不会做蠢事的。她引导我，而且一直是很好地引导着我。我对她的依恋成了我唯一的欲望，然而这不是一种疯狂的欲望，可以证明这一点的是，我的心灵使我的理智得到了加强。真实的情况是，这种单一的情感吸收了我的全部才智，弄得我什么也没有学好，甚至连我尽了一切努力去学的音乐也没有学成功。但是，这也不怨我，我是全心全意、勤勤恳恳地去学的。只是我的思想不能集中，总是出神，总是叹气，在这种情况下我有什么办法呢？为求进步，凡是我力所能及的，我都做了，可是，要让我再干新的蠢事，只需有人来引诱我一下就够了。这个人出现了，天造地设的巧遇促成

---

① 圣诞节前的四个星期日叫降临节，在这期间做度圣诞节的准备工作。

了这样的机会,读者在下面可以看到,我那疯狂的头脑又抓住了它。

二月的一个夜晚,天气很冷,我们正围着炉子烤火,听到有人敲街门。佩琳娜拿着提灯走下楼去,门开了,一个年轻人和她一齐走了进来,上了楼。他露着从容不迫的神情走到我们面前,并向勒·麦特尔先生说了几句简短而文雅的客气话,他自我介绍说,他是一个法国音乐家,由于经济困难,希望在教堂里干点杂务,挣点儿路费。勒·麦特尔先生一听到法国音乐家这几个字,他那颗善良的心就真的被感动了,因为他热爱自己的祖国和自己的艺术。他接待了这个年轻的过路客人,留他住宿;显然,这是客人求之不得的,所以没有怎样表示客气就留了下来。在他一边烤火一边聊天等候开饭的时候,我对他做了一番观察。他的身材矮小,肩膀却很宽,我虽然看不出他的身体上有什么特别畸形的地方,却总觉得它有些不匀称;他可以说是一个平肩膀的伛偻人,腿显得有一点瘸。他穿着一件黑色上衣,虽不算很旧,但却穿得破烂不堪,简直可以说会往下掉碎片儿。他的内衣非常考究,而且还有镶着花边的华丽袖口,已经很脏了,腿肚上绑着腿套,每只腿套里差不多都可以放进他的两只腿,腋下挟着一顶小帽子,是备遮雪之用的。然而,在这种令人发笑的装束中倒有几分高贵的气派,他的态度也给人以同样的感觉,他的面貌清秀可爱,口齿伶俐,就是不太端庄。这一切都标志着他是一个受过教育的放荡青年,他不像一个讨饭的乞丐,却像一个滑稽丑角。他对我们说他名叫汪杜尔·德·维尔诺夫,他从巴黎来,迷了路,并且好像有点儿忘了他的音乐家身份,又说,他要到格勒诺布尔去看他的一个在国会里的亲戚。

吃晚饭的时候,大家谈起了音乐。他对音乐很内行,他知道所有的著名演奏家,所有的名曲,所有的男女演员,所有的漂亮女人,所有的大贵族。似乎别人提什么他就知道什么,但是,一个话题刚刚开始,他就插科打诨,搅乱了谈话,让人大笑一阵,随后连刚才说的是什么都忘了。那一天是星期六,第二天在教堂里要演奏音乐,勒·麦特尔先生请他去参加那里的演唱,他回答说:"十分高兴。"问他哪一个音部,他回答说:"男高音⋯⋯"说完就立刻把话转到别的事情上去了。在进教堂以前,有人把他要唱的歌谱给了他,让他先熟悉一下,可是,他连看都不看。这种骄傲的态度使勒·麦特尔吃惊了,他在我耳边说:"你看吧,他连一个音符都不会。"我回答说:"我也真担心。"我怀着不安的心情随他们一同去了。音乐会开始了,我的心跳动得非常厉害,因为我对他十分关心。

但是,很快我就放心了,他唱了两个独唱,不仅节奏准确,而且十分有味,另外,他的嗓音也非常漂亮。我从来也没有这样惊喜过。弥撒后,汪杜尔先生受到了许多教士和乐师们的赞扬,他以谐趣横生的话作了答谢,态度始终非常动人。勒·麦特尔先生出于至诚拥抱了他,我同样也拥抱了他。他看到我非常愉快,因而似乎也很高兴。

我敢肯定,大家会认为,像巴克勒先生那样,充其量不过是一个粗人,也还曾使我迷恋过,现在,这样一位既有教养,又有才能,为人机智,有处世经验,而且又可以被看作是位可爱的荡子的汪杜尔先生,当然更能使我为之倾倒了。事情正是这样。我想,不论是哪一个青年,处在我的地位都会像我这样爱慕若狂的;特别是一个人,越是具有赏识别人特长的能力,越是对别人的才能表示爱慕,就越容易像我这样行动。汪杜尔先生有这种特长，这是无可争辩的，他有一种像他那样年龄的人极少有的特点，那就是决不急于显示自己的学识。不错，他对自己所不知道的事情大吹特吹，但是对自己知道的事情——他知道的还真不少——却一字不提：他在等待表现的机会；由于他并不急于显露自己，因此效果更大。由于他对所谈到的每件事都是开一个头就不谈了，别人也就不知道他什么时候才会把他的本领完全表现出来。他在谈话中是那样逗笑和诙谐，有时显得有无穷无尽的精力，有时又充满了魅力，他常保持着微笑，但从来不大笑，最粗鲁的事，他也能说得很文雅，让人听得顺耳。甚至那些最正派的女人，对于自己居然能忍受住他的话，事后也感到十分惊奇。她们明明知道应该生气，可就是没有生气的力量，要生气也生不起来。他所需要的只是些淫荡的女人；我认为他自己不会搞些什么风流艳事，但是在交际场中，他生来是为了给那些有风流艳事的人添加无限乐趣的。他既具有那么多讨人喜欢的才能，又是在一个不仅了解这种才能而且还爱慕这种才能的地方，要他长期把自己局限在音乐家的圈子里，那是难以想象的事情。

　　我喜欢汪杜尔先生，其动机是更为理智的，结果也就没做出什么荒唐的事来，虽然我这次对他的感情比上次对巴克勒先生的感情更激烈和持久一些。我喜欢和他见面，喜欢听他说话，他所做的一切我都认为可爱，他所说的一切我都看作神谕；但是，我对他的爱慕并没有达到离不开的程度。因为我身旁有个很好的屏障，绝不致发生越轨的事。再说，虽然我认为他的处世格言对他非常好，我总觉得那些格言在我身上并不适用。我所需求的是另一种乐趣；关于这种乐趣，他完全没有想到，而我又不敢跟他说，因为我知道一说出来他准定要讥笑我。然而，我却愿意把我对他的爱慕和支配着我的另一种激情调和在一起。我非常热烈地在妈妈面前谈到他，勒·麦特尔先生也极口称赞他，因此妈妈同意让我把他引见给她。但是，这次会面毫无成就，他认为她装模作样，她却认为他放荡不羁。妈妈还为我有这样不规矩的朋友而担心，她不仅不准我再把他带来，还竭力对我说明和这个年轻人交往有多大危险；这样我才变得谨慎了一些，没再胡闹下去。好在以后不久，我们也就分离了；这对我的品行和我的思想来说，真是万幸。

勒·麦特尔先生对自己的艺术的兴趣很浓，他还好喝酒。虽然他吃饭的时候很有节制，但是，他在屋子里工作的时候，就非喝不可。他的女仆很了解他这种爱好，只要他把作曲的稿纸放好，把大提琴拿在手中，酒壶和酒杯立刻就送了上来，而且还不时地喝完一壶又换一壶。虽然他从未酩酊大醉过，却几乎总是醉醺醺的；老实说，这真可惜，因为他本质上是个极好的小伙子，又十分活泼，连妈妈平常都只叫他"小猫"。他喜爱自己的艺术，工作很繁重，可是，酒喝的也不少。这不仅损害了他的健康，还影响到他的性情：他有时疑心重重，而且易于发怒。他无论对什么人，从没有粗言粗语，从不失礼，就是对歌咏团里的一个孩子也没说过一句难听的话；但是，他也不容许别人对他失礼。这当然是公平的。不幸的是，他看事不太清楚，分不清别人说话的语气和性质，以致常常无缘无故地发起火来。

过去很多王公和主教都以能参与其事为无上荣耀的历史悠久的日内瓦主教会，如今在流亡中虽然失去了昔日的光彩，却还保持着它的庄严。参加者必须是一个贵族或索尔邦①的

① 指罗·索尔邦所创建的巴黎神学院。

博士。如果有什么情有可原的骄傲，那就是除了由于个人的功绩产生的骄傲外，还有由于出身而产生的骄傲。再说，教士们对待他们所雇用的俗人，都是相当骄傲的。那些主教会的成员们对待可怜的勒·麦特尔也往往是这样。尤其是那位名叫德·维栋讷的领唱的神父，虽然一般说来是相当有礼貌的，但是由于对自己的高贵身份过于自满，他对待勒·麦特尔的态度，并不总是按照勒·麦特尔的才能给予应有的尊敬，而勒·麦特尔也不甘忍受他的这种轻蔑。在这年的受难周期间，主教照例宴请当地的会员，勒·麦特尔一向是在被邀请之列；席间，勒·麦特尔和德·维栋讷发生了比平日更为激烈的争执。那位领唱的神父对勒·麦特尔做出了越礼的举动，并且说了几句令他忍受不了的难听的话；勒·麦特尔立即决定第二天的夜间离开此地。虽然在他向华伦夫人告别的时候，华伦夫人对他进行了百般劝解，也丝毫未能使他改变主意。正在特别需要他的复活节期间，他突然走开，使那些专横无礼的人感到为难，这种报复的愉快他是不能放弃的。但是，他自己也有困难，他想带走自己的乐谱，这真不是一件容易的事，那些乐谱足足装满了一大箱子，分量相当重，不是用胳膊一挟就能走开的。

　　妈妈做的事，是我处在她的地位也一定会做的，即使到现在我也会这样做。为了挽留他，她费了很大劲，后来见到劝说无效，他无论如何非走不可，便决定尽可能来帮助他。我敢说，她这样做是应该的，因为勒·麦特尔曾不顾一切为她效劳过。无论是在他的艺术方面，或者是在照顾她本人方面，他是完全听从妈妈吩咐的，而且，他按妈妈旨意办事的那种热诚，使他的殷勤效劳具有一种新的价值。因此，她现在对他所做的,只不过是在紧要关头对一个朋友三四年来零零星星替她所做的一切事情一种总的报答罢了;但是,她有一颗高贵的心,在尽这种义务的时候,用不着去想这是为了了结自己的一番心愿。她把我叫来,吩咐我至少要把勒·麦特尔先生送到里昂,并且跟我说,只要他还需要我帮忙的话,不管时间多么久,也要一直跟随着他。后来,她曾对我坦白地承认过,她有意使我远远躲开汪杜尔和她如此安排有很大的关系。为搬运箱子的事,她跟她忠实的仆人克洛德·阿奈商量了一下。按他的意见,不要在安讷西雇驮东西的牲口,因为那一定会被别人发觉的,最好是在天黑的时候抬着箱子走一段路,然后在乡村里雇一匹驴子把箱子一直驮到色赛尔,我们到那里就没有什么可冒险的了,因为那儿是在法国境内。这个意见被采纳了,我们当天晚上七点钟动身,妈妈借口给我拿路费,往那可怜的"小猫"的小钱袋里添了一些钱。这真给他帮了不少忙。克洛德·阿奈和我尽了最大的力气把箱子抬到邻近一个村子,在那里雇了一匹驴子把我们替换下来,我们当夜就到了色赛尔。

我想我已经谈过,我有时是那样不像我自己,大家简直可以把我当作另外一个性格完全相反的人看待。这里就是一个例子。色赛尔的本堂神父雷德莱是圣彼得修会的成员,所以也认识勒·麦特尔先生,因此,他是勒·麦特尔最应该躲避的人之一。可是我的意见却相反,我主张去拜访他,找一个借口要求住宿,就仿佛是得到主教会的同意去那里的。勒·麦特尔很欣赏我这个主意,因为可以使他的报复既有嘲弄意味,又能令人绝倒。于是我们就厚着脸皮去见雷德莱先生了,他很好地接待了我们,勒·麦特尔对他说,他是受主教的委托到贝莱去指挥复活节的音乐演唱的,还说几天后回来时还打算从这里路过;而我呢,为了支持这个谎言,又穿插了很多假话,而且诌得头头是道,以致雷德莱先生觉得我是个漂亮孩子,对我大表好感,百般抚爱。我们吃得不错,住得也不错。雷德莱先生简直不知道用什么样的佳肴招待我们才好。分别的时候,像最亲密的朋友那样,约定在回来的时候还要多住一些时间。刚一等到只有我们俩的时候,我们就大笑起来,我坦白地说,直到现在我想起这件事来还忍不住大笑,因为我实在没有想到我们说假话会说得这么好,而这个恶作剧会这样成功。要是勒·麦特尔先生不是一个劲儿地喝酒,并且满嘴胡说,还犯了两三次老毛病的话,这件事会使我们笑一路的。他那个老毛病后来常发作,很像羊痫风。这种情况可叫我十分为难,也把我吓坏了,因此,我就想到最好想个办法尽快摆脱开他。

我们真像对雷德莱神父所说的那样到贝莱去过复活节。虽然我们是不速之客,却也受到了乐队指挥和所有的人的极大欢迎。勒·麦特尔先生的那一行业是很受人尊重的,他也真不愧是个受人尊重的人。贝莱的乐队指挥对于自己最好的一些作品是很自负的,竭力争取这位优秀的鉴赏家的称赞,因为勒·麦特尔先生不仅是个行家,而且公正无私,不嫉妒人,也不低声下气地奉承人,他比那些外省的乐师要高明得多,他们自己也深知这一点,所以他们不把他看作自己的同行,而把他看作自己的指挥。

我们在贝莱非常愉快地度过了四五天以后,便又动身继续我们的旅程,除了我在上面说过的那种事情以外,没有发生别的意外。到了里昂以后,我们下榻于圣母旅馆,同时等着我们的乐谱箱子,因为我们用另一个谎言托好心的保护人雷德莱神父打发人把它送到罗讷河的船上去了。在这个时候，勒·麦特尔先生去拜会他的朋友，其中，有方济各会的加东神父，关于他的事我以后再谈，有里昂的伯爵——多尔当神父，这两人都很好地接待了他，但是，他们揭穿了他的谎言，下面就要谈这件事；他的那步好运在雷德莱神父那里算是走完了。

我们到了里昂两天之后，当我们正从离下榻的旅馆不远的一条胡同经过的时候，勒·麦特尔先生的病又发作了，这一次闹得非常厉害，可把我给吓坏了。我大叫起来，呼喊救人，并且说出了他所住的旅馆名称，请求大家把他送到那里去。随后，正当许多路人向一个失去知觉、口吐白沫、倒在街中心的人围拢起来急忙进行救护的时候，他所能依靠的唯一的朋友竟把他抛弃了。趁没有任何人注意我的时候，我溜到胡同口，一拐弯就不见了。上帝保佑，我可把这第三个难以出口的坦白①写完了。假使我还有许多像这样的事要坦白的话，我就只好放弃我已经开始的这本著作了。

我上面所谈的一切，在我所住过的地方都留了一些痕迹，但是，下一章里我要谈的，差不多完全是人们所不知道的事情了。那是我一生中所干的最荒唐的一些事情，幸运的是，它们并未带来严重的后果。那时，我的脑子里好像响起了一种外来乐器的调子，完全超出了原来的音调。它是自动地恢复正常的，于是我便停止了自己的荒唐行为，或者至少是只干了一些比较适合我的本性的荒唐行为。我青年时代的这段时期，是我的回忆中最模糊的时期。在这段时期里，几乎没有发生

---

① 第一次难出口的坦白是放弃新教皈依天主教，第二次是那个丝带问题（参看本书第二章），这里是第三次。

一件打动我心弦的事，足以使我能够清晰地回忆起来。那时候，经过那么多的来来往往和接二连三的迁移，很难不在时间或地点方面有些张冠李戴的地方。我是完全凭记忆来写的，既没有足资证明的日记和文件，也没有使我能把事情回忆起来的材料。我一生所经历的事情，有一些好像刚发生时那样清楚，但是，也有一些脱漏或空白，我只好用像我的模糊的回忆一样的模糊叙述将它们填补起来。所以，有的地方我可能写错了，尤其是那些无关紧要的小事，在我自己没有找到确实的材料以前，我可能还要写错，但是，关于真正重要的事情，我深信我是正确而忠实的，今后我仍将努力完全做到这一点，读者尽可放心。

我一离开勒·麦特尔先生，我就打定主意再回到安讷西去。当初我们动身的起因和秘密，曾使我对于我们的安全问题十分担忧，这种担忧有几天完全占据了我的心灵，转移了我的回家的念头；但是，当我意识到没有什么危险的时候，我那占统治地位的感情就又恢复过来了。任何东西也引不起我的兴趣，任何东西也引诱不了我，除了希望回到妈妈身边外，再也没有别的心思了。我对她的那种依恋是如此真挚而情意绵绵，因而铲除了我心里一切空想的计划和一切荒诞的野心。除了生活在她身边，我看不到还有别的幸福，我每远走一步就觉得自己离这种幸福远了一些。所以，我一有回去的可能，马上就返回安讷西了。我这次回来是那样匆促，我的心思又是那样恍惚，虽然我对于所有其他次的旅行都存有饶有趣味的回忆，而对这次回来的情况却连一点儿印象都没有了。我只记得从里昂动身和到达安讷西，除此以外，我什么也记不得了。请大家想一想，我对这最后一段时间的事情是不是应该忘得干干净净吧！我回到了安讷西，却没有看到华伦夫人。她已经到巴黎去了！

我始终没有弄清楚她这次旅行的秘密①。我确信，如果我追问她的话，她一定会对我说的；但是，没有比我这个人更不愿意打听朋友的秘密了。我只考虑眼前，眼前的事情充满了我这颗心的容量与空隙，除了可以成为我今后唯一享受的那些过去的欢乐以外，我心里没有一点空隙来容纳已经成为过去的事情。从她对我所谈的一点情况来推测，这是由于撒丁王的退位在都灵引起了混乱②，她怕这时候没人再注意到她，因而想利用奥博讷先生的暗中活动从法国宫廷方面获得同样的利益。她有几次亲口对我说，她宁愿从法国宫廷方面获得接济，因为法国宫廷有那么多重要的事情，可以使她不致受到令人不快的监督。如果真是这样，那就更奇怪了，她回来以后，并没有因此而受到冷遇，而且始终不断地领取她的年金。有不少人认为，她是负有秘密使命去的。不是受了主教的委托去办一件本来应由主教本人到法国宫廷去办的事，就是受了比主教更有权势的人的委托，所以她归来以后才得到了很好的待遇。如果是这样，可以肯定地说，这个女使节的人选是很不错的，当时还年轻和美丽的华伦夫人具备从谈判中取得胜利的一切才能。

~~~~~~~~~~

① 华伦夫人这次旅行似乎是为撒丁王到巴黎去完成一件政治性的使命，因为她回来以后曾到都灵去汇报。应当指出，撒丁王维克多-亚梅德二世是在华伦夫人这次旅行以后好几个月才退位的，所以她这次旅行似乎是与撒丁王的退位无关。但是也许她还有过第二次旅行。

② 撒丁王维克多-亚梅德二世于一七三〇年让位于自己儿子查理-埃曼努尔，后来因企图复辟而被软禁。

第 四 章

　　我回到了安讷西,但是却没有见到她。可以想象,我当时该多么惊讶,多么痛苦!这时候我开始后悔不该怯懦地丢开了勒·麦特尔先生;当我听到他的不幸遭遇的时候,我心中更加懊悔了。他那乐谱箱子是他的全部财产,为了抢救这个宝贵箱子,我们曾经费了那么大的力气,可是一运到里昂,多尔当伯爵就吩咐把它扣留了,因为主教会事前曾把这当作秘密携物潜逃写信通知了伯爵。勒·麦特尔先生对于他的财产,他的生活之道,他一生辛勤劳动的结晶,虽然再三要求归还,但是没有结果。这只箱子的所有权问题,至少应该经由诉讼来解决,可是并没有经过任何诉讼程序,这件事就按照强者的法律做了决定,于是,这位可怜的勒·麦特尔就失去了他艺术天才的果实,早年的心血,晚年的财源。

　　当时我所受到的打击沉重得无以复加。但是,在我那个年纪,我是不会过分忧愁的,我不久就想出了一套自我宽慰的办法。我希望不久就可以得到她的消息,虽然我不知道华伦夫人的住址,她也不知道我回来。至于我抛开勒·麦特尔这件事,总的说来,也算不得是多大罪过。勒·麦特尔先生逃走的时候,我帮了忙,这是我能为他效劳的唯一一件事。即使我同他一起住在法国,我也治不好他的病,也不能保住他的箱子,除了给他增加开支外,对他没有一点帮助。这就是当时我对这件事的看法,现在我是不这样看了。在刚干完一件丑事的时候,我们心里并不觉得怎么难受,但在很久以后,当我们想起它时,它还要折磨你,因为丑事是永远不会从记忆中消失的。

为了得到妈妈的消息,我唯一能够做的,那就是等待。巴黎地方那么大,到哪儿去找她呢?再说,拿什么当路费呢?想要迟早打听到她在哪里,没有比安讷西更稳妥的地方了。所以我就留了下来。然而我那时的行为却很不好,我没去拜访那位曾经照拂过我并且还能继续照拂我的主教,此时我的女保护人不在他旁边,我怕他谴责我们私自逃走的事。我更没到修道院去,因为格罗先生已不在那里了。总之,我没去访问任何熟人。说真的,我倒很想去拜访一下执政官夫人,但是我一直没敢去。比这些事做得更不对的是:我又找到了汪杜尔先生,这个人,虽然我非常欣赏,但是自从出走以来,我一次也没有想过他。别后重逢,他在安讷西已经是个赫赫有名、到处受欢迎的人物了,贵妇人们都争着招待他。他这种成功更使我晕头转向了,那时我只知道有汪杜尔先生,他甚至使我连华伦夫人也要忘掉了。为了便于向他请教,我提议和他住在一起,他也同意了。他住在一个鞋匠家里,这个鞋匠是个谈吐诙谐和好逗乐的人,他用土话叫他妻子“骚娘儿们”,除此以外没别的称呼,这个名称对她说来也还算恰当。他和她时常争吵,这时汪杜尔就站在一旁,看来像是在劝解,实际上只是使他们吵得时间更长一些。他用他那普罗旺斯口音向他们说些挑逗的话,经常收到极大的效果:他们越吵越凶,让人忍不住大笑起来。整个上午就这样不知不觉地过去了,到了两三点钟,我们才吃一点什么;然后汪杜尔便到他常去的交际场中,并在外面吃晚饭,我则独自一个人去散步,心里想着他那出奇的才干,羡慕和赞美他那稀有的本领,同时诅咒自己的厄运,为什么不让我也过他那种幸福的生活。我对生活是多么不了解啊!如果我不这么愚蠢而懂得怎样行乐,我的生活将会快活百倍的。

华伦夫人出门时仅带走了阿奈,而把我前面谈过的那个贴身使女麦尔赛莱留在家里,她仍住在夫人的那套房间里。麦尔赛莱小姐比我稍微年长一些,长得虽不怎么美,却相当可爱,是一个毫无坏心眼儿的弗赖堡人。她除了偶尔有点不听女主人的话以外,我没有发现她有什么缺点。我常去看她。我们算是老相识了,由于我一看到她,就联想到一个更爱的人,所以我也就爱她了。她有几个女友,其中有一个叫吉萝小姐的日内瓦姑娘,活该我倒霉,爱上了我,她总逼着麦尔赛莱领我到她家里去。我因为喜欢麦尔赛莱,又因为在那里还有几位我很愿意见的年轻姑娘,也就听任她领我去了。吉萝小姐对我百般挑逗,但是,我对她简直腻烦透了,当她那张干瘪而又被西班牙烟草染黑了的嘴唇凑近我的脸时,我真忍不住要吐她一脸唾沫。但我竭力耐住性子,除这点不快而外,我很喜欢跟那些姑娘在一块。她们也许是为了讨好吉萝小姐,也许是为了讨我的欢心,每一个人都争相对我表示好感。所有这一切,我只当作是友谊。自那以后,我有时在想,当时只要我愿意,是可以把这些看作是比友谊还深一步的表示的。但是,我当时并没有这种心思,我也想不到这些。

再说,女裁缝、使女、小女贩都不怎么叫我动心。我需要的是贵族小姐。各人有各人的幻想,我的幻想一直是这样,在这一点上，我跟贺拉斯的想法不同①。然而，这绝不是羡慕出身与地位的虚荣心理在作祟；我喜欢的是保养得比较柔润的肤色，比较美丽的手，比较雅致的服饰，全身给人一种轻盈飘逸、一尘不染之感，而且举止要比较大方，谈吐要比较优雅，衣裙要比较精美，剪裁得比较得法，鞋要比较小巧玲珑，丝带、花边和头发的颜色陪衬得要比较美观。一个女人，如果具备了这一切，就是长得差一些，我也是偏爱她的。我自己有时也觉得这种偏爱十分可笑，但是，我的心不由自主地就产生了这种偏爱。

真想不到，这种良好的条件居然又出现了，是否能够享受仍然要看我自己了。我是多么喜欢不时地又突然回到青年时代那种快乐的时刻啊！这些时刻是多么甜蜜！又是多么短促、多么难得、而我却是多么容易地享受到了啊！哦！我只要一想起那些时刻，心里就感到一种纯粹的快乐，我正是需要有这种快乐来恢复我的勇气，以便忍受得住晚年的烦恼。

有一天，黎明的景色十分美丽，我赶紧穿上衣服跑到野外去看日出。我尽情地享受了这种快乐，那是圣约翰节以后的那个星期。大地披上了华丽的衣装，花草遍地，色彩斑斓；夜莺啼春已近尾声，唱得仿佛格外卖劲；百鸟用大合唱送别残春和迎接美丽夏日的降临。这是我这样的年纪不可再见的一个美丽的日子，是我现在居住的这块凄凉的土地②上的人们从来没有见过的一天。

〰〰〰〰〰

① 参看古罗马诗人贺拉斯《抒情诗歌》第一部，抒情诗第33首。在这首诗中，诗人表示宁肯要自由的女奴而不要"贵族小姐"。
② 这里所说的"凄凉的土地"是指英国斯塔福夏郡的伍顿。卢梭离开瑞士以后，于一七六六至一七六七年在那里继续写他的《忏悔录》。

我不知不觉地走出了城市,暑热不断上升,我沿着一个小山谷的树荫下踽踽独行,有一条小溪从旁流过。这时后面传来了马蹄声和少女的喊叫声,她们似乎遇到了什么困难,但是,那尽情的欢笑声并未有所收敛。我回过头来,听见她们正喊着我的名字,我走到跟前一看,原来是我认识的两位姑娘:葛莱芬丽小姐和加蕾小姐。她们骑马的技术并不高明,不知怎样让马涉过小溪。葛莱芬丽小姐是个十分可爱的伯尔尼姑娘,因为在家乡做了一些在她那种年龄易于做出来的蠢事而被赶了出来,她便效仿起华伦夫人的榜样。我在华伦夫人家里见过她几次。她可不像华伦夫人那样领有一份年金,不过她的命运总算不错,得到了加蕾小姐的欢心。加蕾小姐和她很投机,请求母亲同意她在没有找到职业以前给自己做做伴。加蕾小姐比葛莱芬丽小姐小一岁,而且比葛莱芬丽更美些,她的举止有一种说不出来的娴雅大方,同时她还有一副发育得很好的优美身段,这是一个少女所拥有的最大魅力。她们情致绵绵地相爱,而且,从两个人的温柔性格上说,要是没有情人来干扰她们,这种亲密的友谊关系一定会保持很久的。她们对我说,她们要到托讷去,那里有加蕾夫人的一个古堡,她们自己不会驱马过河,求我帮帮忙。我想用鞭子从后面赶,她们怕我被马踢着,又怕自己给摔下来。于是我就采取了另一种办法,我拉住加蕾小姐的马缰绳,牵着它过了河,另一匹马也毫不费事地就跟着过来了,但我的衣服却因此湿过了膝盖。完事以后,我想和两位小姐告别,然后像个傻瓜似的走开。但是,她们俩低声地说了几句话以后,葛莱芬丽小姐就向我说:"不行,不行,我们不能这样放你走,你为了帮我们,衣服都弄湿了,我们要是不给你把衣服弄干,那是过意不去的,请你跟我们一起走吧,现在你已经是我们的俘虏了。"我的心怦怦直跳,一双眼睛盯着加蕾小姐。她看到我惊慌失措的样子,笑着补充说:"是呀,是呀,战俘,快上马,骑在她的后边,我们要拿你去做个交代。""不,小姐,我不曾有幸认识你的母亲,她看到我会说些什么呢?"葛莱芬丽小姐接口说:"她的母亲不在古堡,除了我们俩以外,没有别人;我们今天晚上还回来,到时候你再和我们一块回来吧。"

这几句话在我身上发生的效果比电还快。我跳到葛莱芬丽小姐的马上的时候,欢喜得浑身在颤抖。而且,为了能够骑得稳,我不得不搂着她的腰,这时,我的心跳得那样厉害,连她都感觉出来了。她对我说,她因为害怕掉下去,自己的心也跳得很厉害。拿当时我身子的位置来说,这几乎可以说是邀请我摸一摸她的心是不是果真在跳,但我始终没敢那样做。一路上,我只是一直用我的两只胳膊给她当腰带,勒得的确很紧,可是一点儿也没有挪动。有的女人读到这里,也许很想打我几个耳光,这是有道理的。

旅行中的快活,少女们喋喋不休的谈话,也大大刺激了我好说话的毛病,因此一直到晚上,只要我们在一起,就没有片刻住过嘴。她们尽量不让我拘泥,于是我的舌头和我的眼睛全都说起话来了,虽然这两者所表达的意思不一样。只有那么一阵儿,在我和这一位或那一位姑娘单独在一起的时候,谈话才有点儿不太自然,不过,离开的那一位马上就会回来,始终没容我们有足够的时间来摸清彼此发窘的原因。

到达托讷以后,我先烘干自己的衣服,接着我们就吃早点。随后最主要的一件事便是准备午饭。两位小姐做饭的时候,不时地丢下自己的工作去吻佃户们的孩子,我这个可怜的帮手怀着难以忍受的心情只好在一旁瞧着。吃的是早就从城里送去的,做一顿丰盛午餐的东西应有尽有,尤其是点心更丰富;美中不足的是忘记把酒带来了。对于不大喝酒的小姐们来说,这本是不足为奇的,但是,我却感到遗憾,因为我还指望喝点酒壮壮胆子。她们对此也深感不悦,也许是由于同样的原因吧,不过,我不相信是这样。她们那种活泼而可爱的高兴劲儿,简直是质朴、天真的化身;再说,她们俩和我还能出什么事呢?她们派人到附近各处去找酒,但是一点也没有找到,因为这个地方的农民非常俭朴和穷困。她们向我表示歉意;我对她们说,不要为此过分为难,她们不用酒就会把我灌醉的。这是我那天敢于向她们说的惟一一句献殷勤的话,但是,我认为这两个调皮姑娘一定看得很清楚,这不是一句空话。

我们在佃户的厨房里吃午饭,两位女友坐在一张长桌子两头的凳子上,她们的客人坐在她们中间的一只三条腿的小圆凳上。这是多么美的一顿午餐啊!这又是多么迷人的一段回忆啊!一个人付出那么一点点代价就能享受那样纯洁、那样真实的快乐,何必还去寻找别的欢乐呢?就是在巴黎的任何地方也不会吃到这样的午餐。我这话不单单指它带来的欢乐与甜蜜,也是指肉体上的享受。

午饭后,我们采取了一项节约措施:我们没喝掉早餐留下的咖啡,而把咖啡跟她们带来的奶油和点心一起留待下午吃茶的时候。为了促进我们的食欲,我们还到果园里去用樱桃来代替我们午餐的最后一道点心。我爬到树上,连枝带叶地一把把往下扔樱桃,她们则用樱桃核隔着树枝向我扔来。有一次,加蕾小姐张开了她的围裙,向后仰着脑袋,拉好等着接的架势,而我瞄得那样准,正好把一束樱桃扔到她的乳房上。

当时我们是怎样哈哈大笑啊！我自己心里想："为什么我的嘴唇不是樱桃！要是把我的两片嘴唇也扔到那同样的地方，那该有多美啊！"

这一天完全是在无拘无束的嬉笑中度过，但是，我们却始终规规矩矩。没说一句暧昧的话，也没开一句冒失的玩笑，而且我们这种规规矩矩绝不是勉强的，而是十分自然，我们心里怎样想，也就怎样表现出来。总之，我十分拘谨（别人可能说我这是愚蠢），以致我由于情不自禁而做出的最大的放肆行为就是吻了一次加蕾小姐的手。说真的，当时的情况正好使这种小小的优惠具有了特别的价值。房间里只有我们两个人，我的呼吸感到急促，她也不抬头，我的嘴没有说话，就匆匆地吻了一下她的手，她轻轻地把我吻过的手缩了回去，望着我并没有显出一点怒容，我不知道当时我还能对她说出什么话来。可是，她的女伴进来了，在这一刹那间，她在我眼里显得丑了。

最后，她们想起不该等天黑再往回走，这时剩下的时间刚够我们在天黑前赶到城里，于是我们就像来的时候那样起程了。我要是大胆一些，一定会变动一下原来的位子的，因为加蕾小姐的那一眼强烈地搅动了我的心，但是我一句话也不敢说，而改变位子的建议又不能由她来提出。在归途中，我们说这一天就这样结束了真是可惜，不过，我们绝对没有抱怨时光太短，因为我们认为，我们既以种种游戏充实了这一天，我们就已经获得延长这一天的秘密了。

我几乎就是在她们遇到我的那个地方和她们分手的。我们分手时是多么依依不舍啊！我们又是怀着怎样喜悦的心情约定再次见面啊！我们一起消磨掉的十二小时，在我们心里不亚于几个世纪的亲密关系。对这一天的甜蜜回忆不会给这两个可爱的少女带来任何损失；我们三个人之间的温馨的情谊，胜于更强烈的肉感乐趣，而这两者是不能并存的。我们毫无秘密、毫无羞愧地相爱着，而且，我们愿意永远这样相爱。纯洁的品行里有其特有的乐趣，这种乐趣不亚于另一种肉感之乐，因为它不会松弛，不会中断。至于我，对这样一个美好日子的回忆，比我一辈子所享受过的任何欢乐都更使我感动，使我心醉，使我留恋。我不明白自己对这两个可爱的姑娘到底有什么希求，但是我对她们俩都非常关心。可是，这并不等于说，如果由我自己来安排，我的心对两个人是一样的。我的感情上稍稍有一点偏爱；要是葛莱芬丽小姐作我的情人，那固然是我的幸福，然而，如果完全由我选择的话，我更愿意把她当作自己的密友。不管怎么样，在我离开她们俩的时候，我觉得我随便少了哪一个都是活不下去的。可当时谁能说，我今后再也见不到她们，而且我们那短暂的爱情就此结束了呢？

读我这部作品的人们，当他们发现所有我的爱情奇遇，经过那么长的序幕之后，其中最有希望的，也只不过是吻一下手就算完事，他们对此一定会大笑特笑的。哦！读者们，请你们不要弄错。在这种以吻一次手而告终的爱情里，我所得到的快乐，比你们最低限度以吻手开始的恋爱中所得的快乐还要多。

汪杜尔昨夜睡得很迟，我回来没多久，他也回来了。往常我一看见他，心里就高兴，这回可不一样了。我加意小心，没对他谈我这一天的经过。那两个小姐谈到他的时候，是有点瞧不起他的，而当她们知道我和那样的坏人有交往，就显得不很高兴；这样便减少了我心中对他的尊敬，而且，不论什么事，只要能分散我对这两位小姐的爱慕之心，都会使我感到讨厌的。可是，当他跟我谈到我目前景况的时候，立刻又使我想到他，也想到了我自己。我的处境已经到了山穷水尽的地步。尽管开支很少，可是我那一点钱已经花光了，我没有钱了。妈妈没有一点消息，我真不知道自己要变成什么样子，看到加蕾小姐的朋友要沦为乞丐，我心里感到一阵阵难受。

汪杜尔对我说，他向首席法官先生谈了我的事，并打算第二天带我到法官那里去吃午饭。据汪杜尔说，这位首席法官可以通过他的一些朋友帮助我，再说，和这样一个人认识一下是件好事，他不仅聪明，而且还很有学问，对人和蔼可亲，他自己有才干，也喜欢有才干的人。随后，像平常好把最正经的事和最无聊的事混在一起谈论那样，汪杜尔把来自巴黎的一首叠句歌词拿给我看，并且谱上了当时正在上演的穆雷的歌剧里的一个曲调。西蒙（这是首席法官的名字）先生非常喜欢这首歌词，甚至想按照同一曲调和一首。他要汪杜尔也写一首；而这个有着狂妄念头的汪杜尔也让我作一首，他说，等明天叫人们看到这些歌词就像《滑稽小说》①里的马车一样络绎不绝而来。

夜间，我不能入睡，就尽我所能来写歌词。虽然这是我第一次写这类诗句，总算写得还可以，甚至还挺不错，至少可以说，要是让我前一天晚上写的话，就不能写得这样有味道，因为歌词的主题是围绕着一个情致缠绵的场面，而我这颗心这时正沉浸在里面。早上起来我把写好的歌词拿给汪杜尔看，

---

① 十七世纪法国作家斯卡龙的作品，第七章中有一节写道，一些演员等着给一个受伤的伙伴找一驾马车，马车是络绎不绝地来了，但每个上面都有人坐着。

他认为词句很漂亮,但没说他的那一首是否已做好就把我这一首装进口袋里了。我们一同到西蒙先生家里去吃午饭,他殷勤地接待了我们。他们的谈话是很有意思的,两个读过很多书的有才干的人谈起话来,当然不会没有意思。我照例演着我的角色,即一言不发,只听他们说。他们俩谁也没有谈到写歌词的事,我也丝毫没有提,而且就我所知,他们一直都不曾谈过我写的那首歌词。

西蒙先生对我的举止表示满意:在这次会见中,他在我身上观察到的几乎就是这么一点。他在华伦夫人家里已经见过我几次,但对我没有怎样留意。所以,我只能说,从这次共餐我们才认识。这次相识,虽然没有达到当时的目的,却使我以后得到别的好处,因此,当我想起他时,仍是很愉快的。

我不能不谈一下他的外表。由于他的法官身份和他自命不凡的才华,如果我一点不提,人们是想象不出他的外表的。首席法官西蒙先生身高肯定不过二尺①。他的腿又直又细,甚至是太长了些,如果他挺直站着,他的两条腿一定显得更长;然而他的两腿却是斜叉开的,好像大大张开的圆规。他不仅身子短小,而且还很瘦,从各方面看都小得不可想象。如果他赤身裸体,一定像个蝗虫。他的头却和一般人的头一样大小,面孔长得很端正,很有上层人物的神气,眼睛也相当美,这看起来就像是一个假脑袋装在一个树桩上似的。在装束方面他大可以不必花什么钱,因为他那副大假发就能把他从头到脚完全遮盖起来。

他有两种迥然不同的声音,谈话的时候,始终夹杂在一

① 这里所说的是法国古尺。

起,而且形成鲜明的对照,起初,让人听着很有意思,不久就使你非常讨厌。一种声音是庄重响亮的,如果我能这样说的话,那是他的头的声音,另一种声音是清晰而尖细刺耳的,那是他身体的声音。当他平静而从容地谈话时,呼吸均匀,他一直能用低嗓音,但如果稍微激动一点,就会露出一种比较热烈的声调,逐渐变成吹口哨似的尖音,要再恢复他的低音是非常费劲的。

我所描绘的外表一点也没有夸张,尽管如此,西蒙先生却是个风雅人物,很会说些动听的话,服饰极其考究,甚至到了轻佻的程度。由于他想尽量利用自己的优点,他愿意早晨在还没有起床的时候接见诉讼当事人,因为人们看到枕头上的漂亮脑袋,谁也不会想象他的全部漂亮仅只他的脑袋而已。不过这有时候也惹出了笑话,我相信,全安讷西的人直到现在都还不会忘记。

一天早上,他在被窝里,或者更确切地说,是在床上等待着诉讼当事人。他戴着一顶非常秀丽、洁白的睡帽,上面还装饰着两个粉红色的丝带结。一个乡下人来了,敲他卧室的门。女仆恰巧出去了。首席法官先生听见接连的敲门声,就喊了一声"进来吧",由于他喊的声音有些过高,发出来的是他的尖嗓音。这乡下人进来后,向四下张望,寻找这女人的声音是从哪里来的,当他看到躺在床上的人戴着的是女人帽子和女人丝带结时,就连忙向夫人表示歉意,并打算退出去。西蒙先生生气了,声音越喊越细。那个乡下人越发认定床上躺着的是个女人,认为自己受到了侮辱,于是反唇相讥,骂那个女人说,看样子她不过是个破烂货,又说首席法官在家里也不做出点好榜样来。首席法官怒不可遏,因为手边没有找到别的东西,就抄起夜壶,正要向那个可怜的乡下人扔过去时,女仆回来了。

这个小矮子,身体方面虽然受到大自然的冷遇,但是在智慧方面却得到了补偿。他生来便很聪明,又特别努力使自己的智慧进一步丰富多彩起来。据说,他是个相当出色的法学家,可是他并不喜欢他的本行,而致力于文学,并且小有成就。他从文学里特别吸取那种华丽的外表和漂亮的词藻,使他的谈吐趣味横生,甚至在女人面前也颇受欢迎。他把"文选"一类书籍里的所有警句都背得烂熟,甚至有独到的技巧能把这些东西运用得非常得当,把六十年前的一件事情,说得那样动听,那样有声有色,就像是昨天才发生似的。他懂得音乐,还会用他那男人的声音唱出悦耳的歌声,总之,作为一个法官来说,称得起是多才多艺了。由于他不断阿谀安讷西的贵妇们,他在她们当中就成了一个时髦人物,一个不断向贵妇们献殷勤的小猴子。他甚至还吹嘘自己有过某些艳遇,从而使贵妇们听得十分开心。有位埃巴涅夫人曾说,对像他那样的人,吻一下女人的膝盖就是能给予的最大恩惠了。

由于他读过许多杰作,又喜欢谈论文学作品,所以他的谈话不仅有趣味,而且可以使人得到益处。后来在我潜心读书的时候,和他过从很密,这事对我大有裨益。我住在尚贝里期间,有时从尚贝里跑去看他,他很赞扬我好学不倦的精神,并且不断鼓励我,在选读书籍上给了我很多可贵的指教。他这些指教使我受益不少。不幸,这个羸弱的肉体却有一个非常敏感的灵魂,几年以后不知什么事使他终日忧伤,因而死去。真可惜,他的确是个矮小的好人,一个人起初会觉得他可笑,最后会喜欢上他的。虽然他一生和我关系不深,由于我从他那里得到一些教益，我认为，为了表示感谢，应该写这段文字纪念他。

每当我空闲的时候，就跑到加蕾小姐住的那条街去，希望在那里看看出入她家门的人，就是看看某扇开着的窗户也是愉快的。可是，连一只猫也没看见。我在那里等了许久，那所房子门窗始终紧闭着，好像从来没有住过人似的。那条街狭窄而寂静，只要有个人在那里徘徊逗留，就很容易引起注意；偶尔有人，也都是从左右邻舍出来进去的人。我站立在那里，感到十分狼狈：我觉得人们已经猜到我为什么总是站在那里，这样一想，我越来越不好受。因为我虽然在追寻欢乐，但我更尊重自己心爱的人的荣誉与安静。

最后，我不愿意再当这种西班牙式的情人的角色了，而且我又没有一只吉他，于是便决定写信给葛莱芬丽小姐。我本想直接寄给她的女友，可是我不敢；我觉得还是先写给葛莱芬丽小姐比较好些，因为我是先认识她的，经她介绍才认识了另一位，而且我和她也比较熟悉。信写完了，我就送到吉萝小姐那里去，这种通信办法是这两位小姐在我们话别时想出来并约定的。吉萝小姐以刺绣为生，有时到加蕾夫人家里去做活，所以有进出她家的便利。然而，选中这位信使我并不认为十分妥当，但是我又担心如果对人选过于挑剔，她们就找不到别的人了。再者，我又不敢说她对我还有自己的打算。如果她居然也像那两位小姐一样把我看成对象，我是会感到羞辱的。最后，我想有这样一个递信人总比没有好，我只得孤注一掷地去碰运气了。

我刚一开口，吉萝小姐就猜中了我的秘密；其实这并不怎么困难。先不说托她给一位少女送信这件事本身就说明了问题,单凭我那愚蠢和为难的样子就把我的一切秘密都暴露了。大家可以想象,托她去办这件事,是不会使她感到十分愉快的,可是她接受了,而且忠实地完成了任务。第二天上午我跑到她家去,我得到了回信。我是多么想马上跑出去读这封信,并且尽情地来吻这封信呀!这都用不着说了。应当多谈几句的倒是吉萝小姐当时的态度,我觉得她所表现的安详与稳重是出乎我的意料。她有足够的理智来判断:以她那三十七岁的年纪,一双兔儿眼,齇鼻子,尖嗓门和黑脸蛋,和这两位如花似玉的美丽少女相抗衡,显然是处于不利地位的。她既不想破坏她们的事,但也不愿为她们尽力、她宁愿失去、也不愿为她们而留下我。

麦尔赛莱得不到她女主人的任何消息,前不久就有意回弗赖堡去。现在在吉萝的敦促下,终于做出了决定。吉萝不仅劝她回弗赖堡,而且还提醒她最好找个人把她送到家,并且建议要我送她。年轻的麦尔赛莱并不讨厌我,欣然同意了这个建议。她们俩当天就像事情已经完全决定了似地来和我谈。我对于这样随意支配我丝毫没有感到有什么令人不快的地方,而且马上就答应了;我认为,走这一趟充其量不过是七八天的事情。吉萝小姐却有她的一套想法,她把一切都安排好了。我不得不说明我的经济情况。她们也想到了这一点,麦尔赛莱答应担负我的路费;而且为了把担负我的费用节省出来,她还按照我的建议,决定先把她的小包裹寄走,以后我们就把旅程分为几段慢慢地步行。后来就这样做了。

我在这里谈到有那么多少女在爱我,心中很过意不去。但是由于我不能吹嘘自己在这些艳遇中得到过什么好处,所以我认为可以毫无顾忌地把真实情况谈出来。麦尔赛莱比吉萝年轻,又不像她那样什么都懂,从来也没有公开对我说过调情的话。但是她却模仿我的声音、我的语调,或者重复我的话,她对我表示了我理应对她表示的关切。而且,由于她天性胆小,一路上她最关心的事就是到晚上我们必须睡在一个房间里,显然,这种亲密的安排,对于在一起旅行的一个二十岁的小伙子和一个二十五岁的姑娘来说,很少能停留在这一点上。

然而这一次正是停留在这一点上。虽然麦尔赛莱并不令人讨厌,但由于我过分单纯,一路上我心中不但没有搞点风流韵事的打算,甚至根本没起过这样的念头;即使稍稍有这么一点念头,我也傻得不知该怎么办。我想象不出一个年轻姑娘和一个小伙子怎么会睡在一起的。我认为这种担惊受怕的安排需要几个世纪的准备。如果可怜的麦尔赛莱想用担负我的旅费的办法得到什么报答的话,她就失算了。我们和从安讷西动身时一样,规规矩矩地来到了弗赖堡。

路过日内瓦的时候,我谁也没有去看望,但是当我在桥上的时候,心里觉得异常难受。每当我见到这个幸福城市的城墙,或进入市区的时候,没有一次不由于内心过分激动而几乎不能自持。在自由的崇高象征使我的灵魂上升到美妙境界的同时,平等、团结、优良风尚的象征也使我感动得潜然泪下,一种强烈的后悔心情不禁油然而生,后悔自己不该失去这种种幸福。我曾陷入多大的错误啊,可是,我这种错误又是多么自然的啊!我曾经料想在自己的祖国可以看到这一切,因为我心里老怀念着这一切。

尼翁是我们必经之地。难道我过家门而不见见父亲吗?如果我真敢这样做,我以后会后悔死的。我把麦尔赛莱留在旅店,不顾一切地去看了我的父亲。唉!我以前的恐惧是多么没有道理呀!他一看到我,就把充满了他内心的爱子之情完全倾泻出来了。在我们互相拥抱的时候,流下了多少眼泪啊!最初,他还以为我是永远回到他身边来了。我对他谈了我的情况和我的打算。他只稍微劝了我一番,他向我指出我可能遭到的危险,并对我说少年的荒唐时期总是越短越好。不过,他并没有强留我的意思,这一点我觉得他做得对。但是,可以肯定,他并没有尽其所能把我留下。这也许是由于他看出我已不能从我走上的道路回过头来,也许是由于他不知道对我这样年岁的孩子到底应当怎样办好。后来我才知道,他对我的旅伴有一种十分不正确的、远离事实的看法,但这也是自然的。我的继母是个善良而稍微有点圆滑的女人,做出要留我吃晚饭的样子。我没吃;不过我对他们说,回来的时候我打算和他们多团聚些日子。我把由水路寄来的一件小包裹寄存在他们那里了,因为我觉得带着太累赘。第二天一清早我便动身了,我心里非常高兴,因为我看到了我的父亲,并且有勇气尽自己的义务。

我们平安到达了弗赖堡。当旅行快要终了的时候,麦尔赛莱小姐对我就逐渐不那么殷勤了,及至到达目的地以后,她对我就显得相当冷淡,再说,她父亲的生活并不富裕,也没特别招待我,我只好去住小店。第二天我去看他们,他们请我吃午饭,我也接受了。我们毫不依恋地道别。当晚我回到小店,第二天就走了,至于到哪里去我自己也不太清楚。

在我一生中,这是又一次上帝给了我一个非常好的过幸福日子的机会。麦尔赛莱是个很好的姑娘,虽无动人的姿色,可是长得一点也不难看,不十分活泼,却很聪明,有时也闹点小脾气,但是哭一阵子也就完了,从来不会因此而起更大的风波。她对我的确有意,我可以毫不费力地娶她为妻,并承袭她父亲的职业。我对音乐的爱好也会使我喜欢他的职业①。这样,我便可以在弗赖堡安家立业;这个小城虽不太美,但居民都是十分善良的。毫无疑问,我会因此失去很大的享受,但我一定能够过一辈子平静的生活;而且我应该比谁都清楚,在这项交易中是没有什么可踌躇的。

我不想返回尼翁,而是要到洛桑去。我想欣赏那个美丽的湖,因为在洛桑看湖水,可以饱览无遗。支配我行为的内心动机大都不是很坚定的。远大的志向,在我看来总是那么渺茫,致使我难以行动起来。由于我对未来没有信心,总认为需要长期执行的计划是骗人的诱饵。我和任何人一样,也会抱有某种希望,但这必须是无须费劲就能实现的希望。如果这需要长期的艰苦努力,我就办不到了。所以,唾手可得的一点小小快乐对我比天堂的永久幸福的诱惑力还要大。不过,我对于事后一定会感到痛苦的快乐是不追求的,这种快乐引诱不了我,因为我只喜爱那些纯粹的快乐,如果准知道后来要追悔的话,那就不能算作是纯粹的快乐。

不管是哪儿,我急需找个落脚的地方,而且越近越好。我由于迷失了路,晚间到了默东;在那里,除留下了十个克勒蔡尔②以外,我把仅有的一点钱都花完了,第二天吃了一顿饭,那十个克勒蔡尔也光了。那天晚上,我到了离洛桑不远的一个小村庄。当时我身上一个铜板也没有,我走进一家小旅店,

---

① 本书的最初版本中说,麦尔赛莱的父亲是个风琴师。
② 为当时瑞士的钱币。

进去究竟怎么样，我自己也不知道。我饿极了，就装出大大方方好像完全能付钱的样子要来了晚饭。吃完了饭，我什么也不想就上床睡觉，睡得十分安静。第二天早晨，吃过早饭以后和店主人算了算账，共计应付七个布兹①。我想把我的短外衣押给他，那个好心人拒绝了，他对我说，感谢天主，他从来没有扒过人家的衣服，也不肯为七个布兹破例，他要我留着我的外衣，等有了钱时再来还账。他的善心感动了我，但是，当时的感动实际上还不够，也远不如我以后回想起这事的时候感动得深。不久，我就托一位可靠的人把钱给他送去并向他致谢；可是，十五年以后，当我从意大利回来又路过洛桑的时候，我感到非常遗憾的是，我竟忘记了那个旅店和店主的名字。不然的话，我一定会去拜访他并以一种出自内心的真正快乐向他提起他那时的善行，还向他证明他那番好心并没有被忘掉。毫无疑问，在我看来，为了满足自己的虚荣心而给人帮忙，就是比这再大，也不如这个老实人毫不浮夸、朴实而又厚道的行为更值得感激。

快要到达洛桑的时候，我心里就考虑自己所处的窘境，怎样设法摆脱穷困，不叫我继母看见我这副潦倒的样子。我把这次徒步旅行中的我比作刚来到安讷西时的我的朋友汪杜尔。我对这个想法十分兴致勃勃，不考虑我既没有他那样善于辞令，也没有他那样的才能，就硬要在洛桑做一个小汪杜尔，把我自己还不懂的音乐教给别人，自称我是从巴黎来的，其实我根本没到过巴黎。在这里，没有一所能使我在其中谋到个下级职务的音乐学校，而且我也不愿冒险混入内行的艺

━━━━━━━━━
① 为当时瑞士的钱币。

人中间；为了执行我那美妙的计划，我只好先打听哪里有既能住宿又花钱不多的小旅店。有人告诉我，有个名叫佩罗太的人，家里留宿过路客人。这个佩罗太是世界上最好的人，他非常周到地接待了我。我把预先准备好的一套假话向他说了一遍，他答应为我张罗，给我找学生，并且对我说，等我挣到钱以后才向我要钱。他定的膳宿费是五个埃居①。这个数字本来算不了什么，可是对我说来就很可观了。他建议我开始时只入半伙。所谓半伙就是午餐只有一盘相当不错的浓菜汤，除此以外，什么也没有，到晚上可以好好吃一顿晚餐。我同意了。这个可怜的佩罗太以最大的好心肠百般关怀我，凡是对我有所帮助的事无不尽力而为。

为什么我年轻的时候遇到了这样多的好人，到我年纪大了的时候，好人就那样少了呢？是好人绝种了吗？不是的，这是由于我今天需要找好人的社会阶层已经不再是我当年遇到好人的那个社会阶层了。在一般平民中间，虽然只偶尔流露热情，但自然情感却是随时可以见到的。在上流社会中，则连这种自然情感也完全窒息了。他们在情感的幌子下，只受利益或虚荣心的支配。

我在洛桑给父亲写了一封信，他把我的小包寄来了，并附了一封充满忠告的信。我理应从他的教诲中得到很好的启发。我在上面已经谈过，有时候我的理智竟处于一种不可思议的错乱状态，使我完全变成另一个人。下面又是一个最明显的例子，要了解我晕头转向到了什么程度，我使自己汪杜尔化（如果可以这样说的话）到了什么程度，只要看看我这时干

①　埃居是法国当时的一种银币，约合三个法郎。

了多少荒唐的事就够了。我连歌谱都不认识就当起音乐教师来了。固然,我曾和勒·麦特尔一起待过六个月,我受到过一些教益,但这六个月是不够的,何况我又是跟这样一位大师学,注定是学不好的。我这个日内瓦的巴黎人,新教国家的天主教徒,认为必须更名改姓,就像我曾经改变宗教和祖国一样。我总是在尽一切可能使自己和所模仿的那个人物相似。他叫汪杜尔·德·维尔诺夫,于是我便把卢梭这名字改拼为福索尔,全名为福索尔·德·维尔诺夫。汪杜尔虽然会作曲,却从不夸耀这个;我本不会作曲,却向人人吹嘘自己会作曲。我连最简单的流行歌曲都不懂,却自命为作曲家。这还不算,有人把我介绍给一位法学教授特雷托伦先生,他喜欢音乐,经常在家里举行音乐会;我想给他一个可以显示我的才华的样品,于是我竟冒失地装出真会作曲的样子,为他的音乐会作起曲来。我为这一优秀作品一直干了两个星期,誊清、标定音部、满有信心地划分乐章,好像这真是一出音乐艺术的杰作似的。最后,说起来令人难以置信,可却是真的:为了漂亮地结束这个卓越的作品,我在末尾加上了一段优美的小步舞曲,这段曲子在大街小巷流行一时,也许现在许多人还能记得下面这几句当时非常流行的歌词:

> 多么善变!
>
> 多么不公平!
>
> 怎么! 你的克拉丽丝
>
> 欺骗了你的爱情! ……

这支配有低音的曲子是汪杜尔教给我的,原来的歌词非常猥亵,正因为如此,我才记住了这个曲调。我删去了原来的歌词,便把这个小步舞曲和配好的低音部做了我那作品的结尾。我就像对月球上的居民说话一样,硬说这个曲子是我自己的作品。

大家聚会起来演奏我的作品了。我向每个人说明了乐曲的速度、演奏的风格、各音部的反复等注意事项,简直把我忙坏了。大家校音的五六分钟,我觉得像有五六个世纪之久。最后,一切都准备好了,我用一个漂亮的纸卷在指挥台上敲了几下,意思是:注意。大家都安静下来。于是我严肃地打起拍子,开始了……真的,自从有了法国歌剧以来,谁也没有听见过这样难听的音乐。不管大家对我自以为了不起的艺术天才有什么样的想法,反正这次演奏的效果比人们想象的还要坏。乐手们简直忍不住要笑;听众睁大惊愕的眼睛,直想堵住耳朵,可惜这办不到。我那些要命的合奏乐手,又故意开玩笑,弄出些噪音来,连聋子的耳膜都能刺破。我一直坚持着,当然,大颗的汗珠往下直滚,但是颜面攸关,我不敢一跑了之,只好听由命运摆布。我所得到的安慰,听到我近旁的一些听众在低声说:"简直受不了! 多么疯狂的音乐! 这真是魔鬼的聚会啊!"可怜的让-雅克! 在这残酷的时刻,你一点也不会想到,有一天你的音乐将在法兰西国王及其整个宫廷的出席下演奏,并将引起强烈的喝彩和赞美,那些坐在包厢里的迷人的女人将会窃窃私语:"多么动听的音乐啊! 多么迷人的声音! 这真是扣人心弦的旋律啊!"

但是,使全场的人乐不可支的是那支小步舞曲。刚刚演奏了几个小节,就从各处传来了人们的大笑声。大家都对我的歌曲的韵味表示祝贺;他们说这个小步舞曲一定会使我名声大震,说我一定会到处受人欢迎。我无须叙述我的烦恼,也不用承认我这是自作自受了。

第二天，一个名叫路托尔的乐队队员前来看我，他为人非常好，没有祝贺我的成就。由于我深深认识到自己的愚蠢，我羞愧、懊悔，对自己竟落到这种地步感到难过和失望，我不能再把这一切憋在心里了。于是我把心中所有难以忍受的痛苦都向他倾诉出来，同时我的眼泪也簌簌落下，我不仅在他面前承认了我对音乐的一无所知，而且还把所有的经过都跟他说了，要求他保守秘密，他也答应了，至于他怎样信守诺言，那是可以想象得到的。当天晚上，全洛桑的人都知道我是谁了。但是令人惊讶的是，竟没有一个人对我表示出知道了这件事的样子，就连那个好心的佩罗太也没有因为知道了底细而停止供应我食宿。

我继续生活下去，但非常苦闷，这样一个开端，其结果不会使我在洛桑愉快地住下去。学生没有几个，一个女生都没有，也没有一个是本城的人。只有两三个拙笨的德国学生，他们的笨拙一如我的无知；这几个学生使我讨厌得要死，在我的指导下，绝不会成为大音乐家的。只有一家人请过我，那家有个狡黠的小姑娘，她故意拿出许多乐谱叫我看，而我连一个也不懂，她却狡猾地在老师面前唱了起来，叫老师看看应该怎样演唱。对于一个乐谱，我是不能一看就马上读出来的。这和我在上面所谈的那次堂皇的音乐会上，一直都未能随上演奏，不能断定演奏的是不是和我眼前摆着的、我自己的乐谱一样，这次的情况也和那次相同。

在这种令人难堪的生活环境里，我不时从我那两位可爱的女友的信息中，得到了甜蜜的安慰。我一向是从女性身上找到巨大的慰藉力量，在我时运不佳的时候，再没有比一个可爱的姑娘的关心更能减少我的痛苦的了。可是,这种通信不久就终止了,以后再也没有恢复,但那是我的过错。我换了住处以后,忘了把新的地址告诉她们,而且由于我不得不时时刻刻考虑自己的事情,很快就把她们完全忘记了。

我很久没有提起我那位可怜的妈妈了,但是,如果有人认为我也把她忘了,那可是大错特错。我始终怀念着她,并希望能再找到她,这不仅是为了自己的生活,更是由于自己心灵上的需要。我对她的依恋,不管是怎样强烈,怎样一往情深,并不妨碍我去爱别人;但这是另一种爱。别的女人都是以姿色博得我的爱慕,一旦姿色消失,我的爱也就完了。妈妈尽管可能变得又老又不好看,但我对她的爱慕之情是不会因此减弱的。我这颗心最初是尊崇她的美,而现在已经完全转为尊崇她个人了。所以,不管她的容颜会变成什么样子,只要还是她自己,我的感情是始终不会变的。我很知道我应该感激她,但实际上我没有想到这些。不论她为我做了什么,或者没有做什么,我对她总是一样的。我爱她既不是出于义务感,也不是为了自身的利益,更不是由于方便的动机。我所以爱她,是因为我生来就是为了爱她的。当我爱上别的女人的时候,坦白地说,我的心也会分散一些,想她的时间也少了,但是,我始终是以同样愉快的心情去想她的,而且,不管我是否正在爱着别的女人,每当我想到她的时候,总是觉得,只要和她不在一起,我就没有真正的幸福。

虽然我很久没有得到她的消息了,但我绝不相信我已真的失去了她,也决不相信她会忘掉我。我心里想:"她迟早会知道我过着流浪生活,那时,她自然会告诉我一点信息,没问题,我一定会再见到她的。"这个时候,能住在她的故乡,穿行她踏过的街道，走过她住过的房前，对我都是件乐事。然而，这一切只是我的猜想，因为我有一种古怪的傻劲儿，除非绝对必要，我不敢打听她的事情，甚至连她的名字都不敢提。我觉得一提她的名字，就会把我对她的一片痴情暴露出来，我的嘴就会泄露心里的秘密，在某些方面难免对她有所不利。我甚至觉得这个想法里还包含几分恐惧，我怕有人对我说她的坏话。关于她离乡出走的事人们谈得很多，对她的品行也谈过一些。与其听别人说我不爱听的话，不如什么也不谈。

　　我的学生不占用我很多时间，她的出生地离洛桑又不远，不过四里约的路程，我就用了两三天的工夫到那里游玩了一番，那几天，我始终怀着一种最愉快的心情。日内瓦湖的景色和湖岸的绮丽风光，在我心目中老有那么一种难以形容的特殊魅力，这种魅力不只是由于风景之美，而是由于一种我自己也说不出的、使我感动、使我兴奋的更有意味的东西。每当我来到这伏沃地方的时候，就引起我许多感想，使我思念到：这是华伦夫人出生的地方，是我父亲住过的地方，是菲尔松小姐打开我情窦的地方，也是我幼年时期做过多次愉快旅行的地方；除此以外，我觉得还有一种比所有这一切更神秘更强烈地使我心情激动的原因。每当我热烈希望享受我生来就该享受、却又老得不到的那种幸福安适的生活，因而引起我的幻想时，我的幻想总是留恋在这伏沃地方，留恋在这湖水之滨，和这一片片景色宜人的田野之中。我一定要在这个湖畔有一处果园，而不是在别处；我要有一位忠实的朋友，一个可爱的妻子，一座小屋，一头乳牛和一只小船。将来我有了这一切的时候，我才算在世上享到了完美的幸福。单只为了寻求这种想象中的幸福我曾向那地方跑过多少次，我自己对这种幼稚的举动也不禁感到可笑。在那里，我感到惊异的是：那地方居民的性格，尤其是女人的性格，和我所想象的完全不同。据我看，那是多么不相称啊！那个地方和那个地方的人，我始终认为是极不协调的。

在我到佛威去的途中，我一面沿着美丽的湖岸缓步而行，一面沉浸在最甜蜜的忧郁里。我这颗满怀热情的心渴望着无数淳朴的幸福；我百感交集，唉声叹气，甚至像一个小孩子似的哭了起来。我有多少次停住了脚步，坐在大块岩石上痛哭，望着自己的眼泪滴到了水里。

我在佛威投宿在"拉克莱"旅店，两天里谁也没去拜访；我对这座城市发生了感情，我每次旅行时都不禁心向往之，终于使我把自己小说中的主人公安排在这里①。我真愿意向一切具有鉴赏力和富于感情的人说："你们到佛威去吧，看看那个地方，观赏一下那里的景色，在湖上划划船，请你们自己说，大自然创造这个优美的地方，是不是为某个朱丽叶、某个克莱尔和某个圣普乐创造的，但是，可不要在那里寻找他们。"现在还是来谈我的事情吧。

我既然是个天主教徒，又毫不隐讳，我就堂堂正正、心安理得地遵行我所信奉的宗教的仪式。每逢星期日，只要天气好，我就到离洛桑有两里约路的亚森去望弥撒。我通常是和其他天主教徒，特别是常和一个以刺绣为业的巴黎人一起跑这段路，他的名字我忘记了。他不是像我这样的巴黎人，而是一个真正的巴黎人，一个头号的巴黎人，他敬畏天主，为人憨

---

① 佛威是瑞士莱蒙湖畔属于伏沃州的一个城市，是外国游客常去游览之地。卢梭在写《新爱洛伊丝》一书时，由于佛威是华伦夫人的故乡，便把它作为小说故事的发生地点，本段所提的几个人都是那本书中的人物。

厚,倒像个香槟省人。他太爱自己的故乡了,以致不愿意怀疑我不是巴黎人,唯恐一说穿就失去了可以一块儿谈谈巴黎的机会。副司法行政官库罗扎先生有一个园丁也是巴黎人,但是为人就不那么和气了,他认为一个人本来没有做巴黎人的荣幸,而竟敢冒充巴黎人,就是损害了他故乡的荣誉。他经常带着确信抓住了我的破绽的神气质问我,然后流露出恶意的微笑。有一次他问我新市场①上有什么稀奇的东西。当时我胡诌了一通,这是可以想象的。如今,我在巴黎已经住了二十年,对这个城市应该熟悉了,可是在今天要是有人用同样的问题问我,我还会像当时那样很难回答的,而看见我这样为难,人们同样可以推定我从来没到过巴黎,因为即便是在事实面前,人们也往往会根据错误的原则判断事物的。

在洛桑究竟住了多久,我自己也说不准了。这个城市没有给我留下很深的印象,我只知道,由于维持不了生活,我就到讷沙泰尔去了,在那里过了一冬。我在这个城市是比较顺利的;在那里我收了几个学生,我的收入足以偿清我欠那位好心朋友佩罗太先生的钱。虽然我欠了他不少钱,我走后他还是诚心诚意把我那件小行李寄来了。

在教别人音乐的过程中,我也不知不觉地学了音乐。我的生活十分舒适,一个通达事理的人对此会感到满足的;但是,我那不安静的心却要求着别的东西。星期日或其他闲暇的日子,我常跑到野外和附近的树林里去,不停地在那里徘徊、冥想和叹息。只要一出城,准得到晚上才能回来。有一天,我在布德里走进一个小酒馆吃午饭;我看到一个长着大胡

①　新市场是巴黎当时的一个市场,在圣母院附近。

子的人，他穿件希腊式紫色衣服，头上戴着一顶皮帽子，从他的服装和仪表看来相当高贵。可是他说的话却简直让周围的人听不懂，因为他说的是一种相当难解的方言，除了像意大利语外，哪种语言也不像。但是，他的话我差不多全懂，而且只有我一个人懂。他有时不得不用手势向店主和当地的人表示自己的意思。我用意大利语同他说了几句话，他竟完全懂了。他立刻站起来走到我跟前，并热烈地拥抱我。我们很快就成了朋友，从这时起，我便做了他的翻译。他的午饭是很丰盛的，我的午饭却不值一提。他请我同他一起吃饭，我没怎么客气就答应了。我们两人一边喝，一边说，越说越投机，吃完饭以后，简直就不愿意分开了。他对我说他是希腊正教的主教，耶路撒冷修道院院长；是为了重修圣墓来到欧洲各国募化捐款的。他拿出了俄国女皇和奥国皇帝发给他的漂亮的证明书给我看，另外，还有许多其他国家君主发给他的证明书。他对自己募捐的成绩很满意，但是在德国遇到了最大困难，因为他一句德语、拉丁语和法语都不会，他只好用自己的希腊语、土耳其语，最没办法的时候还得用法兰克语，这就使他在德国到处碰壁而所获不多。他提议要我跟他去做他的秘书和翻译。当时我穿着一件新买的紫色小外衣，虽然跟我的新职位配起来倒还相称，但是，我的样子实在不怎么出众，所以他并不认为我是多么难以争取到手的。他一点也没有想错，这件事很快就说妥了。我没有任何要求，他却许下了不少诺言。既无中人，也没保证，更没有一个熟人，我就甘愿听任他的支配。第二天，我已置身于通向耶路撒冷的道路上了！

我们的旅程是从弗赖堡州开始的，在那里，他没有多大的收获。主教的身份不允许他向人乞求，也不允许他向私人去募捐;我们向元老院陈述了他的任务,元老院只给了他很小一笔钱。我们从弗赖堡到了伯尔尼,这里的手续繁多,审查他的那些证件就不是一天能办完的事。我们住宿在当时的上等旅馆"大鹰旅社",这里住的尽是上流社会的人物,餐厅里吃饭的人很多,饭菜也是上等的。我很久没有吃到好的饭菜了,巴不得能补养一下身体,如今既然有了机会,我就要很好地享受一番。主教本人就是一位好交际的上等人士,性情活泼愉快,喜欢在饭桌上跟人聊天,跟懂他的话的人谈起来能谈得津津有味。他各方面的知识很丰富,每当他卖弄自己那套渊博的希腊学识时,颇能引人入胜。一天,在吃饭后点心的时候,他用钳子夹胡桃,一不留神把手指扎了一个很深的口子,鲜血直流,这时他伸出手指给在座的人看,并且笑着说:"Mirate, signori,guesto è sangue pelasgo."①

在伯尔尼时,我对他的帮助还算不小,我的成绩并不像我所担心的那样坏。我办起事来既有胆量又有口才,是给我自己办事时从来不曾有过的。这里的事情可不像在弗赖堡那样简单,必须和本邦首脑们进行频繁而漫长的商讨,审查他的证件也不是一天就完的事。最后,一切手续都办好了,元老院答应接见他。我以他的翻译的身份和他一同去了,而且人们还叫我发表谈话。这真出乎意料,因为我绝没想到在和元老们个别商谈了很久以后,还要当众发表谈话,就仿佛刚才什么也没谈一样。请想想,我那时该是多么为难啊!像我这样一个十分腼腆的人,不仅要在

---

① 原文是意大利文,意思是说:"诸位请看,这就是真正的古希腊人的血啊。"

公众之前，而且是在伯尔尼元老院里，一分钟的准备时间都没有就即席讲话，真够要命的了。然而，我那时居然一点也不感到胆怯。我简单明了地讲了这位希腊主教的任务。我赞扬了业已捐助款项的王公们的虔诚。为了激起元老院诸公不甘落后的心理，我说他们一贯是乐善好施的，因此对他们也抱着同样的期望，随后，我还力图证明这件事对所有基督的信徒，不分任何教派，都是善举，在结束的时候，我说，上天一定会对赞助这一善举的人降以洪福。我不能说这是我的讲话发生了效力，不过，这一席话确实受到欢迎，所以在接见结束以后，我的这位主教得到了一份巨额捐献，而他的秘书的才能也得到了赞扬。对我说来，把这些赞扬的话翻译出来当然是一件愉快的事，但是我却没敢逐字译给他听。这是我生平在大庭广众中间而且是在最高当权者面前所作的唯一一次讲话，也是我所作的唯一一次大胆而漂亮的讲话。同一个人，在不同的时间，他的才能竟有这么大的差别：三年前，我曾到伊弗东去看我的老朋友罗甘先生，由于我赠送该市图书馆一些书籍，该市派一个代表团来向我道谢。瑞士人是最喜欢高谈阔论的，那些先生们向我说了一大套感谢的话。我觉得必须致答词，然而，当时却窘得很厉害，简直不知道该说什么好。我脑袋里乱成一团，急得我一句话也说不出来，结果丢尽了脸。虽然我生来胆怯，在我年轻的时候却有几次倒还大胆些，成年以后我就再也没有大胆过。我的社会阅历越多，我的举止和言谈越不能适应它的情调。

我们从伯尔尼动身到了索勒尔。主教计划重新取道德国，经匈牙利或波兰返回本国。这是一个遥远的旅程，但是，由于一路上他的钱袋装进的多花出的少，他当然不怕绕远路。我呢？不管骑马还是徒步，我都同样高兴，如果能这样旅行一辈子，那更是我求之不得的。然而命运已经注定，我达不到那样远的地方。

到达索勒尔以后，我们第一件事就是去拜见法国大使。我的这位主教可真不幸，这位大使就是曾任驻土耳其大使的德·包纳克侯爵，有关圣墓的一切事情他必定完全清楚。主教的晋谒历时不过十五分钟，没有让我一同进去，因为这位大使懂得法兰克语，而且他的意大利语至少说得和我一样好。当那位希腊人出来后我正要跟他走的时候，我被拦住了。现在轮到我去拜见他了，我既然自称是巴黎人，就和其他巴黎人一样，应受大使阁下的管辖。大使问我究竟是什么人，劝我向他说实话，我答应了，但我要求作一次个别谈话，要求被接受了，他把我带到他的书房里，并且锁上了门。于是我就在那里跪在他的脚下实践了我的诺言。即使我没有许下什么诺言，我也不会少谈一点的，许久以来，我一直想把我的心事倾诉出来，所以我要说的话早就跃跃欲出，既然我已经向乐手路托尔毫无保留地谈了一切，我就决不想在包纳克侯爵面前还保守秘密。他对我讲的这段短短的经历和我谈话时流露出的那种激情，感到十分满意，于是他拉着我的手走进了大使夫人的房间，把我介绍给她，并简单地向她叙述了我的事情。德·包纳克夫人亲切地接待了我，说不应该让我再跟那个希腊教士到处乱跑。当时所做的决定是：在没有把我安置好之前，我暂且留在使馆。我本想去和那个可怜的主教告别——我们的感情还不坏，但是没有获得准许。他们把我被扣留的事情通知了他，十五分钟后，我那点小行李也有人给送来了。大使的秘书德·拉·马尔蒂尼埃先生看来好像是奉命照拂我的,他把我领到给我预备好的房间里,对我说:"当年,在德·吕克伯爵的庇护下,有一个和你同姓的名人①住过这个房间,你应该在各方面都能和他并驾齐驱,有那么一天,当人们说起你们时,得用卢梭第一、卢梭第二来区别。"当时我并没有想和他说的那人相比的念头,如果我能预见到每天要为此付出多大的代价,他的话更不会使我动心。

拉·马尔蒂尼埃先生这番话引起了我的好奇心。我开始读以前住过这个房间的那人的作品。由于受了别人几句夸奖,我也以为自己有写诗的才分,作为试笔,我为包纳克夫人写了一首颂诗。但这种兴趣未能持久。我有时也写些平庸无奇的诗句,这对于运用优美的措词和把散文写得更漂亮些倒是一种很好的练习。但是法国诗歌对我从未有多大的吸引力,足以使我献身于它。

拉·马尔蒂尼埃先生打算看一看我的文笔,要我把我向大使谈的详情写出来。我给他写了一封长信。我听说这封信后来保存在长期在包纳克侯爵手下做事的德·马利扬纳先生手里,在德·古尔代叶先生任大使的时候,马利扬纳先生还接任了拉·马尔蒂尼埃的职务。我曾请求德·马勒赛尔卜先生②设法使我得到原信的一个抄件。如果我能从他或别人手里得到这封信的话,人们将来可以在作为我的《忏悔录》的附册的书信集里读到它。③

<hr>

① 指法国抒情诗人让-巴蒂斯特·卢梭(1671—1741)。
② 德·马勒赛尔卜(1721—1794),路易十六时代的大臣,曾任出版局局长。
③ 这封信始终没有找到。

我逐渐取得了一些经验后,浪漫的想法也就开始减少了。举例说吧,我不仅没有爱上包纳克夫人,而且立刻感到在她丈夫这里自己是没有多大前途的。拉·马尔蒂尼埃先生是现任秘书,马利扬纳先生可以说正在等候补他的缺,我所能希望的,充其量不过是当一个助理秘书,这对我是毫无吸引力的。所以,在有人问我愿意做什么的时候,我表示非常希望去巴黎。大使很赞成我这个愿望,因为我一走,至少可以摆脱我给他添的麻烦。使馆的翻译秘书梅尔维叶先生告诉我,他的朋友高达尔先生是在法国军队中服务的瑞士籍上校,这位上校正想为他的一个还很年轻就服役的侄子找个伙伴,梅尔维叶先生认为我很适当。这个意见不过是随便提出的,却马上被采纳了,于是就决定让我动身;在我这方面,能够到巴黎去做一次旅行,心中当然十分愉快。他们交给我几封信和一百法郎的旅费,同时还给了我许多忠告,随后我就动身了。

这次旅行用了两周光景,这是我一生中所过的最快活的日子。我当时年轻力壮,而且满怀希望,手边钱又充足,又是独自一人徒步旅行。不熟悉我的性格的人,看我把后者都算作乐事,是免不了要感到惊讶的。我那些甜蜜的幻想始终伴随着我,我那火热的想象力从来也没有产生过这么辉煌的幻想。如果有人请我坐上他车子里面的一个空座,或者有人在途中和我交谈,从而打乱了我在步行中所筑起的空中楼阁,我是会感到气愤的。我这一次所想的是军界生活。我要隶属于一位军人,我自己也要成为一个军人,因为人们已经决定让我做军官候补生。我觉得我已经穿上了军官制服,军帽上还有个漂亮的白色羽饰。一想到这样的气派,我就心花怒放了。我对于几何学和筑城术是懂一些的;我有个舅舅是工程师,所以我多少可以说是军官家庭出身。我的近视眼虽然有点不方便，但是难不倒我，我完全相信我的沉着和勇敢可以弥补这个缺陷。我从一本书上读到森贝尔格元帅①的眼睛就非常近视，卢梭元帅为什么就不能近视呢？我越这样胡思乱想，心里就越兴奋，以至我眼前所看到的只有军队、城防工事、堡垒和炮队了，而我自己则置身于炮火与硝烟之中，手拿望远镜，指挥若定地在那里发号施令。然而，当我走到风景如画的田野，看到树林和溪水的时候，那种秀丽动人的景色又不禁使我心中惆怅而叹息。于是，在我的辉煌的功勋中，我又觉得这种充满破坏性的混乱场面对我这颗心是很不相宜的。因此，我在不知不觉中又很快回到我那可爱的牧场，而和战神的功勋永远绝缘了。

快到巴黎近郊时，我所目睹的情景和我想象中的可差得太远了！我在都灵所看到的那种壮丽的市容、华美的大街、排列整齐而对称的房屋，使我认为巴黎一定还会更有一种风味。在我的想象里巴黎是一个美丽壮观的大都市，巍峨庄严，到处是繁华的街道和金碧交辉的宫殿。但当我从圣玛尔索郊区进城的时候，我所见到的是遍地垃圾的小路，丑陋污秽的房舍，一片肮脏和贫穷的景象，到处是乞丐、车夫、缝衣妇以及沿街叫卖药茶和旧帽子的女人。所有这一切，一开始就给了我这样强烈的感受，使以后我在巴黎所看到的一切真正富丽堂皇的情景都未能消除我这最初的印象，而在我内心里一直蕴藏着一种秘密的反感，不愿意在这个都市长久居住下去。可以

① 即森贝尔格公爵（1615—1690），法兰西元帅，是十七世纪最著名的将领之一。

说，自此以后，我在这里居住的整个一段时期，只不过是利用我的逗留来寻求怎样能够远离此地而生活下去的手段而已。过于活跃的想象就带来这样的结果：它把人们所夸大的再加以夸大，使自己看到的总是比别人所说的还要多。在人们对我大肆吹嘘巴黎的时候，我简直把它想象为远古时代的巴比伦——这是我自己用想象描绘出来的巴比伦，倘若见到真正的巴比伦，我恐怕也会同样扫兴的。我到巴黎的第二天就到歌剧院去了，我对歌剧院也有同样的感觉；后来我去参观凡尔赛宫，也是同样的感觉；再以后去看海的时候，又是这样。每当我亲眼看到人们向我过分加以渲染的事物的时候，扫兴的感觉无不相同：因为要想使自己所看见的比自己所想象的还要丰富，这不仅是人力所不及，大自然本身也是很难胜任的。

从我拿着推荐信去拜访的那些人对待我的态度来看，我认为肯定要交好运了。接受那封最恳切的推荐信的人对我抚慰最少，他是苏贝克先生，他于退役后，在巴涅过着逍遥自在的生活。我到那里去看过他好几次，他连一杯水都不曾请我喝过。使馆翻译秘书的弟妻梅尔维叶夫人和他那位担任近卫军官的侄子对我的接待比较亲切：母子二人不仅殷勤地接待了我，还叫我在他们家吃饭，因而我在旅居巴黎期间常去打扰他们。据我看，梅尔维叶夫人当年一定很漂亮，她长着深黑色的美丽头发，旧式的发鬓紧贴在两鬓。她有一种不与美丽容颜一起消失的非常惹人爱的才气。看来，她喜欢我的聪明，她尽了一切力量帮助我，但是没有一个人支持她，最初人们曾表示对我关心，不久我也就从这迷梦中清醒过来了。不过，对于法国人也应该说句公道话，他们并不是像人们所说的那样信口许诺，他们的诺言差不多都是真诚的，不过他们往往做出一种关心你的态度,这比语言更能欺骗你。瑞士人说的那套笨拙的恭维话只能欺骗傻子;法国人的态度之所以更有魅力,就是因为比较单纯些,往往使你觉得:法国人不愿意把他们要为你做的事都告诉你,为的是使你将来能有意外的快乐。我还有进一步的看法:在他们感情流露的时候,并没有什么虚伪的东西;他们的天性是乐于助人,待人宽厚亲切,甚至,不管别人怎样说,他们比任何民族都更纯真,只是他们有些轻浮,有点儿变幻无常。他们向你表示的感情就是他们心里存在的感情,不过,这种感情来得快,也消逝得快。在他们和你面谈的时候,他们对你满腔热情,但一旦离开你,他们马上就把你忘了。他们心里不存事,一切都是转瞬即逝的。

因此,我听了许多好听的话,所得的实际帮助却不多。我是被安排到高达尔上校的侄儿那里的;这个上校是个讨厌的老啬鬼,他虽然很有钱,但是看到我当时那种潦倒的样子,便想白白使唤我,他想叫我在他侄子身边做一个不挣工资的仆人,而不是一个真正的辅导人。做他侄子的随从,当然可以免服兵役,但我只能靠军官候补生的薪饷,换句话说,也就是靠士兵的薪饷来过活。他十分勉强地给我缝了一套制服,他要我就穿部队里发给大兵的衣服。梅尔维叶夫人对于他所提的条件十分愤慨,劝我不要应允;她的儿子也有同样的意见。大家为我另谋出路,但没有什么结果。我的处境渐渐有点窘了,我那一百法郎的旅费花了一路,剩下的维持不了多久。所幸大使又给我寄来一点钱,帮了我很大的忙,我在想,当初如果再多忍耐一下就好了,他是不会把我弃置不顾的。但是苦恼、等候、恳求对我说来是办不到的事情。我陷于绝望中了,哪儿再也不出头露面,于是一切就此结束。我没有忘掉我那可怜的妈妈,但怎么去找她呢? 到哪里去找她呢? 知道我的经历的梅尔维叶夫人帮我打听了许久,但没有什么结果。最后她告诉我,华伦夫人两个多月以前就走了,只是不知道她是到萨瓦还是到都灵去了;也有人说她回瑞士了。这点消息就足够使我决定去找她,因为我深信,不管她现在是在什么地方,我到外省去寻找,总比在巴黎到处打听要容易些。

在动身之前,我施展了一下我的新发现的作诗天才,我给高达尔上校写了一封诗体信,淋漓尽致地嘲笑了他一通。我把这篇游戏文章拿给梅尔维叶夫人看,她看了我那尖锐的讽刺,不仅没责备我,反而哈哈大笑,她的儿子大概不喜欢高达尔先生,也大笑起来;说老实话,这个人也实在不惹人喜欢。我打算把我写的这封诗体信寄给他,他们也鼓励我这样做,于是我把信封好,写上了他的住址。由于当时巴黎还不收寄本市信件①,我就把它放进衣袋里,在路过奥塞尔的时候才把它寄了出去。直到现在,每当我想到他读这篇把他描绘得惟妙惟肖的颂词时会做出怎样的鬼脸,我就觉得好笑。这篇颂词开头两句是这样的:

> 你这个老奸巨猾,你以为你的疯狂念头
> 会叫我高兴把你侄儿来辅导。

这首小诗,说老实话,写得并不好,不过倒有点儿味道,也表现了我的讽刺才能;然而,这却是我写过的唯一讽刺作品。我太不记仇了,所以在这方面不能获得什么成就。但是我认为,拿我为了维护自己主张而写的几篇笔战文章来看,人们可

① 当时巴黎的邮政只限于外地寄来或寄到外地的信件,市内的邮政是一七五九年才创办的。

以断定,如果我生性好斗的话,攻击我的人是很少有笑的机会的。

　　我终生最大的憾事,就是没有写旅行日记,以致生活中的许多细节今天都记不得了。我任何时候也没有像我独自徒步旅行时想得那样多,生活得那样有意义,那样感到过自己的存在,如果可以这样说的话,那样充分地表现出我就是我。步行时有一种启发和激励我的思想的东西。而我在静静坐着的时候,却差不多不能思考,为了使我的精神活跃起来,就必须使我的身体处于活动状态。田野的风光,接连不断的秀丽景色,清新的空气,由于步行而带来的良好食欲和饱满精神,在小酒馆吃饭时的自由自在,远离使我感到依赖之苦的事物:这一切解放了我的心灵,给我以大胆思考的勇气,可以说将我投身在一片汪洋般的事物之中,让我随心所欲地大胆地组织它们,选择它们,占有它们。我以主人的身份支配着整个大自然。我的心从这一事物漫游到那一事物,遇到合我心意的东西便与之物我交融、浑然成为一体,种种动人的形象环绕在我心灵的周围,使之陶醉在甘美舒畅的感情之中。如果我竟有闲情逸致通过我的想象把这些稍纵即逝的景象描绘出来,那该用多么劲健的笔锋、多么鲜艳的色调和多么生动的语言来表现呀!有人说在我的著作中,虽然是上了年纪以后写的,也还能看到这一切。要是能看到我年轻时在旅行中想好和构思好而最后却未能写出的作品,那该多好啊!……你们会问我:为什么不写出来呢?我就要说:为什么要写出来呢?为什么我要为了告诉别人而放弃自己当时应得的享受呢?当我洋洋自得地翱翔九霄的时候,读者,公众,甚至全世界,对我又算得什么呢?再说,我能随身带着纸吗?笔吗?如果我记着这些事,我就什么也想不出来了。我也不能预先知道我会有什么灵感，我的灵感什么时候来，完全在于它们而不在我，它们有时一点儿也不来，有时却蜂拥而至，它们的数量和力量会把我完全压倒，每天写十本书也写不完。我哪有时间来写这些呢？到了一个地方，我想的只是好好地饱餐一顿。起程时，我只想一路顺利。我觉得门外有一个新的乐园正在等着我，我一心只想去找它。

只有在我现在所叙述的这次归途中，我才头一次十分清楚地意识到了这一切。当我动身到巴黎去的时候，我心里想的只限于和我巴黎之行有关的事情。我飞也似的奔往我行将投身的职业，并怀着相当骄傲的心情完成了这段路程。但是，我所投奔的职业并不是我的心灵的召唤，而且现实的人物损害了臆想中的人物。高达尔上校和他的侄儿跟我这样的英雄相比，显得多么卑微。托天之福，现在我总算摆脱了这些障碍，我又可以随意深入幻想之乡，因为在我的前面除此之外没有别的了。我就这样徘徊于幻想之乡，竟至有好几次真的走错了路，可是如果我没有走错路而尽走了直路的话，我反而会觉得扫兴的，因为当我觉得到了里昂，就要由梦想返回现实的时候，我真想永远走不到里昂。

有一次，我为了到近处去观看一下看来似乎相当优美的一块地方，特意离开了原路，我对这个地方十分喜欢，不知在那里来回绕了多少圈，最后真的迷了路。我走了好几个小时的路之后，疲乏已极，又饿又渴，简直有点支持不住了，于是走进一个农民家里。那个农民房屋的外表并不美观，但是附近只看到这户人家。我认为这里也像在日内瓦或瑞士①一样，

①　日内瓦在一八一五年以前是独立的共和国，不属瑞士。

所有的殷实农户生活都还不错，足能接待过路行人。我请那位农民按价计算给我一餐饭食。他给我拿来了撇去奶皮的牛奶和粗糙的大麦面包，并且对我说，这是他家仅有的东西。我津津有味地喝着这样的牛奶，又把面包吃得精光，一点渣儿都没剩，但是这点东西对一个疲乏已极的人显然是不够的。这位农民不住地察看我，从我的食欲上看出我刚才所说的不像是假话。于是他对我说，看来我是个正派的年轻人[①]，不会出卖他的；说完，向左右看了看，打开了厨房旁边的一个小地窖，走了下去，不一会儿，他拿着一条上等纯小麦面包、一块虽已切开过但却非常馋人的火腿、一瓶葡萄酒回来了。我一见这瓶酒就觉得这比什么都更能令人心花怒放。此外他还添了一大盘煎鸡蛋，于是我便吃了一顿非步行就永远吃不到的好午餐。我付钱的时候，他又神色不安地害怕起来了。他不肯接受我的钱，他那惊慌失措的样子是很少见的。使我最感兴趣的是我想不出他为什么害怕。最后，他战战兢兢地说出了"税吏"和"酒耗子"等可怕的字眼。他对我说，把酒藏起来是因为怕征附加捐，把面包藏起来也是怕征人头税，如果他让人看出他还不至于饿死的话，他可就算完啦。他跟我谈的这些事，从前我脑子里连一点概念都没有，因此立时给了我一种永远不能磨灭的印象。此后，在我心里逐渐发展起来的对于不幸的人民遭受痛苦的同情和对压迫他们的人所抱的不可遏止的痛恨，就是从这时萌芽的。这是个殷实富足的人家，却不敢吃自己用血汗挣来的面包，而且只有装出和周围的人一样穷

---

① 似乎我那时还没有后来人们给我画的肖像中的那副面容。——作者原注

困,才能免于破产。我从他家里走出来,心中又愤慨又激动,不禁为这一肥沃地区的悲惨命运而叹息,大自然所慷慨赐予的一切竟成了残忍税吏的掠夺对象。

在我这次旅行所遇到的事件中,这是我至今记忆犹新的唯一一件。此外,我只记得快到里昂的时候,为了去看看里尼翁河岸①,我特意延长了一下我的旅程,因为在我和父亲一起读过的小说中,我始终不曾忘记《阿丝特莱》那部小说,小说里面的故事常常浮现在我的脑际。我打听了去弗雷斯的道路,当我和一个女店主聊天的时候,她告诉我那里是工人谋生的好地方,有不少锻铁场,生产的铁器很精美。她的这种赞扬给我那充满浪漫色彩的好奇心浇了冷水,我打消了到一个打铁的地方去寻找迪阿娜和西耳芳德尔②那类美女和情郎的念头。这个好心女人那样鼓励我,无疑是把我看成一个锁匠铺的学徒了。

我到里昂去并不是无目的的。我一到里昂,立刻就到沙佐特修会去见夏特莱小姐。她是华伦夫人的一位女友;上次,当我和勒·麦特尔先生一起到这里来的时候,我曾受华伦夫人之托,当面转交给她一封信,因此也就算是旧相识了。夏特莱小姐告诉我,她的女友的确曾从里昂经过,但是不知道她是不是一直到皮埃蒙特去了,而且在动身的时候,华伦夫人自己也没有肯定是不是要在萨瓦停留。夏特莱小姐还对我说,如果我愿意的话,她可以替我写信打听,而我最好是在里昂等候

---

① 里尼翁是法国弗雷斯地方的一条小河,以法国作家奥诺莱·杜尔菲(1567—1625)所著的描写田园生活的小说《阿丝特莱》一书而著名。
② 迪阿娜是西耳芳德尔追求的对象,两人都是《阿丝特莱》那部小说里的重要人物。

消息。我接受了她的这个建议，但是我没敢向夏特莱小姐说我急等回信，也没敢说我钱袋里所剩的一点钱不能容我久待。我所以不敢开口，并不是因为怕她会对我冷淡。相反，她对我是非常亲切的，她完全以平等的态度待我，这使我没有勇气把自己的实际情况告诉她，因为我不愿意使自己由一个很体面的旧相识一降而为可怜的乞丐。

我在这一章里所记述的一切情况，前前后后似乎都记得相当清楚。但是，我又记得，仿佛就在这一段时间，我还到里昂去过一次。我不能确切指出是什么时候，总之，我那时可说是已经到了山穷水尽的地步。有一件十分难以出口的怪事，使我永远也不能忘记那次旅行。一天晚上，我吃过一顿十分简单的晚饭以后，一个人坐在贝勒古尔广场上，心里琢磨着怎样才能摆脱窘况，正在这时候，一个戴无檐帽的男人坐到我的身边，看样子这个人像是丝织业的工人，也就是里昂人所谓织锦缎工人。他向我搭话，我回答了他，我们就这样谈了大约一刻钟，接着他便以同样冷漠和毫无变化的声调向我建议同他一起玩玩。我正等他说明究竟是怎么个玩法时，他却一句话不说地准备先给我做一个示范动作。我们差不多要挨在一起了，黑暗的夜色尚不足以妨碍我看见他正在准备干什么。他没有要侵犯我的人身的迹象，起码他没有显示出一点这样的意图，而且这地方对他说来也是不方便的。他的意思完全跟他方才向我说的一样：他玩他的，我玩我的，各人玩各人的。这种事在他看来极其自然，所以他竟认为我一定也跟他一样把这种事看得十分简单。我对他这种丑恶的举动感到非常恐惧，一句话也没说，立刻站起来飞快地跑开了，心里一直害怕这个下流家伙也许要追赶我。我当时简直吓糊涂了，本来应该从圣多明我街回到我的住处，我却向渡口方面跑去，一直跑到木桥那边才停下来，我浑身哆嗦，就像刚刚犯了一桩什么罪似的。我自己本来也有这种恶习，但是有关这事的回忆使我在好长时间里摈弃了这种恶习。

在这次旅行中，我遇到了另一件差不多同样性质而且对我更加危险的怪事。眼看我的钱就要花光了，我就竭力节省剩下的一点儿钱。我先是不像从前那样常在旅店吃饭，不久我就完全不在那里吃了，在小饭铺花五六个苏就能吃一顿，而在旅店里花二十五个苏。既然不在旅店吃饭，我也就不好意思再在那里住宿，这倒不是因为我欠女店主多少债，而是因为我只占一个房间叫女店主赚不了多少钱，心里实在过意不去。这时正是好季节。一天晚上，天气非常热，我决定在外边广场上过夜，我在一张长凳上躺下以后，一个从旁经过的教士看见我这样躺着，就走上前来问我是不是没有住处。我向他说明了我的情况，他显出很同情的样子，便在我的身边坐下来。他说的话我很爱听，所谈的一切使我对他有了一个极好的印象。当他看我已经被他笼络住了以后，就对我说，他的住处并不阔绰，只有一个房间，但他决不肯让我这样睡在露天广场上，他说当晚再给我找住处已经迟了，他愿意把自己的床铺让给我一半。我接受了这种美意，因为我已有心结识他这样一个或许对我有用的朋友。我们一同到了他的住所，他点上了灯。我觉得他的房间虽小，却还整洁，他很有礼貌地招待了我。他从柜子里拿出一个玻璃瓶，里面盛着酒浸的樱桃，我们每人吃了两枚就睡下了。

这个人和我们教养院的那个犹太人有着同样的癖好，不过表现得不那么粗野。也许怕逼得我抵抗起来，因为他知道我一嚷就会让别人听见，也许是他对自己的计划实在没什么把握，他没敢公然向我提出那种要求，于是就在不惊动我的情况下设法挑逗我。由于我这次不像上次那样毫无经验，我立刻明白了他的目的，并且为此而战栗起来；我既不知道住到了什么地方，也不知道我落到了什么人手里，我很怕吵嚷起来会送了命。我装出不懂他对我有什么意图的样子，但同时对他的抚爱表示了极端的厌烦，以至决心不让他的举动再向前发展。我当时处理得很好，使他不得不克制自己一些。那时我尽可能地用最温和和最坚决的话和他谈，不显出对他有任何怀疑的样子，我把过去所遇到的怪事向他讲了，借以说明我方才表现不安的原因。我是用充满厌恶和憎恨的词句同他谈的，我相信我这么一说，他听着也有点恶心，终于不得不完全放弃了他那龌龊的企图。然后我们便平静地过了一夜，他甚至还向我谈了一些有用的和有道理的话。他虽然是个大流氓，但无疑是个聪明人。

早晨，这位教士不愿显出不高兴的样子，提起了吃早饭的事，他请求女房东的一个女儿——一位漂亮的姑娘送点吃的来，她却回他说没有工夫。他又求这个姑娘的姐姐，但她连理都没理。我们一直等着，早饭却不见来。最后我们走进这两位姑娘的房里。她们对这位教士很不客气，至于我，那就更无法自夸受到她们的欢迎了。那位姐姐在转身的时候用她那尖尖的鞋后跟踩了一下我的脚尖——我的这个地方正好长了个非常痛的鸡眼，我曾不得不在鞋头上开了一个洞。另外那个姑娘，在我正要坐下的时候，猛地从后面把椅子抽走了。她们的母亲借着向窗外泼水，将水溅了我一脸。不管我待在什么地方，她们总借口寻找什么叫我躲开，我这一生中也没有遇到过这样的款待。我从她们那轻蔑和嘲弄的目光里看出一种内心的愤怒，而我竟迟钝得一点不了解是怎么回事。我当时又吃惊，又困惑，简直以为她们是魔鬼附了体，开始真的害怕起来。教士却装聋作哑，最后看到没有吃早饭的希望了，便只好走了出去，我也赶紧随着他走出了房间，暗自庆幸离开了那三个泼妇。走在路上的时候，教士曾向我提议到咖啡馆去吃早点，我虽然肚子很饿，却没接受他的邀请，但他也没坚持。我们拐了三四个弯后就分手了，我很高兴再也看不到和那个可诅咒的房子有关的一切东西；而他呢，我想，望着我离开那所房子已经相当远，不易再把它认出来，一定也非常高兴。在巴黎或在其他任何城市，我从未遇到过和这两件怪事相类似的事情；由于这种经历，里昂人没有给我留下好印象，我始终把里昂看成是欧洲城市中淫乱之风最盛的城市。

我所陷入的困境，也不能引起我对这个城市有好的回忆。如果我也像别人那样，有在旅店中赊欠和负债的本领，我也能毫不费力地摆脱窘境；但是这种事，我既做不来也不愿意做。要想知道这种情况达到什么程度，只要说明这样一件事就够了：我虽然差不多过了一辈子穷日子，甚至时常吃不上饭，但我没有一次不是只要债主向我要账，我立刻就还他的。我从来没欠过受到催索的钱，我宁肯自己受点罪也不愿欠人家钱。

穷困到在大街上过夜，当然是够受罪的，这样的事我在里昂经历了很多次。我宁肯不住旅店也要留下一点钱买面包吃，因为无论如何困死的危险总比饿死的危险小。令人惊奇的是：在这样悲惨的境遇里，我既不着急，也不发愁，对于未来没有丝毫的忧虑，一心等待着夏特莱小姐的回音。我在露天下过夜，躺在地上或一条长凳上同躺在温暖舒适的床上睡得一样安静。我记得有一次是在城外,不知是在罗尼河畔还是在索纳河畔的一条蜿蜒曲折的小路上过了一个十分愉快的夜晚。对岸的那条路沿途都是一些垒成高台的小花园。那一天白昼非常热,傍晚的景色却令人陶醉:露水滋润着萎靡的花草,没有风,四周异常宁静,空气凉爽宜人;日落之际,天空一片深红色的云霞,映照在水面上,把河水染成了蔷薇色;高台那边的树上,夜莺成群,它们的歌声此呼彼应。我在那里漫步,恍若置身仙境,听凭我的感官和心灵尽情享受;使我稍感遗憾的是我一个人独享其乐。我沉浸在甜蜜的梦幻中,一直走到深夜也不知疲倦。但是最后还是感到疲倦了。我舒舒服服地在高台花园的一个壁龛(那里也许是凹入高台围墙里面的一个假门)的石板上睡下了。浓密的树梢构成了我的床帐,我上面正好有只夜莺,我随着它的歌声进入了梦乡。我睡得很甜,醒来时更觉舒畅。天大亮了,睁眼一看,河水、草木尽在目前,真是一片美妙的景色。我站立起来,抖了抖衣服,觉得有点饿了,我愉快地向市内走去,决心用我剩下的两个小银币好好地吃一顿早饭。我的情绪非常好,唱了一路,我现在还记得我唱的是巴迪斯坦的一个小曲,歌名叫《托梅利的温泉》,那时我会背诵这支歌的全部歌词。应该好好感谢好心的巴迪斯坦和他那首优美的小曲,他不仅使我吃到了比我原来打算吃的还要好的一顿早饭,而且还使我吃了一顿我丝毫没有料到的精美的午饭。在我得意洋洋边走边唱的时候,我听见身后好像有人,回头一看,只见一位安多尼会的教士跟着我,看来他不无兴趣地在听我唱歌。他走到我跟前,向我问了好,接着就问我会不会音乐,我回答说:“会一点”,言外之意是“会不少”。他继续询问我,我便向他叙述了我一部分经历。他问我是否抄过乐谱。我对他说:"经常抄。"这也是实话,我学音乐最好的方法就是抄乐谱。于是他对我说:"好吧,你跟我来,我给你找几天活儿干,只要你答应我不出屋子,这几天你什么也不会缺。"我非常高兴,就跟他去了。

这位安多尼会的教士名叫罗里松,他很喜好音乐,自己也懂音乐,并且常常在和朋友们举办的音乐会上演唱。这里面本来没有什么不好或不正当的东西,但是,他这种爱好显然已发展成为一种狂热的怪癖,使他不能不稍加隐匿。他把我领到一间要我抄乐谱的小屋里去,我在这里看到他已抄好的许多乐谱。他叫我抄的是另一些乐谱,特别是我刚才唱的那段歌曲,因为过几天,他自己要演唱这一段。我在那里住了三四天,除了吃饭的时间外,我一个劲地抄下去。我一生从来没有这样感到饥饿,也从来没有吃得这样香。他亲自从他们的厨房把我的饭取来;如果他们平时吃的就是我现在吃的这样,他们的伙食一定是很好的。我一生对吃饭从不曾感到过这么大的乐趣,但也应该承认,这种免费饭食来得正巧,因为我已经饿得骨瘦如柴了。说我干活差不多也和吃饭一样地实心实意,这话也许有点儿夸张。其实,我是勤劳有余,而心细不足。过了几天,罗里松先生在街上遇到我的时候对我说,我抄的乐谱害得他不能演唱,其中遗漏、重复、颠倒的地方太多了。应该承认,我选择的这个抄写乐谱的职业,对我是最不合适的。这不是因为我抄的音符不好看,也不是因为我抄得不清楚,而是因为我对长时间工作的厌烦使我的思想不能集中,甚至我用小刀刮的时间比我用笔写的时间还要多,如果不用最大的注意力看准每个音符仔细照抄的话,抄下来的乐谱当然是不能演奏的。那一次我本想抄得漂漂亮亮,结果却抄得十分坏,本想快点抄,结果抄得乱七八糟。尽管如此,直到最后罗里松先生对我还是很好,在我离开他那里的时候,还给了我一个实在受之有愧的埃居。这个银币又使我重新振作起来了。几天以后,我得到了妈妈的消息,她正在尚贝里;同时我还收到了上她那里去的一笔路费,这时我高兴极了。从那以后,我虽然还是时常感到缺钱,但是总也没有到饿肚子的地步。我以感激的心情把这段时期列为上帝特别保佑我的时期,这是我一生中最后一次的受穷挨饿。

我在里昂又住了一个多星期,等候着夏特莱小姐把妈妈托办的几件事办完。在这期间,我去见夏特莱小姐的时间比以前多了,因为我喜欢和她谈她的女友,而且现在和她谈话,由于不再担心暴露自己的境遇,说话也就不必再像以前那样遮遮掩掩了。夏特莱小姐既不年轻,也不漂亮,但她却有不少令人喜欢的地方;她和蔼可亲,而她的聪明更给这种亲切增加了光彩。她喜欢观察一个人的精神方面,喜欢研究人;我所以也有这种爱好,最初就是受她的影响。她爱读勒萨日①的小说,特别喜欢他所写的《吉尔·布拉斯》;她和我谈过这部小说,并借给我读过。我兴致勃勃地读完了这本书,但是那时候,我读这类作品还不够成熟,我所需要的是描写炽热情感的小说。这样我就在夏特莱小姐的会客室里既快活又受益地消磨了我的时间;毫无疑问,和一位有知识的女人进行有趣味的和充满智慧的谈话,比书本中任何迂腐的大道理更能给青年人以方向。我在沙佐特修会结识了其他几位寄宿的修女和她们的女友;其中有一位名叫赛尔小姐的十四岁的少女,我当时

---

① 勒萨日(1668—1747),法国作家,以辛辣隽永的文笔著称。

对她并没有特别注意，但是八九年以后我却狂热地爱上了她，这也毫不奇怪，因为她确实是一个可爱的姑娘。

不久就要见到我那可爱的妈妈了，我热烈地期待着这一天的到来，这时我的幻想暂时转入休眠状态；实际的幸福既然就在眼前，我也就不必再在胡思乱想中去追求幸福了。我不仅就要再次和她相会，而且由她给我就近找一个惬意的职业。她在信中提到，她为我找到了一个工作，她希望这个工作会对我合适，而且可以使我不离开她。我曾挖空心思猜测究竟是个怎样的工作，但实际上也只能是猜猜而已。我有了足够的旅费，可以舒舒服服地走完这段路程。夏特莱小姐希望我骑马去，我拒绝了，这是对的，我如果骑马，那就失去了我一生中最后一次徒步旅行的快乐了。我住在莫蒂埃①的时候，我虽然常去附近一带地方走走，但我不能把这种走动称之为徒步旅行。

真奇怪，我的幻想只是在我的境遇最不顺利的时候才最惬意地出现在我的脑际，当我周围的一切都是喜气洋洋的时候，反而不那么饶有趣味了。我这执拗的头脑不能适应现实事物。它不满足于只美化现实，它还想到要创造现实。现实中的事物充其量不过是按原来的样子展现在我的头脑中；而我的头脑却善于装饰想象中的事物。我必须在冬天才能描绘春天，必须蛰居在自己的斗室中才能描绘美丽的风景。我曾说过多次，如果我被监禁在巴士底监狱，我一定会绘出一幅自由之图。我从里昂动身的时候，我只看到令人惬意的未来。

① 莫蒂埃是瑞士特拉维尔山谷中的一个地方。卢梭于一七六二至一七六五年曾在那里居住（参看本书第十二章），他在此地居住的时候，在山中做过多次以采集植物为目的的旅行。

我在离开巴黎的当时心里是多么不快,现在心里又是多么高兴啊!而这种高兴完全是有理由的。然而,我在这次旅行中却丝毫没有上次旅行中的那种甜蜜美妙的幻想。这一次,我的心情确实轻松愉快,然而也只此罢了。我以激动的心情,一步一步地接近了我又要见到的最好的女友。我预先就享受到生活在她身边的快乐了,但是,我并不感到陶醉,这种快乐一直在我意料之中,所以一旦到来,并无任何新奇之感。我为我将去做的工作感到不安,好像那是一件值得十分忧虑的事情一样。我的思想是恬静和甜蜜的,但并不是虚幻缥缈、美妙诱人的。我在一路上所见到的东西样样都能引我注目,所有的景色都使我神往。我留意着树木、房屋、溪流;到了十字路口时,我反复寻思应走的方向,唯恐迷了路,可是我一点也没有迷路。总之,我已不像上次那样,心在九霄云外:我的心有时在我所到的地方,有时在我所要去的地方,没有一刻离开现实。

叙述自己的旅行正如同在旅行中一样,我不急于结束它。在快到我那可爱的妈妈身边的时候,我的心高兴得直跳,但是我没有因此而加快步伐。我喜欢从容不迫地走路,想停就停。漂泊的生活正是我需要的生活。在天朗气清的日子里,不慌不忙地在景色宜人的地方信步而行,最后以一件称心的事情结束我的路程,这是各种生活方式中最合我口味的生活方式。另外,大家也知道什么样的地方才是我所说的景色宜人的地方。一个平原,不管那儿多么美丽,在我看来绝不是美丽的地方。我所需要的是激流、巉岩、苍翠的松杉、幽暗的树林、高山、崎岖的山路以及在我两侧使我感到胆战心惊的深谷。这次我获得了这种快乐,而且在我走近尚贝里的时候,纵情享受了这种迷人的风光。在厄歇勒峡的峭壁悬崖附近的一处名叫夏耶的地方,在山崖中凿成的一条大路下面,有一道涧水在骇人的深谷中滚滚流过,它好像是经过了千万年的努力,才为自己开辟了这条通道。为了防止发生不幸事件,人们在路旁架上了栏杆。正是由于有了这道栏杆,我才敢尽情地往下看,以致看得我头晕目眩。在我对于峭壁陡崖的爱好中,我觉得最有意思的就是这种可以使我头晕目眩的地方,只要我处在安全地带,我是非常喜欢这种晕眩的。我紧紧地伏在栏杆上俯身下望,就这样站了好几个钟头,不时地望着蓝色的涧水和水中激起的泡沫,听着那汹涌澎湃的激流的吼叫声,在我脚下一百土瓦兹①的地方,在山岩树丛之间,乌鸦和鸷鸟飞来飞去,它们的啼叫声和水流声相互交织在一起。我走到比较平坦、树丛也不太密的地方,找了一些我能搬得动的大石块,把它们放在栏杆上,然后一块一块地推下去,我望着它们滚动着、蹦跳着落到了谷底,碰碎的无数石片到处乱飞,心里非常快活。

在离尚贝里更近的地方,我见到了与此不同而一样有趣的奇景。这条路经过我一生所见到的最美丽的一条瀑布脚下,由于山势非常陡峭,急流夺道而出,落下时形成弓形,足够让人从岩石和瀑布之间走过,有时身上还可以不被沾湿。然而,如果不注意,是很容易上当的,我那次就上了当:因为水从极高的地方流下,散成蒙蒙细雨,如果离得太近,最初还不觉得自己被淋湿,可是不多久就会发现全身已经湿透了。

我终于到达了目的地,又见到了她。那天她并不是独自一人。我进门的时候,宫廷事务总管正在她那里。她一句话也没说,就拉着我的手,以她那种叫任何人都倾心的亲切姿态

---

① 法国旧时的长度单位,约等于二米。

向总管介绍说："先生，这就是我向您说过的那个可怜的年轻人，请您多加关照吧，他值得您关照多久就关照他多久，这样，我以后就不用为他操心了。"然后她又向我说，"我的孩子，今后你是国王的人了，感谢总管先生吧，他给你找到了饭碗。"我当时目瞪口呆，一句话也说不出来，不知道怎么想才好。我那新生的功名心几乎使得我晕头转向，使我觉得自己已经成了国王的小事务官了。我的幸运虽然不如起初所想象的那样了不起；但就当时而论，这也足够生活了，而对我说来这已经是很不简单的。事情是这样的：

维克多-亚梅德王考虑到历次战争的结果，以及所承继的老祖产早晚有一天要落到别人手里，便一心只想找机会搜刮钱财。几年以前，国王决定贵族也要纳税，通令全国进行一次土地登记，因为按不动产来课税，可以把税额分摊得更公平些。这项工作开始于老王时代，到太子继位以后才完成。这项工作中用了二三百人，有不知为何称作几何学家的测量员，也有称作文书的登记员，妈妈就在文书的名义中给我找到了一个位置。这个位置收入虽不多，然而在那个国家里足可以生活得宽裕些。遗憾的是，这只是临时工作，不过通过它可以再找别的工作，可以等待；妈妈是个有远见的人，她尽力求总管对我特别关照，以便这项工作结束后给我找一个更牢靠的职位。

我来这里以后不几天就到差了。这项工作没有一点困难，我很快就熟悉了。就这样，自我离开日内瓦，经过四五年的奔波、荒唐和痛苦以后，我第一次冠冕堂皇地开始自己挣饭吃了。

我所写的关于我刚踏入青年时代的生活细节的长篇叙

述，一定让人看了觉得非常幼稚，我对此深感遗憾。虽然在某些方面，我生来像个大人，但在相当长的时期我始终还是个孩子；就是现在，我在很多方面还像个孩子。我没向读者保证介绍一个大人物，我保证的是按我本来的面貌叙述我自己。再说，要了解我成年以后的情况就必须先了解我的青年时代。由于在一般情形下，各种事物当时给我的感受，总不如事后给我留下的印象那样深刻，又由于我的一切观念都是一些形象，因此，留在我头脑中的最初那些形象便一直保存着，以后印入我头脑中的形象，与其说是遮盖了原来的形象，不如说是和原来的形象交融在一起。我的感情和思想有某种连续性，以前的思想感情可以影响以后的思想感情，所以要很正确地评判后者，就必须了解前者。我处处在竭力阐述最初的原因，以此来说明所产生的后果。我希望能把我的心赤裸裸地摆在读者面前，为此，我要从各种角度来叙述，用事实真相来说明，以便使读者对我的心情的每一动荡都不漏过，使读者自己去判断引起这些动荡的始因。

如果我给自己做结论，并向读者说："我的性格就是这样！"读者会认为，我虽不是在进行欺骗，至少是自己把结论下错了。但是我老老实实地详细叙述我所遇到的一切、所做过的一切、所想过的一切以及所感觉到的一切，这样就不会使读者误解，除非我有意这样做；而且，纵然我有意这样做，也不容易达到目的。把各种因素集拢起来，确定这些因素所构成的人是什么样的人，这都是读者的事情：结论应该由读者去做。这样，如果读者下错了结论，一切错误都由他自己负责。可是要做出正确的结论，仅只忠实的叙述还是不够的，我的叙述还必须是详尽的。判定哪件事重要或不重要，那不是我的事,我的责任是把所有的事都说出来,交由读者自己去选择。直到现在,我都是鼓足勇气,全力以赴,今后我还要坚持不懈地这样做下去。但是,对成年时代的回忆,无论如何,是不如对青年时代的回忆那样鲜明的。所以我开始时尽可能地利用我对青年时代的一些回忆。如果我的成年时代的回忆也是那样鲜明地浮现在脑际的话,不耐烦的读者也许会感到厌倦,但我自己是不会不满意的。我唯一担心的,不是怕说得太多或扯了谎,而是怕没有说出全部真相。

第 五 章

　　正如上面所说,我大概在一七三二年到达尚贝里,开始在土地登记处为国王工作。当时我的年龄已过二十,快到二十一岁了。拿我的岁数来说,我的智力已经相当发达,但判断力却很不够;我迫切需要有人能教我怎样为人处世。几年来的生活经验并没能使我把我的一些荒唐想法完全丢开,纵然我经历了种种艰难困苦,但是我对于世故人情还是了解不深,好像我没有从中取得什么教训。

　　我住在自己家里,也就是说在妈妈家里。但是,我再也住不到像在安讷西那样的房间了。这里没有花园,没有小河,没有美丽的田野风景。她住的这所房子①既阴暗又凄凉,而我所住的房间又是其中最阴暗凄凉的一间。窗外是一堵高墙,窗户下面是一条死巷,屋里既憋闷,又缺少阳光,地方也很窄小,还有蟋蟀和老鼠,木板都已腐朽,这一切都不能使人住得舒服。但是,我到底是住在她这里,在她的身边。由于我经常不是坐在我的办公桌前就是在她的房间里,所以也就不太理

---

①　卢梭于一七三一年底来到尚贝里,一直住到一七三七年或一七三八年,此后,他便和华伦夫人移居沙尔麦特。卢梭曾于一七四一年离开该村前去里昂,在一七四二年到巴黎去以前,又回沙尔麦特住了一个短时期。

会我自己房间的丑陋了，而且我也根本没有时间去考虑它。人们一定觉得很奇怪，她为什么特意住在尚贝里这所破房子里，其实这正是她的聪明之处，我在这里不能不加以说明。她不愿意到都灵去，因为她觉得在新近发生的事变之后，宫廷还处在动乱状态，这时候到那里去不很相宜。但是，她的人事关系又需要她在那里露面：她害怕被人遗忘而被取消年金，特别是她知道财政总监圣劳朗伯爵平常是不大帮她忙的。这位伯爵在尚贝里有一所旧房子，建筑得很不讲究，地点又很偏僻，所以总是空着，妈妈便把它租下来，迁居到那里。这么一来，比亲身到都灵去所收的效果还大：不仅她的年金没有被取消，而且从那以后圣劳朗伯爵还成了她的朋友。

我觉得她家中的布置还是和从前差不多，忠实的克洛德·阿奈始终跟她在一起。我想我曾经谈起过他，他是蒙特勒地方的乡民，儿童时代就曾在汝拉山中采集草本植物来制作瑞士茶。由于她要配制各种药物，所以雇用了他，她认为在仆人中有个懂得药材的人比较方便。他特别喜欢研究植物，而她又极力鼓励他这种爱好，使他真正成了一个植物学家；如果他不是死得早，他一定会在植物学界出名的，正如他作为一个诚实的人已经赢得的名声一样。他是个一本正经的，甚至相当严肃的人，而我比他年轻，所以他仿佛就是我的一个监护人，常常使我避免掉不少蠢事，由于他在我面前有一定的尊严，我不敢在他面前得意忘形。他甚至于对他的女主人都有一定的影响，她了解他的卓越见解、他的正直以及他的始终不渝的忠心，而她也同样很好地报答了他。克洛德·阿奈确实可以说是一个稀有的人物，像他这样的人，我没有见过第二个。他的举止沉着、稳重、谨慎，态度冷静，谈话简洁得体。他的感情非常炽热，却从不外露，但是在悄悄地啃啮着他的心灵，使他做了他一辈子唯一一件可怕的蠢事：有一天他服了毒。这场悲剧是在我到此以后不久发生的，通过这件事我才了解到这个人和他的女主人之间的亲密关系，如果不是她亲自告诉我，我永远也猜不到这上面去的。不错，如果说爱慕、热诚和忠实应该得到这样报答的话，他得到这种报答是理所当然的，他的行为足以证明他应该得到这种报答，因为他从不滥用这种报答。他们之间很少发生争吵，偶尔发生，最后也总是言归于好。然而有一次结果很不好。她的女主人在生气的时候对他说了一句使他忍受不了的侮辱话，当时他正陷于绝望之中，看到手边有一小瓶鸦片剂，便吞了下去，然后就静静睡下，以为这一睡便永远醒不过来了。幸而华伦夫人由于心绪不宁和激动，在房子里踱来踱去，发现了那个小空瓶，其余一切，她也明白了。她一面跑去救他，一面大声喊叫起来，我也就随着跑过去了。她向我都坦白了，求我帮助她，我费了很大事，才使他把鸦片吐了出来。目睹这种情景，我对自己的愚蠢感到十分惊讶，因为她告诉我的他们之间的关系，事先我竟一点影子都没有看出来。不过，话又说回来了，克洛德·阿奈的确是非常谨慎的，就是眼光比我更敏锐的人也看不出来。他们的和好如初是那样自然，使我为之十分感动。从这以后，我对他除钦佩以外又加上了尊敬，可以说我成了他的学徒。我觉得这样倒也不坏。

　　但是当我知道另一个人和她的关系比我和她的关系更亲密的时候，心里并非不感到痛苦。虽然我并不渴望这个位置，但是看到别人占有这个位置时我毕竟不能无动于衷，这也是十分自然的。然而，对于夺走我这位置的人，我不但不心怀怨恨,反而实实在在觉得我把爱她之心也扩展到那个人的身上了。我把她的幸福置于一切之上,既然她为此需要阿奈,我愿意他也幸福。在他那方面,他也完全尊重自己女主人的心意,用真诚的友谊来对待她选中的朋友。他从不利用地位所赋予他的权威,但是他使用理智方面高出于我的优势。我不敢做一点可能受到他谴责的事,他对坏事是毫不留情的。这样一来,我们便过着和睦的日子,我们也都感到幸福,只有死亡才能破坏它。这个可爱的女人的高尚品格的证据之一,就是她能使所有爱她的人也彼此相爱。妒忌以及争风吃醋的念头在她所唤起的高尚感情面前都得退避三舍,我从没有发现她周围的人相互间怀有恶感。我希望读者读到这段赞美的话的时候,暂时停止读下去,请想一想,如果你们能找到另外一个值得这样称赞的女人,那么,为了使你们的生活得到安静,哪怕她是最下贱的女人,也应该去爱她。

从我来到尚贝里起,直到我于一七四一年到巴黎去为止,这一段八九年之久的时期便这样开始了。关于这段时期,没有好多可谈的事情,这段生活既单纯又愉快,这种变化特少的单纯生活正是彻底锤炼我的性格所需要的一个条件,由于经常不断的纷扰,我的性格一直未能成型。正是在这一段宝贵的期间,我那杂乱而无系统的教育,开始有了稳定的基础,我的性格才逐渐定型,使我在日后所遇到的种种风暴中,始终保持我的本色。这种发展过程是在不知不觉中慢慢完成的,也没有多少值得记忆的事件。不过它毕竟是值得详细加以叙述的。

开始的时候,我差不多只埋头在我的工作中;办事处的繁忙事务不容许我去想别的事,仅有的一点空闲时间就在我那好妈妈的身边消磨过去了，没有一点看书的时间，甚至连想都不去想它。但是，当日常工作逐渐变成了一种熟套，也不那么需要脑子的时候，我就不知道干什么好了，于是我又产生了读书的要求。这种癖好仿佛总是在它难以得到满足的时候才被激起的，如果不是被其他癖好给扰乱和转移开的话，它一定又要使我像在学徒的时候那样成为读书迷了。

我们的计算工作虽然不需要十分高深的算术，但有时也使我遇到困难，为了克服这些困难，我买了几本算术书，我学得很好，而且我是一个人自修的。实用算术并不像人们所想象的那样简单，如果要做到十分精确的话，有时计算起来麻烦到极点，我有几次看到连优秀的几何学家也被弄得晕头转向。思考与实用结合，就能产生明确的概念，就能找到些简便方法，这些方法的发现激励着自尊心，而方法的准确性又能使智力得到满足，原来枯燥无味的工作，有了简便方法，就令人感到兴趣了。由于我大力钻研，凭数字可以解决的问题就没有能难住我的了。现在，在我所熟悉的一切都逐渐从我记忆中消失的时候，唯独我所学到的那套算术知识，虽已荒废了三十年，仍然有一部分没有忘掉。前几天，我去达温浦作客，我的房东的孩子正在演算术题，我把一个最复杂的习题在令人难以置信的轻松愉快中正确无误地演算出来了。我把得数写出来的时候，我仿佛又回到了在尚贝里时的那些快乐的日子。这是多少年以前的事了！

测量员们绘图的彩色，使我对绘画恢复了兴趣。我买了些颜料，开始画起花卉和风景来。可惜，我对这种艺术没有多少天赋，但我又非常喜爱它。我可以在画笔和铅笔中间一连待上几个月不出门。这件事简直把我缠住了，必须强迫我把它放下才行。不管什么爱好，只要我一开始入了迷，都是这样的，爱好逐渐加深，直至变成狂热，不久，除了我所迷上的以外，世界上的任何事物我都看不见了。我这种毛病并没有随着年龄增长而有所改变，甚至一点也没有减轻。就是现在我写这本书的时候，我虽然已经是个老糊涂了，却还热衷于研究另一种无用的东西①。这种学问我原是一窍不通的，就是那些在青年时代已经开始这种研究的人，到了我这个年纪也要被迫放弃的，而我却要在这个时候开始。

那个时候正是应该研究那种学问的适当时期，机会很好，我不想放过。我看到阿奈带着许多新的植物回来，眼里闪出喜悦的光芒的时候，我有两三次几乎要和他一起去采集植物了。我可以肯定，只要我和他去过一次，我就会被吸引住，今天我也许已经成了一位伟大的植物学家了，因为我不知道还有比研究植物更合乎我的天性的其他学问。我十年来的乡间生活，事实上就是不断地采集植物，不过说老实话，我采集植物既没有一定的目的，也没有什么成就。由于我当时对植物学完全不懂，我对它还有一种轻视，甚至可以说讨厌它。我只把它看作是药剂师应该研究的事。妈妈虽然很喜爱植物，也没有拿它作别的用途，仅仅采集那些常用植物来配制药品罢了。所以当时在我的思想上就把植物学、化学、解剖学混在一起，认为都属于医学，只能作为我常常打趣的笑料，并且有时还给自己招来拍几下脸蛋的奖赏。不过，另外一种与此不同、甚至相反的爱好正逐渐发展起来，并且不久就压倒了其他一切爱好。我说的就是音乐。我一定是为这种艺术而生的，因

①　指植物学。

为我从童年时代起就爱上了这种艺术，而且我一生中唯一始终喜爱的艺术就是音乐。令人不解的是，虽然可以说我是为这种艺术而生，可是学起来却是那么困难，进步得又那么缓慢，经过毕生的练习，也始终没有做到打开曲谱就能正确地唱出来。那时使我对这种爱好最感愉快的是，我可以和妈妈在一起进行练习。我们的趣味虽然十分不同，音乐却是使我们两人朝夕相处的一种纽带，这的确是我乐于利用的机会，而她也从不表示反对。那时，我在音乐上的进步，差不多已经赶上了她；一支歌曲练习两三次，我们就能识谱并且能唱下来。有几次她正在药炉边忙来忙去，我对她说："妈妈，这里有一支非常有趣的二部合唱曲，我看，你准会因它而把药熬煳了的。""真的吗！"她对我说，"要是你让我把药熬煳了的话，我就叫你吃了它。"我就这样一边斗着嘴，一边把她拉到她的羽管键琴那里。我们一到那儿，就什么都忘了，杜松子和茵陈都变成黑炭了，她便拿起来抹了我一脸炭末，所有这一切都是滋味无穷的。

读者可以看见，我的空闲时间虽然极少，我却利用这极少的时间做了很多事情。现在我又有了一种新的娱乐，这比其他一切娱乐更加有趣。

我们住的那个地方太憋闷了，所以不得不常常到外面去呼吸新鲜空气。阿奈曾说服妈妈在郊外租了一处栽培植物的园子。这个园子有一个相当美丽的小屋，我们在那里酌情布置了必要的家具，并且放了一张床。我们常到那里去吃饭，夜晚我有时就睡在那里。我不知不觉地对这个小小的退隐所发生了浓厚的感情。我给那里预备了几本书和不少的版画，我用一部分时间把这个小屋装饰了一番，并做了一些新奇的布置,以便等妈妈到这里来散步时,使她感到一种意想不到的愉快。我特意离开她,一个人跑到这里来,为的是更专心地来关怀她,以更大的乐趣来想念她。这是我的另一种怪癖,我既不想辩白,也不想多解释,我只把它说出来,因为事实就是如此。我记得有一次卢森堡公爵夫人对我打趣地说,有个人专为给情妇写信而离开自己的情妇。我对她说,我很可能也这样做,而且我应该进一步补充说,我已经这样做过几次了。然而,当我和妈妈在一起的时候,从未感到有为了更好地爱她而离开她的必要,因为不管是我跟她单独在一起的时候,还是我自己一个人的时候,都是同样地感到无拘无束,这种情况是我跟任何人在一起时都没有过的,不管他是男人还是女人,也不管我对他怀有怎样的深情厚谊。但是她往往被一些我实在看不惯的人们所包围,于是一种愤怒与厌烦的心情迫使我躲到我的隐室中去,在那里我可以随心所欲地想念她,丝毫不用担心那些令人讨厌的访问者。

　　我就是这样把工作、娱乐和学习都分配得非常合适,我的生活非常平静,而当时的欧洲却不像我那样平静。法国向皇帝①宣战②。撒丁国王也参加了战争。法国军队为了进入米兰省要从皮埃蒙特经过。其中有一个纵队路经尚贝里,特利姆耶公爵指挥的香槟团就是这个纵队的一部分。有人将我引见给他,他答应了我许多事情,当然,他事后也把我忘得一干二净。当部队从郊区经过时,因为我们的小园子正处在郊区

　　①　皇帝系指日耳曼神圣罗马帝国皇帝查理六世(1685—1740)。
　　②　这次战争系指法国一七三三年十月十日向神圣罗马帝国为波兰王位继承问题而宣布的战争(1733—1735)。撒丁王国于同年十月二十七日倒向法国一边。

的高处，我饱享了观赏队伍从我眼前走过的眼福。我对这场战争的结果非常关心，好像战争的胜利和我有极大的关系似的。在这以前我还没有关心国事的习惯，现在我才第一次看报了，我对法国是那么偏爱，它的小小的胜利也使我的心高兴得直跳，而一看到失利，就感到忧虑，好像这会对我自身有所不利一样。如果这种愚妄的感情只是昙花一现，我也就不屑于谈它了。哪知这种感情在我心里竟然根深蒂固，甚至当我日后在巴黎成为专制君主政体的反对者和坚定的共和派时，对于这个我认为奴性十足的民族，对于我一贯非难的政府，我不由自主地总还觉得有一种内心的偏爱。可笑的是，由于我对自己心中竟有这样一种和自己的信念完全相反的倾向而感到可耻，因此我不但不敢向任何人说出来，甚至还为法国人的失败而嘲笑他们，其实当时我的心里比所有的法国人都更难过。我确信，生活在一个自己受到厚待，并为自己所崇拜的民族中间，却又装出一副看不起这个民族的神气，这种人只有我一个。最后，我心中的这种倾向是那么忘我，那么坚定而不可战胜，甚至在我离开法兰西王国以后，在政府、法官、作家联合在一起向我进行疯狂攻击的时候，在对我大加诬蔑和诽谤已成为一种风气，我这种愚妄的感情也没有改变过来。尽管他们对我不好，我仍是不由自主地爱他们。我在英国最繁荣时所预言的它的衰落刚开始露出苗头，我就又痴心妄想起来，认为法兰西民族是不可战胜的，也许有一天他们会把我从苦恼的羁绊中解救出来。

我曾用很长的时间寻找这种偏爱的根源，我只是在产生这种偏爱的环境里发现了这个根源。我对于文学日渐增长的爱好，使我对法国书籍、这些书的作者甚至这些作者的祖国产生了深切的感情。就在法国军队从我眼前经过的时候，我正读布朗多姆①的《名将传》。我那时满脑袋都是克利松、贝亚尔、罗特莱克、哥里尼、蒙莫朗西、特利姆耶等人物，于是我便把从我眼前走过的兵士也当作这些名将的后裔，我十分喜欢他们，因为我认为他们都是这些名将的功勋和勇敢精神的继承者。每当一个联队走过，我就好像又看到了当年曾在皮埃蒙特立过赫赫战功的那些黑旗队。总之，我完全把从书本上得到的观念硬加在我看到的事情上。我不断地读书，而这些书经常又都是法国的，这就培养了我对法国的感情，最后这种感情变成了一种任何力量也不能战胜的盲目狂热。后来，我在旅行的时候发现，有这种感情的并不只是我一个人，在所有的国家中，凡是爱好读书和喜欢文学的那一部分人都或多或少受到这种感情的影响，这种感情也就抵消了由于法国人的自高自大而引起的对法国的普遍嫌恶。法国的小说，要比法国的男人更能赢得其他国家女人的心；戏剧杰作也使年轻人爱上了法国的戏剧。巴黎剧院的名声吸引大批外国人士纷纷前来，在他们离开剧院时，还为之赞叹不已。总之，法国文学的优美情趣，使一切有头脑的人折服，而且在那最后吃了败仗的战争期间②，我发现法国的作家和哲学家一直在支撑着被军人玷污了的法国名字的荣誉。

所以，我已经是个充满激情的法国人了，而且成了一个喜

---

① 布朗多姆(1540—1614)，法国作家，著有《名将传》《名媛传》《艳妇传》等。
② 指"七年战争"(1756—1763)，这是一场以普鲁士、英国为一方，法国、奥地利、萨克森、瑞典、俄国等为另一方的战争，起因于争夺西里西亚的统治权，战争范围波及北美和印度，以英国、普鲁士一方胜利告终。卢梭是在一七六六年写这一章的。

欢打听新闻的人。我随着一群头脑简单的人跑到街上等候送报人的到来,甚至比拉封丹寓言里的那头驴子还要蠢①,因为我急不可待地想知道将要荣幸地套上一个什么样的主人的鞍子。当时有传说我们就是属于法国了,萨瓦要和米兰对换。不过应该承认,我的担心并不是没有理由的,要是这场战争的结果不利于同盟国,妈妈的年金就有危险了。但是,我对我的那些好友充满信心。这次虽然布洛伊元帅受到打击,幸赖撒丁国王给予了援助,使我的这种信心才没有落空,而撒丁王我却从来没有想到。

当战争正在意大利进行的时候,法国国内却在歌唱。拉摩②的歌剧正开始名噪一时,他那些意义晦涩、一般人不了解的理论著作也引起注意。我在偶然中听到有人谈他的《和声学》,为了买到这本书,我忙了好一阵子。由于另一种意外,我病倒了。这是一种炎症,来势猛烈但时间不长,不过需要较长的恢复期,整整一个月我都没有出屋门。在这期间,我贪婪地读起《和声学》来,这本书不仅冗长,而且编写得不好,我觉得要把它研究和理解透彻,需要很多时间。于是我就不再往这方面下功夫,我练习起音乐来,好让我的眼睛休息一下。我当时在练习的白尼耶的合唱曲始终萦绕在我的脑际。其中有四五个曲子我都背过来了,《睡爱神》就是其中之一。虽然从那以后,我一直没有再看过,但是我差不多还完全记得。另外一支非常好听的克莱朗波的合唱曲《被蜜蜂螫了的爱神》,差不多也是同时学会的,现在也还记得。

---

①　参看《拉封丹寓言诗》:《老人和驴子》(《拉封丹寓言诗》第 6 卷第 8 篇)。

②　让－菲利浦・拉摩(1683—1764),法国作曲家。

此外,有一位名叫巴莱神父的年轻风琴家由瓦尔奥斯特来到这里。他是位优秀音乐家,为人和善,弹得一手好羽管键琴。我和他结识以后,马上成了形影不离的朋友。他是意大利的一位有名的风琴家和教士的学生。他和我谈了一些他的音乐原理;我把他的理论和拉摩的理论作了比较。我的脑袋里充满了伴奏、谐音、和声,对于这一切,首先需要训练听力。我向妈妈建议每月开一次小型音乐会,她答应了。于是我别的事情都不顾了,不分昼夜,全部精力放在这些音乐会上。实际上这类事也真够我忙的,而且是忙得不可开交,既要挑选乐谱、邀请演奏者,还要找乐器、分配音部等等。妈妈担任唱歌,我前面已经提过的加东神父也担任唱歌,这位神父我在下面还要提一下;一位名叫罗舍的舞蹈教师和他的儿子拉小提琴;和我一起在土地登记处工作,以后在巴黎结了婚的皮埃蒙特音乐家卡纳瓦拉大提琴;巴莱神父弹羽管键琴;而拿着指挥棒担任音乐指挥的荣誉归我。大家不难想见,这是多么壮丽的场面啊!这虽然还比不上特雷托伦先生那里的音乐会,但也相去不远了。

华伦夫人是新近改教的,又是依靠国王的恩赐过活,所以她举行的小音乐会引起了一般信仰虔诚的人的不满,但是对于不少正直的人说来却是一种舒畅的娱乐。大家猜不到在这种情况下,我让谁来做音乐会的主持人吧?一位教士,而且是一位有才能的,甚至可爱的教士,他以后的不幸使我感到十分悲痛,但是我一想起他来就想起我所过的幸福日子,所以至今我还怀念他。我所谈的就是加东神父。他是方济各会的会士,曾经和多尔当伯爵同谋在里昂扣留了可怜的"小猫"①的

① "小猫"是勒·麦特尔的绰号(参看本书第四章)。

乐谱,这在他的一生之中是最不光彩的一页。他是索尔邦神学院的学士,在巴黎住过很久,时常出入上流社会,与当时的撒丁王国的大使安特勒蒙侯爵来往十分密切。他身材高大,体格健美,面部丰腴,膨眼泡,黑黑的头发毫无修饰地鬈曲在额际;他的风度又高雅大方,又谦逊,表情坦率而优美,既没有教士那种伪善或厚颜无耻的丑态,也没有时髦人物那种放荡不羁的态度,虽然他也是个时髦人物;他有正派人的那种素养,不以穿着黑袍为耻,而深自尊重,置身于上流人士之中能泰然自若。加东神父的学问虽然还够不上博士,但是以一个交际场中的人来说,他的知识是很丰富的了。他从来不急于卖弄自己的学识,而是表现得十分适时,所以显得更有学问。因为他经历过长期的社交生活,喜好有趣的技艺超过真实的学问。他很有才气,会作诗,谈吐好,唱得更好,他的嗓音很美,会弹一手风琴和羽管键琴。其实,要使人欢迎是用不着有这么多优点的,而当时他就是如此。但是,这丝毫没有使他忽略本身的职务,所以,尽管他的竞争者十分嫉妒,仍然被选为他那省教区的代表,就是说,他们会里的一个重要职位。

这位加东神父是在安特勒蒙侯爵家和妈妈认识的。他听到我们要举行音乐会的事,表示要参加;他参加了,并且使这个音乐会大放光彩。不久,我们就由于都爱好音乐而成了朋友;我们两个人都酷爱音乐,但是有所不同:他是一位真正的音乐家,我不过是滥竽充数而已。我和卡纳瓦,还有巴莱神父,常到他的房间去演奏音乐;节日里有时还在他教会的音乐堂里演奏音乐。我们常常分食他自己的一些吃食;拿一个教士来说,他很豪爽、大方,好享乐而不粗俗,这也是一件令人惊奇的事。在举行音乐会的日子,他便在妈妈那里吃晚饭。每逢他在妈妈家里吃晚饭的时候,我们真是十分快活,大家随便谈天,唱几个二重唱,我也是谈笑风生的。那时的悠闲自在,使我的才思也上来了,时常说些俏皮话或警句;加东神父和蔼可亲,妈妈更惹人喜欢,声音和牛叫一样的巴莱神父是大家嘲笑的对象。青年时代纵情欢笑的甜蜜时刻呀,你,离去已经多久了!

我既然对这位可怜的加东神父再没有什么可谈的了,就此用简单的几句话结束他的悲惨历史吧。其他的教士们看到他的博学多才、品行端正,丝毫没有教士们常有的那种腐化堕落的作风,就嫉妒他,更确切地说,对他怒不可遏,他们恨他,因为他不像其他教士那样可恨。有地位的教士们联合起来反对他,并且煽动那些以往不敢对他正视而又觊觎他那职位的年轻教士反对他。他们尽情辱骂诽谤了他以后,解除了他的职务,强占了他那虽然朴素然而却布置得别具风格的房间,把他驱逐到不知什么地方去了。最后,这群恶徒对他的凌辱太厉害了,他那正直的、无可非议的高傲心灵实在忍受不住,于是,这个曾经给最诱人的社交界增添过不少光彩的人物,却在某个小监房或土牢里的肮脏的床上忧伤地死去了。凡是认识他的一切正直人士都为他惋惜,为他流泪,他们看不出他有任何缺点,唯一能指出的,就是他不该当了教士。

在这种生活环境中,我不久就完全沉湎到音乐里,已经没有心思再想别的事了。我十分勉强地到办事处去,按时上下班和工作中的麻烦对我简直成了难以忍受的酷刑,这终于使我起了辞职不干、一心专搞音乐的念头。可想而知,我这种荒谬的想法一定会遇到反对。放弃一个体面的职位和可靠的收入而到处瞎奔去教一些不牢靠的音乐课,简直是糊涂已极的打算,一定不会让妈妈高兴的。纵然我将来的成就能够像我想象的那样,但使自己一辈子就当个音乐家,未免把我的雄心限制得太狭窄了。妈妈过去总是喜欢设想一些辉煌的计划,而且也不完全同意奥博讷先生对我所下的评语,这次她看到我竟把所有的精力都投在她看来是微不足道的一种技艺上面,确实是很难过的。她常常对我说那句适用于外省、而不那么适用于巴黎的谚语:“能歌善舞,没有出路。”另一方面,她也看到我的爱好已经越陷越深,我的音乐癖已到了疯狂的程度,她也很怕我由于对工作不专心而遭到免职,与其被人家免职,还不如自己先行辞职为好。我还向她说,这个职务不能长久,我必须学会一种能维持生活的技能,现在最好是在实践中把自己所爱好的、也是妈妈为我选定的这一门技能搞到精通,这是比较有把握的,而靠保护,仰人鼻息,不是一个办法,另外作些新的尝试,结果也可能完全失败,等到过了学习的年龄,就会没有谋生之路了。总之,与其说我是用道理说服她使她欣然同意,不如说我是一再和她纠缠,说了许多好听的话使她没办法不得不同意的。我立即跑到土地登记处处长果克赛里先生那儿,好像做一件最英勇的事业那样骄傲地向他辞了职,既无原因,又无理由,更没有借口就自愿离开了我的职务,其高兴的程度和我在两年前就职时一样,或者比那时更高兴。

这个行动虽然十分愚蠢,但却给我在这个地方赢得了某些尊敬,并给我带来了好处。有的人认定我有财产,其实我什么也没有,另一些人看到我不顾牺牲一心投身于音乐,认为我的才能一定不小,看到我对于这种艺术既然这样爱好,就以为我一定在这方面造诣很深。那个地方原来只有几个无能的教师,因而我就成为佼佼者了,正所谓:瞎子国里,独眼称王。总之,由于我唱起来确实有点韵味,再加上我的年龄和容貌的有利条件,不久我就有了不少女学生,我教音乐挣的钱比我当秘书挣的薪金还要多。

的确,拿生活上的乐趣来说,这么快从一个极端到另一个极端是别人办不到的。在土地登记处每天干八小时讨厌的工作,而且还是和一些更讨厌的人一起整天关在给汗味和呼吸弄得难闻的办公室里,他们大部分都是头也不梳、澡也不洗的脏家伙,由于紧张、臭气、烦闷和厌倦,我真觉得头昏眼花。现在完全不同了,我突然置身于最高尚的社会中,在处处受到欢迎的最上等人家里,到处是殷切动人的款待,到处是节日气氛。服饰华丽的可爱的小姐们等候着我,殷勤地接待我。我所见的只有动人的事物,我所闻的只有玫瑰和橘花的芳香。唱歌,聊天,嬉笑,欢乐;我从这家出来到那家去,遇到的还是这样。即使两种工作的报酬都一样,人们也会同意在这两种工作的选择上是没有什么可犹豫的。因此,我对自己的抉择十分满意,从来没有后悔过,就是现在我已摆脱了曾经支配我一切行动的那些轻率的动机,当我以理性的天平来衡量我一生的行为时,我对此也从不后悔。

差不多只有这一次,在我完全听凭我的癖好支配的时候,我的期待没有落空。当地居民优渥的接待,和蔼的神情,平易的气质,使我感到和上流社会的人们交往十分愉快,我当时养成的趣味使我相信,我现在所以不愿意和人们往来,过错主要在别人而不在我。

不幸的是,萨瓦人都不太有钱;或者也可以说,如果他们太有钱的话,那才不幸呢。因为他们不穷不富,倒正是我所见过的最善良、最可交往的人。如果世界上真有一个能够在愉快而安全的交往中享受生活之乐的小小城市,那就一定是尚贝里。聚集在那里的外省贵族,他们的财产只够维持生活;他们没有飞黄腾达的财力,既然不能有什么更高的幻想,他们就不得不顺从西尼阿斯的劝告①。年轻的时候去从军,年老的时候回家安享余年。在这种生活中,光荣与理智各得其所。女人们都很美,其实很可以用不着那么美,她们有办法增加自己的魅力和弥补缺陷。奇怪的是,我由于职业的关系,见到过许多少女,在尚贝里就没有见到一个不是妍媚动人的。或者有人会说,我认为她们如此是我当时的主观看法,这样说也可能是对的;不过,我当时并不需要给她们的美丽加上什么主观成分。说真的,我一想起我那些年轻的女学生来,就不能不感到愉快。我在这里提到她们当中最可爱的几个人的时候,我真恨不得把她们和我全都拉回到我们幸福的年龄,我跟她们共同度过的那些纯洁而甜蜜的时刻!第一个是我的邻居麦拉赖德小姐,她是盖姆先生的学生的妹妹,是一位非常活泼的棕发姑娘,活泼得十分可爱,娇媚而不轻佻。她有点消瘦,她那年龄的姑娘大部分如此;但是她有一双明亮的眼睛,再加上她那苗条的身材和动人的风度用不着再有丰腴的体态就够吸引人的了。我总是早上到她家里去,那时候她往往还穿着便装,头发也是随便往上一拢,除了知道我来才戴上、等我走后梳妆时就摘下去的一朵花之外,没有其他的头饰。我最害怕看到穿着便装的漂亮女人,如果她修饰打扮完毕以后,我的惧怕就不知要减少多少了。我午后到孟顿小姐家去,她总是打扮得

~~~~~~~~~

① 西尼阿斯曾建议伊壁鲁斯国王皮洛斯放弃他的征服罗马的计划,但是,皮洛斯没有听他,结果以失败告终。

很齐整，也同样使我感到愉快，但情况有所不同。她长着一头稍带灰色的金发，是一个十分娇小、十分腼腆、十分白皙的姑娘。语声清脆、准确，像银笛一般，但她不敢放开嗓音讲话。她胸间有一块被开水烫伤的疤痕，蓝色的项巾并不能完全盖住。这块疤痕有时引起我的注意，但是很快我的注意力就不是集中在她那块疤痕上了。还有我的一个邻居莎乐小姐，她已是一个发育成熟的少女，身材高大，肩胛美丽，体态丰腴；她是个漂亮的女人，但不能算是美人，不过娇媚、平和的气质和温厚的天性，还是值得一提。她的姐姐莎丽夫人是尚贝里最漂亮的女人，已经不学音乐了，但是她叫她的十分年幼的女儿学，她那正在成长的美可以令人预料她将来一定不会亚于她的母亲，如果不是头发不幸有点红黄色的话。在圣母访问会女修道院有一位年轻的法国小姐，也是我的学生，她的名字我忘记了，但她应该算是我心爱的学生之一。她说起话来，学会了修女们那种慢条斯理的派头，但是用这种声调说出的非常俏皮的话，似乎和她的仪态很不相称。另外，她还相当懒惰，轻易不肯费点力气把她的才智表现出来，而且，远不是所有的人能够享受到她的这种恩惠。我教了她一两个月，总是不能得心应手，以后，她才逐渐发挥了她的才智，使我的教学也比以前快了一些，如果单凭我自己，我是不能做到这一点的。我在教课时很高兴教，但是我不喜欢被迫去教课，更不喜欢受时间的约束。无论在什么事情上，约束、屈从都是我不能忍受的，约束和屈从甚至会使我厌恶欢乐。据说，在穆斯林中间，黎明的时候，有人要从大街上走过，命令丈夫们尽自己对妻子应尽的义务；要是我在这种时候，一定不会是个服从命令的好土耳其人。

我在中产阶级中间也有几个女学生，其中有一个对我的某种关系①的变化有间接影响。既然我应该什么都说出来，这点我也是要谈的。她是一个香料商的女儿，名叫腊尔小姐。她是希腊雕像的真正模特儿，如果世界上存在无生命、无灵魂的真正美人，那我一定要把她看成是我平生所见到的最美丽的姑娘了。她那种淡漠、冰冷和毫无感情的态度简直到了令人难以置信的程度。不论是让她高兴，或是惹她生气，都同样是办不到的。我确信要是有个男人对她采取什么无理行动，她也会任凭摆布的，这当然不是由于她心里愿意，而是由于麻木不仁。她的母亲唯恐她碰到这种危险，一步也不离开她。她母亲叫她学唱歌，还给她请了一个年轻教师，她是想尽一切办法来引起她的乐趣，但也毫无效果。在教师挑逗小姐时，母亲挑逗教师，二者都同样毫无效果。腊尔太太除了天生的活泼以外，还有一种轻佻劲儿，也是她女儿应该有而没有的。她是个活泼、漂亮的小个子女人，脸上有几点麻子，一双热情的小眼睛，稍稍有点红，因为她差不多总是害眼。每天上午我来到她家的时候，给我预备的奶油咖啡早就摆在那里了，母亲总是忘不了以紧紧贴住嘴唇的亲吻来迎接我，我在好奇心的驱使下，真想对她的女儿回敬同样的一吻，看看她到底有什么表示。说真的，所有这一切都非常自然，就是腊尔先生在场，也照样是爱抚和亲吻。丈夫确是一个好脾气的男人，不愧是她女儿的父亲，他的妻子并不欺骗他，因为没有欺骗的必要。

　　我对于这些爱抚毫不介意，仍按照我素日那种愚蠢的看法，认为这只是纯粹友谊的表示。然而，我也有时感到不耐

---

　　① 这里卢梭是指他和华伦夫人的关系。

烦,因为活泼的腊尔太太的要求越来越苛了,要是我白天从她的店铺前面经过而不进去一会儿的话,就免不了一场麻烦,所以,我有急事的时候,就不得不绕远儿走另一条街,因为我知道她那里是进去容易出来难的。

腊尔太太对我太关心了,因此不能使我对她毫不动情,她的关怀使我非常感动。我认为这是很平常的一件事,就对妈妈说了。其实就是我感到有什么神秘的成分,我也是会跟她谈的,因为不论什么事情,要我对她保守秘密是办不到的;我的心赤裸裸地摆在她的面前,如同摆在上帝的面前一样。她对于这件事并不像我看得那样单纯。我认为只不过是友谊,她却认为这是另有所图的一种表示。她断定腊尔太太为了维持自己的面子也要把我变成不像我在她面前表现的那样呆头呆脑,迟早会用种种方法让我明白她的意思。她认为由另一个女人来开导她的学生是不应该的,而且她还有更正当的理由来保护我,不让我陷入我的年龄和我的地位可能使我遇到的陷阱。就在当时,我曾面临着一个更危险的陷阱的诱惑,虽然我总算逃脱了,但是这使她看出了还有其他危险在不断地威胁着我,她认为必须采取她力所能及的一切预防措施。

孟顿伯爵夫人是我的一个女学生的母亲,她是一个聪明的女人,但是名声很坏。据说她曾使许多家庭不和,并曾给安特勒蒙家带来悲惨的后果。妈妈和她交往相当密切,所以了解她的性格。妈妈无意之中引起了孟顿夫人的某个意中人的注意,虽然妈妈后来既没有去找他也没有接受过他的约请,孟顿夫人却把这作为一种罪名加在妈妈的身上。自此以后,孟顿夫人就使出了种种手段来对付她的对手,但是一次也没有得逞。我来说一件最可笑的例子吧。她们俩和附近的几位绅士一同到野外去了，其中也有我刚才提过的那位先生。某一天，孟顿夫人向这些先生中的一个人说，华伦夫人只会矫揉造作，毫无情趣，衣饰不整，而且像个老板娘似的，总盖着自己的胸部。那位先生喜欢打趣，回答她说："至于后一点，她有她的理由，据我了解，她的胸上有一块像一个令人讨厌的大老鼠那样的痣，真是像极了，而且像是在跑动似的。"恨和爱一样，是容易使人轻信的。孟顿夫人决心要利用这个发现。有一天，妈妈正和孟顿夫人的那位不领情的情人一块玩纸牌，孟顿夫人抓住了这机会跑到妈妈的背后，把她的椅子弄个半倒，巧妙地揭开了她的项巾，但是，那位先生并没有看到大老鼠，却见到了完全不同的情形，想忘掉要比想看到还困难。这是使那位夫人大失所望的一件事。

我并不是一个值得孟顿夫人关心的人物，因为她需要自己身边有一些出名的人士。不过，她对我也多少有点注意，这并不是由于我的容貌——对此她无疑是一点也不放在心上的——而是由于人们认为我所有的那点才华，这点才华对于她的喜好或许有些用处。她对于讽刺有一种相当强烈的爱好。她好用一些歌曲或诗句来讽刺不合她心意的人。如果她真的发现我相当有才可以帮助她写几句美妙的讽刺诗，而且我也十分乐意把它写下来，我们俩可能会把尚贝里闹得天翻地覆的。要是人们追究起这些诽谤文字的作者的时候，孟顿夫人就可以把我牺牲掉，自己完全不负责任，而我则可能被囚禁终生，来领受在贵妇人面前充当才子的教训。

所幸，这些事情一点儿也没有发生。孟顿夫人为了和我谈话留我吃了两三次饭，她发现我不过是个傻瓜。我也感觉到这一点，并为此而自怨自艾，恨自己没有我的朋友汪杜尔的才华;其实,我倒该感谢自己的愚蠢,因为它使我避免了许多危险。我在孟顿夫人跟前只有仍旧做她女儿的音乐教师,但是我在尚贝里的生活却相当平静,一直受到人们的欢迎。这比我在她跟前成为一个才子,而在当地其他人面前成为一个毒蛇,要强得多了。

尽管如此,为了使我摆脱青年时代的危险,妈妈认为已经到了该把我当作成年人来对待的时候了。她立刻这样做了,但她所采取的方式非常奇特,是任何女人在这种情况下也想不出来的。我发觉她的态度比往常严肃了,她的谈话也比平日更有教训气味了。在她素日的教导中经常夹杂的玩笑话突然没有了,换上了十分沉着的口气,既不亲切也不严厉,似乎是在准备要作一番说明。她这种突然的改变,我寻思了好久也猜不透其中的原因,于是我就直接向她提了出来,而这正是她所期待的。她向我提议第二天到郊外的小园子里去作一次散步。第二天一清早我们就去了。她事先做好了安排,整天时间只有我们两人在一起,没有任何人来打搅;她用了整整一天的时间来使我能够接受她要给我的恩情,但是她不像别的女人那样用巧计和调情来达到目的,而是用充满感情和良知的谈话。她说的那些话,与其说是对我的诱惑,不如说是对我的开导,刺激感官者少,感动心灵者多。但是,无论她那番既不冰冷也不忧伤的话说得如何出色,如何有益,我都没有以应有的注意去倾听,也没有像从前那样把她的话深深地铭刻在心上。谈话一开始,她那种预作准备的神态已使我精神不安了,因此,在她说话的时候,我不由自主就心不在焉地沉思起来。我并没怎样专心听她所说的话,而只是琢磨她到底想要达到什么目的。我寻思了半天才明白她的用意所在,这对我说来的确是不容易的。我刚一明白她的意思,她这种新奇的主意——自从我和她生活在一起以来,一次也没有这样想过——就把我完全给吸引住了,再也不容我去想她所说的话。我心里只顾想她了,她说什么我也没有注意听。

为了让年轻人注意听取要对他们说的话,先给他们暗示一下他们非常感兴趣的目标,是教师们常犯的错误,这样做的结果适得其反。我在《爱弥儿》一书中也未能避免这种错误。年轻人都是这样:受到向他们提出的目标吸引以后,他们就专门去想这个目标,就像要飞似的直奔目标而去,不再去听你为了使他们达到这个目标所做的序幕式的谈话了,因为你那种慢条斯理的讲法不合他们的心意。如果要让他们注意听话,就不要让他们事先知道你最终要说什么,这一点妈妈可做得拙笨了。她那种喜欢一切事情都要有系统的奇怪性格,使得她总是耗费心思地来说明她的条件。可是我一看出好处,连什么条件都不听,就急着满口答应了。我不相信世界上会有哪个男人在这种情况下能有讨价还价的直爽的勇气,如果他这样做了,也不会得到哪个女人的原谅。由于同样古怪的天性,她在这种协议上还用了最郑重的手续,给了我八天的考虑期限,而我又故意向她说我不需要这个期限。其实,这更是怪到极点的——我倒是非常乐意有些考虑的日子,她这些新奇想法使我很激动,另一方面我自己的思想也非常混乱,需要一些时间来整理一下。

大家一定会以为这八天对我真像八个世纪之久。恰恰相反,我倒希望这八天真能成为八个世纪。我不知道怎样描写我当时的心境,心里充满了杂有急躁情绪的恐惧,既在渴望又生怕渴望的事情真的来到,以至有时心里真想找个什么妥当办法避开这种已经允诺的幸福。大家可以设想一下我那热情奔放和贪恋异性的气质,燃烧的血液,痴情的心,我的精力,我的强壮的体质,我的年龄。再想想我当时渴望得到女人却还没有接触过任何一个女人的情况,想象、需要、虚荣、好奇,全都交织在一起,使我欲火中烧,急切地要做一个男人,表现为一个男人。加之,大家尤其要想到,因为这是不应忽略的,我对她那种热烈而情致缠绵的依恋不但始终没有冷淡下来,而且一天比一天加深了,我只有在她身旁才感到快乐,只是为了想她才离开她。我这颗心完全被她占据了,不仅是她的恩情和她的可爱性格,乃至她的女性、她的容貌、她的身体,一句话,就是整个的她,不管是哪一方面,凡是可以使我感到她可爱的一切都占据了我的心。虽然她比我大十到十二岁,大家不要以为她年纪大了,或是我觉得她是如此。自从五六年前我们第一次见面就使我着迷以来,她实际改变得很少,甚至在我看来她丝毫也没有改变。对我说来,她始终是迷人的,而当时大家也都认为她这样。只是她的身体稍稍发胖了。其他方面,完全和过去一样,同样的眼睛,同样的肤色,同样的胸部,同样的容貌,同样美丽的淡黄色头发,同样的快乐活泼,甚至声音也是同样的声音。她青春时代的那种清脆语声,给我留下的印象是那样深刻,直到今天,我每次听到一个少女的悦耳嗓音,还不能不为之动心。

　　当然,在我等待占有自己非常爱慕的一个女人的期间,我本应害怕的是由于没有足够的力量控制我的欲望和想象,约束不了自己,竟想将时间提前。大家以后会看到,等我年岁稍大的时候,只要一想到有个自己所爱的女人正在等候我,尽管她并不能给我多大的慰藉,我的血液也会立刻沸腾起来,虽然我和她相隔只不过是很短的一段路程①,可是要叫我心里坦然地走这段路,也是不可能的。那么,正当我年轻力壮时期,到底是出于什么不可思议的理由,对于青春的初次欢乐,竟如此毫无兴奋之感呢?我为什么在期待那瞬间临近的时候,反而感到痛苦多于快乐呢?我为什么对于本应陶醉的欢乐竟会感到有点反感和恐惧呢?毫无疑问,如果我能够很得体地避开这种幸福的话,我一定心甘情愿放弃这种幸福。我曾经说过,在我对她的爱情中有许多离奇古怪的东西,无疑,这就是一件大家想象不到的古怪事。

已经气愤的读者也许认为,她已经委身于另一个男人,现在她又要在两个人之间平分自己的宠爱,在我的心目中她的身份一定降低了,可能有一种鄙视的心情削弱了我对她的爱慕。读者要这样想那就错了。这种平分的情况的确使我非常痛苦,因为这种敏感很自然,再说,我也确实觉得这种事对她对我都是不体面的;但是,我对她的感情不会因为这种关系而受到丝毫动摇,而且我可以发誓,我对她的爱从来也没有像我不大想占有她的时候那样更为情意绵绵的了。我非常了解她那纯洁的心和冷漠的气质,用不着怎么想也能明白,她之所以献身自荐是和肉欲的快乐没有丝毫关系的。我完全确信,她只是由于想使我摆脱掉那些几乎不可避免的危险,使我能够保全自己和守住本分,才不惜违背了她自己所应遵守的本分。而对于这一点,她的看法和其他女人的看法是有所不同的,这我在下面将要说到。我既怜悯她,也怜悯我自己。我恨不得

---

① 卢梭这里是指乌德托夫人说的。那时乌德托夫人正住在奥博讷,卢梭则住在蒙莫朗西的"退隐庐"(参看本书第九章)。

对她说:"不,妈妈,不必这样,不这样,我也保证不会辜负你的。"但是,我不敢这样说。首先,这是一件不该说的事,其次,说实在的,我感到这也不真实,事实上,只有她一个女人能使我抵挡住其他的女人,使我经得起诱惑。我虽然不想占有她,却很高兴她能使我免去占有其他女人的欲望,因为我把一切能使我和她疏远的事情都看作是一种不幸。

长期同她一起过着天真无邪的共同生活,这个习惯绝没有削弱我对她的感情,而是更加强了这种感情,但同时也扭转了它的方向,可以说这种感情更加亲切、更加温柔了,而性的成分也更加少了。由于张口妈妈闭口妈妈叫得太多了,而且总是以儿子的态度对待她,日久天长,我就真把自己看作她的儿子了。我想这就是我为什么虽然那样爱她,却不怎么想占有她的真正原因。我记得很清楚,我最初对她的感情虽不十分强烈,却是十分淫秽的。在安讷西的时候,我曾处于如醉如痴的状态;到了尚贝里,我却不那样了。我对她的爱可以说要多么强烈就有多么强烈,可是我爱她主要是为了她而不是为了我,至少我在她身边所追求的是幸福而不是享受。她对我来说,胜似姐姐,胜似母亲,胜似朋友,甚至胜似情妇,正因为这样,她才不是我的一个情妇。总之,我太爱她了,不能别有所图,这在我思想里是最清楚的。

与其说渴望不如说是畏惧的那个日子终于来到了。我既然什么都应许了,也就不能说了不算。我的心实践了我的诺言,并不希求报偿。不过,我却得到了报偿。于是,我便第一次投入了一个女人——我所崇拜的一个女人的怀抱。我幸福吗?不,我只是得到了肉体上的满足。有一种难以克服的忧伤毒化了它的魅力。我觉得我好像犯下了一桩乱伦罪似的。

有两三次，我激动地把她紧紧搂在怀里的时候，我的眼泪浸湿了她的胸脯。她呢，既不显得忧伤，也不显得兴奋，只有温存和平静。因为她根本不是一个喜欢纵欲的女人，没有追求过这方面的满足，所以她既没感到性的快乐，也不为此而懊悔。

我再说一遍，她的一切过失都在于她缺乏判断能力，绝不是出自她的情欲。她是上等家庭出身，心地纯洁，她喜欢正派的行为，她的性情是正直和善良的，趣味也相当高雅。她生来就是为了做一个具有完美品德的女人，她也喜欢这样做，但是她没有能遵守这种品德，因为她一向所听从的不是把她引向正路的感情，而是把她引入迷途的理性。当许多错误的道理引她走入迷途的时候，她的正确的感情一直在抵抗。可惜的是，她喜欢炫耀自己的哲学，因而她凭自己的见解所创立的道德原则，往往破坏了她的心灵启示的持身之道。

她的第一个情人达维尔先生是她的哲学教师，他灌输给她的一些理论都是以诱惑她为目的的。他发现她非常忠于自己的丈夫和自己的职责，始终保持冷淡，理智很强，不是从感情方面所能攻破的，于是就用一些诡辩之词来向她进攻，结果达到了目的。他向她证明她所遵守的妇道完全是教理问答中哄小孩一类的胡说八道，两性的结合——这个行动的本身是最无关紧要的；夫妻之间的忠实只是为了顾全外表，它的道德意义只涉及公众舆论；做妻子的唯一责任就是使丈夫安心，因此，不为人所知的不忠行为，对于她所欺骗的丈夫来说是不存在的，对于自己的良心也是一样。总而言之，他说服了她，使她相信不忠行为的本身实在算不了什么，只是因为别人知道了不好看才成了问题，所以任何一个女人，只要能表现得像个贞洁的女人，她事实上也就是个贞洁的女人。这个坏蛋就这样达到了他的目的,他败坏了一个年轻女人的理智,他没有能败坏她的心灵。他受到了最猛烈的嫉妒心的惩罚,因为他认定她在按照他教她对待自己丈夫那样来对待他本人。我不知道在这一点上他是否弄错了。贝莱牧师被认为是他的后继人。就我所知,这个年轻女人的冷漠天性本应保护她不接受这套理论,但恰巧妨碍她日后抛弃这套理论。她始终不明白人们为什么对于她认为毫无意义的小事那么重视,她从来也没有把在她看来毫不费事的节欲当成美德。

为她自己,她并没有怎样滥用这个错误的理论,但是她却为了别人而滥用它,所以如此,是因为她相信另外一条差不多是同样错误的道理,而这个道理又和她善良的心灵正相吻合。她始终相信,没有任何力量比"占有"更能使一个男人依恋一个女人的了,虽然她对她的朋友的感情只是出于纯粹的友谊——这是一种十分缠绵的友谊,她用她所掌握的一切手段,使他们更紧紧地依恋她。而最令人感到惊奇的是她几乎每次都能成功。她确实非常可爱,和她相处得越密切,发现她的可爱之处也就越多。另一点值得指出的是,就是在她第一次失足之后,她差不多只是宠爱不幸的人,显贵人物在她跟前都是枉费心机。如果她已经对一个男人产生了同情,最后却又没有爱上他,那一定是因为他太不可爱了。如果她选择的对象配不上她,这绝不是出于她那高尚的心灵向来十分陌生的某些卑鄙动机,而完全是由于她的性格过于慷慨,过于善良,过于同情,过于敏感的缘故,她的明辨能力往往不足以驾驭这种性格。

尽管几项错误的原则把她引入了歧途,可是有多少值得赞美的原则她曾始终不渝地在遵守啊! 如果这些错误能够称作弱点的话,她已用多少美德弥补了这些弱点啊!何况其中肉欲的成分又是那么微乎其微!固然,那个人在一点上欺骗了她,然而也是那个人在其他许多方面出色地指导了她。她那殊少冲动的情欲常常使她能够遵循明睿的见解,只要她的诡辩哲学未能使她走入迷途时,她的行动也是正确的。即使她做了错事,她的动机也值得赞赏;由于认识上的错误,她做了错事,但决没有任何坏心眼。她对于口是心非和弄虚作假是深恶痛绝的。她为人正直,真诚,仁慈,无私;她信守诺言,忠于朋友,忠于自己认为应该遵守的责任。她既不会对人进行报复,也不会憎恨别人,她甚至不能理解,为什么宽恕竟然算作一种了不起的美德。最后,就拿她那最不可原谅的行为来说,她很不看重她给予别人的宠爱,也从来不把她的宠爱当作进行交易的手段;她滥用自己的宠爱,但是决不出卖宠爱,虽然她不断采用种种权宜之计来维持生活。我敢大胆地说,苏格拉底既然能够尊敬阿斯帕西①,他也一定能够尊敬华伦夫人。

我早料到,说她既具有多情的性格又具有冷漠的气质,人们一定会和往常一样毫无根据地指责我自相矛盾。也许这是大自然的过错,这种结合是不应该存在的;但我只知道她确实是这样的人。认识华伦夫人的人今天还有不少人健在,他们都能证明她就是这样的人。此外,我甚至敢说,她只知道生活中有一种真正的快乐,那就是让她所爱的人快乐。人们尽可以对此任意评论,用高明的论断证明这不是事实。然而我的

---

① 阿斯帕西,古希腊的交际花,雅典政治家伯理克里斯(公元前5世纪)的情妇。她聪明出众,学识渊博,而且姿容秀丽,当时雅典的一些最有名的哲学家和著作家常在她家中聚会。

责任就是说明真实情况,并不一定要人们相信。

我方才所说的,都是在我们有了进一步的关系以后的交谈中渐渐领会到的,我只是在这些交谈中才感到我们这种亲密关系的快乐。她原来希望她对我的宠爱会给我带来好处,这是一点也不错的;她的恩情对于我的发展产生了巨大作用。在这以前,她对我只是像对一个孩子似的,单单谈我的事。现在,她开始把我当作一个成年男子而向我谈她自己的事了。她和我所谈的一切,引起了我很大兴趣,使我非常感动,我不能不深自反省,我从她所说的知心话中得到的益处比从她的教导中所得的还要多。当你真正感到对方的话是肺腑之言的时候,自己的心灵也一定会敞开来接受一个陌生心灵的真情的流露;一个教育家的全部箴言也赶不上你所爱恋的一个聪明女人的情意缠绵的话语。

我和她的这种亲密关系,使她对我有了比以前更高的评价。虽然我的样儿有些拙笨,她认定我经过一番教育后可以到上流社会里走动,如果有朝一日我能在交际场中站稳脚跟,我是可以自奔前程的。根据这种看法,她认为不仅要培养我的智力,也要整顿我的外表和我的举止,她要使我变成一个既和蔼可亲又令人尊敬的人。如果说在上流社会中得到成功是和品德可以结合起来的话(我是不相信这一点的),那么至少我确信除了她所采取的并且也要教给我的那个途径外,是没有别的办法。华伦夫人深明人情世故,在待人接物上有一套精湛的艺术;她与人交往既不虚伪,又不疏忽,既不欺骗人,也不刺激人。但是,这种艺术是她的性格所固有的,也是传授不了的;她自己运用这套艺术要比她讲解这套艺术高明得多,而我又是世界上最不能学会这种艺术的人。因此,她在这方面所做的一切，差不多等于徒劳，就连她请教师教给我跳舞和剑术也是一样，我的身体虽然轻巧灵便，却连一个小步舞都没学会。由于我脚上有脚鸡眼，我用脚后跟走路已经成了习惯，即使用罗谢尔盐治疗，也没法改过来。虽然我的样子很灵便，可是我从来没能跳过一个小沟。在剑术练习室就更糟糕了，学了三个月，我还是在学习如何挡开击来的剑，始终不会突刺。而且我的手腕不够灵活，胳膊没有劲，当我的教师要击落我的剑时，我总是握不紧。此外，我对这种运动和教我剑术的教师极端厌恶，我从来没想到一个人对于杀人的技术会有那么大的自豪感。他为了使我能接受他的大天才，就用他一窍不通的音乐作比方，他认为剑术中的第三和第四姿势和音乐中的第三和第四音程有很显然的相似之处。如果他要作一次虚攻，他告诉我要注意这个升半音符号，因为在古代音乐中的升半音符号和剑术中的虚攻是同一个字。当他把我手中的实习剑打掉的时候，就笑着对我说，这是一个休止符号。总之，我一辈子也没有见过像他这样一个帽子上插着羽毛、胸前带着护胸甲的自以为多才多艺的家伙，他简直令人难以忍受。

所以，我的剑术进步很小，不久我就纯粹由于厌恶而把剑术放弃了。但是，我在一种比较有用的艺术方面却有了显著的进步，那就是满足于自己的命运，不再希望更显赫的地位，而且我开始觉得我没有这种天分。我一心希望妈妈生活得愉快，我喜欢总待在她的身边，在我不得不进城教音乐而离开她的时候，尽管我对音乐那样爱好，我开始觉得这是件麻烦事。

我不知道克洛德·阿奈是不是看出了我们之间关系的亲密性质，但是我有理由相信这事未能瞒过他。他是一个绝顶聪明而又非常审慎的小伙子；他从来不说违心的话，但也并不总是把心里所想的都谈出来。他一点也没显出他已经知道了我们的事情，只是从他的行动上看，他像是知道了。他的这种谨慎态度当然不是出于心灵的卑贱，而是因为他赞成他的女主人的见解，所以他不能非难她按照这些见解所采取的行动。虽然他和她一样年轻，但他非常老成，非常庄重，甚至把我们俩看成两个应该宽容的孩子，而我们则把他看成一个可敬的人，我们也应该对他保持相当的尊重。我只是在他的女主人对他不忠实以后，才了解到她对他的爱是如何深沉。由于她知道我的思想、我的感情以至我的生命都受她的支配，所以向我说明了她是如何爱他，以便让我也能同样爱他；她在这点上所要强调的，与其说是她对他的爱，不如说是她对他的尊敬，因为后者是我最能和她分享的一种感情。她常说，我们俩对她的幸福都是不可缺少的，当她说这样话的时候，有多少次我们两个人都感动得拥抱着流下眼泪啊！希望读这段叙述的女士们不要恶意地笑她。既然她是这样的气质，这种需要并无暧昧的成分：这纯粹是她心灵的需要。

于是，我们三个人就这样组成了一个世界上或许是绝无仅有的集体。我们的愿望，我们的关注，我们的心灵都是共同的，一点没有越出我们的小圈子。我们三个人共同地、排他地生活在一起已成了习惯，如果在我们吃饭的时候，三个人中缺了一个或者有外人参加，就好像一切秩序都乱了；尽管妈妈和我们每个人之间都有个别的亲密关系，我们总觉得仅有两个人在一起不如三个人都在一起的时候那样愉快。在我们之间之所以不致产生苦恼，是由于相互间的极大信赖，之所以不会感到厌烦，是因为我们平常都很忙。妈妈不断计划这个，打算那个，整日活动奔忙，也轻易不让我们两人闲着没事干，再加上我们都有点自己的事要做，也就把时间都占满了。在我看来，闲暇无事和孤独一样，也是社会上苦难的根源。长时间面对面地待在屋子里，什么事也没有，一个劲儿地东拉西扯，这是最能使人的思想变得狭隘，最能惹是生非、钩心斗角、造谣中伤的了。当大家都在忙着的时候，除非有事要说，谁也不说话，可是当大家什么事都没有的时候，话就不得不一个劲儿地说下去，这是最厌烦最危险的事情。我还敢进一步说，为了使一个小的集体有真正的快乐，我主张每个人不仅都应当做点什么事，而且要做点多少需要用心的事。例如，打花结就等于没事做。打花结的女人和闲着没事的女人一样需要谈话消遣。可是她要是做刺绣的话，情况就不同了，由于专心刺绣，别人说话时她简直就没有答话的工夫。特别感到讨厌和可笑的是，要是这时候在她眼前有十多个闲人，起来坐下，走来走去，闲得没事用脚后跟来回打转，把壁炉上的瓷菩萨转来转去看个不住，并且还不断搅动他们的脑子，以便来维持他们没完没了的闲谈。不用多说，这真是一桩美妙的事！这样的人，不管在哪儿，总是要给别人和自己带来麻烦。我在莫蒂埃的时候，常到女邻居家去编丝带，如果我回到社交场中，我会经常在口袋里装上一个小转球，整天地拿来转着玩，省得没话说时说废话。要是每个人都这样做，人们就不会变得那么坏，他们的互相交往也就更信实可靠了，而且我认为，也会更愉快些。总之，谁要是觉得这可笑，那就让他们笑吧，我却认为，适于现在这个时代的唯一道德，就是小转球的道德。

再说，我们也几乎用不着为了摆脱厌烦而自己去找事做，那些不受欢迎的客人总会给我们留下很多的事情，除我们三个人在一起的时间外，自己也不会有什么空闲。这些客人从前使我产生的那种不耐烦的情绪并没有减低,所不同的只是我闹这种情绪的时间减少了。可怜的妈妈丝毫没有放弃她那好对自己的事业和方案作种种幻想的老毛病。相反,家庭的生计越困难,她就愈在她所憧憬的事情上用心思。眼前的生活来源越减少,她就越对将来充满幻想。随着年岁的增长,她这种老毛病愈来愈甚,当她渐渐失去社交的乐趣和青春的乐趣的时候,她就用寻求秘方和制订计划的乐趣来代替她所失去的乐趣。家里总不断有一些江湖医生、制药商、术士以及形形色色喜欢搞空洞计划的人,他们吹嘘将来他们会有百万钱财,而当前他们连一块银币也不会放过。没有一个人是从她家里空手出去的。但是,有一件事我不明白,我不知道在那么长的时间,她用什么方法来应付那么多的开销,既没有耗尽她的财源,也没有使她的债主感到头疼。

在我现在所说的那个时期,她最热衷的计划——在她所拟定的计划中,这并不能算作最不合理的一个计划——是在尚贝里创设一所皇家植物园,还要聘请一位享有薪金待遇的技师,不用说就可以知道,这个位置是要派给谁的。这座城市位于阿尔卑斯山脉中部,很适于进行植物学研究,妈妈总是用一个计划来促进另一个计划的实现,因此她在制定成立植物园的计划时就又拟定了创设一个药剂研究所的计划;在这个地方,药剂师也就是仅有的那几位医生,成立一个药剂研究所实际上倒是很有用的。国王维克多逝世以后,太医格洛希退居尚贝里,她认为这是对这个计划很有利的条件,也许正是因为这一点她才想出了这个计划。不管怎么样吧,她开始拉拢起格洛希来,但拉拢他却不是那么容易的,因为他是个我从来没有见过的最刻薄最粗鲁的人。现在举两三个例子由读者去判断吧。

　　有一天,他和其他的医生会诊一个病人,其中有一位青年医生是从安讷西请来的,是经常给那个病人看病的医生。这位青年人对他们医生这个圈子的规矩还不够熟悉,居然敢不同意太医的意见。太医对他的话不作回答,却只问他什么时候回去,路过什么地方,乘哪班马车。年轻的医生一一作答后,反过来问他是不是有什么事要托他代办,格洛希说:"没事,没事,我只是想在你走的时候,我很乐意到楼上的窗户旁看看一个蠢驴在马车里是个什么样儿。"他吝啬的程度是和他的富有与冷酷完全一样的。有一次他的一个朋友向他借钱,并提出了最可靠的保证,他却紧握着他朋友的手,咬着牙说:"朋友,就是圣彼得从天上下来,用三位一体担保向我借一百法郎,我也不借给他。"有一天,萨瓦地方的长官,一位非常虔诚的伯爵比贡先生请他吃饭,他提前很早就到了,那位长官大人正在做祈祷,就请他一同做,他不知怎样回答,只做了一个可怕的鬼脸后也跪下了,但是,刚刚念了两句"万福马利亚",他就忍不住了,猛地站起来,拿起手杖,一句话没说就走了。比贡伯爵追着对他说:"格洛希先生! 格洛希先生! 您别走呀,厨房里正在给您烤一只美味的鹧鸪呢!"他回过头来回答伯爵说:"伯爵先生! 您就是给我一个烤天使我也不等了。"妈妈想拉拢而终于拉拢上的太医格洛希先生就是这样一个人。虽然他非常忙,但也常常来看她,和阿奈很要好,很重视他的知识,并且怀着景仰的心情谈论他。令人出乎意料的是,像他这样一个粗鲁无礼的人,为了消除过去的印象,竟向阿奈表示特别尊重。虽然阿奈早已不是仆人了,但大家知道他过去是仆人,也许还是同样需要由太医的威望和示范来使人对他采取另眼看待的态度。克洛德·阿奈身穿黑色上衣,假发梳得整整齐齐,风度端庄,彬彬有礼,行动明智谨慎,医学和植物学的知识相当渊博,再加上医学界领袖人物的关照,依理而论,如果成立皇家植物园的计划能够实现,他很有希望担任皇家技师之职而受到一致的推崇。实际上格洛希很欣赏这项计划,也采纳了这个计划,只等和平局面一出现,开始考虑一些有关公益的事并能筹出一笔经费的时候,再向宫廷提出。

如果这个计划实现了,我一定会投身到植物学上去,因为我生来就像是要干这门学科的,但是,一个意外的打击使这个计划落了空,无论计划怎样周密,遇到这样的意外,也是要被推翻的。我是注定了要逐步变成苦命人的典型。可以说,上帝特意要叫我经受种种严酷考验,把所有能妨碍我做苦命人的一切,都用手拨开了。有一次阿奈到山顶上去寻找一种白蒿,这是只有在阿尔卑斯山上才生长的一种稀有植物,格洛希先生当时正需要它,这个可怜的青年竟在这次上山采药的时候跑得太热了,得了肋膜炎;据说,他所采的药材正是治这种病的特效药,但也救不了他的命。尽管有医道高明的名医格洛希的医治,尽管有他善良的女主人和我的尽心照顾,他在我们终归无效的救护之下,经过一番临终前的异常痛苦的挣扎,终于与世长辞了,这是得病后的第五天。在他死前只有我劝慰过他,我的心情是那样痛苦和热诚,如果他当时神志清醒,能够了解我的意思,一定会得到一些安慰的。我就这样失去了我一生中仅有的一个最忠实的朋友。他是一位罕见的、值得尊敬的人物,天赋的才能补足了他不曾受到的教育,出身低贱,却具有伟大人物的一切品德。如果他有较长的生命和适当的职位,他一定会成为一个伟大的人物。

第二天,我怀着异常真挚的沉痛心情向妈妈谈起了他;在谈话中我突然产生了一种卑贱的不应有的念头:我想接收他生前穿过的几件衣服,特别是那件曾引起我注意的漂亮的黑上衣。我既然这样想,也就这样说出来了,因为在她跟前,我总是心里想什么就说什么的。没有任何东西可以比这句卑鄙而难听的话更能使她感到刚刚死去的那个人对她的损失是多么大的了,因为无私与心地高尚正是死者生前所具有的最优秀的品质。这个可怜的女人,一句话也没有说,就扭过头去哭了起来。可爱而又可贵的眼泪啊!我明白这些眼泪的意义,每颗泪珠都流到我的心里了,它们把我心里所有卑鄙肮脏的东西一点痕迹不留地完全冲掉了,从那以后,我再也没有产生过这样的念头。

阿奈的死亡不但给妈妈带来了精神上的痛苦,也带来了物质上的损失。从此以后,她的事情一天不如一天了。阿奈是一个精明而谨慎的青年,他维持着他女主人家里的一切秩序。大家怕他那双机警的眼睛而不敢过于浪费。就是妈妈本人也因为怕他的指责而竭力克制自己那喜欢挥霍的习性。对她来说,单单他的爱是不够的,她还要保持住他的尊敬和避免他的正当的指责,因为在她滥用别人钱财或是浪费自己钱财的时候,他有时是敢于责备她的。我和他有同样看法,甚至也提出同样的忠告,但是,我在她身上没有那么大的影响力,我的话不如他的话那样有作用。他既然不在了,必须由我来代替,可是我既没有这种能力,也没有这种兴趣,所以不能胜任。我本来就不很细心,性情又怯懦,虽然我也暗自嘀咕几句,却还是一切听其自流。再说,固然我获得了和阿奈同样的信任,却不能具有同样的权威，看见家里杂乱无章，我也叹息，我也抱怨，但是，我说的话谁也不听。我还太年轻、太浮躁，我还不能凭理办事，当我要干预时，妈妈总是亲热地轻轻拍拍我的脸蛋，叫声"我的小监督"，迫使我仍旧扮演起适合于我的角色。

我平素就深感到她那种毫无节制的花费早晚要把她置于穷困的境地，现在我作了监督，亲眼看到账本上的收支不平衡，这种感觉就越发深刻了。我内心一直存在的吝啬倾向，就是在这时养成的。固然，我除了一时的发作外，从来不曾真正浪费过金钱，就是在此以前，我也从来没有为钱而操过多么大的心。现在我却开始注意这件事，而且也关心起自己的小钱袋来了。由于一种崇高的动机，我竟变成了爱钱的人；实际上，因为我已预见到要发生不幸的事，所以我一心只想给妈妈攒一点钱，以备不时之需。我担心的是她的债权人可能请求扣押她的年金，或者是她的年金完全被取消，因此，在我那幼稚的眼光看来，我认为我那一点儿积蓄倒可能帮她很大的忙。但是，为了攒点钱，特别是为了把其保存住，必须瞒着她，因为在她东挪西借的时候，叫她知道我还存有体己钱是不合适的。于是我就到处找严密的地方藏上几个金路易，并且准备不断地添加点，一直到将来有一天如数当面交给她为止。但是，我太笨了，凡是我所选择的地方总会被她发现的，后来，她为了暗示我她已发觉这个秘密，就把我所藏的金币拿走，换上了更多一些别的钱币。于是我只得难为情地把我那一点体己钱送到公用的钱袋中来。而她总是又用这些钱为我购置一些衣服或其他用的东西，例如银剑、怀表等等。

我确信攒钱是永远不会成功的了，而且对她说来这也是杯水车薪，无济于事。最后，我觉得为了预防我所担心的不幸发生,在她无力供给我吃饭而她自己也要断炊的时候,我必须学会由我来供给她的生活需要,此外,没有其他途径。不幸的是,我竟只从爱好出发来制定自己的计划,疯狂而顽固地想在音乐中寻求财运,我觉得我的脑袋里充满了主题和歌曲,我认为只要我能善于利用,我就会立刻成为一个名家,一个当代的俄耳浦斯①,我那优美的歌声可以把全秘鲁的银子都吸引过来。对我来说,识谱的能力固然已经不错了,重要的却是要学会作曲。困难就是找不到教我作曲的人,只拿拉摩所著的那本《和声学》来自学,是没希望达到目的的,而且自从勒·麦特尔先生走了以后,在萨瓦便没有懂和声学的人了。

在这里,大家又要看到我这一生中不断出现的和我的目的适得其反的事情,这些事情往往在我认为已经可以达到目的的时候,却使我走到和我的目的正相反的地方去。汪杜尔时常和我谈起关于布朗沙尔神父的事,他是教他作曲的老师,是一个具有卓越天才的有名人物,当时他在贝藏松大教堂担任音乐指挥,现在在凡尔赛的小礼拜堂当音乐指挥。于是我便打算到贝藏松去跟布朗沙尔神父学音乐,我认为这个想法非常合理,并且说服了妈妈,让她也认为这是个合理的想法。于是她就以她那好铺张的习惯给我准备起行装来了。这样,我的计划是想防止她破产,是想将来能够弥补上由于她的浪费而欠下的亏空,可是在着手执行这个计划的时候,却又使她花费了八百法郎,我为了防止她将来破产反而加速了她的破产。虽然这种举动是很荒唐的,我的心中和妈妈的心中却都

---

① 俄耳浦斯是希腊神话中有名的乐师,最凶猛的野兽听到他的抑扬婉转的琴声都会跑到他的脚前,变得非常驯服。

充满了幻想，我确信，我所进行的一切对她是有好处的，她则深信我所进行的一切对我是不无裨益的。

我原以为汪杜尔还在安讷西，可以求他写一封介绍信给布朗沙尔神父，但他已不在那里了。我所有的可做证明的东西就是汪杜尔留给我的一篇四声部的弥撒曲，这是他的作品，也是他亲笔抄写的。我就拿着这件代替介绍信的东西到贝藏松去，路过日内瓦的时候，我看望了几位亲戚，经过尼翁的时候，我去探望了父亲，他和往常一样接待了我，并且答应把我的行李寄到贝藏松，因为我骑着马，行李随后才能到达。我终于来到了贝藏松，布朗沙尔神父很好地接待了我，答应教我音乐，并且表示愿意尽量照拂我。在我们正要开始的时候，父亲寄来了一封信，说我的行李在瑞士边境的鲁斯被法国关卡扣留并没收了。这消息把我吓坏了，我就尽量托我在贝藏松刚认识的几个熟人打听一下没收的原因，因为我确信里面没有一点违禁品，我想象不出我的行李是根据什么理由被没收的。最后，我知道了原因，我必须介绍一下，因为这是非常有趣的事。

我在尚贝里认识了一位上了年纪的里昂人，他是一个非常善良的人，名叫杜维叶。他在摄政时代①的签证局②做过事，由于赋闲便来到这里的土地登记处工作。他和上流社会人士交往过，不仅有才能，而且有学问，为人温和有礼，他也懂得音乐，我们两人当时在一个办公室工作，在那些粗俗不堪的人们中间，我们格外显得亲近。他和巴黎方面有一些通讯关

① 这里是指法国国王路易十五未成年时期的摄政时代。
② 主要是为检验国家发行的货币而设的机构。

系,常供给他一些无谓的小品文,一些昙花一现的新奇作品,这些作品也不知为什么就传播起来,也不知怎样就无声无息了,要是没有人提起,永远不会有人再想到它们。我曾带他到妈妈这里来吃过几次饭,可以说他是有意和我要好,为了博得我的欢心,他想设法使我也爱上这些毫无价值的东西,其实我一向就讨厌这种无聊的文章,我是这一辈子也不会读这类东西的。为了不使他扫兴,我只好收下这些宝贵的纸片,顺手就把它们装进衣袋里,除了找手纸用时,我再也不会想起它们来,因为这是它们唯一的用途。真不巧,这些可恶的文章有一篇丢在我只穿过两三次的新礼服上衣的口袋里了,那身礼服是我和同事们应酬时穿的。这篇东西是冉森①教派作家模拟拉辛的悲剧《密特里达德》里最优美的一幕而写的一篇游戏诗文,文字索然寡味,我连十行也没有读,由于不慎就把它丢在衣袋里了,因而造成了我的行李被扣押的原因。关卡的官吏们把我的行李开列了一个清单,清单前面加了一篇洋洋大观的检验书,检验书上首先断定这个文件来自日内瓦,是准备到法国印刷和散发的,于是他们就借题发挥,对上帝和教会的敌人大加责难,对他们自己的虔诚警惕则大加颂扬,说正是由于警惕性高才制止了这个万恶阴谋的实现。毫无疑问,他们认为我的衬衣也有异教气味,因为他们根据这张可怕的小纸片把我所有的东西都没收了。由于我想不出什么办法,我始终也没得到我那可怜的行李如何处理的消息。去找那些税务机关里的官吏们时,他们向我要这个说明,那个单据,这个证

---

① 冉森(1585—1638),荷兰天主教神学家,他根据圣奥古斯丁的理论而创立的宗教学说,在当时被视为异教派。

明,那个记录,手续十分复杂,简直叫我堕入迷魂阵中,我只好干脆把行李全都不要了。我非常后悔没有把鲁斯关卡的那份检验书留下来,要是把它收集到准备随同本书一并出版的资料集里,一定会显得特别引人注意。

这项损失使我在布朗沙尔神父那里还没学到什么就不得不立刻返回尚贝里。看到我无论干什么都不走运,经过全盘考虑以后,我决定一心一意地和妈妈待在一起,听凭她的命运的支配,和她苦乐相共,也决不再为自己无能为力的将来枉费心机了。她就像我给她带来宝贝一样地欢迎了我,又慢慢地把我的衣物添置起来;我的不幸对她对我都是相当大的,但是差不多和事情的发生一样快,不久我们就把它忘掉了。

这次的不幸虽然给我对音乐所抱的热望泼了冷水,我却始终不遗余力地在研究拉摩的那本书,由于苦心钻研,终于对它有了理解,并且试写了几支小曲,成绩倒还不错,因而又增加了我的勇气。安特勒蒙侯爵的儿子贝勒加德伯爵在奥古斯特王①逝世以后就从德累斯顿②回来了。他在巴黎住过很久,非常喜爱音乐,对于拉摩的音乐更是爱之若狂。他的兄弟南济伯爵会拉小提琴,他们的妹妹拉尔杜尔伯爵夫人会唱歌。这一切便使音乐在尚贝里盛行起来。他们举办了一个公开的音乐会,最初曾打算请我担任指挥,然而不久就看出我不胜任,于是另做了安排。我仍然把我作的几支小曲拿去演奏,其中有一支合唱曲大受人们的欢迎,这当然还不能算作很成熟的作品,不过其中却充满着新的曲调和引人入胜的音节,人们

① 这里指的是萨克森与波兰的国王奥古斯特三世。
② 德累斯顿当时是萨克森公国的首都。

绝想不到作者就是我。这些先生们不相信我这个连乐谱还读不好的人竟能作出相当不错的曲子来,他们怀疑我可能是拿别人的劳动成果充当自己的。为了证明真伪,有一天早晨,南济伯爵拿着克莱朗波的一支合唱曲来找我;他说,为了使这个曲子便于演唱,他已经给它变了调,但是由于一变调,克莱朗波写的伴奏部分就不能演奏了,要我给它另配个伴奏低音部。我回答说,这是一件相当繁重的工作,不能马上做到。他以为我是在寻找脱身的借口,就逼着我至少要写一个宣叙调的低音部。我答应了,当然作得不甚好,因为我不论做什么事,必须在毫不紧张的情况下从容不迫地去做,但这次我作的至少合乎规则,而且是当着他的面作的,这样他就不能怀疑我不懂作曲的基本原理了。也正因为这样,我的那些女学生才没退学,不过我对音乐的兴趣开始有些冷淡了,因为举行一个音乐会,人们竟没把我放在眼里。

差不多就在这个时候,和约缔结了,法国军队又越过山回来了。有许多军官来看望妈妈。其中有奥尔良团的团长劳特莱克伯爵,后来他当了驻日内瓦的全权大使,最后成了法兰西的元帅。妈妈把我介绍给他。他听了妈妈说的一番话后,似乎对我很关心,向我许下了不少诺言,可是,直到他临死的那一年,在我已不需要他的时候,他才想起了自己的那些诺言。年轻的桑奈克太尔侯爵也在同时到达尚贝里,他的父亲当时是驻都灵的大使。有一天,他在孟顿夫人家吃晚饭,正好我也在座。饭后大家谈起了音乐,他非常熟悉音乐,当时《耶弗大》①这个歌剧正十分流行,他便谈起了这个歌剧,并叫人把

① 这是作曲家蒙特克莱尔写的一出歌剧,一七三二年开始在巴黎上演。

谱子拿来。他提议要和我一同唱这个歌剧,使我感到十分狼狈。他打开曲谱,正碰上那段著名的二重唱:

> 人间,地狱,甚至天堂,
> 都要在主的面前战栗。

他问我:"你愿意唱几个音部?我来唱这六个音部。"我还不习惯法国音乐中的那种急促的节奏,虽然我有时也勉强唱过几段,但不了解一个人怎么能够同时唱六个音部,就是同时唱两个音部也不行啊。在音乐中,使我最感头痛的就是迅速地从一个音部跳到另一音部,同时眼睛还要看着整个乐谱。由于看到我当时那种推托的样子,桑奈克太尔先生显然怀疑我不懂音乐。也许就是为了验证我到底会不会,他才要我把他打算献给孟顿小姐的一支曲子记录下来。这件事我是无法推辞的。于是他唱我记,我并没请他重唱多少次就记下来了。然后,他把我记录的谱子看了一遍,认为我所记的一点不差,非常准确。他因为亲眼看到了我刚才为难的情况,就对这项微小的成绩大加赞扬。说起来,这本是一件非常简单的事。其实,我是很通音乐的;我所缺乏的只是那种一看就会的聪明劲儿,这是我在任何事情上也不行的,而在音乐方面,只有经过长期的练习才能达到这种程度。不管怎样,难得他想得这么周到,要在大家和我个人的心目中消除当时我所受到的那点小小的挫折,他这种盛情美意我总是十分感激的。十二年或十五年之后,在巴黎各种人家里我又遇见了他,我曾多次想向他提起这件事,向他表示我到现在仍记忆犹新。但是,他在那以后双目失明了,我怕回忆当年那些事情会引起他的伤感,所以就没有谈。

我正在接近一个转折点，我过去的生活开始从这里过渡到现在的生活。从那时一直保持到现在的一些友谊关系，对我说来都成为非常宝贵的了。这些友谊往往使我对那个愉快的、默默无闻的时期感到留恋，那时自称是我的朋友的人们，都是爱我这个人而跟我交朋友，他们对我的友情纯粹出于至诚，而不是出于和一个名人来往的虚荣心，也不是居心寻求更多的机会来损害他。我和老友果弗古尔的相识就是从这个时候开始的，尽管有人用种种手段离间我们，他却永远是我的好友。永远！可惜的是，唉！他最近去世了。但是，他只是在生命终了的时候才停止了对我的友爱，我们的友谊只是由于他的去世才告结束。果弗古尔先生是世界上罕见的好人。凡是见到他的人没有不爱他的，和他一同生活，就不能不和他结下深厚的友谊。在我一生之中，我从来没有见过一个人比他更磊落爽朗，更和蔼可亲，更恬静淡泊，显出更多的感情和智慧，博得人们更多的信赖。不管是怎样拘谨的人和他都会一见如故，就像相交有二十年之久那样亲密。连我这样一个见到生人就局促不安的人，和他初次见面也毫无不自然的感觉。他的风度，他的声调，他的言谈和他的仪表完全谐调。他的嗓音清脆、饱满、响亮，是一种雄壮有力的优美低音，能充满你的耳鼓，响到你的心房。没有人能像他那样总是那么愉快、那么和蔼，没有人能有他那样的真诚朴实的风度，也没有人能像他那样既有纯朴的才华又有高尚的修养。除此而外，他还有一颗爱人的心，而且是一颗过分多情的心。他有一种为人帮忙不大选择对象的性格，热心帮助朋友，更确切地说，他能帮助谁就做谁的朋友。他能满腔热情地办别人的事，同时又十分巧妙地安排自己的事。果弗古尔是一个普通钟表匠的儿子，他本人也做过钟表匠。但是,他的风度和他的才干召唤他走向另一个社会圈子,而他不久就进入了。他和当时驻日内瓦的法国代表克洛苏尔先生结识以后,两人十分要好。克洛苏尔在巴黎给他介绍了一些对他有用的朋友。他通过这些人获得了供应瓦莱州食盐的职务,每年可有两万利勿儿的收入。他的运气总算不错了,在男人方面就到此为止,但在女人方面,则有应接不暇之势,他不能不加以选择,并且做到了如愿以偿。最稀奇、最值得敬佩的是,尽管他和各种身份的人都有交往,可是他无论到什么地方,人们都喜爱他,都欢迎他,他从没有受过任何人的嫉妒和憎恨,我相信他这一辈子一直到死也没遇到过一个仇人。幸福的人啊!他每年都要到埃克司温泉浴场来,附近一带的上流社会的人全聚集在那里。他和萨瓦的所有贵族都有来往,他从埃克司到尚贝里来探望贝勒加德伯爵和伯爵的父亲安特勒蒙侯爵。妈妈就是在这位侯爵家和他相识并将我介绍给他的。这种一面之交似乎谈不上什么友谊,其间又中断了多年,但是在我以后要叙述的场合中我们又见面了,并且成了莫逆之交。因此,我就满可以谈谈这位十分亲密的朋友了;但是,即使我不是出于任何个人利害关系而追念他,对于像他这样一个有吸引力的、得天独厚的人,我认为,为了人类的荣誉也是应该永志不忘的。这个十分可爱的人和其他人一样,也有自己的缺点,读者以后可以看到;但是,他如果没有这些缺点,说不定就不会那样可爱了。为了能成为一个引人注目的人物,他也应该有些需要别人原谅的事情。

这个时期,我和另一个人也有过来往;这一来往一直没有停止过,并且还不断地以追求世俗的幸福——这种追求在一个人的心中是多么难以泯灭啊!——诱惑我。这个人就是孔济埃先生,他是萨瓦的绅士,当时既年轻又可爱,一时高兴想学音乐,更确切地说,要结识我这个教音乐的人。他除了具有艺术的天才与爱好以外,还有一种非常可亲的温柔性格,我十分看重有这种性格的人,所以不久我们就成了莫逆之交。正在我头脑中开始滋长着的那种文学与哲学的萌芽,只要稍一培养和激励就能完全发育起来,这时候,我在同他的交往中正遇到了这种培养和激励。孔济埃先生对音乐没有多大天赋,这对我说来却是一件好事,教课的时间完全消磨在练习音阶以外的事情上了。我们吃早点,闲谈,阅读新的出版物,对音乐则只字不提。当时伏尔泰和普鲁士皇太子的通信正名噪一时,我们常常谈论这两位著名人物。后者不久就登基了,当时已经部分地显露出他日后将成为什么样的人;另一位,当时所受的诋毁正如现在所受到的赞美,这使我们对他的不幸深感同情,这种往往与伟大天才俱来的不幸当时仿佛专钉住他似的。普鲁士皇太子年轻时很少幸福,而伏尔泰生来就像是一辈子不能享福的人。由于我们关心这两个人,于是也关心起和他们有关的一切。我们把伏尔泰所写的文章都读了,一篇也没有漏掉。我对他的作品所发生的兴趣,引起我要学会用优雅的风格写文章的愿望,于是我竭力模仿这位作家文章的绚丽色彩,他的作品的优美文笔已经使我入了迷。过了不久,他的《哲学书简》出版了①。虽然这并不是他最好的著作,然而正是这些书信有力地吸引我去探求知识,这种新产生的兴趣,从此就一直没有熄灭。

---

① 卢梭对此事的记忆不够准确。事实上,《哲学书简》是一七三四年出版的,而伏尔泰和腓特烈二世的通信在两年以后才开始,腓特烈于一七四〇年承继王位。

但是,我真正完全献身于知识的时机尚未到来。我的性情始终还有些轻浮,那种想东奔西跑的癖好并未消失,只是有所减少,而且这时华伦夫人的生活方式还助长了这种癖好。对于我那喜欢孤独的性情说来,她这里可真是太乱了。每天都有一些陌生人川流不息地从各处到她这里来,我确信这些人所想的无非是各按自己的方式来欺骗她,这种情况使我日益感到住在这里真是一种苦刑。我自从在妈妈的信赖中接替了克洛德·阿奈的位置以后,我对于她的景况知道得更清楚了,那种每况愈下的情形使我感到恐慌。我曾无数次向她提出忠告,央求,恳请,发誓许愿,结果一概无效。我曾跪在她的脚下,再三向她说明正在威胁着她的灾难,竭力劝她紧缩开支,并提议首先从我身上开始,我向她说,在年轻的时候忍受点艰难,要比欠下很多债,到了老年陷入困境,受到债主们的逼迫强得多。她体会到我的满腔热忱,也和我抱有同感,她满口答应了我,说得恳切动人。但是,只要来一个无赖汉,她便立刻都忘掉了。在千百次证明我的忠告无效以后,除了闭眼不看我无力防止的灾难外,我还有什么办法呢?我既守不住家门,只好离开这里去尼翁、日内瓦、里昂作一些短暂的旅行。这种旅行使我暂时忘却了内心的愁苦,但同时又由于我的花费而增加了产生愁苦的根由。我可以发誓,如果我节省开支真能使妈妈得到好处的话,我是情愿不花一文钱的。但是,我确实知道,我省下来的钱也要溜到那些骗子的手里去,所以我便利用她有求必应的弱点来和他们分享了。我就好像一只从屠宰场出来的狗,既然保不住那块肉,就不如叼走我自己的那一份。

出门旅行是不难找到借口的;单单妈妈的事也就有的是借口。她和各处都有来往,都有要接洽或办理的事,这就需要委托一个稳妥可靠的人去办。她只愿意派我去，我也正希望出门，这就不可避免地使我过着一种东奔西跑的生活。这些旅行使我得以结识一些有用的人，他们以后都成了我的良朋益友。顺便提一下，有一个在里昂认识的佩里雄先生，就他对我表示的好感说来，我很后悔没有能继续和他来往。至于我和好心的巴里索结识的经过，等到适当的时候再谈。在格勒诺布尔，我认识了代邦夫人以及德巴尔东南谢议长的夫人，她是一位非常有才华的女人，如果我能常去拜访她，她一定会对我发生好感的。在日内瓦，我认识了法国代表克洛苏尔先生，他常和我谈起我的母亲，虽然她已经去世很久了，往事仍在他心头萦回。另外我还结识了巴里约父子，父亲把我叫作他的孙儿，他是一个令人非常喜欢与之交往的人，也是我认识的人中最可尊敬的人物之一。在共和国的动荡期间，这两位公民参加到互相敌对的党派中去：儿子参加了平民党，父亲加入了政府党。当人们于一七三七年拿起武器的时候，我正在日内瓦，亲眼看到他们父了二人都全副武装从同一幢房子里走出来，父亲往市政厅方面走去，儿子则前往自己的集合地方，两人明明知道，两小时后一定会重新相遇，面对面站着并互相残杀起来，这种可怕的情景留给我的印象是那样深刻，以致我发誓：假如我恢复了公民权的话，我决不投入任何内战，并且永远不在国内用武力支持自由，既不用个人行动支持，也不用言论支持。我能够证明，我曾在一个极其微妙的情况下遵守了这个誓言①，这种审慎的态度，我认为是应该得到赞许的。

———————————

① 卢梭这里影射的是《爱弥儿》一书被禁止发行和在日内瓦市政厅前被烧毁。作者曾拒绝进行要求赔偿损失的斗争（参看本书第十二章）。

那时候,我还没感到武装起来的日内瓦在我心里激起的这初期的爱国热情。由于一件应该由我负责的十分严重的事件,读者可以看出我离这种爱国热情还远着呢,这个事件我当时忘了谈它,现在却不该略而不谈了。

我的舅父贝纳尔前几年为领导建筑他所设计的查尔斯顿城前往卡罗来纳。他不久就在那里去世了。我那可怜的表兄也为效忠普鲁士王而捐躯,这样我的舅母就差不多同时失去了丈夫和儿子。这种丧夫折子的损失,使她对我这样一个仅存的近亲增加了几分亲热。我到日内瓦去的时候便住在她家,闲来无事就翻阅舅父遗留下的书籍和文件。我发现了许多有趣的著作和别人料想不到的书信。我的舅母对于这堆破烂旧书是不太重视的,我愿意拿走什么就可以拿走什么。我只看中了两三本由我的外祖父贝纳尔牧师批注过的书,其中有罗霍尔特①的四开本的"遗著",这本书的空白边上写满了非常精湛的注解,它使我对数学产生了爱好。这本书以后就一直放在华伦夫人的藏书之中,很可惜我没有把它保藏下来。除了这些书籍外,我还拿了五六本手稿,唯一的一个印刷本,是著名的米舍利·杜克莱所写的一份文件,他是一个博学多才的人,可惜性情过于好动,遭到日内瓦官员们极为残酷的迫害,最近死在阿尔贝的城堡中,他被监禁在那里好多年了,据说是因为他曾参与了伯尔尼的阴谋事件。

这份文件是对日内瓦大而无当的筑城计划的一个相当正确的批评。该计划已经部分地付诸实施,一些专家由于不了解议会实行这个宏伟计划的秘密目的,曾对该计划极力加以

---

① 罗霍尔特(1620—1675),法国物理学家。

讽刺。米舍利先生因不赞成这个计划,被筑城委员会开除了。然而他认为,不用说自己是二百人议会中的议员,就是以公民的资格也可以充分发表自己的意见,于是写了这个文件,并且轻率地印了出来,虽然并未发行。他只印了二百份,分发给议员,此项印刷品完全被邮局根据小议会的命令扣留了。我在舅父的文件中找到了这份文件以及他的答辩书,我把这份文件与答辩书都拿走了。我作的这次旅行是在我离开土地登记处以后不久,当时我和担任处长的果克赛里律师仍保持相当的交情。以后不久,关税局长请我作他儿子的教父,并且请果克赛里夫人作教母。这种荣誉简直使我晕头转向,我对同这位律师有了如此亲近的关系感到自豪,为了要显示自己能够当得起这样巨大的荣誉,我一定要装出一个了不起的人物的样子。

由于这种想法,我觉得最好的办法是把米舍利先生的印刷文件拿给他看,那的确是一份稀有的文件,很可以拿来向他证明我是属于知道政府机密的日内瓦的名人之列。但是,由于某种难以解释的谨慎动机,我没有把我舅父对这份文件的答辩书拿给他,也许因为那是一份手稿,而律师先生所需要的只是印刷品。然而,他非常了解我愚蠢地交给他的那份文件的宝贵价值,从此我就没能收回它,也没有再见到它。后来,我深信无论再费多大力气也要不回来了,便索性做了个人情,把他所强占的东西变成了给他的赠品。毫无疑问,他一定拿着这份十分稀奇而毕竟没有多少实用价值的文件到都灵宫廷大肆吹嘘去了,并且还一定会想尽办法要按照这个文件可能的售价来索取一大笔钱。所幸在未来的一切不测风云之中,撒丁王围攻日内瓦是一件可能性最小的事。可是这也不是绝对不可能的,那么,我由于愚蠢的虚荣心而把这个要塞的最大缺点透露给它的资格最老的敌人,这就成为一件应该永远自责的憾事了。

我就这样在音乐与医药,以及在制定种种计划和到各处旅行之间消磨了两三年,不断从这件事转向另一件事,不知道一定要干什么。然而,我对学问也渐渐发生了爱好,常去拜访作家,听他们谈论文学,有时自己也插上几句,但我与其说是对书中的内容有所了解,不如说是在玩弄书上的佶屈聱牙的词语。在我去日内瓦的时候,有时顺便去探望我亲爱的老友西蒙先生,由于他把他从巴耶或从哥罗米埃斯那里所得到的学术界的最新消息讲给我听,使我增高了求知的热情。在尚贝里我也常常和一位多明我会的修士见面,他是一位物理学教授,一个很和善的教士,他的名字我现在已经忘记了,常常做一些使我感到非常有趣的小试验。有一次,我曾打算学他的办法制造密写墨水,我在玻璃瓶里装了多半瓶生石灰、硫化砷和水,用塞子紧紧塞好,差不多就在同时瓶内剧烈地沸腾起来,我赶紧跑过去,想打开瓶塞,但是已经来不及了,瓶子像颗炸弹似的爆炸了,溅了我一脸。我咽了一口硫化砷和石灰的混合物,结果差一点儿要了我的命。以后,我当了六个星期的瞎子,从此我明白了,不懂物理实验的原理就不能乱动手。

这个意外事件对我的健康说来可真不是时候,因为最近一个时期我的身体已经越来越坏了。我真不明白,我的体格本来很好,又没有任何过分的嗜好,为什么现在明显地一天天衰弱下去。我的体格相当魁梧,胸部也很宽,我的呼吸本应是舒畅的,然而我却经常气短,有时觉得很憋闷,不由地就发起喘来,而且有时心跳,有时吐血;后来,我开始经常发烧,而且一直没有痊愈过。我的内脏没有任何毛病，又没有做过任何有伤身体的事，为什么在青春时期竟到了这样的地步呢？

俗话说："剑毁剑鞘。"我的情况正是这样。我的激情给我以生命力，同时也伤害了我。或许有人问：哪些激情呢？一些不值一提的事，一些极端幼稚的事，但这些事却使我就像是要占有海伦①，或者要登上统治世界的宝座那样激动起来。首先是关于女人的事。当我占有了一个女人的时候，我的感官虽然安定了，但我的心却依旧不能平静。在炽热的肉欲的快感中，爱的需求在吞食着我。我有了一个温情的妈妈，一个亲爱的女友；但是我还需要一个情妇。于是我就将一个想象中的情妇放在妈妈的位置上，为了哄骗我自己，我千百次地变换她的形象。当我拥抱着她的时候，如果我意识到躺在自己怀里的是妈妈，即使我拥抱得同样有力，我的欲望也会熄灭；虽然我为妈妈的温存而落泪，我却享受不到快乐。肉欲的快乐啊！这是男人命中注定的一部分吗？唉！即使我这一生中只有一次尝到了爱的全部欢乐，我也不相信我这个孱弱的身体能够经受得住，我可能当场死去的。

因此，我终日受着这种没有对象的爱情的煎熬，也许正是这种爱情才更消耗精力。想到可怜的妈妈的境遇每况愈下，想到她那种不审慎的行为不久就必然要使她彻底破产，我忧心忡忡，焦灼万分。我那可怕的想象总是走在不幸事件的前面，不断向我描绘出那个极可怕的不幸的情景及其后果。我预见到，我将要为穷困所迫而必须离开我已为之献出生命，而

---

① 海伦是古希腊的美人，特洛亚战争就是为了争夺她而发生的；故事见荷马史诗《伊利亚特》。

且缺了她我就不能享受到生活乐趣的那个女人。我所以总是心神不宁，就是因为这个缘故。欲望和担忧互相交替地侵蚀着我。

音乐对我说来是另一种激情，虽然不十分炽热，但也同样耗费我的精力，因为我对它也入了迷。我拼命钻研拉摩的那些难懂的著作，虽然我的记忆力已不听我使唤，我还是固执地加重它的负担。为了教音乐课我不断地东奔西跑；此外我还编写了一大堆乐曲，时常要通宵抄写乐谱。但是，为什么要提到这些经常性的工作呢？在我这轻佻的头脑中所想的一切蠢事，那些为时短暂、只占一天时光的爱好：一次旅行，一次音乐会，一顿晚餐，一次散步，读一本小说，看一出喜剧，所有这一切无须事先考虑安排就可以享受到的快乐或办得到的事情，对我说来都同样可以成为十分强烈的激情，当它们变得热烈可笑的时候，都能把我折腾得够呛。克利弗兰的虚构的不幸，（我曾疯狂地阅读《克利弗兰》①一书，而且屡次中断、又屡次拾起来。）我敢说，比我自己的不幸更叫我难过。

有一个曾在俄国彼得大帝的宫廷里做过事的名叫巴格莱的日内瓦人，他是我见过的最无耻最荒唐的人。他经常装着一脑袋和他一样荒唐的计划，他把百万巨款说得易如反掌，而一无所有他也毫不在意。他有件纠纷要在元老院解决，所以到尚贝里来了，一来就把妈妈笼络住了，这是理所当然的，他慷慨地给妈妈拿出了他那许多一本万利的宝贵计划，而把妈妈仅有的那点银币一块一块地骗走了。我一点也不喜欢这个

---

① 《克利弗兰》是法国小说家普列伏神父一七三一年所写的一部小说，克利弗兰是书中的主人公。

人,他也看得出来;对于我这样的人,看出我的心意当然是不难的。他不惜用种种卑鄙手段来巴结我。他会走几步棋,便提议教我下棋。我几乎是迫不得已才试了一试;刚刚学会了一点走法,我的进步就非常之快,第一局快完时,我就用他开始时让我的堡垒将了他的军。只这一下,我就变成了棋迷。我买棋盘棋子,买加拉布来的棋谱,一个人关在屋子里再也不出门了。我日日夜夜进行钻研,努力把所有的布局都记在心里,不管好歹一个劲儿往脑子里装,自己跟自己片刻不停、没完没了地下起棋来。经过两三个月的苦练和不可想象的努力,我就到咖啡馆去了。那时我面黄肌瘦,差不多像一个傻子。我要试一试手,就和巴格莱先生再杀一场;第一盘我输了,第二盘我又输了,一直输到二十盘;我脑袋里的那些走法全乱套了,我的想象力也完全迟钝了,眼前的一切仿佛在云雾中一样。每逢我拿起菲里多尔或斯达马的棋谱,练习和研究各种布局时,结果还是和上次一样:由于极度疲劳而造成的精力衰竭,我的棋下得比以前更糟了。而且,就是我把棋暂时放下一个时期或者努力继续钻研,也总是和那第一次下棋一样,一点进步也没有。我的程度,始终是第一次下棋终局时那个程度。我就是再练习千百年,也不过是拿堡垒将巴格莱的军的水平而已,其他一点进展也不会有。大家一定会说,这个时间消磨得真好! 不错! 我的确用去了不少时间。我只是到了精力实在难以继续的时候,才放下了这最初的尝试。我从房间里出来时,简直像个从墓穴里出来的人,要是继续这样下去,恐怕也是不久于人世的。人们不难想见,像我这样气质的一个人,而且是在青年时期,要想保持健康确实是困难的啊!

身体的衰弱,也影响了我的情绪,使我那好作奇思异想的热情冷淡了一些。由于感到体力衰退，我变得比较安定了，一心只想旅行的热望也有所减低。我比以前喜欢待在家里了，我感到的不是烦恼，而是忧郁。病态的敏感代替了激情，沮丧变成了悲伤；我时常无缘无故地叹息落泪，我觉得还没享受到人生的乐趣，生命就要逝去。想到我那可怜的妈妈行将陷入破产的凄惨境地，我心中十分难过；我敢说，我唯一悲伤的，就是我要离开她，使她处于一种凄凉的境地。最后，我完全病倒了。她用远胜过母亲对儿女的心肠来照料我，这对她本人说来，倒是一件好事，因为这不仅使她不再去关心她那各式各样的计划，同时还可以避开那些给她乱出主意的人。如果死亡在那时来临的话，那该是多么甜蜜呀！虽说我没享受到多少人生的幸福，但我也没有遭遇到多少人生的不幸。我那恬静的灵魂，可以在尚未痛感人间的不公正之前安然离去，这种不公正使生与死都受到了毒害。我堪以自慰的是，在我的同命者身上还保持着我的存在，这也就是虽死犹生啊。如果我对她的命运没有什么忧虑的话，我死的时候就会像安然入睡一样；而且这些忧虑的本身又由于有一个温柔多情的对象，痛苦也就减轻了。我常对她说："你是我整个身心的保护者，你要让我感到幸福啊。"有两三次，在我病得最厉害的时候，我夜里从床上爬起来，拖着有病的身子摸到她的房里，向她提出一些劝告，这些劝告，我敢说，都是非常正确和明智的，而最突出的一点还是我对她的命运的关切。眼泪好像是我的营养品和药物，我坐在她身边的床沿上，握着她的双手，和她一同洒下的眼泪，使我的精神又恢复起来了。这种夜间谈话有时长达几小时，当我回到自己屋子的时候，我觉得比去的时候好了许多。她对我许下的诺言，给我的希望，使我感到欣慰，一切烦恼都消失了,于是我就怀着听凭上帝安排的宁静心情安然地入睡了。假如我在这个时候死去,我是不会感到死亡是多么痛苦的。上帝呀,我这一生经历了多少人间恨事,经历了使我生活动荡不安的多少风暴,以致生命对我说来简直成了一种负担,但愿结束这一切的死亡来临的时候,它会像当年一样,不会让我感到更大的痛苦吧!

由于她的百般照顾、细心看护和令人难以置信的关怀,她终于把我救活了,而且,的确也只有她能够这样做。我不太相信医生们的医疗,却非常相信一个挚友的照顾:同我们的幸福休戚相关的事情总是要比任何其他事情做得更好些。如果说生活中真有一种快乐的感觉,那一定是我们现在所感到的两人相依为命的那种感觉。我们相互间的爱恋并未因此而日益增长,那是不可能的;但是在我们这种极质朴的爱恋中,却产生了一种令人说不出来的更亲密、更动人心弦的关系。我完全成了她的作品,完全变成了她的孩子,她比我的生身母亲还亲。我们不知不觉地已经谁也离不开谁了,我们的生命也仿佛糅合在一起了,我们不仅感到谁都需要谁,而且还觉得只要两人在一起就什么都满足了。我们已习惯于不再考虑我们身外的一切事物,而把我们的幸福和一切愿望完全寄托在两人的互相占有中。我们的这种占有可能是人世上绝无仅有的占有;这不是我前面说过的那种一般爱情上的占有,而是某种更本质的占有,它不是基于情欲、性、年龄、容貌,而是基于人之所以为人的那一切,除非死亡,就绝不能丧失的那一切。

这一如此可贵的转折,为什么没有为她和我的此后余生带来长久的幸福呢?这不是我的过错,我深信这一点,我对此感到宽慰。这也绝不是她的过错,至少她不是故意的。但是事情注定了:人的不可制服的本性又占了上风。不过,那不幸的结局也不是一下子发生的。感谢上天的安排,曾有过一个间隔期间:短暂而宝贵的间隔期间啊!它不是由于我的过错而终止的,我也不能怪自己没有很好地加以利用。

虽然我的大病痊愈了,但精力并未复原,我的胸部还在发疼,余留的微烧始终未退,一直软弱无力。我只想在我所喜爱的女人身边度我的余生,使她永不放弃她所下的决心,叫她知道幸福生活的真正所在,并尽我的力量使她成为幸福的人,除此以外,我对任何事情都不感兴趣。但是我不仅认为而且也感觉到在一所阴暗凄凉的房子里,两人寂寞无聊地终日对坐,最后也会感到愁闷的。改变这种状况的机会不用找,自己就来了。妈妈认为我应该喝牛奶,并且要我到乡下去喝。我表示,只要她和我一块儿去,我就同意。这一要求她马上就答应了,问题只在于选择什么地点。郊外的那个园子谈不上真正的乡下,四周又有别人家的房子和花园,没有一点儿可作乡居之所的吸引力。再说,自从阿奈去世以后,为了节约,我们已经不要这个园子了,我们也无心去照顾园中的植物。由于我们还有许多其他的事情要做,放弃这样一个简陋的地方,并不使我们感到惋惜。

现在,我趁她对城市生活发生厌倦的时机,建议她索性离开城市,搬到幽静的地方去住,在那里找一所离城较远的小房子,使那些讨厌鬼再也找不到我们。如果她这样做了的话,则由她的守护天使和我的守护天使启示给我的这个主意,很可能使我们一直到死过着幸福安静的生活。然而,这并不是我们注定要享的福分。妈妈过惯了豪华生活,她注定要遭受的穷困和不幸带来的种种痛苦,使她不致过分留恋人生。至于我,这个

268

各种灾难的牺牲品，注定要留在社会上，以便有一天能给任何热爱公众幸福，热爱正义，不靠同伙支持，不靠党派庇护，单凭自己的正直而敢于公开向人类说真话的人做个榜样。

　　一种不幸的顾虑把她拖住了。她怕得罪房主人，不敢离开她那所破房子。她对我说："你的隐居计划非常好，也很合我的心意，不过，过隐居生活也需要钱呀，放弃我这所监牢般的房子，就有失去饭碗的危险，当我们在树林里找不到饭吃的时候，还得到城里来找。为了避免这种麻烦，我们最好不要完全离开城市。我们就继续给圣劳朗伯爵那点房租吧！这样他就不致停止我的年金。我们要设法找所小房子，它离城的距离可以使你享受生活的安静，又在必要时可以随时回城里来。"事情就这样决定了。找了一些时候，我们就决定居住在沙尔麦特村属于孔济埃先生的一段土地上；这个地方就在尚贝里旁边，但是很僻静，仿佛离城有百里之遥。在两座相当高的山丘之间，有一个南北向的小山谷，山谷底部的乱石和灌木丛中有一道溪水，沿着这个山谷，在半山腰间疏疏落落地坐落着几所房子，任何一个喜欢在比较偏僻比较荒野的地方过隐居生活的人，对这里都会非常满意。我们看了两三处房子，最后选择了最漂亮的一所①，这所房子的所有人是一位正在服

───────────

①　这所房子至今犹存，属于尚贝里市，已改为让-雅克·卢梭博物馆。从这所房子的租赁合同看来，华伦夫人和卢梭是一七三八年才移居到这里的。不过一七三七年或一七三六年他们可能在附近的某所房子里住过一个时期，不然就是租赁合同是在他们先试住了一个时期以后才订立的。下面提的一些情节也能使人作这种推测，它们虽然发生在一七三八年以前，似乎都是在到沙尔麦特以后的事，例如卢梭同海麦神甫的来往（参看本书第六章）和他达到成年年龄时（那时他已满25岁），为了继承他应得的母亲的一份遗产于一七三七年七月到日内瓦去（参看本书第六章）等等情节。

役的贵族，名叫诺厄莱。房子很适于居住。前面是一座高台式的花园，上面是一片葡萄园，下面是果树，对面是一个小小的栗树林，不远的地方还有一处泉水；再上一些，山上有作牧场用的草地，总之，对我们所要建立田园生活必要的一切应有尽有。据我记忆所及，我们大概是在一七三六年的夏末住到那里去的。我们第一夜在那里睡下的时候，我真是快活极了。我拥抱着这位可爱的女友，欣喜若狂，激动得睁着泪汪汪的双眼对她说道："噢，妈妈，这真是幸福和纯洁的住所啊。我们要是在这里找不到幸福和纯洁，那就别到其他地方去找了。"

第 六 章

Hoc erat in votis：modus agri non ita magnus,

Hortus ubiet tecto vicinus jugis aqua fons；

Et paulum sylvœ super his foret. . .

我不能接着说：

Auctius atque

Di melius fecere. ①

但是,没关系,我什么都不要了。我甚至不要所有权,只要我能享受就够了。我早就说过,而且也体会到,所有者和占有者往往是完全不同的人,即使把丈夫和情夫间的区别撇开不谈。

我一生中的短暂的幸福就是从这里开始的;使我有权利说我不曾虚度此生的那些恬静的但迅即逝去的时光,就是这时开始的。宝贵而令人留恋的时光呀！请再为我开始一次你

---

① 这是贺拉斯的拉丁文诗句的原文(《讽刺诗集》第 2 卷,讽刺诗 6)。意思是：

我的愿望是：不大的一块田地,

宅旁有一座花园,一个水声潺潺的泉眼,

再加上一片小树林……

而诸神所创造的

当然绝不止此。

们那可爱的历程吧；如果可能的话，请在我的回忆里走得慢一些，虽然实际上你们都是那样飞快地过去了。怎样才能把这段动人而单纯的记述按我的意愿写得很长呢？怎样才能把同样的事情反复重述，却不叫读者和我自己都感到厌烦呢？再说，如果这一切都是具体的事实、行为和言谈，我还能够描写，还能用某种方式把它们表达出来；但是，如果这既没有说过，也没有做过，甚至连想都没有想过，而只是感受过和体验过，连我自己除了这种感觉本身以外，也说不出使我感到幸福的其他原因，又怎么能够叙述呢？黎明即起，我感到幸福；散散步，我感到幸福；看见妈妈，我感到幸福；离开她一会儿，我也感到幸福；我在树林和小丘间游荡，我在山谷中徘徊，我读书，我闲暇无事，我在园子里干活儿，我采摘水果，我帮助料理家务——不论到什么地方，幸福步步跟随着我；这种幸福并不是存在于任何可以明确指出的事物中，而完全是在我的身上，片刻也不能离开我。

在我一生中的这个可贵的阶段所发生的一切，在这个阶段我所做、所说和所想的一切，没有一件是我不记得的。在这个时期以前和以后的一些事，有时只是片断地浮现在我的脑际，即使想起来时，也是参差不齐的和零乱的。只有这个时期的事情，我完全记得，当时的情景至今犹历历在目。在年轻时候，我的想象力总是向前展望，现在则只是追溯往事，以甜蜜的回忆来填补我永远失去的希望。我看不出未来有什么可以诱惑我的地方，只有回忆过去，能给我带来乐趣；我现在谈到的那个时期的回忆是那样生动，那样真实，使我常常感到幸福，尽管我有过不少不幸。

关于这些回忆，我只举一个例子，由此可以判断它们，是多么真实多么有力。我们头一次到沙尔麦特去过夜的那天，妈妈是坐轿子去的，我跟在后面步行。我们走的是一条山路，她的身体又不轻，她怕轿夫们过于劳累，差不多半途上就下了轿，剩下的路程打算步行。在路上，她看见篱笆里面有一个蓝色的东西，就对我说："瞧！长春花还开着呢！"我从来没有见过长春花，当时也没有弯下腰去看它，而我的眼睛又太近视，站着是不能辨认地上的花草的。对于那棵花，我当时只是漫不经心地瞥了它一眼，从那以后，差不多三十年过去了，我既没再遇见这种花，也不曾注意到这种花。一七六四年，我在克莱希耶和我的朋友贝鲁先生一同登上一座小山，山顶上有一个很漂亮的花厅，我的朋友把它叫作"美景厅"，确是名副其实。那时我采集了一点儿植物标本。我一面往上走，一面不时地朝树丛里看看，我突然间高兴地叫了一声："啊！长春花！"事实上，也真是长春花。贝鲁看出我非常激动，但是不知道是什么原因。我希望他以后有一天读了这段文字就能明白。根据这么一件小事给我留下的印象，读者就不难想见那个时期的一切事物给我留下的印象该是多么深刻的了。

不过，野外的空气并未能恢复我原有的健康。我本来就衰弱无力，现在更衰弱了。我连牛奶都消化不了，只好停止饮用。当时正流行着用泉水治病的办法，于是我就试行起泉水疗法来，但我运用得很不得当，以致这种疗法不但未能治好我的病，反倒几乎送了我的命。我每天早晨一起床，就拿着一个大杯子到泉边去，我一边散步一边喝，一直喝了两大瓶泉水。我每顿饭后的酒也完全停止了。我所喝的水和绝大多数的山水差不多，有些硬，不好消化。简单说，不到两个月我就把一向很健全的胃完全弄坏了，吃什么也不能消化，我确信再也没有痊愈的希望了。与此同时，我又突然得了一种病，不论就病的本身来说，还是就它那一直影响我一生的后果来说，都是很奇特的。

有一天早晨，我觉得自己的身体并不比往日坏，但当我正在移动一个小桌子的时候，突然觉得全身发生了一种几乎不可理解的震动。我想最好把这种变化比作血液中起了一阵暴风，它立刻袭击到我全身。我的动脉跳动得非常激烈，我不仅感觉到跳动，甚至还听得到跳动的声音，特别是颈部动脉的跳动。此外，两个耳朵嗡嗡直响，这种嗡嗡声包括三个甚至四个声音：粗而低沉的声音，较为清晰的好像潺潺流水的声音，尖细的哨音，最后则是我刚才说的那种跳动声；我不必按我的脉搏或用手摸我的身体，就能毫不困难地数出跳动的次数。我耳朵里的这种响声是那样厉害，以致使我失去了以前那种锐敏的听觉，我虽然没有完全变成聋子，但是从那以后，我的听觉迟钝了。

我的惊慌和恐怖是可以想见的。我以为自己要死了，就躺到了床上。医生也请来了。我颤抖着向他叙述了我的情况，我说我是治不好了。我相信医生也是这样想的，但是他仍然尽了他的职责。他向我啰里啰嗦地说了许多道理，可是我连一句也没听懂；接着，他便按照他的高明理论开始在我这"不值钱的身体上"采用他的那种医疗法。这种疗法令人难以忍受和感到恶心，而且效果甚微，不久我就厌倦了。过了几个星期，我看病情既不见好，也未恶化，就不顾脉搏的跳动和嗡鸣，索性离开了病床，恢复了我日常的生活。从那以后，也就是说三十年来，这种毛病一分钟也没有离开过我。

在这之前，我是一个很能睡觉的人。有了这种病以后，我就开始失眠,于是我确信自己将不久于人世了。这种想法使我暂时不再为治病的事操心。既然我的生命不能延长,我便决定要尽量利用我还活在世上的那点时间。由于大自然的特殊恩施,即使在这种极不幸的情况下,我那得天独厚的体质居然免除了我在生理上所应受到的痛苦。我虽然厌恶这些声音,却并不为它感到苦恼;而且,除了夜间失眠和经常感到气短外,这种声音并未给我的日常生活带来任何不便;就是我那感觉气短的毛病,也没有发展到气喘的程度,只是在我要跑路或动作稍微紧张的时候显得厉害一点而已。

这种本应毁灭我的身体的病症,只是消灭了我的激情,我每天都为这种病在我的精神上所产生的良好效果而感谢上天。我可以率直地说,我只是在把自己看成是一个死人以后,才开始活着。只是到了这时,我才对我要离开的事物予以应有的重视,开始把我的心思用在一些比较高尚的事情上,就好像我要把早该应尽的,而我至今一直不曾注意到的义务提前完成似的。我常常以自己的方式来理解宗教,但我从来没有完全离开宗教,因此,我没有怎样费力就又转向了宗教。这个问题,在许多人看来是那样枯燥无味,而在那些认为宗教可以给人以安慰和希望的人们看来,则是那样趣味盎然。在这个问题上,妈妈对我的教导比所有的神学家对我的教导都更有益。

她对任何事物都有自己的一套看法,对于宗教当然也不例外。这套看法是由一些极不相同的观念——其中有的非常正确,有的非常荒谬——以及一些与她的性格有关的见解和与她所受的教育有关的偏见组成的。一般说来,信徒们自己是什么样就认为上帝也是什么样:善良的人认为上帝是善良的，凶恶的人认为上帝是凶恶的；心中充满仇恨和愤怒的人，只看到有地狱，因为他们愿意叫所有的人都下地狱，而心地温和和善良的人就不相信有地狱。令我感到非常惊异的是，善良的费讷隆①在他的《忒勒马科斯历险记》一书中关于地狱的言论，真好像他相信有地狱似的，但是，我希望他当时是在说谎，因为不管多么诚实的人，一旦作了主教，有时就不得不说谎。妈妈对我是不说谎的；她那从来没有怨恨的心灵不可能把上帝想象成为复仇与愤怒之神。关于上帝，一般信徒所看到的仅只是公道和惩罚，她看到的则只是宽容和仁慈。她常常说，如果上帝拿我们的行为来判断我们，那他就太不公道了，因为上帝没有给我们做一个品德端正的人所应具备的条件，如果他要求我们这样，那就是向我们要他没有给过我们的东西。令人奇怪的是，她虽不相信有地狱，却相信有炼狱。这是因为她不知道对恶人的灵魂究竟应当怎么办：既不愿叫恶人的灵魂下地狱，而在他们没有转变以前，又不愿把他们和善人的灵魂放在一起。我们也应该承认：不论是在这个世界上还是在另一个世界上，恶人的事总是难办的。

还有一件怪事。根据这种主张，关于原罪和赎罪的理论就被推翻了，一般流行的基督教义的基础也被动摇了，而且起码可以说，天主教是不能继续存在了。但是，妈妈是一个好的天主教徒，更确切地说，她自信是个好的天主教徒，她这种自信无疑是出于至诚的。她认为人们对圣经的解释过于教条和呆板，圣经里面所说的关于永恒的苦难的话，她认为是带有恫吓或寓意的性质。耶稣基督的死，在她看来就是一个真正的

---

① 费讷隆（1651—1715），法国康贝莱地方的主教和作家。

上帝之爱的榜样,它教人们要爱上帝,并且也要彼此相爱。一句话,她是忠于她所选择的信仰的,她以十分诚笃的态度承认教会的全部信条;但是,要是一条一条地和她讨论起来,那就会发现她和教会所信仰的完全不同,尽管她始终是服从教会的。

在这个问题上,她所表现出的纯朴和真诚比那些学者们的论争更为雄辩有力,甚至有时叫她的听忏悔师很为难,因为她对自己的听忏悔师是什么事也不隐瞒的。她对他说:"我是个好天主教徒,我愿意永远做一个好天主教徒。我要用我的整个心灵接受圣母教会的决定。我虽不能掌握自己的信仰,但能掌握自己的意志。我要使我的意志完全服从教会,我愿意毫无保留地相信一切。您还要我怎样呢?"

我相信,即使没有产生过基督教的道德,她也会遵奉它的一些原则,因为她的性格和基督教的道德太吻合了。凡是教会明确规定的,她都去做;其实即使没有明确的规定,她也同样会做。在一些无关紧要的事情上,她总是喜欢服从的。如果没有准许她,甚至规定她开斋,她会守斋一直守下去,这完全是为了侍奉上帝,丝毫不是出于谨慎小心的缘故。但是所有这些道德原则都是从属于达维尔先生的原则的,说得更准确些,她看不出其中有任何相抵触的地方。她可以坦然地每天和二十个男人睡觉,这样做既不是出自情欲,也不因此而感到有任何顾忌。我知道有不少虔诚的女人在这件事上的顾忌并不比她多,但是她和她们之间的不同是:她们是由于情欲的诱惑,而妈妈则是被她那诡辩哲学所欺骗。在最令人感动的谈话中,我甚至敢说,在最富有教诲意义的谈话中,她可以平静地谈到这个问题,面部的表情和声调毫无改变,而且一点不认为这有什么不协调的地方。如果当时有什么事情打断了她的谈话,随后她会以同样冷静的态度接着谈,因为她真诚地相信所有这些只不过是为了维护社会道德而定的,每个通情达理的人都可以根据情况去解释、奉行或回避,而不会冒亵渎上帝的危险。在这一点上,我的意见虽然和她显然不同,我承认我不敢反驳她,因为要反驳,我就得扮演一个不怎么光彩的角色,一种羞愧之心使我难以启齿。我倒是很想独立一项规则叫别人遵守,同时又极力使自己成为例外,不受它的约束。但是,我不仅知道她的气质可以防止她滥用她的主张,我还知道她并不是一个容易受骗的女人,如果我自己要求例外,就等于让她把她所喜欢的一切人都算作例外。其实,我只是在谈到她的其他不一致的地方时顺便提到这一点:这在她实际行为上并没有产生过多大影响,而在当时甚至一点影响都没有。但是,我曾答应要忠实地叙述一下她的主张,我要遵守我的诺言。现在我再来谈谈自己吧。

我发现她的这些处世之道正是我为了使自己心灵摆脱对死亡的恐惧及其后果所需要的,于是我便十分坦然地尽量从这个信赖的源泉中汲取一切。我比以前任何时候都更依恋她了,我真想把我的行将结束的生命完全给了她。由于我对她的加倍的依恋,由于我确信自己在人间的日子已经不长,又由于我对将来的命运处之泰然,结果便出现了一种十分平静,甚至是十分幸福的情况。这种局面缓和了使我们陷于恐惧和希望中的一切激情,从而使我可以无忧无虑地享受我那为时不久的时光。给这些日子增添了乐趣的一件事,那就是我在用一切办法来培养她对田园生活的兴趣。由于我一心要使她爱上她的园子、养禽场、鸽子、母牛,结果我自己也爱上了这一切。我虽然把整天的时间都花在这些事情上,但并没有搅乱我的平静,这比喝牛奶和服用一切药物更有益于我那可怜的身体,更能使我的身体恢复健康。

收获葡萄和水果使我们愉快地度过了那一年的其余时间。加之又处在善良的人们中间,这使我们对田园生活逐渐产生了浓厚的感情。我们怀着极端的惋惜心情看着冬天的来临,回城的时候就好像要被流放似的,而我尤其难过,因为我不认为自己能活到下一个春天,我觉得向沙尔麦特告别就是永别。在离开的时候,我吻了吻那里的土地和树木,尽管已经走得很远,我还不时地回过头来。回城以后,由于我和我的女学生们离开已经很久了,又由于我已失去了城市里的娱乐和社交的兴趣,我就不再出门了,除了妈妈和萨洛蒙先生外,什么人也没有见过。萨洛蒙最近成了我和妈妈的医生,他是个正直而有才气的人,有名的笛卡儿派,他对宇宙法则有相当明智的见解;对我说来,听他那些非常有趣且富有教益的议论比服用他所指定的那些药剂更为有益。一切愚蠢的庸俗的谈话是我所一向不能忍受的;但听取有益的与有丰富内容的谈话,则始终是我最大的愉快,我对这样的谈话从不拒绝。同萨洛蒙先生的谈话使我感到极大兴趣,因为我觉得我们的交谈已经涉及我那摆脱了束缚的心灵行将获得的高深知识。我由于对他的好感进而发展到喜欢他所谈的课题,于是,我开始寻找一些能够帮助我更好地理解他的理论的书籍。那些能把科学与宗教信仰融合在一起的论著,特别是由奥拉托利会①和波

① 奥拉托利会,天主教的一个组织,一五六四年成立于罗马,一六一一年由贝鲁勒主教把它迁移到法国,法国许多有名的宣教师、教授和学者都曾是该会的会员。

尔-洛雅勒修道院①出版的著作,对我更为相宜。我开始阅读这些书,更确切地说,我是在贪婪地读它们。我碰巧弄到了一本拉密神父写的《科学杂谈》,这是介绍科学论著的一种入门读物。我反复读了它上百遍,并且决定拿这本书作为我的学习手册。最后,虽然我的身体状况欠佳,或者说正因为如此,我觉得有一种不可抗拒的力量把我逐渐引向研究学问的道路上,而且,我虽然每天都认为已经到了生命的末日,但却更加奋勉地学习起来,就好像要永久活下去似的。别人都说这样用功学习对我有害,我却认为这对我有益,不仅有益于我的心灵,而且有益于我的身体,因为这样专心读书的本身对我就是一件乐事,我不再考虑我的那些疾病,痛苦也就因此而减轻了很多。诚然,这对于我的疾病,实际上不能有所减轻,但是由于我本来没有剧烈的痛苦,我对身体的衰弱,对失眠,对用思考代替活动,也就习以为常了,最后,我把机能的一步步慢慢衰退看作是一种不可避免的、到死方休的过程了。

这种想法不仅使我摆脱了对生活琐事的挂虑,也使我避开了一直到那时被迫服用的讨厌药品。萨洛蒙承认他的药对我没有什么用,也就不勉强我继续尝那些苦味了,他只是开一些可服可不服的药方来安慰可怜的妈妈,以便减轻她的忧郁,这一方面不使病人对病情感到失望,另一方面也可以维持医生的信誉。我放弃了严格的节食疗法,又恢复了喝酒的习惯,在我体力允许的范围内重新过起健康人的生活。我样样都有

①　波尔-洛雅勒修道院,原是法国舍佛尼斯附近的一个女修道院,建立于一二〇四年,一六二五年移至巴黎后,成为冉森教派教士聚会之地,一七〇七年被路易十四下令查封,毁于一七一二年。

节制,但没有任何禁忌。我甚至又开始出门了,我去拜访我的朋友们,特别是我非常喜欢交往的那位孔济埃先生。最后,也许是由于我认为努力学习直到生活的最后一刻是件美好的事,也许是由于在我内心深处蕴藏着还能生存下去的希望,死亡的逼近不但没有削弱我研究学问的兴趣,反而似乎更使我兴致勃勃地研究起学问来,我不顾一切地积累知识,以便带到另一个世界去,好像我相信我所获得的知识是我当时唯一能够有的东西。我对布沙尔的书店发生了好感,一些文人学者经常到他那儿去;不久,由于春天——我曾以为不能再看到的春天——已经临近了,我便在那个书店里选购了几本书,以便有幸能回沙尔麦特时,随身带去。

我得到了这种幸福,我就尽量享受这种幸福。当我看到草木萌蘖发芽的时候,心中的喜悦真是难以形容。重新看到春天,对我说来,等于天堂里的复活。积雪刚刚开始融化,我们就离开了那所监牢般的住宅,为了听那夜莺的初啭,我们去沙尔麦特是相当早的。从那时起,我已不再相信我快要死了,实际上也很怪,我在乡间时从未真的病倒过。我在那里感到过不舒服,但始终不曾缠绵病榻。当我觉得身体比平时还坏的时候,我就说:“你们看见我要死的时候,就请把我抬到橡树的树荫下,我保证会复原的。”

虽然衰弱,我又恢复了田间的活动,当然我是量力而为的。我为自己不能独力从事田园工作而深感苦恼;刚锄了五六下地,就气喘吁吁,汗流如雨,支持不住了。我一弯腰,心跳就加快,血液就猛地冲到头部,我不得不立即直起身子来。我只好做些不太累的活儿,于是,就在许多工作中担当起照料鸽子的活来,我十分喜爱这种工作,常常一连干上几小时,一点儿也不觉得厌烦。鸽子非常胆小,而且难以驯养,然而,我终于做到使我的鸽子非常信任我,甚至不论我到什么地方去,它们都跟着我,我愿意什么时候捉它们就能捉住它们。只要我一去到园子里或到院子里,我的肩上和头上就会立刻落上两三只鸽子。虽然我很喜欢它们,但这样的扈从最后却成了我最大的累赘,我不得不免除了它们对我的这种亲昵的习惯。我一向特别喜爱驯养动物,尤其是驯养一些胆小的野性动物。我认为把它们驯养得善于听从人意,是很有趣的一件事,我从来没有利用它们对我的信任而去捉弄它们,我愿意叫它们毫无畏惧地喜爱我。

我在前面说过,我带来了几本书,于是就读起这些书来,但是我的读书方法很难使我得到益处,而只能增加我的疲劳。由于我对事物没有正确的理解,竟认为要从读一本书得到好处,必须具有书中所涉及的一切知识,丝毫没考虑到就是作者本人也没有那么多的知识,他写那本书所需要的知识也是随时从其他书中吸取来的。由于我的愚蠢想法,我读书的时候就得不时地停下来,从这本书跳到那本书,甚至有时我所要读的书自己看了不到十页,就得查遍好几所图书馆。我顽固地死抱着这种极端费力的办法,浪费了无数的时间,脑子里越来越混乱不堪,几乎到了什么也看不下去、什么也不能领会的程度。幸而我发觉得尚早,知道自己已经走上一条错误的道路,使我置身在一个漫无边际的迷宫里,因此在我还没有完全迷失在里面以前就回头了。

一个人只要对于学问有真正的爱好,在他开始钻研的时候首先感觉到的就是各门科学之间的相互联系,这种联系使它们互相牵制、互相补充、互相阐明,哪一门也不能独自存在。

虽然人的智力不能把所有的学问都掌握,而只能选择一门,但如果对其他科学一窍不通,那他对所研究的那门学问也就往往不会有透彻的了解。我觉得我的思路是好的和有用的,只是在方法上需要改变一下。我首先看的就是《百科知识》①,我把它分成几个部分加以研究。不久,我又认为应当采取完全相反的方法:先就每一个门类单独加以研究,一个一个地分别研究下去,一直研究到使它们汇合到一起的那个点上。这样,我又回到一般的综合方法上来了,但我是掌握了正确的方法,有意识这样做的。在这方面,我的深思弥补了知识的不足,合乎情理的思考帮助我走上了正确的方向。不论我是活在世上还是行将死去,我都一点不能再浪费光阴了。二十五岁的人了,还是一无所知,要想学到一切,就必须下决心很好地利用时间。由于不知道什么时候命运或死亡可能打断我这种勤奋治学的精神,所以我无论如何也要先对一切东西获得一个概念,为的是一方面可以试探一下我的天资,另一方面也可以亲自来判断一下最好是研究哪一门科学。

我在执行这个计划的过程中,发现了一个原先没有料到的好处,那就是:很多时间都利用上了。应当承认,我本不是一个生来适于研究学问的人,因为我用功的时间稍长一些就会感到疲倦,甚至我不能一连半小时集中精力于一个问题上,尤其在顺着别人的思路进行思考时更是这样,虽然我顺着自己的思路进行思考,时间可能比较长些,而且还能有相当的成果。如果我必须用心去读一位作家的著作,刚读几页,我的精

---

① 《百科知识》可能是一部外国的出版物,因为这时是一七三七年,距狄德罗主编的《百科全书》还有十三年。

神就会涣散,并且立即陷入迷惘状态。即使我坚持下去,也是白费,结果是头晕眼花,什么也看不懂了。但是,如果我连续研究几个不同的问题,即使毫不间断,我也能轻松愉快地一个一个地寻思下去,这一问题可以消除另一问题所带来的疲劳,用不着休息一下脑筋。于是,我就在我的治学计划中充分利用我所发现的这一特点,对一些问题交替进行研究,这样,即使我整天用功也不觉得疲倦了。当然,田园里和家里的那些零星活计也是一种有益的消遣,但是,在我的求知欲日益高涨的时候,不久我便想出一种能从工作中匀出学习的时间并且能够同时从事两件事的办法,而不去顾虑哪一件会进行得稍差一些。

在这些只我自己感到兴趣而往往使读者感到厌烦的小事里面,我还有未曾提到的地方,如果我不向读者指出的话,你们也许连想都不会想到的。现在举一个例子,为了要尽可能做到既轻松愉快而又能得到益处,我在时间的分配上进行了种种不同的试验,我一想起这点,就感到极为欣慰。我可以说,在我隐居生活中的这段时间虽然始终多病,却是我一生中最不清闲、最不感到厌倦的时期。那时,我一方面是在试图确定自己的爱好,而另一方面是在一年中最美好的季节,并且是在这令人陶醉的地方,享受着我深感难以获得的人生之乐,享受着如此悠闲自在、甜蜜无比的伴侣之乐——如果对于如此美满的结合能够称之为伴侣的话,享受着我一心只想获得高深知识的那种快乐,这样,两三个月的时光转瞬间就过去了。对我来说,我的努力仿佛已经取得了结果,甚至还要超过许多,因为学习的乐趣在我的幸福中占据了主要的成分。

应该略而不提的这些试验,对我说来,每一件都是一种享受，但它们是那样平淡无奇，以致无可转述。再说，真正的幸福是不能描写的，它只能体会，体会得越深就越难加以描写，因为真正的幸福不是一些事实的汇集，而是一种状态的持续。我常常这样说，而且我以后什么时候想起时还要比这说得更多。最后，在我那变化无常的生活有了一个大致的规律时，我的时间差不多就是像下面这样分配的。

每天早晨日出以前起床，然后从邻近的果园走上一条十分美丽的道路，这条路在葡萄园的上方。我沿着这条山路一直走到尚贝里。一路上，我一边散步一边做祈祷。我的祈祷并不是随便地咕哝几句就完了，而是我那至诚的心一直向往着创造这个展现在我眼前的可爱的自然美景的造物主。我从来不喜欢在室内祈祷，我觉得墙壁和人手制造的那些小物件是我和上帝交往的障碍。我喜欢在欣赏他的创造物时默念他，这时我的心也上升到神的境界。我可以说，我的祈祷是纯洁的，因此我的心愿是值得上帝嘉纳的。我没有别的心愿，只是为我自己和我永远为之祝福的那个女人祈求一个没有邪恶、没有痛苦、没有穷困的纯洁的平静生活，祈求我们至死做正直的人并在未来有正直人所应有的好命运。实际上，在我的这种祈祷中，赞美和欣赏多于祈求。我知道，在真正幸福的施予者跟前，获得我们所需要的幸福的最好方法，在于自己的争取而不只在于祈求。我回来的时候，总要绕一个大圈子，以兴奋的心情观望着周围田野里的那些东西，这是我的眼睛和我的心灵永不感到厌烦的。我从远处探望妈妈是否已经醒来，看到她的百叶窗已经打开时，便欢喜得跳起来，赶紧跑向前去。如果百叶窗还关着，我就暂时转到园子里，以默诵我昨天所读的书籍作消遣，或者做一些园内的活计，等候她醒来。

百叶窗一打开,我就赶忙跑到床前去拥抱她,那时她常常处在半睡的状态中,我们的拥抱既甜蜜又纯洁,在这纯真无邪的拥抱中,有着一种令人陶醉的愉快,但这种愉快和肉欲的快感是没有丝毫关系的。

通常我们是拿牛奶和咖啡作早餐的。这时是我们一天中最平静的时刻,也是我们最能畅快地交谈的时刻。这种在早餐时的谈话通常占了相当长的时间,以致使我对早餐总有一种强烈的兴趣。在这一点上我非常喜欢英国和瑞士的习惯,而不大喜欢法国的习惯,在英国和瑞士,早餐是大家聚在一起的一次真正的用餐,而在法国则是每人在自己的房间里独自用餐,甚至常常根本不吃什么。闲谈一两个小时后,我就去看书,一直看到吃午饭。我起先看一些哲学书籍,如波尔-洛雅勒出版的《逻辑学》①,洛克②的论文,马勒伯朗士③、莱布尼茨④、笛卡儿的著作等等。不久我就发现这些作者的学说差不多总是互相冲突的,于是我就拟定了一个要把它们统一起来的空想的计划,我耗费了不少精力,浪费了不少时间,弄得头昏脑涨,结果毫无所获。最后,我放弃了这种方法,采取了另一种比这好得多的方法,我的能力虽然很差,但我之所以还能有些进步,应当完全归功于这个方法,因为毫无疑问,我的能力在研究学问上一向是很有限的。我每读一个作者的著作时,就拿定主意,完全接受并遵从作者本人的思想,既不掺入我自己的或他人的见解,也不和作者争论。我这样想:"先在

---

① 《逻辑学》一书为冉森教派的安东·阿尔诺所著。
② 洛克(1632—1704),英国哲学家。
③ 马勒伯朗士(1638—1715),法国唯心主义哲学家,著有《真理的探索》。
④ 莱布尼茨(1646—1716),德国哲学家和数学家。

我的头脑中储存一些思想,不管是正确的还是错误的,只要论点明确就行,等我的头脑里已经装得相当满以后,再加以比较和选择。"我知道这种方法并不是没有缺点的,但拿灌输知识的目的来说,这个方法倒是很成功的。有几年工夫,我只是作者怎样想自己就怎样想,可以说从不进行思考,也几乎一点不进行推理。几年过后我就有了相当丰富的知识,足以使我独立思考而无须求助于他人了。在我旅行或办事而不能阅读书籍的时候,我就在脑子里复习和比较我所读过的东西,用理智的天平来判断每一个问题,有时也对我的老师们的见解做一些批判。虽然我开始运用自己的判断力未免晚了一些,但我并没有感到它已失去了那股强劲的力量,因此,在我发表自己的见解时,别人并未说我是一个盲从的门徒,也没说我只会附和先辈的言论。

后来,我转学初级几何。对于这个科目,由于我一心要想克服自己记忆力薄弱的缺陷,我翻来覆去学了好多遍,同一部分经常从头学起,所以始终没有多大进展。我对于欧几里得的几何学并不感兴趣,因为他主要偏重在一连串的证明,而不重视概念的联系。我比较感兴趣的是拉密神父的几何学,从那时候起,这位神父就成了我最喜欢的一位作者了,就是现在我也还很爱重读他的著作。以后我便开始学习代数,同样也以拉密神父的著作为指南。在我取得了一些进步以后,我就阅读雷诺神父的《计算学》以及他的《直观解析》,对于后者,我不过是随手翻翻而已。我一直没有能够深刻理解把代数应用在几何学上的意义。对这种不知目的所在的计算法我是一点不感兴趣的,我觉得用方程式来分解几何题,就好像是在用手摇风琴演奏乐曲。在我第一次用数字算出二项式的平方就是组成那个二项式的数字的各个平方加上这两个数字的乘积的一倍，我尽管算得很正确，也不肯相信，直到我做出图形后才肯相信。我并不是因为代数里只求未知量便对代数没有什么兴趣，而是在应用到面积上时，我就必须根据图形才能进行计算，不然我就一点也不明白了。

在这以后，我就研究起拉丁文来了。拉丁文是我最感困难的一门课程，我在这方面一直没有显著的进步。我起初采用波尔–洛雅勒的拉丁文法，但是，没有任何收获。那些不规范的诗句①确实叫我讨厌，始终听不入耳。我一看那一大堆文法规则就糊涂了，在学会一条规则的时候就把以前的全忘了。对于一个记忆力弱的人来说，是不适于研究文字学的，而我却正是为了增强我的记忆力才决心从事这种研究。最后，我不得不放弃了它。那时，我对语句的结构已经有相当的理解，利用一本辞典，可以读一些浅近的著作。于是我就选择了这种途径，觉得效果很好。我集中精力翻译拉丁文，不是笔译，而是心译，也仅止于此。经过长期的练习，我终于能够轻松愉快地读一些拉丁文著作，但是我始终不能用这种语言谈话和写作，因此，当我后来不知为什么竟被放进学者行列的时候，我时常感到很尴尬。和我这种用功方法分不开的还有另外一种缺陷，那就是我一直没学会拉丁韵律学，更谈不上懂得作诗的种种规律。不过，我很想能欣赏拉丁语在韵文和散文里的那种非常谐美的声调，我曾费了不少力气想学会一点，但是，我确信，要是没有老师的指导，那几乎是办不到的。在所

① 为了便于记忆，《波尔–洛雅勒拉丁文法》一书是用诗体写成的。当时所有文人一般都能读和写拉丁文，甚至可以写拉丁诗，直至十九世纪末，写拉丁诗一直是学校的课程之一。

有的诗体中,最容易作的就是六音节诗,我学过这种诗句,我曾耐心地把维吉尔的诗的音律差不多全部都摸清了,并且标出了音节和音量;后来,只要我弄不清某个音是长音或短音,我就查那本维吉尔。然而,由于我不知道在作诗的规则中允许有一些例外,因而常常发生不少的错误。如果说自学有好处,那么我要说,它也有很大的坏处,最主要的是非常吃力。关于这一点,我体会得比任何人都清楚。

中午时分,我放下了书本,如果午饭还没有准备好,我就去访问已成为我的好友的那些鸽子,或者在园子里干点活儿等候开饭。一听到叫唤我的声音,我就兴致勃勃地带着强烈的食欲跑去,这里也值得一提的是,不论病情如何,我的食欲从未减退。午饭的时间是非常愉快的,在等妈妈能够吃东西之前,我们先谈些家务事。此外,天气好的时候,每星期有两三次,我们到房屋后边一个布满花草的相当凉爽的亭子里去喝咖啡;我在这个亭子四周栽了一些忽布藤,天气炎热的时候,到这里来乘凉是非常舒服的。我们在这里消磨一个来小时,看看我们的蔬菜和我们的花草,谈谈我们的生活,越谈越体会到我们生活的甜蜜。在我们园子的一端,还有另一个小家族:那就是蜜蜂。我轻易不会忘记去拜访它们,妈妈有时也和我同去。我对于它们的劳动很感兴趣,看到它们飞回来的时候,带着那么多的采集物,几乎都要飞不动了,觉得很有意思。头几天,我由于过分好奇,不小心被它们螫了两三次,但是后来我们渐渐熟识了,无论离多近它们也不会伤害我。蜂窝里的蜜蜂非常多,甚至满得必须分群,有时我就被它们包围起来,我的手上、脸上到处都是蜜蜂,但再没有一个蜜蜂螫过我。所有动物对人都不相信,这是对的,但当它们一旦确信人们无意伤害它们的时候,它们的信任会变得那样大,只有比野蛮人还要野蛮的人才能滥用这种信任。

下午我还是读书,不过午后的活动与其说是工作和学习,不如说是消遣和娱乐更为恰当。午饭后,我从来不能关在屋里认真用功,通常在一天最热的时候,一切劳动对我都是负担。然而我也不闲着,我自由自在、毫无拘束、不费心思地看一些书。我最常看的就是地理和历史,因为这两个科目并不需要集中精力,我那点可怜的记忆力能记住多少就收获多少。我试图研究佩托①神父的著作,因而陷入了纪年学的迷宫里。我讨厌那既无止境又无边际的批判部分,却特别喜欢研究计时的准确和天体的运行。如果我有仪器的话,我一定会对天文学发生兴趣,但我只能满足于从书本上得到的一些知识以及为了了解天体的一般情况而用望远镜做的一些粗略的观察,由于我的眼睛近视,光靠肉眼是不可能清晰地辨认星座的。谈到这个问题,我记得曾发生过一次误会,至今想起来还觉得好笑。为了研究星座,我买了一个平面天体图。我把它钉在一个木框上,每逢无云的夜晚,我便到园子里去,把木框放在和我身材一般高的四根桩柱上。这个天体图的图面是向下的,须用烛光把它照亮,为了避免风吹蜡烛,我在四根桩柱中间的地面上摆了一个木桶,把蜡烛放在里面。然后,交替地看看天体图和用望远镜看看天上的星座,我就是这样练习认识星体并辨别星座的。我想我已说过,诺厄莱先生的花园是在一个高台上,无论在上面干什么,从大路上老远就可以看得

①　佩托(1583—1652),耶稣会会士,法国的一个渊博的学者和著名神学家,擅长写拉丁诗。

见。一天夜晚,正当我用这一套奇怪的装备聚精会神地进行观察的时候,有些晚归的农民从这儿路过,看见了我。他们看到天体图底下的亮光,却看不到光线是从哪里来的,因为桶里的蜡烛有桶边挡着,他们看不见;再加上那四根支柱,那张画满各种图形的大图纸,那个木框,还有我那来回转动的望远镜,所有这一切都使他们把我这一套东西当成是作魔法的道具,因而吓了一大跳。我的那身装束也使他们感到惊奇,我在便帽上又加了一顶垂着两个帽耳朵的睡帽,穿着妈妈强使我穿的她那件短棉睡衣,在他们看来,我那样子的确像一个真正的巫师。而且当时将近午夜,他们毫不怀疑地认为这是要举行巫师会议①了。他们不愿意接着看下去,一个个惊慌万分地跑开了,并且叫醒了他们的邻居,把看见的事讲给他们听。这件事传得非常快,第二天,邻近的人就都知道在诺厄莱先生家的花园里举行了一次巫师会议。如果不是一个亲眼见到我作"妖术"的农民当天就向两个耶稣会士抱怨了一番,我真不知道这种谣言最后会产生多大后果。耶稣会士不明真相,只顺口给他作了一些解释。后来,这两个耶稣会士来看我们,向我们叙述了这件事,我向他们说明了原委,大家都不禁笑了起来。为了避免再发生类似事件,当即决定以后我再去观察星空时就不要点蜡烛,看天体图则只在屋里看。我敢说,凡是在《山中书简》中读过我所谈的威尼斯幻术②的人,一定会认为我早就具有做巫师的特殊天赋了。

这就是没有什么田间工作可做的时候,我在沙尔麦特的

---

① 巫师会议,根据西方民间的迷信传说,男女巫师每星期六午夜要在魔鬼主持下举行一次会议。

② 卢梭在威尼斯法国大使馆担任秘书职务时,曾变过写预言的戏法。

生活情形。我是特别愿意做田间工作的,只要是自己能胜任的活计,我干起来同农民一样;但是,由于我的身体极弱,我干的活计,只能说是其志可嘉。再说,由于我同时要做两种工作,结果哪样也没有做好。我认定用强记的方法可以加强记忆力,于是我坚持尽量多背一些东西,为此,我常常随身携带书本,以难以置信的毅力,一面干活儿,一面诵读和复习。我不知道为什么我这种顽强的、不间断的、无结果的努力居然没有使我变成傻子。维吉尔的牧歌,我学了又学,不知念了多少遍,结果现在还是一句都不会。不论是到鸽棚、菜园、果园或葡萄园,我总是随身携带着书本,因此我丢失或弄破了好些书。每当干别的活计时,我就把书本随便放在树底下或篱笆上,因此到处都有我干完活忘记拿走的书,及至两星期后重新找到时,那些书不是已经发霉就是叫蚂蚁和蜗牛给咬坏了。这种死用功的习惯不久就成了一种怪癖,干活的时候,我几乎跟傻子似的嘴里不断在嘟哝和默诵什么东西。

波尔-洛雅勒修道院和奥拉托利会的著作是我最常读的,结果使我成了半冉森教派的信徒了,虽然我自信心很强,他们那种严酷的神学教义却也有时叫我惊恐。那令人恐怖的地狱,我从来不觉得多么可怕,现在也渐渐扰乱了我内心的宁静,如果不是妈妈把我的心安定下来,这种可怕的学说最后一定会使我的精神完全陷入错乱状态。当时我的听忏悔师也是她的听忏悔师,他在使我保持心神的宁静方面出了不少力。这个人是耶稣会士海麦神父,他是一位和善而聪明的老人,我一想起他的音容,一种崇拜的心情便油然而生。他虽然是耶稣会士,但是有稚子般的纯朴。他的道德观与其说是宽容,不如说是温厚,这正符合我的需要,以便减轻冉森教派加给我的那种阴森可怕的印象。这位憨厚的人和他的同伴古皮埃神父常到沙尔麦特来看我们，虽然对他们那么大年纪的人来说，这条路很不好走而又相当远。他们的拜访使我受益很大，但愿上帝也以同样的好处赐予他们的灵魂吧！当时他们的年纪已经很大了，我实在难以设想他们今天还活在人间。我当时也常到尚贝里去看望他们，渐渐地同那里的人搞熟了，有时就像在自己家里一样，他们的图书馆我也能够利用。每当我回忆起这段幸福的时期，也就联想到耶稣会士，以致因前者而喜欢后者，尽管我一向认为他们的学说很危险，但我从来未能从心里憎恨他们。

我真想知道别人心里是否也会产生像我心里有时产生的如此幼稚可笑的想法。在我忙于研究各种学问和过着一个人所能过的最纯洁的生活当中，不管别人对我说些什么，害怕地狱的心情仍在扰乱着我。我经常问自己："我现在的情况怎么样呢？如果我立刻死去的话，会不会被贬下地狱呢？"按照我所理解的冉森教派的教义，那是不容置疑的，但是我的良心却告诉我，我不会下地狱。长期处于惶恐不安之中，动摇于令人困惑的两可之间，为了摆脱这种烦恼，我竟采用了最可笑的方法，我想，如果我看见另一个人也采用我这种方法，我一定会把他当作疯子关起来的。有一天我一面想着这个令人苦恼的问题，一面漫不经心地对着几棵树的树干练习扔石头；当然，按照我素常的技巧，我差不多是一棵也不会打中的。在这有趣的练习中，我忽然想起借此来占卜一下，以便消除我的忧虑。我对自己说："我要用这块石头投击我对面的那棵树，如果打中了，说明我可以升天堂，如果打不中，说明我要下地狱。"我这样说着，心里怦怦直跳，手颤抖着把石块投了出去，但是，非常之巧，正好中在树干的正中央。其实这并不难，因为我特意选择了一棵最粗最近的树。从此以后，我对自己的灵魂能够得救再也不怀疑了。当我回忆起这一幼稚行为的时候，真不知道是该笑还是该哭。你们这些伟大的人物，你们看我这样，一定会发笑的，你们为自己而庆幸吧，但是，请你们不要嘲笑我那可怜的弱点吧，我向你们发誓，我确实是深深感到烦恼的。

不过，这些不安和恐惧或许是和我的虔诚信仰分不开的，但这并不是一种经常的状态。一般说来，我是相当平静的；我虽感到死亡之将至，但这种感觉对我心灵的影响，与其说是悲伤，不如说是一种平静的幽思，甚至其中还有某种甜蜜的滋味。我最近在旧纸堆里找到了一篇为劝勉自己而写的文字，当时我为自己能在有足够的勇气正视死亡的年龄死去而感到幸福，因为在我这短短的一生中，无论是肉体上或是精神上都没有遭受到多大痛苦；我的这种看法是多么正确啊！一种活下去要受苦的预感使我害怕。我仿佛已经预见到我晚年的命运了。我这一辈子只是在那个幸福的年代最接近于明智。对过去没有多大的懊悔，对未来也毫不担心，经常占据着我心灵的思想就是享受现在。笃信上帝的人通常有一种虽然不大但却十分强烈的私欲：他们往往以无比的兴趣玩味那些允许他们享受的纯洁的欢乐。世俗的人们则认为这是一种犯罪，我不知道这是为什么，或者更确切地说，我知道得很清楚：这是因为他们嫉妒别人享受他们自己已经失去兴趣的那些简单的快乐。我那时是有这种兴趣的，并且我认为能够于心无愧地满足这种兴趣确实是一件乐事。那时，我的心还没有被触动过，对于一切都是以孩童般的欢乐去接受，甚至可以说，是以天使般的欢乐去接受的，因为这种无忧无虑的享受确实有点像天堂里的那种宁静的幸福。蒙塔纽勒草地上的午餐，凉亭下的夜饮，采摘瓜果，收获葡萄，灯下和仆人们一起剥麻，所有这一切对我们来说都是真正的节日，妈妈同我一样感到非常快乐。二人单独散步更具有诱惑力，因为这样可以更自由地倾诉衷肠。在许多次这类的散步中，圣路易节日的那次散步是我特别不能忘怀的，那天正是妈妈的命名日。我们二人一清早就出门了。出门之前，我们先到离家不远的一个小教堂里去望弥撒，这场弥撒是在天刚刚亮时由一位圣衣会的神父来做的。望完了弥撒，我建议到对面山腰里去游览，因为那里我们还没有去过。我们派人先把食物送到那里，因为我们这次要玩一整天。妈妈的身体虽然有些胖，但走起路来还不怎么困难。我们越过一个个小山岗，穿过了一片又一片树林，有时是在太阳底下，多半时间是在浓荫下面，我们走累了就休息一下，就这样，不知不觉地好几个小时过去了。我们边走边谈，谈我们自己，谈我们的结合，谈我们的甜蜜生活，我们为这种生活能长久下去而祈祷，但是上天并没有让我们如愿以偿。所有这一切都好像在赞助这一天的幸福。那一天正是雨后不久，没有一丝尘土，溪水愉快地奔流，清风拂动着树叶，空气清新，晴空万里，四周的一片宁静气氛一如我们的内心。我们的午餐是在一个农民家里准备的，我们同他们在一起吃，那一家人真诚地为我们祝福。这些可怜的萨瓦人是多么善良啊！午饭后，我们来到大树的阴凉底下，我拾些为煮咖啡用的干树枝，妈妈则在灌木丛中兴致勃勃地采集药草。她拿着我在路上给她采集的花束向我讲起关于花的构造的许多新奇知识，这使我感到十分有趣，按理说，这本可以引起我对植物学的爱好,但是时间不凑巧,当时我研究的东西太多了。而且,一种使我百感交集的思想把我的心思从花草上转移开了。我当时的精神状态,我们那一天所谈的和所做的一切以及所有使人深受感动的种种事物,无不使我回忆起七八年前我在安讷西完全清醒时所做过的、而我在前面的有关章节里已提到过的那种美梦。两者的情景是那样相似,以致我一想起,就感动得流下泪来。在满怀柔情的激动中,我拥抱着这位可爱的女友,热烈地向她说:"妈妈,妈妈,这个日子是你好久以前就许给我的,除此以外,我什么也不希望了。由于你,我的幸福已达极点,但愿它永不减退!但愿它和我能领会这种幸福的心一样久长!但愿它只能和我自己同时结束。"

我的幸福日子就这样安然地流逝着。这些日子是那样幸福,以致使我看不到有任何东西可以扰乱它们,我只觉得除非到我生命的末日,它是不会有终结的一天的。这并不是说使我产生忧虑的泉源已经完全消失,但是我看到它的趋势正在改变,于是我就尽力把它引向有益的方面,以便从中找到补救的方法。妈妈自己是喜欢乡村的,她的这种兴趣并没有因和我一起而减退。她现在也渐渐对田园工作感到兴趣了,喜欢利用经营田地作为取得生计的手段,她在这方面的知识是相当丰富的,也很乐意加以利用。她不能满足于她所租的那所住宅周围的田地了,她有时租一块耕地,有时又租一块牧场。总之,她既然把事业心放在农事方面,她也就不再愿意无所事事地待在家里了,拿她当时所经营的农事来看,她不久就要成为大农庄主了。我不愿意看见她把经营规模扩充得如此之大,尽可能地加以劝阻,因为我知道这样下去她准又要受骗的,加之她那种慷慨和挥霍的天性,结果总是使开支超过收益。然而，一想到这种收益不会是微不足道的，而且也可以补助一下她的生活，我也就感到些安慰了。在她所制定的种种计划中，这个计划的危险性还算是最小的，而且我并不和她一样把这当作一件牟利的事业，而是把它当作使她摆脱开那些冒险事业和骗子手的经常性的手段。根据这种想法，我急切地希望恢复体力和健康，以便照管她的事业，做她的监工或管家；当然，这样做我就得常常丢开书本，也不再有时间考虑我的病情，从而会促进我的健康的恢复。

这年冬天，巴里约从意大利回来，给我带来了几本书，其中有邦齐里神父所写的《消遣录》和所编的《音乐论文集》。这两本书使我对音乐史和对这种艺术的理论研究发生了兴趣。巴里约同我们一起住了几天。我在几个月前已达到成人年龄，我已约定明春去日内瓦领回我母亲的遗产，或者至少在得到我哥哥的确实信息以前先要回我本人应该继承的那一份。事情是按照预定的步骤办理的。我去日内瓦的时候，父亲也去了。他早就去过日内瓦，也没有人找他的麻烦，虽然对他所下的判决并未撤销。但是，由于人们钦佩他的勇敢和尊敬他的正直，便装作把他的事情忘记了；而政府的成员们正在忙于一个不久就要付诸实施的重大计划，不愿意过早地激怒市民，使他们恰在这个时候回忆起过去的不公正措施。

我很怕有人由于我改教的事而在继承问题上故意刁难；结果没有出什么事。在这方面，日内瓦的法律不像伯尔尼的法律那么严峻；在伯尔尼，凡是改变信仰的人，不仅要丧失他的身份，而且还会丧失他的财产。人们对我的继承权并没有发生争议，只是我不知道为什么我的继承部分竟变得那样少，几乎是所余无几了。虽然我哥哥的死亡是确实无疑的了，但尚无法律证据,我没有充分的证明材料可以要求他的那一份,我毫不惋惜地把他应继承的那份财产留给了父亲,以便补助他的生活。我父亲一直到去世都享用了它。法律手续一办妥,我刚一拿到自己那笔钱,除了用一部分买了一些书外,我飞快地把其余的钱全部送到妈妈跟前。一路上我高兴得心里直跳,当我把这笔钱交到她手里的时候,比我刚得到这笔钱的时候还要快活千百倍。她淡漠地接过这笔钱,这是具有高贵灵魂的人所共有的态度,他们不会对别人的这类举动感到惊讶,因为对他们来说,这不过是区区小事罢了。后来,她以同样的淡漠态度把这笔钱几乎完全花在我的身上。我认为,即使这笔钱是她从别处得来的,她也会这样花掉的。

这时,我的健康不但一点没有恢复,反倒眼看着一天天坏下去。那时,我苍白得像个死人,瘦得像副骷髅,脉搏跳得很厉害,心跳的次数也更加频繁,并且经常感到呼吸困难。我甚至衰弱到连动一动都觉得很吃力,走快点就喘不过气来,一低头就发晕,连最轻的东西也搬不动;像我这样一个好动的人,身体竟坏到什么也干不了,真是最大的苦恼。无疑,所有这些情况在很大程度上是掺杂有神经过敏的原因。神经过敏症乃是幸福的人常得的一种病,这也正是我的病:我常常无缘无故地流泪,树叶的沙沙声或一只鸟的叫声往往会把我吓一大跳,在安适的宁静生活中情绪也不平静。所有这一切都表明我对舒适生活的厌倦心情,使我多愁善感到不可思议的地步。我们生来本不是为了在世上享受幸福的;灵魂与肉体,如果不是二者同时在受苦,其中必有一个在受苦,这一个的良好状态差不多总会对那一个有所不利。当我能够愉快地享受人生乐趣的时候,我那日益衰弱的身体却不允许我享受,而且谁也说不出我的疾病的真正原因所在。后来,虽然我已届晚年,并且患有真正严重的疾病,我的身体却好像恢复了它原有的力量,以便更好地经受自己的种种灾难。现在,在我写这本书的时候,我这个将近六十岁的老人,正受着各种病痛的折磨,身体已经衰弱不堪,我却觉得在我这受苦的晚年,自己的体力和精神倒比在真正幸福的青春时代更有活力和更为充沛。

最后,由于看书的时候读了一点生理学,我开始对解剖学发生了兴趣。我不断地在琢磨构成我这部机器的那许许多多零件,琢磨它们的机能和活动,经常预感身上的某个地方就要出现什么毛病。因此,使我感到惊奇的并不是为什么我总是这样半死不活,而是为什么我居然还能活着。我每读到一种疾病时,就认为这里所说的正是我的病。我深信,即使我本来没有什么病,研究了这门不幸的学问,我也会成为一个病人的。由于我在每一种病症中都发现有和我的病相同的症状,我就认为自己什么病都有。除此以外,我又得了一种我原以为自己没有的更为严重的病,那就是:治病癖;凡是读医书的人,都难免有这种病。由于我不断研究、思考、比较,我竟认为我的病痛的根源是由于我心上长了一个肉瘤,看来萨洛蒙对我的这个想法感到很惊讶。照理说,我应该根据这种想法,把我以前所下的决心坚持下去。可是我没有这样做,反而用尽一切心思想把我心上长的这个肉瘤治好,并决定马上进行这种异想天开的治疗。过去,当阿奈到蒙佩利埃去参观植物园和探望该园总技师索瓦热的时候,有人告诉他费兹先生曾治好过这样一个肉瘤。妈妈想起了这件事,并把经过情况告诉了我,这就足以激发我去找费兹先生治疗的愿望了。由于治病心切,我也有了做这次旅行的勇气和力量,从日内瓦带来的那笔款子正可以用来给我做路费。妈妈不但没有劝阻我,反而鼓励我这样做,于是我就动身到蒙佩利埃去了。

其实我用不着到那么远的地方去找我所需要的医生。由于骑马太累,我在格勒诺布尔雇了一辆轿车。到了莫朗,在我的轿车后面一连串有五六辆轿车接踵而至。这一来倒真像喜剧中马车队的故事了。这些轿车大部分是伴送一位名叫科隆比埃夫人的新婚女人的。和她同行的另一个女人,是拉尔纳热夫人,虽然不像科隆比埃夫人那么年轻,也不如她漂亮,但和她同样可爱。科隆比埃夫人到罗芒就要停下来,拉尔纳热夫人要从罗芒一直到圣灵桥附近的圣昂代奥勒镇。大家知道我是很腼腆的,怕见生人,一定认为我决不会很快就和这些体面的夫人以及她们的侍从熟识起来的。但是,由于我们走的是同一条道,住的是同一家旅店,有时还不得不同桌进餐,我回避同她们认识是不可能的,否则就会被认为是性情孤僻的怪人。这样,我们就很快熟识了,甚至照我的想法,熟识得未免过早了些,因为所有那些乱糟糟的谈笑声,对于一个病人,尤其像我这样气质的病人,是颇不相宜的。然而,这些聪明乖巧的女人的好奇心非常强烈,为了结识一个男人,她们总是先把他搅得晕头转向。我所遇到的,就是这种情况。科隆比埃夫人被她的那些美少年所包围,没有工夫来啰嗦我,而且对她来说也用不着,因为我们眼看就要分手了。至于拉尔纳热夫人,纠缠她的人不多,而且又需要人给她在路上解闷,因此便和我周旋起来。这样一来,再见吧,可怜的让-雅克,或者更确切地说,再见吧,我的寒热、郁闷、肉瘤!所有这一切在她身旁都烟消云散了,我只剩下有点心跳的毛病,只有这个毛病她不愿意给我治好。我的身体不大好，是我们结识的最初引线。人家虽然知道我有病，也知道我是到蒙佩利埃去的，可是我想一定是因为我的神情和举止不像是一个荒唐鬼，所以，后来看得很明显，人家不会怀疑我是因纵欲过度而去治病的。虽然疾病并不会使一个男人在女人跟前受欢迎，但这次却使我成为受到关怀的人物了。一清早，她们就差人来问候我的病况，并请我同她们一起用可可茶，她们还问我夜里睡得好不好。有一次，按照我说话不假思索的可嘉习惯，我回答说我不知道。这样的回答使她们认为我是个傻瓜，于是便在我身上作了进一步的观察，这种观察并没有给我带来什么坏处。有一次我听见科隆比埃夫人向她的女友说："他虽然不懂人情世故，却是很惹人爱的。"这句话大大地鼓舞了我，也使我真的显得可爱了。

既然彼此熟悉了，每人总要谈谈自己的事，谈谈从哪儿来，谈谈自己是什么样的人。当时我很窘，因为我知道得很清楚，在上流社会的人们中间，特别是同上流社会的女人在一起，一说我是新近才改信天主教的，马上就会没有人理我。我不知道是出于怎样一种古怪念头，竟想装起英国人来，我自称是詹姆士二世党人①，大家也就真的相信了。我说我叫杜定，人们也就叫我杜定先生。当时有一位讨厌的陶里尼扬侯爵也在那里，他同我一样，也是一个病人，不仅老态龙钟，脾气还不怎么好，他竟和杜定先生攀谈起来。他同我谈到詹姆士王，谈

---

① 英国国王詹姆士二世因推行专制制度和改信天主教并与法国国王路易十四结盟，于一六八八年被奥伦治王子所废，并被逐出英国，议会制度从此确立，史称"光荣革命"；效忠于詹姆士二世的臣民被称为詹姆士二世党人。

到争夺王位的人①，谈到圣日尔曼故宫②。我当时真是如坐针毡，因为我对这些事知道的很有限，我只是在哈密尔顿伯爵的作品里和报纸上读到过一些。可是，我知道的材料虽不多，利用得还不错，一场谈话，居然被我敷衍过去了。侥幸的是他没有问我英国语言上的问题，因为我一个英文字也不认识。

我们这些人在一起倒很情投意合，因为眼看就要分手了，大家都有些依依不舍之意。在路上我们特意像蜗牛一般地慢慢前进。有一天星期日，我们来到了圣马尔赛兰，拉尔纳热夫人要去望弥撒，我同她一起去了，这一来几乎把事情弄糟了。一进教堂，我的神情举止和往常我在教堂里一样。她一见我那毕恭毕敬的样子，以为我是个虔诚的信徒，因而对我产生了极不良的印象，这是两天以后她亲口向我承认的。后来，经我做出了许多献殷勤的表示，才逐渐消除了她对我的这种印象。其实，拉尔纳热夫人本是一个富有阅历的女人，是不甘示弱的，她情愿冒点危险向我先表示好感，以便看一看我究竟抱什么态度。她三番两次向我表示好感，又表示得那么热，以致我不相信她是看上了我的相貌，而认为她是在讥笑我。根据这种愚蠢的想法，我真做了不少蠢事，那时我的表现比《遗产》喜剧中的那位侯爵③还不如。拉尔纳热夫人也真能坚持，她不断和我调情，还向我说了那许多温存的话，即使一个不像我

① 指詹姆士二世的儿子詹姆士·斯图亚特，詹姆士二世于一七〇一年死后，他曾数次企图夺回王位，但未成功。

② 原为王宫，后来王室迁至凡尔赛宫；詹姆士二世及其家族流亡法国时，居住于此。

③ 在马里沃所写的《遗产》喜剧中，有一位侯爵想要某伯爵夫人为妻，却不敢向她求婚。

这么傻的人也很难把这都看作是真的。她越向我表示好感，我越认定我的看法不错，最使我感到苦恼的是，闹来闹去我竟真的产生了爱情。我对我自己说，并且也向她叹息道："唉！为什么这些都不是真的呢！不然我就是所有人们当中最幸福的人了！"我相信我这初出茅庐的人的傻气只能更激起她的好奇心，她不愿在这件事情上显出她手段的不高明。

到了罗芒，我们就跟科隆比埃夫人和她的随从分别了。拉尔纳热夫人、陶里尼扬侯爵和我三个人以最慢的速度、最愉快的心情继续我们的路程。侯爵虽然是个有病而又好唠叨人，却是个好心人，但他不愿意光看别人热闹而自己不插进去凑凑趣儿。拉尔纳热夫人一点也不掩饰她对我的倾心，以致侯爵比我本人还早就看出了这一点；要不是因为只有我才能有的那种多疑思想在作祟，他那些旁敲侧击的戏谑语至少会使我对原来不敢相信的她的美意产生信赖的心情。然而我竟认为他们是串通好了来戏弄我，我那愚蠢的想法越来越使我不知所措了。拿我当时所处的情况来说，既然我真的爱上了她，本可以扮演一个相当漂亮的角色，只因我有这种愚蠢的想法，结果竟使我扮演了一个最平庸的角色。我不明白拉尔纳热夫人为什么对我那副愁眉苦脸的样子并没有感到厌烦，为什么没有以极其轻蔑的态度把我甩开。但是，她确是一个聪明的女人，善于识人，她看得很清楚，在我的举止中，愚蠢的成分多，冷淡的成分少。

最后，她终于使我了解了她的心意。我们到瓦朗斯用午饭，按照我们可嘉的习惯，就在那里消磨午饭后的那段时间。当时我们住在城外的圣雅克旅店，我永远也忘不了那个旅店，以及拉尔纳热夫人所住的那间房子。午饭后，她要去散步，她知道陶里尼扬先生不能去,正好可以为我们二人安排一次单独的谈话,这是她早就拿定主意要利用的机会,因为时间所剩不多了,要达到目的,再也不能放过这个机会。我们沿着护城河缓步而行。于是,我又向她喋喋不休地诉说起我的病痛来,她回答的声音是那样亲切动人,并且还不时把她挽着的我那只胳膊紧紧地按向她的胸部,我想,除了我这样愚蠢的人以外,谁也不会不借此机会来证实她说的话是否是真心话。最有趣的是,当时我也非常激动。我曾说过,她是可爱的,现在爱情使她变得更加妩媚动人了,使她完全恢复了青春的艳丽,她那卖俏的手段的高明,就是意志最坚定的男人也会被她迷住的。所以我当时很紧张,随时都想放肆一下;可是我又怕冒犯她,怕招她不高兴,我特别害怕的是被人嘲笑,受人揶揄、戏弄,给人提供茶余酒后的笑料,使那个无情的侯爵提到我的无礼举动时挖苦我几句。这一切都使我不敢轻举妄动,连我自己对我这种愚蠢的畏葸都很气愤;我更气愤的是,尽管我恼恨我的畏葸,却又不能克服它。我那时简直如受苦刑一般。我已经丢开我那一套塞拉东①式的情话了,我觉得在这样的大路上情话绵绵实在可笑。由于我不知道应该采取什么态度,也不知道该说什么,我只好不吭声。我的样子就好像是在跟谁赌气似的;总之,我的一举一动都适足以给我招来我所最怕遇到的事情。所幸拉尔纳热夫人下了一个比较仁慈的决心。她猛地搂住了我的脖子,从而打破了这个沉默,就在这一刹那间,她的嘴唇紧贴到我的嘴唇上,这非常清楚地表明了一切,

---

① 塞拉东是《阿丝特莱》一书中的主人公,是一个非常多情,但又非常胆怯的牧童。

不容我再有任何疑虑了。这一个急转直下真是再巧不过了，我马上变成了可爱的人。事不宜迟。在此以前，我由于缺乏她给予我的这种信任，差不多总也不能表现出原来的我，这时我又是原来的我了。我的眼睛，我的感官，我的口和心从来没有这样出色地表达过我的意思，我也从来没有这样圆满地弥补了我的错误。虽然这次小小的胜利确实使拉尔纳热夫人费了一番心思，我有理由相信她是不会感到后悔的。

即使我活到一百岁，回想起这位迷人的女人时，也会感到快乐的。我说她是迷人的，尽管她既不美，也不年轻。但她也既不丑，又不老，在她的容貌上没有一点妨害她的智慧和她的风韵充分发挥作用的地方。和别的女人不同之处，就是她的脸色不够鲜艳，我想那是由于过去搽胭脂太多，损害了她脸上的颜色。她在爱情上所表现的轻浮是有她的理由的，因为这是充分体现她那可爱品质的好方法。可以见到她而不爱她，但是不可能占有她而不崇拜她。据我看，这就足以说明她并不是像对我那样经常滥用自己感情的。她这样快这样强烈地爱上我，可以说是难以原谅的，但是，在她的爱中，心灵上的需要和肉体上的需要，程度至少是相等的。在我同她一起度过的那段短暂而快乐的日子里，从她强使我遵守的节制来说，我完全可以相信，她虽然是个喜爱肉欲的女人，但她珍惜我的身体甚于满足自己的快乐。

我们的秘密来往是瞒不过陶里尼扬侯爵的。但他并没有因此而停止对我的嘲笑；恰恰相反，他比任何时候都更把我当作一个可怜的情人，一个遭受无情女人折磨的受难者。他没有一句话、一个微笑、一个眼神能使我怀疑到他已看出我们之间的事情。如果不是拉尔纳热夫人比我看得清楚，如果不是她对我说侯爵并没有被我们瞒住，只不过他是一个很知趣的人，我一定以为他居然被我们瞒过了。说真的，谁也不会有像他那样的好心肠和对人那样彬彬有礼。他对我也是如此，只是有时好说几句玩笑话，特别是自从我取得成功以后。也许他对我说些玩笑话是表示瞧得起我，认为我并不像原先表现的那样愚蠢。显然，是他弄错了，但是这又有什么关系呢？我正好利用他的错误，而且，说实在的，那时人们嘲笑的是他而不是我，因此我也很高兴地故意给他以讥笑我的口实。我有时也反驳他几句，甚至相当巧妙地反驳他几句，因为我引以为荣的是，我居然能在拉尔纳热夫人面前炫耀她启发给我的智慧。我已经不是从前的我了。

那时我们是在一个最富足的地方和最富足的季节旅行的。由于陶里尼扬侯爵的细心照顾，我们到处都有精美的饮食。他甚至把他这番好心一直用在我们所住的房间上了，这本来是用不着他操心的，他却事先打发仆人去订房间，而那个可恶的仆人不知是自作主张还是受了主人的指使，总叫他住在拉尔纳热夫人的隔壁，而把我安置在房子的尽头。但这难不住我，我们幽会的趣味反而更加浓厚了。我们这种快乐的生活继续了四五天之久，在这短短的几天中，我饱尝了最甜蜜的肉欲之乐，并且陶醉在这种快乐里面。我所得到的快乐是完美的、强烈的、不含有任何苦痛的成分，这也是最初的和仅有的快乐，我可以说我应该感谢拉尔纳热夫人，她使我在离开人世以前能够领略到此中的乐趣。

即使说我对她的感情谈不上是什么真正的爱，那至少是我对她向我所表示的爱的一种温情的回报，那是快乐中的一种十分炽烈的肉欲，是谈话中的一种十分甜蜜的亲昵，其中具有激情的动人魅力,却没有因激情而使人丧失理智的那种狂热,以致虽有快乐也不会享受。我一生只有一次感到了真正的爱,但不是在她的身旁①。我爱她从来不像爱华伦夫人那样,也正因为如此,我才觉得占有她时比占有华伦夫人时快乐百倍。在妈妈跟前,我的快乐总是被一种忧郁的情绪,一种难以克服的内疚心情所搅扰,我占有她的时候不但不感到幸福,反而总以为是辱没了她的品格。在拉尔纳热夫人身旁则完全相反,我以一个男人所能享受到的幸福而感到自豪,因此,我可以愉快地、放心大胆地纵情欢乐,我还可以分享我给予她的同样的欢乐,我的心情是相当安定的,我以无限的虚荣心与快乐感来欣赏我的胜利,并企图从这个胜利中得到更大的胜利。

我不记得陶里尼扬侯爵在什么地方离开了我们,他本是当地人,不过在到达蒙太利马尔以前,就只剩下我们两个人了。从那时起拉尔纳热夫人便叫她的侍女坐上我的车子,而让我和她同乘一辆车。我可以肯定地说,这样的旅行是不会使我们感到厌烦的,至于沿途都有些什么风景,那我就很难说清楚了。在蒙太利马尔,她有些事情要办,便在那里停留了三天。在这三天当中,她只是为去拜访一个人而离开我一刻钟。那次拜访给她招来了许多无味的纠缠和不少人的邀请。她是决不会接受那些邀请的,因此她借口不舒服都婉言谢绝了。但这种不舒服并没有影响我们天天在最美好的地方和最美丽的天空下两人单独到处游览。啊,幸福的三天啊!我至今还有时以惆怅的心情回忆起这幸福的三天,这样的日子已经一去不复返了!

---

① 这里所说的"真正的爱"是指索菲·乌德托(参看本书第九章)。

旅行中的爱情本是不能持久的。我们必须分手了。老实说，我们也该分手了，这并不是说我已经感到厌倦或者即将感到厌倦，我是日甚一日地沉溺在对她的依恋中。尽管拉尔纳热夫人很有节制，我已经是心有余而力不足了。但我决心要在我们分手以前用我剩下的那点精力尽情享受一番，她为了防止我接近蒙佩利埃的姑娘，所以也就顺从了。为了给分别找些安慰，我们制定了重新会面的计划。我们的决定是：既然这种调养方法对我有好处，我可以继续采用这种方法，并且到圣昂代奥勒镇去过冬，由拉尔纳热夫人来照管我的生活。不过我需要在蒙佩利埃逗留五六个星期，以便给她留点时间做些必要的安排，免得让人说闲话。关于我到圣昂代奥勒镇后所应该知道的事情，应该说的话，以及应该采取怎样的态度，她都给了我非常周详的指导。我们还约好在见面以前要彼此通信。她很郑重其事地嘱咐了我很多关于爱护身体的话；她劝我去找一些名医，要严格遵守他们的一切规定；她还说，不管他们的规定如何严格，等我重新回到她身旁的时候，她一定要担负起让我遵守的责任。我相信她的话都是出自真实的感情，因为她爱我：她在这方面的种种表现比对我的爱抚更为可靠。她从我的行装看出我并不是很有钱的，虽然她本人也不阔绰，但在我们分手的时候，她一定要把她从格勒诺布尔带来的相当多的钱分给我一半，我费了很大的劲才推辞掉了。最后，我离开了她，我的心完全被她占据了，同时我觉得我在她心里也留下了对我的真正的爱恋。

我一面从头回忆着和她走过的那段路程，一面继续着我的行程，这时我深感快慰的是，我坐在一辆舒适的车子里，可以尽情回味我所得到的快乐，并憧憬着她所许给我的快乐。

我一心只想圣昂代奥勒镇和我不久就要在那里开始的美好生活，在我心目中，除了拉尔纳热夫人和她的一家人以外，天地间的其他一切和我都没什么关系了。连妈妈也被抛到脑后了。我以全副精力在我思想中把拉尔纳热夫人对我说过的那一切细节都联系到一起，以便对她的住处、她的邻居、她的交往和她的整个生活方式先有一个概念。她有一个女儿，她曾不止一次地向我提到她的这个掌上明珠。这个姑娘已经满十五岁了，活泼可爱，性情温和。拉尔纳热夫人曾向我保证，她一定会喜欢我的，我一直没有忘掉这个诺言，我非常好奇地想着拉尔纳热小姐将怎样对待她母亲的亲密朋友。这就是我从圣灵桥一直到勒木兰这段路程中心里所想的一些主要内容。有人告诉我可以去看看加尔大桥①，我当然不会错过这个机会。我吃了几枚甘美的无花果作早点，随后就找了一名向导去参观加尔大桥了。这是我看见的第一个古罗马人的伟大工程。我正希望看到一个无愧是从罗马建筑者手中创造出来的建筑物，走近一看，它竟超过了我的想象，这是我这一辈子中唯一的一次。只有罗马人才能在我身上产生这样的效果。这一朴素宏伟的工程的壮丽气派引起我的惊叹，特别是由于这个建筑物正是建筑在广漠无人的荒野中，这一片寂静荒凉的景象使得这个古迹更显得奇突和令人赞叹不已。这架所谓的大桥原来只不过是古代的一个输水道。人们不禁在想，是什么力量把这些庞大无比的巨石从遥远的采石场运到这里来的呢？是什么力量把无数人的劳力集中在这个没有一个居民的

---

① 加尔大桥在法国南方的加尔省，原是公元前古罗马人修筑的输水道的一部分。

地方呢？我把这个雄伟建筑的三层都游览了一遍，一种景仰的心情使我几乎不敢用脚践踏。我的脚步在那些宽阔的穹窿之下所发出的响声使我觉得好像听到了建筑者的洪亮嗓音。我觉得自己就像一个昆虫似的迷失在这个气势磅礴的庞大建筑中。我虽然感到自己渺小，同时却又觉得有一种无以名状的力量把我的心灵提高到另一种境界，不由地感叹道："要是我是一个罗马人该多好啊！"我在那里待了好几个钟头，沉溺在令人心旷神怡的默想里。我回来的时候精神恍惚，好像在想什么心事似的，这种魂不守舍的样子是于拉尔纳热夫人不利的。她十分关心我不要被蒙佩利埃的姑娘所勾引，但她却忘记告诫我不要被加尔大桥所迷惑，可见，一个人总不能什么都考虑得十分周到的。

　　我在尼姆参观了竞技场。这是一个远比加尔大桥宏伟得多的大建筑，不过它给我的印象反而不那么强烈，这或许是由于我参观了第一个建筑物以后，再看什么也不觉得稀奇了，也或许是因为这第二个建筑物位于城市中心，不那么容易引起人们的惊异。这么宽阔壮丽的竞技场，四周却尽是简陋的小矮房子，而场内还盖了许多更矮小更简陋的房子，以致使整个建筑物只能给人一种混乱而不协调的印象，遗憾和不愉快之感窒息了喜悦和惊奇的心情。日后，我又参观了韦罗纳①的竞技场，那个竞技场比尼姆的这个竞技场小得多，也不如尼姆竞技场那样美观，但是保存得十分完整，维持得非常清洁，因此给我的印象反而更深刻更愉快些。法国人对什么都漫不经心，对于古迹毫不爱护。他们无论干什么，在开始的时候是一

————————

①　意大利北部的城市。

团火热,最后是草草了事,而且什么也不会保存。

那时我简直变成另一个人了;我那寻欢作乐的心一旦被勾起之后,就猛烈地燃烧起来。我在"吕奈尔桥饭店"停留了一天,唯一的目的就是要在那里同其他旅伴大吃一顿。这个饭店本是全欧洲最受人赞赏的一个饭店,那时它对这种声誉还是当之无愧的。店主人很会利用这个旅店的优越条件,所供应的菜肴都是最丰富、最精美的。在荒郊,在这样一家孤零零的饭店里,竟能享受到有海鱼和淡水鱼、有上等野味和名贵美酒的盛馔确是一件稀罕事;而且店主人在招待客人方面是那么细心、那么周到,只有在王公富豪之家才能遇到,而这一切只不过是为了挣你三十五个苏。但是,这个"吕奈尔桥饭店"没有能长久维持下去,由于过分滥用自己的声誉,最后竟完全丧失了声誉。

我在这一段旅程中,连自己是个病人都忘了,只是到了蒙佩利埃才想起我的病来。我的郁闷症完全好了,但是所有其他的病依然存在;虽然由于时间已久,我也习以为常了,病情却是存在的,如果有人突然得了这样的病,他会觉得活不长的。实际上,我的那些病,与其说是使我感到难受,不如说是使我感到害怕,它们所引起的精神上的痛苦,看来超过它们预示即将毁灭的肉体上的痛苦。因此,当我的心被我的那些强烈的情欲所占据的时候,我就把一切疾病置之度外了;然而,我的病究竟不是出自我的想象,所以当我的精神一安定,病症又立刻感觉出来了。这时我开始郑重其事地考虑起拉尔纳热夫人的劝告和我旅行的目的。我马上去找最有经验的名医,主要是去找费兹先生,而且为了小心起见,我索性在一位医生家里包饭。这位医生名叫菲茨莫里斯,是爱尔兰人,有很多学医的学生在他家里包饭；一个病人入伙，还有这样一个方便，就是菲茨莫里斯先生所收的膳费并不多，而且他以医生的资格给在他家用餐的人偶尔看看病则不取分文。他负责执行费兹先生的处方，并照顾我的健康。在实行节食疗养法方面，他是非常尽职的，人们绝不会在他家里得胃病。我虽然对于饮食上所加的种种限制并不觉得怎样苦恼，但是可以拿来对比的东西似乎仍在眼前，使我有时不能不感觉到，就作为一个供应者来说，陶里尼扬先生比菲茨莫里斯先生要高明许多。然而在这里，我也决不至于饿得太厉害，再说，所有那些青年有说有笑，都很快活，这样的生活方式对我的身体确实有益，我不像先前那样整天无精打采了。每天早晨我服用药品，主要是喝一些我也不知叫什么名字的矿泉水，我想是瓦耳斯的矿泉水吧，此外就是给拉尔纳热夫人写信。我们之间的通信一直在继续，我卢梭是以杜定的朋友的名义来收转那些信件的。中午，我便和同桌用餐的某个青年到拉卡努尔格去散散步。这些青年都是些挺好的小伙子，午饭前我们总是先集合在一起，然后才共同进餐。午饭后一直到傍晚，我们当中的大部分人都去从事一桩重要的工作，那就是到城外玩两三场木槌击球的比赛，输者要请吃茶点。我是不参加玩球的，我既没有那种体力，也没有那种技巧，但是我参加赌东道。由于关心输赢，我跟着那些玩球的人和木球在坎坷不平、满是石子的道路上跑来跑去，这对我倒是一种十分相宜的运动，既愉快又有益于身体。我们在城外的小酒店里用茶点，不消说，这是非常快活的。但是我要补充一句，虽然小酒店中的那些女孩子们长得都很漂亮，我们在吃茶点的时候并没有什么轻佻的举动。菲茨莫里斯是击球的能手，他是我们的头儿。我可以说，尽管大学生的名声不怎么好，但是这群年轻人所表现的庄重和礼貌，就是在许多成年人中也是很难见到的。他们喧哗而不轻狂，活泼而不放肆。任何一种生活方式，只要我不感到它的压力，我是很容易适应的，而且愿意它永远继续下去。在这些大学生当中，有好几个是爱尔兰人，我尽力向他们学几句英语，以便到圣昂代奥勒镇后，必要时可以应用。我去那里的时刻现在越来越近了，拉尔纳热夫人每次来信都催我去，我也准备照她的话去做。我看得很清楚：我的那些医生对我的病毫无理解，都把我看作是一个没病找病的人，因此就拿豨莶、矿泉水和乳浆来敷衍我。同神学家们正相反，医生和哲学家认为只有他们能够解释的才是真的，他们是以自己能否理解来断定事物的有无。这些先生们关于我的病一无所知，因此，我就算没有病了：怎么能怀疑医学博士不是无所不知的呢？我看他们只是在想法捉弄我，让我把钱花完为止，我认为圣昂代奥勒镇的那位能够代替他们，也绝不会比他们差，而且还可以使我更愉快些，于是我决定选择她，并抱着这种聪明的打算离开了蒙佩利埃。

我是在十一月末动身的，我在这个城市一共住了六个星期或两个月左右的时间，大约花掉了十二个金路易，无论是在健康方面或是在医学知识方面，我都没有得到什么好处，只有菲茨莫里斯先生的解剖学课程对我还有点益处，但我只是刚刚开始，后来由于解剖尸体的臭味我实在受不了，不得不放弃了这门课程。

我内心深处对于我的这个决定颇感不安，我一边继续往圣灵桥进发一边寻思，这条道通向圣昂代奥勒镇也通向尚贝里。我对妈妈的想念和她给我的来信——虽然她的信没有拉尔纳热夫人的信那么频繁——在我的内心深处唤起了一股悔恨的情绪。在来时的路上，我的这种心情被抑制住了，这次在归途中懊悔的情绪变得非常强烈，以致把我寻欢作乐的兴趣完全打消了，只有理智的声音在发挥作用。首先，我若再去扮演冒险家的角色，很可能不像第一次那样侥幸；只要圣昂代奥勒镇有一个人到过英国，或者认识英国人，或者会说英语，我就能够被揭穿。拉尔纳热夫人的家庭也可能对我反感，甚至会不客气地对待我，还有她那个女儿——我情不自禁地想念她已经超过了应有的限度——更使我惶恐不安：我生怕会爱上她，这种恐惧心已决定了事情的一半。我想，她母亲待我那么好，难道我竟想以诱惑她的女儿、和她发生最可鄙的关系、给她家庭制造分裂、羞辱、丑名和无穷的痛苦来报答她母亲对我的一番好心吗？想到这里，我内心十分恐怖。我下了最大的决心：假如这个可耻的倾向稍一露出苗头，我一定要和它搏斗，把它消灭掉。可是，我为什么要去寻找这种搏斗呢？和她母亲生活在一起，由于日久生厌而贪恋起女儿，却又不敢向她表露心情，这将是多么可悲的处境啊！我为什么一定要去寻找这种处境?! 难道是为了追求我早已享尽其精华的快乐，而使自己置身于不幸、受辱和后悔无穷的境地吗？很显然，我的欲望已经失去了最初的活力；寻乐的兴趣还在，但激情已经没有了。除此以外，还掺杂着一些其他的想法：我想到自己的处境、自己的责任，想到我那位善良而豪爽的妈妈，她已经负了不少债，而由于我的胡乱花钱，她负债又增多了；她为我操尽了心，而我却这样卑鄙地欺骗了她。我所感到的内疚太激烈了，终于战胜了一切。在离圣灵桥已经不远的时候，我下定决心，到圣昂代奥勒镇后片刻不停，一直走过去。我勇敢地执行了这项决定，虽然我承认当时不免感到有点惋惜，但同时我也是有生以来第一次感受到了一种内心的满足，我自言自语地说："我应该佩服我自己，我能够将自己的责任置于自己的欢乐之上。"这是我第一次真正从读书中得到的益处：它教导我进行思考和比较。我想起不久以前自己曾接受了十分纯洁的道德原则，我给自己订立了明智而崇高的立身之道，并且以能够遵守这些道理而深感自豪。然而我感到羞愧的是，我竟否定了自己的原则，这么快这么明目张胆地背弃了自己所订立的立身之道。现在这种羞愧心战胜了我的情欲。在我的决心中，虚荣心和责任心所起的作用或许是相等的，这种虚荣心虽然不能算作美德，但它所产生的效果是那么相似，即使弄混了也是可以原谅的。

　　善良的行为有一种好处，就是使人的灵魂变得高尚了，并且使它可以做出更美好的行为。因为人类是有弱点的，人受到某种诱惑要去做一件坏事而能毅然中止，也就可以算作善行了。我一下定决心，我就变成另一个人了，或者更正确地说，我又恢复了以前的我，恢复了迷醉的时刻曾一度消逝了的我了。我满怀高尚的心情和善良的愿望继续着我的路程，一心想悔赎前愆，决定以后要以高尚的道德原则来约制我的行为，要毫无保留地为最好的妈妈服务，要向她献出我对她的爱恋同样深切的忠诚，除了爱我的职责并听从这种爱的驱使以外，决不再听从其他的意念。唉！我以一片真心重新走上了正路，这似乎可以使我得到另一种命运了，然而我的命运是早已注定了的，并且已经开始了，当我那颗满怀着美好和真诚之爱的心灵，不顾一切地奔向那纯洁和幸福的生活的时候，我却接近了将要给我带来无数灾难的不幸时刻。

我那急于到达的迫切心情使我出乎预料地加速了行程。我在瓦朗斯向妈妈通知了我到达的日期和时刻,由于我赶路的结果,到达的日期比预计的提前了,我就故意在沙帕雷朗停留了半天,以便准时抵达。我愿意尽情地享受一下同她久别重逢的快乐,而且还愿意把这个时刻再稍微延长一会儿,以便给这种快乐再加上一点急切期待的乐趣。这种办法以往一直是成功的:我每次归来就像是个小小的节日。这一次我也希望如此,所以尽管我思归之情是那么急切,但是把归期稍微延缓一下,也是值得的。

　　因此,我完全是按照预定的时间到达了。从老远,我就希望看见她在路上等候我,我离家越近,心跳得越厉害,及至到家后,已经气都喘不过来了,因为我在城里时就下了车。可是无论是在院子里,在门前,在窗口,我一个人都没有看见。我的心马上慌了,怕发生了什么意外。我走了进去,一切都是静悄悄的,佣工们在厨房里吃点心,一点儿也看不出大家是在等候我的样子。女仆看到我还吃了一惊,她并不知道我要回来。我走上楼去,终于见到了她,见到了我那亲爱的妈妈,见到了我那如此深切、如此炽热、如此纯真地爱着的妈妈。我奔上前去,扑倒在她的脚下。"啊! 你回来了,我的孩子,"她一面拥抱着我,一面向我说,"你一路上好吗? 身体怎么样?"这种接待使我有点不知所措。我问她是否接到了我的信。她说接到了。我回答说:"我还以为你没有接到呢!"我们的话就到此为止。当时有一个年轻人同她在一起。我认识他,我动身以前就在家里见到过他;不过这一次他好像就住在这里了,事实上也正是这样。简而言之,我的位置被别人占据了。

　　这个青年是伏沃地方的人,他的父亲名叫温赞里德,是个守门人，自称是希永城堡①的上尉。上尉先生的这个儿子是一个年轻的理发师，他就以这种身份奔走于上流社会里，他也是以这种身分到华伦夫人家里来的。华伦夫人很好地接待了他，一如她盛情接待所有过路的人，特别是她家乡的人一样。他是一个相当庸俗的高个儿的金黄色头发少年，体格倒还端正，但面貌却相当平凡，智力也是如此，谈起话来很像漂亮的利昂德②。他用他那一行业的人所特有的腔调和方式滔滔不绝地叙述他自己的那些风流韵事；列举了一半同他睡过觉的侯爵夫人的名字，并且还自吹自擂地说，凡是他给理过发的那些漂亮女人，他都给她们的丈夫戴过绿帽子。他无聊、愚蠢、粗鲁、厚颜无耻；不过，在其他方面，他还是个地道的好人。这就是我出门在外时她找来的我的替身，也就是在我旅行回来后她向我推荐的合伙人。

啊！如果摆脱了尘世羁绊的灵魂，还能从永恒之光的怀抱中看到人世间所发生的一切，我亲爱的尊敬的幽灵啊！那就请你原谅我未能对你的过错比对自己的过错表示出更多的宽恕，原谅我把这二者同时揭露在读者的面前吧！不管是对你还是对我自己，我都应当而且也愿意说真话，在这方面你的损失要比我的损失小得多。啊！你那可爱而和蔼的性格，你那永不厌倦的好心肠，你的直爽和一切卓越的美德，这里有多少优点可以拿来抵偿你的缺点啊，如果可以把仅仅是理智造成的错误也叫作缺点的话！你做过错事，但并非堕落。你的

---

① 希永城堡是建筑在瑞士莱蒙湖畔的一座城堡，同时也是一个监狱，离华伦夫人故乡佛威城只数里之遥。当时日内瓦的爱国者多被囚禁在那里。

② 利昂德是意大利喜剧中的一个以相貌与服装而自命不凡的人物。

行为应该受到责备,但你的心总是纯洁的!要是把好事和坏事放在天平上来衡量,公正地判断一下:有哪一个女人——如果她的私生活也能像你的私生活这样公开摆出来让大家看看——敢于同你相比呢?

这位新来的人对于交给他的一切小事都表现得十分热心和勤快,而且非常认真;这些小事一向是很多的。他担负起了监督她的雇工的责任。干活时,我是相当安静的,他却最喜欢瞎嚷嚷,不管是在田间、草垛旁、木柴堆旁、马厩或家禽场,他到处使人看到他,特别使人听到他的声音。只有园子的事他不怎么关心,因为那是一种不出声的安静的工作。他最大的乐趣是装车、运料、锯木头或劈劈柴,斧头和鹤嘴锄从不离手;人们只听到他到处乱跑,敲敲这,打打那,扯开嗓子大声叫嚷。我不知道他到底是在干多少人的活儿,可是他一来就热闹得好像增加了十多个人。这种乱哄哄的热闹劲儿把我那可怜的妈妈给蒙住了:她认为这个年轻小伙子是帮助她料理农活的一个宝贵人才。她有意把他拴在自己身边,为此她使用了一切她认为可以达到这个目的的方法,当然,她没忘记使用她认为最可靠的那一手。

大家是知道我的心,知道我那始终不渝的、最真挚的感情,特别是驱使我在这时候返回到她身边的那番热情的。现在,这对我的整个生命是多么突然、多么沉重的打击啊!请读者设身处地地想一想吧。我所设想的幸福的未来,刹那间全都烟消云散了。我如此情致缠绵地怀抱着的那些动人的理想完全毁灭了,从幼年起我就把我的生命和她联系在一起,现在我第一次感到了孤独。这个时刻太可怕了!而以后的日子也是那么黯淡。我还年轻,但是使我青年时代富有生气的那种充满快乐和希望的甜蜜感觉永远离开了我。从那时起，我这个多情的人已经死去了一半。摆在我面前的只是索然无味的忧伤的余生，虽然有时在我的欲望中还掠过幸福的影子，但这种幸福已不是我原有的了。我觉得，即使我得到这种幸福，我也不是真正幸福的。

我是那样愚蠢，又是那样充满信心，我真以为这个新来的人和妈妈说话的语气那样亲昵，是由于妈妈的性情随和、跟任何人都非常亲近的缘故。要不是她亲自告诉我，我一辈子也猜不出这里面的真正原因。可是，她很快就以非常直爽的态度向我说明了一切，倘若我的心也往使人发怒的方面想，她那种直率态度就能增加我的愤怒。她认为这是极其平常的事情，她责备我对家里的事采取漠不关心的态度，还说我时常不在家，——真好像她是一个情欲非常强烈的女人，迫切要求填补所感到的空虚。

"啊！妈妈，"我以难于压抑的难过心情向她说，"你怎么竟跟我说这样的话呀？我对你的热爱所得到的就是这样的报酬吗？你曾多次挽救了我的生命，难道就是为了剥夺令我感到生命之可贵的一切东西吗？我将为此而死去，可是将来你想起我的时候一定会后悔的。"她用十分平静的态度对我所作的回答，简直快使我发疯了。她说我还是个孩子，一个人是不会因为这种事而死的，她说我什么也不会失去，我们仍和以前一样是好朋友，在一切方面都还是同样的亲密。她还说，她对我的爱丝毫不会减少，只要她活在人世，它是不会终止的。总之，她的意思是让我明白，我的一切权利没有改变，我只是同另一个人来分享，而不是失去这些权利。

我从来没有像这时候那样深切地感觉到我对她的感情的

纯洁、真实和坚定,以及我心灵的真挚和纯朴。我立刻跪在她的脚下,搂住她的双膝,泪如雨下。"不,妈妈,"我激动地对她说,"我太爱你了,决不能使你的品格受到损害,占有你,对我来说实在太宝贵了,我不能同别人分享。我当初获得这种占有时所产生的后悔心情,已经随着我对你的爱而日益增长,不,我决不能再以同样的后悔心情来保持这种占有。我要永远崇拜你,但愿你永远配得上我的崇拜。因为对我来说,尊重你的品格比占有你的身体更为重要。啊!妈妈,我要将你让给你自己。我要为我们心灵的结合而牺牲我的一切快乐。我宁愿万死,也不肯享受足以贬低我所爱的人的品格的那种快乐!"

我以坚持的态度遵守着我的决定;我敢说,我这种坚持的态度是和促使我采取这个决定的那种感情正相符合的。从那一刻起,我就只用一个真正的儿子的眼睛来看我所热爱的这位妈妈了。应该指出的是,虽然她私下里并不赞成我的决定(至少我的感觉是这样),但她从来没有使用任何手段来使我放弃自己的决定,无论是婉转的言词,温情的表示,甚至巧妙的手腕,而这些都是一般女人善于使用的:它们既无损于自己的身份而终能使她们如愿以偿。眼看我不得不为自己去寻找与她无关的另一种命运,但又想象不出是哪种命运,于是我走向另一个极端,那就是完全在她身上来寻求我的出路。结果,我的思想是那样完全集中在她身上,以至几乎把我自己都忘掉了。我热烈地希望她能成为一个幸福的人,不管需要我付出多么大的代价,这个愿望吸引了我的一切感情。她虽然要把她的幸福同我的幸福分开,我却不管她愿意不愿意,要把她的幸福看成我的幸福。

这样,在我灵魂深处早就种下的而通过学习培育起来的善的种子,就在我遭遇不幸的时候开始萌芽,只等逆境的刺激便会开花结果的。我这种完全无私的愿望的第一颗果实就是摆脱了我心里对于夺去我位置的那个人所怀的仇恨和妒忌。不仅如此,我甚至愿意,并且真诚地愿意同这个青年人结为朋友;我要培养他,关心他的教育,使他认识到他的幸福,如果可能的话,使他不要辜负他的幸福。总之,我要为他而去做阿奈在同样的情况下为我所做过的一切。可是我比不上阿奈。虽然我的性情比较温和,读的书比较多些,但我既不像阿奈那样冷静和那样有耐心,也没有阿奈那种能够受人尊敬的庄重气派,而我若想成功,这种气派正是必须具有的。我在那个青年人身上所发现的优点,也没有阿奈在我身上所发现的那么多,例如:温顺,热情,知恩,特别是有自知之明,感觉自己的确需要别人的教导,并且还有一种从别人的教导中真正得到益处的愿望。而这一切他都没有。我所要培养的这位青年看我不过是一个讨厌的学究,只会空谈。他呢,则认为自己在这个家里是个了不起的人物,而且由于他总是根据他做活儿的响声来衡量他自己在家里所做的工作,所以他认为他的斧头和锄头比我那几本破书有用得多。从某方面来说,他这种看法是不无道理的,但是,他因此而装出的那副神气,简直能笑死人。他对待农民俨如乡绅,不久他也如此对待我,最后甚至对妈妈也是这种态度了。他认为他那温赞里德的名字不够尊贵,便不再用它,自称德·古尔提叶先生,后来他就是以这个名字而在尚贝里和在莫里昂讷——他结婚的那个地方——出了名。

　　最后,这位显赫的人物竟成了一家之主,我则变得微不足道了。当我不幸招他不高兴的时候,他不责备我,而是责备妈妈;我唯恐让妈妈受到他的粗野无礼的对待,只好在他面前做出十分恭顺和唯命是从的样子。每当他以无比的得意神情执行他那劈柴工作的时候,我必须乖乖地站在旁边,作一个无能为力的旁观者,作一个对他的高超本领老老实实的欣赏者。其实,这个小伙子也并不是一个完全不好的人;他爱妈妈,因为他不能不爱她,他甚至对我也没有什么恶感。当他那狂暴的脾气没有发作、可以和他谈谈话的时候,他也能温顺地听我们说话,并且很直爽地承认自己只是一个蠢人,但是事后却并不因此而少做蠢事。此外,他的理解力太有限,趣味又太低级,很难跟他讲道理,几乎不可能同他友好。他既占有一个风姿绰约的女人,还为了加点儿调料,又和一个红黄色头发的、掉了牙的老女仆发生了关系,这是妈妈非常讨厌、勉强使用的一个女仆,虽然妈妈看见她就恶心。当我觉察到这种新奇的丑事以后,真把我气坏了;但是,不久我又觉察到另一件使我更伤心的事,这件事比以前所发生的任何事情都使我扫兴,那就是妈妈对我冷淡了。

我强使自己遵守,而她也似乎赞成的在情欲方面的那种克制,是一般女人绝不肯饶恕的,不管她们表面上装得怎么样。她们之所以如此,与其说是由于她们本身的情欲不能得到满足,不如说是由于她们认为这是对占有她们这件事的漠不关心。就拿一个最通达事理、最想得开、情欲最淡薄的女人来说,在她的眼中,一个男人(即使是对她最无所谓的一个男人)的最不可饶恕的罪过,是他能够占有她而却偏偏予以拒绝。这条通则在这里也不能例外:我之所以克制情欲纯粹是出于道德和爱护妈妈尊敬妈妈的缘故,但妈妈对我的那种如此强烈、如此纯真的钟爱之情,却因此而起了变化。从那时起,和她在一起,我再也感觉不到我一向认为是最甜蜜幸福的那种推心置腹的亲密关系了。她只是在对这位新来的人有所不满的时候才向我披露一下心情;在他们非常和好的时候,她就很少跟我说什么知心话。最后,她逐渐采取了一种我不在内的生活方式。我在她跟前时她也还高兴,但这对她已经不是一种需要,纵然我整天整天地不见她,她也不理会了。

在此以前,我是这个家的灵魂,并且可以说是过着两位一体的生活,现在还是同样的地方,我却在不知不觉中变得陌生和孤独了。我渐渐习惯于不再过问这个家里所发生的一切事情,甚至也不理睬在这里居住的一切人;为了避免继续受那令人心碎的痛苦,我便独自待在屋里和我的书籍为伍,再不就是到树林深处纵情大哭或长叹。不久,这种生活越来越使我难以忍受了。我感到,我所爱的女人就在眼前,但她的心已经离开了我,这只能增加我的痛苦,如果我看不见她,我的孤独感也许不会那么强烈。于是我决心离开她的家,当我向她说明我的计划时,她不但没有表示反对,反而热心赞助。她在格勒诺布尔有一个女友,名叫代邦夫人,这位夫人的丈夫是里昂司法长官德·马布利先生的朋友。代邦先生介绍我到马布利先生家去做家庭教师,我接受了,于是便动身前往里昂。分别时,既没有任何懊悔的表示,也几乎没有任何惜别之感,要是在以前,只要一想到离别,我们就像感到了死亡的痛苦。

那时,我差不多已经有了做一个家庭教师所必须具备的知识,我想我也有作教师的才能。我在马布利先生家有一年之久,在这期间,我有了充分认识自己的时间。假如我的急躁脾气不是时常发作的话,我那温和的禀性是适于干这一行的。只要一切都顺利,只要我的操心和劳动能够发生效果,我就海人不倦地教下去,真像个可爱的天使。但事情一不如意,我就变成了一个恶魔。当学生们听不懂我的意思的时候,我就气得发狂;如果他们表现得不听话,我就恨不得把他们杀死,当然,这绝不是使他们成为有学问有道德的人的好方法。我有两个学生,性情十分不同。大的八九岁,名叫圣马利,相貌很清秀,相当聪明,相当活泼,但也浮躁,贪玩,十分调皮,不过他虽然调皮却很逗趣。小的叫孔狄亚克,外表像个傻瓜,干什么都粗枝大叶,像驴一般固执,学什么也学不会。可以想见,跟这两个学生打交道,我的任务不是那么容易完成的。如果我能平心静气地耐心教下去,也许能有所成就;可是,我既不能平心静气,又无耐心,结果不但没有做出一点成绩,我的学生反而变得越来越坏了。我并不是不勤快,但我缺少冷静的态度,特别是不够明智。我对他们只知道用三种对孩子不但无益往往有害的方法,那就是:感动、讲理和发脾气。有时我劝圣马利劝得连我自己都感动得流下泪来,我想感动他,就好像孩子的心灵真能感动似的。有时我费尽精力同他讲道理,好像他真能听懂我那套理论似的,而且由于他有时也向我提出一些十分微妙的论据,我就真拿他当作一个明理的孩子,以为他非常善于推理。至于小孔狄亚克,那就更让我为难了。他什么也听不懂,问他什么也不回答,讲什么他也不动心,任何时候都是那么顽固,而当我被他气得发火的时候,倒是他在我身上取得了最大的胜利;这时候贤明的老师是他,我却变成了小孩子。所有我的这些缺点,我都看得很清楚,心里也很明白。我研究了学生的思想,而且研究得非常透彻,我相信我一次也没有受到他们的诡计的欺骗。但是,只知道缺点所在,而不知道用什么方法补救,又有什么用呢?尽管我对这一切都看得很透彻，可是我完全不能防止，所以还是收不到任何效果，而且我所做的恰恰都是不应该做的。

我不仅在教学上没有取得什么成就，就是我自己的事情也不怎么顺利。代邦夫人把我介绍给马布利夫人的时候，曾拜托她在我的举止言谈方面多加指导，使我能够活动于上流社会中。她在这上面也费过一番心思，希望把我造就成一个风流潇洒的人，不愧是她家的家庭教师；但我是那么笨拙，那么腼腆，那么愚蠢，以致使她丧失了信心，不愿再过问我了。但是这并未妨碍我故态复萌，我居然又爱上她了。我的表现已经足以使她理会到这一点，但我不敢向她表白，而她也是不会在这方面前进一步的，后来，我发现我的叹息和目光不会有什么结果，不久我也就厌倦了。

我在妈妈那里时，小偷小摸的毛病已经完全改掉了，因为那儿的一切东西都归我支配，也就没有偷的必要。再说，我给自己订立的高尚道德原则也要求我今后不能再干这种下贱的事，从那时起，我果然就一直没有再犯过。但是，这与其说是由于我能克服我所受到的诱惑，不如说是由于我断绝了受诱惑的根源；我非常担心，要是再面临诱惑的话，我恐怕又会像童年时代那样去偷窃的。这一点，我在马布利先生的家里已经得到证明了。他家里到处都有可偷的小东西，但我连看都不看，我只看上了阿尔布瓦地方出产的一种名贵的白葡萄酒，在吃饭的时候我偶尔喝过几杯，觉得非常可口。这种酒稍微有点儿浑，我自以为是一个滤酒的能手，便以此自夸，主人就把这件事交给我办了。我滤了几瓶，滤的虽然不大好，但只是颜色不佳，喝起来仍然是很可口的。于是我就利用这个机会，常常给自己留下几瓶，以备私下里享用。美中不足的是，我从来没有光喝酒不吃东西的习惯。怎样弄到面包呢？我没法在用餐时留下一些面包。叫仆人去买，等于是揭发自己，而且可以说是对主人的一种侮辱。自己去买吧，我又从来没有这种勇气：一位腰挂佩剑的体面人物到面包房去买一块面包，这怎么行呢？最后，我想起了一位尊贵的公主的蠢话，有人告诉她说农民没有面包吃了，她回答说："那就叫他们吃蛋糕吧！"于是我决定去买蛋糕。可是就办这点事，也是多么不容易呀！我一个人怀着这个目的走出大门，有时跑遍了全城，从三十多家点心铺门前走过，哪一家我也不敢进去。必须铺子里只有一个人时，而那个人的相貌对我还必须有很大的吸引力，我才敢迈进那家铺子的门槛。但是，当我把那可爱的小蛋糕买到手，把自己锁在屋子里，从柜子里拿出我那瓶酒的时候，我一边自斟自饮，一边读几页小说，那是多么快乐呀！由于没有人同我谈心，边吃边看书就别有奇趣：书就代替我所缺少的伙伴。我看一页书，吃一块蛋糕，就好像我的书在跟我共同进餐。

我从来不是一个只图享乐什么都不管不顾的人，而且我一辈子从未喝醉过。因此，我的这些小小的偷窃也并不十分明显。可是偷窃终于自己暴露了：酒瓶子揭发了我的秘密。这件事谁也没有提过，不过，从此以后地下室的酒就不再由我掌管了。对于这种事，马布利先生的态度是很大方、很审慎的，他是个很正直的人。他的外表虽然跟他的职务一样严峻，但他的性格确实是很温厚的，他那种好心肠也是少见的。他明智而公正，令人意想不到的是，作为一个司法管辖区的长官，他甚至是很仁慈的。深感他待我的宽厚，我更加敬重他了，因此我在他家里就多待了一些日子，否则我是不会待那么久的。但是最后，对于我所不能胜任的这行职业以及我当时所处的十分尴尬的毫无乐趣的景况，我终于感到厌倦了。于是，经过一年的尝试之后——虽然在这一年当中，我已尽了一切努力——我决定不再教我的这两个学生了，因为我确信我无论怎样努力也不能把他们造就好。对于这一点，马布利先生本人看得和我一样清楚。但是我相信，如果不是我自动提出辞职免得使他为难的话，他自己是不会主动辞退我的；在这种情况下，他这样过于照顾情面，我当然是不赞成的。

　　使我日益感到难以忍受的是，我不断拿我当前的境况同我已经离开的那种生活相比：我不断回忆起我所留恋的沙尔麦特，我的园子、我的树木、我的泉水、我的果园，特别是我为她而生的那个女人，赋予这一切以生命的那个女人。我一想到她，一想到我们的快乐和我们的纯洁生活，一种难以抑制的烦闷心情使我什么也懒得干了。有多少次我恨不得立即动身，步行回到她的身旁，只要能和她再见一面，就是当时死去也是甘心的。最后，我再也抵抗不住那些召唤我不惜任何代价回到她的身边的迷人的回忆了。我对自己说，过去我缺少耐心，不够体贴，不够温存，假如我现在在这些方面更多给予一些，我还是能够在十分甜蜜的友谊中过幸福生活的。于是我做出了最美好的计划，而且迫不及待地立即付诸实施。我摆脱了一切，放弃了一切，马上动身，一路飞驰，我以宛似我幼年时代的那种满腔热情回到了家里，我又来到了她的跟前。啊！如果我在她的接待中，在她的眼神里，在她的爱抚中，总之在她的心里能够发现我从前曾经感受到而现在还念念不忘的那种情意的四分之一，我就会欣喜若狂了。

　　人生是多么可怕的虚幻啊！她仍然用她那无与伦比的好

心接待了我,她的这种好心除非她离开人世是永远不会消失的;然而我是来追求过去的,这个过去已经一去不复返了。我在她身边待了不到半小时,我就觉得我以往的幸福是永远失去了。于是,我又陷入了上次迫使我出走的那种令人绝望的境况中,虽然如此,我却不能归咎于任何人,说实在的,古尔提叶并不坏,他看见我回来,显得很高兴,并没有什么不痛快的样子。但我从前是她的一切,而她也不能不是我的一切,现在我在她的面前竟成为一个多余的人,这我怎么能忍受呢?从前我是这个家里的一个孩子,现在我怎能在这里像一个外人似的生活下去呢?目睹可以作为我过去幸福见证者的那些东西,更使我感到今非昔比的难堪处境。我要是住在别的地方,痛苦或许会减轻一些。但是不间断地回忆那些甜蜜的往事,也会增加我对失去的幸福的伤感。空怀遗憾,满腹忧思,于是我决心恢复旧日的生活方式,除了用饭的时间外,我要一个人待着,我把自己关在屋子里,拿书作我的伴侣,并在书中寻求有益的消遣。由于我感觉到以前我所忧虑的灾难即将到来,我便绞尽脑汁从我自己身上想些办法,以便在妈妈经济来源断绝的时候,可以接济她。我在时,曾把她的家务安排得相当妥善,使它不致向坏的方面发展,但自从我走后,所有的情况全都变了。她的管家人是一个性喜挥霍的家伙。他好讲排场,喜欢好马和华丽的马车,他爱在邻人眼前显示自己是富贵人家,他继续不断地经营一些他一点不懂的新事业。她的年金借用光了,一年四季的所有收益也作了抵押,房租积欠了不少,债务越来越多。我看这项年金不久就要被债权人扣押,也可能被取消。总之,我看到前途只有破产和灾难,而且这一切的到来,时间是那么迫近,就好像我已经预见到那种种可怖的景象。

　　我那间可爱的小屋是我唯一消愁解闷的地方。由于我在那里寻求医治我那惶恐不安的心灵的方法，我也就同时在那里寻求如何防止我所预见到的灾难的方法。这样，就在我重新考虑我以前的那些想法的时候，我又给自己建起了许多新的空中楼阁，以便把我这个可怜的妈妈从她眼看就要陷入的绝境中挽救出来。我知道自己没有足够的学识和才华使我在文坛上成名，我是不能通过这条途径发财致富的。浮现在我脑际的一个新的念头却使我产生了我这平庸之才不能给我的一种信心。我虽然不教音乐了，但并没有放弃音乐，正相反，我已经研究了不少关于音乐的理论，我觉得至少在这门学问上我的知识是相当渊博的。当我想到我在学习辨认音符，尤其是在练习依谱唱歌所遇到的那些困难时，我觉得，这种困难来自音乐本身的程度并不少于来自我的主观条件，特别是考虑到，学音乐对任何人来说并不是一件容易事。在我研究音符时，我常常觉得这些音符创造得很不成功。很早我就想用数字来记录乐谱，免得记录任何一个小曲也必得画一些线和符号。我只是不知道怎样表示八度音的节拍和延长音。我重新又有了这个想法，是因为我想到这个问题时，发现这些困难并不是不能克服的。我终于获得了成功，不管什么乐曲我都可以用我的那些数码非常准确、甚至可以说非常轻而易举地记录下来。从这时候起，我就认为我的一笔大财已经到手了，于是，怀着和她——给了我一切的她——共享大财的热望，我一心只想到去巴黎，确信我的乐谱稿本一交给学士院，我就会掀起一场革命。我曾从里昂带回一点钱，我又卖掉了我的书。这样，只用了十五天的工夫，我便拿定了主意并付诸实施。最后,我心里充满了促成我这一计划的种种美好念头,也可以说我在任何时候都怀有的那同样的美好念头,就像上次带着埃龙喷水器离开都灵一样,我带着我的乐谱方案离开了萨瓦①。

　　我的青年时代所有的谬误和过错大致就是如此。我以内心相当满意的忠实态度叙述了这些谬误和过错的经过。如果日后我以若干美德为我的成年时代增添光彩,我也会以同样的坦率态度述说出来,这本是我原来的计划。不过,写到这里我必须停笔了。时间能够揭开种种帷幕。如果我的名字能够流传到后世,人们也许有一天会知道我还有什么话要说而没有说。那时候,他们也就会知道我所以保持缄默的缘故了。

---

①　卢梭于一七四二年七月动身到巴黎。他最初的计划是把他的自述写到这里为止,他怕继续写他那惨痛的历史会引起伤感,而且,他也不愿意累及从前和他有关系的一些人的名声,甚至也不愿意累及和他仇恨最深的人的名声。然而,他最后还是把《忏悔录》写下去了,只是取得了保尔·穆耳杜的同意,等二十年后再发表。事实上,前六章是不会累及任何人的名声的,因此,在一七八二年就出版了。又过了七年,即在卢梭死后仅只十一年(1789),后六章也在日内瓦出版了,当时他书中提到的人有好多还都健在。

外 国 文 学 名 著 丛 书

〔法〕卢梭／著

忏 悔 录

第二部

范希衡　等／译

"外国文学名著丛书"编委会

人民文学出版社
PEOPLE'S LITERATURE PUBLISHING HOUSE

第二部

这几本充满各种错误而且我也没有时间重读一遍的小册子，足使任何热爱真理的人找到真理的线索，并向他提供通过自己的调研来掌握真理的方法。不幸得很，我觉得这些小册子似乎很难、甚至不可能逃脱我的敌人的严密监视。如果它们落到一个正派人手中，[或者落到舒瓦瑟尔先生的朋友们手中，或者落到舒瓦瑟尔先生本人手中，我还不信我身后的荣誉就没有了希望。但是，上天啊，你是无辜者的保护人，请你保佑这些证明我无辜的最后资料不要落到布弗莱、韦尔德兰两位夫人以及她们的朋友们的手里吧。你在一个不幸者的生前已经把他送到这两个泼妇手里，至少别把他这点身后的名声再让她们去糟蹋吧。]①

让-雅克·卢梭

---

① 这是日内瓦手稿第二部的前言，方括号[ ]内的文字是卢梭自己划掉的。

第 七 章

Intus et in cute[①]

在两年的沉默与忍耐之后,尽管我曾屡下决心不再写下去,现在还是拿起笔来了。读者,请暂时不要评论我迫不得已再写的种种理由:只有把本书读完之后,你才能够评断。

人们已经看到,我的安静的青年时代在一种平稳的、相当甘美的生活中流逝了,既无大祸也无大福。这种平庸大部分是我那种虽热烈却又软弱的天性造成的;我的这种天性,难于振作却极易灰心;它要受到强烈的震撼才能摆脱闲静,却又由于慵懒与爱好而回复原态;它老是把我拉回到我自认生而好之的那种闲散而宁静的生活,离大的美德远,离大的恶行更远,因而它从不容许我有什么大的作为,无论是在善的方面,还是在恶的方面。

我马上就要展示的是一幅多么不同的图景啊!命运在前三十年间一直有利于我的自然倾向,到了后三十年就时刻加以拂逆了;人们将会看到,从这种事与愿违的不断的矛盾之中,便生出了一些巨大的过失、一些闻所未闻的不幸以及一切

---

① 见本书第一部第一章第 3 页注①。

能给逆境带来荣誉的品德，只是没有使我产生坚强的性格。

本书的第一部是完全凭记忆写成的，其中一定有很多错误。第二部还是不得不凭记忆去写，其中很可能错误更多。我前半生那些美好的年月，都是在既宁静又纯洁的境况中度过的，那些甜蜜的往事给我留下了成千上万滋味无穷的印象，使我乐于不断地回忆。人们在下面就可以看到，我后半生的回忆是多么不同。重温这些回忆，就是重尝它们的苦涩。我很不愿拿这些凄凉的回忆来加剧我现状的辛酸，因而尽其所能予以回避；我这样做往往相当成功，以致当我需要重述往事的时候，有的就再也想不起来了。这种对苦痛的健忘，正是上天给我在多舛的命运中安排下的一种安慰。我的记忆力专使我回想过去的乐事，从而对我的想象力起着一种平衡的作用，因为我那惊弓之鸟似的想象力，使我只能预见到险恶的将来。

为了弥补我记忆的不足，为了使我在这项工作里有所遵循，我也曾搜集了一些资料，但是这些资料现在都已落入他人之手，收不回来了。我只有一个向导还忠实可靠，那就是感情之链，它标志着我一生的发展，因此也就是我一生经历的事件之链，因为事件是那些感情的前因或后果。我很容易忘掉我的不幸，但是我不能忘掉我的过失，更不能忘掉我善良的感情。这些过失和感情的回忆对我说来是太宝贵了，永远不能从我心里消失掉。我很可能漏掉一些事实，某些事张冠李戴，某些日期错前倒后；但是，凡是我曾感受到的，我都不会记错，我的感情驱使我做出来的，我也不会记错；而我所要写出的，主要也就是这些。我的《忏悔录》的本旨，就是要正确地反映我一生的种种境遇，那时的内心状况。我向读者许诺的正是我心灵的历史,为了忠实地写这部历史,我不需要其他记录,我只要像我迄今为止所做的那样,诉诸我的内心就成了。

然而,十分侥幸,有这么一段六七年长的时间,我在一本信件的抄本里还保留着关于它的一些可靠材料,这些信件的原件现在都在佩鲁先生手里。这个抄本终止于一七六〇年,包括我居住退隐庐、跟我那些所谓的朋友大闹不和的整个一段时期:这是我一生中难忘的阶段,也是我一切其他不幸的根源。至于较近的信件原件,我手边能留下的恐怕已为数不多,我不想将它们继续抄在那本抄本——它分量太大了,不能指望能够逃过我的那些"阿耳戈斯"①的察觉——的后面,将来当我觉得这些原件能有所说明的时候,不管是于我有利也好,于我不利也好,我就在本书中转录出来。我不怕读者忘记我是在写忏悔录,而以为我是在写自辩书;但是当真理为我辩护的时候,读者也不应该指望我会抹煞真理。

而且,这第二部和第一部相较,只有这种始终一致的真实性是共同的,而其所以较高于第一部也只由于它所叙述的事实较为重要。除此而外,它在各方面都不及第一部。我的第一部是在伍顿或特利城堡②写的,当时心情舒畅,洋洋自得,自由自在,凡是我要回忆的往事,没有一件不是一个新的乐趣。我不断带着新的喜悦去回想它们,同时我可以无拘无束地反复修改,直到我满意为止。今天我的记忆力和脑力都衰退了,几乎不能做任何工作了;我写这第二部,只是勉力为之,

---

① 阿耳戈斯,典出希腊神话,系一百眼怪物,曾被天后赫拉派去监视宙斯的情人伊娥;此处系指十分警觉的监视者。

② 伍顿,见本书第一部第 160 页注②;特利城堡是孔蒂亲王的府第,在巴黎附近。

心头压着无限苦楚。它给我展示出来的,尽是些大灾大难和背信弃义的行为,尽是些令人痛心疾首的往事。我恨不得把我所要说出的一切埋葬在永恒之夜里;而我既不能不说,又不能不躲躲藏藏①,耍花招,打掩护,硬着头皮做出我生来最不会做的事。我头上的房顶有眼睛,我周围的墙壁有耳朵:我被许多心怀恶意、目不转睛的密探和监视人包围着,心绪不宁,精神恍惚,把临时想到的几句话,匆匆忙忙地写到纸上,几乎连重读一遍的时间都没有,更不用说修改了。我知道,人们尽管不断地在我的周围树起无穷的障碍,他们还是怕真理从墙缝里钻出来。我能有什么办法叫它露头呢?我在尝试着,成功的希望却不多。请读者想想吧,环境如此,能不能写出动人的画幅,且给以引人入胜的色彩。因此,凡是想阅读我这一册书的人,我都要向他们预先声明,他们往下读的时候没有任何东西能保证他们不感到厌烦,除非他们是想彻底了解一个人,真诚地爱正义、爱真理。

在第一部结束的时候,我正怀着怅惘的心情向巴黎进发,而把我的心留在沙尔麦特。我在沙尔麦特建筑着我最后的一座空中楼阁,打算将来有朝一日妈妈回心转意,我把积蓄下的财富带回来,送到她的膝下,而且我认为我的记谱法是万无一失的财源。

我在里昂停了些时候,看看朋友,找几封上巴黎的介绍信,并卖掉随身带来的几本几何书。大家都欢迎我。马布利先生和夫人见到我,表示很高兴,并且请我吃了好几次饭。我

---

① 卢梭这时(1768)离开了英国,在法国过着漂泊的生活。这几行是在法国多菲内省蒙干写的。

在他们家里结识了马布利神父①，我以前也是在他们家里结识孔狄亚克神父②的。他们都是前来探望他们的兄长。马布利神父给我写了几封到巴黎的介绍信，其中有一封是给封特奈尔的，另一封是给开吕斯伯爵③的。这两个人和我认识后都处得很相投，特别是封特奈尔，他一直对我怀着深情厚谊，至死不衰，并且在促膝谈心中曾给过我许多忠告，我后悔没有很好地听从。

　　我又遇到了博尔德先生④。我和他很久以前就相识了，他并且时常由衷地、真心实意地帮助我。这一次他热诚如故。就是他帮忙把我的几本书卖掉了，而且亲自或者托人为我写了几封很好的去巴黎的介绍信。我又会到了地方长官先生，他原是博尔德先生给我介绍认识的，这次我又通过他认识了黎塞留公爵⑤。公爵那时正途经里昂，巴吕先生把我介绍给他。他很好地接待了我，并且要我到了巴黎后去看他；后来我果然去看了他好几次，然而，我认识了这样高的显贵——以后我还要常常谈到的——却始终未得到任何助益。

　　我又见到了音乐家达维，他曾在我以前某次旅行时救过我的急。他曾借给我或赠给我一顶便帽和几双袜子，虽然我

①　马布利神父(1709—1785)，法国历史学家，百科全书派的左翼；恩格斯在《反杜林论》中提到十八世纪出现的共产主义理论，其代表人物中就有他。
②　孔狄亚克神父(1715—1780)，法国启蒙运动者，百科全书派，著有《论感觉》和《逻辑学》等。
③　开吕斯伯爵(1692—1765)，考古学家，著有《考古录》。
④　博尔德，里昂学院院士，伏尔泰的朋友，后写小册子讥刺卢梭。
⑤　黎塞留公爵(1696—1788)，名臣黎希留大主教的侄孙，为法国元帅，权倾一时。

们后来时常见面，我却一直没有还他，他也一直没有向我索取。不过我后来也送过他一件礼物，价值差不多相当。如果要讲我应该做些什么事情，我是可以把自己说得更好些的，但是我现在是在讲自己实际的所作所为，可惜，这是两码事了。

　　我再次见到了那位高贵、大方的佩里雄，这一回他又使我感受到了他平素的那种慷慨豪爽，因为他给了我和他当年给予那好心的贝尔纳①同样的馈赠：他给我付了驿车车费。我又见到了外科医生巴里索，他是天下第一位心地善良而乐善好施的人；我还见到了他疼爱的那位戈德弗鲁瓦，他十年来一直赡养着她。这位戈德弗鲁瓦除了性情温柔、心地善良外，几乎一无可取，但是任何人见到她就不能不对她表示同情，离开她就不能不感到怜悯；由于她已经到了肺痨病的末期，不久之后也就与世长辞了。一个人所爱的对象是怎样的性格，最足以说明这个人的真正天性了②。你只要见过那温柔的戈德弗鲁瓦，你就会知道善良的巴里索是个什么人。

　　对于这些善良的人们，我都感激。然而后来我和他们都

---

①　贝尔纳是当时的一个二流诗人。"好心的"这个称号是伏尔泰授给他的。

②　除非这个人在最初选择对象时就选错了，或者他所钟情的对象由于非常的原因而性格改变了——这也并不是绝对不可能的事。如果人们一成不变地接受这条由钟情而见天性的规律，那就会根据苏格拉底的妻子克桑狄普去判断苏格拉底，根据狄翁的朋友迦立普斯去判断狄翁了：这种判断就是空前的荒谬失实。此外，请不要把这一条用到我的妻子身上，使她蒙受侮辱。她诚然头脑简单、易受欺骗，非我始料所及；但是，她的性格纯洁善良，绝无害人之意，是值得我衷心敬爱的，而且我在有生之日，将永远敬爱不衰。——作者原注

　　克桑狄普是著名的泼妇，根本不懂丈夫苏格拉底的学问。狄翁是希腊名城叙拉古的统治者；迦立普斯是狄翁的朋友，雅典人，谋杀狄翁后一度也成了叙拉古的统治者；普卢塔克的《名人传》中有记载。

疏远了，当然不是由于忘恩负义，而是由于我那种不可克服的常使我貌似忘恩的疏懒。他们的隆情厚谊，我未尝一日忘怀，但是要我不断地向他们表示感激之情，却比用行动报答他们要困难得多。准时写信始终是我力所不及的事；我一开始疏于音问，就感到羞惭，不知该怎样弥补过失，这种羞惭和尴尬又反过来加重我的过失，我就索性不再写信了。因而我就音讯杳然，仿佛把朋友们全忘掉了。巴里索和佩里雄简直毫不介意，我发现他们始终热肠如故；但是人们在二十年后的博尔德先生身上将可以看到，当一个才子以为被人疏远了的时候，他的自尊心会激起怎样的报复情绪。

在离开里昂之前，我不应该把一个可爱的人儿忘掉。我又见到了她，感到格外喜悦，她在我的心头留下了极其温馨的回忆。这个人就是赛尔小姐，我在第一部里曾经提到过她，后来我住在马布利先生家里时又和她再度相逢。我这次旅行，比较悠闲，因此和她相见的次数也比较多。我对她产生了强烈的感情，我也有理由相信她的心并不与我相反，但是她对我是如此信任，使我根本不能产生滥用这种信任的念头。她没有任何资财，我也是身无长物；我们的处境太相同了，不容许我们结合起来，而且我心里另有打算，根本不想结婚。她告诉我，有一位年轻的商人热内夫先生似乎很想赢得她的爱情。我在她家也见过他一两次，觉得他像个正派人，而且大家也都说他为人正派。我深信她和他的结合会是很幸福的，因此很盼望他能娶她。后来他果然娶了她。为了不致扰乱他们的纯洁爱情，我就赶快离开了，并衷心祝愿这位可爱的人儿幸福无量。可惜我的祝愿在尘世只实现了很短一段时间，我后来听说她结婚只两三年就死了。我在旅途中一直怀念她，我当时感觉到,后来每想起她时也感觉到,为义务和道德而牺牲固然是痛苦的,但是这种牺牲在内心深处留下的温馨的回忆,作为补偿是绰绰有余的。

上次旅行,我是怎样单从巴黎的不利的方面看这个城市,这次旅行,我也就怎样单从巴黎的辉煌的方面看这个城市。不过,所谓辉煌并不是指我的住所而言;按照博尔德先生给我的一个地址,我住进了离索尔朋不远的科尔蒂埃路的圣康坦旅馆。糟透的街,糟透的旅馆,糟透的房间。然而在这旅馆里却曾住过许多杰出之士,如格雷塞①、博尔德、马布利和孔狄亚克两位神父以及其他一些人,可惜我那时一个也没有遇到。不过我在那里遇到了博纳丰先生,他是个跛脚绅士,好争讼,一副咬文嚼字的典雅派的样子。由于他,我认识了我现在最老的朋友罗甘先生。我又通过罗甘先生认识了哲学家狄德罗。关于狄德罗,我在下面还有很多话要说。

我是一七四一年秋天来到巴黎的,随身带着十五个金路易的现款以及我的《纳尔西斯》喜剧和我的音乐改革计划,这些就是我的全部本钱。因此我没有多少时间可以浪费,急于要拿自己的存稿来想办法。我赶紧利用我带来的许多介绍信。一个年轻人到了巴黎,面孔长的过得去,显得有些才能,总是靠得住有人接待的。我受人接待了。这种接待给了我很多愉快,但是无大实益。在介绍给我的那许多人之中,只有三位对我有点用处,一个是达梅桑先生,他是萨瓦贵族,当时是宫廷侍从,我相信他还是卡利尼安公主的宠臣;一个是博茨先

---

① 格雷塞(1709—1777),法国诗人和剧作家,著有长诗《青春吟》及喜剧《恶人》。

生,他是铭文研究院的秘书,国王办公室的纪念章保管员;还有一个是卡斯太尔神父,耶稣会教士,明符键琴的发明者。除达梅桑先生外,其余二人都是马布利神父介绍给我的。

达梅桑先生为了满足我的迫切要求,又给我介绍了两个人:一个是加斯克先生,波尔多议院议长,拉得一手好提琴;另一个是莱翁神父,当时住在索尔朋神学院,是个很可爱的年轻贵族,在社交场中以罗昂骑士的名字出过一阵风头之后就在盛年死去了。两人都异想天开,要学作曲。我教了他们几个月,稍微补充了一下我的几乎枯竭的旅囊。莱翁神父跟我交上了朋友,想聘我做他的秘书,但是他并不富有,只能给我八百法郎,我很歉然地拒绝了,这样的待遇实在不能维持我的衣食住行。

博茨先生很好地接待了我。他爱学问,也有学问,但是有点学究气。博茨夫人简直可以做他的女儿,她光艳照人,而且有点矫揉造作。我有时在他们家吃饭。在她的面前,我的样子显得十分笨拙。她的举止随随便便,更加重了我的羞涩感,一举一动都格外可笑。当她把菜碟送到我面前的时候,我总是伸出叉子把她递来的菜谦而逊之地叉上一小块,因此当她把打算给我的菜碟交给仆人的时候,总是转过身去,怕我看见她笑。她没有料到我这乡下佬的脑袋里也并非空无一物。博茨先生把我介绍给他的朋友雷奥米尔先生,这位雷奥米尔先生在每星期五学士院例会的日子都来他家吃晚饭。他把我的方案对他谈了,并说明我有意把方案送请学士院审查。雷奥米尔先生答应了,并向学士院提交了我的建议书,此事蒙该院接受了。到了预定的日子,我由雷奥米尔先生引进学士院,由他作了介绍。同一天,即一七四二年八月二十二日,我就荣幸地在学士院里宣读了我早就为此准备好的论文。尽管这个大名鼎鼎的机关的确十分庄严肃穆，但我并没有感到像在博茨夫人面前那么腼腆，我的宣读和答辩都还应付得不太坏。我的论文成功了，并博得许多颂词，这些颂词既使我惊，又使我喜，因为我几乎不能想象，在这些院士的心目中，任何不是院内的人居然会有常识。被指定审查我的方案的委员是梅朗、埃洛和富希三位先生①。他们当然都是杰出之士，但是没有一个懂得音乐，至少懂的程度不足以使他们有能力审查我的方案。

在我和这几位先生讨论的过程中，我深信，既确实而又惊讶地深信，学者们固然有时比一般人的成见少，但是另一方面，他们对已有的成见却坚持得比一般人更厉害。尽管他们提出的反驳大部分都那么无力，那么不正确，尽管我承认我在回答的时候有些胆怯，而且措辞不当，但是我的理由是不容置辩的，然而我却没有一次能使他们了解，使他们满意。我总是目瞪口呆地看到，他们还没有懂我的意思就用几句漂亮话轻易地对我进行反驳。不晓得他们从哪里挖出了一个苏埃蒂神父，说他曾想出用数字表达音阶。这就足以使他们认为我的记谱法不算是新发明了。这倒也还罢了，因为尽管我从来就没有听说过什么苏埃蒂神父，尽管他那根本没有考虑八度音的记录教堂歌曲的七音记谱法不能和我发明的简单而方便的方法相提并论——我的方法可以很容易地用数字把音乐里可能想象到的一切，如音符、休止符、八度音、节拍、速度、音值等等都表示出来，而苏埃蒂对这一切根本未加考虑；尽管如此，

---

① 三人之中，一个是数学家，一个是化学家，另一个是天文学家。

如果只就七个音符的基本表达法而论,说他是最初的发明人倒也是十分确实的。但是,他们除了对这种原始发明过度重视以外,并不就此罢休,在谈到记谱体系的内容时,完全一派胡言,不知所云。我的记谱法的最大优点就是省掉变调和音符的麻烦,所以,同样的一支曲子,不论你用什么调,只要在曲子开头换上一个字母,全曲就随你的意思记下来了,移调了。这些先生们听到巴黎乱弹琴的乐师说移调演奏法毫无价值,他们就从这一点出发,把我的体系的最大优点反而当成是反对它的不容置辩的理由。他们决议说,我的音符便于声乐,不便于器乐,而实际上他们应该说,我的音符既便于声乐,更便于器乐。学士院根据他们的报告,给我发了一张奖状,措辞夸奖备至,骨子里却可以看出,它认为我的记谱法既不新颖,又无用处。我后来为公众写了一部题为《现代音乐论》的书。我认为没有必要把这样一张奖状作为该书的装饰。

这件事使我有机会体会到,为了正确审查一个专门问题,尽管你对各门科学的知识很广博,如果你在广博之外不加上对这一问题的专门研究,则远不如一个知识浅陋而对这一门却研究得既专又深的人。对于我的记谱法的唯一站得住脚的反对意见,是拉摩提出来的。我刚一向他说明我的体系,他就看出了它的弱点。"你那些符号,"他对我说,"是很好的,好就好在它们简单明了地确定音值,清楚地表现音程,并且能将复杂的东西简单地表示出来,这都是普通的记谱法所办不到的。但是它们坏就坏在要求用脑子去想,而脑子总是跟不上演奏的速度。""我们的音符的位置,"他又说,"明摆在眼前,不必用脑子去想。如果两个音符,一个很高,一个很低,用一大串中间的音符连接起来,我一眼就看出由此到彼的顺序变化的进程,可是,用你的记谱法,要我摸清这一大串,就必须把那些数字一个一个拼出来,一目了然却做不到。"我觉得这个反对意见是无法反驳的,登时就同意了。尽管这个反对意见既简单又明显,却只有老手才能说出来。当时没有一个院士能够想到这点,是不足为奇的。然而出奇的倒是那些大学者可谓无所不知,而他们竟不懂每个人只应该审查自己本行以内的事物。

由于我时常拜访我的审查委员和其他院士,这就使我得以结识巴黎文坛中最杰出的人物。所以,当我后来一跃而进入文士之林的时候,我已经是他们的旧相识了。至于目前,我还是专心搞我的记谱法,一意要在音乐这门艺术中掀起一场革命,并从而一举成名;艺术界的这种一举成名,在巴黎经常是使你名利双收的。我关起房门,以一种说不出的热情,一连埋头几个月,把我向学士院宣读的论文彻底改写了,改成一部以公众为对象的作品。困难的是要找到一个书商肯接受我的手稿,因为要铸新字就得花几个钱,书商们是不肯把钱花在新作者头上的,而我却认为用我的作品捞回我写作时的伙食费也似乎是天公地道的事。

博纳丰为我找到了老基约,老基约就跟我订了合同,获利对分,而出版税则由我一人负担。这位老基约把事情办得如此之糟,出版税我是白付了,出的第一版书呢,我却没有拿到一文钱。虽然德方丹神父答应为我宣传,别的报人对这本书也颇有好评,书的销路似乎还是不佳。

试验我的记谱法的最大障碍,就是人家怕这种方法如果不能通行,学的时间就算白费了。我的解释是,我的方法使概念非常清楚,即使想用普通的方法学音乐,如果开始先掌握了我的记谱法，反而可以节省时间。为了拿实验来证明，我免费为一位美国女人德卢兰小姐教音乐。她是罗甘先生介绍来的。教了三个月，她就能用我的音符读任何乐曲，甚至能依谱唱任何困难不太大的乐曲，比我自己还好。这个实验的成功是惊人的，然而没有人知道。若是别人，一定要在报上大吹特吹了；但是我，虽有若干才能发明一些有益的事物，却从来没有才能去宣扬它，借以牟利。

就这样，我的埃龙喷水器又一次损坏了[①]；可是，这一次我已是三十岁的人了，在巴黎街头，没有钱就不能生活，而我在巴黎是无所凭依的。在这种窘迫环境里，我所采取的办法，只有不曾好好读过本书第一部的人才会感到惊讶。我总算又紧张又劳而无功地忙过一阵了，我需要喘口气。我不仅不悲观失望，反而安于疏懒和听天由命；为了让老天爷有时间去解决问题，我不慌不忙地吃着我那仅存的几个金路易，并不取消我那悠闲的享乐，只是花费上稍微节约一些，两天只坐一次咖啡馆，一星期只去两次剧院。关于花街柳巷的耗费，我没有什么可改弦更张的，因为我一辈子也不曾为此花过一文钱，除了唯一的一次例外，这我在下面就要说到。

我手里连三个月的生活费都没有，而我却把这种懒散而孤独的生活过得那么安闲、那么愉快、那么满怀信心，这正是我生活的特点之一，也是我性情乖僻的一斑。我极端需要人家想到我，却也正是这种极端需要使我丧失了抛头露面的勇气，越是需要登门拜访，我就越觉得这种登门拜访无聊，以致连那些院士们，连我已经挂上钩的那些文坛人士，我都不愿去

①　见本书第一部第 119 页。

看了。只有马里沃①、马布利神父、封特奈尔我有时还继续去看看。我甚至把我的喜剧《纳尔西斯》拿给马里沃看了。他很赏识，并且惠然予以修改。狄德罗比他们都年轻，差不多和我同岁。他爱好音乐，也懂得音乐理论。我们常在一起谈谈音乐，他也对我谈了他的一些写作计划。这样，在我们两人之间不久就建立了更亲密的关系，这种关系维持了十五年，如果我不是由于他自己的过失不幸被拖进他那一行业的话，这种关系是会维持得更久的。

在我迫不得已去乞讨面包之前所剩下的这点短暂而宝贵的间歇时间里，我利用它干了些什么，这是谁也料想不到的：我利用它来背诵大段的诗作，这些作品我读了不下一百遍，又忘掉一百遍。每天上午十时左右，我就到卢森堡公园去散步，衣袋里带着一本维吉尔或卢梭②的集子。我在那里一直待到午餐的时候，有时背一首宗教颂歌，有时背一首田园诗，虽然背了今天的就忘了昨天的，但我总是不灰心。我还记得，尼西亚斯③在叙拉古惨败之后，被俘的雅典人以背诵荷马史诗谋生。我要从这种好学的榜样当中得出一点教益，那就是发挥我的良好的记忆力，把所有诗人的作品都熟记在心，以备将来穷途潦倒无以为生时之用。

我还有一个同样可靠、有效的办法，就是下棋。凡是我不去剧院的日子，下午总是经常到莫日咖啡馆去对局。我认识

---

① 马里沃（1688—1763），喜剧家兼小说家，擅长细腻的心理描写，文词矫饰，有"马里沃风格"之称。

② 指让-巴蒂斯特·卢梭，参见本书第一部第 188 页。

③ 尼西亚斯，公元前五世纪的雅典名将，在伯罗奔尼撒战役中功勋卓著。后远征西西里败死。叙拉古城在西西里岛上。

了雷加尔先生，还有一位于松先生，还有菲里多尔。当时棋界的一切名手我都见识了，而我的棋艺却并不比以前高明些。然而有一点我毫不怀疑：我总有一天会超过他们所有的人，我认为，这也就够做我的生财之道了。不管我痴心妄想迷上哪一行，我总是抱着同样的逻辑。我心里想："谁成了哪一行的尖子，谁就准能走运；因此，不管哪一行，我只要成了尖子，就一定会走运，机会自然会到来，而机会一来，我凭着本领就能一帆风顺。"这种幼稚的想法不是出于我的理智的似是而非之论，而是出于我的懒惰。要想奋发，就得做出巨大而又迅速的努力，这使我害怕，因此我极力美化自己的懒惰，想出一套合适的论据来掩盖可耻的懒惰。

就这样，我安逸地坐待囊空金尽；我相信，如果不是卡斯太尔神父使我从昏睡状态中摆脱出来，我是会花尽最后一文钱却依然无动于衷的。我有时上咖啡馆，就顺便去看看这位卡斯太尔神父。他有点疯疯癫癫，但心底里却是好人：他看我这样无所事事，虚度年华，很不以为然。他对我说："既然音乐家们和学者们不跟你同调合拍，你就改弦更张，去看看女太太们吧。也许在这方面你容易成功些。我已经在伯藏瓦尔夫人面前提起过你，你就凭我的介绍去看看她。她为人很好，一定很高兴看到她丈夫和儿子的同乡的。你在她家里将见到她的女儿布洛伊夫人，她是个才女。我还在另一个女人面前谈到过你，她就是杜宾夫人，你把自己的作品带给她看看，她很想见见你，会很好地接待你的。在巴黎，什么事都要靠女人才做得起来：女人仿佛是些曲线，而聪明人就是这些曲线的渐近线；他们不断地接近她们，却永远不触及她们。"

我把这种可怕的、苦役一般的拜访，推迟了一天又一天，终于鼓起勇气去看伯藏瓦尔夫人了。她亲切地接待了我。布洛伊夫人一进她的房间，她就对她说："女儿，这就是卡斯太尔神父跟我们谈起过的卢梭先生。"布洛伊夫人把我的作品夸奖了一番，并且把我领到她的钢琴边，让我看出她是研究过我的作品的。我一看她的挂钟已经快到一点了，就要告辞，伯藏瓦尔夫人对我说："你住得很远，别走了，就在这里吃饭吧。"我也就不客气地留下了。一刻钟后，我从一些迹象意识到，她原来是请我在下房里吃饭。伯藏瓦尔夫人为人倒极好，但是知识有限，而且由于自己出身波兰贵族，太骄傲了，她不大懂得对才智之士应给以应有的尊敬。这一次她甚至只凭我的举止去判断我，连我的服装也没有注意到：我的服装虽然很简单，却颇整洁，绝不显得该是在下房里吃饭的人。我已经把下房的路忘得太久了，决不愿重登此程。我也没有把自己的不快显露出来，只对伯藏瓦尔夫人说，我突然想起有一件小事要办，不能不回去，说着就要走开。布洛伊夫人走到她母亲身边，附耳说了几句话，这立刻产生了效果。伯藏瓦尔夫人站起身来拦住我，对我说："我想请你赏光跟我们一起用餐。"我觉得再拿架子就蠢了，于是留了下来。而且，布洛伊夫人的好意感动了我，使我对她发生了兴趣。我很乐意同她一起进餐，并且希望她日后对我认识较深的时候，不会为曾帮我获得这次荣幸而后悔。她们家的老友拉穆瓦尼翁院长先生[1]也在座。他跟布洛伊夫人一样，讲一口巴黎社交界的行话，用的净是花哨的字眼和莫测高深的隐语。可怜的让-雅克在这方面就相形见绌了。我也识相，不敢卖弄聪明，因此一言不发。如果我

---

[1]　拉穆瓦尼翁院长，路易十五的大臣，马勒赛尔卜的父亲。

一直就这样安分，该是多么好啊！我就绝不会落到今天这样的深渊里了。

我这样笨拙，不能在布洛伊夫人面前露一手，以证明我应该得到她的垂青，心里十分难过。饭后，我就想起我那老一套了。我衣袋里装着一首诗，是我在里昂时写给巴里索的。这首诗本来就不缺乏热情，我朗诵时更加热情洋溢，结果使他们三人都感动得流了泪。也许是我的虚荣心作祟，也许是事实确实如此，我总觉得布洛伊夫人的眼光仿佛在对她母亲说："怎么样，妈妈，我说这个人该跟你同席，不该跟你的侍女共餐，该没有说错吧?"直到此时为止，我心里总是不舒服，这样报复了一阵之后，我才感到痛快了。布洛伊夫人把她原来对我的那点好评，这时又未免提得过分了些，她认为我不久就会在巴黎名噪一时，变成一个风流人物了。

我缺乏经验，为了指导我，她给了我一本某伯爵的忏悔录①，"这本书，"她对我说，"是一位良师益友，你将来在社交场中会需要它的，不时参考参考有好处。"我怀着对赠书者的感激之情，把这本书保存了二十年，但是一想到这位贵妇人仿佛认为我有风流才华，便常常哑然失笑。我读了这本书，马上就想跟作者交朋友。我这天生的气质并未欺我：他是我在文学界所曾有过的唯一真正的朋友②。

从此，我就敢于信赖伯藏瓦尔男爵夫人和布洛伊侯爵夫

① 杜克洛的小说，当时才出版(1742年)。杜克洛一直对卢梭很好，不知道为什么卢梭后来责备他背信和虚伪(见下注)，也许是因为他不肯公开反对狄德罗、格里姆诸人。

② 我在很长一段时间内一直对他寄以充分的信任，所以我回巴黎后就把我的《忏悔录》手稿托付给他。我这个最怕受骗的让-雅克向来只有吃了亏之后才肯相信别人的背信和虚伪。——作者原注

人了,她们既然关心我,就绝不会让我久困穷途;我果然预料对了。现在来谈谈我是怎样登上了杜宾夫人之门的,这次登门有着十分深远的后果。

杜宾夫人,大家都知道,是萨米埃尔·贝尔纳①和方丹夫人的女儿。她们有三姊妹,可以称之为美惠三女神②:拉·图施夫人跟金斯顿公爵跑到英国去了;达尔蒂夫人是孔蒂亲王的情妇,并且,不只是情妇,还是他的朋友,唯一真正的朋友,是一个性格温柔忠厚、可爱、富有机智、特别是心情愉快、不识悲愁的女子;最后是杜宾夫人,三人中数她最美,也只有她一人不曾失足,引起别人的闲言。她是杜宾先生待客殷勤所得来的代价。他在他本省盛情招待了她的母亲,母亲为了感激,就把女儿嫁给他,还给了他包税官的职位和一笔极大的财产。我第一次见她的时候,她还是巴黎最美的女人之一。她接待我时正在梳妆,胳臂赤裸着,头发蓬松,梳妆衣也随便披在身上。这种接待在我还是破题儿第一遭,我这可怜的脑袋经受不住了,我慌了起来,简直不知所措;总之一句话,我爱上杜宾夫人了。

我的慌乱似乎没有使她产生什么坏印象,她根本没有觉察出来。她欣然接受了我的著作,欢迎我,很在行地谈着我的方案,一面唱,一面自己用键琴伴奏;她还留我吃饭,让我紧挨着她就座。本来用不着这许多就能叫我如醉如痴的,我真是着迷了。她允诺我再去看她:这使我利用并滥用起这个允诺

---

① 萨米埃尔·贝尔纳,大金融家,方丹夫人的后夫。他们生了三个女儿,都是当时的美人。

② 美惠三女神,希腊神话里经常在一起的三个女神,代表着美色中最媚人的特征。

来。我差不多天天都往她家跑，每星期在她家吃两三顿饭。我有一肚子的话想向她倾诉，却总是壮不起胆。有好几个理由加剧了我这天生的羞怯。登上富家豪族之门，就是走上了亨通之路；在我当时的情况下，我决不愿冒断送这样一条路的风险。杜宾夫人尽管十分可爱，但是又严肃、又冷淡，我在她的仪态中找不出一点挑逗之意，足以使我壮胆。她的门第，当时在巴黎跟任何一家比，都算是最豪华的，座上客各界都有，如果人数稍少一点，就可以说是集各界之精华了。她爱接待一切显赫的人物，有权贵，有文人，也有美人。你在她家见到的，净是些公爵、大使、名流。罗昂公主、福尔卡尔基埃伯爵夫人、米尔普瓦夫人、布里尼奥尔夫人、赫尔维夫人，她们都可以说是她的朋友。封特奈尔先生、圣皮埃尔神父、萨利埃神父、富尔蒙先生、贝尼先生、布封先生、伏尔泰先生，都是她圈子里的人，常在她家吃饭。固然她的拘谨态度不怎么吸引年轻人，但是她的宾客都是经过精心挑选、令人肃然起敬的人物；而在这些人当中，我这可怜的让-雅克当然也就不敢作出风头的非分之想了。我不敢说话，但又不甘沉默，所以就大胆写起信来。她把我的信一连压了两天，连提都不提。到了第三天，她把信退回给我，当面对我说了几句责备的话，语调之冷淡真使我为之心寒。我想说话，但话到嘴边又缩了回去，我那一见销魂的热恋连同希望都一齐幻灭了。我在很礼貌地作了一番表白之后就又像以前那样继续和她相处，从此不再向她提一个情字，连秋波也不敢再送了。

我以为自己干的这件傻事已经被忘掉了，其实不然。弗兰格耶先生是杜宾先生的儿子，也就是杜宾夫人的前房儿子，跟杜宾夫人和我的岁数都差不多。他很聪明，长得也漂亮，有些野心勃勃。据说他追求他的后母,也许唯一的根据就是后母给他娶了一个很丑陋、很温和的媳妇,而且她跟他们俩都处得非常之好。弗兰格耶先生爱才,他自己也多才多艺。他很懂音乐,这就成了我们之间交往的媒介。我常去看他,很喜欢他。突然他暗示我,杜宾夫人嫌我去看她太频繁,请我以后别再去了。这个委婉的请求如果在她退还我的信时提出来,倒还适当,现在事情过了八九天,又没有任何别的理由,我总觉得有点不对头。更为奇怪的是:我并未因此而不受弗兰格耶先生夫妇的欢迎。不过,我到她家去得少了,而且如果不是杜宾夫人又来了个意外的怪念头的话,我是会完全不再到她家去的。她请我临时照应一下她的儿子,因为她的儿子要换家庭教师,有八九天无人照管。我这一个星期真是在活受罪,只是想到这是遵从杜宾夫人的吩咐,心里才有些快慰,才忍受了下来。这个可怜的舍农索从那时起就脾气乖张,后来几乎因此败坏了他的门第,而且终于使他在波旁岛①送了命。在我照管他的期间,我的任务是防止他为非作歹,害己害人,如此而已。就这样,我已经费尽了九牛二虎之力,要是再叫我照管一星期的话,就是杜宾夫人委身于我作为报酬,我也不干。

弗兰格耶先生跟我建立了友谊,我跟他经常一起工作:我们开始一同在鲁埃尔先生②那里上化学课。为了离他近一些,我从圣康坦旅馆迁居维尔德莱路的网球场附近,这条路直通杜宾先生住的普拉特利埃尔路。我在那儿由于不很注意而得了感冒,随后转成一场肺炎,几乎病死。我在青年时代常得

---

① 即印度洋马斯卡林群岛中的留尼汪岛。
② 鲁埃尔(1703—1770),法国的名化学家。

这一类炎症,什么肋膜炎以及我最容易感染的咽喉炎,我在这里就不一一列举了。这些病都曾使我死去活来,足够使我跟死神面熟了。在病后休养期间,我有工夫考虑了一下我当时的处境,我痛恨我的羞怯、软弱和疏懒;由于这种疏懒,尽管我感到心头燃烧着烈火,却还是沉溺于无所用心之中,经常处在山穷水尽的边缘。在我得病的前夕,我曾去听了当时正在上演的鲁瓦耶的一部歌剧,名字我忘记了。虽然我抱有一种成见,经常推崇别人的才能,而对自己的才能缺乏自信,我还是不能不认为这部歌剧的音乐软弱,缺乏热情,毫无创意。我有时甚至心想:"我觉得自己可以做得比这个好。"但是,我总是把编写歌剧的工作看得太可怕,又听到本行的艺术家们把这说得神乎其神,所以老是不敢轻易尝试,连放胆朝这方面想一想都感到脸红。而且哪里能找到一个人肯为我提供歌词,肯劳神去依我的意思改词就曲呢?这种作曲和写歌剧的念头在我卧病时期又浮上心头,而我在发烧昏迷的时候还编了些独唱曲、二重唱曲和合唱曲。我深信曾写了两三支 di prima intenzione(即兴之作),如果大师们能听到演奏的话,他们也许会赞美的。啊!如果能把高烧病人的梦呓记录下来,人们将会看到,从他的热狂中产生出了多么伟大而崇高的作品啊!

这些音乐和歌剧的题材到我养病时期还在我脑际萦回,不过比以前要平静一些。由于反复地甚至是不由自主地思考这个问题,我决心要弄个水落石出,试一试能不能独立写一部歌剧,连词带曲都由我一人包办。这已经不完全是我的首次尝试了。我在尚贝里就曾写过一部悲歌剧,题为《伊菲斯与阿那克撒莱特》,由于还有点自知之明,后来就投进火里烧了。在里昂,我又写过一部歌剧,题为《新世界的发现》,我把它念给博尔德先生、马布利神父、特吕布莱神父以及其他人听了之后，仍然付之一炬，虽然我已经为序幕和第一幕写了乐曲，而且达维看了这些曲子后说，有些片段可以与波农岂尼①媲美。

这一次，在动手之前，我先费了一番工夫去构思我的全剧纲要。我计划在一出英雄芭蕾舞剧里以各自独立的三幕写三个不同的题材，每个题材配以性质不同的音乐；由于每一个题材都是写一个诗人的爱情故事，所以我就给这部歌剧取名《风流诗神》。我的第一幕配以刚劲的乐曲，演塔索②；第二幕配以缠绵的乐曲，演奥维德③；第三幕题为阿那克瑞翁④，应该弥漫着酒神颂歌的欢快气氛。我先拿第一幕试手，怀着满腔热情去埋头创作，这种热情使我第一次尝到作曲的快乐。有一天晚上，我正要进歌剧院大门，心里感到情潮澎湃，完全被万千思绪控制住了，便把买票钱放进口袋，赶快跑回去关起房门，把帘幕拉得紧紧的，不让透进半点亮光，然后躺到床上。在床上，我沉醉于诗情乐兴之中，七八个小时就把我那一幕的绝大部分构思出来了。我可以说，我对斐拉拉公主之爱（因为那时我自己就是塔索）以及我在她那位不义的兄长面前表现出来的那种高傲和豪迈的感情，使我度过了妙趣无穷的一

---

① 波农岂尼（1665—1758），意大利名作曲家，周游欧洲各国，为当时音乐界泰斗。

② 塔索（1544—1595），意大利文艺复兴时期的著名诗人，叙事诗《解放了的耶路撒冷》的作者。据说他与斐拉拉城的公主雷奥妮相爱，被后者的哥哥幽禁达七年之久。

③ 奥维德（公元前13—公元17），拉丁诗人，《变形记》及《爱情诗》的作者。

④ 阿那克瑞翁（公元前560—前478），希腊诗人，所作多歌颂醇酒和爱情。

夜,比我真正在公主怀中度过的还要高出百倍。到了早晨,我所写成的乐曲只有很小一部分自己还记得,但是,就是这几乎被疲倦和睡意完全冲蚀掉的一星半点,也仍然能使人看出它所代表的那些乐章的气魄。

这次,我没有把这件工作一直搞下去,因为有别的事耽搁了。我跟杜宾一家交往很密的时候,有时也还继续去看看伯藏瓦尔夫人和布洛伊夫人,她们并没有把我忘掉。近卫军大队长蒙太居伯爵先生刚奉派为驻威尼斯大使。这是巴尔雅克①一手提拔出来的大使,因为他经常奔走于巴尔雅克之门。他的哥哥蒙太居骑士是太子侍从武官,与这两位夫人相识,并且也认识阿拉利神父,而阿拉利神父是法兰西学士院院士,我有时也见到他。布洛伊夫人知道大使要物色一个秘书,就介绍我去。我们接头了,我要求五十金路易②的薪金。既担任这个职务,就不能不撑持场面,我所要的并不算多。他却只肯给我一百个皮斯托尔,旅费由我自备。这种条件是可笑的,我们没有法子谈拢。弗兰格耶先生又拼命留我,他的情谊占了上风。我待下来了,蒙太居先生就带着另一个秘书走了;这个秘书叫福罗先生,是外交部派给他的。他们俩刚到威尼斯就闹翻了,福罗发现是跟一个疯子共事,便掉头而去。蒙太居因为身边只有一个叫比尼斯的年轻神父,只能在秘书手下写写信,不能担任秘书工作,于是又找上了我。他的骑士哥哥是个精明人,对我再三劝说,暗示秘书这个职位还有些别的收益,因而把我说动了,我就接受了一千法郎的待遇。我又得到二

---

① 巴尔雅克是当时首相弗勒里大主教的侍卫和亲信。
② 每一金路易合二十四法郎,五十金路易合一千二百法郎。每一皮斯托尔值十法郎,一百皮斯托尔值一千法郎。

十个金路易做路费，于是就动身了。

到了里昂，我原想取道色尼山，以便顺路看看我那可怜的妈妈。可是一方面由于战事①的关系，并且想节约一点，另一方面又要到米尔普瓦先生那里去拿护照——他当时在普罗旺斯地区指挥军队，人家叫我去找他的，——所以我就从罗讷河顺流而下，到土伦去搭海船。蒙太居先生因为少不了我，左一封信右一封信地催我快去，但一个意外事件却延误了我的行程。

那正是墨西拿瘟疫流行的时期。在那里停泊的英国舰队检查了我乘的那只海船。这就使我们在一个漫长而艰苦的航程之后，一到热那亚又受到二十一天的检疫隔离。旅客可以自己选择检疫期的居住地方，或者留在船上，或者搬到检疫所去，不过我们事先被告知，检疫所因为还没有来得及布置，除四壁之外空无一物。大家都选择了留船受检那条路。我呢，船上难堪的暑热，狭隘的空间，既无法走动，又多蚤虱，我宁愿冒险住到检疫所去。我被引到一座三层楼的大房子里，里面绝对空空如也，窗户、床铺、桌子、椅子，一样也没有，想坐连一张小板凳也没有，想睡连一把稻草也没有。人家把我的大衣、旅行袋和两口箱子送来，接着就把大门用大锁锁上。于是我就待在那里，任凭我自由自在地走动，从这间房走到那间房，从这层楼走到那层楼，到处都是一样的寂寞，一样的空虚。

这一切并不使我懊悔没有留在船上而跑到检疫所里来。我就像个新的鲁滨逊，开始安排我的生活，准备去度过我那二

---

① 指为争夺奥地利王位继承权而进行的战争（1740—1748）；以法国和普鲁士为一方，奥地利和英国为另一方，扩及欧洲不少国家。

十一天,就和要在那里度过终身一样。我首先以捉虱子来消遣,这些虱子都是从船上带来的。我把浑身的衣服里里外外换了一遍又一遍,身上一个虱子也没有了,我就着手布置我选定的那个房间。我拿我的上装和衬衫做成一床床垫,又拿几条大毛巾缝在一起做褥单,拿睡衣做盖被,把大衣卷起来当枕头。我把一口箱子平放当坐凳,另一口箱子立起来当桌子。我把纸张和文具盒拿出来,把带来的十几本书排成个小书架的样子。总之,我把环境安排得这么舒适,除了没有窗户窗帘以外,我在这座绝对空无一物的检疫所里,几乎和我住在维尔德莱路的网球场一样方便。我的饭食送得大有气派,两个掷弹兵,扛着上了刺刀的枪,护送着我的饭食;楼梯就是我的餐厅,梯口平台就是我的餐桌,平台下的梯级就是我的座椅;饭一摆好,送饭的人临去时把铃一摇,这就是请我入席。在两顿饭之间,当我不看书写字,或者不布置房间的时候,就到新教徒公墓去散步,这就是我的庭院;我在那里爬上一个面对海港的墓灯台,眺望港口的船舶进出。我就这样过了十四天,如果没有法国大使戎维尔先生的话,我会在那里把整整二十一天都待完而不会感到一刻厌烦的。可是,我给他写了一封信,一封抹了醋、涂了香料,并且熏得半焦的消了毒的信,结果我的居留期缩短了八天:我这八天是在他家度过的,在他家,我承认,又比在检疫所要舒服一些。他十分厚待我。他的秘书杜邦也是个好小伙子,带我在热那亚城里和乡下跑了好几家,玩得相当痛快,因此我跟他结识上了,并且后来还时常通信,一直继续了很久。我横贯伦巴第继续我的行程,一路上都很愉快。我经过米兰、维罗纳、布里西亚、帕多瓦,最后到了威尼斯,大使先生可真等急了。

我的面前是一大堆公文,有朝廷发来的,也有别的大使馆发来的,凡是使用密码的他都看不懂,虽然译这些公文的密码本他都有。我从来没有在机关里办过公,平生又没见过使节的密码本,所以先以为办起来会很棘手。但是后来我发现再简单不过了,不到一星期就把密函全部译了出来,这些函件实在都是值不得使用密码的,因为,除了驻威尼斯的大使始终是个闲职外,像蒙太居这样的人,别人连最小的交涉也不愿意托他去办的。他在我到达之前简直是束手无策,因为他既不会口授文件,自己又写不通,所以我对他非常得力。他自己也感觉到这一点,因此待我很好。他待我好还有一个原因,自从他的前任弗鲁莱先生因精神失常而离职后,就由法国领事勒·布隆先生代办馆务,而蒙太居先生到了之后,他还继续代办,直到新任熟悉馆务为止。蒙太居先生尽管自己不会办事,却忌妒别人代办,因而就讨厌这位领事。等我一到,他就从他手里把大使馆秘书的职务拿过来交给我了。职务与名义是分不开的,他就叫我顶着这个名义。我在他身边的时期,他一直是让我以这个名义去和参议院及该院的外交官员打交道。说到底,他不愿要一个领事或朝廷派来的人当大使馆的秘书,宁愿要一个自己的人来当,也是很自然的事。

　　这使得我的处境相当惬意,并且防止了他的那些意大利随员、侍从以及他的大部分职员在大使馆里跟我争雄竞长。我也很成功地利用了我的权威来维持大使的特权,也就是说,好几次有人想侵犯使馆区,都被我阻止了,而这种侵犯,他那些威尼斯籍的官员是无意阻止的。但是,另一方面虽然包庇匪徒有利可图,而大使阁下也并非不屑坐地分赃,我却从来不容许有匪徒到大使馆来避难。

大使阁下连秘书处的一般称为办公费的那笔特殊收益，都好意思要求分享一份。当时正值战争时期，免不了要签发些护照。每份护照都由秘书办理和副署，并要给秘书一西昆①。所有我的前任秘书每签一份护照就要一西昆，不管领取人是法国人还是非法国人。我觉得这种惯例不公道，于是，我虽然不是法国人，却为法国人废除了这笔护照费。但是，只要不是法国人，我就非要不可，并且严格到这般地步，例如：西班牙王后的宠臣的哥哥斯考蒂侯爵派人向我要了一份护照，没有把一西昆的护照费送来，我就派人向他索取。对于我这个大胆的做法，那个好报复的意大利人一直没有忘怀。大家知道了我在护照税方面的这一改革，要护照的人就全都前来冒充法国人了。他们讲的是极难听的南腔北调，有的说是普罗旺斯人，有的说是庇卡底人，有的说是勃艮第人。我的耳朵相当灵，绝不受骗，我不相信能有一个意大利人会骗去我的西昆，能有一个法国人会误付。蒙太居先生本来是什么也不知道的，我竟然那么蠢，把我所进行的改革告诉他了。一听到西昆这个字，他的耳朵就竖了起来。他对法国人免收护照费一事并不表示任何意见，而对于非法国人缴纳的护照费却要我和他均分，同时许给我一些对等的好处。我倒不是为我自己的利益受到侵犯而生气，看到他这样卑鄙，我愤慨极了，干脆拒绝了他的建议。他还坚持，我就火起来了。"不能，先生，"我气呼呼地对他说，"请阁下把属于阁下的利益留下，而把属于我的留给我；我永远也不会让给你一文钱。"他看磋商毫无所得，便采取另一个办法，不识羞耻地对我说，既然我有了办

① 西昆，威尼斯金币，约合九至十二法郎。

公费的收入,办公室的开支就天公地道地该我负担了。我不愿在这一点上斤斤计较,从此墨水、纸张、火漆、蜡烛、丝绳,甚至我叫人另刻的印信,都是我掏腰包,他从来没有偿还过半文钱。然而我还是把护照费的收入分一小部分给了比尼斯神父,因为他是个老实的青年,从来不想到要这一类的钱。他对我既然很殷勤,我对他也就同样很客气,我们一直相处得很好。

我对业务工作,经过试办一阵以后,觉得不像原先所想的那么棘手。我原来怕我是个生手,侍候的又是一位同样没有经验的大使,而他既无知又执拗,凡是我的良知和我所有的一点知识驱使我为他、为国王做的一点好事,他都仿佛故意跟我唱反调。在他所做的事情当中,最明智的就是他跟西班牙大使马利侯爵相交甚好。马利侯爵为人机巧而精明,如果他愿意的话,原可以牵着蒙太居的鼻子走,可是他以两国王室的共同利益为重,通常总是给他许多忠告,而如果不是蒙太居在执行中自作聪明的话,这些忠告都是相当好的。他们两人唯一要配合做的事就是设法促使威尼斯人保持中立。威尼斯人总是口头上声明忠实地保持中立,实际上却公开把军火卖给奥地利军队,甚至给他们提供兵员,诿称是逃兵。蒙太居先生,我相信,是想讨好威尼斯共和国的,因此也就不顾我的劝阻,硬要我在每份报告里都谎报共和国不会违反中立的诺言。这个可怜虫的执拗和愚蠢不时地要我写许多荒唐话,做许多荒唐事。这些荒唐言行,既然是他要这样,我也就不得不唯命是从。可是有时我感到我的工作实在难以忍受,甚至几乎无法进行。比方说,他一定要他给国王或外交大臣的报告大部分都用密码,虽然二者都绝无保密的必要。我对他说,朝廷上的公文是星期五到，我们的复文星期六就要发出，没有足够的时间去译那么多密码，同时我还有许多信要写，也要赶上同一个邮班发出。他想的办法妙极了，他叫星期四就给次日要到的文件预拟复文。他觉得他这个主意想得太妙了，所以尽管我对他说行不通，荒谬绝伦，结果还是不能不照他的话去做。在我留在大使馆的整个时期里，我先把一周内他匆忙告诉我的几句话记录下来，把我道听途说的几则毫不足道的消息记录下来，然后就凭这点材料，总是每星期四早晨就把星期六要发出的文件的稿子送给他看，只是在答复星期五来文的文件上匆匆忙忙做点增补或修改。他还有个非常有意思的怪癖，使他的函件可笑到难以想象的地步，那就是收到每一则消息他都不往外发，而是发回到原来的地方。他向阿梅洛先生报告宫廷消息，向莫尔巴先生报告巴黎消息，向哈佛兰古尔先生报告瑞典消息，给拉·施达尔迪先生报告圣彼得堡消息①，他有时还把他们每人发出的消息寄回给本人，只由我在词语上稍加改动。在我送请签署的文件中，他只浏览一下给朝廷的呈文，其余给别的大使的公函连看也不看一眼就签上名，这就使我稍有自由，能把后一类公文照我的意思予以调整，至少可以交流一些消息。但是，对于最重要的文件，我要修改得合理一点就不可能了。他时常心血来潮临时别出心裁地往里面塞进几句话，使我不得不再拿回去匆匆忙忙把全文重抄一遍，把这种新加的荒唐语言点缀上去，而且还要美之以密码，否则就不签字。不知有多少次，我为他的荣誉计，真想用密码写进一点

① 阿梅洛，路易十五的大臣；莫尔巴，路易十五和十六的大臣；哈佛兰古尔，法国驻瑞典大使；拉·施达尔迪，法国驻圣彼得堡大使。

与他所说的不同的话。但是我又觉得没有任何理由能容许我做这样不忠实的事情，因而就任他去胡说八道，自找苦吃，只不过一面向他坦率进言，拼着自己触霉头的风险去尽我的职责罢了。

我始终就是这样，既正直，又热诚，又勇敢，实在值得从他那方面得到另一种报答，而不像我最后所受到的那样。上天曾赋予我以善良的天性，我又曾受教于一位最好的女人，自己又曾努力进行修养，这种天性、教育和修养使我成了什么样的人，现在正是我表现出来的时候了：我也正是这样做的。我那时只凭自己一人去闯，没有朋友，无人指导，缺乏经验，远在异乡，服务于异国，侧身于无赖之群，这些无赖为了自身的利害，为了不要有清流来显出他们的浑浊，都极力怂恿我去和他们同流合污，而我却绝对不这样做。我好好地为法兰西服务——其实我对法兰西毫无义务可言，——我还不遗余力地更好地为大使效劳。我站在一个相当显眼的岗位上，做得无可指摘，所以我理应受到、并且实际上也是受到了威尼斯共和国的敬佩，受到了所有和我们通讯的大使们的敬佩，受到了所有住在威尼斯的法国人的爱戴，就连被我顶掉的那个领事也不例外；我办的业务，我知道是原该属于他的，我顶了他的缺，心里很觉歉然，而且这些业务给我的麻烦实在也多于愉快。

蒙太居先生无保留地信赖马利侯爵，但马利侯爵是不会过问他的职务上的细节的，因此蒙太居就把自己的职务完全怠忽了，若不是有我，居留威尼斯的法国人就不会感觉到那里还有一位他们本国的大使。他们需要他保护的时候，他总是连他们说话都不愿听就把他们打发出去了，因此他们也就灰心了。从此，人们就再也看不见一个法国人跟在他后面走或者跟他同桌吃饭了——他是从来不请法国人吃饭的。我时常主动做他所应做的事：不论是求他或求我的法国人，我总是尽我权力之所及，处处为他们帮忙。在任何别的国度里，我还会多做一些事。但是在这里，由于自己的地位，我不能去见任何有地位的人，就常常不能不假手于领事；而领事呢，他有家在这里，自称是在这里定居了，有些地方就不能不敷衍，因而也就不能为其所愿为。然而，有时当我看到他畏缩不前，不敢说话，我就冒险去办些大胆的交涉，其中有好几次办成功了。有一次交涉，现在想起来还要发笑。谁也不会想到巴黎戏迷之所以能看到科拉丽娜和她的姐姐卡米耶全是亏了我。然而这又是千真万确的事。她们的父亲维罗奈斯已经为他和两个女儿同一个意大利戏班订了合同；在他收到两千法郎的旅费之后，不但未动身，反而悠闲地跑到威尼斯来，在圣吕克戏院①演出；科拉丽娜当时尽管还是个小孩子，却已经很能叫座了。热弗尔公爵以侍从副官长的身份写信给大使，叫他找他们父女二人。蒙太居先生把信交给我，唯一的指示就是说了句："你看看"。我随即去找勒·布隆先生，请他跟开圣吕克戏院的那个贵族交涉。我记得这贵族叫什么徐斯提涅尼，我请他叫徐斯提涅尼辞退维罗奈斯，因为维罗奈斯已经被法国国王聘定了。勒·布隆把我拜托他的事情不怎么放在心上，办得很不好。徐斯提涅尼支吾其词，维罗奈斯也没有被解雇。我生气了。那时正是狂欢节。我披上斗篷，戴上面具，叫人载我到徐斯提涅尼的公馆。凡是看到我的挂

---

① 我不敢肯定，也许是圣萨缪尔戏院。专有名词我老是记不住。——作者原注

着大使徽号的贡多拉①进来的人，都吃了一惊；威尼斯从来没见过这样的事。我走进门，叫人通报说 una siora maschera（一位戴面具的女士）请见。我一被引进去，就摘下面具，说出了真实姓名。那位参议员登时脸色惨白，手足无措。"先生，"我用威尼斯的习惯对他说，"我来打搅阁下，很抱歉。但是在你的圣吕克戏院里有个叫维罗奈斯的人，他已经受聘为法国国王服务了，我们曾派人一再向你要他，可都没有效果，我来此是以法国国王陛下的名义向你要这个人的。"我的简短的致辞产生了效果。我刚一转身，那家伙就跑去把他的遭遇报告了承审官员，结果挨了一顿臭骂。维罗奈斯当天就被辞退了。我叫人通知他说，如果他一星期内不动身，我就要派人将他抓起来；结果他乖乖地动身了。

另一次，我解决了一位商船船长的困难，单枪匹马，几乎没有靠任何别人帮助。他叫奥利维船长，马赛人；船名我忘记了。他的船员曾跟共和国雇用的斯洛文尼亚人吵架，由于动武违法，船被扣留了，并且处分极其严厉，除船长以外，任何人不得许可不准上下船。船长请求大使帮忙，大使置之不理；他跑去找领事，领事说这跟商务无关，他不能过问。船长不知如何是好，就来找我。我向蒙太居先生进言，说他应该准许我为这件事给参议院去一份备忘录。他曾否同意这样做，我曾否提交备忘录，我都记不清了，但是我清楚记得，我的交涉毫无效果，船还是继续被扣。我就另想了一个办法，结果成功了：我把这件事情的经过写了一份报告插在给莫尔巴先生的呈文里。就是这样做，我也费了不少气力才获得蒙太居先生的同

<hr />

① 威尼斯的平底轻舟。

意。我知道我们的公文虽无拆检的必要，却经常在威尼斯被人拆检。我有确凿的证据，因为我发现日报上的消息都是照抄我们的公文，一字不改。这种非法行动，我曾敦促大使提出抗议，但他始终不肯照办。我这次把挟嫌陷害的案件插到公文里，目的就是要利用他们拆检公文的那种好奇心来吓唬他们一下，使他们不得不释放被扣的船只，因为，如果真要等候朝廷复示来后才办交涉，船长早就破产了。我这样做还不算，还亲自到商船上去讯问船员。我邀请领事馆主任秘书帕蒂才尔神父同我一起去。他只是勉强来的，那班可怜虫太怕得罪参议院了。我既因为有禁令不能上船，就待在我的贡多拉上做我的笔录，一面高声一个一个地讯问船员，发问的措辞故意引出于他们有利的回答。我本来是请帕蒂才尔神父发问并亲手做笔录，这本是他的职责所在，比我做要适宜些；他却怎么也不肯同意，不仅一言不发，连在笔录上副署都几乎不肯。我这种做法固然稍嫌大胆，然而却产生了奇效，商船在外交大臣复示之前很久就启封了。船长要给我送礼，我心平气和地拍着他的肩膀对他说："奥利维船长，你想想，我连现成的护照费都不向法国人收，难道能出卖国王的保护来牟私利么？"他至少要请我在船上吃顿饭，我接受了，并且邀了西班牙大使馆秘书卡利约一同前去。这位卡利约是个聪明人，很可爱，后来任驻巴黎大使馆的秘书，又任代办，我在当时已经学我们许多大使的榜样，跟他相处得很亲密了。

当我以绝对无私的精神做我所能做的一切好事的时候，如果我在所有这一类的细节上都能做到有条不紊、细致周密，以免受骗上当，帮了别人的忙反而自己吃苦头，那就该有多好啊！但是在我所处的这种岗位上，稍有差错就不能不产生后果。我总是小心翼翼地避免出岔子,妨害公务。凡是有关我基本职责的事,我自始至终都是办得极端有条理,极端准确的。我只是在被迫匆忙翻译密码时犯过几个错误,阿梅洛先生的手下人曾抱怨过一次,除此之外,不管是大使还是任何别人,对我的任何职守,都从来没有指出过一点疏忽之处。像我这样马虎粗心的人能做到这样也就不简单了。但是,在我负责办的私人事务中,我却有时健忘,不够细心,由于我爱公平,所以有亏总是自己吃,而且是自觉自愿的,绝不等到别人先抱怨我。我只举出一件事情为例,这同我离开威尼斯一事有关,它的后果一直延续到我后来回到巴黎的时候。

我们的厨师,他叫鲁斯洛,从法国带来了一张二百法郎的借据,这是一个叫查内托·那尼的威尼斯贵族开给鲁斯洛的一个做假发的朋友的,是查内拖欠他的假发钱。鲁斯洛把这张借据交给我,托我用协商方式收回一点。我和他都知道,威尼斯贵族有个老习惯,在外国欠了债,回国后就赖账;你要是逼他们还,他们就拖,叫那倒霉的债权人耗费时间、金钱,疲于奔命,结果或者是完全放弃,或者是捡回几个子儿了事。我请勒·布隆先生跟查内托交涉,查内托承认借据,但不答应付款。闹来闹去,他最后答应付三西昆。当勒·布隆把借据送到他那里时,三西昆还没有筹出,只好等待。在此期间,我跟大使闹翻了,要离开大使馆。我把大使馆的文件都整理得有条不紊地搁在那里,但是鲁斯洛的那张借据却找不到了。勒·布隆先生一口咬定他把借据还给了我。我深知他为人正派,绝不容置疑,但是我却怎么也想不起这张借据搁到哪里去了。既然查内托已经承认了债务,我就请勒·布隆先生设法收回这三西昆,出一张收据,或者叫查内托再照写一张借据,予以注销。查内托知道借据丢了，两种办法都不愿接受。我就从腰包里拿出三西昆来付给鲁斯洛，以偿借据的损失。他不肯接受，叫我到巴黎去跟债权人协商了事，并且把债权人的住址交给了我。那个假发商知道了事件经过，便要他的借据或者是借据上的全部金额。我当时非常气愤，真想不惜一切代价去把那张单据找出来！我只好照付二百法郎了，而且又是在我手头最感拮据的时候。以上是说明借据遗失反叫债权人获得了全部欠款，而如果该他倒霉，这张借据找到了，他连查内托·那尼阁下所答应的那十个埃居也难以收回呢！

　　我自觉对这种职务有一定才能，所以对办公事颇有兴趣。除了跟我的朋友卡利约和我不久就要谈到的那位品德高尚的阿尔蒂纳交往，除了有时到圣·马克广场去寻点高尚的娱乐，看看戏，以及差不多总是和那两位一起去串串门以外，办公就是我唯一的乐趣。虽然我的工作不是那么繁难，特别是还有比尼斯神父做助手，但是因为联系的范围很广，加之又是战时，我还是免不了相当忙碌。我每天上午大部分时间都在工作，碰到邮班的日子有时要忙到半夜。其余的时间，我就埋头研究我开始干的这个行业，我希望凭着初期的成绩，将来可以获得较好的任用。的确，任何人谈到我都只有说好，首先是大使，他公开称赞我工作好，从来没有抱怨我一句话，后来他发的那种种狂怒，完全是因为我历次诉苦都没有效果，自己硬要辞职的缘故。法国的大使们和大臣们，凡是跟我们有通信关系的，都在他面前夸奖他的秘书好。这些夸奖本来应该使他得意的，但由于他品质恶劣，却产生了相反的效果。特别是在一个重要场合，他听到人家夸奖我，便一辈子也不能原谅我了。这件事值得费点笔墨说明一下。

他这个人太不能约束自己,就连星期六,差不多所有文件都要发出的那一天,他也不能等工作完了再出门。他钉住我,不断地催促,要把给国王和大臣的呈文发出去,在他匆匆忙忙签下字以后,就不知跑到哪里去了,而把其他函件大部分都扔在一边,不加签署。如果函件内容只是消息的话,我还可以把它列入公报,但是如果内容与王室事务有关,就必须有人签署,这样只好由我来签了。有一个重要情报,是我们刚从国王驻维也纳代办樊尚先生那里收到的,我就这样办理了。那时罗布哥维茨亲王正向那不勒斯进军,加日伯爵紧急转移阵地①。这是一次值得纪念的退却,是本世纪最精彩的一次战略行动,欧洲人赞扬得还太不够。情报说,有一个人——樊尚先生把他的面貌特征都说明了——正由维也纳动身,要从威尼斯经过,潜入亚不路息②地区,负责在那里煽动民众,在奥军到达时里应外合。蒙太居伯爵是什么也不管的,他不在家,我就把这情报直接转发给洛皮塔尔侯爵③了。情报转得非常及时,波旁王朝之所以能保全那不勒斯王国,也许就多亏我这个可怜挨骂的让-雅克呢。

洛皮塔尔侯爵在向他的同僚蒙太居循例道谢的时候,特别提到他的秘书以及秘书对共同事业所建立的这项功绩。蒙太居伯爵贻误军机,原该引以自责的,但他却认为这番夸奖之中含有责他之意,因此对我谈起这事时很不高兴。我过去对

① 加日伯爵于一七四二年指挥西班牙军队与法军并肩作战。次年击败奥军于伦巴第。敌军增援,加日寡不敌众,紧急撤退,运用种种妙计,避开了敌人的追击,保全了实力。卢梭所指的就是这次撤退。

② 亚不路息为意大利中部山区。

③ 当时为法国驻那不勒斯大使。

驻君士坦丁堡大使卡斯特拉纳伯爵也曾和对洛皮塔尔侯爵一样权宜行事，虽然事情没有那么重要。到君士坦丁堡没有别的邮班，只参议院有时派专差给他的大使送信，这种专差出发时总是先通知一下法国大使，以便他必要时可以顺便寄信给他的同僚。通知一般应是前一两天送到，但是人家太瞧不起蒙太居先生了，只在信差出发前一两小时才来告诉他一声，走走形式。这就使得我有好几次只好当他不在家时就写信寄出。卡斯特拉纳先生复信时总要提到我，多所奖饰；戎维尔先生从热那亚寄信来，也是如此。这每一次都给蒙太居火上加油。

我承认，有出头露面的机会，我也并不躲避，但是我也不乱找机会去出风头。我觉得，只要好好地服务，企求良好服务的合理代价，这是天公地道的事。所谓合理代价，也就是博得有能力评判和褒奖我的工作的人们的赏识而已。我不想说，我尽忠职守就成为大使对我不满的正当理由，但是我可以肯定说，直到我们散伙的日子为止，他所历数出来的理由就只有这么一条。

他那个大使馆，从来就没有搞得像个样子，里面净是些流氓痞棍，使馆里的法国人总是受欺侮，意大利人则占上风；甚至在意大利人当中，长久以来就在大使馆服务的好职员都被用不正当的手段赶走了，其中有他的第一随员。这个人在弗鲁莱伯爵手下就当第一随员了，我记得他叫庇阿蒂伯爵，或者是一个很近似的名字。第二随员是蒙太居先生自己挑选来的，原是曼杜地方的一个恶棍，名叫多米尼克·维塔利，大使把使馆的总务交给他。他用曲意奉承和卑鄙的克扣取得了他的信任并成了他的宠儿，使仅存的几个正直人士以及领导他们的秘书都大吃其苦。对那些坏蛋说来，正人君子的严正目光总是叫他们提心吊胆的；只此一端就足以使这个坏蛋对我怀恨在心了。然而这种恨，还有另外一个原因，使它变得更加残酷。必须把这个原因说出来，以便大家派我的不是——如果我真的做得有什么不对的话。

照惯例，大使在五个戏院里都有他一个包厢。每天午饭时，他指定他那天要上哪个戏院，然后由我挑选，其余包厢再由随员们支配。我出门时就拿我选定的包厢的钥匙。有一天，维塔利不在那里，我叫侍候我的侍仆把钥匙送到我指点给他的那所房子里。维塔利不给，说他已经分配掉了。我非常生气，特别是因为我的侍仆当着大家的面回报了办差使的经过。晚上，维塔利想对我说几句道歉的话，我不接受。"明天，先生，"我对他说，"你在某点钟，到我受了侮辱的那所房子里来，当着看见我受辱的那些人的面，向我道歉；如若不然，后天，无论如何，我告诉你，不是你，就是我，必须离开这个大使馆。"我这样坚决的语气使他慑服了，到了指定的时间和地点，他来公开向我道歉，恭顺得只有他做得出来；但是他从容不迫地想着他的办法。他一面对我卑躬屈节，一面却用那种意大利式的阴险手段对付我：他不能煽动大使辞退我，便逼我不得不自动辞职。

像这样一个混蛋当然不可能了解我的为人，但是他懂得我身上哪一方面可以被他利用。他知道我忍受无心的冒渎时是宽厚、温和到极点的，而对预谋的侮辱则高傲而毫不宽容，他知道我在一定的场合是爱体统、爱尊严的，时刻注意对别人应有的敬重，而别人对我的敬重，我也要求严格。他就从这方面下手，终于使我忍无可忍了。他把大使馆弄得乱七八糟，把我在馆里努力维持住的那点制度、上下级关系、整洁、秩序，都摧毁净尽。一个单位没有女人，就需要有稍严的纪律，才能保持那种与尊严分不开的端庄气氛。他不久就把我们的单位变成了荒淫放纵的场所、流氓纨绔的巢穴。他怂恿大使把第二随员赶走了，给大使阁下另找来一个跟他一样的货色，是在马尔他十字广场开妓院的。这两个坏蛋沆瀣一气，既不顾体统，又盛气凌人，就是大使的房间也不那么有条有理了，而整个使馆没有一个角落能叫正派人忍受得了。

　　大使阁下不在馆里吃晚饭，随员们和我晚上单开一桌，比尼斯神父和见习随员们也和我们共餐。就是在最简陋的小饭馆里，席面也布置得干净些、整齐些，桌布也不会那么脏，吃的也要好一些。我们只有一支脏的小蜡烛，锡碟子，铁叉子。吃饭反正在家里，倒也罢了，可是连我的专用贡多拉都取消了。在所有大使馆的秘书当中，只有我一个人要临时租用贡多拉，否则就只好步行，从此，除了到参议院外，我就没有大使阁下的仆役相随了。而且，使馆里发生了什么事，全城都知道。大使手下的官员个个都嚷起来了。事情虽然都是多米尼克引起来的，他却叫得比谁都凶，因为他知道，我们受到的这种不成体统的待遇，我比谁都更感到难堪。全使馆只有我一人不肯把家丑外扬，但是，我在大使跟前表示了强烈的不满，我责怪其余的人，也怪他本人，而他却出于他那肮脏的灵魂，每天总给我来一个新的侮辱。为了不至于在其他大使馆的秘书前面相形见绌，为我的职位撑面子，我就不能不多所耗费，而我的薪金却又一文钱也省不出来。我一向他要钱，他就说他怎样器重我，怎样信任我，仿佛信任就能充实我的腰包，应付一切开支似的。

那两个恶棍最后使他们那位头脑本来就不太清楚的主人完全晕头转向了,他们怂恿他不断地做旧货生意,使他亏尽血本,明明是受骗的买卖,他们硬叫他相信是赚钱的交易。他们叫他花了双倍的代价在伯伦塔河岸租了一所别墅,他们将多出的钱和屋主均分了。别墅里的房间都依当地的习惯镶嵌着瓷砖,饰有很美的大理石做的圆柱和方柱,蒙太居先生却花大钱,叫人把这一切都用杉木板盖起来,唯一理由就是在巴黎房间的墙壁都钉上一层护墙板。在驻威尼斯的各国大使中间,只有他一个人不让他的见习随员佩剑,不让他的随身侍役执仗,其理由也和上述相似。他就是这么一个人,他也许是出于同样的动机而把我看作眼中钉,唯一的理由就是我忠实地为他服务。

他的嫌恶,他的暴躁,他的虐待,我都耐心地忍受了,只要我认为那都是性情脾气的问题,而不是出于仇恨。但是,我一旦发现他有意要剥夺我由于良好的服务而挣得的那点荣誉的时候,我就决心不再忍耐下去了。我第一次领教了他那坏心眼,是在他招待当时在威尼斯的摩德纳①公爵和家属吃饭的那一次。他通知我说宴会上没有我的席位。我虽然没有生气,却满心不快地回答他说,既然我很荣幸天天都和大使在一起吃饭,那么就是摩德纳公爵来馆时亲自要求我不去同席,为了大使阁下的尊严和我本身职位的尊严,他的要求也应该拒绝。"怎么!"他气势汹汹地对我说,"我的秘书,连起码的贵族都不是,竟想与一国元首同席? 我的随员们②都不同席

---

① 摩德纳现在是意大利的一个城市,当时是一个公国。
② 大使馆随员都是贵族。

呢。""是呀,先生,"我反驳说,"阁下给我的这个职位本身就使我是高贵的,只要我在职一天,我比你的随员,不论是贵族或自称贵族,都要高一级。他们不能参与的地方我能参与。你不是不知道,将来你正式回朝那天,仪节上以及自古以来的习惯上都规定我要穿着大礼服跟随着你。在圣马克宫赐宴席上也有与你同席的光荣。我就不懂,一个人能够并且应该参加威尼斯元首和参议院的公宴,为什么反而不能参加招待摩德纳公爵先生的私宴。"虽然我的理由无法辩驳,大使却不肯让步。不过,我们并没有再起争执的机会,因为摩德纳公爵根本就没有来大使馆吃饭。

　　从此以后,他就不断地给我找些不痛快,给我不公正的待遇,极力设法把属于我的职位的许多小特权都剥夺掉,让给他那亲爱的维塔利。我确信,如果他有胆子派他代替我到参议院去的话,他一定会这样干的。他通常都是让比尼斯神父在他的书房里替他写私人信件,现在他又让他来给莫尔巴先生写奥利维船长案件的报告了。这案子只有我一个人参与,他在报告里却不提我,甚至连附在报告里的笔录副本,也不说那是我写的,反而说是帕蒂才尔写的,其实帕蒂才尔连半句话也没有说。他是想折辱我,讨他那个宠儿的欢心,倒还并不是想摆脱我。他也感觉到,想找一个人来接替我,也不会像当时接替福罗那么容易了。福罗已经把他的为人到处宣扬开了。他绝对需要一个懂意大利文的秘书,因为参议院复文都是用意大利文写的;这秘书又能为他办公文,办事务,一点不要他操心,还能在服务良好之外,再加上对他那些无用的随员老爷们卑躬屈节地奉承。因此,他又要留我,又要整我,把我扣在离我的祖国和他的祖国都很远的地方,没有路费回去。如果他做得温和一点,也许他会达到目的的。然而维塔利却别有用心,他要逼我下决心,结果他如愿以偿了。当我发现我的一切勤劳都是白费,大使看我为他效力,不以为恩,反以为仇,我今后在他那里所能希望的,在馆内只有不快,在馆外只有不平,而且他已经把自己搞得到处声名狼藉,损害我固然于我不利,善待我也于我无益,我便打定主意,向他请长假,同时给他留下时间,让他另找一个秘书。他对我的辞职,不置可否,一切照常。我看情况毫无转机,他又不积极找人接手,就写信给他的老兄,详细说明动机,请他转请大使阁下准我的长假,并且说无论如何我是不可能再待下去了。我等候了很久,没有回信,我开始感到为难了。但是大使最后收到了他兄长的一封信,这封信的措辞一定很厉害,因为他虽然好发傻脾气,我却从来没见过像这次发的那么凶。他先以不堪入耳的话破口大骂,然后呢,不知道再有什么可说的了,便说我出卖了他的密码。我笑了起来,用讥嘲的口吻问他是不是相信在全威尼斯能有一个傻子肯出一个埃居来买这种东西。这个回答把他气得白沫直流,他装样子要喊他的仆从来,说是要把我从窗口扔出去。直到那时为止,我都还是很镇定的,但一听到这个威胁,我也就发起火来,愤慨之至了。我奔向门口,把插销一拉,把门从里面扣起来,然后踱着方步回到他面前,对他说:"别这样,伯爵先生,你的仆从不必过问这件事,让我们两个人来解决。"我的行动和我的态度登时叫他冷静了下来:他的举止显示出他的惊讶和恐惧。我看他怒气消了,就用简短的几句话向他告辞,然后,不等他答复,就去把门打开,跨了出去,昂然地从他的仆从丛中穿过。仆从们照例站了起来,看样子,与其说他们会帮他打我,倒不如说要帮我打他。我没有上楼回到自己的房间，却立即走下楼梯，登时离开使馆，永远不再回去了。

我径直到勒·布隆先生家里对他说明了事件经过。他并不怎么惊讶，他知道大使的为人。他留我吃了午饭，这顿午饭，虽然是临时备办的，却极精致。所有在威尼斯的有声望的法国人都在座，但大使的人一个也没有。领事把我的事跟大家说了。大家听了这段叙述，都异口同声地叫了起来，这一叫当然不是同情大使阁下的。大使阁下没有跟我结账，没有给我半文钱，我只有随身带的几个路易，回程的路费都成问题。这时大家都解囊相助，我在勒·布隆先生手里拿了二十来个西昆，在圣西尔先生手里也拿了同样的数目。除了勒·布隆外，我和圣西尔先生的关系处得最深了。其余所有的人的帮助我都谢绝了。在等待启程期间，我在领事馆秘书家里住下，以便向社会上证明，法兰西这个国家并不是大使的那种种不平待遇的同谋者。大使看到我倒了霉反而受到大家欢迎，而他尽管是大使，却受到冷落，便气极了，完全失掉了理智，所作所为简直像个疯子。他竟然不顾体统，给参议院去了一个备忘录，要求逮捕我。我一得到比尼斯神父给我的这个消息，就决定再待十五天，不照原来打算的那样，第三天就动身。大家已经看到我的做法，都很赞成，我受到了社会上的一致敬佩。参议院诸公对大使的那份莫名其妙的备忘录，认为不屑于答复，并且请领事转告我，我爱在威尼斯待多久就待多久，不必顾虑一个狂人的活动。我照旧去看望朋友：我去向西班牙大使辞行，他很好地接待了我；我又去向那不勒斯的大臣菲诺切蒂伯爵辞行，他不在家，我就写了一封信给他，他回了我一封极其客气的信。最后,我启程了,尽管手头拮据,却并没有留下别的债,只有上述的两笔借款和另外一名叫作莫郎迪的商人的五十来个埃居,这笔欠款,卡利约负责为我清偿了,虽然后来我们常常会面,我却没有还给卡利约;至于上面所说的那两笔借款,我后来一有可能就立刻如数还清了。

　　我不能离开威尼斯而不谈一谈这个城市的那些著名的娱乐,至少要谈一谈我居留时期所曾参加的那很小的一部分。读者已经看到,在我少年时代,我是很少追求这种年龄所特好的那些欢乐的,或者说,至少我很少追求一般人所谓的少年欢乐。我在威尼斯并没有改变我的爱好;我的公务繁忙,使我想寻欢逐乐也不可能,但却使我对我所认为无伤大雅的那些简单的消遣更有兴味。第一个消遣,同时也是最愉快的消遣,就是和一些才智之士交游,如勒·布隆、圣西尔、卡利约、阿尔蒂纳诸先生。还有一个福尔兰那地方的绅士,我非常抱歉把他的名字忘了,但他那可爱的仪表,每一想起都不能使我无动于衷:在我平生所认识的人中间,他的心是最和我相通的。我们还和两三个英国人相交甚密,他们都是才气横溢、知识广博,和我们一样热爱音乐。这些先生们都有他们的妻子、女友或情妇;这些情妇差不多都是有教养的女人,大家就在她们家唱歌跳舞。大家也在她们家里赌博,但是次数很少,强烈的美感、艺术的才能,以及对戏剧的欣赏使我们感到赌博这种娱乐太无味了。赌博只是寂寞无聊的人们的消遣。在巴黎,人们对意大利音乐是怀有成见的,我本来也从巴黎带来了这种成见,但是我又从大自然那里秉受了可以破除一切成见的那种锐敏感。不久我就对意大利音乐产生了它在知音人心里所引起的那种热爱了。我听着威尼斯的船夫曲,就觉得在此以前一直都没有听到过唱歌。不久，我又对歌剧入迷到这样程度，以至当我一心想听演唱而被别人在包厢里谈笑、吃东西、嬉闹吵得不耐烦的时候，时常偷偷地抛开游伴跑到一边去。我独自一人关在我的包厢里，尽情享受着听歌之乐，尽管歌剧很长，也一直听到底。有一天，在圣克利梭斯托姆剧院，我竟然睡着了，睡得比在床上还熟。嘈杂而洪亮的歌曲也不能把我吵醒。但是，把我惊醒的那支歌曲，其甜美的和声、天仙般的歌喉所给予我的那种美妙的感觉，又有谁能表达出来呢？当我同时张开耳朵、睁开眼睛的时候，那是多么愉快的觉醒、多么醉迷的喜悦、多么出神入化的境界啊！我第一个感觉就是以为身在天堂了。这支迷人的歌曲，我现在还记得，一辈子也不会忘掉，是这样开始的：

Conservami la bella.

Che si m'accende il cor. ①

我想要这支歌曲的谱子，不久就弄到手了，并且把它保存了很久，但是纸上的曲子和心上的不一样。音符相同，情韵却不一样。这支神妙的曲子永远只能在我的头脑里奏得出来，恰如它惊醒我的那天所奏的那样。

还有一种音乐，我觉得比歌剧院的还要好，不但在意大利，就是在全世界也无可比拟，那就是 scuole 的音乐。所谓 scuole，就是一些慈善性质的学校，专门教育贫苦女孩子，养成后由共和国资助，或者出嫁，或者进修道院。在教给这些女孩子的技艺之中，音乐占首要地位。每星期日，在四所学校的每

---

① 给我保住那个美人，
　她正燃烧着我的心。

一所教堂里,晚课时间都有圣曲,由规模很大的合唱队和乐队演奏,演奏者和指挥都是意大利的第一流大师,演唱者都站在装着栅栏的舞台上,全是女孩子,最大的还不到二十岁。我真想象不到任何东西能像这种音乐一样悦耳和动人:内容的丰富、歌声的优雅、嗓音的美妙、演奏的准确,这一切配合起来给人一种印象,当然跟宗教的气氛不是那么协调,但是我相信没有一个人的心能不受感动的。卡利约和我对曼蒂冈迪学校的晚课从来没有缺过一次,而且每次必到的还不仅我们两人而已。那个教堂里充满了爱好音乐的听众,就是歌剧院的演员们也来根据这些绝妙的标本培养自己真正的鉴赏趣味。最使我扫兴的是那道可恶的栅栏,只放出歌声,却不让我看到那些容貌足与歌声媲美的天神。我老是这样嚷着。有一天我在勒·布隆先生家里又谈起了这件事,他就对我说:"如果你是那么好奇,一定要看看那些小姑娘,你的愿望是容易满足的。我是这所学校的董事之一,我要在学校里请你跟她们一起吃点心。"他一天没有践约,我就一天不让他安宁。当我走进那所关着我所渴慕已久的那些美女的沙龙的时候,我感到一阵从来没有体会过的爱的冲动。勒·布隆先生把那些著名的歌手为我一一作了介绍,她们都是我只闻其声、只知其名的。"来,莎菲……",莎菲长得令人作呕。"来,卡蒂娜……",卡蒂娜只有一只眼。"来,白蒂娜……",白蒂娜长了一脸大麻子。差不多没有一个姑娘没有明显的缺陷。我那个专会折磨人的朋友看到我惊愕难堪的苦样子,直自发笑。然而我觉得也有两三个长的还过得去,但她们都只是在合唱队里唱歌的。我真是失望极了。在午茶的时候,人家逗她们玩,她们也都快乐起来了。通常,丑陋并不排除风韵,我发现她们都还风韵可人。我心里想："没有心灵就不能这样歌唱,她们是有心灵的。"最后,我对她们的看法完全改变了,以致我出门时几乎爱上了所有那些丑丫头。我简直不敢再去听她们的晚课了,但是一听又使我安了心。我依然觉得她们的歌声是美妙的,她们的嗓音太能够掩盖她们的面容了,以至于只要她们是在唱歌,我总是不管眼睛所得的印象如何,硬要把她们想象为仙子。

在意大利,听音乐太便宜了,只要你喜爱它,你就可以随便欣赏。我租了一架钢琴,花一个小埃居,就请了四五个演奏家每星期到我家里来一次,跟他们一起练习歌剧院里最使我喜爱的歌曲。我在家里也把我的《风流诗神》里的合奏曲试奏了几段。也许它们当真动听,也许人家要奉承我,圣克利梭斯托姆歌剧院的芭蕾舞师托人向我要去了两曲。我很高兴地听到这两曲由那个绝妙的乐队演奏出来,并由一个叫白蒂娜的小姑娘担任舞蹈。这个小白蒂娜长得很漂亮,是个特别可爱的女孩子,曾由我们朋友中一个西班牙人法瓜迦抚养,我们常在她家消磨夜晚。

但是,说到女人,在像威尼斯这样一个城市里,人们是不能一尘不染的。有人很可能问我:你在这方面就没有一点可忏悔的么?有的,我正要说一点呢。我将以曾经有过的那同样的坦率态度来忏悔。

对于娼妓,我始终是厌恶的,可是我当时在威尼斯又没有可能接触其他女人,由于我的职务关系,当地的人家大部分都不得问津。勒·布隆先生的几个女儿都很可爱,但是不容易接近,而且我太尊重她们的父亲和母亲了,打她们的主意,连想也不敢想。我倒更倾心于一个名叫卡塔妮奥小姐的姑娘,她是普鲁士国王外交特派员的女儿,但是卡利约已经爱上她了,甚至还谈到结婚的事。他很富裕,而我却是个穷光蛋;他的薪金是一百金路易,而我只有一百个皮斯托尔;除了我不愿挖朋友的墙脚外,我还知道无论在什么地方,尤其是在威尼斯,像我这样囊空如洗的人,是不应该乱插手去搞风流韵事的。我还没有摆脱掉我欺骗自己的那种伤身的习惯;而且我太忙,对当地的天气所引起的此种需要并不那么强烈,所以我在威尼斯将近有一年的时间,都和我过去在巴黎时一样的老实,到十八个月后离开这里的时候,除了下述的两次特殊的机会外,我没有接触过异性。

第一次机会就是那位正人君子维塔利给我的,在我逼他给我正式道歉之后不久。一天,大家在餐桌上谈起威尼斯的种种消遣;那些先生们都责怪我不该对所有消遣中最有趣味的一种消遣那么冷漠,他们吹嘘威尼斯的妓女是如何媚人,说全世界再也找不到妓女能和她们相比。多米尼克说我一定要认识一下其中最可爱的一个,说他愿意带我去,保管我满意。我听到他这样献殷勤,就笑起来了;而庇阿蒂伯爵是一个年纪较大、令人尊敬的人,他又以我预料不到的一个意大利人会有的那种坦率态度说,他认为我很聪明,绝不会让我的仇人带我去逛妓院。实际也是如此,我既无此意图,又无此欲望。然而,尽管如此,由于一种连我自己也莫名其妙的矛盾心理,我最后还是让他拖去了。这既不合我的兴趣,又不合我的心情,更不合我的理智,甚至还违背了我的意志,完全是由于一时软弱,怕显出对别人的疑忌,也如当地人所说,per non parer troppo coglione(为了不至于显得太傻)。我们去逛的那个帕多瓦姑娘容貌蛮好看,甚至可以说得上美,但不是我所欢喜的那种美。多米尼克把我撇在她家了。我打发人买了几杯冰索贝①来，叫她唱唱歌，半小时后，我拿出一个杜卡托②放在桌上并准备走开。但是她的心理怪得很，不付出代价就不肯接受这一个杜卡托，而我也傻得出奇，就接受了她的代价，免得她过意不去。我回到使馆，深信染上梅毒了，所以进门第一件事就是派人找外科医生，向他要药吃。三星期当中，我感到的精神不安简直无可比拟，而实际上并无任何真正的不适和明显的征候足以成为精神不安的理由。我就不能想象从帕多瓦姑娘怀里出来的人会能一无感染。就连那位外科医生费尽九牛二虎之力说服我，也不能使我放心。最后他对我说明，我的体质与众不同，不易受到感染，这才使我相信了。虽然我比任何人都少做这种试验，但是我的健康在这方面既然从来没有受到损害，这也就是一个证据，证明医生的话是不错的。不过，他这种意见却从来没有使我变得轻率从事。如果我真是这样得天独厚，我也可以说我绝不曾因有恃无恐而胡作非为。

　　我另一次艳遇，虽然也是一个妓女，但不论在起因或后果方面，性质都迥然不同。我已经说过，奥利维船长曾在他的船上宴请过我，我还带了西班牙大使馆的秘书同去。我指望会受到礼炮欢迎的，船员列队夹道迎接了我们，但是没有鸣一响礼炮。这使我痛苦万分，因为有卡利约在一起，我看他有点生气。可不是么，在商船上，身份确实比不上我们的人还受到礼炮欢迎呢，何况我觉得我做的事值得受到船长的另眼看待。我的情绪无法掩饰，因为我一向不能掩饰内心，尽管筵席很

① 索贝是一种甜酒。

② 杜卡托，威尼斯的小金币，价值常变动。

好,奥利维也尽情招待,我一上来就不高兴,吃得很少,话说得更少。

到了第一次祝酒,我想总该有礼炮了吧;还是没有。卡利约知道我的心思,看我叽叽咕咕像个孩子,就暗自发笑。饭吃到三分之一,我看见一艘贡多拉越来越近了。"天哪,先生,"船长对我说,"你提防着吧,冤家来了。"我问他这话是什么意思,他用一个笑话回答了我。贡多拉靠船了,只见走出一个十分漂亮的年轻女人,她光彩照人,服饰艳丽,步履轻盈利落,三跳两跳就到了房间里。我还没注意到有人在我旁边摆上了一份餐具,她就在我身边坐了下来。她又妩媚,又活泼,棕色的头发,年龄至多不过二十岁。她只会说意大利语。单凭她那声调就够叫我晕头转向的了。她边吃边说,盯着我看了一会儿,然后突然叫道:"圣母啊!原来是我亲爱的布雷蒙,我好久没有看见你了!"说着就往我怀里一扑,把嘴唇贴在我的嘴唇上,把我搂得几乎透不过气来。她那双东方型的大黑眼珠把火一样的热情射进我的心里,虽然先是一阵惊讶使我有些不知所措,但是肉感之乐很快就把我迷住了,以至于尽管有许多人看着,还是需要那个美人儿亲自使我有所克制,因为我醉了,或者毋宁说是发狂了。当她看到我已经颠倒到她所预期的程度,她的爱抚便缓和了些,但是她的火热劲儿并没有稍减。她高兴地把她那兴奋的原因(谁知道是真是假)解释给我们听,她说我长得跟托斯卡海关监督布雷蒙先生一模一样,差一点把我当作他了。她说她曾经迷恋过布雷蒙,现在还在迷恋他,而她丢掉布雷蒙,只怪自己太傻,现在她就要拿我代替布雷蒙了,她要爱我,因为她看中了我,以同样的理由,我也得爱她,她高兴爱我多久,我就得爱她多久,将来她把我扔掉了,我也得和她那亲爱的布雷蒙一样,耐下性子等着。她这样说了,就这样做了。她把我当作她手底下的人那样摆布,把她的手套、扇子、腰带、帽子都交给我保管,她命令我到这到那,做这做那,我都一一唯命是从。她叫我去把她的贡多拉打发走,因为她要坐我的贡多拉,我就去了,她叫我把位子让开,叫我请卡利约来坐,因为她有话对他说,我也就照办了。他们俩在一起窃窃私语,谈了很久,我也就让他们谈去。后来她喊我,我又回来了。"听着,查内托,"她对我说,"我不愿意接受法国式的爱,这样的爱没有用处。等你觉得腻了,你就走。我有言在先,办什么事可得干脆利落。"饭后,我们就一起到缪拉诺镇去参观玻璃厂。她买了许多小玩意儿,毫不客气地让我们付了钱,但是她到处赏人家小费,花的钱比我们多得多。看她自己挥霍和让我们挥霍的那种不在乎劲儿,很明显地她是把金钱看得连粪土也不如。她要别人在她身上花钱,我相信是出于虚荣者多,出于贪婪者少:千金买笑,她才感到快意。

晚上,我们把她送回家了。当我谈话的时候,我看到她梳妆台上有两支手枪。"哈!哈!"我拿起一支来,对她说,"这是个新式的胭脂盒子。请问这是做什么用的?我看你有的是要人命的武器,比这厉害多了。"她以同样的口吻开了几句玩笑之后,带着一种使她更加妩媚的天真、高傲的口吻对我们说,"凡是我不爱的人,我对他们表示开恩的时候,我就要他们出钱来补偿他们带给我的厌烦,这是再公平不过的了。可是,我虽然能忍受他们的爱抚,却不愿受他们的侮辱。谁对我失礼,我就给谁一枪。"

我离开她的时候,跟她约定第二天再去看她。我没有劳她久候,只见她是 in vestito di confidenza(人约黄昏后的打扮），穿着一件妖艳不过的便装。这种便装只有在南欧各国才能见到，虽然我记忆犹新，也不想多费笔墨去描写了。我只说一点，就是袖口和胸口都镶着丝线，缀着玫瑰色的绒球。我觉得这就把美丽的肤色衬得格外鲜艳。后来我发现这是威尼斯的时装，穿在身上是如此迷人，而居然没有传到法国，真令人不解。对于正在等待着我的那种感官的享受，我是想象不到的。我曾经满怀激情地说起过拉尔纳热夫人，现在回忆起来，有时还使我如醉如痴，但是，要是和我的徐丽埃姐比起来，她是多么老丑和冷漠啊！读者不要枉费心机去想象这个迷人的姑娘的那些妩媚和风韵吧，你想来想去都会离实际太远的。修院里的童贞女也没有她那么鲜艳，后宫里的佳丽也没有她那么妖娆，天堂里的仙女也没有她那么动人。凡人的心灵和感官从来也没有接受过这样温馨的享受。啊！如果我懂得把这种享受充分地、完整地品尝一下，就是一刹那也好呀！……我倒是尝到了，但是索然无味，我把一切妙趣都冲淡了，我仿佛有意要把那一切妙趣都毁灭净尽似的。大自然生我绝不是为着享受的。它在我的心里放进了欲望，渴望着这妙不可言的幸福，却又在我的狂悖的脑子里放进了毒药，毒害着这妙不可言的幸福。

如果在我的一生中有一件事最足以描画出我的本性，那就是我就要叙述的这件事了。我此刻正努力记住我写本书的宗旨，这个努力将使我在这里厌弃妨碍实现本书宗旨的那种假道学。不管你是谁，你若是想认识一个人的话，就大着胆子把下面的两三页读下去吧，这样你就会彻底了解让-雅克·卢梭这个人了。

我走进一个妓女的卧室，就跟走进爱与美的神庙里一样，我仿佛在她身上见到了美神和爱神。我绝对不能相信,如果你没有敬慕之意和尊重之心,你竟能感到像她使我感到的那种情感。当我刚从最初的亲昵之中认识到她的媚态与爱抚的价值,就唯恐失去它的果实,急于要去摘取。忽然我感到,不是欲火在燃烧着我的全身,而是冰块在我的血管里奔流,我的两腿发软了,我几乎晕倒了,我赶快坐下来,哭得和小孩一样。

谁能猜到我的眼泪是怎么来的,谁能猜到我当时脑子里想的是什么呢?我对自己说:"我所支配的这个对象是大自然和爱神的杰作。她的精神、她的肉体、她的一切都是尽善尽美的,她既善良又高贵,正如她既可爱又美好一样。王公大人都应该做她的奴隶,君主的权杖都应该放在她的脚底。然而,你看她竟做了可怜的娼妓,供人蹂躏;一个商船船长竟支配着她,她竟扑到我的怀里来,明明知道我一无所有,而我这点才能她又不能认识,因此在她眼里便等于零。这里面必然有点不可思议的原因。要么是我的心灵欺骗了我,欺骗了我的感觉,把一个丑娼妇看成了天仙,要么就一定有点什么我不知道的暗疾,破坏了她的妍媚的效果,使原该争夺她的人们对她生厌。"于是我开始聚精会神地探索这个暗疾了,可是我连想也没想到这里头会有什么梅毒的问题。她的肌肉的鲜艳、肤色的光泽、牙齿的洁白、呼吸的温馨、浑身的清洁样儿,都绝对使我想不到这一点,以至于我不但对自从跟帕多瓦姑娘接触以来的身体还有所怀疑,而且还顾虑我不够健全,配不上她呢。我深信,这一次,我的自信是正确的。

这些思绪,赶在这个好时候,搅得我心神不安,以至于哭将起来。徐丽埃妲在这种场合下看到这样的怪现象,当然感到十分新奇,一时竟不知所措。但是她在房间里兜了一个圈子,又照照镜子,就了解到——并且我的眼光也向她肯定——我这种泄气绝不是由于嫌恶。她当然不难把我这阵泄气医好,驱散掉我那小小的羞愧感。但是,当我正准备在她那仿佛是第一次要被男人的嘴和手接触的胸上真个销魂的时候,我忽然发现她有一只奶头是瘪的。我一惊,细细看了一下,觉得这只奶头和另一个长得不一样。我立刻就在脑子里盘算起来了,一个女人怎么会有个瘪奶头呢,因为我深信这是由于某种重大的天生暗疾,并把这个念头转了又转,所以我就明明白白看出我想象中的最美妙的人儿,此刻抱在我怀里的,原来只是一个畸形的怪物,只是大自然的次品,男人的弃物,床笫间的赝货。我竟傻到这种地步,居然跟她谈起这只瘪奶头来了。她先拿我这话当作一句玩笑,并且逗着她那轻佻的脾气说出一些话和做出一些动作来,真逗得我爱煞急煞。然而,我始终有一点无法向她掩饰的不安心情,只见她终于脸红了,整了整衣裳,爬起来,一言不发地跑去伏在窗口。我想去坐到她的身边,她却又走开了,找了张躺椅坐下,一忽儿又站起来,在房里踱来踱去,一面摇着扇子,以冷淡而嫌恶的语调对我说:"查内托,lascia le donne,e studia la matematica(丢开女人,研究数学去吧)。"

在离开她之前,我要求第二天再来相会,她把时间推到第三天,并且带着嘲讽的微笑补了一句,说我也需要将息将息。这段时间我过得很不是滋味,心里只惦记着她的媚姿和风韵,痛感自己的荒唐,一个劲儿地自咎,悔恨我把那大好的时光就那么白白糟蹋了。要不是我那么糊涂,那时光就是我一生最美满的时光啊,我以最急躁的心情等着去补偿损失,但不管怎样,我心里总是不安,总觉得那个爱煞人的姑娘长得那么完美而身份又那么卑贱，这中间的矛盾简直无法克服。到了约定的时刻，我就往她那里跑，往她那里飞了。我不知道她那火热的气质是不是会对我这次的拜访感到快慰一些。我想，她那种傲气至少是会得到一点满足的，于是我心里就预先尝到一种美妙的滋味了，打算千方百计地让她看看，我是多么善于弥补自己的过错。她把这一场考验给我免除掉了。我一拢岸就派贡多拉上的船夫去通报。他回来对我说，她头天就到佛罗伦萨去了。如果说当我占有她的时候没有感觉到我的全部爱情，当我失掉她的时候，我却强烈地感觉到了。这份悔恨之情始终没有离开我的心头。尽管她在我的眼里是那么可爱，那么妩媚，我还是能够为失去她而自遣。而我真正不能自遣的，老实说，就是我给她留下了一个可鄙的印象。

以上就是我的两段艳遇。除此之外，我在威尼斯的那十八个月里就没有什么可说的了，至多还有一段未遂的情史。卡利约是很风流的，他往别人包定的姑娘家里跑厌了，便异想天开，自己也来包她一个。因为我们俩形影不离，他便向我提议一个在威尼斯屡见不鲜的办法，由我们两人合包一个姑娘。我同意了。问题是怎样找到一个靠得住的。他找来找去，居然找到了一个十一二岁的小姑娘，她的狠心的母亲正在设法把她卖出去。我们俩一起去看她。我一见这姑娘，肺腑都感动了。她是个金发美人，温柔得像只羔羊，你绝不会相信她是意大利人。在威尼斯，生活程度很低。我们给了母亲几个钱，负责供养她的女儿。这孩子嗓子很好，为了培养她一个谋生的技艺，就给她买了一架小钢琴，为她请了个教唱的老师。这一切，我们每人每月还花不到两个西昆，而为我们省下来的其他花费却不在此数。不过，由于得等到她成年，这也就未免在收获之前播种得过早了。然而,我们只在晚上没事的时候到那里去,跟那孩子天真无邪地谈谈、玩玩,我们的这种消遣也许比占有她更有意味。女人最使我们留恋的,并不一定在于感官的享受,主要还在于生活在她们身边的某种情趣,这话一点不错!不知不觉地,我的心就依恋上那个小安佐蕾妲了,但是那是一种慈父般的感情,毫无肉欲掺杂其中,以至于这种感情越增长,我就越不能在这里面掺进肉欲的成分。我感到,将来这孩子长大了,我要是接触她,一定会毛骨悚然,和犯了乱伦罪一样。我看那善良的卡利约,他的感情也不自觉地转到了这同一方面。我们没想到自己寻来的这许多欢乐,虽和我们原先所计划的一样温馨,而性质却截然不同。我敢担保,不管这可怜的孩子将来长得怎样美,我们绝对不会成为她的童贞的破坏者,而相反地会成为她的童贞的保护人。我的灾难在这之后不久就发生了,没有让我有时间去参与这一善举,我在这件事上只能夸奖我自己其志可嘉而已。现在再回头谈谈我的旅行吧。

我从蒙太居先生家里出来,最初的打算是回到日内瓦,等运气转好一点,为我扫除掉障碍,好让我跟我那可怜的妈妈重新和好。但是,蒙太居和我那场争吵已经闹得满城风雨,而他又太愚蠢,把这事报告了朝廷,这就使得我做出决定,亲自到朝廷去为我的行为做个交代,并控诉这个疯子对我的所作所为。我从威尼斯就把我这个决定函报给在阿梅洛先生死后①代理外交部部务的泰伊先生。我写了信就动身,取道贝加摩、

① 不是死,是退职。阿梅洛是弗勒里大主教提拔的大臣。弗勒里死后(1743年2月),他就被免职了。

科摩和多摩多索拉，我穿过新普伦关。在锡昂，法国代办夏尼翁先生待我十分优厚。在日内瓦，克洛苏尔先生也是一样；我又再度见到果弗古尔先生，因为我有一点钱要从他手里取回。我经过尼翁市，不曾去看我父亲，心里并非不极其难过，但是我下不了决心在倒霉之后还到我的继母跟前露面，因为我深信她一定怪我不好，不愿听我解释。开书店的迪维亚尔是我父亲的老朋友，他对我严加指责。我对他说明了不去看父亲的原因后，为了弥补这个过失，同时又避免见到继母，我就在日内瓦雇了一辆车，同他一起回到尼翁，住在一个小酒店里。迪维亚尔去找我父亲，我父亲听到消息就奔来拥抱我。我们在一起用了晚餐，过了使我十分快慰的一宿。我在第二天早晨和迪维亚尔回到日内瓦。他这次为我做了一件大好事，我一直对他是铭感在心的。

我的最直接的路线并不经过里昂，但是我要路过里昂一下，以便核实蒙太居先生的一个十分卑鄙的诈骗行为。我曾托人从巴黎寄出一口小箱子，里面装了一件金缕绣花上衣、几副套袖、六双白丝袜，如此而已。由于他主动向我建议，我就把这小箱子，或者更正确地说，把这个小盒子附在他的行李里。在他想抵消我的薪金而亲手写的那张满纸花账的单子上，他载明这口箱子——他称为大件行李——重十一公担，曾替我付出一笔极大的运费。承罗甘先生为我介绍的他的外甥波瓦·德·拉·杜尔先生帮忙，我在里昂和马赛两关的记录簿上查实了那个所谓大件行李只重四十五斤，并且只依这个重量付了运费。我把这份正式证明附在蒙太居先生的账单上，然后就带着这些证件以及其他好几份有同等分量的材料，动身到巴黎去，急于加以利用。在整个这次长途旅行中，我在科摩城,在瓦莱,以及其他地方,都有过一些小小的奇遇。我看到许多东西,其中有波罗美岛①,都很值得描写一番。但是我现在时间紧迫,又有暗探盯着我,我不得不急促地、草率地完成这部作品,这本来是需要清闲和安静的,而我却缺乏这种清闲和安静。如果有朝一日老天开恩,让我能过上比较安宁的日子,我定要把这部作品改写一遍,或者至少加上一个补编,我想这是很有必要的②。

我这桩公案,消息早在我之前就传到了巴黎。我一到,就发现所有的人,无论是机关里还是社会上的,都对大使的狂悖行为愤慨不已。但是,尽管如此,尽管威尼斯的公众也有一致的呼声,尽管我拿出了无可辩驳的证据,我却得不到任何公平处理。我不但得不到道歉和赔偿,连薪水也不叫大使补发,唯一的理由就是我不是法国人,无权受国家保护,这件事只是他和我之间的一件私事。大家都跟我一样,认为我是受了侮辱,受了损害,是不幸的,而大使是个荒唐鬼,既残忍又不公平,这桩公案使得他永远没脸见人。然而,他究竟是大使,我呢,只是秘书。体统,或者说,一般人所谓的体统,硬要我得不到任何公平处理,因此我也就没得到任何公平处理了。我想,只要我拼命嚷嚷,公开骂这个狂人,这是他罪有应得,到最后总会有人叫我住口的,我所期待的也正是如此,我决心要到政府正式表态时才服从。但是当时没有外交大臣。人家让我吵翻了天,人家甚至还鼓励我,附和我,但是事情还是毫无进展,直到最后,我感到人家总是说我有理,而我却总是得不到公平处

<hr>

① 波罗美岛,意大利北部马约尔湖中的四小岛,风景绝佳。
② 我已经放弃了这个计划。——作者原注

理,自己也失掉勇气了,便干脆罢手,不了了之。

唯一对待我冷淡的人,就是伯藏瓦尔夫人,我最料想不到有这种不公平的待遇。她满脑子的名位和贵族的特权思想,总是不能想象一个大使会对不起他的秘书。她接待我的那个态度是同她这种成见一致的。我太受刺激了,所以一离开她家就给她写了一封信,也许是我生平最强烈、最厉害的一封信,从此就再也不跨进她的大门。卡斯太尔神父待我比较好些,但是透过他那耶稣会派的花言巧语,我看出他还是相当忠实地遵循着社会上最重要的处世箴言之一,就是随时随地都要弱者为强者做出牺牲。我对自己这件事强烈地感到有理,而且我生来又很高傲,这就不容许我耐心地忍受他这种偏私态度。从此我就不再去看卡斯太尔神父了,也不再到耶稣会去了,我在那儿本来就只认识他一个人。而且,他那些会友的专横和阴险,跟那位好心的海麦神父的善良纯朴太不相同,使我对他们避之唯恐不速,所以从那时候起,我就没有见过他们中间的任何一人,只有贝蒂埃神父是例外,我在杜宾先生家里和他见过两三次面,他那时正跟杜宾先生一起,竭尽全力批驳孟德斯鸠。

现在就把有关蒙太居先生的话予以结束,以后就不再提了。在我们闹纠纷的时候,我曾对他说,他不应该用秘书,只应该用个管账房的录事。他果然接受了我这个意见,在我走后果然找了一个管账房的来接替我,这个管账房的不到一年就偷了他两三万利勿儿。他把他赶走了,送进了监牢,又赶走了他那些随员,闹得满城风雨,声名狼藉;他到处跟人家吵闹,遭到了连贩夫走卒也不能忍受的侮辱,最后,因为荒唐事做得太多了,招来奉召返国、革职归田的处分。在他所受朝廷的谴责之中,跟我闹的那场风波似乎也没有被忘记。不管怎样吧,他回国之后不久,就派他的管家来跟我结账,付我的钱了。我那时正等钱用,我在威尼斯欠的债,都是口说无凭的交情账,时刻压在我的心头。我抓住了这个送上门来的机会把这些债都偿清了,连查内托·那尼的那张借条也付讫了。本来人家这次付我的钱,爱给多少,就给多少;我还清了一切债务之后,又和以前一样,一文不名了。可是,以前是有债头难抬,现在却是无债一身轻了。从那时起直到他死,我就没再听人说起过蒙太居先生,而他的死讯也是在社会上听到的。愿上帝宽宥这个可怜的人吧!他不宜于干大使这一行,正如我在儿童时代不宜于干诉讼代理人那一行一样。然而,那也完全在他,他原可以在我的帮助之下,把自己维持得像个样子的,同时,也可以把我很快地提拔到古丰伯爵在我少年时代预备叫我走的那条路上。后来我年龄大了点,凭我一人闯,也算闯出了走这条路的能力。

我理由充分而呼吁无门,这就在我的心灵里撒下了愤慨的种子,反对我们这种愚蠢的社会制度,在这种社会制度里,真正的公益和真正的正义总为一种莫名其妙的表面秩序所牺牲,而这种表面秩序实际上是破坏一切秩序的,只不过对弱者的受压迫和强者的不义的官方权力予以认可而已。有两个原因阻止我这个愤慨的种子,不让它在当时就像后来那样发展起来。一个原因是,在这件事里,我自己是当事人,而个人利害从来没有产生过伟大而崇高的东西,不能在我心里激起那种只有对正义与美的最纯洁的爱才能产生的圣洁的内心冲动。另一个原因是友谊的魔力,它以一种更甜美的感情优势,缓和并平息了我的愤怒。我在威尼斯曾结识一个巴斯克人,他是卡利约的朋友，同时也配做一切善良的人的朋友。这位可爱的青年生来就具有一切才艺和一切美德，他刚完成以培养美术鉴赏力为目的的周游意大利的旅行，因为想不出再有什么可学的了，便打算直接回祖国。我对他说，像他那样的天才，艺术不过是一种消遣，而他的天才是宜于钻研科学的。为了培养对科学的爱好，我劝他到巴黎走一趟，住上六个月。他信了我的话，到巴黎来了。我到巴黎时，他正在那里等我。他的房间一人住太大，请我分住半间，我接受了。我发现他正在狂热地钻研高深的学问。没有一门知识是超出他的能力之外的；他吞噬着一切，消化着一切，进展神速。原来他的求知欲搅得他心神不安，却又不自察觉，这时他是多么感谢我启发了他，给他的精神提供了这种食粮啊！我在这个强毅的灵魂里发现了多么丰富的学识与品德的宝藏啊！我感到我需要的正是这样的朋友：我们成了莫逆之交了。我们的兴趣不同，老是争辩，彼此又都固执，所以对任何事的意见都不能一致。然而我们却谁也离不开谁，尽管不断抬杠，却谁也不愿意对方不是一个好抬杠的人。

伊格纳肖·埃马纽埃尔·德·阿尔蒂纳是只有西班牙才能产生出来的那种罕见的人物之一，可惜西班牙产生的这种为祖国增光的人物太少了。他没有他的国人共有的那种狂热的民族情绪，报复观念之不能钻进他的头脑，正如情欲之不能钻进他的心灵。他太豪爽了，不可能记仇怀怨，我常听他十分冷静地说，任何尘俗人也不能触犯他的灵魂。他风流俊雅而不缠绵悱恻。他跟女人在一起游玩就和跟漂亮的孩子们在一起游戏一样，他喜欢跟朋友的情妇在一起，但是从来没有见他有过情妇，也没有发现他有过找情妇的念头。他心里燃烧着的道德之火从来不容许他的情欲之火产生出来。

他周游列国之后就结婚了。他死时很年轻，留下了几个孩子。我深信，并且绝对深信，他的妻子是使他领略爱情之乐的最初的，也是唯一的女人。他外表上像一个西班牙人那样对待宗教，但是内心里却是天使般的虔诚。除我以外，我一生中也只见到他一个人是那么尊重信仰自由。他从来没有打听过任何人在宗教问题上有些什么想法。他的朋友是犹太人也好，是新教徒也好，是土耳其人也好，是妄信者也好，是无神论者也好，他都不在乎，只要这人是个正派的人。他对无关紧要的意见，又固执，又顽强，可是一谈到宗教，甚至一谈到道德，他就沉思了，缄默了，或者只说一句："我只对我自己负责。"真令人难以置信，一个人的灵魂是这样超逸，而对细节的注意却又发展到寸步不让的程度。他把他一天的日程按照几时几刻几分分配着，预先规定用途，严格地按时工作，以至于书中的一个句子没有读完，时钟响了，他都会把书立刻合上。他每一段时间都各有用途：思考、谈话、日课、读洛克、祈祷、访客、搞音乐、搞绘画，从来没有因为娱乐、欲念或敷衍别人而搅乱这种秩序，只有急待履行的义务能够搅乱他一下。当他把他的时间表写给我看，以便我也照表执行的时候，我先是发笑，最后佩服得流出泪来。他从来不碍别人的事，也不许别人碍他的事；有人出于礼貌而打搅他，他就粗声厉气地对待人家。他是急性子，却从不跟人家斗气；我常看见他生气，却从来没见过他发火。他的脾气再令人愉快不过了：他经得起开玩笑，自己也喜欢开玩笑，甚至戏言说得很漂亮。他有说俏皮话的天才。谁要是激起了他的兴致，他就叫叫嚷嚷，吵吵闹闹，老远就听见他的声音。但是，他一面叫嚷，一面又面带微笑，在激动中漏出一句半句笑话来使大家为之绝倒。他既没有西班牙人的肤色，也没有西班牙人那种所谓黏液质的气质。他的皮肤白皙，面颊红润，头发带栗色而近乎金黄。他身材高大，仪表堂堂。形体的构造正适于寄寓他的灵魂。

这位心灵和头脑同样明哲的人是善于知人的，他做了我的朋友，这就说明不是我的朋友的人是怎样的人了。我们相处得太好了，以至我们定下了计划，要在一起过一辈子。我准备过几年就到阿斯可提亚去，和他一道住在他的田庄上。这计划的细节我们都在他启程的前夕商量好了。所缺的只是最精密的计划也免不了的那种不以人们意志为转移的因素。后来发生的种种事件——我的灾难，他的结婚，最后是他的死亡——就把我们永远分开了。

看来只有坏人的险恶阴谋能够得逞，好人的善良计划几乎永远不会实现。

我已经尝到寄人篱下的苦处了，便决计不再去冒险尝试。我已经看到，机缘使我订定的那许多野心勃勃的计划一开始就都破产了，而我又被人从开始干得那么好的外交生涯中挤了出去，我再也不想回去了，因而我决心不再依靠任何人，要保持我的独立生活，发挥我的才能。现在我已经开始摸到我有多少才能了，过去我一直把它估计得过低。

我把由于到威尼斯去而中断的那部歌剧又捡了起来，为了不受打扰，专心致意地工作，我在阿尔蒂纳走后就回到我以前居住的圣康坦旅馆。这家旅馆坐落在僻静的地段，离卢森堡公园不远，比起那条熙熙攘攘的圣奥诺雷路来，更能保证我安安静静地工作。在那里，有一个真实的慰藉在等待着我，这是上天使我在苦难生涯中尝到的唯一慰藉，也只是由于有了这个慰藉,我才能经受得起这种苦难。这不是一种瞬间即逝的结识,我得把结识的原委谈得稍微详细一点。

当时我们的旅馆有一个新的女主人,是奥尔良人。她雇了一个同乡的女孩子,约莫二十二三岁,专做洗洗缝缝的活。她也和女主人一样,跟我们同桌吃饭。这个女孩子名叫戴莱丝·勒·瓦瑟,良家出身。她父亲原在奥尔良造币厂任职,母亲经商。他们的孩子众多。奥尔良造币厂歇业了,父亲就断了生计,后来母亲也破产了,买卖做不成,就弃商跟丈夫和女儿一起到巴黎来,靠女儿一人劳动养活全家。

我第一次看见这个姑娘出现在餐桌上的时候,就特别注意她那种淳朴的风度,尤其是她那活泼而温柔的眼神,我觉得是无与伦比的。同桌的人,除博纳丰先生外,还有好几个爱尔兰修士和加斯科尼人以及其他几个诸如此类的人物。我们的女主人自己也有过风流艳史;只有我一人说话和举止还算端庄些。别人逗那个姑娘时,我就护着她。马上,讽刺的矛头就都落到我身上了。即使我本来对这个可怜的姑娘没有任何兴趣,这种同情,这种矛盾也会使我产生兴趣的。我一向主张言谈举止要端庄体面,特别是对女人。我就公开成了她的袒护人了。我看她对我的关怀也颇有所感。她的眼神里流露出来的和嘴里不敢明说的感激之情,也就变得越发动人了。

她很腼腆,我也是一样。这种共同的气质似乎是妨碍我们情投意合的,然而我们却很快就情投意合了。女主人觉察出来了,气愤之至,而她那种种粗暴的表现倒反而在那姑娘方面帮了我的忙。这姑娘在全旅馆里既然只有我是唯一的支持者,便一见我出门就难过,巴不得她的保护人早点儿回来。我们既心心相印,又气质相投,不久就产生了通常应有的效果。

她觉得在我身上看到了一个正直的人,她确实没有看错。我觉得在她身上看到一个多情、质朴而又不爱俏的女子,我也没有看错。我预先向她声明,我永远不会抛弃她,也永远不会和她结婚。爱情、尊敬、真诚,这就是我取得成功的原因;也正因为她心地善良忠厚,所以我虽然在女人面前胆子不大,却取得了美满的结果。

她唯恐我在她身上找不到她以为我要找的东西便会生气,这种恐惧心理是推迟了我的幸福的首要原因。我看到她在以身许我之前心神不宁,惶惑不安,想有所诉说而又不敢明言。我绝对想不出她感到为难的真正原因,却另作了一种既不正确又对她的品行具有侮辱意味的猜测;我以为她是警告我和她接触会有染病的危险,因此我就胡思乱想起来。这些胡思乱想虽未制止我去追求她,但是在好些天当中却损害了我的幸福。因为我们彼此一点也不了解,所以我们一谈到这个问题,便句句话都是哑谜,都是含糊其词,真是可笑到万分。她几乎以为我完全疯了,我也几乎不知道应该怎样看待她才好。最后,我们说开了:她向我哭诉她刚一成年就犯了一次错误,一次唯一的错误,是她的无知和诱奸人的狡诈的结果。我一旦知道了原委,便高兴得叫了起来:"童贞么,"我叫道,"在巴黎,过了二十岁,哪还有什么童贞女!啊!我的戴莱丝啊,我不找我根本不想找的东西,却占有了笃实而健康的你,我太幸福了。"

我最初的用意还只是想给自己找一种消遣。后来我发现我找到的超过了愿望,我给自己找到了一个伴侣。我跟这位绝好的女子相处比较亲密了,又对我当时的处境稍微作了一番思考,我便感觉到,我想的只是寻点乐趣,而做的却大有助于我的幸福。我的雄心壮志熄灭了,需要有个强烈的情感代替它来充实我的心灵。说到底吧,我需要有人来接替妈妈:既然我不能再跟她一同生活了,我就需要有个人来跟她的学生一同生活,并且我能在这人身上发现她曾在我身上发现的那种心灵的质朴与柔顺。必须有私生活、家庭生活的那种温馨来补偿我所放弃的那种锦绣前程。当我单身独处的时候,我的心灵是空虚的,需要有另外一颗心来充实它。命运把那颗心从我身边夺去了,变掉了,至少是部分地夺去了,变掉了,而我正是大自然为那颗心创造的。从此,我就是孤独的了,因为,对我来说,在得到全部与失去全部之间是没有中间道路的。我在戴莱丝身上找到了我所需要的替代者;由于她,我得到了情况所许的最大的幸福。

起先我想培养她的智慧。结果却是白操了一番心。她的智慧一直是大自然给她生成的那样,栽培和教育都无济于事。我毫不羞惭地承认,她一直没有学会阅读,虽然写得还马马虎虎。当我后来住在新小田园路的时候,窗对面蓬沙特兰旅馆有只大钟,我费了一个多月工夫教她看钟点。直到现在她还不怎么会看。虽然我费尽心血去教她,她从来也搞不清一年十二个月的顺序,不识一个数目字。她不会数钱,也不会算账。说话时用的字眼常和她所要说的意思相反。我曾把她使用的词汇编成一本小册子拿给卢森堡夫人取乐。她那些驴唇不对马嘴的话,在我生活过的那些社交圈子里已经变得无人不知、无人不晓了。然而,这样迟钝的,如果你愿意,也可以说这样愚蠢的一个人,在困难情况下却是个绝好的参谋。在瑞士,在英国,在法国,在我遭遇到的那些大灾大难中,我自己没见到的,她往往先见到了,她给我出了许多最好的主意;我闭着眼睛往危险里钻，是她把我从危险中拉了出来。在那些最高贵的夫人面前，在王公大人面前，她的感情、她的良知、她的应对和她的操守，都为她赢得了普遍的钦佩，并为我招来了许多夸奖她优点的恭维话，而这些恭维话，我觉得都是很真诚的。

我们在所爱的人的身边，感情就能充实智慧，正如它能充实心灵一样，并不怎么需要在这以外去冥思苦想。我跟我的戴莱丝生活在一起，就和跟世界上最美的天才生活在一起一样地惬意。她的母亲，因为早年是和蒙比波侯爵夫人一起受教育的，颇为自负，经常冒充女才子，想要指导女儿，而由于她的狡诈，败坏了我们两人之间的纯朴关系。我原有一种愚蠢的羞耻心，不敢带戴莱丝出门，但由于讨厌她母亲的纠缠，就把这种羞耻心克服下去，常常两个人一起到乡间去散步，吃点心，这使我感到滋味无穷。我看到她一心一意地爱着我，这就更增加了我对她的温情。对我来说，这种甜蜜的亲密生活就是一切：我不再关心前途，只希望它是现状的延续，我别无他愿，但愿现状能持续下去。

这种寄托使我觉得其他任何消遣都是多余的、无味的。从此，我除了戴莱丝家以外哪里也不去，她的家几乎成了我的家。这种深居简出的生活对我的工作太有利了，所以不到三个月工夫，我那部歌剧的词曲就已全部完成，只剩下几段伴奏和中音部了。这种机械工作我很讨厌，我就建议菲里多尔承担下来，将来分享收益。他来了两次，在奥维德那一幕里配了几段中音部。但是为了一项遥遥无期乃至没有把握的收益而埋头于这种呆板工作，他不感兴趣。他干脆不再来了，还是我自己完成了这件苦差事。

我的歌剧写出来了,现在的问题是要卖出去:这等于要我另写一部更加困难的歌剧。在巴黎,你一个人与世隔绝是什么也干不成的。果弗古尔先生从日内瓦回来,曾把我介绍给德·拉·波普利尼埃尔先生,我就想借他的力量来出头。德·拉·波普利尼埃尔先生是拉摩的麦西那斯①,波普利尼埃尔夫人又是拉摩的谦恭的学生;而拉摩呢,大家都知道,当时在这家人家有翻手为云覆手为雨的势力。我估计他会乐意保护他的一个弟子的作品的,因而就想把我的作品拿给他看看。但他却拒绝不看,说他不能看谱,看谱太吃力。拉·波普利尼埃尔先生就说,可以演奏给他听听,并且建议替我找些乐师来演奏几段。我当然是求之不得的了。拉摩也同意了,不过还是嘀嘀咕咕的,一个劲儿说,一个人不是科班出身,全凭自修学会了音乐,作出曲来还能好得了。我赶快挑出五六段最精彩的曲子。他们找来了十来个合奏乐手,演唱的有阿尔贝、贝拉尔和布尔朋内小姐。序曲一演奏,拉摩就以他那过甚其词的赞美,暗示这不可能是我作的。每奏一段他都表示出不耐烦的样子。但是到了男声最高音那一曲,歌声既雄壮嘹亮,伴奏又富丽堂皇,他就按捺不住了,他直喊着我的名字,粗暴得使大家愕然,对我说,他方才听到的乐曲,一部分是音乐界老手作的,其余的都出自无知者之手,这个人根本不懂得音乐。有一点倒是真的:我的作品的质量参差不齐,又不合常规,有时十分出色,有时平淡无奇。一个人全靠几阵子才气,没有扎实的工夫作基础,他的作品必然是这个样子。拉摩说

---

①　麦西那斯,古罗马的贵族,极力提倡文艺,保护诗人如维吉尔、贺拉斯等。后转为"文艺保护人"之通称。

我是个小剽窃手,既无才能,又无美感。在场的其他人,特别是主人,却不是如此想法。黎塞留先生那时候常见到拉·波普利尼埃尔先生,并且,众所周知,也常见到拉·波普利尼埃尔夫人,他听人说起我的作品,想全部都听一听,如果满意的话,还有意拿到宫廷里去演出。我的作品就在御前游乐总管博纳瓦尔先生家里,由宫廷出钱,用大合唱队和大乐队演奏了。指挥是弗郎科尔。效果惊人:公爵先生不断惊呼喝彩,而且在塔索那一幕里,一段合唱完毕后,他就站起来,走到我面前,握着我的手对我说:"卢梭先生,这是沁人心脾的和声。我从来没听到过比这更美的了。我要把这部作品拿到凡尔赛宫去演出。"拉·波普利尼埃尔夫人当时在场,却一言不发。拉摩虽曾被邀请,这天却没有来。第二天,拉·波普利尼埃尔夫人在她的梳妆室里十分冷漠地接待了我,她故意贬低我的剧本,对我说,虽然起初一些浮光虚彩使黎塞留先生眩惑了一下,但后来他醒悟过来了,她劝我对我这部歌剧别存什么希望。一会儿,公爵先生也到了,对我说的话却完全不同,他对我的才能恭维了一番,似乎依然打算把我的歌剧拿到国王面前去演奏。"只有塔索那一幕,"他说,"不能拿到宫廷里去演,得另外写一幕。"凭这一句话,我就跑回家关起门来修改,三星期后我把塔索换掉了,另写好了一幕,主题是赫希俄德①受到一个缪斯的启示。我设法把我的才华的部分发展过程和拉摩居然对我的才华显出的那种忌妒,都写到这一幕里去了。新写的这一幕没有塔索那幕那样奔放,却是一气呵成。音乐也同样典雅,而且写得好得多,如果另外两幕都能抵得上这一

———————

① 赫希俄德,公元前八世纪的希腊诗人,诗中充满道德箴规及农业知识。

幕,全剧一定会演得很像样的。可是,当我正要把这个剧本整理完毕的时候,另一项工作又把这部歌剧的演奏耽搁下来了。

在丰特诺瓦战役①后的那个冬季,凡尔赛宫开了许多庆祝会,其间有好几部歌剧要在小御厩剧院演出。在这些歌剧之中,有拉摩配乐的伏尔泰的剧本《纳瓦尔公主》,这次经过修正改编,易名为《拉米尔的庆祝会》。这个新题材要求把原剧好几场幕间歌舞都换掉,词和曲都要改写。问题是难找到一个能担任这双重任务的人。伏尔泰当时在洛林,他和拉摩两人都忙着搞《光荣之庙》那部歌剧,顾不过来。黎塞留先生想到了我,建议由我来担任。为了使我能更好地弄清该做些什么,他把诗和乐曲分开送给我。我第一件事就是要得到原作者同意才去修改歌词,因此我就给他写了一封很客气甚至很恭敬的信。下面就是他的答复,原件见甲札,第一号:

一七四五年十二月十五日

先生,直到现在为止,二者不可兼得的才能,你竟能兼而有之。对我来说,这就是两条充分的理由,使我钦佩你,仰慕你。我为你很抱歉,因为你把这两种才能用在一部不太值得你修改的作品上。几个月前,黎塞留公爵先生一定要我在瞬息之间拟出几场既乏味、又支离破碎的戏的梗概,原是要配合歌舞的,而这些歌舞跟这几场戏又很不合宜。我只好谨遵雅命,写得又仓促又糟糕。我把这个毫无价值的初稿寄给黎塞留公爵先生,原指望不予采用,或者再由我修改一番。幸而现在交到你手里了,就

---

① 丰特诺瓦战役,指一七四五年路易十五御驾亲征、萨克森元帅击败英荷联军之役。

请你绝对自由支配吧。所有那一切,我早就记不清了。它只是一个初稿,写得那么仓促,必然会有错误,我毫不怀疑你已经纠正了一切错误,补充了一切不足之处。

我还记得,在许多缺陷之中有这样一点:在连缀歌舞的那些场景里,就没有提到那位石榴公主怎么刚从牢房里出来就忽然到了一座花园或者一座宫殿。既然为她举行宴会的不是一个魔术师,而是一位西班牙的贵人,所以我觉得什么事都不能带上魔术意味。先生,我请你再检查一下这个地方,我已经记不太清楚了。请你看看是不是需要演出牢房门一开我们的公主就被人从监狱请到为她特备的金碧辉煌的宫殿里去这一场。我深知这些都毫无价值可言,一个有思想的人把这些无谓的东西当作正经事去做,实在不值得;但是,既然要尽可能不使人产生不快之感,就必须尽可能做得合理,即使是在一场无聊的幕间歌舞中也应该如此。

我一切都信托你和巴洛先生,希望不久就有向你致谢的荣幸。专复即颂。

这封信,和以后他写给我的那些近乎目中无人的信比起来,真是太客气了,请大家不必惊讶。他以为我在黎塞留先生面前正吃香呢,大家都知道他有官场的圆滑,这种圆滑就使他不得不对一个新进的人多客气一点,到他看出这个新进的人有多大影响的时候,那就不一样了。

我既得到了伏尔泰先生的允许,又不必顾忌拉摩——他是一心要损害我的,我就动手干了起来,两个月就完成了。歌词方面困难不多,我只是尽量使人感觉不到风格上的不同,并且我自信我是做到了这一点的。音乐方面的工作,费时较多,困难也较大。除了要另写好几支包括序曲在内的过场曲子以外，我负责整理的全部宣叙调都困难到万分，很多合奏曲和合唱曲的调子极不一样，都必须连缀起来，而且常常只能用几行诗和极快的转调，因为我不愿意更改或挪动拉摩的任何一个曲子，免得他怪我使原作失真。这套宣叙调我总算整理得很成功，它音调适宜，雄健有力，特别是转折巧妙。人家既惠然让我跟两个高手结合在一起，我一想到他们两位，我的才气也就迸发出来了；我可以说，在这个无名无利的、外人甚至根本就不能知道内情的工作里，我差不多总是不辱没我那两位榜样的。

这个剧本就照我整理的那样，在大歌剧院里彩排了。三个作者之中，只有我一人在场。伏尔泰不在巴黎，拉摩没有去，或者是躲起来了。

第一段独白词很凄怆。开头一句是：

啊！死神。来把我这苦难的一生了结吧！

当然要配上与此相应的音乐。然而，拉·波普利尼埃尔夫人正是根据这一点批评我，尖酸刻薄地说我写的是送葬的音乐。黎塞留先生很公正地表示先要查一查是谁写的这段独白的唱词。我就把他送给我的手稿拿给他看了，手稿证明是伏尔泰的手笔。"既然这样，"他说，"过错全在伏尔泰一人身上。"在彩排过程中，凡是我作的，都受到拉·波普利尼埃尔夫人的批评，得到黎塞留先生的辩护。但是，毕竟我碰到的对手太强大了，我接到通知说，我作的曲子有好几处要修改，还必须请教拉摩先生。我原期待的是夸奖，而且我的确是应该受到夸奖的，现在却得到了这样一个结论。我伤心极了，满怀颓丧地回到家里，累得有气无力，愁得肝肠俱碎。我病倒了，整整六个星期出不了门。

拉摩负责担任拉·波普利尼埃尔夫人指定的那些修改工作，就派人来找我，要我那部大歌剧的序曲，用来代替我新写的那一个。幸而我感觉到他那手鬼把戏，就拒绝了。由于只有五六天就要演出，来不及另写，所以只好仍旧用我写的那个序曲。这个序曲是意大利式的，当时在法国还是一种颇为新颖的风格。然而，它却得到了听众的欣赏，据我的亲戚和朋友缪沙尔先生的女婿、御膳房总管瓦尔玛来特先生告诉我，音乐爱好者都很满意我的作品，听众都没有能辨别出哪是我写的，哪是拉摩写的。但是拉摩却和拉·波普利尼埃尔夫人勾结好了，想尽种种办法不让别人知道我在这里面也有一份功劳。在散发给观众的小册子上，作者一般都是一个一个署名的，而这本小册子却只署了伏尔泰一人的名字，拉摩宁愿自己的名字不写上，也不愿意看到我的名字和他的并列在一起。

我的病体一恢复到能出门的时候，就想去见黎塞留先生。但是来不及了，他已经动身到敦刻尔克去指挥开往苏格兰去的部队的登陆工作。他回来时，我又偷懒，心想现在去找他已经太迟了。自此以后，我就一直没有再见到过他，所以我就失掉了我的作品应得的名声和它应该给我提供的酬报；我的时间，我的劳动，我的愁苦，我的疾病，以及疾病使我耗费的金钱，这一切都由我自己承担了，没有给我带来半文钱的补偿。然而我始终觉得黎塞留先生真心喜欢我，他很赏识我的才能，可是我的运气不好，再加上拉·波普利尼埃尔夫人，这就使他的一片好心无法产生任何效果。

这个女人对我如此憎恨，我原先百思不得其解，因为我一直力求博得她的欢心，并且经常在适当的时候登门拜谒。果弗古尔先生把其中的原委点出来了。"首先她和拉摩太要好，"他对我说，"她是拉摩的公开捧场人，不容许有任何人和他竞争；此外，你生来就带了一个罪过，该让她把你打到十八层地狱，永远不原谅你，因为你是日内瓦人。"说到这里，他就给我解释，于贝尔神父是日内瓦人，又是拉·波普利尼埃尔先生的挚友，他曾努力阻止拉·波普利尼埃尔先生娶这个女人，因为他深知她的为人。结婚以后，她就把于贝尔神父恨之入骨，并且恨所有的日内瓦人。"虽然拉·波普利尼埃尔先生对你很友好，"他又说，"据我看，别指望他支持你。他太宠他的妻子了，而他的妻子又恨你，她既险恶，又有手段，你跟这一家人一辈子也搞不好的。"我一听这话就死心了。

差不多就在这个时候，也就是这位果弗古尔给我帮了一个雪里送炭的忙。我那位贤德的父亲刚去世，享年约六十岁①。要不是当时处境艰难使我自顾不暇的话，我会感到更大的悲哀的。在他生前，我不愿索取我母亲遗产的剩余部分，这部分的微薄收益一直由他享用着。现在他既已逝世，我就用不着有所顾虑了。但是，我哥哥的死亡没有合法证明，这就对我接受遗产构成了一个障碍。果弗古尔答应为我解决这个难题。承洛尔姆律师帮忙，这难题真的解决了。由于我极需要这笔小小的资金，而事态的发展尚未知之数，所以我以最急迫的心情等待着最后消息。有天晚上我从外面回来，收到了报告这消息的来信，我拿起信来就想拆开，急得手都发抖，而心里却对这种急躁感到羞惭。"怎么！"我心里鄙视着自己

---

① 实际上是七十四岁。

说，"让-雅克竟被利害心和好奇心制服到这种地步了么?"登时我就把信放到壁炉台上,脱下衣服,安安静静地睡下去,睡得比平时还熟。第二天早晨我起得相当迟,不再想到我那封信了。穿衣的时候,我又看到那封信,我不慌不忙地把它拆开,发现里面有一张支票。我同时有好几种快乐,但是我可以发誓,最大的快乐还是我做到了克制自己。我生平像这种克制自己的事,可以举出的不下数十次,但是现在时间匆促,不能尽述了。我把这笔钱寄了一小部分给我那可怜的妈妈,回想起我曾把全部款项双手奉上的那种幸福时代,不禁怆然泪下。她给我的信封封都使我感到她的罗掘俱穷的窘境。她寄给我大堆的配方和秘诀,认为我可以用来致富,也给她带来好处。穷困的感觉已经使她心不能宽、智不能广了。我寄给她的那点钱,又成了包围她的那些坏蛋的掠获品。她一点也享受不到。这就使我灰心了,我不能把我生活必需的一点钱分给那些无赖汉呀,特别是在当我试图把她从那些无赖汉的包围中解脱出来而终归无效之后。这,我在下面要讲的。

　　光阴流逝,钱也随之流逝了。我们是两个人生活,甚至是四个人生活,更正确点说,我们是七八个人生活。因为,虽然戴莱丝无与伦比地淡于私利,而她的母亲却和她不一样。她一看我帮了她的忙,家境稍微好一点,就把全家都找来分享成果了。姊妹呀、儿女呀、孙女呀、外甥女呀,一窝蜂都来了,只有她的长女,嫁给昂热城车马行老板的,没有来。我为戴莱丝置备的一切都被她母亲拿去供给那群饿鬼了。因为跟我打交道的不是一个贪财的女子,我自己也不受疯狂的爱情的摆布,所以我也不做傻事。戴莱丝的生活能够维持得像个样儿而不奢华,能够应付急需,我就满足了,我同意她把她的工作收入全部归她母亲享用，而且我帮的忙还不只这一点。可是厄运老是跟着我，妈妈既被她那些吸血鬼缠住了，戴莱丝又被她一家人缠住了。她们两个人，谁也享受不到我为她们提供的好处。说起来也真奇怪，戴莱丝是勒·瓦瑟太太最小的女儿，在姊妹中就数她一个人没有得到父母的嫁妆，现在却是她一个人供养着父母。这可怜的孩子，长久挨哥哥们和姐姐们的打，乃至侄女和外甥女的打，现在又挨到她们的劫掠了。她往日不能抵抗他们和她们的打骂，现在还是不能抵抗他们和她们的巧取豪夺。只有一个外甥女，叫作戈东·勒迪克的，还比较和蔼可亲，性情温和，不过看到别人的榜样，听到别人的教唆，也变坏了。由于我常跟她们俩在一起，也就用她们间相互的称呼来称呼她们，我叫戈东"外甥女"，叫戴莱丝"姨妈"。这就是我一直称戴莱丝为"姨妈"的由来，我的朋友们有时也就跟着叫她"姨妈"来开玩笑。

　　谁都感觉到，在这样的情况下，我是刻不容缓地急于摆脱困境。我估计黎塞留先生已经把我忘了，从宫廷方面是没有指望的了，便作了几次尝试，看看我的歌剧能不能在巴黎演出。但是我遇到许多困难，需要很长的时间才能克服，而我的处境又一天比一天紧迫。于是我就想起把我那部小喜剧《纳尔西斯》送到意大利剧院去。结果它被接受了，我得到一张长期入场券，使我很高兴。但也不过如此而已。我天天走访演员们，路跑厌了，但怎么也不能使它演出，所以干脆就不去了。我又回到最后剩下的一条门路，也是我原该走的唯一的门路。当我常往拉·波普利尼埃尔先生家跑的时候，就把杜宾先生家疏远了。两家的夫人虽然是亲戚，却相处得并不好，彼此不见面。两家的客人也各不相通，只有蒂埃利约往两家都跑。他受托要设法把我拉回到杜宾先生家去。那时，弗兰格耶先生正在学博物学和化学，办了一个陈列室。我相信他是想进学士院当院士的，为此，他就需要著一本书，认为我在这方面可能对他有点用处。杜宾夫人那边呢，她也想写一本书，在我身上打着差不多同样的主意。他们俩很想合聘我担任一种秘书的职务，这就是蒂埃利约责怪我不去登门的理由。我首先要求弗兰格耶先生利用他和热利约特的力量把我的作品拿到歌剧院去排演。他同意了。结果《风流诗神》有了排演的机会，先在后台，后在大剧院，排了好几次。彩排那一天，观众很多，有好几段都得到了热烈喝彩。然而，我自己在勒贝尔指挥得很不好的那个演奏过程中，感觉到这个剧本是通不过的，甚至不经重大修改就不能演出。因此我没说一句话就把剧本收回了，免得遭人拒绝；但是，有好些迹象使我清楚地看出，纵然剧本尽善尽美，也还是通过不了。弗兰格耶先生明明白白答应我使剧本有机会排演，而不是使它有机会演出。他的确实践了他的诺言。我始终觉得，在这件事上和在许多别的事上，都看出他和杜宾夫人不想让我在社会上成名，也许是因为怕人家在看到他们的著作时，猜疑他们是把我的才能移花接木接到他们的才能上的。然而，杜宾夫人一直认为我的才能有限，而且她利用我的地方，始终也只是要我照她的口述作点笔录，或者叫我找点纯属参考性质的资料，因此，如果出现这种谴责，特别是对她来说，似乎又有失公平。

这最后一次的失败使我完全泄气了。我放弃了任何进取和成名的计划；从此以后再也不想什么才能不才能了。这些才能，我真有也好，假有也好，反正都不能叫我走运，我只有把时间和精力用来维持我自己和戴莱丝的生活，谁能帮助我们，我就讨谁的欢心。因此,我就全心全意地跟着杜宾夫人和弗兰格耶先生了。这并不能使我过得很富裕,就拿我头两年每年所得的那八九百法郎来说,这笔钱只能勉强维持我最基本的生活,因为我不能不在他们家附近——房租相当高的地区——租公寓住下,另一方面还要在位于巴黎边缘的圣雅克路的尽头另付一笔房租,而不论阴晴,我差不多每晚都要到那里去吃饭。不久我也就习惯了,甚至对我这种新的工作还发生了兴趣。我爱上了化学,跟弗兰格耶先生到鲁埃尔先生①家听了好几次课,于是我们就对粗知其皮毛的这门科学不识好歹地开始涂写起来。一七四七年,我们到都兰去度秋季,住在舍农索府,这座府第是歇尔河上的离宫,是亨利二世为狄安娜·德·普瓦提埃盖的,用她姓名起首字母组成的图案还依稀可见。现在这座府第归包税人杜宾先生所有了。在这个秀丽的地方,我们尽情欢乐,吃得也极好:我胖得像个僧侣了。我们在那里大搞其音乐。我写了好几首三重唱,都相当和谐。如果将来有机会写补篇的话,也许还要再提一提的。我们在那里还演喜剧。我用十五天时间写了一部三幕剧,名叫《冒昧订约》。读者在我的文稿中可以看到这个剧本,它别无所长,只是欢情洋溢而已。我在那里还写了几篇小作品,其中有一篇诗剧,题为《西尔维的幽径》,这本是沿着歇尔河的那片园子里的一条小径的名字。我搞了这些东西,并没有中断我在化学方面的工作和我在杜宾夫人身边所担任的工作。

当我在舍农索发胖的时候,我那可怜的戴莱丝也在巴黎发胖了,虽然那是另一种胖;我回巴黎时发现我干的那档子事

① 鲁埃尔(1703—1770),名化学家。

竟比我原来设想的快得多。以我当时的处境而论,这事会使我尴尬万分的,幸亏同桌吃饭的伙伴们早给我想出了唯一能使我摆脱困境的办法。这是一个重要的情况,我不能叙述得过于简略。在说明这件事情的时候,我要么为自己辩解,要么引咎自责,而两者都不是我现在应该做的。

在阿尔蒂纳逗留巴黎期间,我们不在馆子里用餐,通常都是在附近,差不多就在歌剧院那条死胡同对面的一个裁缝的女人拉·赛尔大娘家里吃包饭。这里伙食相当糟,不过由于包饭的人都是可靠的正派人,仍然很受人欢迎。她家不接受生客,要包饭必须有一个老膳友介绍。格拉维尔骑士是个老放荡汉,很有礼貌又很有才情,但是说起话来荤味十足,他就住在那家,招来一批嘻嘻哈哈、派头十足的青年人,都是警卫队和枪兵队里的军官。诺南骑士是歌剧院全体舞女的保护人,天天把这个美人窝的全部消息带到包饭馆里来。迪普莱西斯先生是退休陆军中校,是位善良而贤哲的老人,还有安斯莱①,是枪兵队的军官,他们俩在这班青年人中间维持一点秩序。来包饭的也有商人、金融界的人、粮商,但是都有礼貌,很正派,都是各行业的头面人物:如贝斯先生、福尔卡德先生,还有许多人的名字,我都忘记了。总之,在那个包饭馆里,人们

①　就是这位安斯莱先生,我曾为他写了一部小喜剧,名叫《战俘》。这部喜剧作于法国人在巴伐利亚和波希米亚惨败之后,我从来不敢承认是我写的,也不敢拿出来给人看。理由很奇怪,那就是:法国国王、法国和法国人从来没有像在这部剧本里受到更热烈、更真诚的赞扬,而我自己却是个共和派,是个旗帜鲜明的叛逆者,我不敢承认我是在对一个全部原则都和我相反的民族进行歌颂。我对法国的灾难比法国人自己还要伤心。我在第一部里已经说明我在什么时候开始以及为什么对法国产生了真诚的热爱。这种热爱,我羞于表现出来,因为我怕人家说是谄媚和怯懦。——作者原注

遇到各行各业的像样的人物，只有教士和司法界人士例外，我从来没有在那里见过；而这也是大家的一种默契，不要把这种人介绍进来。这一席人，人数相当多，都是极快乐而又不喧哗，常说笑话却又不粗俗。那个老骑士，尽管讲他那许许多多的故事，内容都是近乎淫猥的，却从来不失他那种旧朝廷上的文雅风度，从他嘴里讲出来的每一句有伤风化的话都是妙趣横生，连女人也可以原谅的。他的谈话给同桌的定下调子：所有那些青年人都各说自己的艳遇，既放肆又有风趣。姑娘的故事当然是少不了的，特别因为到拉·赛尔大娘家那条巷子正对着迪夏大娘的铺子，而迪夏大娘又是个著名的时装商人，当时店里有许多漂亮姑娘，我们这些先生们饭前饭后总要去和她们聊聊。我如果胆子大一点的话，一定也会和他们一样上那里去寻开心的，只要跟他们一起进去就成了，可我从来也不敢。至于拉·赛尔大娘，我在阿尔蒂纳走后还常到她家吃饭。我在那里听到大堆的轶事，十分有趣，同时也就渐渐学会了——谢天谢地，倒不是他们的生活习惯，而是他们的那些处世箴言。受害的体面人物、戴绿帽子的丈夫、被诱奸的女人、私下生的孩子——这些都是那儿最普通的话题。谁最能叫育婴堂添丁进口，谁就最受人喝彩。我也受到了感染：我也接受了在十分亲切而且十分体面的人物中间盛行的那种想法。我心想："既然当地的风俗如此，一个人生活在这里，当然就可以照此办理。"这正是此时我要找的出路。我就下决心采取这个办法，轻松愉快，毫无顾忌，唯一要克服的倒是戴莱丝的顾忌，我说得舌敝唇焦，她总是不肯采取这唯一能保全她面子的办法。她的母亲也怕有了孩子给她添麻烦，就来帮我说话，结果她被说服了。我们找了个稳当可靠的接生婆，叫古安小姐的,住在圣欧斯塔什街的尽头,把这件事托了她。到时候,戴莱丝就由她母亲带到古安家去分娩了。我到古安家去看了她好几次,带给她一个标记,写在卡片上,一式两份,拿一份放在婴儿的褓褓里,由接生婆按通常的方式把他送到育婴堂去了。第二年,同样的岔子,同样的办法,只是标记给忘掉了。我依然未多考虑,她依然不太赞同:她只是叹息着答应了。人们将陆续看到这种不幸的行为在我的思想上和命运上所产生的种种变故。至于目前,就叙述到这第一阶段为止吧。至于它的后果,既非我始料所及,且又非常惨痛,将迫使我时常回头谈到这个问题。

我要在这里说一说我初次认识埃皮奈夫人的情况,她的名字将在这部回忆录里常常出现:她原名埃斯克拉威尔小姐,刚和包税人拉利夫·德·贝尔加尔德先生的儿子埃皮奈先生结婚。她的丈夫跟弗兰格耶先生一样,是音乐家,她本人也是音乐家,而对这门艺术的癖好就使得这三个人变得亲密无间了。弗兰格耶先生把我介绍到埃皮奈夫人家里,我和他有时也一同在她家晚餐。她亲切,机智,多才多艺,和她结识当然是件好事。但是她有个朋友叫埃特小姐,人家都说她心眼儿坏,她和瓦罗利骑士同居,这骑士名声也不好。我相信,同这两个人的交往对埃皮奈夫人是有害的。埃皮奈夫人虽然赋性极好苛求,却生来有些绝好的优点,足以控制或弥补做得过头的事情。弗兰格耶先生对我很好,因而使得她对我也有些友好。他坦白地告诉我说他和她有关系,这种关系,如果不是它已经成了公开的秘密,连埃皮奈先生也都知道了,我在这里本来是不会说的。弗兰格耶先生甚至还对我说了关于这位夫人的一些很离奇的隐私。这些隐私,她自己从来也没有对我说过,也从来不以为我会知道,因为我没有,并且这一辈子也不会对她或对任何人说起的。这种双方对我的信任使得我的处境非常尴尬,特别是在弗兰格耶夫人面前,因为她深知我的为人,虽然知道我跟她的情敌有来往,对我还是很信任。我极力安慰这个可怜的女人,她的丈夫显然是辜负了她对他的爱情的。这三个人说什么,我都不给串通,十分忠实地保守着他们的秘密,三人中不论哪一个也不能从我口里套出另两个人的秘密来,同时我对那两个女人中不论哪一个也不隐瞒我和对方的交谊。弗兰格耶夫人想利用我做许许多多的事,都被我严词拒绝了;埃皮奈夫人有一次想托我带封信给弗兰格耶,不但同样受到严词拒绝,并且我还直截了当地声明,如果她想把我永远赶出她的大门,她只消向我再提出这样一个请求就行了。应该为埃皮奈夫人说句公道话:我这种态度不但没有使她不快,她还把这事对弗兰格耶说了,对我夸奖备至,而且继续款待我。这三个人我都是要敷衍的,我多多少少是倚仗着他们,同时也是依恋着他们的。在这三个人的风波险恶的关系中,我就是这样做得既得体又殷勤,但又始终是既正直又坚定,所以我把他们对我的友谊、尊敬和信任,一直维持到底。尽管我又蠢又笨,埃皮奈夫人还要把我拉进圣弗来特俱乐部,这是圣德尼附近的一座公馆,是贝尔加尔德先生的产业。那里有个舞台,时常演戏。他们要我也担任一个角色,我背台词一连背了六个月,上了台还是从头到尾都要人提词。经过这次考验,他们再也不叫我演戏了。

我认识了埃皮奈夫人,同时也就认识了她的小姑子,贝尔加尔德小姐,她不久之后成了乌德托伯爵夫人。我第一次见她,正是在她结婚的前夕;她领我去看她的新房,并且以她那与生俱来的媚人的亲昵态度跟我谈了很久。我觉得她非常亲切，但是我万想不到这个年轻女人竟有一天会主宰着我一生的命运，并且，尽管她不负任何责任，却把我拖进了我今天所处的这个无底深渊。

虽然我从威尼斯回来以后一直没有谈到狄德罗，也没有谈到我的朋友罗甘，但是我并没有疏远他们两人，特别是和狄德罗的交谊更一天比一天亲密起来。我有个戴莱丝，他有个纳内特；这使我们两个人之间又多了一个相同之处。但不同的是：我的戴莱丝长得虽然跟他的纳内特一样好看，却脾气温和，性情可爱，值得一个有教养的人去爱她；而他那个纳内特却是个粗野撒赖的泼妇，在别人眼里表现不出一点温文尔雅，足以补偿她所受那种不良教育。然而他却和她正式结婚了。如果他是有约在先的话，这当然很好。至于我，我却不曾许下这样的愿，我不急于学他的榜样。

我也早已和孔狄亚克神父结识了，他当时跟我一样，在文坛上是个无名小卒，但是已经具备了今日成名的条件。我也许是看出他的禀赋、认识他的价值的第一个人。他似乎也很乐意和我来往，当我住在让·圣德尼路歌剧院附近关起房门写赫希俄德那一幕戏的时候，他有时来和我面对面一起吃饭。他当时正在写《论人类知识之起源》，这是他第一部著作。写完了的时候，他很难找到一个书商承印这本书。巴黎书商对任何新手都是傲慢而刁难的，而形而上学在当时又很不时髦，不是一个很有吸引力的题材。我对狄德罗谈起了孔狄亚克和他的著作；我给他们介绍认识了。他们俩生来就是应该彼此相投的，果然一见如故。狄德罗要书商迪朗接受了神父的手稿，因而这位大玄学家从他这第一本书得到了一百埃居的稿费——简直像是得了一笔恩赏。就连这点稿费，要是没有我，也许还到不了手呢。我们三个人住得很远，就每星期在王宫广场聚会一次，一起到花篮饭店去吃饭。这种每周一次的小聚餐很合狄德罗的心意，因为他这个人差不多是有约必爽的，对这个约会却从来没有爽过一次。我在这一聚会中订了一个出期刊的计划，命名为《笑骂者》，由狄德罗和我两人轮流执笔。我草草编了第一期，这就使我跟达朗贝认识了，因为狄德罗跟他谈起了这件事。由于有些意外事件出来挡道，这个计划也就寿终正寝了。

这两位作家刚刚着手编《百科全书》，开头只准备把钱伯斯①的翻译过来，就跟狄德罗刚译完的那部詹姆士的《医学辞典》差不多。狄德罗要我给这第二桩事业帮点忙，建议我写音乐部分，我答应了。他对所有参加这项工作的作家都只给三个月的限期，我就在这三个月限期内很仓促、很潦草地写成了。但是我是唯一如期完稿的人。我把我的手稿交给他了。这个手稿是我叫弗兰格耶先生的一个名叫杜邦的仆人誊清的，他写得一手好字，我从自己腰包里掏了十埃居给他。这十埃居一直没有人还我。狄德罗曾代表书商方面答应给我报酬，后来他一直没有再提，我也没有向他开口。

《百科全书》的工作由于他的入狱被打断了。他的《哲学思想录》给他招来过一些麻烦，但是后来也没有什么了不起的下文。这次《论盲人书简》就不同了。这本书除了几句涉及私人的话以外，丝毫没有什么可责难的，可就是这几句话得

---

① 钱伯斯（1680—1740），英国人，一七二八年出版了第一部《百科辞典》（两卷集）。

罪了迪普雷·德·圣摩尔夫人和雷奥米尔先生,为此,他被关进了范塞纳监狱。我朋友的不幸令我感到的焦急是永远也无法形容的。我那易于伤感的想象力老是把坏事想得更坏,这次可就慌起来了。我以为他要在那里关一辈子。我几乎急疯了,就写信给蓬巴杜尔夫人①,恳求她说情把他放出来,或者设法把我和他关在一起。我没有得到任何答复:我的信写得太不理智了,当然不能产生任何效果。不多时以后,可怜的狄德罗在监狱中倒是得到了若干优待,对此我绝不自诩是由于我的信的缘故。但是如果他在监狱中的生活还像原来那样严厉的话,我相信我会伤心得在那座该死的监狱墙根下死去的。此外,我的信固然没有产生什么效果,我也没有拿这封信去到处吹嘘,因为我只对很少很少的人提起过,而且从来没有告诉过狄德罗本人。

① 蓬巴杜尔夫人(1721—1764),路易十五的宠姬,左右政务,炙手可热。

第　八　章

前章结束时，我必须暂停一下。随着这一章，我那重重灾难之链就以最初的环节开始了。

我曾在巴黎最显贵的两个人家生活过，虽然我不怎样善于处世，也免不了在那里结识几个人。特别是，在杜宾夫人家里，我认识了萨克森-哥特邦的储君和他的保傅屯恩男爵。在拉·波普利尼埃尔先生家里我又认识了色圭先生，他是屯恩男爵的朋友，由于编印了一部很好的卢梭①文集而知名文坛。男爵曾邀色圭先生和我到丰特奈-苏-波瓦去住一两天，因为储君在那里有所房子。我们俩都去了。从范塞纳监狱经过的时候，我一见那座城堡，就感到心如刀割，男爵注意到了我脸上的表情。晚饭时，储君谈起狄德罗被拘禁的事，男爵为了引我说话，就怪那被囚者太不谨慎，我立刻为他辩护起来，其态度之激烈倒显得我太不谨慎了。这种过分的热心本是一个不幸的朋友引起来的，所以大家也都谅解，把话题岔到别的事情上去了。当时在座的还有两个德国人，都是随侍储君的。一个是克鲁卜飞尔先生，富有机智，是储君的私人牧师，后来顶掉了男爵，成了储君的保傅；

***

① 指法国抒情诗人让-巴蒂斯特·卢梭。

另一个是个青年人,叫格里姆①,他暂充储君的侍读,等着另找职业,他的服装寒素就说明他是急需找职业的。就从那天晚上起,克鲁卜飞尔和我开始结识了,不久就成了朋友。我跟格里姆君的结识,发展得就不这样迅速:他不怎么肯露头角,绝没有后来时运亨通时那种目空一切的神气。第二天午餐时,大家谈起了音乐,他谈得很好。我听说他能用钢琴伴奏,高兴极了。饭后,主人叫拿乐谱来,我们就在储君的钢琴上演奏起来,搞了一整天。就这样,开始了我们之间的友谊。这份友谊,对于我,先是那么甜蜜,后来又是那么可悲。在这一点上,将来我要大谈特谈的。

一回到巴黎,我就听到喜讯说狄德罗已经从城堡里出来了,可以在范塞纳监狱的房屋和园子里活动,只要不出这个范围,还准许他接见朋友。我不能立刻奔去看他,心里多么难过啊! 我因为有些要事,无法摆脱,在杜宾夫人家里羁留了两三天,急得和等了三四百年一样,之后,我就飞奔到我的朋友的怀抱中了。真是难以形容的时刻啊! 他当时不是单独一人,达朗贝和圣堂②的司库和他关在一起。可是我一进门,眼里看到的就只有他一个人,我一个箭步,一声大叫,就把脸贴在他的脸上,紧紧把他抱住,只有眼泪和呜咽,什么话也没有了。我激动和快乐得气都喘不过来了。他挣脱我的臂膊后,第一个动作就是转头向那个教士,对他说:"你看,先生,我的朋友

---

① 格里姆(1723—1807),百科全书派的重要人物之一,德国人,久居巴黎,经常与德意志各邦君主及俄国女皇卡捷林娜二世通信,编辑手抄杂志《文学、哲学与批评通讯》,百科全书派的思想得以在欧洲传播,他起了一定作用。

② 圣堂,十三世纪的一个古教堂,为巴黎的著名建筑之一。

是怎样爱我。"当时我完全沉浸在激动之中,考虑不到这种利用我的激情来作自我表扬的态度,但是从那以后,我有时想到这件事,总觉得如果我处在狄德罗的地位,这绝不会是我能想到的第一个念头。

我发现他受到坐牢的刺激很大,城堡给他留下了可怕的印象。虽然现在这里已经相当舒适,还可以在园林里自由散步,而园林连围墙都没有,但是他需要有朋友陪伴,才不至于尽往愁处想。毫无疑问,我是最同情他的苦恼的人,所以我相信,我也是最能使他得到安慰的人。因此,不管事务如何忙碌,我至多隔一天就去看他一次,或者一人去,或者和他的妻子一同前去,跟他一起度过一个下午。

一七四九年的夏天特别热。从巴黎到范塞纳堡足有两里约。我手头不宽裕,不能雇马车,所以我一人去时就步行,下午两点钟出发,快快地走,好早点到达。路边的树,依当地的风尚,剪得秃秃的,几乎没有一点阴凉。我常常又热又累,走不了路,就躺到地上,动弹不得了。为着走慢一点,我就想了一个办法,随身带一本书。有一天,我带了一本《法兰西信使》杂志,边走边读,忽然看到第戎学院公告次年征文的一个题目:《科学与艺术的进步是有助于伤风败俗还是敦风化俗》①。

一看到这个题目,我登时就看到了另一个宇宙,自己变成了另一个人。虽然我对得到的印象还记得非常真切,但是详细情形自从我在致德·马勒赛尔卜先生的四封信中之一里写出之后,我就完全忘记了。这是我的记忆力的一个奇特之点,

① 原题应为《科学与艺术的复兴是否有助于敦风化俗》。

值得说明一下。当我依赖它的时候，它就为我效劳，而一旦把内容付之笔墨，它就抛弃我了。所以一件事一经我写出，就再也想不起来了。这个特点也体现在音乐里。在我学习音乐之前，我会背许多歌曲，而当我学会了读谱唱歌，就一支曲子也记不得了。我怀疑在我最爱的曲子之中，今天是否还能有一支记得完整的。

这件事，我记得最清楚的，就是我到范塞纳堡时神情激动得近乎发狂。狄德罗看出来了，我就给他说明了原因，并把我在一棵橡树底下用铅笔写出的一段拟法伯利西乌斯①的演说词读给他听。他鼓励我把我的思想放手发挥下去，写出文章去应征。我照办了，而且从这一刹那起，我就陷于万劫不复的境地。此后，我的一生，我所有的不幸，都是这一刹那的狂妄产生出来的不可避免的后果。

我的情感也以最不可思议的速度激扬起来，提高到跟我的思想一致的地步。我的全部激情都被对真理、对自由、对道德的热爱窒息掉了；而最足惊人的是这种狂热在我的心田里持续达四五年之久，也许在任何别人的心里都不曾那样激烈过。

我写这篇讲演，方式很奇特，后来我在别的著作里，也几乎一直用这种方式。我把我的失眠之夜全用在写讲稿上面。我闭着眼睛在床上想，我的文章段落在脑子里翻来覆去，等到我对这段文章感到满意的时候，我就把它存到脑海里，直到能落笔写到纸上为止。但是我起床和穿衣所费的时间，使我把这一切都忘得一干二净，到拿起笔来写的时候，我拟好了的文

①　法伯利西乌斯，公元前三世纪时的罗马执政官，以道德高尚著称。

章几乎一点也想不起来了。于是我就想出了一个办法，请勒·瓦瑟太太来权当秘书。在这以前，我已经把她和她的女儿、她的丈夫都搬到离我较近的地方来住了；就是她，为了让我节省一个仆人，每天早晨来替我生炉子，做些杂事。她一到，我就在床上把晚上想出的文章口授给她写。这个办法，我曾继续了很久，免掉了我很多的遗忘。

这篇讲演写好后，我拿给狄德罗看，他很满意，并且指出了几个应该修改的地方。然而，这篇作品虽然热情洋溢，气魄雄伟，却完全缺乏逻辑与层次。在出自我的手笔的一切作品之中，要数它最弱于推理，最缺乏匀称与谐和了。不过，不论你生来有多大才能，写作艺术并不是一下子就能学到手的。

我把这篇文章寄出去了，我想除了格里姆以外，没有跟任何别人说过。自从他到弗里森伯爵家以后，我和他来往非常密切。他有一架钢琴，这就做了我们聚会的场所，我把所有的空闲时间都跟他围在钢琴旁边度过了，我们从早到晚，或者毋宁说，从晚到早，无休无止地唱意大利歌曲和威尼斯船夫曲。谁要在杜宾家里找不到我，准能在格里姆家里把我找到，或者至少我是跟他在一起，或在散步，或在听戏。我本来有意大利剧院的长期入场券，但是他不喜欢这个剧院，我也就不去了，花钱跟他一起到法兰西剧院去，这个剧院是他爱得入迷的。最后，有一种如此强烈的吸引力把我跟这个青年人联结起来，使得我跟他难以分离，连那可怜的姨妈我都疏远了。所谓疏远，也就是说跟她相处的时候少了些，因为我对她的依恋心情，这一辈子也没有一时一刻衰减过。

我的空闲时间不多，不能两头兼顾，这就格外加强了我要跟戴莱丝住到一起来的念头；我本来早就有这个念头，只是她家人口众多，特别是没有钱置备家具，这就使我把这计划一直搁了下来。这次出现了可以做一番努力的机会，我就利用上了。弗兰格耶先生和杜宾夫人感到我一年拿八九百法郎不够开支，主动把我的年俸提高到五十个金路易，而且杜宾夫人听说我要自置家具，又帮了我一点忙。我们把戴莱丝原有的一点家具也放到一起，在格勒内尔·圣奥诺雷路的朗格道克旅馆里租了一套小公寓房子，那里的住户都是些正派人。我们尽力之所能把那里布置了一下，安静地、舒适地住了七年，直到我搬到退隐庐为止。

戴莱丝的父亲是个老好人，十分温和，但也十分怕老婆，他给她起了个绰号，叫"刑事犯检察官"。这个绰号，格里姆后来又开着玩笑从母亲头上移到女儿头上了。勒·瓦瑟太太不是缺乏才情，也就是说不是不机灵；她甚至还以有上流社会的礼仪与风度自豪呢。但是她那套诡秘的花言巧语叫我受不了；她教给女儿一些坏招，极力叫她在我面前装假，又分别地奉承我的许多朋友，挑拨他们之间以及他们跟我的关系。不过，她倒是个相当好的母亲，因为这样做于她自己是有好处的，她又为女儿掩盖过失，从中得到利益。这个女人，虽然我对她小心照顾，无微不至，送了她不少小礼物，一心一意只想使她能疼爱我，但由于我感到自己无能为力，她便成为我的小家庭里造成不快的唯一因素了。不过，我还是可以说，我在这六七年之中，尝到了脆弱的人心所能载得起的最完美的家庭幸福。我的戴莱丝的心是一颗天使的心。我们的感情随着我们的亲密而增加，我们一天比一天更觉得彼此是生成的佳偶。如果我们在一起时的乐趣是可以描写出来的话，它们会以其简单朴质而使人发笑的。我们在城外耳鬓厮磨地散步，遇到小酒店时，就阔气地花上十个或八个苏；我们当着那大窗口吃简单的晚餐，面对面地坐在两张小椅子上，椅子就放在与窗口同宽的大木箱上。这时，窗台就是我们的桌子，我们呼吸着新鲜空气，观赏四周景物，看着过往行人，虽然在五层楼上，却能一面吃着，一面恍若置身街道。这种晚餐，只有半磅大面包、几个樱桃、一小块奶饼、四品脱葡萄酒，可谁能描写得出，谁能感觉得到这种晚餐的妙趣呢？友谊啊，信任啊，亲密啊，灵魂的温馨啊！你们所配的作料是多么美妙呀！有时我们不知不觉地在那儿一直待到半夜，如果不是那老妈妈提醒我们，真想不到时间已经那么晚了。但是这些细节还是撇开不谈吧，它们会显得乏味可笑，我一直就是这样说、这样感觉的，真正的享受不是言语所能描写出来的。

差不多与此同时，我还有过一次较粗鄙的享乐，也是我应该引以自责的最后一次那样的享乐。我曾说，克鲁卜飞尔牧师是很可爱的，我和他交往之密，不亚于与格里姆，并且后来处得也同样亲密。他们两个有时也在我家吃饭。这些便餐，虽然太简单一点，却被克鲁卜飞尔的妙趣横生、如癫如狂的玩笑和格里姆的令人忍俊不禁的德语腔调搞得热热闹闹的——格里姆那时还没有成为法语纯正癖者呢。我们的小饮宴不以口腹之乐为主，但是欢情洋溢足以补偿其不足，我们彼此相处甚笃，寸步不能相离。克鲁卜飞尔在他的寓所里包了一个小姑娘，但是她仍然可以接客，因为他无力独自养活她。有一天晚上，我们进咖啡馆，遇到他正从咖啡馆出来，要去那姑娘家进晚餐。我们嘲笑他。他报复得非常雅致，邀我们一起去姑娘家吃饭，转而嘲笑我们。那个小可怜虫似乎天性相当好，十分温柔，还不很惯于她那一行，有个老鸨跟她在一起，极力训练她。闲谈和畅饮使我们乐而忘形。那位好克鲁卜飞尔请客就要请得彻底，不能半途而废：我们三人先后同那可怜的小丫头到隔壁房里去了，弄得她哭笑不得。格里姆一口咬定说他没有碰她，说他所以和她待那么久，是故意叫我们着急，拿我们寻开心的。可是，如果他这次当真没有碰她的话，也颇不像是由于有所顾忌，因为他在搬进弗里森伯爵家之前就是住在这圣罗什区的一些妓女家里的。

我从这个姑娘住的麻雀路出来，羞惭得和圣普乐①从他被人灌醉的那所房子里出来一样，我写他的故事，正是回想到我自己的故事。戴莱丝根据某种征象，特别是根据我那种慌慌张张的神色，就看出我做了什么亏心事，我为了减轻心头负担，马上就一五一十对她明说了。幸亏我这样做了，因为第二天格里姆就得意洋洋地跑来对她述说我的罪过，并且添油加醋。从那时起，他总是一有机会就不怀好意地向她提起这段往事：关于这一点，他是特别不应该的，因为我既然自觉自愿地信任他，我就有权期待他不使我对此后悔。而对我的戴莱丝的心地的忠厚，我也没有比这一次感觉更为深切的了。她嫌恶格里姆的作风甚于抱怨我的薄幸，我只挨了她一些缠绵而动人的责备，并没有发现任何愤恨的痕迹。

这个绝好的女子，心地有多么忠厚，头脑就有多么简单，这就够说明一切了。但是眼前又有一件事，还是值得补写出来。我曾告诉她说克鲁卜飞尔是个牧师兼萨克森－哥特储君的私人牧师。一个牧师，对她说来，是那么独特的一种人物，以至她把最不相干的许多概念非常滑稽地混淆起来，竟把克

---

① 圣普乐，《新爱洛伊丝》中的主人公。

鲁卜飞尔当作教皇了。第一次我回到家来听她说教皇曾来看我，我以为她疯了。我叫她解释给我听，然后，我就赶忙跑去把这个故事告诉格里姆和克鲁卜飞尔。我们从此就把克鲁卜飞尔称之为教皇。我们又把麻雀路的那个姑娘叫作教皇娘娘贞妮。这样一来就笑得没完没了，笑得气都喘不过来。有人硬说我曾在一封信中——这是借我自己的口说——说我平生只笑过两次，这种人是不曾认识那个时代的我，也不认识少年时代的我的，否则，他们是绝不会想出这种话来的。

次年，即一七五〇年，我已经不想我那篇文章了，忽然听说它在第戎得奖了。这个消息又唤醒了我写出那篇文章时的全部观点，并且对这些观点赋予了新的力量，终于使我的父亲、我的祖国，以及普卢塔克在我童年时代灌输到我心中的那种英雄主义与道德观念的原始酵母开始发作起来了。从此我就觉得做一个自由的有道德的人，无视财富与物议而傲然自得，才是最伟大、最美好的。虽然那糟糕的羞怯和对别人嘲笑的畏惧，阻止我立即照这些原则行事，阻止我与当时的信条公开决绝，我却从此下定决心，只等到种种矛盾刺激我的意志，自信确能胜利的时候，便毫不迟疑地付诸实践。

当我正对人类的种种义务进行哲学探讨的时候，有一件事又来促使我对自己的义务更深地予以思考。戴莱丝第三次怀孕了。由于我对自己太真诚，由于我的内心太高傲，决不愿拿我的行动来否定我的原则，我便开始检讨我的孩子们的前途以及我和他们母亲的关系。我根据的是自然、正义和理性的法则，是宗教的法则——这个宗教是和它的创造者一样纯粹、神圣和永恒的，而人们却装模作样，说要纯化它，实际上把它反而玷污了。人们用他们自己的公式，把它化为一种说空话的宗教,因为订立条规而自己却免除实践的义务,自然可以不费吹灰之力就把不可能办到的事都一一规定出来。

我对自己行为的后果固然是估计错了,我在这样做时心灵的宁静却是再惊人不过的。如果我是那种天生的坏人,听不到大自然的亲切呼声,内心里从来没有萌发过任何真正的正义感和人道感,那么,这种硬心肠倒是极其简单自然的。然而,我的心肠是那样热烈,感情是那样锐敏;我是那样易于钟情,一钟情就受到情感的如此强烈的控制,需要舍弃时又感到这么心碎;我对人类生来就这么亲切,又这么热爱伟大、真、美与正义;我这么痛恨任何类型的邪恶,又这么不能记仇、害人,甚至连这样的念头都没有过;我看到一切道德的、豪迈的、可爱的东西又这么心肠发软,受到这么强烈而甘美的感动——所有这一切竟能在同一个灵魂里,跟那种肆意践踏最美好的义务的败坏道德的行为协调起来吗?不能,我感觉到不能,我大声疾呼地说不能,这是绝对办不到的事。让-雅克这一辈子也不曾有一时一刻是一个无情的、无心肠的人,一个失掉天性的父亲。我可能是做错了,却不可能有这样硬的心肠。如果我要陈述理由的话,那就说来话长。既然这些理由曾经能诱惑我,它们也就能诱惑很多别的人,我不愿意让将来可能读到我这本书的青年人再去让自己受到同样错误的蒙蔽。我只想说明一点,那就是我的错误在于当我因为无力抚养我的几个孩子而把他们交出去由国家教育的时候,当我准备让他们成为工人、农民而不让他们变成冒险家和财富追求者的时候,我还以为是做了一个公民和慈父所应做的事,我把我自己看成是柏拉图共和国的一分子了。从那时起,我内心的悔恨曾不止一次地告诉我过去是想错了;但是,我的理智却从没有给予我同样的警告,我还时常感谢上苍保佑了他们,使他们由于这样的处理而免于遭到他们父亲的命运,也免于遭到我万一被迫遗弃他们时便会威胁他们的那种命运。如果我把他们撇给了埃皮奈夫人或卢森堡夫人——她们后来或出于友谊,或出于慷慨,或出于其他动机,都曾表示愿意抚养他们,他们会不会就幸福些呢?至少,会不会被抚养成为正派人呢?我不得而知,但是我可以断定,人家会使他们怨恨他们的父母,也许还会出卖他们的父母:这就万万不如让他们根本不知道自己的父母是谁为好。

因此我的第三个孩子又跟头两个一样,被送到育婴堂去了,后来的两个仍然作了同样的处理:我一共有过五个孩子。这种处理,当时在我看来是太好、太合理、太合法了,而我之所以没有公开地夸耀自己,完全是为着顾全母亲的面子。但是,凡是知道我们俩之间的关系的人,我都告诉了,我告诉过狄德罗,告诉过格里姆,后来我又告诉过埃皮奈夫人,再往后,我还告诉过卢森堡夫人。而我在告诉他们的时候,都是毫不勉强、坦白直率的,并不是出于无奈。我若想瞒过大家也是很容易的,因为古安小姐为人笃实,嘴很紧,我完全信得过她。在我的朋友之中,我唯一因利害关系而告知实情的是蒂埃里医生,我那可怜的"姨妈"有一次难产,他曾来为她诊治。总之,我对我的行为不保守任何秘密,不但因为我从来就不知道有什么事要瞒过我的朋友,也因为实际上我对这件事看不出一点不对的地方。权衡全部利害得失,我觉得我为我的孩子们选择了最好的前途,或者说,我所认为的最好的前途。我过去恨不得,现在还是恨不得自己小时候也受到和他们一样的教养。

当我这样吐露衷肠的时候,勒·瓦瑟太太也在吐露衷肠,但不是抱着同样无私的目的。我曾把她们——她和她的女儿——介绍给杜宾夫人，杜宾夫人看我的情面，爱护她们无微不至。母亲就把女儿的秘密全都告诉杜宾夫人。杜宾夫人是仁慈而慷慨的，而她又没有告诉杜宾夫人我已经如何不顾自己收入微薄而尽力供养她们，所以杜宾夫人又另外予以供应。这种隆情厚谊，女儿受着母亲的指使，在我住巴黎期间一直瞒着我，只是到了退隐庐，在好几次倾谈别的事情之后，她才把实情吐露出来。我那时并不知道杜宾夫人对我们的事了解得这么一清二楚，因为她从来没有向我做过丝毫透露；就是现在，我也还不晓得她的媳妇舍农索夫人是不是也同样知道我们的事，但是她的前房儿媳弗兰格耶夫人是清楚知道的，并且肚子里留不住话。她第二年就跟我谈起了这件事，那时我已经离开她家了，这就迫使我不得不为这个问题给她写了一封信，稿存函札集。我在这封信里所陈述的理由，都是我能说出而不至累及勒·瓦瑟太太和她家庭的那一部分，而最有决定性的理由倒是来自这一方面的，我却没有说。

杜宾夫人的谨慎和舍农索夫人的友谊，我都是信得过的，我同样也信得过弗兰格耶夫人的交情，而且弗兰格耶夫人在我的秘密被哄传出去之前早就去世了。我这个秘密从来只能被我私下告诉过的那些人泄漏出去，而且事实上也只是我跟他们决裂之后才被泄漏出去的。单凭这一事实，人们就可以对他们做出评价：我不想推卸我所应受的谴责，我愿意接受这种谴责，但是不愿接受由于他们的邪恶而发出的谴责。我的罪过是大的，但只是一种错误：我忽视了我的义务，然而害人的念头却不曾钻进我的心头；我对于根本不曾见过的孩子的父爱自然不会强烈。但是，出卖朋友的信任，违背最神圣的许诺,把我们胸中的秘密公开出去,恣意败坏一个受过我们欺骗而在离开我们的时候依然尊重我们的朋友的名誉,这一切就不是过失,而是灵魂的卑污和丑恶了。

我曾许愿写我的忏悔录,而不是写我的辩护书;因此,关于这一点,我就说到这里为止吧。说真话在我,说公道话在读者。我向读者永远不提出任何更多的要求。

舍农索先生的结婚使我觉得他母亲的家庭更加令人愉快了,因为新娘既有德又有才,是个十分可爱的少妇,而在为杜宾先生办理公文函件的人们之中,她对我似乎另眼看待。她是罗什舒阿尔子爵夫人的独生女,而罗什舒阿尔夫人则是弗里森伯爵的挚友,因此通过他也就成了格里姆的挚友。然而,格里姆之所以能进女儿的家门,还是我介绍的。但是他们两人气味不相投,这段结识无什么结果。格里姆从那时起就一心巴结权势了,他宁愿跟母亲做朋友,不愿跟女儿做朋友,因为母亲在上流社会交游甚广,而女儿只要些可靠的、只合她口味的朋友,不搞任何阴谋,也不想攀高结贵。杜宾夫人在舍农索夫人身上看不到她所预期的顺从,便让她独自一人在家里过着寂寞的日子,而舍农索夫人呢,她以品德自豪,或许也以出身自豪,宁愿放弃社交界的乐趣,几乎独自一人守在自己屋里,而不愿受她生来就不习惯的那种管束。这种流放式的生活加强了我对她的感情,因为我的天性使我同情不幸者。我发现她喜爱空想,寻根问底,有时带点儿诡辩色彩。她的谈吐,绝不像是一个刚从女修院办的学校出来的少妇,对于我有着很大的吸引力。然而,她还不到二十岁。她肤色白皙,光泽照人。如果她讲究一点姿态的话,身段会是端庄而秀美的。她的头发金黄带灰,美得非凡,使我想起我那可怜的妈妈青春时期的头发,因而搅得我心绪十分不宁。但是,我给我自己制订的,并且决心不惜任何牺牲予以遵守的那些严格的行为准则,保证了我不打她的主意,不受她的魅力的诱惑。整整一个夏季,我每天跟她面对面坐三四个钟头,一本正经地教她做算术,拿我那些无穷无尽的数目字去讨她的厌烦,没有对她说过一句风流话,也没有向她送过一个秋波。要是再过五六年的话,我就没有那么聪明,或者说,也就没有那么傻气了。但是,我也是命中注定,一辈子只能有一次真正用爱情去恋爱。不是她,而是另外一个人将占有我的心灵的最初的同时也是最后的叹息。

自从我在杜宾夫人家里生活以来,我始终是满足于我的现状的,没有表示出任何要求改善的愿望。她和弗兰格耶先生一同增加我的薪金,完全出于他们的主动。这一年,弗兰格耶先生因为一天比一天对我好,就想让我再宽裕一些,生活再安定一些。他是财务总管,他的出纳员迪杜瓦依耶先生老了,发了财,想退休了。弗兰格耶先生就请我顶这个缺;为了胜任起见,我有几个星期都经常到迪杜瓦依耶先生家去学些必要的知识。但是也许因为我缺乏担任这种职位的才能,也许因为迪杜瓦依耶先生——我看他似乎想另找一个继承人——不尽心教我,把我所需要的知识教得又慢又糟;那一大套故意弄乱了的账目总是不能很好地钻到我的头脑里来。然而,我尽管未能得其精微,还能略知梗概,足够把这一行干得顺顺当当的。我甚至开始履行职务了。我既管登记,又管库存;我收支现款,签收票据;虽然我对这一行既乏才能,又少兴趣,可是年龄的成熟开始叫我老实了,我决计克服我的憎恶,用全副精力来干这一行。不幸当我已开始走上轨道的时候,弗兰格耶先生出去作了一次旅行，在旅行期间，他的金库就由我一人负责了，当时库里的现款其实也不过二万五千到三万法郎。这项信托给我的操劳和精神不安，使我感觉到我绝不是做出纳员的材料，我毫不怀疑我在他公出时感到的那种焦躁不安促成了他回来后我患的那场大病。

我在我这部书的第一部里已经说过，我生下来就是半死不活的。先天性的膀胱畸形使我幼年几乎不断地患尿闭症；我的苏森姑姑负责照护我，她为保全我的生命而受的辛苦，简直令人难以置信。然而，她到底成功了，我的健壮的体质终于占了上风，在少年时期，我的健康完全稳定下来，以至于除了我叙述过的那次虚弱病以及稍微受热就感到小便频频使我常感不便外，我一直到三十岁都差不多没有再发过我那初期的残疾。这残疾的第一次的复发是在我到达威尼斯的时候。旅行的劳累和那阵酷热使我患了便灼和腰痛，直到入冬才好。我接触了帕多瓦姑娘之后，以为没有命了，结果却并不曾有任何不适之处。我对我那徐丽埃妲是萦怀多于身体的戕害的，经过一度疲困之后，身体反倒比以前更好了。只是在狄德罗被捕以后，我在当时那种酷热天气下常跑范塞纳堡，结果受了热，才得了强烈的肾绞痛。打这场病以后，我就一直没有能恢复我初期的健康了。

在我现在谈的这个时期，也许由于为那个该死的金库搞些讨厌的工作，稍微累了一点，我的身体又垮了下来，比以前垮得还要厉害。我在床上躺了五六个星期，惨不堪言。杜宾夫人请名医莫朗来给我诊治，他虽然手术灵敏而又精细，却使我受到难以置信的痛楚，并且始终不能用探条确诊我的病根。他劝我找达朗看，达朗的探条软些，果然插进患处了；但是莫朗向杜宾夫人报告我的病情时,说我至多只能活六个月。这种话,传到我耳朵里来,就促使我对当时的处境好好地作了一番思考:我能活的日子所余不多了,为了我本来只感到憎恶的一个职务而受着拘束,牺牲掉这点余生的宁静和乐趣,该是多么愚蠢呀。而且,我已经抱定的那些严格的生活原则,和一个太不适合于这些原则的职位,怎么能调和起来呢?做一个财务总管的出纳员而来宣扬淡泊和安贫,这能说得过去吗?这些想法随着高烧在我的脑子里酝酿起来,盘根错节,从此再也不能从我脑子里排遣掉;在病后休养时期,我就把我在高烧中所采取的这些决定又冷静地肯定下来。我永远抛弃任何发财和上进的计划。我既决定在独立和贫穷中度过我的余生,我就竭尽我灵魂的全力去挣断时论的枷锁,勇敢地做着我所认为善的一切,毫不顾忌别人的毁誉。我所需要破除的那些障碍以及为战胜障碍而所要做出的那种努力,都是令人难以置信的。我总算尽量做到了,并且超过了我自己原来的期望。如果我也能和摆脱舆论的束缚一样摆脱了友谊的束缚,我一定就把我这个计划实现了——这个计划也许是尘世上人所能设想的最伟大的计划,至少也是最有益于道德的计划;然而,我一面蔑视那庸俗的一群所谓大人物和哲人的荒谬的评说,一面却又听凭我那些所谓朋友们的摆布,让他们把我像小孩子一样牵着走,而这些所谓的朋友们看我独自走在一条新的道路上,便忌妒起来了,他们表面上似乎在努力使我幸福,实际上却努力使我成为笑柄。他们首先极力贬低我,以便最后达到败坏我的名誉的目的。引起他们对我忌妒的,还不是我在文坛上的成名,而是我在这里开始的那种个人生活上的改革:我在写作艺术上出点风头,也许他们还能原谅,但是他们不能原谅我在行为上树立一个似乎使他们寝食不安的榜样。我生来就好交朋友,我的脾气平易而又温和,很容易产生友谊。在我默默无闻的时候,凡是认识我的人一直都爱我,我没有一个仇人;但是,我一旦成名,就一个朋友也没有了。这是个很大的不幸;而尤其不幸的是我身边尽是自称为朋友的人,他们利用这个名义给予他们的权利来把我拖到万劫不复的地步。我这部回忆录的后面部分将揭露这一可憎的阴谋,我在这里只说明这个阴谋的起源;人们不久就会看到这个阴谋怎样结下第一个圈套的。

我想独立生活,就必须有个生活之道。我想出了一个最简便的办法,就是替人抄乐谱,按页数计酬。如果有什么更可靠的工作能达到同样的目的,我也会做的;但是这种技能既适合我的爱好,又唯一能使我不屈从于人而逐日获得面包,我就认定了这个工作。我认为我从此不必再忧虑前途了,我把虚荣心也压下去了,于是我由金融家的出纳员一变而为乐谱抄缮人。我认为这项选择给我带来的好处很多,就毫无后悔之意,将来只有迫不得已时才丢开这一行,但一有可能,我还是要重理旧业的。

我第一篇文章的成功使我所下的这个决心更易于实现了。文章一得奖,狄德罗就负责叫人把它印了出来。我还卧病在床的时候,他就写了短函,报告我文章出版的情况和它所产生的效果。短函里说:"真是直冲九霄;这样的成功还没有前例呢。"这种社会大众的赏识绝不是钻营得来,而且又是对一个无名作者,这就使我对自己的才能有了第一次真正的自信。我对自己的才能,直到那时为止,尽管内心里有所感觉,总还是有些怀疑。我立刻看出,利用这个成功,对于我正准备执行的那个独立生活的计划,将是大有助益的;我想,一个在文坛上有点名声的抄缮人,工作大概是不会缺乏的。

我的决心一旦下定,就写一封短函给弗兰格耶先生,通知他这件事,谢谢他和杜宾夫人的种种盛情,并且要求他们多多帮忙。弗兰格耶一点也不明白我这封信的意思,以为我还在梦呓呢,便赶快跑到我家里来。但是他发现我太坚定了,无法挽回,就跑去告诉杜宾夫人,告诉所有的人,说我疯了。他说他的,我做我的。我从服饰上开始实现我的改革,我摒除了镀金的饰物和白色的袜子,戴上一个圆假发,取下佩剑,把表卖掉,我心里异常高兴地说:"谢天谢地,我以后不需要知道钟点了。"弗兰格耶先生很客气,等了很久没有把他的金库交给别人。最后,他看我已经坚定不移,才把它交给达里巴尔先生了,达里巴尔先生以前是小舍农索的保傅,曾以《巴黎植物志》一书而在植物学界知名。[1]

不管我那蔚为大观的改革是如何严峻,起初我还没有把它推广到我的内衣上来。我的内衣很漂亮,数量又多,是我在威尼斯时的行装的剩余,我对它特别爱好。由于讲究干净,我曾把它变成了一种奢侈品,因而就免不了叫我花掉许多钱。后来有人给我帮了一个大忙,使我摆脱了这种物质欲的束缚。圣诞节的前夕,当我的两位女总督在做晚祷,我也在听圣诗音乐会的时候,有人把阁楼的门撬开了,把里面刚洗过晾着的我们的全部内衣偷个精光,其中有我的四十二件衬衫,都是上等

---

[1] 我并不怀疑,关于这一切经过,弗兰格耶和他那一伙人的说法现在是大不相同了;但是我以他当时的说法为根据,他这样说了很久,并且对大家都这样说,直到搞阴谋的时候为止;他原来的说法,凡是通情达理、有良心的人都应该还记得的。——作者原注

细麻纱的，是我内衣柜里的精华。邻居中有人曾看见一个人从公寓里出去，带了几个大包，据他们描述的模样，戴莱丝和我都怀疑是她的哥哥，他是众所周知的大坏蛋。母亲愤愤地否定这个怀疑，但是不管她怎样说，证实这怀疑的迹象太多了，所以这种怀疑一直存在我们心里。我不敢作严密的调查，因为怕发现的事实超过我所愿意知道的程度。这个哥哥从此不再到我家来了，最后完全失踪了。我怨戴莱丝的命不好，也怨我自己的命不好，竟有这样一个复杂的家庭，于是我比任何时候都更恳切地劝她赶快摆脱这么一个危险的家庭。这件事把我爱漂亮内衣的癖好医好了，从此以后，我只穿很普通的内衣，这就跟我装束的其余部分比较协调了。

这样一来，我的改革算完成了，往后我只想到如何使这种改革巩固起来，持续下去；我极力把别人对我的非议以及在做本身是美好和合理的事情时怕人指责的顾虑抛到脑后。由于我的作品出了名，我的决心也出了名，这给我招来许多主顾；因而我一开始营业就相当成功。然而，有好几个原因使我不能达到在别的情况下可能达到的那么大的成功。首先，我的身体不好，我刚害过的那场病还有些后遗症，一直没能让我恢复到原来那样的健康水平；而且我相信，我所信赖的医生叫我吃的苦，至少也不比疾病本身叫我吃的苦少。我先后找过莫朗、达朗、爱尔维修、马鲁安、蒂埃里，他们都很有学问，都是我的朋友，各以自己的方式给我治病，却并不能减轻我的痛苦，反而大大地削弱了我的体力。我越是遵循他们的教导，我就越黄、越瘦、越衰弱。我的想象力被他们吓坏了，我根据他们的药效来衡量我的病况，使我看到未死之前只有一连串的痛楚，又是尿闭，又是砂淋，又是结石。凡是能给别人减轻病痛的办法,如汤药,沐浴,放血等,都只能加剧我的病痛。我发现只有达朗的探条有点效力,能够暂时减轻一下痛苦,我认为没有它就活不成,就花大钱买了大量探条存着,以备万一达朗去世,我也终身有探条可用。在八九年当中,我经常用这种探条,连同存在手边的一齐计算,我买探条的钱足有五十金路易之多。很显然,这样耗钱、这样痛苦、这样难受的治疗,是不会让我专心致志去工作的,不会让一个垂死的人有很大的劲头去谋求他逐日的面包的。

文学方面的工作又构成了另一种分心,对我日常工作的妨害不下于疾病。我的文章一出版,那些文艺卫道士就不约而同地扑到我身上来了。我一看,那么多的若斯先生①连问题都没有搞懂,就想拿出大师的派头来下断语,我就拿起笔来,狠狠地教训了他们几个,使得没有人敢支持他们。有个什么戈蒂埃先生,南锡人,是第一个倒在我的笔下的。在我写给格里姆先生的一封信中,我把他结结实实地教训了一番。第二个就是斯塔尼斯拉夫王本人②,他却没有肯跟我较量下去。承他那么看得起我,我在答复他时不得不换个笔调,我采取了一种更加庄重的笔调,但同样强硬有力;我一方面不对作者失敬,另一方面却又充分驳斥了他的作品。我知道有个耶稣会教士叫默努神父的,在那篇作品里插过手。我就凭我的判断,辨别出哪些是国王的手笔,哪些是僧侣的手笔;我毫不留情地

---

① 若斯先生,莫里哀喜剧《医生的爱》里的人物,是个珠宝商;朋友的女儿害相思病,他劝朋友买珠宝给女儿消遣,说的话冠冕堂皇,骨子里在为自己打算。

② 斯塔尼斯拉夫·列辛斯基(1677—1766),一七〇四至一七〇九年的波兰国王。此时居住在法国,为路易十五的岳父。

抨击所有耶稣会派的语句,顺便还抓住了一个颠倒时代的错误,这个错误,我深信只有那神父才搞得出来。这篇文章,我不知道为什么没有像我别的文章那样出名,但直到现在为止,在它那一类型中是篇独一无二的作品。我抓住这个送上门的机会,在这篇文章里使公众知道,一个平头百姓也能捍卫真理,乃至和一个君主抗衡。同时也很难选择一种笔调,能比我为答复他而采取的笔调更高傲更恭敬的了。我总算很幸运,遇到这样一个对手,我心里对他充满着钦敬之忱,又能把这钦敬之忱向他表达出来而不失之于谄佞;我成功地做到了这一点,却又始终不失身份。我的朋友们为我惊慌起来,以为我巴士底狱是坐定了。这种畏惧,我连片刻都不曾有过。我完全做对了。那位善良的国王看到我的答复之后说:"我领教了,再也不惹他了。"从那时候起,我就受到他种种不同的钦敬和善意的表示,其中有几次我将来是要提到的;而我那篇文章因此也就在法国和欧洲平平安安地流传,没有谁再从中寻找可指摘之处了。

不多时以后,我又有了另外一个文敌,是我没有料想到的,就是里昂的那位博尔德先生。十年前他曾对我很表好感,帮过我好几次忙。我并没有忘记他,但是由于懒,就把他疏忽了;我没有把我的所有作品送给他,因为没有现成的机会,这就是我的不是了;于是他就攻击我,不过还算客气,我也答复得同样客气。随后他又进一步驳我,这就使我写出了最后一篇答复,他对这篇答复没有再说第二句话,可是他成了我最凶恶的敌人,抓住我倒霉的时候写了些恶毒的谤书来攻击我,而且为了加害于我,还特地跑了一趟伦敦。

这场笔战使我忙得不可开交,浪费了许多抄乐谱的时间,于真理的阐扬既无多大补益,于我的钱囊更没有带来进项,当时我的书商叫比索,他付给我那些小册子的报酬总是很少,常常一点都不给。就拿我第一篇文章为例吧,我就没有得到一文钱:狄德罗是白送给他的。他为我的小册子给我的那点钱也需要等候很久,一个苏一个苏地向他要。这时候,我抄乐谱的工作不行了。我同时干着两个行业:这正是两败俱伤的办法。

这两种行业还在另一方面互相矛盾着,因为它们逼我采取不同的生活方式。我初期作品的成功使我成了时髦人物。我选定的职业又刺激着人们的好奇心,人们总是想认识一下这个怪人:他不求任何人,只想生活得自由自在,乐其所乐,别的什么也不管。这样一来,我的计划全被破坏了。我的房间里总有客人,他们以种种不同的借口来侵占我的时间。女士们要出种种手腕邀我做她们的座上客。我越粗声厉气地对人,人家就越发盯住我。我不能把大家全都拒绝掉呀。要拒绝就得招来无数的仇人,要敷衍就得听人家摆布。不管我怎样应付,一天里没有一个钟头时间是属于我的。

于是我感觉到,想过清贫而独立的生活,并不总是像自己所想象的那么容易。我愿意靠我的手艺生活,公众却不愿意。人们千方百计来弥补他们使我受到的时间损失。不久,我简直要和傀儡戏里的滑稽小丑一样,几个钱看一次了。我真不知道还有什么比这更屈辱人、更残酷无情的奴役生活了。我对此没有别的办法,只有拒绝一切大大小小的馈赠,对谁也不例外。这一切做法反而招来许多送礼的人,他们要有战胜我的拒绝的光荣,不管我愿意不愿意,都要强迫我去领情。如果向他要的话,有的人连一个埃居也不会给我,现在却不断来麻烦我,向我送这样,送那样,一看所有的礼物都被我退回了,为着报复,便骂我的拒绝是傲慢,是摆架子。

　　很显然,我所抱定的决心,我所要遵循的生活方式,是不合勒·瓦瑟太太的口味的。女儿呢,她虽然不计私利,却挡不住听从母亲的指导;于是,就像果弗古尔先生称呼她们的那样,这两位"女总督"拒绝馈赠就不老是像我那么坚决了。虽然她们有许多事情瞒住了我,我还是看出了一些苗头,这足使我判断出我知道的还不是全部,因此我心里难过极了,倒不单是因为怕人家骂我串通作假(这是不难预料的),主要的还是因为我在家里不能当家做主,连自己也不能自主。我请求,我苦劝,我发脾气,都归无效。妈妈说我是个一辈子改不了的唠叨鬼,是个暴性子;她跟我的朋友们谈起来,便老是喊喊喳喳、窃窃私议。在我的小家庭里,对我来说,什么都是个谜,什么都是秘密;为了免得天天跟她们闹风波,家里有什么事,我连打听也不敢打听了。要想摆脱所有这许多纷扰,就得有绝大的坚决意志,而我又办不到。我只会嚷嚷,却没有行动:她们就让我干嚷嚷,她们依然我行我素。

　　这些层出不穷的纠缠,这种天天找上头来的麻烦,终于使我感到待在家里、住在巴黎是索然无味的了。当我的病痛容许我出门的时候,当我不是让熟人拖着东奔西跑的时候,我就一个人出去散步,我想着我那庞大的思想体系,并且利用我经常带在衣袋里的白纸本子和铅笔,把想的东西写出一点来。这就说明,我自己选定的职业所产生的意外烦恼怎样又由于排愁遣闷的需要,把我完全打回到文学这条路上来了;这也就说明,我怎样把驱使我写作的这份恼怒郁闷之气带到了我所有的初期作品里。

另一件事又助长了我这种恼怒郁闷之气。我既没有社交界的派头，又不善于做出这副派头，也不惯于受这种派头的约束，而我偏又不由分说地被拖到社交场中，于是我就想了一个办法，采取一种我所特有的派头，免得我学一般的社交派头。我那种愚蠢而扫兴的羞涩怎么也克服不了。我的羞涩既出于害怕失礼，我就决心去践踏礼俗，使我的胆子壮起来。害羞使我愤世嫉俗；我不懂得礼节，就装作蔑视礼节。这种与我的新的生活原则相符合的粗鲁的态度在我的灵魂里成了一种高尚的东西，化为无所畏惧的德行。而且我敢说，正因为它有这样庄严的基础，所以我这种粗鲁的态度，本来是极端违背本性的一种努力做作，竟能维持得出人意料地好和长久。然而，尽管我的外表和几句妙语使我在社会上享有愤世嫉俗之名，我在私生活中却毫无疑义地老是唱不好这个角色；我的知交和相识把我这只野性难驯的熊牵着鼻子跑，就跟牵一只羔羊一样，而且我的挖苦话也都是一些听起来刺耳却又是普遍的真理，我从来就不会对任何人说出一句得罪他的话。

《乡村卜师》这部歌剧使我更加成为风头人物了。不久，巴黎就没有一个人比我更深受欢迎。这个剧本在我的一生中有着划时代的意义，它的故事是同我当时的交游联系着的。为了使读者了解后来发生的事情，我得详细谈一谈。

我当时认识人相当多，但是只有两个好朋友，他们是狄德罗和格里姆。我有一个愿望，就是要把我所爱的人都聚到一起。我既跟他们两人那么要好，他们俩也必然很快就互相要好了。我使他们俩建立了联系，他们俩彼此相投，便互相交结得比跟我还要密切。狄德罗认识的人数不胜数，但是格里姆，既是外籍，又是新到，需要多认识些人。我但愿能为他多多介绍。我已经给他介绍了狄德罗，又给他介绍了果弗古尔。我又把他引进舍农索夫人家里、埃皮奈夫人家里、霍尔巴赫男爵①家里——我跟霍尔巴赫男爵几乎是不得已才结识上的。所有我的朋友都成了他的朋友，这倒是极其简单的。但是他的朋友从来没有一个成了我的朋友，这个问题就不那么简单了。当他住在弗里森伯爵家里的时候，他常请我们在伯爵家里吃饭，但是我从来没有受到弗里森伯爵的任何友谊和照拂的表示。伯爵的亲戚旭姆堡伯爵跟格里姆非常亲密，但他对我也跟弗里森伯爵对我一样。其余的人，不论男女，凡是格里姆通过两位伯爵的关系结识上的，对我也都是如此。只有雷纳尔神父②，我要把他算作例外，他虽然是格里姆的朋友，却也是我的朋友，并且当我手头拮据的时候曾解囊相助，慷慨非常。不过，我认识雷纳尔神父早在格里姆认识他之前。某次他曾对我有过一个非常体贴又非常殷勤的表示，事情虽然不大，但是我始终不忘，从那时起，我就一直对他深有好感了。

这位雷纳尔神父确实是个热心的朋友。关于这一点，差不多就在我说的这个时期，又有一件事情可以证明：这件事就是跟这位格里姆有关的，当时他正与格里姆过往甚密。格里姆跟菲尔小姐来往了若干时日之后，突然起念要神魂颠倒地爱她，要把卡于萨克顶掉。而那位美人儿又偏要显示坚贞，谢绝了这位新来的追求者。于是这位追求者就把事情看成悲剧，想要殉情。他突然害起谁也没有听说过的一种怪病。他

① 霍尔巴赫男爵(1723—1789)，法国哲学家，唯物论者及无神论者，著有《自然体系》。
② 雷纳尔神父(1713—1796)，著名历史学家及哲学家，著有《欧洲人在两印度的机构及商业的政治哲学史》，极力抨击殖民政策和教会。

在连续不断的昏睡中度过了几天几夜，眼睛睁得大大的，脉搏正常，但是不说话、不吃、不动，有时似乎也听见人家说话，可从来也不搭腔，连个示意动作也没有；而且他既不烦躁，也无痛苦，也不发烧，躺在那儿就像死了一般。雷纳尔神父和我轮班看护他。神父健壮些，身体好些，值夜班，我值白班，从来也不会两个人都不在他跟前；一个不到，另一个就不走。弗里森伯爵慌了，就把塞纳克请来。塞纳克把他仔细检查了一番，说什么事儿也没有，连药方也没有开。我为我的朋友着急，这就使我细心观察医生的神情，我看他出门时还面带笑容呢。然而病人还是一连好几天一动也不动，汤汤水水什么都不进，只吃几个蜜饯樱桃，他咽得倒还顺利，是我一个一个送到他舌头上的。忽然一天早晨，他起床了，穿上衣服，恢复了他往常那样的生活，却从来没有跟我，据我所知，也没有跟雷纳尔神父，也没有跟任何人，再谈起过那次离奇的昏睡病，也没有提到过生病期间我们对他的照顾。

这件事免不了引起人言啧啧；如果一个歌剧女演员的薄情竟能使一个男子绝望而死，那才真是个新鲜的故事呢。这段美妙的痴情使格里姆成了风头人物了；不久，他就被认为是爱情、友情、一切感情的奇迹。这种舆论使他在上流社会里大受欢迎，到处吃香，由此也就使他疏远了我。在他心目中，我这个朋友从来就是勉强充数的。我看他是要完全脱离我了，心里很难过，因为他那么大张旗鼓地表示出来的热烈感情正是我不声不响地对他表示的。我很乐意看到他在社会上取得成功，但是我不愿意他因此而把朋友忘掉。我有一天对他说："格里姆，你把我疏远了，我原谅你。将来当你在那轰轰烈烈的成功所给你的最初的陶醉过了之后，感觉到空虚的时候，我希望你回到我这里来，你随时都能找到我。至于目前，你就别感到不好意思，一切悉听尊便，我等着你。”他说我说得对，就照我的话做了，并且做得那么自在，以至除了跟共同的朋友在一起之外，我就见不到他的人影儿了。

在他跟埃皮奈夫人过往密切之前，我们两个人主要是在霍尔巴赫男爵家里见面。这位男爵是个暴发户的儿子，家有巨产，挥霍得很慷慨，在家里招待些文人才士，而以他自己的学问和知识，也不愧置身于文人才士之林。他很久以来就跟狄德罗交结，而在我成名之前就曾托狄德罗介绍，要和我结识。一种天然的嫌恶之情长期阻止我接受他的盛意，有一天他问我是什么缘故，我对他说：“你太富了。”他依然坚持要和我交朋友，最后还是成功了。我的最大的不幸始终是抵抗不了人家的亲切，而我没有一次屈服于别人的亲切而自己不吃亏的。

另有一个相识，在我一有资格攀附时就成了朋友，他就是杜克洛先生[①]。我第一次见他已经是好几年前的事了，那是在舍弗莱特的埃皮奈夫人家里。他和埃皮奈夫人相处得很好。我们不过同过一次席，他当天就走了，但是饭后我们谈了一会。埃皮奈夫人早就跟他谈到我，并且谈到我的歌剧《风流诗神》。杜克洛自己太多才了，不会不爱有才的人。他对我早就颇有好感，并且邀我去看他。尽管我对他也早已倾慕，再加上这次见面，但是我的羞涩和疏懒一直使我没去看他，我认为单凭他垂青而自己没有一点表现，是没有资格跟他攀交

---

① 杜克洛（1704—1772），法国伦理学家兼文学家，著有《风俗论》及小说多种。参阅本书第349页注①、②。

的。后来我有了初次的成功,他的奖饰之词又传到我的耳中,我受到了鼓励,就去看他,他也来看我。这样我们彼此之间就开始有了交谊,这种交谊使我始终觉得他为人可亲可爱,并且由于这种交谊,我才除了我自己内心所提供的证据之外,知道正直与节操有时是能与文学修养结合在一起的。

还有许多交往,没有那么持久,我在这里就不提了。这些交往都是我初期的成功所带来的结果,等到好奇心一满足,交往也就完结。我本来是个一眼就能看透的人,今天见过我,明天就没有什么新鲜可看了。然而,却有一位夫人这时要和我结识,友情比所有别的女人都维持得长久些:她就是克雷基侯爵夫人,是马耳他大使弗鲁莱大法官先生的侄女,大法官的哥哥就是驻威尼斯大使蒙太居先生的前任,我从威尼斯回来时曾去看过他一次。克雷基夫人写了一封信给我,我就去看她了,她对我很友好。我有时在她家吃饭,在那里认识了好几个文人,其中有梭朗先生,他是《斯巴达克斯》和《巴尔恩维尔特》的作者,此后却成了我的极凶恶的敌人,而我就想不出有什么别的原因,除非是因为他的父亲曾很卑鄙地迫害了一个人,而我恰恰就跟这个人同姓。①

显然,一个抄乐谱的人是应该从早到晚都忙他那一行的,而我打岔的事太多,既不能使我每日的收入增多,又妨碍我专心致志于做好我的工作,所以剩下的一点时间大半都耗费在涂错、刮错或整页整页重抄上面了。这种讨厌的生活使我一天比一天更感到巴黎不能忍受,使我热烈地追求乡村。我有

---

① 指法国抒情诗人让-巴蒂斯特·卢梭。迫害发生在诗人流亡瑞士的时候。但据伏尔泰在所著《路易十四时代》中记载,是诗人曾迫害梭朗。

好几次跑到马尔古西去住几天,勒·瓦瑟太太认识这地方的助理司铎,我们就在他家落脚,安排得使主人也不致感到不便。格里姆有一次也跟我们一起去了。[①] 助理司铎有一副好嗓子,唱得很好;他虽然不懂音乐,但他的那部分唱词学得既快当又准确。我们在那里把时间全耗费在唱我在舍农索写的那些三重唱上面。我又根据格里姆和助理司铎瞎凑出来的一些唱词,写了两三曲新的三重唱。我不禁惋惜我在这毫无杂念的欢乐时刻所写、所唱过的这些三重唱,我把它们和我的全部乐稿都撇在伍顿了,也许达温浦小姐拿去当了卷发纸,但它们却是值得保存的,大部分对位都写得很好。在这些短途旅行中,我很高兴地看到"姨妈"的心情十分愉快,而我自己也玩得兴高采烈;就是在某一次这样的短途旅行之后,我很快、很潦草地写了一首诗赠给助理司铎,人们将在我的文件里看到这首诗。

在离巴黎更近一点的地方,我还有另外一个很合我的口味的落脚点,那就是缪沙尔先生家里。缪沙尔先生是我的同乡,我的亲戚,又是我的朋友,他在帕西置了一所风光明媚的幽居,我在那里曾度过一些十分宁静的时刻。缪沙尔先生原是个珠宝商,很通情达理,做买卖挣得了足够的资财,又把独生女嫁给票据经纪人的儿子、御膳房总管瓦尔玛来特先生以后,就做出一个明智的决定,在晚年摆脱买卖和事务,在生活

① 我在那里跟这位格里姆先生一起上圣旺德里伊喷泉去吃饭的那天早晨,发生了一次很小的、然而很值得记忆的事故。我既然在这里忘记叙述,也就不再提它了,但是我后来重新想起时,得出了这样一个结论:他从那时候起,就在内心深处酝酿着他日后执行得异常成功的那个阴谋了。——作者原注

烦扰与死亡之间安排了一个休息与享受的间歇时期。这位老好的缪沙尔先生真是个实践的哲学家,他在自建的一所惬意的房子里,在亲手经营的一个很漂亮的园子里,无忧无虑地生活着。在挖掘园子的花坛时,他发现了大量贝类化石,以至他那兴奋过度的想象力竟在自然界里只看到贝壳,最后他真以为宇宙都只是贝壳和贝壳的残余,整个地球也只是含贝壳的泥沙了。他老是想着这种东西,想着他那些离奇的发现,便越想越兴奋,这些思想最后在他脑子里简直要形成体系了,也就是说形成疯病了——如果不是死神来把他从他的朋友们手里夺走了的话。他的死,对于他的理智是个大幸事,但对于他的朋友们则是个大不幸,因为朋友们都喜爱他,在他家里小住是最惬意不过的。他死在一种最奇特而痛苦的病上。那是一个瘤,长在胃里,不断地增大,使他吃不了东西,而人们却久久找不出不能吃东西的原因。这个瘤在把他折磨了好几年之后,终于把他饿死了。这个可怜而又可敬的人的最后一段生活,我一想起就不由得不伤心。那时候,看他受苦的那种惨相而直到他最后一息都还不避开他的,只有勒涅普和我两个朋友了。他接待我们还是那么高兴,而他自己却已经病到这样程度:看到他请我们吃的饭食真是眼馋,可自己连呷几滴很淡的茶都几乎不可能,喝了后马上还得吐出来。但是在这种痛苦的时间之前,我在他家跟他交结的许多优秀的朋友在一起度过了多少愉快的时刻啊!在这些朋友之中,第一应推普列伏神父①。他为人极亲切、纯朴,他的心灵使他的作品生气勃

---

① 普列伏神父(1697—1763),法国名小说家,《曼侬·列斯戈》《克利弗兰》的作者。

勃,值得永垂不朽,他的脾气和在社交界中的表现,毫无他给作品涂上的那种忧郁色彩。还有普罗高普医生,他是个惯得美人怜的小伊索①。还有布朗热,他是在死后发表的《东方专制主义》一书的著名作者,而且我相信,他把缪沙尔的思想体系扩展到整个宇宙上去了。在女人中间有伏尔泰的侄女德尼夫人,她那时只是个朴实的女人,还没有假充女才子呢。还有旺洛夫人,她当然不算美,但是妩媚可人,唱得像天使一般。还有就是瓦尔玛来特夫人自己,她也会唱,人虽然很瘦,如果她自己不那么自作多情的话,还是很可爱的。以上差不多就是缪沙尔先生的全部宾朋,这些宾朋使我相当愉快,如果不是缪沙尔先生带着他那份贝壳迷跟我倾谈,我还会更愉快些。我可以说,在他的研究室里工作的六个多月当中,我的乐趣不亚于他本人。

　　他早就认为帕西的矿泉水对我的病体有益,劝我住到他家去服用。我为着避开都市的喧嚣,最后接受了他的意见,到帕西住了八九天。这些日子之有益于我,主要是因为住在乡下,而不是因为服用矿泉水。缪沙尔会拉大提琴,酷爱意大利音乐。有一天晚上,我们在就寝前畅谈意大利音乐,特别是谈我们两人都在意大利看过并且十分喜欢的那种喜歌剧。夜里,我睡不着,就净想着怎样才能让法国人对这种体裁得出一个概念,因为《拉贡德之爱》②根本不是这种歌剧。早晨,我一面散步,服用矿泉水,一面就仓促地作了几句似诗非诗的歌词,配上我作诗时想起的歌曲。在花园的高处有一个圆

①　相传伊索奇丑。普罗高普是驼背,长得又丑,所以被称为"小伊索"。
②　《拉贡德之爱》是德图什所作歌剧,由穆莱配乐。

顶小厅,我就在里面把词和曲都草草写出来了。早茶时,我情不自禁地把这些歌曲拿给缪沙尔和他的管家、十分善良而可爱的迪韦尔努瓦小姐看。我草拟的这三段一个是独白《我失去了我的仆人》,二是卜师的咏叹调《爱情感到不安便增长起来》,三是最后的二重唱《科兰,我保证永远……》等等。我绝没想到这点东西是值得继续写下去的,要是没有他们两人的喝彩和鼓励,我都要把我这点破纸扔到火里,不再去想它了;我写出的很多东西至少跟这一样好,却都被我付之一炬了。但是他们却极力鼓励我,全剧六天工夫就写完了,只欠几行诗。全部谱子也有了初稿,到巴黎只要添点儿宣叙曲和全部中音部就行了;所有这一切,我完成得那么快,只三个星期我的全剧各幕各场都誊清了,达到可以上演的程度。所缺的只是一段幕间歌舞,这是很久以后才写出来的。

由于完成了这部作品,我太兴奋了,渴望能听到它的演奏。我恨不得付出一切代价关起门来看到它依我的意思演出,就和当年吕利①一样——据说他有一次叫人专为他一个人把《阿尔米德》演了一遍。由于我不可能有这样的乐趣而只能与公众同乐,我就必须使我的作品被歌剧院接受。可惜它属于一种全新的体裁,听众的耳朵毫不习惯,而且,《风流诗神》的失败使我预料到,如果我把《乡村卜师》一剧再拿我的名义送去,它还是注定要失败的。杜克洛解决了我的困难,他负责把作品拿去试演,不让人家知道作者是谁。为着不暴

---

① 吕利(1632—1687),名作曲家,原籍意大利,为法国宫廷音乐总监,所写歌剧及乐曲甚多。《阿尔米德》为其歌剧之一。

露我自己,排练时我没有到场;连指导排练的"小小提琴手"①都只在全场欢呼、证明作品绝佳之后,才知道它的作者是谁。凡是听到这部作品的人都十分满意,第二天,在所有的社交场中,人们就不谈别的事了。游乐总管大臣居利先生看过试演后,就要拿这部作品到宫廷去演出。杜克洛知道我的心意,而且认为我的剧本一拿到宫廷,就不能像在巴黎那样由我做主了,所以不肯把剧本交给他。居利恃权强索,杜克洛坚持不肯。两人的争执变得十分剧烈,有一天在歌剧院里,如果不是有人把他们分开的话,他们俩要出去交手了。人家来找我,我就推给杜克洛先生去决定,因此还是得去找他。奥蒙公爵先生出面了。杜克洛最后认为应该向权力让步,就把剧本拿出来,准备在枫丹白露演出。

我最得意的部分,同时也是离老路子最远的部分,就是宣叙曲。我的宣叙曲以崭新的方式决定抑扬,与唱词的吐字相一致。人家不敢保留这种可怕的革新,生怕那些盲从惯了的耳朵听了会起反感。我同意让弗兰格耶和热利约特去另写一套宣叙曲,我自己可不愿插手进去。

一切都准备好了,演出的日期也定了,人们便建议我到枫丹白露去一趟,至少看看最后一次的彩排。我跟菲尔小姐、格里姆,可能还有雷纳尔神父,同乘一辆宫廷的车子去了。彩排还算过得去,比我原先预料的要令人满意些。乐队人数很多,是由歌剧院的乐队和国王的乐队合组而成的。热利约特演科兰,菲尔小姐演科莱特,居维烈演卜师,合唱队就是歌剧院的

---

① 大家就是这样称呼勒贝尔和弗朗科尔的;他们俩从小就一同到人家里演奏小提琴,因而得名。——作者原注

合唱队。我没有说多少话。一切都由热利约特主持，我不愿意把他做过的事再来检查一遍；而且，尽管我的表情严肃，在这一群人中间却羞得简直像个小学生一样。

第二天是正式演出的日子，我到大众咖啡馆去用早餐。那里人很多，大家都谈昨晚的彩排，入场怎样困难。有一个军官说他没费多大事就进去了，把场内情形从头到尾叙述了一通，并把作者描写一番，说他做了些什么，说了些什么。但是使我奇怪的倒是：这段相当长的叙述说得那么肯定、自然，里面却没有一句话是真的。我看得非常清楚，把这次彩排谈得那么头头是道的那位先生，当时根本没有在场，因为他说他看得那么清楚的作者现在就在他眼前，而他却并不认识。在这个滑稽场面里，更离奇的是当时它在我心上所产生的效果。那个人有相当的年岁了，绝无狂妄、骄矜的态度和口吻；他的面貌显得是个有地位的人，他的圣路易勋章也说明他曾经当过军官。尽管他那么不害羞，尽管我心里不愿意，我对他还是很感兴趣；他在那儿大撒其谎，我在这儿面红耳赤，不敢抬头看人，真是如坐针毡；我心里在想，有没有办法认为他是弄错了，而不是存心撒谎呢？最后，我唯恐有人把我认出来，当面给他难堪，就一声不响地赶快喝完我的可可茶，然后低着头打他面前走过，尽早跑了出去，这时在场的许多人还正在就他的叙述高谈阔论着呢。到了街上我发现自己浑身是汗；我断定，如果在我出门之前有人认出了我，喊出我的名字来的话，单凭我在想到那可怜的人的谎言被戳穿时心里那份难过的表情，人家就一定会看出我像个犯了罪的人那样羞惭和局促不安。

我现在正处在平生那种最严重的关头之一，很难只作单纯的叙述，因为叙述本身就几乎不可能不带上一点或褒或贬的色彩。不过,我还是要尝试一下,只说明我是怎样做的,出于什么动机,不加任何褒奖或谴责之词。

那一天,我穿着跟我平常一样的便服,满脸胡须,假发蓬乱。我把这种不合时宜的装束当作一种勇敢的表现,就这样走进国王、王后、王室和整个朝廷都即将来临的那个大厅里去了。我跑去坐在居利先生把我领进的那个包厢里,这是他自己的包厢。这是一个在舞台侧旁的大包厢,面对着一个较高的小包厢,国王和蓬巴杜尔夫人就坐在那里。我四周都是贵妇人,只有我一个男的,我不怀疑人家是有意把我放在那里好让大家都看见。灯一亮,我看到我这样装束,在那么多个个打扮得花团锦簇的人们中间,就开始感到不自在了。我不免自问,我坐的是不是我该坐的地方,我的打扮又是不是恰当;我感到不安,但几分钟之后,我以一种大无畏的精神对自己的问题做出了回答:"是的,不错。"这种大无畏的精神也许来自骑虎难下者多,来自理直气壮者少。我自言自语地说:"我坐的是我该坐的地方,因为我是在看我的剧本演出,我是被邀请来的,我也正是为此而写这个剧本的,而且严格说来,谁也不比我自己更有权享受我的劳动和才能的成果。我穿得和我平时一样,既不更好,也不更坏:如果我又开始在某一件事情上向时俗的见解低头,不久就会事事都要重新受到时俗见解的奴役了。为着永远保持我的本色,我就不应该在任何地方因为按照我选定的职业来打扮自己而想到羞惭:我的外表是朴素的,不修边幅,但也并不腌臢肮脏;胡子本身也并不脏,因为它是大自然赋予我们的,而且按照时代和风尚,胡子有时还是一种装饰呢。人们会认为我可笑无礼!嗨!那又有什么关系?我应该学会经得起笑骂,只要这笑骂不是我应该受到的。"经过这一番自言自语之后,我就勇气百倍了,以至于,如果有必要的话,我能够赴汤蹈火。但是,也许是由于国王在座的关系,也许是出于人心的自然趋向,我在以我为对象的那种好奇心之中,所看到的却只有殷勤和礼貌。我大为感动了,乃至又为我自己,为我的剧本的成败不安起来,生怕辜负这样盛情的期待,因为大家都仿佛一心等着为我喝彩呢。我本来是有思想准备去对付讥嘲的,但是他们这种亲热的态度,我却没有料到,这一下子就把我征服了,以至开始演出时我像小孩子一样直发抖。

不久我就有理由放下心来了。就演员而论,演得并不好,但就音乐来说,唱得好,演奏得也好。第一场真是纯朴动人,从那时起我就听到那些包厢里响起了惊奇叹赏的窃窃私议,在这一类剧本的演出中,还从来没有听到过呢。这种继续增高的激动情绪,很快就感染了全场,用孟德斯鸠的话来说,这就是从效果本身来提高效果。在一对男女农民对话的那一场,这种效果达到了顶点。国王在场是不许鼓掌的,这就使每句台词都听得清清楚楚:剧本和作者都占了便宜。我听到四周有许多美若天仙的女人在喊喊喳喳,彼此在低声说:"真美啊。真好听。没有一个音符不打动你的心。"我把那么多可爱的人全都感动了,这种乐趣使我自己也感动得要流出眼泪来;到第一段二重唱时,我的眼泪真忍不住了,同时我注意到哭的人也并不只是我一个。我有一阵子凝神自思,回想起在特雷托伦先生家里开音乐会的那一幕。① 这种回忆大有奴隶把桂冠捧上凯旋者头上的那种滋味;但是这个回忆转瞬即逝,

① 见本书第 178 页。

我马上就充分地、一心一意地享受着体味自身光荣的那种乐趣了。然而,我深信,在当时,性的冲动远远超过作为作者的虚荣心;毫无疑问,如果在场的都是男人,我就绝不会像当时那样不断地浑身火热,恨不得用我的嘴唇去吸尽我令人流出的那些香甜的泪水。我曾见过一些剧本激起了更热烈的赞赏之情,但是从没见过这样普遍、这样美妙、这样动人的陶醉摄住了整个剧场的观众,特别是在宫廷里,又是首场演出。凡是看到这个场面的人应该都还记得,因为它的效果是空前的。

奥蒙公爵先生当晚打发人通知我,叫我第二天十一点钟左右到离宫去,要我觐见国王。给我送这个口信的是居利先生,他还补充一句说,他认为是要赐给我一份年金,国王要亲自对我宣布。

谁会相信,紧接着这样辉煌的日子后面的那一夜,对我竟是焦灼而又尴尬的一夜呢? 一想到要觐见,我首先想到此后我需要常常往外跑,当晚看戏时,这种需要已经使我吃了不少苦头,明天,我在长廊里或者在国王的房子里,跟所有那些显贵在一起,等候国王陛下走过,这种需要将会使我痛苦难当。这个毛病一直是使我避免社交,阻止我和贵妇们待在屋里的主要原因。我只要一想到这种需要可能使我陷入的窘境,我就急得难忍,忍不住就得闹笑话,而我是宁死也不愿闹笑话的。只有尝过这种滋味的人才能了解到不敢冒此危险的畏惧心情。

然后我又想象到了国王面前,被介绍给国王陛下,陛下惠然停了下来,对我说话。在答话的时候就需要准确、镇定。我这该死的腼腆,连在最不足道的生人面前都会使我手足无措,到了法国国王面前还会饶过我吗? 会使我在恰当的时候讲出恰如其分的话吗？我很想既不放弃我已经习惯的那种严肃的态度和口吻，同时又能表示出我对这样一位伟大的君主所给的荣宠深知感戴，因此我就应该在堂皇而又恰当的颂词中蕴藏一点伟大而有益的真理。要想预先准备好巧妙的回答，就必须猜准他可能对我说些什么话，而且，我深信，就是猜准了，一到他面前，我预先想好的话连一句也是想不起来的。这时候，当着满朝文武的面，万一在我慌乱之中又把我平时那些蠢话露出一句半句，我会成个什么样子呢？这种危险使我惊慌、害怕、颤抖，使我下定决心，无论如何也不让自己出这个丑。

诚然，那笔可以说是到手的年金，我是丢掉了；但是我也就免除了年金会加到我身上的那副枷锁。有了年金，真理完蛋了，自由完蛋了，勇气也完蛋了。从此以后怎么还能谈独立和淡泊呢？一接受这笔年金，我就只得阿谀逢迎，或者噤若寒蝉了；而且谁能保证年金准能发到我手上呢？又有多少交涉要办啊！又得向多少人恳求啊！为保持这笔年金，会比不要这笔年金添多少麻烦，招来多少不快。因此我觉得放弃这笔年金，就是采取一个合乎我的生活原则的决定，要实际，不要面子。我把我的决心告诉了格里姆，他毫不反对。对别的人，我只以健康为理由，当天早上就走了。

我这一走可轰动了，遭到了普遍的谴责。我的理由是不可能被大家都了解的。众口一词，指责我的行动是出于愚蠢的骄傲。这使任何不会这样做的人的忌妒心得到了更好的满足。第二天，热利约特给我写了一个便笺，详细说明了我的剧本的成功，以及国王自己怎样看入了迷。他告诉我说："国王陛下整天用他的王国里最不入调的嗓子，一个劲儿唱'我失去了我的忠仆;我失去了我的全部幸福。'"他还说,不出半个月,《乡村卜师》还要再演一次,这第二次的演出将在全体公众面前证实初场的圆满成功。

两天后,晚上九时左右,我正走进埃皮奈夫人家,准备在那里吃晚餐,忽然在门口看到一辆马车迎面而来。有个人从马车里向我招手,叫我上车。我上去一看,原来是狄德罗。他跟我谈起年金的事,显出十分热衷的样子,我简直没有料到,一个哲学家对这种问题会这样热衷。他并不认为我不愿觐见国王是什么罪过,但认为我对年金那么漠不关心倒是罪不容赦。他对我说,如果单为我自己打算,不关心实利倒也罢了,为勒·瓦瑟太太和她的女儿打算而不关心实利就不应该,我有责任不放弃用任何可能的正当方法为她们谋求生活费用。由于人家究竟不能说我已经拒绝了这笔年金,所以他坚持,既然人家似乎有意要批年金给我,我就该提出请求,并且一定要不惜任何代价把它弄到手。尽管我感谢他的热心,却并不欣赏他那些至理名言,我们在这问题上发生了一场激烈的争吵,这也是我和他的第一次争吵。我们发生过的争吵一直都是这一类的,他硬要我做他认为我应该做的事,而我就偏不肯做,因为我认为不应该做。

我们分手时,时间很晚了。我要领他上埃皮奈夫人家去吃晚饭,他硬不肯。我本想把我所喜爱的人都联合起来;出于这个愿望我在不同的时机做出了很大努力,要他去看她,甚至把她带到他的门口,而他却给我们吃了闭门羹,总是不肯见她,而且他谈起她的时候总是用鄙夷的语气。只是在我跟她,后来又跟他闹翻了之后,他们两人才有了交情,他才开始在说起她的时候带着钦敬的心情。

从那时候起,狄德罗和格里姆就仿佛努力要离间我那两位"女总督"和我的关系了,他们暗示她们说,她们之所以不能更宽裕点,全是怪我不好,说她们跟着我是永远不会有什么好日子的。他们没法叫她们离开我,答应凭埃皮奈夫人的情面,给她们找个食盐分销站、烟草公卖店之类的工作。他们还想把杜克洛和霍尔巴赫拖进他们的同盟,但是杜克洛一直拒绝跟他们走。这整套把戏,我当时已经感到了一点,但是我只是在很久以后才弄清楚。我时常抱怨我的朋友们这种盲目而多事的热忱,像我这样病魔缠身,他们还要想方设法把我投进最伶仃孤苦的境地;他们自以为是要竭力使我幸福,而事实上他们所使用的方法只能给我带来不幸。

　　一七五三年的狂欢节,《乡村卜师》在巴黎演出了。在这以前,我抽空写了前奏曲和幕间歌舞。这个幕间歌舞,像印刷出的那样,应该从头到尾都是表演的动作,而且是用一个题材贯串下去,以便提供一些有趣的场景。但是,当我把这个意见向歌剧院提出的时候,人家连听都不肯听,因此,只好照常例杂缀一些歌唱和舞蹈:这样一来,这个穿插尽管充满了许多美妙的意趣,不使正剧减色,但只取得了平平常常的成功。我把热利约特的宣叙曲取消了,恢复了我原来的那首,也就是现在印出的那首。这段宣叙曲,我承认是稍微法国化了一点,也就是说,被演员们拖得冗长了一点,然而它不但没有使听众感到刺耳,而且取得的成功绝不在咏叹调之下,听众甚至觉得至少写得和咏叹调一样好。我把我的剧本题献给杜克洛,因为他是它的保护人。我并且声明,这将是我惟一的题献。但是我后来又征得他同意,作了第二次题献,不过,他应该认为他有了这个例外,比没有这个例外还要光荣。

关于这个剧本,我有很多有趣的轶事可说,不过我还有更重要的事要谈,没有空闲时间在这里多讲了。也许有一天我在补编里还要谈到这些轶事。然而,尽管如此,有一则轶事我却不能不提一下,它与整个下文都可能有些关系。我有一天在霍尔巴赫男爵的书房里参观他的乐谱。当我浏览了各种各样的乐谱以后,他指着一部钢琴曲的集子对我说:"这是人家特别为我写的,都别有风味,也适合于歌唱。除了我之外,谁也不知道,将来也永远不会看到。你应该选一首用在你的幕间歌舞里去。"我脑子里的歌曲和合奏曲的题材比我所能用的要多得多,我当然很不在意他那些曲子。然而他再三敦促,我碍于情面,就选了一段牧歌,把它压缩了,改成三重唱,作科莱特的女伴们上场时之用。几个月后,当《乡村卜师》还上演的时候,我有一天到格里姆家,发现许多人围在他的钢琴旁边。格里姆一见我到,便立刻从他的钢琴那儿站起来。我无意识地对他的谱架看了一眼,发现正是霍尔巴赫男爵那个乐曲集,打开的正是他敦促我采用,并保证永远不会离开他手的那支曲子。不久以后,有一天埃皮奈先生家里正举行演奏会,我又看到那同一本乐曲集摊开在他的钢琴上。格里姆也好,任何别人也好,从来都没有谈到过这支曲子;如果不是若干时日以后有谣言散布出来,说我不是《乡村卜师》的作者,我也不会在这里提起这件事情的。因为我从来不是什么了不起的音乐家,我深信,要不是我那部《音乐辞典》,人们最后会说我根本不懂音乐。①

①　我当时没有料到,虽然我编过《音乐辞典》,人们最后还要这样说。——作者原注

在演出《乡村卜师》以前的若干时候,巴黎来了一些意大利演滑稽剧的演员,人家让他们在歌剧院舞台上演唱,没有预料到他们会产生什么影响。虽然他们很拙劣,而乐队当时也很糟糕,把他们演的剧本糟蹋得不成样子,然而他们的演出还是使法国的歌剧大为逊色,一直到现在还没能恢复过来。法国和意大利的两种音乐,在同一天,同一个舞台上演奏,这就把法国人的耳朵打开了:在听了意大利音乐那活泼而强烈的曲调之后,没有一个人的耳朵再能忍受他们本国音乐的那种拖拉劲儿了;那些滑稽剧演员一演完,听众就走光了。人们迫不得已,只好改变次序,让滑稽演员最后演出。那时正演《厄格勒》《皮格马利翁》《天仙》,但都站不住脚。只有《乡村卜师》还能比一比,即使在《la Serva padrona》(《女仆情妇》)①演出之后还有人听。当我写我那个短剧的时候,我脑子里是充满了那一类曲子的,而我也是从这一类曲子当中得到了启发。但是我万万想不到有人会把我们的短剧跟那一类曲子一个一个地核对。如果我是个剽窃手的话,那我该有多少剽窃行为被揭露出来,人家又该要费多少心机去揭露这些剽窃行为啊!然而,并无其事:他们费尽心机也没有在我的音乐里找到任何别种音乐的最微小的痕迹。我的全部歌曲,跟所谓原本比起来,都是崭新的,正如我所创造的音乐的性质是崭新的一样。谁要是让蒙东维尔②或拉摩也来经受一下这样的考验的话,恐怕他们要被弄得粉身碎骨的。

那些滑稽剧演员为意大利音乐赢得了一批十分热烈的拥

① 意大利滑稽歌剧,奈利词,拜尔高来斯曲,作于一七三三年。这部歌剧在法国演出后,引起了有名的拥护和反对意大利派音乐之争。

② 蒙东维尔(1711—1772),法国作曲家兼小提琴家。

护者。整个巴黎分成两派,比争论国家大事或宗教问题都要激烈。一派权力大些,人数多些,都是些王公大人、富豪和贵妇人,他们支持法国音乐;另一派更自信,更激烈,都是些真正的内行,一些有才华、有天才的人。这一支人马在歌剧院里聚集在王后的包厢底下。另一派则充斥整个池座和正厅,但中心是在国王的包厢底下。当时那些著名的派系名称,什么"国王之角"和"王后之角",就是从这里出来的。争论越来越热烈,就产生了许多小册子。①"国王之角"想开玩笑,却遭到《小先知者》一文的嘲讽;他们想说理,又被《论法国音乐的信》打垮了。这两篇小文章,前一篇是格里姆写的,后一篇是我写的,是这场论争后唯一存留下来的两部作品;其余的都已经烟消云散了。

但是,《小先知者》——人们很久都认为是我写的,尽管我予以否认——被当作游戏文章看待,没有使作者受到任何委屈;而《论法国音乐的信》却引得人家认真起来了,法国人一致起来反对我,认为法国音乐受了侮辱。这个小册子所产生的令人难以置信的后果,是值得用塔西陀②的史笔去描写的。那时正是议院和教会大闹纠纷的时候。议院刚被解散,群情激愤达到了顶点:武装起义大有一触即发之势。小册子一出来,登时一切争论都给忘记了,大家都只想到法国音乐的危机,所谓起义,矛头就是对着我的。这场围攻的声势是如此之大,全国到现在都还没有完全忘怀。当时在宫廷里,问题只是在把我关进巴士底狱呢还是把我放逐出去。如果不是佛瓦

① 有六十余种。——作者原注
② 塔西陀(约55—约120),罗马大历史学家,著有编年史、断代史甚多,史笔谨严而遒劲。

耶先生①指出这样小题大做实在可笑的话,御旨都要发下来了。日后人们听说我这个小册子也许曾在全国范围内阻止了一场革命,一定以为是痴人说梦。然而,这却是千真万确的事实,全巴黎现在都还能证明,因为这件离奇的轶事距今才不过十五年多一点。

我的自由虽然没有受到妨害,可是侮辱却没有少受,甚至生命都遭到威胁。歌剧院的乐队堂而皇之地策划要在我走出剧院的时候把我暗杀掉。有人把这事告诉了我,我到歌剧院去得反而更勤些,只是很久以后我才知道,对我有厚谊的火枪手队军官安斯莱先生每逢我散戏出门时瞒着我派人保镖,这样才使那阴谋未能得逞。歌剧院那时刚改归市当局管辖,巴黎市长的第一项德政就是取消我的入场券,并且做得极其无耻,竟在我入场时公开拒绝我,以致我不得不买一张池座票,免得那天遭到碰壁回头的难堪。这种不公平的处理特别令人愤慨,因为我把我的剧本让予他们的时候,唯一的代价就是永久免费入场的权利。虽然这种免费入场是一切作者应有的权利,而且我还有双重资格取得这种权利,但是我还是当着杜克洛先生的面正式提了出来。诚然,没有等我提出要求,歌剧院出纳员就送给我五十个金路易作为酬金,可是,不但这五十个金路易抵不上我照章应得的款数,而且这笔款子与入场权毫无关系,因为这个入场权是正式规定的,同酬金毫不相干。他们这种做法可谓集罪恶与粗暴之大成,以致社会公众尽管当时对我的敌意正达高潮,仍然为之震惊;昨天辱骂我的人,今

---

① 即下文的达让森,当时为军事大臣;他是伏尔泰的朋友和狄德罗、达朗贝等"百科全书派"哲学家的保护人。

天竟在正厅里大叫大嚷，说这样剥夺一个作家的入场权，实在可耻，说这个作家完全有权享受这种权利，甚至还可以要求双份权利。意大利的谚语说得不错，Ogn'un ama la giustizia in casa d'altrui(人人都在别人的事情上才主持公道)。

在这种情况下，我只有一个办法。既然对方取消了原来约定的代价，我就索回我的作品。我为此写信给达让森先生，他那时正主管歌剧院那一部门，我在信里附了一份备忘录，列举的理由是不容置辩的，但是始终不得答复，也无效果，那封信也是一样。这个不公正的人的沉默，我一直不能忘怀，我对他的品质和才能始终是不大佩服的，这次的沉默更不能增加我对他的钦佩。就这样，他们把我的剧本扣留在歌剧院而把我让予的代价强行剥夺了。弱者对强者如此，就叫作盗窃；强者对弱者如此，不过是把他人的财产据为己有而已。

至于这部作品的经济收益，虽然我只收到它在别人手里可能产生的四分之一，数目仍然相当可观，够我生活几年，并且补充我抄缮工作的不足，因为抄缮工作一直是进行得不够好的。我得到了国王的一百个金路易，又从美景宫①的演出得到了蓬巴杜尔夫人的五十个金路易——在这次演出中，蓬巴杜尔夫人亲自饰科兰一角，——再加上歌剧院的五十个金路易和比索刻印剧本的五百法郎。这个短剧，一共只费了我五六个星期的工夫，尽管我运气不好，做事又笨拙，还是使我挣到了差不多和后来《爱弥儿》使我挣得的同样多的钱，而《爱弥儿》却费了我二十年的思考，三年的劳动。不过我为这

---

① 美景宫，一七四八年国王为宠妃蓬巴杜尔夫人特建的一座离宫，在巴黎近郊。

剧本给我造成的宽裕的经济条件也付出了相当的代价,因为它给我招来了无穷的烦恼:它是许多在很久以后才爆发出来的暗中忌妒的根苗。自从这个剧本取得成功以后,我再也看不到格里姆、狄德罗以及差不多所有我认识的文人从前的那种恳挚坦率,那种一见我就表现出来的兴高采烈了。我在男爵家一露面,大家就停止了一般的交谈。人们分成一小群、一小堆的,彼此窃窃私语,我一人待在那里不知跟谁说话才好。这种令人难堪的摈弃,我长久以来都豁达对之;由于霍尔巴赫夫人和蔼可亲,始终很好地接待我,只要她丈夫的那种粗鲁的态度还能忍受得了,我就忍着。但是有一天,他竟毫无道理、毫无借口、粗暴万分地攻击我。当时狄德罗和马尔让西都在场,狄德罗一声也没有吭,马尔让西后来时常对我说,他真佩服我当时回答的那种温和态度和克制功夫。霍尔巴赫的这种失态等于下逐客令,我终于走出了他的家门,决心不再回去了。虽然如此,我每谈到他和他那一家人,总还是怀着尊敬的态度,而他一谈起我来,却用一些侮辱性的、鄙视的字眼,开口闭口都是"那个小学究",不用任何别的称呼,然而,他又说不出我对他或对他所关心的任何人有过任何对不起的地方。就这样,他终于证实了我当初的那些预言和担心。就我而言,我相信我上述的那些朋友是会原谅我写书的,并且会原谅我写出极好的书,因为这种光荣并非他们所不能有的,但是他们不能原谅我写出了一出歌剧,更不能原谅我这出歌剧获得了辉煌的成功,因为他们中间没有一个人能走上这样的道路,更不能指望这样的光荣。只有一个杜克洛超脱于这种妒忌之上,他甚至对我更加友爱,并且把我引进季诺小姐家里,在那儿,正跟霍尔巴赫先生家里相反,我受到了尊重、优礼和爱戴。

正当歌剧院演《乡村卜师》的时候，法兰西喜剧院也在谈它的作者，不过结果稍差一点。由于七八年来我都没有能使我的《纳尔西斯》在意大利剧院演出，我也就讨厌这个剧院了，觉得那些演员用法语演剧并不高明，我很想把我的剧本拿给法国演员演，而不再给他们演。我把我这个愿望对演员拉努说了，我跟拉努本来就认识，并且，大家都知道，他是个出色的人物，又是个作家。《纳尔西斯》很合他的意，他负责使它作为无名氏的作品演出，并在事先就送了我一些入场券，这使我很高兴，因为我一直是喜欢法兰西剧院超过那另外两个剧院的。剧本被鼓掌通过了，并且不宣布作者姓名就演出了，但是我有理由相信，演员们和很多其他的人并不是不知道作者是谁。古桑和格兰瓦尔两位小姐饰多情女郎的角色；虽然，据我看，全剧的精神没有被掌握，但也不能因此就说绝对演得不好。不过，我对观众的宽厚是很惊讶的，并且也很感动，他们竟有耐性安安静静地从头听到尾，甚至还容许它第二次演出，没有丝毫不耐烦的表现。在我这方面，初演时就感到那么厌烦，以致无法坚持到底。我一出剧院就钻进普罗高普咖啡馆①，在那里遇到波瓦西和其他几个人，他们大概也是和我一样，厌烦得坐不下去了。我在那里公开地表示了我真诚的认错，谦卑地、或者说自豪地承认了我是那个剧本的作者，并且说出了大家心里想说的话。写了一个垮了台的坏剧本而且还公开承认自己是作者，这一行径博得了大家的赞赏，而我也并不觉得怎样难堪。我这种坦白承认的勇气还使自己的自尊心

① 这个咖啡馆是当时文艺界聚会的场所，店主即普罗高普，是前文"小伊索"的父亲。

得到了某种补偿。我现在仍然相信，在这种情况下，直说出来的骄傲，实在多于不说出来的无谓的羞惭。这个剧本，演出虽然是冷冰冰的，但能够读得下去，所以我把它印出来了。前面的那篇序是我的佳作之一，我在这篇序里，开始阐述我的许多原理，比我直到那时为止所曾阐述的要多一些。

不久我就有机会在一个更为重要的作品里把这些原理彻底地发挥出来了。我记得，就是在这个一七五三年，第戎学院发表了以《人类不平等的起源》为题的征文章程。这个大题目使我产生了强烈的印象，很惊讶这个学院居然敢把这样一个问题提出来。但是，它既然有这样的勇气提，我也就有这样勇气写，于是我就动手写了。

为着自由自在地思考这个重大的题目，我到圣日耳曼①去作了一次为期七八天的旅行，同行的有戴莱丝和我们的女主人（她是个正派女人）以及她的一个女友。我把这次旅行看成是平生最惬意的旅行之一。天气十分晴明，这两位善良的女人负责照顾一切，掌管开销；戴莱丝和她们一起玩；我呢，不需要操一点心，到吃饭的时候就跟她们无拘无束地寻点乐趣。

每天其余的时间，我就钻到树林深处，在那里寻找并且找到了原始时代的景象，我勇敢地描写了原始时代的历史。我扫尽人们所说的种种谎言，放胆把他们的自然本性赤裸裸地揭露出来，把时代的推移和歪曲人的本性的诸事物的进展都原原本本地叙述出来；然后，我拿人为的人和自然的人对比，向他们指出，人的苦难的真正根源就在于人的所谓进化。我

---

① 凡尔赛附近的一个风景区，有幽美的林泉和华丽的宫室。

的灵魂被这些崇高的沉思默想激扬起来了，直升腾至神明的境界；从那里我看到我的同类正盲目地循着他们充满成见、谬误、不幸和罪恶的路途前进，我以他们不能听到的微弱声音对他们疾呼："你们这些愚顽者啊，你们总是怪自然不好，要知道，你们的一切痛苦都是来自你们自身的呀！"

《论不平等》就是这些默想的结果。这部作品比我所有其他的作品都更合狄德罗的口味，并且他为这部作品所提的意见对于我也最为有益，①但是这部作品在全欧洲却只有很少的读者能读懂，而在能读懂的读者之中又没有一个愿意谈论它。它是为着应征而写的；我就把它寄出去了，但是心里预先就已经料定它不会得奖，因为我深知各学院之设置奖金绝不是为着征求这种货色的。

这次旅行和这次写作对我的气质和健康都有好处。我因苦于尿闭症而完全听任医生摆布已经有好几年了，他们没有减轻我的痛楚，反而耗尽了我的精力，毁坏了我的体质。从圣日耳曼回来后，我的体质增强了一些，自己感到好多了。我就按照这种办法去做，决心不管是痊愈还是死亡，反正不找医生

① 在我写这话的时候，我还一点也没有怀疑到狄德罗和格里姆的那个大阴谋呢；否则我就一定会很容易地看出狄德罗是如何滥用我对他的信任，使我的作品具有这种严峻的笔调和阴森的风貌；当他不再指导我的时候，我的作品就没有这种笔调和风貌了。关于哲学家为了听不见不幸者的呼声捂着耳朵发空论的那段文章，是照他的风格写的；他还给我提供了许多更厉害的片段，我都没有能下决心去采用。但是，我当时认为这种阴森气质与范塞纳监狱的城堡给他造成的那种阴森气质有关，这种气质在他塑造的克莱瓦尔里还可以看出相当重的分量，所以我那时绝对想不到他在帮助之中会怀有丝毫恶意。——作者原注
克莱瓦尔应为克莱维尔，《私生子》里的人物，是另一人物多尔瓦的朋友。所谓阴森的气质，应指多尔瓦，卢梭一时误引。

不吃药,永远跟医药绝缘。这样,我就开始过一天算一天:如果不能出门,就安安静静地待着,一有气力走动,就走动一下。在巴黎,跟那些自命不凡的人们在一起,这种生活太不合我的口味了。文人的钩心斗角,他们那些可耻的争吵,写的书那么缺少真诚,在社交界中又是那么一副专断的神气,凡此种种,对我来说,都是太可憎、太格格不入了。就是在跟我的朋友们的交往中,我也太难发现笃实敦厚的气氛、开诚布公的精神、率真的态度。所以,我恨透了这种喧嚣的生活,开始热切地盼望能到乡间居住;即使我的职业不容许我长期乡居,我至少要把我所有的一点空闲时间在乡间度过。有好几个月,我吃过午饭的第一件事,就是独自一人跑到布洛尼森林去散步,思考一些作品的题材,直到夜里才回家。

当时我和果弗古尔来往极其密切,他为了职务关系,不得不到日内瓦去跑一趟,劝我和他同行。我同意了。我的身体不够好,少不了女总督的照顾,因而决定她也同往,让她母亲看家。一切都安排停当,我们三人就在一七五四年六月一日一同启程了。

我应该记下这次旅行,因为这是我活了四十二岁第一次经历的一件事,它震撼了我那与生俱来一直毫无保留地对人的充分信任的本性。我们包了一辆马车,不换马,每天只走很短一段路程。我时常下车步行。我们刚走了一半路程,戴莱丝就表示她极其厌恶独自跟果弗古尔留在车里。每当我不顾她的恳求,还是要下车的时候,她也就下车步行。我把她这样任性的脾气骂了很久,甚至于坚决反对她下车,直到最后,她迫不得已就把原因对我说明了。当我听说我这位年已六十有余,老态龙钟,有脚气病,又因追欢寻乐而斫丧了身体的朋友果弗古尔先生，竟然从我们出发的时候起就想败坏一个既已不算貌美，也已不算年轻，而且还是属于他的朋友的女人，简直以为自己是在做梦，好像是从云端掉下来一样。而他这种行为，用的手段又极其卑鄙，极其无耻，甚至于要把自己的钱包送给她，还拿了一本淫书给她读，拿他随身带着的那些淫画给她看，企图借此挑动她。戴莱丝气愤极了，有一次竟把他那本丑书从车窗里扔了出去；我还听说，启程的第一天，一阵剧烈的偏头痛使我没有吃晚饭就去睡了，他就利用这两人相对的一段时间去勾引她，动手动脚，简直像个色情狂，像只骚公羊，绝不像个受我信赖而又托以妻子的正人君子。多么惊人啊！这对我又是一件多么未曾料到的伤心事啊！到那时为止，我一直以为友谊是与构成友谊的魅力的全部可爱而高贵的情感分不开的，现在我却生平第一次感到，我不能不把友谊和轻蔑结合起来了，不能不把我的信赖和尊敬，从我所爱的并且还以为被爱的一个人身上收回来了！那个老无赖还在我面前瞒着他那卑鄙龌龊的行为呢。为了不叫戴莱丝为难，我也不得不在他面前瞒着我对他的鄙视，把他一定不会知道的那些反感放在我的心灵深处隐藏起来。你，友谊的甜美而神圣的幻象啊！果弗古尔第一个把你的纱幕在我的眼前揭开了。从那时起又有多少残酷无情的手阻止这个纱幕重新阁上啊！

到了里昂，我就跟果弗古尔分了手，另走萨瓦那条路，因为我不忍心再从离妈妈那么近的地方走过而不去看看她。我看到她了……她的境况多么惨啊，天哪！这是怎样的堕落！她初期的那种美德怎么就荡然无存了？她是当年彭维尔神父叫我去找的那位美貌动人的华伦夫人吗？我的心多么难过啊！我看她没有什么别的办法了，只有迁地为宜。我早已在我的信里再三敦促她来跟我安安静静地一同生活，我愿意和戴莱丝尽毕生之力使她能享点幸福，这次我又热烈地重复这种请求，但是终归无效。她死钉住她的年金，不听我的话，而她那份年金，虽然照付不误，她自己却长久以来花不到一文钱了。我还是把我的钱分了一小部分给她，如果我不是绝对深知我分给她的钱她一文也享受不到的话，我本应该而且也一定会多分一点给她的。在我居住日内瓦时期，她到沙伯莱作了一次旅行，并且到格兰日运河来看我。她没有钱完成她的旅程，当时我身上又没有那么多钱，一小时后我叫戴莱丝拿去送给她。可怜的妈妈啊！让我把她这一次心地善良的表现再大书一笔吧。她剩下的最后一件首饰就只有一个小戒指了，她把它从自己的手指上脱下来戴到戴莱丝的手指上，戴莱丝立即就又把它脱下来，再套上她的手指，同时洒着热泪亲吻着那只高贵的手。啊！这时正是我偿债的适当时刻啊！我应该抛弃一切而跟她走，相依为命，直到她最后一息，同甘共苦，不问她遭遇如何。我却没有这样做。由于我被另一份感情分了心，我感到我对她的感情也淡薄了，不能指望我的感情对她能有点好处。我为她嗟叹，却没有跟她走。在我生平所感到的一切内疚之中，这个内疚是最强烈、最抱恨终身的。为此，我就理该受到从那时起不断降到我头上来的那些严厉的惩罚：愿这些惩罚能把我的忘恩负义之罪全部抵偿掉吧！这种忘恩负义是表现在我的行为上的，但是它却如此深地刺伤了我的心，足见我这颗心从来也不是一个忘恩负义者的心。

在离开巴黎以前，我已经把《论不平等》那篇文章的献词草拟好了。我把这篇献词在尚贝里写完，就注明某年月日写于尚贝里，因为我想，为着避免一切挑剔，还是宁可不注明写于法兰西或写于日内瓦为好。一到日内瓦，我就沉浸于驱使我回到日内瓦的那种共和主义的激情之中。这种激情又因我在那里所受到的欢迎而更加高涨。我受到各界人士的盛情招待和爱护，满腔沸腾着爱国热忱；但因为我在祖先所奉的宗教之外另奉了一种宗教，从而被剥夺了公民权，所以我又很感到羞惭。于是我决心公开地重奉我祖先的宗教。我想一切基督徒用的都是同样的福音书，而教条内容之所以不同又只是由于各人对自己所不能理解的部分强加解释，那么，在每一个国家里，只有统治者有权确定教义和这不可理解的教条，因此，公民的义务就是承认这个教条，遵从法律所规定的教义。我和百科全书派的人们往来，远没有动摇我的信仰，反而使我的信仰由于我对论争与派系的天然憎恶而更加坚定了。我对人与宇宙的研究，到处都给我指出那主宰着人与宇宙的终极原因与智慧。几年以来，我致力于研读《圣经》，特别是福音书，早就使我鄙视最不配了解耶稣基督的人们所给予耶稣基督的那些卑劣而愚昧的解释。总之，哲学使我追求宗教的精髓，也就使我摆脱了人们用以壅塞宗教的那一堆垃圾般的毫不足道的公式。我既认为对于一个有理性的人来说，没有两种做基督徒的方式，也就认为，凡是与形式和纪律有关的一切，在每一个国度里都属于法律的范围。由于这个原理——这么合情合理的、这么富有社会性的、这么和平的，却又曾给我招来那么残酷迫害的原理——当然要得出这样的结论：我既要做公民，我就应该做新教徒，重新回到我国既定的教义。我决定这样做了；我只希望不一定要到教务会议席前去受讯问。然而圣教法令对这一点却是有明文规定的，不过人们居然愿意为我通融办理。他们指定了一个五六人组成的委员会来个别地听我发表改宗声明。不幸得很，佩尔得利奥牧师——他对人亲切而又和蔼，我跟他很有交情——竟然想起对我说，大家以能听到我在这个小集会中致词为快。这种期待叫我害怕极了，以致我用了三个星期的工夫，日日夜夜研究一篇准备好的短小的演说词，但到要宣读的时候，慌得连一个字也说不出来了。在这个会议席上，我竟做了最愚蠢的小学生，审查委员们替我说话，我呆呆地回答着"是"或"不是"。然后，我就被纳入教团，公民权恢复了。我以公民的身份载入保安税册，这种保安税只有公民兼市民才缴纳的，我还参加了国民议会的一次非常全体会议，从执行委员缪沙尔那里接受誓言。对国民议会和教务会议这次对我表示的那种种感情，以及全体官员、牧师和公民的那种种恳挚而客气的态度，我心中非常感激，所以我一面受到那位不离左右的好朋友德吕克的催促，另一面又特别受到我自己内心倾向的驱使，就一心只想回到巴黎去把家庭拆散，把我那些琐事处理一下，把勒·瓦瑟太太和她的丈夫安置好，或者供给他们些赡养费，然后再带着戴莱丝回到日内瓦来，安度余生。

　　这样一决定，我就把正事都暂时停了下来，以便跟我的朋友们一直玩到启程的时候。在所有这些游乐当中，最使我开心的是我和德吕克老头、他的儿媳、他的两个儿子以及我的戴莱丝一同乘船作的那次环湖游览。我们用七天时间作了这一次环游，天气是再好也不过的。我对湖那一边引起我惊叹的许多风景都留下了强烈的印象，几年之后，我就在《新爱洛伊丝》里把这些景色描写了下来。

　　我在日内瓦结识的主要知交，除我已经说过的德吕克一家之外,有青年牧师凡尔纳——我在巴黎就已经认识他了,当时对他的估价比他后来的表现要高些;有佩尔得利奥先生——当时是乡村牧师,今天是文学教授,和他交游使人如乘春风,这是使我永远怀念的,虽然他后来认为与我绝交就显得是个漂亮角色;有雅拉贝尔先生——当时是物理学教授,后来当国民议会议员兼执行委员,我曾把我的《论不平等》的文章读给他听,不过没有读献词,他似乎非常叹赏;有吕兰教授——直到他死,我和他一直经常通信,早先他甚至还托我为日内瓦图书馆买书;有凡尔奈教授——我对他,曾以种种事实表示我的依恋与信赖之忱,这些事实原该使他感动的,如果一个神学家能被事实感动的话,但是他也和大家一样,我一作这种表示之后,他就转过脸去不理我了;有果弗古尔的助理和继承人沙必伊——他打算顶掉果弗古尔,取而代之,不久自己倒被顶掉了;有马尔赛·德·麦齐埃尔——他原是我父亲的老朋友,以后又表示愿做我的朋友,当年一度为祖国增光,后来做了戏剧作家,并且想当二百人议会的议员,因而就改变了思想作风,死后成为笑柄。但是在所有这些知交之中,我期待最殷的是穆耳杜,由于他多才多艺,思想激烈,确实是个前途无量的青年。虽然他对我常常有点模棱两可,虽然他跟我的许多最险恶的仇人都有联系,我还是一直爱他,并且我相信有朝一日他将做我死后的辩护人,并为他的朋友复仇。

在这些往还酬酢之中,我继续保持独自散步的爱好和习惯,我常在湖岸作相当远的漫步,在这些漫步当中,我那劳动惯了的脑子总是没有闲的时候。我琢磨着我已经订好的《政治制度论》一书的纲要——不久我就要谈到这部书;我又思考一部《瓦莱地方志》和一篇散文悲剧的大纲——这篇悲剧的主题是柳克丽希亚①,虽然我是在这不幸的女子已不能在法国戏剧中出现的时候大着胆子再让她在舞台上出现,我仍然存着希望,压垮那些敢于嘲笑我的人们。我同时又拿塔西陀来试手,把他的历史第一卷译了出来,译文现在收在我的文稿之中。

我在日内瓦住了四个月之后,于十月间回到了巴黎。我避免经过里昂,省得又碰见果弗古尔。因为我预定的计划是开春再回日内瓦,所以我在冬天就又恢复了我的生活习惯和正常工作,其中主要的是校阅我的《论不平等》的校样。这部稿子是我委托书商雷伊在荷兰印的,雷伊是我在日内瓦刚认识的新交。由于这部作品是献给共和国的,而这篇献词又可能不中国民议会的意,所以我想等一等,看看献词在日内瓦产生的效果怎样,然后再回日内瓦去。这效果果然于我不利;这篇献词本是最纯洁的爱国热忱驱使我写出来的,却给我在国民议会中招来了许多敌人,在市民中招来了许多忌妒者。舒埃先生当时是首席执行委员,他给我写了一封很客气然而很冷淡的信,原信存在我的函件辑里,甲札第三号。从私人方面——其中有德吕克和雅拉贝尔,我得到了若干奖饰之词;如此而已。我就没有看到一个日内瓦人感谢我在这部作品里表现出来的由衷的热忱。这种冷漠的态度,凡是注意到的人都感到愤愤不平。还记得有一天,我到克利什去,在杜宾夫人家吃饭,同席的有共和国代办克罗姆兰,还有梅朗先生。梅朗先生在席上当众说,国民议会应该为这本书对我有所馈赠,并予以公开褒奖,否则它就有失体面。克罗姆兰是个瘦小而黧黑

---

① 柳克丽希亚,古罗马妇女,因被国王塔克文的一个儿子侮辱了,愤而自杀;这个案件引起了民众起义,导致王政的废除和共和制的建立(公元前510年)。柳克丽希亚成为坚贞妇女的象征。

的人，卑鄙险恶，他不敢在我面前作任何答复，便做了一个可怕的鬼脸，逗得杜宾夫人笑了起来。这部作品为我挣得的唯一好处，除了满足了我自己的良心而外，就是那公民的称号，这个称号是由我的许多朋友，接着又由公众赠给我的。后来我又失掉了这个称号，只是因为我太配享有这个称号了。①

　　然而，如果没有对我的内心产生更大影响的某些动机的话，单是这个失败是不会阻止我去执行退隐日内瓦的计划的。埃皮奈先生要把舍弗莱特府第原来缺少的那一翼侧的房子添建起来，为此花了很大一笔钱。有一天，我跟埃皮奈夫人一起去看这些工程，我们顺便散散步，往前多走了大约四分之一法里的样子，直走到花园的那个大蓄水池旁。这儿跟蒙莫朗西森林紧挨着，还有一片漂亮的菜园及一所破烂不堪的小房子，称之为退隐庐。这个幽静而十分可爱的地点，我在去日内瓦旅行之前第一次看见时就注意到了，我曾在兴奋之中不知不觉地冒出过这样一句话："啊！夫人，多么美妙的住所啊！这才是为我天造地设的一个退隐地点呢。"埃皮奈夫人当时对我这句话没有显得怎样在意。但是这次重来，我非常惊讶地看到，旧房子没有了，换了一所几乎全新的小住宅，房间安排得很好，正合三口之家居住。原来埃皮奈夫人不声不响地叫人做了这件事，并且花钱不多，只从府第工程抽出一点材料和几个工人而已。旧地重游，她看到我如此惊讶，便对我说："我的狗熊啊，这就是你的退隐地点；你自己选了它，现在是友谊把它献给你。我希望这份友谊能使你放弃你要离开我的那个残酷无情的念头。"我不相信我这一辈子曾经历过比这更强烈、更愉快的感动：我的

①　指后来由于《爱弥儿》一书在日内瓦被焚，卢梭自动放弃了公民称号一事。

眼泪沾满了我那女友的慈惠之手；虽然当时我没有完全被征服，却已经极端动摇了。埃皮奈夫人不愿功败垂成，便再三催促我，用尽了方法，托尽了人，来争取我，甚至为了达到这个目的，还怂恿勒·瓦瑟太太和她的女儿来支持她，所以最后她胜利了，使我改变了决心。我放弃了返居祖国的计划，决定并答应来退隐庐住下。她一面等房子干燥，一面忙着准备家具，等到一切齐全，开春就可以迁入了。

还有件事，也大有助于促使我下这个决心，那就是伏尔泰在日内瓦附近的定居。① 我知道这个人会在日内瓦闹得天翻地覆的；我若是再去，就会在我的祖国碰到巴黎的那种气氛、风尚和习俗，我又要不断地论战；而且在行动方面，要就是做俗不可耐的迂夫子，要就是做胆小怕事的坏公民，别无他途。伏尔泰关于我的后一部作品写给我的那封信，使我有理由在我的复信里婉转说明我的种种隐忧；那封信产生的结果把我的隐忧都证实了。② 从此，我认为日内瓦无可救药了，而我也

---

① 伏尔泰在同普鲁士王腓特烈二世决裂后，于一七五五年从柏林迁居日内瓦附近。

② 卢梭在《论科学与艺术》这篇文章中，攻击科学与艺术为伤风败俗之源，并在末尾直呼伏尔泰之名，斥其矜才损德。伏尔泰曾就该文所举中国和鞑靼的例证，运用元曲《赵氏孤儿》一剧的主题，写诗剧《中国孤儿》一篇，以鞑靼人同化于中国文明的历史事实，证明文化战胜暴力。卢梭的《论人类不平等的起源和基础》，是前一文章论点的发挥，主张人类应回归自然。他把这篇文章的印刷本寄赠伏尔泰后，伏尔泰复了他一函（1755年8月30日），说读了他的作品，令人想"用四条腿走路"，调侃备至。函载《中国孤儿》单行本卷首。卢梭又答复伏尔泰（1755年12月10日），坚称人类的灾难来自谬误者多，来自无知者少，如激扬文艺，将使风俗浇薄。此处所指，就是这两封信。日内瓦一向奉喀尔文教，禁演戏剧，后来伏尔泰策动日内瓦建立剧院，卢梭又写《论戏剧》予以猛烈抨击，自此两人之间仇恨益深。

确实没有想错。如果我自觉有此能力的话,也许我应该去顶住那场狂风暴雨。但是我只是单独一人,又羞涩,又极不善辞令,而要去对付一个目空一切、富敌王侯、既有大人先生们为他撑腰、又有口若悬河的辩才作他的支柱,而且已经成为女人和青年们的偶像的人,又能做得出什么来呢?我担心冒险犯难,徒劳无益,因而我听从了我的和平的天性,听从了我对安宁的爱好。这种对安宁的爱好,当年使我走错了路,今天在这同一问题上还是使我走错了路。如果我退隐到日内瓦,我能为我自己免掉许多大灾大难;可是我怀疑,即使以我这全部炽烈的爱国热忱,我又能为祖国做出什么伟大而又有益的事来呢。

特龙香也差不多就是在这时候到日内瓦定居的,不久后到巴黎来闯江湖,赚了大批钱带走了。他一到,就跟让古尔骑士一起来看我。埃皮奈夫人很希望请他个别诊治,但是就诊的人太多,不容易挤进去。她找我设法。我就促特龙香去看她。他们俩就是这样,在我的介绍之下,开始有了交谊,后来他们关系密切了,反叫我吃了苦头。我的命运一直就是这样的;我一把彼此不相关的两个朋友联系起来,他们就准联合起来反对我。不过,虽然特龙香一家①在他们从那时就参与的那套使祖国沦于被奴役地位的阴谋之中,个个都把我恨之入骨,这医生却还在很长一段时间内继续对我表示好感。他甚至在回日内瓦后还写信给我,建议我到日内瓦去任图书馆荣誉馆长之职呢。但是我的决心已经下定了,这番盛意没有使

① 特龙香氏一门三人,一为银行家,一为法学家,另一人就是这个医生。他们三人都支持日内瓦的贵族派,不久又和伏尔泰联合起来,而卢梭是倾向民主派的,所以骂特龙香参与“使祖国沦于被奴役地位的阴谋”。

我动摇。

　　也就是在这个时期，我又一次拜访了霍尔巴赫先生，因为他的夫人去世了。霍尔巴赫夫人跟弗兰格耶夫人都是在我小住日内瓦时去世的。狄德罗把霍尔巴赫夫人的噩耗告诉我的时候，说她的丈夫是如何如何悲痛。他的悲痛打动了我的心。我自己也深切怀念这位和蔼可亲的女人，为此写了一封信给霍尔巴赫。这件丧事使我把他一切对不起人的作为都忘得一干二净了；当我从日内瓦回来的时候，当他跟格里姆和其他几个朋友周游法国，排遣愁思，也回到巴黎的时候，我就去看他；后来还继续去看他，直到我迁居退隐庐为止。在他那个小圈子里，人们一知道埃皮奈夫人——这时霍尔巴赫尚未跟埃皮奈夫人来往——正在为我准备住所，大家的挖苦嘲笑便和冰雹一般落到我头上来了。他们扬言我需要人家捧场，需要都市的娱乐，连半个月的寂寞也忍耐不了。我自己心里有数，让他们说去，还是我行我素。霍尔巴赫先生免不了对我还是有点好处的①，他给勒·瓦瑟老头找到了一个可以安置的地方；老头那时有八十多岁了，他的妻子感到他是个很大的累赘，一个劲儿请我把他打发走。他被送到一个慈善机关去了。差不多一到那里，衰老之年和离家之痛就把他送进了坟墓。他的妻子和其他的孩子们都不怎么怀念他，但是戴莱丝疼爱老父，一直就抱恨终天，后悔不该让老人以风烛之年，远离她而了此

------

　　① 我的记忆力专跟我开玩笑，这里又是一例。我写了这件事情很久以后，有次在跟我的妻子谈到她的老父亲的时候，才知道安置他的不是霍尔巴赫，而是舍农索先生。舍农索先生当时是主宫医院的理事之一。我写的时候把舍农索忘得干干净净，心里老是想到霍尔巴赫，以至于我当时可以发誓说是后者安置了他。——作者原注

残生。

差不多与此同时，有个客人来拜访我。虽然他是我的一个旧相识，这次来访却完全出乎我的意料。我是说我的朋友汪杜尔，他有一天早晨在我万想不到的时候突然来了。另外还有一个人跟他一起。我觉得他变得多么厉害啊！早年的风韵完全没有了，我只见他一副下流样子，使我无法跟他放怀畅叙。也许是我的眼光变了，也许是酒色使他变得迟钝了，再不然他那早年的神采是出于青春的光辉，而现在青春时期早已逝去了。我几乎是无动于衷地接待了他，我们又十分冷淡地分了手。但是他走了之后，我们往日交游的旧情又强烈地勾起了我青春时代的回忆。我的青春是那么温馨地、那么诚笃地献给那位天使般的女人的，而现在这位女人的变化之大也不亚于他啊。还有那幸福时代的许多小故事，在托讷度过的那浪漫的一日，当时我是那么天真、那么酣畅地处在那两个妩媚可人的少女之间，她们对我的唯一恩赐就是让我吻了一下她们的手。但是，尽管如此，她们却给我留下了那么强烈、那么动人、那么持久的怅惘；当年我是感到了一颗少年的心的迷人的全部激荡力量的，现在我相信它们是一去不复返了。所有那许多缠绵的回忆使我为已逝的青春、为永别了的青春狂热，洒下了眼泪。唉！我对这种狂热的不幸重来①又该洒下多少眼泪啊，如果我能早料到它会给我带来这么多的痛苦！

在我离开巴黎之前，就在我退隐前的那个冬天，我还有过一件十分称心的痛快事，我领略到了它的全部纯洁意味。南锡学士院院士巴利索曾以几部戏剧知名，这时又在吕内维尔

————————

① 指对乌德托夫人的热恋。

478

当着波兰国王的面演了一出剧。他在这个剧本里写了一个竟敢执笔和国王较量的人，以为这样可以博得国王①的青睐。斯塔尼斯拉夫为人豪迈，不欢喜讽刺，一看有人竟敢这样在他面前评说时人，非常愤慨。特莱桑伯爵先生奉这位国王之命，写信给达朗贝和我，通知我说，国王陛下有意把巴利索逐出他的学士院。我回信恳求特莱桑先生在波兰国王面前关说，为巴利索开恩。恩是开了，但特莱桑先生以国王名义通知我时，又补充说，这件事将在学士院的档案上登记下来。我又复信说，这样一来，不是开恩，倒反使一个惩罚传于永世了。最后，由于我再三恳请，总算获得了圆满的结果：档案上将不作任何记载，对这种事将不留下任何公开的痕迹。在办理这件事情的过程中，不论是国王也好，是特莱桑也好，都对我表示了敬仰和尊重之意，使我颇感欣幸。我在这件事里感觉到，凡是值得受人尊敬的人，他们对一个人的尊敬，会在这个人的心灵里产生出一种比虚荣心所产生的感情甜美得多、高贵得多的感情。我在我的通信集里已经录下了特莱桑先生的信和我的复函，原稿存甲札，第九、十及十一号。

　　我完全知道，万一我这些回忆录将来得见天日，我本想抹去痕迹的事情，自己反倒使它流传下去了；但是，我不得已而传之未来的事还多着呢。我念念不忘地写这部忏悔录的伟大目标和把一切都全盘托出的这样一个不可推卸的责任心，将不容许我为某些细小的顾忌而意存规避，否则就会使我离开我的目标了。在我所处的这种离奇、独特的环境中，我太应该对真理负责了，不能对别人再有所怜恤。要彻底认识我，就应

　　① 参阅本章前文卢梭与波兰国王的笔战。

该从我的一切方面来认识我，不管是好的方面还是坏的方面。我的忏悔必然和许多别人的忏悔联系在一起；凡是与我有关的事，我都以同样的坦率做这两种忏悔，虽然我想对别人多加照顾，但是我不认为我应该对任何别人比对我自己要照顾得多些。我要永远公平、真实，尽可能说别人的好处，只在与我有关的范围内说别人的坏处，并且非不得已时不说。在我被置于这样一种境况时，谁还有权利对我作更多的要求呢？我写忏悔录绝不是为着在我未死之前发表的，也不是在有关的人们未死之前发表的。如果我的命运和这部书的命运都能由我做主的话，这部书应该在我和他们死后很久再出版。但是我的许多强有力的压迫者由于对真理的畏惧而作了种种努力，要把真理的痕迹扫除净尽，这就使我为保留这些痕迹而不得不采取最正确的权利和最严格的公理所容许我采取的一切措施。如果我死后应该湮没无闻，那么我就宁愿不牵累别人，而毫无怨言地把一场不公平的、转瞬即逝的奇耻大辱忍受下去，但是既然我的名字还要存留下去，那么，我就应该努力使拥有这个名字的不幸者的面貌和这个名字一同流传下去——但应该是按真实情况，而不是按许多不公正的敌人处心积虑要描绘的那样。

第 九 章

　　我急于要住进退隐庐,等不及明媚的春季来临,住宅一收拾好,就赶紧搬进去了。这就引起了霍尔巴赫一伙的一片嗤笑声,他们公开预言,我守不了三个月的寂寞,就会羞惭满面地回到巴黎,过跟他们一样的生活。而我呢,十五年来都是如鱼失水,现在仿佛又要回到故渊,对他们开的玩笑根本没有理睬。自从我不由自主地投身到社交界以来,我没有一时一刻忘记我那亲爱的沙尔麦特和我在那里度过的甜蜜生活。我感到我生来就是为了退隐和乡居的,不可能在别的地方生活得幸福。在威尼斯,在公务纷忙之中,在外交使节的高位之中,在升官晋爵的骄傲之中;在巴黎,在上流社会的漩涡之中,在晚宴的口腹享受之中,在剧院的夺目光彩之中,在虚荣的幻烟迷雾之中;对丛林、清溪、幽静的散步的回忆经常使我分心,勾起我的愁思,引起我的嗟叹和憧憬。过去,凡是我能强制自己去做的那一切工作,凡是曾使我打起一阵阵精神来的那一切野心勃勃的计划,都没有别的目的,只是为了有一天能过这种幸福无穷的乡间逍遥生活,而这种生活,我此刻正深自庆幸即将到手了。我原以为只有相当的富裕才能实现这种生活,现在我诚然没有发财,但是我觉得,以我这种特殊的地位,无须发财,很可以由完全相反的途径达到同样的目的。我没有一个苏的年金;但是我有点名声,有些才气;我很俭朴,那些为了不招人非议而必需的开销又都摈弃了。除此之外,我虽然懒散,可当我愿意勤劳的时候,还是勤劳的;我的懒散不是游手好闲的人的懒散,而是一个独立不羁的人的懒散,他只是在爱干活的时候才干活。我抄乐谱的这个活计,名既不高,利又不厚,但是靠得住。社会上很满意我有勇气选定这个职业。我不愁没有活干,而且只要我好好地干也就够维持我的生活。《乡村卜师》和我其他作品的收入还剩下两千法郎,有了这笔存项,我就不至于受穷。再者,我正在写几部作品,有希望不必向书商索取高价就可以再补充一些收入,足够使我能从容工作,不必过分劳累,甚至还有散步的余暇。我的小家庭,一共三人,个个都有事做,维持生活并不要太大的花费。总之,我的收入是跟我的需要和欲望相称的,使我有可能按照个人志趣选定的方式过幸福而持久的生活。

我很可以完全走上牟利的道路,让我这支笔不去抄乐谱,而完全用来写作。以我当时已有的,并且自觉有力量维持下去的那种一飞冲天之势,只要我稍微愿意把作家的手腕和出好书的努力结合起来,我的作品就可以使我生活得很富裕,甚至生活得很豪华。但是,我感觉到,为面包而写作,不久就会窒息我的天才,毁灭我的才华。我的才华不在我的笔上,而在我的心里,完全是由一种超逸而豪迈的运思方式产生出来的,也只有这种运思方式才能使我的才华发荣滋长。任何刚劲的东西,任何伟大的东西,都不会从一支唯利是图的笔下产生出来。需求和贪欲也许会使我写得快点,却不能使我写得好些。企求成功的欲望纵然没有把我送进纵横捭阖的小集团,也会使我尽量少说些真实有用的话,多说些哗众取宠之词,因而我就不能成为原来有可能成为的卓越作家,而只能是一个东涂西抹的文字匠了。不能,绝对不能。我始终感觉到,作家的地位只有在它不是一个行业的时候才能保持,才能是光彩的和可敬的。当一个人只为维持生计而运思的时候,他的思想就难以高尚。为了能够和敢于说出伟大的真理,就绝不能屈从于对成功的追求。我把我写的书送到公众面前,确信是为公众的利益说了话,而其他的一切都在所不计。如果我的作品被人抛弃了,那是因为人们不愿从中吸取教益,那就算他们活该。就我而言,我并不需要靠他们赞许来生活。如果我的书卖不出去,我的职业也能养活我;也唯其如此,我的书倒真能卖得出去。

　　一七五六年四月九日,我离开了都市,从此就不再居住在都市中了;后来,无论在巴黎也好,在伦敦也好,在别的都市也好,几次短暂的勾留,都是路过,或者是不得已而为之的,我都不把它算作居住。埃皮奈夫人坐自己的车来接我们三人,她的佃户来运我的简单的行李,当天我就住定了。我发现我这小小的幽居里的布置和陈设都很简单,但是干干净净,甚至还很雅致。为这陈设费了一番工夫的那只手使这陈设在我的眼里格外具有一种不可估量的价值。我觉得在我的女友家里做客,住在我亲自选择的、由她特意为我建造起来的一所房子里,真是乐趣无穷。

　　虽然天还很冷,甚至还有些残雪,大地却已经开始萌动了;紫罗兰和迎春花已经开了,树木的苞芽也开始微绽。我到的当天晚上,差不多就在我的窗前,在毗连住宅的一片林子里就听到了夜莺的歌唱。我蒙眬地睡了一阵之后醒来,忘记了已经迁居,还以为是在格勒内尔路呢。忽然一阵莺声叩动了我的心弦,我在狂喜中叫道:"我全部的心愿终于实现了!"我首先关心的就是我对周围的那些乡村景物的印象如何。我先不安排我的房间,而是先出去散步。在我的住宅周围,没有一条小径,没有一片修林,没有一丛灌木,没有一块僻壤,不是我在第二天就跑遍了的。我越观察这个媚人的幽境,就越觉得它是为我而设的。这地方僻静而不荒野,使我恍如遁迹天涯。它具有那种都市附近难以找到的美丽景色;你突然置身其中,就绝对不能相信这里距巴黎只有四里约之遥。

　　我沉醉于乡村景物中的几天之后,才想到应该把文稿整理一下,把工作安排安排。一如既往,我规定上午抄乐谱,下午带着我的小白纸本和铅笔去散步。我从来只有 sub dio(在露天下)才能自由自在地写作和思考,所以不想改变这个方法,我打算从此把那片几乎就在我门口的蒙莫朗西森林当作我的书房。我已经有好几部作品都开了头,现在拿起来检阅了一番。我的写作计划是相当壮观的;但是在城市的喧嚣之中,进展一直很慢。我原打算等到纷扰减少一点的时候,稍微做得快一些。我想现在可以说宿愿是终于实现了。像我这样一个常常生病的人,又常跑舍弗莱特、埃皮奈、奥博纳、蒙莫朗西府,①又常被许多没事做的好事者跑到家里来钉住不放,而且又始终如一地拿半天的时间抄乐谱,如果人们数一数、量一量我在退隐庐和蒙莫朗西度过的那六年之中所写出的作品,我相信,他们会发现,如果我在这一段生活中浪费了时间,至

━━━━━━

　　①　舍弗莱特和埃皮奈都是埃皮奈夫人的产业,奥博纳属乌德托夫人所有,蒙莫朗西府是卢森堡公爵的府第,均见后。

少也绝不是浪费在无所事事上面。

在我已经动笔写的那些作品之中，我长久以来就在构思，搞得最有兴味，并想以毕生的精力去搞，而且，依我主观的看法，将来最能使我成名的，就是我那部《政治制度论》。我第一次想写这样一部书，已经是十三四年前的事了。那时我在威尼斯，曾有机会看出，这个被人们如此夸耀的政府，竟有那么多毛病。从那时起，通过对伦理学历史的研究，我的眼光又扩大了许多。我发现，一切都从根本上与政治相联系；不管你怎样做，任何一国的人民都只能是他们政府的性质将他们造成的那样；因此，"什么是可能的最好的政府"这个大问题，在我看来，只是这样一个问题：什么样的政府性质能造就出最有道德、最开朗、最聪慧，总之是最好的人民？——这里"最好"这个词是就其最广泛的意义而言的。我又看出，这个问题又极接近于这样一个问题（即使两个问题不是相同的）：哪种政府在性质上最接近于法呢？由此便产生：什么是法？以及一连串与此同样重要的问题。我看出，所有这一切正把我引导到伟大的真理上面去，这些真理有益于全人类的幸福，特别有益于我的祖国的幸福——在我最近那次旅行当中，我在我的祖国没有找到在我看来足够正确、足够明晰的关于法律与自由的概念。我曾以为，用这种间接的方式为我的同胞提供这些概念，是最能顾全他们的自尊心的，也是最能使他们原谅我在这个问题上比他们看得稍远一点的。

虽然我写这部作品已经五六年了，写得还是不多。写这一类书是需要沉思默想的，需要闲暇与安静。而且，我这部书是悄悄地写的。我不愿意把这个计划告诉任何人，连狄德罗也没有告诉。我生怕，对于我写书的时代和国度来说，这计划显得太大胆了,朋友们的惊慌①会妨碍我的计划的执行。我还不知道它能否及时完成,赶在我生前出版。我希望能无拘无束地把我的这个题目所要求的一切都全部发挥出来;我深信,我既没有喜欢讽刺的脾气,又绝不想攻击别人,平心而论,我应该是无可指摘的。当然,我希望能充分利用思想的权利,这是我与生俱来的权利,但同时我始终还是尊敬我必须生活于其治下的这个政府,永远不违背它的法令;我一面十分谨慎,不去违犯国际法,另一面也不愿意因畏惧而放弃国际法所赋予我的利益。

我甚至还要承认,以异国之人而生活在法兰西,我觉得我的处境是十分有利于放胆说出真理的;因为我很清楚,只要继续维持我原先的打算,不在法国出版任何未经批准的东西,那么,不管我的见解如何,不管在别的什么地方出版什么作品,我在法国都无须对任何人负责。就是在日内瓦,我也不能有这样的自由,因为在那里,不管我的书是在哪里印刷的,官方都有权指摘它的内容。这点考虑大大地促使我接受埃皮奈夫人的邀请而放弃去日内瓦定居的计划。我感觉到,正如我在《爱弥儿》里所说的那样,②除非你是个阴谋家,否则,你若是想为祖国的真正利益写书,你就不应该到祖国的怀抱中去写。

① 特别是杜克洛的那种明哲的严峻引起了我的畏惧。至于狄德罗,我也不知道为什么,我跟他每次商讨,总是使我变得倾向于讥刺和辛辣,超过我的天性所能使我达到的程度。正是这一点,阻止我去请教他,因为在这部作品里我要投入的只是推理的全部力量,不想留下一点一时的激昂和偏私的痕迹。《社会契约论》就是从这部书里抽出来的,人们可以根据《社会契约论》的笔调来判断我在这部书里所采取的笔调。——作者原注

② 见《爱弥儿》第五卷,爱弥儿的老师在爱弥儿旅行回国时给他的忠告。

使我觉得我的处境更加有利的,就是我怀有这样一种信心:法国政府也许并不怎样看重我,但是它即使不以保护我看成是自己的一种光荣,至少也会以不干涉我看成是自己的光荣。我觉得,对阻止不了的事予以宽容,从而拿这种宽容作为自己的一种功绩,倒是一个很简单却又很巧妙的政治手腕。要知道,法国政府有权做的,不过是把我驱逐出境;如果把我驱逐出境,而我的书还照样能写,或许还写得更少克制,那么,倒不如就让我安安静静地在法国写,把作者留在法国作为对作品的担保。而且,法国政府这样做,就是对国际法表示了一种开明的尊重,从而把全欧洲对它的根深蒂固的成见一扫而光。

有些人根据以后的事态发展判断,认为我的这种信任使我上了当,其实这种人很可能还是自己看错了。后来把我吞没了的那场风暴中,我的书曾被用作借口,但是人们真正恨的还是我本人。他们很少把书的作者放在心上,他们要毁掉的是我让-雅克这个人。人们在我的作品里所发现的最大罪恶正是我的作品给我带来的荣誉。我们不要一步就跨到将来吧。直到现在,这个谜对我仍是一个谜,我不知道它将来能否在读者眼里揭开。我只知道这样一点:如果我公开发表出来的那些原理应该给我招来我所受到的那些对待的话,我早就成了那些原理的牺牲品了,因为,在我所有的著作中,把那些原理表现得最果敢——如果不说是最大胆——的一部①,甚至在我退居退隐庐之前就已经产生出它的效果了。然而虽不是没有人曾想跟我寻衅争吵,但是根本就没有人想到阻止那

① 指《论人类不平等的起源和基础》。

部作品在法国印行,它在法国就跟在荷兰一样,是公开出售的。自此以后,《新爱洛伊丝》还是同样顺利地出版了,我敢说,同样地受到欢迎。而且几乎令人难以置信的一点是:这个爱洛伊丝临终时的那番表白与萨瓦助理司铎所表白的完全一样。《社会契约论》里的一切大胆的言论早在《论不平等》里就有了;《爱弥儿》里的一切大胆的言论也早在《朱丽》①里就有了。这些大胆的言论既然没有为前两部作品激起任何流言蜚语,那么使后两部作品招来流言蜚语的当然就不是这些大胆的言论了。

另一项工作,性质大致相同,但计划定得比较晚,它是此刻最使我关怀的,这就是圣皮埃尔神父著作的摘选。由于叙事的线索,这部书我直到现在还没有谈到。在我从日内瓦回来以后,马布利神父就向我提起这件事,不是直接提起,而是通过杜宾夫人,因为杜宾夫人也出于某种利害关系,希望我接受这个意见。她是巴黎那三四个曾拿老圣皮埃尔神父当作宠儿的美妇人之一;虽然她不是独占对神父的偏爱,至少是和艾基荣夫人一同分享这种偏爱的。这位善良的老人死后,她对他保有的那种敬爱之忱,足以使他们双方都受到尊敬,因此,如果她看到她的朋友的那些未曾出世即已夭折的文稿能由她的秘书复活起来,她是会感到光荣的。这些夭折的稿子里并非没有许多绝妙的思想,但是表达得太坏了,读来令人厌倦;说来也怪,圣皮埃尔神父把他的读者当作孩子看待,而说起话来却把他们当作大人,太不注意怎样使人听懂他所说的话。正因为如此,他们才建议我做这件工作,一则这件工作本身是

① 即《新爱洛伊丝》。

有益的，再则它很适合于一个勤于动笔而懒于著作的人，适合于一个以构思为苦，宁愿就其所好，注疏别人的见解而不愿自创新意的人。此外，我既然不让自己局限于阐释的任务，谁也不能禁止我有时也去思考，因而我也就可以赋予这部作品以这样一种形式：使许多重要的真理披着圣皮埃尔神父的外衣钻到这个作品里来，这比披着我自己的外衣还要妙。不过这件工作也并不轻松，需要细读、深思、加以摘录的，足足有二十三大本之多，又冗长，又混乱，充满着赘词、重复、浅薄或错误的见解，必须从中搜寻出某些伟大而美妙的思想，而这给了我以忍受这种苦工的勇气。如果我能反悔而不至有伤脸面的话，我也常想把这份苦差使摆脱掉的；但是当我接受神父的手稿的时候（这些手稿是他的侄儿圣皮埃尔伯爵应圣朗拜尔的请求交给我的），我可以说是应承了要拿它来派用场的，因此，要么就把稿子还给人家，要么就得设法加以利用。我把这些手稿带到退隐庐的时候，就是作这后一种打算的，所以这也就是我准备把空闲时间用上去的第一部作品。

　　我还思考着第三部作品，是我对自身的观察使我想起来要写的；如果我的文笔能配得上我原定的计划的话，我很有理由希望能写出一部真正有益于人类的书，甚至可能是对人类最有益的书籍之一；我越这样想，就越感到有勇气去着手这个工作。我们都曾注意到，大部分人在他们的生活过程中往往与他们自己不甚相似，仿佛变成了完全不同的人。我并不是为了证明这样一个显著的事实而要写一部书；我有更新颖，甚至更重要的目标，那就是要寻找这些变化的原因，特别注重那些操之在我的原因，以便说明我们应该怎样控制这些原因，使我们变得更好，更自信。因为，无可置辩，对于一个正派人来说，抵抗一些已经形成的欲念是比较痛苦的，如果他能上溯到这些欲念的根源而就其始生时加以预防、改变或纠正，就不会那么痛苦了。一个受到诱惑的人，第一次抵抗住了，因为他是坚强的，另一次就屈服了，因为他软弱了；如果他还是和前次那样坚强的话，他就不会屈服的。

当我一面探测自己，一面观察别人，来寻求这种种不同的生活方式究竟是从何而来的时候，我发现生活方式大部分是由外界事物的先入印象决定的。我们不断地被我们的感官和器官改变着，我们就不知不觉地在我们的意识、感情，乃至行为上受到这些改变的影响。我搜集的许许多多明显的观察资料都是没有争论余地的；我觉得这些观察资料，由于它们是合乎自然科学原理的，似乎很能提供一种外在的生活准则，这种准则随环境而加以变通，就能把我们的心灵置于或维持于最有利于道德的状态。如果人懂得怎样强制生理组织去协助它所经常扰乱的精神秩序，那么，他就能使理性不出多少偏差，就能阻止多少邪恶产生出来啊！气候、季节、声音、颜色、黑暗、光明、自然力、食物、喧嚣、寂静、运动、静止——它们都对我们这部机器产生作用，因此也就对我们的心灵产生作用；它们都为我们提供无数的、近乎无误的方法，去把我们听其摆布的各种感情从其起源之处加以控制。这就是我的基本思想，我已经把纲要写出来了，并且我希望，对禀性良好，真诚地爱道德而又提防自己软弱的人们，我这个思想是准能产生效力的，我觉得用这个思想能很容易写出一部读者爱读、作者爱写的有趣的书来。然而，这部题为《感性伦理学或智者的唯物主义》的著作，我一直没有在上面花多少工夫。许多纷扰——读者不久就会知道其中原因的——阻止了我专心去写,人们将来也会知道我那份纲要的命运如何,它是出乎意料地与我自身的命运密切关联着的。

除了上述这些外,我从若干时候以来就思考着一种教育学说,这是舍农索夫人请我这样做的,因为她丈夫对儿子的教育使她为自己的儿子非常担忧。虽然这问题本身不那么合我的口味,可是友谊的权威使我对这个问题比对所有其他问题都更关心。所以,在我方才说到的所有题目之中,这是我唯一取得成果的一个。我写这个题目时所期望取得的结果,似乎应该给作者带来另一种命运。但是在这里还是不要过早地谈这个叫人伤心的问题吧;在本书的以后各章里,我将不得不谈到它的。

所有这种种计划都为我散步时提供了沉思默想的材料:我想我已经说过,我只能一面走着,一面沉思;一停步,我也就不能思考了;我的脑筋只跟我的双脚一齐开动。然而我也曾采取预防措施,为下雨的日子准备了一个室内工作。这就是我的《音乐辞典》。辞典的材料既凌乱,又残缺,又不成样子,使这部作品几乎有重写的必要。我带来了几部为重写而需用的书籍;前此我已经费了两个月的时间从其他书籍摘录了许多东西。这些书籍都是别人从王家图书馆借给我的,其中有几种,人家甚至还允许我带到退隐庐来。这就是我储备的工作,当天气不容许我外出的时候,或者抄乐谱抄厌了的时候,我就在家里编纂。这种安排对我太合适了,所以不论是在退隐庐,还是在蒙莫朗西,甚至后来在莫蒂埃,我一直是这样做的。我是在莫蒂埃完成这项工作的,同时还做了别的一些工作,因为我始终觉得变换工作是一种真正解除疲劳的方式。

有一个时期,我相当准确地执行我订的作息时间,觉得很满意;但是当明媚的春光把埃皮奈夫人更频繁地引到埃皮奈或舍弗莱特来的时候,我就发现,有些事,起先并不怎样叫我劳神,也没有怎么在意,现在就很搅乱我的计划了。我已经说过,埃皮奈夫人有些很可爱的优点;她很爱她的朋友,热心为他们效劳;她既然为朋友不惜时间,不惜精力,那么她也就理应得到朋友们对她的关怀。直到那时为止,我尽着这个义务,并不感到是一个负担;但是最后我认识到,我是给拴上了一条锁链,只是由于友情才使我感觉不到它的分量;由于我憎恶和许多宾朋应酬,我又把这锁链的分量加重了。埃皮奈夫人就利用我的这种憎恶向我提出一个建议,表面上于我方便,实际上于她更方便,这建议就是:每逢她一人在家或者差不多是一人在家的时候,她就派人来通知我。我同意了,没有看出我是承担了什么义务。这个成约的自然结果就是,从此我不是在我方便的时候去看她,而是在她方便的时候去看她,因此我就永远没有把握能有哪天让我自由支配了。这种约束大大损害了我在此以前去探望她时所一直感到的那种乐趣。我发觉,她那么再三再四许给我的那种自由,只是以我永远不加以利用为条件的;有一两次我想试试这个自由,她立刻就派上那么多的人来打听消息,给我写了那么多的便条,为我的健康表现出那么多的大惊小怪,以致我看得很清楚,要想拒绝召之即去,只有借口病得不能起床了。这种约束非接受不可,因此我也就接受了,甚至对我这样一个最恨仰人鼻息的人来说,还算是相当甘心乐意地接受了的,因为我诚心诚意地依恋她,这就大大阻止了我感到那种与依恋并存的束缚。而她呢,就把那些朝拜她的常客不来时在她的消遣时间里所留下的空隙,不管好歹给填补起来。对她来说,这是没有多大意思的补充手段,但是她受不了绝对的寂寞,这究竟比绝对的寂寞还稍胜一筹。然而,自从她想尝试搞文学以来,自从她打定主意,无论如何要写出点小说、信札、喜剧、小故事和这一类无谓的东西以来,她是很有事情可做,很容易把这种寂寞弥补起来的。不过使她感兴趣的还不在写这些东西,而是要把写的东西读给人家听;因此,一逢到她接连涂写出了两三页,她就需要在这项艰巨的工作之后,至少准有两三个自愿捧场的人来听她朗读。我没有荣幸进入这种人选之列,除非是承蒙别人推荐去参加。要是只有我一个人,我总是在任何事情上都被人看作是零;而且这种情形,不仅在埃皮奈夫人的社交圈子里是如此,就是在霍尔巴赫先生的社交圈子里也是如此,凡是格里姆先生定调子的地方都是如此。这种等于零的情况倒使我到处都很自在,只是单独和她面对面地相处的时候,我就不知道如何是好了。我既不敢谈文学,因为文学轮不到我来评论,又不敢说风情,因为我太腼腆,宁死也不敢做老多情去招人家笑话;而且我在埃皮奈夫人身边从来也没有起过这个念头,即使我在她身边过一辈子,这种念头我也不会动一次的:并不是我对她那个人有什么嫌恶之情,恰恰相反,我也许太以朋友的身份爱她,因而就不能以情人的身份爱她了。我看到她,跟她谈话,便感到很高兴。她的谈吐,虽然在社交场中相当引人入胜,个别相对时便很枯燥;我的谈话也不娓娓动听,对她起不了什么助兴作用。往往因为相对无言太久了,很难为情,我便努力找话来说,这种谈话常使我感到疲乏,却并不使我厌烦。我很喜欢对她献些小殷勤,给她些兄弟般的吻,我觉得这种亲吻对她似乎也没有多大肉感意味。我们之间,如此而已。她很瘦,脸色很苍白,胸部一平如掌。单是这一个缺陷就使我凉了半截:我的心灵和我的感官是从来不晓得把一个没有乳峰的女人看作一个女人的;还有不便说的别种原因,一直使我在她身边忘记她是女性。

我就这样下定决心,逆来顺受,不作任何抵抗了。并且我发现,至少在第一年,这种负担并不像我所预料的那么沉重。埃皮奈夫人通常几乎整个夏天都要在乡间度过,这一年却只住了夏季的一部分时间;也许是她自己的事要她多留在巴黎,也许是因为格里姆不在舍弗莱特,她便感到住在舍弗莱特不那么有意思。我就利用她不来的那些间隙时间或者虽来而客人众多的日子,来跟我的好戴莱丝和她的母亲一同享受我的幽居之乐,格外感到可贵。虽然几年来我常到乡间,却几乎尝不到一点乡村风味。历次旅行,总是和一些自命不凡的人们在一起,总是有些拘束败坏了旅行的乐趣,从而更刺激了我对乡村的爱好,我越是就近看乡村之乐的景象,就越感觉到失去这种乐趣之苦。我太厌恶那些沙龙、喷水池、人工树丛、花坛,尤其是夸耀这一切的那些讨厌鬼了。我太恨那些织花、钢琴、三人牌、织丝结、愚蠢的隽语、乏味的撒娇、无聊的小故事和盛大的晚宴了。以致当我瞥见一个普普通通的小荆棘丛、一行疏篱、一座谷仓、一片草地的时候,当我走过一个村子,闻到香草炒鸡蛋的那种香气的时候,当我远远听到那种带有乡土风的花边女工之歌的叠句的时候,我就把那些什么胭脂呀、粉黛呀、珊瑚玛瑙呀都一股脑儿叫它们见鬼去了。我吃不到家常便饭,喝不到土产醇酒,恨不得抓住厨师傅、管家老爷,打他们几个耳光,他们要我在吃晚饭的时候吃午饭,在睡觉的时候吃晚饭。尤其是那些仆役先生们,他们双眼盯着我的饭菜,要么让我渴得要死,要么把他们的主子的掺假的酒卖给我,叫我花

494

的钱比在小酒店里买最好的酒还要贵上十倍。

现在我总算得其所哉了，住在一个幽静宜人的地方，过着自由自在、平平稳稳、安安静静的生活，我觉得自己生来就是过这种生活的。这种生活状况对我说来还是崭新的呢。在说明它在我心灵上产生的影响之前，应该重述一下我的种种私衷，以便读者能更好地从根源上看到这些新变化的进展。

我始终把我跟我的戴莱丝相结合的那一天看作是固定我的精神生活的一天。我需要恋爱，因为原来可以使我满足的那场恋爱终于被那么无情地斩断了。幸福的渴望在男子的心里是永不熄灭的。妈妈老了，堕落了！事实证明她今世再也不会幸福了。既然我没有任何希望再分享她的幸福，我只好追求我自己的幸福。我犹豫了若干时间，转了一个念头又一个念头，想了一个计划又一个计划。我的威尼斯之行原会使我投身公务的，如果跟我打交道的那个人有点常识的话。我这人是易于灰心的，特别是在艰巨的、要长期努力的事业上。我那次事业的失败使我对任何事业都不感兴趣了；按照我以前的信条，我总是把遥远的目标看作镜花水月，所以我决计混日子，从此过一天算一天，在生活里再也看不出任何东西能诱使我去奋发图强。

正是在这个时候我们彼此认识了。这个善良女子的温柔性格在我眼光里显得太适合于我的性格了。我对她的这种依恋之情是经得起时间的考验，经得起一切折磨的，凡是看来会使我的情意断绝的事情，从来都只使之更加强烈。她曾在我苦难到极点的时候令我心碎，而我直到写这段文章的时候，都不曾对任何人抱怨过一句。以后当我揭示她在我心上留下的疮疤和伤痕的时候，人们就会看出我对她的依恋强烈到什么程度了。

　　为了不肯和她分开，我在作过一切努力，冒过一切风险，不顾命运的折磨和众人的反对，和她一同度过了二十五年之后，终于在老年和她正式结婚了。在她，既无此期待，也无此请求，在我，既无成约在先，也未许下诺言。当人们知道了我这一段经过，一定会以为有一种疯狂之爱从第一天起就使我晕头转向了，后来只不过是逐步发展，把我引到了这最后的一个荒唐举动；当人们知道还有许多原该阻止我一辈子也不和她结婚的特殊的、有力的理由时，人们一定更要以为我是爱得发狂了。那么，如果我现在诚心诚意地对读者说——读者现在应该清楚地看到这一点——从我第一次见到她直到今天，我从来没对她产生过一点爱情的火星，我没有占有她的欲望，正像过去不想占有华伦夫人一样，我在她身上得到的肉体的满足纯粹是性的需要，而并不是整个身心的交融，你们对此会做何感想呢？读者一定会以为，我的体质与别人不同，既然我对我所最亲爱的两个女人的依恋之情里也都没有任何爱情的成分，那我就根本不能体会爱情。等着吧，我的读者啊！极不幸的时刻就要到来，那时你会发现你所想的是大错特错了。

　　我是在重复我已经说过的话，这我知道；但是我必须重复。我的第一个需要，最大、最强、最不能扑灭的需要，完全是在我的心里；这个需要就是一种亲密的结合，极亲密之可能的结合；特别是由于这一点，所以我才需要一个女人而不是需要一个男人，需要一个女友而不是需要一个男友。这种离奇的需要是这样的：肉体上最紧密的结合还不够，我恨不得把两个灵魂放在同一个身子里，否则我就老是感到空虚。我那时自以为到了不再感到空虚的时候了。那个年轻女人有无数绝佳的品质,使人觉得可爱,甚至那时长得也很可爱,没有一丝造作,没有一丝妖艳。如果我能像我所曾希望的那样,把她的生活也融化于我的生活的话,我原是可以把我的生活融化于她的生活的。在男人方面,我一点也没有可疑惧的,我确信我是她真正爱的唯一男人,她那淡薄的肉欲也不曾要求她去另找别的男人,即使后来我在这方面对她已经不能算是一个男人的时候。我没有家庭;她却有个家庭,而这个家庭,每个人的生性都与她的生性太不相同了,使我无法把它变成我的家庭。这就是我不幸的第一个原因。我是多么想把我自己变成她母亲的孩子啊!我尽了一切努力想做到这一点,而我竟不能做到。我徒然想把我们的一切利益都联合在一起,而这竟不可能。那个母亲总是自己另谋一套利益,与我的利益不但不同,而且抵触,甚至与她女儿的利益也抵触,因为她女儿的利益已经跟我的不能分开了。她和她的其他子女以及孙男女个个都成了吸血虫,偷戴莱丝的东西已经算是他们给她造成的最小的损害了。那可怜的女孩子屈服惯了,就是在侄女面前也是顺从,所以就让人家偷,听人家摆布,一声也不响。我看到我花尽了钱,提尽了劝告,都不能使她得到一点好处,真是叫我痛心。我想叫她脱离她的母亲,她总是不肯。我尊重她这种抗拒,并且因此而更瞧得起她;但是她的拒绝,到头来还是叫自己吃苦,也叫我吃苦。由于她完全忠诚于她的母亲和她的家人,她的心就向着他们,甚于向着我,甚于向着她自己;他们的贪婪虽使她破产,但远抵不上他们的指点给她带来的损害。总之,如果因为她爱我,如果因为她天性好,她还没有完全受制于他们,却至少已经受到他们足够的影响,使我努力给她的金玉良言大部分不能产生效果了;因而我无论怎样努力,我们始终还是不能合为一体的两个人。

在诚挚的、相互的依恋之中,我已经投进了我心灵的全部缱绻之情,而这颗心灵中的空虚却从来没有好好地填充起来。孩子们出世了,这空虚原可以拿孩子来填充的;而事实上却更糟。我一想到要把孩子们托付给这样一个没有教育的家庭,结果会教得更坏,心里便发抖。育婴堂的教育,危险性要小得多。使我做出那种决定的这个理由,比我在写给弗兰格耶夫人的那封信里所陈述的种种理由都更强有力些,然而,唯独这个理由我没有敢对她说。我宁愿对这样严厉的谴责自己少洗刷一点,以便顾全一个我所爱的人的家庭。但是,人们根据她那无赖哥哥的行为,就可以判断我应不应该——不管人家怎样说——睁着眼睛让我的孩子去受像他那样的教育了。

我既不能充分尝到我感到需要的那种亲密的结合,我就找些办法来补充,这些补充办法并不能填补空虚,却能减少空虚的感觉。我既找不到一个完全献身于我的朋友,我就必须有些能以其推动力克服我的惰性的朋友:所以,我珍重并加强跟狄德罗和孔狄亚克神父的友谊,我跟格里姆建立了新的友谊,并且是更亲密的新友谊,最后,由于那篇不幸的文章——我已说明其经过了——我又出乎意料地被抛回文坛,当时我本认为自己已经永远脱离了。

我在文坛的发轫之始,就把我从一条新的途径引到了另一个精神世界,这种精神世界的质朴而高尚的和谐,使我不能面对之而不动感情。不久,由于我专心探索这个精神世界,我就觉得在我们哲人的学说里净是谬误和荒唐,在我们的社会秩序里净是压迫和苦难。在我这种愚蠢的骄傲所带给我的幻觉之中,我觉得自己有资格驱散这些眩人的迷雾;我认为,要想叫人家能听从我,就必须言行一致,所以我就采取了那种离奇的行径,这种行径别人既不容许我保持下去,我那些所谓的朋友也不能原谅我树了这样一个榜样。这个榜样最初使我显得滑稽可笑,但如果我能坚持下去,最后必然会为我赢得普遍的敬仰。

在此以前,我一直是善良的;自此以后,我就变成有道德的了,或者,至少是醉心于道德的了。这种醉心,是在我的头脑里开始的,但是它已经进入我的心田。在那里,最高贵的骄傲在被拔除的虚荣心的遗迹上发芽滋长。我一点也不装假,我表面上是怎样一个人,实际上就是怎样一个人。这种激昂慷慨之情,酣畅淋漓地延续了至少达四年之久,在这四年当中,凡是人的心灵所能包容的伟大的、美的东西,我都能在天我交感之中体会到。我那突如其来的辩才就是从这里产生出来的,那种真正自天而降、燃烧我的心灵的烈火也就是从这里散布到我的初期作品里的,而这种神奇之火,在前四十年中一直不曾迸发出些微的火星来,因为它那时还没有点燃。

我真的变了;我的知交、我的相识都不认识我了。我已经不再是那个腼腆、羞涩过于谦逊,既不敢见人,又不敢说话,人家说一句笑话就感到手足无措,女人看一眼就羞得面红耳赤的人了。我又大胆、又豪迈、又勇敢,到处显出一种自信,而这种自信,唯其是质朴的,不但存于我的举止之中,主要还是存于我的灵魂之内,所以就越发坚定。我的冥想深思使我对时代的风俗、箴规和成见油然而生鄙视之心,这种鄙视之心又使我对那班具有这些风俗、箴规和成见的人们对我的嘲笑视若无睹;我用我的惊人警句压倒他们的浅薄妙语,就和我用两个指头捻碎虫豸一般。多么大的变化啊!全巴黎都传诵着我的辛辣而锋利的讥刺话,而同样是我这个人,两年以前和十年以后,却怎么也找不出一句恰当的话,找不到一个恰当的字眼。你若是要寻找与我的本性最截然相反的精神状态,我当时的那种状态就是。请大家再回忆一下,我平生常有那种短暂的时刻,这时我变成了另外一个人,完全不是原来我自己了,这样的时刻也是要在我此刻所说的这段时间里出现的;不过这个时刻不是持续了六天、六星期,而是持续了六年,而且也许还会持续下去的——如果不是某些特殊情况来把它中止,把我还给我原想超脱的自然的话。

我一离开巴黎,这个大都市的邪恶景象一停止浇灌它在我身上引起的愤慨的情绪,这种变化就开始了。我不再见到人,我也就不再鄙视人;我不再见到恶人,我也就不再恨恶人。我的心本来就不会怀恨,自此就只会悲天悯人,而不再把人类的险恶和人类的苦难分别开来。这种精神状态比较温和,也远远不像以前那么崇高了,它不久就把鼓舞我达数年之久的那种热烈的激昂之情消磨净尽;不但别人没有觉察到,连我自己也几乎没有意识到,我又变成畏葸的、随和的、羞涩的人了;总之,又还是当年的那个让-雅克了。

如果这种剧变只使我恢复原状,并且到此为止,那倒还好;可是不幸得很,它走过头了,很快就把我带到了另一个极端。从此,我的灵魂一经开动,就保持不了它的重心,老是摆来摆去,不再停留下来。这第二次剧变,我必须详细地谈谈,既然我的命运在人间绝无先例,这个时期又是我的命运的险恶的、致命的时期。

我们在隐居生活中既然只有三人,闲暇与寂寞就必然要加强我们之间的亲密关系。戴莱丝和我之间就是如此。我们两人面对面地在树荫下度着极美妙的时刻,我从来也没有那么深切地领略到这种温馨滋味。我觉得她自己也比以前领略得更加深切了。她向我无保留地开诚相见了,并且告诉了我许多事情,都是关于她母亲和她家庭的,以前她竟有那种毅力,长久对我守口如瓶。她母亲和她家的人都曾从杜宾夫人那里受到过许许多多的馈赠。这些都是送给我的,但是那个老滑头,为了不叫我生气,干脆就暗暗收下了,供自己和其他的孩子享用,一点也没有留给戴莱丝,并且还极其严厉地禁止她跟我说起这些事,而那个可怜的女儿居然也就谨遵慈命,恭顺得令人难以置信。

但是,有一件事特别使我吃惊,就是我听说狄德罗和格里姆常和她们母女二人私下谈话,劝她们跟我脱离,只是因为戴莱丝执意不肯,没有成功。除此而外,我听说他们俩从此又时常和她的母亲密谈,连她自己也没法知道他们三人之间搞了什么鬼。她只知道这里面还穿插了些小礼物,有些小往来,大家都极力对她保密,她也就绝对不晓得那是出于什么动机。当我们离开巴黎的时候,勒·瓦瑟太太很久以来就惯于每月去看格里姆先生两三次了,并且一去就谈上几个钟头,谈得那么秘密,连格里姆的仆役都经常被打发开。

据我判断,这种谈话的动机都不过是原来想叫女儿也参加进去的那个计划,他们答应托埃皮奈夫人替她们搞个食盐零售店或烟草公卖店,总之是对她们进行利诱。他们对她们说,我既无力帮助她们,又因为有了她们而我自己也不能有所发展。由于我只觉到这一切都是出于好意,所以也并不十分怪罪他们,只有那种神秘劲儿叫我受不了,特别是老太婆,而且她在我面前一天比一天更巧言令色,更滑头滑脑;但是这并不妨碍她不断地私下里骂她的女儿,说她太爱我,什么都对我说,说她完全是个傻瓜,不久就要吃亏的。

这个女人掌握了一套一举数得的伎俩:她从这个人手里收到的东西总会瞒住那个人,从所有人手里收到的东西总会瞒住我。她那样贪婪,我倒还能原谅,但是她那样装假,我就不能原谅了。她能有什么要瞒住我的呢?她十分清楚,我是以她女儿和她的幸福为我自己的惟一幸福的。固然,我为她女儿做的事,也就是为我自己做的事,但是我为她做的事也还是值得引起她的若干感激的,她心里至少应该感激她的女儿,并且,她的女儿既爱我,她也就该唯爱女之情来爱我。是我把她从极度贫困中拉了出来,她是从我手里获得了她的生活资料,她那么善于利用的那些熟人,也都是由我而认识的。戴莱丝曾长久用自己的劳动来养活她,现在还是用我的面包来养活她。她的一切都来自这个女儿,而她为这个女儿却什么也没做;她对别的几个孩子,每人都给了一份婚嫁费,并且为他们而倾家荡产,现在他们不但不帮她谋生,还来侵吞她的生活资料和我的生活资料。我觉得在这种情况下,她应该把我看作唯一的朋友,看作她的最可靠的保护人,不但不把关于我自己的事对我保密,不但不在我自己的家里搞阴谋来反对我,并且还该把一切可能与我有关的事,她比我知道得早的事,都忠实地告诉我。我对她那种虚伪而神秘的行为还能拿什么眼光去看待呢?特别是她努力灌输给她女儿的那种感情我应该做何感想呢?她怂恿她女儿对我忘恩负义,可见她自己的忘恩负义该是何等骇人听闻啊!

所有这些想法最后使我对那个女人心冷了,以致我看到她不能不生嫌恶之情。然而我对待我的伴侣的母亲,恭敬绝未稍减，事事对她表现出近乎为子的礼貌和尊重；不过，我不欢喜跟她长久住下去，这也是事实，我的脾气是不晓得什么叫受人牵制的。

这里又是我生平的那种短暂的时刻之一，我看到幸福近在目前，却不能抓住幸福，而我之所以不能抓住幸福，并不是由于我的过错。如果那个女人品质好，我们三人都会终身幸福的，只是最后死的一个落得可怜罢了。可是偏偏不是这样。你们看看事态的发展，然后再判断我能不能使她转变。

勒·瓦瑟太太见我已经在她女儿心上占了地盘，而她自己失去了地盘，便努力要把这失去的地盘收回；她可不是由于爱她的女儿而对我回心转意，而是试图使她的女儿完全跟我脱离。她使用的办法之一就是让她家里的人都给她当帮手。我曾经请求戴莱丝不要叫她家里的任何人到退隐庐来，她答应了。她母亲却趁我不在家时找他们来了，事先不征得她的同意，事后又要她答应不对我讲。第一步做到了，其余的一切就容易了；你只要有一件事对你所爱的人保守秘密，你不久就会无所顾忌地把什么事都对他保守秘密。我一到舍弗莱特去，退隐庐就高朋满座，纵情欢乐。一个母亲对于一个天性善良的女儿总归是很有力量的；然而，不管那老太婆使出什么手腕，她始终不能叫戴莱丝同意她的看法，不能拖她跟她们联合起来反对我。至于她自己，她是下定决心，不肯回头了：她看到，一方面是她女儿和我，她在我们家里不过是可以生活下去而已；另一方面呢，是狄德罗、格里姆、霍尔巴赫、埃皮奈夫人，他们许得很多，也给她一点东西，她就估计跟一个总包税人的夫人和一个男爵站在一条战线上，总不会错。如果我的眼睛亮一点，我从那时起就一定会看出我是在自己的怀里喂着一条蛇。但是我那盲目的信任当时还没有一点儿改变,根本想不到一个人会打算害他所应当爱的人。我看到在我周围布置下的那成百上千的阴谋,我只晓得抱怨我所称为朋友的那些人做事太专断,据我看,他们是硬要我依照他们的方式,而不是依照我自己的方式,去谋求幸福。

虽然戴莱丝拒绝跟她母亲结成同盟,她却为母亲保守秘密:她的动机是可嘉的,我不想说她所做的事是好还是坏。两个女人有了共同的秘密,总是欢喜在一起谈天,这就使她们俩越发接近起来。戴莱丝既心挂两头,有时就使我感觉到一种孤独感,因为我已经不愿把这样在一起的三个人看成是一个家庭了。就是在这时候,我痛切地感到我当初是错了:我没有在我们初结合的时候利用爱情所给她的那种顺从去培养点她的才能和知识,这些会使我们在隐居生活中更加接近,因而也就会把她的时间和我的时间很有意味地充实起来,不致使我们两人在对坐时感到时间太长。这并不是说我们两人对坐就无话可谈,也不是说她在我们一同散步时显得厌烦;但是,归根结底,我们没有足够的共同见解来构成一个丰富的宝藏;我们的打算从此只限于享受方面,而我们不能老是谈这种打算呀。出现在我们眼前的事物引起我一些感想,而这些感想她却无力理解。十二年的依恋之情不再需要用言语来表达了;我们俩太相知了,再也没有什么可彼此倾吐的了。剩下来的只有些闲言碎语、飞短流长、冷嘲热讽了。特别是在寂寞无聊中,一个人才感到跟善于思想的人在一起生活的好处。我倒不需要有这种学识就能从和她的谈话中得到乐趣,而她要能常常从和我的谈话中得到乐趣,倒需要有这种学识。最坏的是,那时我们两人想单独谈谈,还得找机会:她的母亲使我讨厌,逼得我不得不如此。一句话,我在家里很不自在。爱的外表损害了真正的情谊。我们有着亲密的接触,却不是生活在亲密的情感里。

我一觉得戴莱丝有时找借口推辞我所建议的散步,也就不再开口了,倒也并不怪她不能和我一样乐于此道。乐趣绝不是取决于意志的东西。我知道她的心是靠得住的,这就够了。只要她能乐我之所乐,我就与她同乐;当她不能乐我之所乐的时候,我就宁可使她满足,不必求我自己的满足。

以上就说明了由于我的期望一半落空,因而我虽然过着一种合乎我的口味的生活,住着由我自己选定的住所,跟一个我所爱的人在一起,却依然感到自己几乎是孤零零的。我所缺少的东西使我不能领略我所已有的东西。就幸福和享受而言,我要就是两者兼而有之,要就是一无所有。人们即将看到为什么我觉得这个细节有一述的必要。现在我再回到原来的话题。

我原以为在圣皮埃尔伯爵给我的那些手稿里有些珍奇的宝藏。拿出来一检查,便发现差不多只是他叔父已印的作品的汇集,经他的手注释和校订过的,另附一些不曾问世的片段。过去克雷基夫人给我看过他的几封信,使我感到他的才华比我原先所料想的要大得多,这次看到他的伦理学方面的作品又证实了我这种想法。但是一深入审视他的政治学方面的作品,我就只看到一些肤浅的见解,一些有用的、但又无法实施的方案,因为作者有这样一种一直没有能说出来的思想:人的行为是受知识指导的,不是受激情指导的。他对现代知识的高度评价使他抱定了人类理性业经改善这样一个不正确的原则,这个原则也就是他所建议的一切制度的基础和他的一切政治诡辩的根源。这位罕见的人物，是他那个时代的和他那一类人物的光荣。也许自有人类以来，他是唯一只热爱理性而无其他热爱的人。然而在他的全部学说里，他只是由错误走向错误，其原因就是他要把人们都变得和他自己一样，而不是就人们现在是，而且将来会继续是的那个样子去看待人们。他心里想的是为他同时代的人写作，而实际上却只是为一些幻想出来的人著述。

看到这些之后，我对我手头的作品应该采取什么形式就感到有些为难。把作者的那些空想就这样放过去吗？那我就是做了一件徒劳无益的工作；严格地驳掉吗？那又是做了一件不诚实的事，既然他的稿子是我接受了的，甚至是我要求来的，这就使我有义务要以尊敬的态度对待作者。最后我决定采取我觉得最合体统、最正确、同时也最有益的办法，就是把作者的思想和我的思想分别表达出来，并且为此而深入体会他的思想，予以阐明，予以发挥，不遗余力地使其显示出它们的全部价值。

因此，我的作品就应该由绝对分开的两个部分构成。一部分用来按我方才说的那种方式阐述作者的各种方案；另一部分应该在第一部分已经生出效果之后才发表，我将在其中提出我自己对于那些方案的论断。我承认，这样一来，有时会使这些方案遭受到《恨世者》里那首十四行诗①的命运的。卷首应该有一篇作者传，我为这篇东西已经搜集了一些相当好

① 《恨世者》是莫里哀的杰作之一。在这部喜剧里，自命不凡的才子奥隆特写了一首十四行诗，特意念给恨世者阿尔赛斯特听，想博得他的赞赏，结果却被阿尔赛斯特批评得一文不值："老实说，你这首诗大可以束之高阁。"这里卢梭自比为满肚子不合时宜的恨世者。

的材料，自问由我来使用是不会辱没这些材料的。我也曾在圣皮埃尔神父的晚年见过他，我对他的追怀和景仰，可以为我保证伯爵先生将不会对我评述他的叔父的方式感到不快。

我先拿《永久和平》来试手，这是整个集子中篇幅最大、用力最勤的作品；在我埋头思考之前，我鼓起勇气把神父关于这个重大题目所写的一切都不折不扣地读完了，从没有因为他的许多冗长重复之处而感到气馁。公众已经读过这部提要了，因此我也没有什么可说的。至于我对它的评论，一直没有印出来，我不知道将来是否会有付印的日子；但它是与提要同时写出的。我由这部书又转到《波立西诺底》或称《多种委员会制》①。这是一部在摄政时期写的作品，为的是鼓吹摄政王所选定的行政制度，结果这部书把圣皮埃尔神父赶出了法兰西学士院，因为书里有几句话反对在此以前的行政制度，惹恼了迈纳公爵夫人和波立尼亚克大主教。我把这部作品编完了，和前一部一样，既有提要，又有评论。但是，我就到此为止，不愿再继续下去了，这工作我原就不该开始的。

使我放弃这个工作的那种种考虑是明摆着的，而我竟没有早日作此考虑，真不免令人惊异。圣皮埃尔神父的大部分作品都是，或者都包含一些对法国政府某些部门的批评意见，有些意见甚至太直率了，他发表出来而没有受到惩罚还算幸事。不过，在大臣们的办公室里，人们一直把圣皮埃尔神父看作一个宣教士而不把他看作一个真正的政治家，大家让他随随便便地说，因为都知道谁也不会听他的。如果由于我而使

---

① 法王路易十五(1710—1774)幼年时期，摄政王腓力普·德·奥尔良废大臣制，各部设一委员会处理部务。是项委员会政体称"波立西诺底"，意即"多种委员会制"。

大家听他的话,问题就不同了。他是法国人,我不是法国人;我若是重复他的批评,即使是以他的名义,也会招引人家来质问我为什么管闲事。这种质问免不了有些严厉,但也并非有失公平。幸而我还没走多远,就发现我会贻人口实,决定赶快脱身。我知道,我独自一人生活在众人之中,而且那些人都比我有势力,不管我用什么办法,我永远躲不开他们所要加之于我的祸害。在这方面,只有一件事操之在我,就是至少要使得他们想加害于我就不能不有失公平。这个原则,那时使我抛开了圣皮埃尔神父,后来又时常使我放弃一些比这更弥足珍贵的计划。那班人总是口快,看见人家倒霉就说人家是犯了弥天大罪,而我呢,平生总是谨小慎微,不让人家在我遭难时能振振有词地说:"你这是自作自受。"如果那班人知道我这样小心翼翼,他们一定会为之惊讶不置的。

这个工作一抛开,有时候我对接着要干些什么就犹疑不定,而这一段无所事事的间歇时期可把我毁了,因为没有外物占据我的精力,我的思想就一个劲儿在我自己身上打转。我已经没有任何足以使我的想象力有所寄托的打算,甚至不可能再有什么打算,因为我当时正是处于万事如意的境地,我已经无可企求,而我的心灵却仍是一片空虚。唯其因为我看不出有什么更好的境地,这种境地也就特别令人痛苦。我已经把我最缠绵的情意都集中在一个称心如意的人的身上了,而她也以同样的情意爱我。我和她一起生活着,无拘无束,甚至可说是随心所欲。然而,不论我在不在她身边,我的心头总有一种隐痛时刻不离开我。我占有她,却又感到她还不是我的;只要想到我对于她并不就是一切,我便觉得她对于我也几乎等于零。

我有朋友，男女都有。我以最纯洁的友情、最完美的敬意爱着他们，我企望着他们最真实的回报，我甚至根本就不曾想到要对他们的诚意稍加怀疑。然而这种友情，对我来说，却是苦恼的滋味多，甜蜜的滋味少，因为他们固执地、甚至故意地要拂逆我的一切爱好，拂逆我的志趣，拂逆我的生活方式，以至于，只要我表示出想做一件只跟我个人有关而与他们毫不相干的事情，他们也会立即联合起来，迫使我放弃这个念头。不论什么事，不管我有什么想法，他们都固执地要控制我。而我不但不想控制他们的想法，连过问都不想过问，因此，他们这种固执就更加不公平了。他们的固执成了我的一种沉重的负担，并且太使我苦痛了，以致最后我每逢收到他们的信，临打开时总是预先感到一种恐惧，而后来读信时这种恐惧又总是得到充分的证实。我觉得他们个个都比我年轻，他们动不动就给我的那些教训，倒是他们自己所非常需要的，而他们竟拿来教训我，也未免太把我当孩子看待了。我常对他们说："我怎么爱你们，你们就怎么爱我吧；此外，不要管我的事，就跟我不管你们的事一样；我所要求于你们的，不过如此而已。"在这两点当中，如果说他们曾按照我的请求做到了一点的话，那至少也不是后面那一点。

我有一个孤立的住所，在一个景色宜人的幽境里；我在家里可以自己做主，依我的方式生活，谁也无权来监督我。然而这种寓居却也带给我一些尽管乐于履行但毕竟是无法免除的义务。我的全部自由都只是暂时的、靠不住的；我比服从命令还要受到更大的束缚，因为我必须受我自己的意志的束缚。没有哪一天，我能在早晨起来的时候说："我将能随意支配我这一天。"不但如此，除了要依从埃皮奈夫人的安排布置以外，我还有另一种更加讨厌的依从，就是要由社会大众和不速之客来摆布。我离巴黎虽远，却挡不住每天都有大批闲得无聊的人来找我，他们不知道怎样利用自己的时间，便毫不顾惜地来浪费我的时间。我总是在万万想不到的时候被人无情地包围着，很少能为一天定出个有意思的计划而不被一个不速之客来推翻的。

总之，在我最渴望的许多美好条件之中，我得不到一点真正的享受，因而我的思想又飞回到我青年时代的那些宁静的日子里，有时便叹息着叫道："唉！这里可不是沙尔麦特啊！"

当我回忆我过去生活的各个不同时期时，便自然而然地考虑到我当时已经达到的那个生命阶段。我发现我已经到了迟暮之年，浑身病痛，终期不远了，而我的心灵所渴望的那些赏心乐事，几乎没有一件我曾充分领略过；我感到心里蕴蓄的那些热情，我也不曾使之迸发出来；我感到我的心灵里潜伏着的那种醉人的欲念，我不但不曾体味到，简直不曾沾到一点儿，这种欲念，由于缺乏对象，老是在心头压抑着，除了发为嗟叹以外，没有其他宣泄的办法。

我生来就有一个感情外露的灵魂，对它来说，生活就是爱，怎么可能直到那时为止竟不曾找到一个完全属于我的朋友，一个真正的朋友呢？我认为自己生来就是做这种真正的朋友的人呀。我的感情是那么易于着火，我的心就是一团爱，我怎么就一次也没有以它的烈焰，为一个既定的对象而燃烧起来呢？我被爱的需要吞噬着，却从来不能很好地满足这个需要，我眼见着就要到达衰老之门，未曾真正地生活过就要死去了。

这些凄凉而扣人心弦的遐想，使我怀着遗憾之情进行反省,而这种遗憾却又不无若干甘美的滋味。我觉得命运似乎欠了我一点什么东西。既然使我生而具有许多卓绝的才能,而又让这些才能始终无所施展,这又何苦来呢? 我对我的内在价值有所意识,它一面使我感到受到不公正的贬低,一面又在一定程度上抵消了这种感觉,并使我潸然泪下,而我生平就是喜欢让眼泪尽情倾泻的。

我是在一年最美的季节里进行这些遐想的,那是六月天气,在清凉的丛林之下,莺声呖呖,溪水潺潺。这一切把我又投到那太富有诱惑力的慵懒状态中去了——这种慵懒,原是我生而好之的,但是前此一阵长期的激昂情绪使我养成的那种冷酷而严厉的风格,早该使我把它永远摆脱掉了。我不幸又去回想托讷古堡的午餐和跟那两位妩媚的少女相遇的情景了,那也是在这同样的季节里,环境也和我此刻所处的相似。这段回忆,唯其与天真无邪结合在一起,就使我觉得格外温馨美妙。它又把别的许多类似的回忆都勾起来了。不久我就看到,凡是在我青年时代曾使我感到飘飘然的对象,都集拢在我的周围,加蕾小姐呀,葛莱芬丽小姐呀,布莱耶小姐呀,巴西勒太太呀,拉尔纳热夫人呀,我那些漂亮的女学生呀,一直想到那位妖艳动人的徐丽埃姐,她是我到现在还不能忘怀的。我发现我被一群天仙,被我的旧相识,包围了起来,我对她们的最强烈的欲念也不算是什么新颖的感情了。我的血沸腾起来,噼噼啪啪地爆炸了,我的头脑,尽管发已斑白,也发昏了,于是我这个庄重的日内瓦公民,我这个严肃的让-雅克,在近乎四十五岁的年龄上,突然一下子又变成害相思病的情人了。侵袭我的那种陶醉心情,虽然是那么突如其来,那么不近情理,却又是那么持久,那么强烈,硬是要等它把我拖进那灾难重重的出乎意料而又骇人听闻的绝境，才让我醒悟过来。

这种陶醉，不管达到了什么程度，却还不至于使我忘记我的年龄和处境，不至于使我自诩还能博得美人的怜爱，总之，不至于使我企图把我自童年以来就感到徒然烧毁我的心灵而不可能取得结果的烈火再传递给一个意中人。我脑子里无此希望，甚至无此欲念。我知道恋爱的时期已经过去了，我充分意识到老风骚的可笑，不会让自己成为笑柄。我在青春年少时就不怎样自负风流和信心十足，临老反而再来这一套吗？我可不是那种人。而且，我爱安宁，还怕闹家庭风波；我太真诚地爱我的戴莱丝，不愿叫她看到我对别人的情感比对她的情感更加热烈而感到伤心。

在这种情况下，我又怎么办呢？读者只要稍微注意一点我的来龙去脉，一定早就可以猜出来了。我不能求得实在的人物，便把自己投进了虚幻之乡；我既看不出一点现存的东西值得作我的狂热的对象，我就跑进一个理想世界里去培养我的狂热，而我那富于创造力的想象不久就把这理想世界配上了恰如我意的人物。这种办法从来也没有来得这么及时，这么富有活力。在我的不间断的冥思默想之中，我畅饮着人心所从未有的那种最甜美的情感激流。我完全忘掉了人类，我创造出了一群既美若天仙、品德又超凡入圣的完美无缺的人物，都是些在尘世永远也找不着的可靠、多情而忠实的朋友。我就喜欢这样翱翔于九霄之上，置身于旁边的那许多可爱的对象之中，在那种境界里流连忘返，不计时日。我将一切其他的事都抛开了，我匆匆忙忙地吃下一口饭，就急着再跑到我那些小丛林中间。当我正要出去到那太虚幻境的时候，一看到有倒霉的凡夫俗子来把我羁留在尘世，我就掩盖不住、抑制不了我的愠怒；当我失去自制时，就给他们来了个十分生硬的、简直可以称之为粗暴的接待。这样就只有增加我愤世的名声，其实，如果人们能更好地了解我的心的话，这原该使我得到一个恰恰相反的名声的。

正当我意气风发、热情奔放的时候，我又跟被绳子一下子拽回来的风筝一样，被大自然拽到原地来了，因为我旧病复发，情况相当严重。我采用那唯一可望减轻痛苦的治疗办法，也就是说，使用探条来治疗，这就把我那些安琪儿式的爱情暂时打断了。因为，除了人们在病痛的时候不能讲恋爱以外，我的想象力只有在乡村、在树荫之下才能活跃起来，而一坐到屋里，待在房梁底下，就要凋零，就要死去。我常恨世上没有山林仙女；如果真有的话，我准会在她们中间找到一个可以寄托我的一片深情的对象。

又有一些家庭麻烦这时来增添我的苦恼。勒·瓦瑟太太表面上把我恭维备至，实际上却不遗余力地要把她的女儿从我手里拉走。我从我的旧邻居那里收到了几封信，说明那老婆子瞒着我用戴莱丝的名义借了好几笔债。戴莱丝是知道的，却压根儿也不告诉我。有债要还，倒不怎么叫我生气，最叫我生气的还是他们对我保守秘密。唉！我对她从来没有过任何秘密，她怎么居然对我保守秘密？一个人能对他所爱的人隐瞒一点事吗？霍尔巴赫那一帮见我一次也不到巴黎，便开始当真恐慌起来了，生怕我爱上了乡村，生怕我会傻到要在乡村里一直住下去，从此便开始制造许多麻烦；他们想利用这些麻烦，间接地把我召回到城市来。狄德罗是不愿意这么早就自己出面的，他先把德莱尔从我这边拉过去。德莱尔认识狄德罗还是我介绍的，现在他把狄德罗说给他听的那些印象转告我,而德莱尔自己还不知道此中的真正目的呢。

一切都仿佛不约而同地要把我从我那甜美而癫狂的梦想中硬拽出来。我的病还没有好,就收到一篇咏里斯本毁灭①的诗,我猜这是作者寄给我的。这就使我不能不有所答复,跟他谈谈这篇作品。我是用写信的方式跟他谈的,这封信,如下文所说,是在很久以后没有征得我的同意而印刷出来的。

看到这个无论是名声还是成就都可说是达到登峰造极地步的可怜人,却在奇刻地咒骂人生的苦恼,老是觉得一切都是恶,我不免感到诧异,所以定下了一个冒昧的计划,要叫他扪心自问一番,并且向他证明一切都是善的。伏尔泰表面上信仰上帝,而实际上从来只信仰魔鬼,因为他所谓的上帝,按他的说法,不过是一个以害人为唯一乐趣的恶魔罢了。这种学说的荒谬是一目了然的,而从一个浸沉在各种幸福之中的人的口里说出来,特别令人反感,因为他自己处在安乐窝里,却竭力要叫所有其他的人悲观失望,把他自己并没有受到的种种灾难写得那么阴森可怖。我倒是比他更有资格去历数和衡量人生的痛苦的,所以我对人生的痛苦作了一个公正的审查,并且证明给他听,在所有这些痛苦之中,没有一个痛苦能怪罪天意,没有一个痛苦不是出于人对自己才能的滥用者多,出于大自然本身者少。我在这封信里,对他是十分尊敬、十分仰慕、十分慎重的,可说是极恭敬之能事。然而,我知道他很自负,很容易感受刺激,所以不直接把信寄给他,而是交给他的医生和朋友特龙香大夫,授他以把这封信或交或毁的全权,他

---

① 一七五五年葡萄牙首都里斯本发生大地震,死三万人,毁建筑物三分之一。

觉得怎样最合适就怎样办。特龙香把信转交了。伏尔泰以寥寥数行回答我说,他自己有病在身,还要照看病人,当改期另复,对问题本身只字未提。特龙香把这封信转寄给我时,还另附了一封信,表示对托他转信的人颇不佩服。

我从来没有把这两封信发表出来,甚至也没有拿给别人看过,因为我不爱大张旗鼓地宣扬这种小小的胜利,但是原信都还在我的函札集里(甲札,第二○及二一号)。在这以后,伏尔泰就把他答应我的那个答复发表出来了,但是他并没有把它寄给我。那个答复不是别的,就是《老实人》那篇小说。我不能谈这篇小说,因为我没有读过。

所有这些分心的事,原本可以根治我那些虚幻的爱情,而这也许是天赐的一个办法,以预防这爱情的悲惨后果。然而我的恶星宿占了上风,我刚能勉强出门,我的心、我的脑子、我的脚就又走上原路了。我说原路,是就某些方面而言:因为我的思想,狂热程度稍有所减,这次是回到现实世界来了,但是我把现实世界中任何一个门类里最可爱的事物都选择得太苛刻了,以致这种精华事物之虚幻性丝毫不亚于我抛弃了的那个幻想世界。

我把我心头的两个偶像——爱情与友谊——想象成为最动人的形象。我又着意地用我一向崇拜的女性所具有的一切风姿,把这些形象装饰起来。我想象出两个女朋友而不是两个男朋友,因为两个女人之间的友谊的例子,唯其比较罕见,也就越发可爱。我赋予她们以两个相似的,却又不同的性格;两个不算完美,却又合乎我的口味的面容;这两个面容又以仁慈、多情而更加容光焕发。我让她们俩一个是棕发,另一个是金发,一个活泼,另一个温柔,一个明智,另一个软弱;但是软弱得那么动人,似乎更足以见其贤德。我为二人之一创造出一个情人,①而另一个女人又是这情人的温柔多情的朋友,甚至还有些超出朋友的程度;但是我不容许产生争风、吃醋、吵闹等情事,因为任何令人不快的情感都要我费很大的气力才能想象出来,也因为我不愿以任何贬低天性的东西使这幅笑容可掬的图画黯然失色。我爱上了我这两个妩媚的模特儿,我便尽可能使我自己和那个情人兼朋友一致起来;不过我把他写成亲切的、年少的,另外再加上我觉得我自己具有的许多美德和缺点。

为了要把我的人物放在一个适合于他们的地点,我就把我在旅行中所见过的最美的地方一一拿来加以审查。但是我找不到一个我认为足够清幽的丛林,找不到一片我认为足够动人的风景。如果我见过塞萨利②的那些山谷的话,它们可能会使我满意的;但是我的想象力已经倦于创造了,它要求以一个现实的地点作为基础,并且足以引起我一种幻觉,使我感到我要安排在里面居住的那些人物的真实性。我有很长一段时间想到波罗美岛,它们的美妙景色曾使我惊叹不置;但是对我的人物说来,我觉得这些岛上的装饰品太多,人工的雕琢太多了。而且我一定要有一个湖,我最后便选定了我的心一直萦怀的那片湖景。在命运为我限定的那个幻想的幸福范围里,我长期盼望我能在这个湖的某一部分边岸定居下来,现在我就把这一部分湖岸确定下来。我那可怜的妈妈的故乡,对

---

① 　金发的是朱丽,与乌德托夫人相似。情人是圣普乐,有很多特点像让-雅克。棕发的是朱丽的表妹克莱尔。
② 　塞萨利,希腊北部山区,风景幽美,名山如奥林匹斯等都在这个区域,古希腊神话认为是天神之居,等于地上天堂。

我仍然具有一种魅力。山光水色既相映成趣,风景又丰富多彩,那片悦人耳目、扣人心弦、荡涤胸襟的全景又辉煌壮丽,这一切终于使我做出决定,就让我创造出来的那几个青年男女定居在佛威了。以上便是我灵机初动时想象出来的一切,其余的是在以后才添上去的。

在一段长时期内,我就满足于一个如此泛泛的纲要,因为这个纲要已经足以使我的想象力充满可喜的对象,足以使我的心灵充满它所喜欢培育的感情了。这些虚构,由于频繁地回到我的脑海中,最后就有了较多的实质,并且以一种明确的形式在我的脑海里固定了下来。就是在这个时候,我忽然起念要把虚构所给我提供的某些情节写到纸上,并且,一面回忆我少年时代所感到的一切,一面又给过去未能满足而现在仍然侵蚀着我的心灵的那种爱的欲望以出路。

我先纵笔写下了几封既不连贯,彼此也无关系的零散的信,而当我想把它们连缀起来的时候,时常感到棘手。有一点,很难令人置信但又是千真万确的,那就是头两部分差不多全是这样写成的,不曾有任何预先想好的提纲,甚至也没有料到我有一天会想到把它们拿来写成一部正式的作品。所以人们可以看到,这两部分都是用了一些没有量体剪裁的材料事后拼凑起来的,里面充满了补白性的文字,这是其他部分所没有的。

正当我耽于梦幻的时候,乌德托夫人第一次来访,这是她生平来看我的第一次,但不幸,人们在下面就可以看到,并不是最后的一次。乌德托伯爵夫人是已故包税人贝尔加尔德先生的女儿,是埃皮奈先生、拉利夫先生和拉伯里什先生的姊妹,后两位后来都做过礼宾官。我已经说过我怎样在她未出

嫁之前就和她认识了。自从她结婚之后,我只是在她的嫂子
埃皮奈夫人家里,在舍弗莱特的宴会中见到过她。不论是在
舍弗莱特还是在埃皮奈,我都曾多次和她在一起,相处好几
天,我不但始终觉得她十分亲切,而且我看她对我似乎也很有
好感。她相当欢喜和我一同散步;我们俩都健于步行,彼此倾
谈,滔滔不绝。然而,虽然她曾有好几次邀请我去,甚至敦促
我去,我从来也没有到巴黎去看她。她跟圣朗拜尔先生①的
亲密关系,使我对她更加关心了,因为当时我刚开始和圣朗拜
尔先生要好,我记得这位朋友当时正在马洪,她到退隐庐来看
我就是为了告诉我有关他的消息的。

这次拜访有点像是小说的开场。她走错路了。她的车夫
离开了弓背路,想走弓弦,从克莱佛风磨直达退隐庐,结果马
车在山谷底下陷到泥潭里了;她决定下车,徒步走完剩下的那
段路。她那细薄的鞋袜一会儿就磨破了,自己又陷到泥里,仆
从们费了九牛二虎之力才把她拽了出来。最后她穿着长靴到
了退隐庐,大笑不止,我见到她,也陪着大笑起来。全身衣服
都要换,戴莱丝就把自己的衣服拿给她,之后,我就请她屈尊
吃点乡下饭食,她感到很满意。当时天色已经不早,她没有待
多久就走了;但是这次会晤太愉快了,她似乎有兴趣以后再
来。她实践这个计划,已是第二年的事了;但是,唉!这种姗
姗来迟,并没有对我起什么保险的作用。

整个秋季我忙于一件人们猜想不到的事情——为埃皮奈
先生看果园。退隐庐是舍弗莱特园林里各溪流的汇集点;那

---

① 圣朗拜尔(1716—1803)是以《咏四季》长诗出名的诗人,当时还是军
官,与乌德托夫人相恋达五十年之久。

里有个园子,有围墙围着,沿墙都是果树,还有其他各种树木。为埃皮奈先生生产的水果,尽管给人偷掉了四分之三,还比他在舍弗莱特的那片大菜园要多。我为了不做绝对无益的住客,就负责为他管理果园,监督园丁。直到摘果的季节,一切都极顺利;但是,果子渐渐成熟,我发现丢的越来越多,也不知道都到哪里去了。园丁向我保证说,都是给山鼠吃掉了。我就开始对山鼠作战,打死了很多,但是果子仍旧减少。我留心观察,结果发现园丁自己就是个大山鼠。他住在蒙莫朗西,夜里带着老婆、孩子来,把白天摘下藏到一边的果子都扛走了,明目张胆地送到巴黎菜市上去卖,仿佛自己有个果园似的。这个可恶的家伙,我也不晓得给了他多少好处,戴莱丝又拿衣服给他孩子们穿,他父亲讨饭,差不多就是靠我养活的,可他还是厚颜无耻,毫不费事地偷我们。只怪我们三人都不够警惕,没有加以提防;有一次他居然一夜把我的地窖子搬个净空,第二天我什么也找不到了。倘若他只是偷我,我也就认了;但是总得为果子作个交代呀,我就不得不揭发偷果子的人了。埃皮奈夫人请我把他的工资付掉,打发他走,另找一个园丁;我照办了。那个大坏蛋就天天夜里在退隐庐四周乱窜,手里拿着一根样子像狼牙棒的带铁尖的粗棍子,后面还跟着几个跟他一路货色的流氓。两个女总督被这家伙吓得要死,为着给她们壮胆,我就叫新来的园丁天天夜里睡在退隐庐;这还不能叫她们安心,我就叫人向埃皮奈夫人要了一支枪,放在园丁的房间里,跟他说好,只有在不得已时,例如,有人试图冲门或爬墙时,才能使用,而且也只装火药,不装弹丸,无非是吓唬吓唬小偷罢了。一个人行动不便,要在树林中间过冬,独自和两个胆怯的女人在一起,为了大家的安全,这当然是可能采取的最低限度的防御措施了。最后,我又弄来了一只小狗,担任警戒任务。这时候,德莱尔有一天来看我,我给他讲了我的处境,并和他一起笑着谈到我的军事装备。他回到巴黎,又拿这件事说给狄德罗取乐;就这样,霍尔巴赫那一帮知道我真的要在退隐庐过冬了。这种坚持精神是他们料想不到的,可把他们弄得不知所措了。他们一面打主意,想出点什么别的麻烦来叫我住得不痛快①,一面就通过狄德罗,先把德莱尔给我拉走。还是这个德莱尔,他先觉得我的防御措施极其自然,后来却在写给我的信里认为这些措施都与我的原则不合,不仅可笑,而且坏透了。他在这些信里拿我大开玩笑,挖苦讽刺,尖酸刻薄,如果我当时的脾气不好的话,我会感到这是对我的侮辱。但是那时候我心里充满了爱慕与缠绵的情感,不容再有其他的情感钻进来,所以我只把他那些辛辣的讽刺当作是说笑话,别人觉得他荒诞的地方,我只觉得他轻薄而已。

由于我提高警惕,多多操心,结果把园子看得很好,虽然这年水果收成很坏,产量还是达到前几年的三倍。说真话,我为保全产品,也是不惜费尽心力的,我甚至亲自护送水果到舍弗莱特和埃皮奈去,甚至亲手提篮子;我记得有一次"姨妈"和我两人抬了一个篮子,把我们压得几乎趴下来了,我们不得不每走十步就歇一歇,弄得浑身大汗才抬到了目的地。

当坏季节开始把我关在屋里的时候,我就想再捡起我的

---

① 此刻,我才发现,当我写这一段的时候,我竟笨到这种地步,居然没有看出,当霍尔巴赫之流看到我要在乡下待下去而给我找麻烦,主要是由于勒·瓦瑟太太已经脱离了他们的掌握,当他们进行阴谋策划时,没有人在固定的时间和地点给他们出主意了。我迟迟才产生这个念头,充分说明他们行动的荒诞,任何别的假设都是无法解释的。——作者原注

室内工作;但是不可能。随便在什么地方,我只看到那两个妩媚的女友,只看到她们那个男朋友、她们周围的环境、她们住的地方,只看到我的想象力为她们创造出来的或美化了的种种事物。任何时刻我都不能控制自己,狂热状态一直缠住我不放。我作过许多努力要摆脱那些虚构,但无效果,最后我完全被它们迷住了,只想努力把它们整理一下,连贯起来,写成类似小说的东西。

我最大的困难就是羞于这样明白、这样公开地揭露我自己的矛盾。我已经那么大张旗鼓地建立起我那些严峻的原则,那么坚定不移地宣讲过我那些严厉的箴言,那么尖刻地骂过那些专写爱情和柔情的软绵绵的作品,现在人们突然看到我又亲手把自己放在被我那么严格批评过的作家之列,谁还能想象出比这更出乎意料、更刺人耳目的事呢?我充分意识到这种自相矛盾之处,我责备我自己,我为此而羞惭,为此而气愤,但是,这一切都不足以把我拉回到理智中来。我完全被降伏了,非服从不可,不管有什么风险,我也得下决心去冒天下之大不韪。至于我能不能使这部书出版,那就以后再说了,因为当时我还没有设想要把它发表出来呢。

决心一下,我就没头没脑地钻到我的梦想里去了。我把这些梦想在脑子里反复思考,最后使它们构成了一种方案,这个方案执行的结果,人们现在已经看到了。毫无疑问,这是对我那些异想天开的念头的最好的利用。好善之心从来没有离开过我的胸怀,它把这些异想天开的念头导向有益的目标,连世道人心都可能有所裨益。我那些香艳的图景,如果里面缺少那种天真无邪的柔和的色彩,便会失掉它们的全部优美。一个弱女子是怜悯的对象,恋爱能使她博得别人的同情,通常她也并不因为软弱而稍减其可爱。但是看到那种时髦的风尚,谁又能忍受下去而不感到愤慨呢?一个不贞的妻子,公开践踏自己的一切义务,认为没让丈夫当场捉获她的奸情,便是对他的一种恩典,他还该衷心感激她,世上有比这样不贞的妻子的得意洋洋的劲儿更令人气愤的么?自然界中没有完人,完人给我们的教导已经离我们太远了。但是,假定一个年轻的女子,生而有一颗既正直又温存的心,未婚之前让爱情把她征服了,结婚之后又恢复了精神力量,反过来战胜了爱情,又成为有德行的人,谁若是告诉你说,这幅图景就其整体来说是有伤风化而一无是处,谁就是个说谎者、伪善者,你不要听他的话。

除了这个从根本上跟整个社会秩序有关的针对风俗和夫妻间的忠诚的目标之外,我还怀着一个较深刻的目标,即是社会协调与社会和平。这个目标,本身也许比上面的还更伟大,更重要,至少在我们当时所处的时代是如此。《百科全书》引起的那场风暴远没有平息,当时还正在最猛烈的阶段。对立的两派以极度的愤怒互相抨击,或者毋宁说是像疯狂的豺狼那样互相撕咬,而不是像基督徒和哲学家那样希望互相启发、互相说服、互相拉回到真理的道路上来。也许双方都还缺少有本领的、孚众望的领袖来把这场斗争发展成内战,否则,天晓得,骨子里都同样有着最残酷的偏见的双方,这样一场宗教内战会导致什么样的结果啊。我生来就仇恨一切宗派偏见,所以对双方都坦率地说了一些严酷的真理,而他们全听不进去。于是我就想到另一个不得已的,以我单纯的头脑看来似乎是很妙的办法,就是以消灭他们的偏见为手段来缓和他们相互之间的仇恨,并且给每一方面指出,另一方面的优点和品德都值得公众的钦佩和一切凡人的敬仰。这个不够明智的计划是建立在人人皆善这样一个假定上的,却使我自己陷入我责备圣皮埃尔神父的那种错误了,所以,它产生了它应得的结果:并没有使双方互相接近,而使它们联合起来打击我了。经验终于使我感到了我的傻气;但是在这以前,我是全力以赴的,我敢说,我那股热忱是无愧于驱使我去做的那种动机的,所以我刻画了沃尔马和朱丽两人的性格,当时我内心的狂喜使我希望能把他们两人写得都很可爱,并且使两人都由于互相映衬而显得更加可爱。

我为我的方案能这样粗粗地定下来而感到满意,于是又回到了我已经草拟的那些详细的情节上面;这些情节的整理结果就产生出了《朱丽》的前两部分。我是怀着一种说不出的喜悦,在这个冬季撰写和誊清这两部分的,用的是最漂亮的金边纸,吸墨用的是蔚蓝和银灰的粉末,装订分册用的是浅碧丝带,总之,我成了另一个皮格马利翁①,对那两个妩媚的少女的一片痴情,简直找不到什么够风雅、够玲珑的东西来配上她们了。每天晚上,我在火炉旁拿这两部分给女总督们念了又念。女儿一言不发,感动得跟我一起抽抽噎噎地哭了起来;母亲根本听不懂,始终无动于衷,又找不到一点应酬的词令,只好在大家默默无言的时刻对我一再重复说:"先生,真美呀!"

埃皮奈夫人知道我冬天单独一人住在树林中间的一座孤

---

① 皮格马利翁是传说中的塞浦路斯国王和雕刻家,他雕出了一个少女像,名珈拉特,觉得太美,就热恋上她了,司美与爱的女神阿芙罗狄蒂(相当于罗马神话中的维纳斯)怜他一片至诚,便赋予珈拉特以生命,并使他们结合。奥维德在《变形记》中讲过这个故事。

立的房子里，很不放心，时常派人来打听我的消息。她对我的友情表现得从来没有这样真切过，而我对她的友情也从来没有反应得这样热烈。在这些友情的表现之中，有一件事如果不特别提出来，我就太不对了：她曾把她的画像派人送给我，并且想要我的画像——拉都尔画的，曾在沙龙里展出过的那一幅①。我也不应抹煞她另一次亲切的表示，它看起来很可笑，但是由于它留给我的印象，也可见我的性格演变之一斑。有一天霜冻很厉害，我打开她派人送来的一个包裹——是她亲自为我备办的几样东西，发现有一条短裙，英国法兰绒做的，说她已经穿过，要我改制一件坎肩。短笺的措词很感人，充满着亲热与天真。这点关怀超过了友谊，我觉得太体贴了，仿佛她自己脱下衣服来给我穿，以致我在情感激动之中热泪纵横地把那短笺和衬裙吻了足有二十遍。戴莱丝以为我疯了。说也奇怪，埃皮奈夫人对我的友情表示真是太多了，却从来没有一次能像这次这样感动我。甚至在我们绝交以后，我每次回忆起这件事也不免心头发软。我把她那张小便笺保存了很久，如果它不是和我那时的其他信件遭到同一命运的话，我现在还保存着呢。②

虽然那时期我的尿闭症一到冬天就不让我轻松，虽然这

① 拉都尔的名画之一，画于一七五三年，卢梭当时四十一岁。
② 这个便笺载在《埃皮奈夫人回忆录》里，内容是这样："我的隐士：我派人送些零碎日用品给勒·瓦瑟夫人；由于受托人是我新近才用的，我把他送来的东西开列如下：一小篓盐，一块窗帘，供勒·瓦瑟夫人房间用，一条崭新的短裙，是我自己穿的（我并没有穿过），丝织法兰绒的料子，很适于给她做一条短裙，或者你自己做件很好的坎肩。再见吧，狗熊之王；给我一点关于你的消息。"笺内措词与卢梭所说的不相符，可能经过篡改。

年冬天有一部分时间我都被迫使用探条,然而,总的说来,那还是我自从居住法国以来最甜美、最安静的一个季节。在坏天气为我免遭不速之客的侵袭的那四五个月之中,我比以前和以后更能体味到那种独立、平稳而又朴素的生活,而越享受这种生活,我就越觉得这种生活的价值。当时我别无其他伴侣,只有现实中的两个女总督,想象中的两个表姊妹①。特别是在那个时候,我日益庆幸我明智地采取了这个决定,不顾那些看我摆脱了他们的羁绊而不高兴的朋友们的叫嚣;当我听到狂人谋杀案②的时候,当德莱尔和埃皮奈夫人在信里跟我谈到那种弥漫巴黎的纷乱和骚动的时候,我是多么感谢上苍使我远离了那些恐怖和罪恶的景象啊! 否则的话,社会紊乱使我已经养成的那个暴躁脾气,那些恐怖和罪恶的景象只能使它更加滋长、更加乖戾;而现在呢,我在我的幽居周围,只看到赏心悦目、甜蜜美妙的事物,我的心完全沉醉于种种温馨的感情之中了。这是人家让我过的最后的宁静的时刻,我津津有味地在这里记下它们的历程。在随着这个安静的冬季而来的那个春天里,就可以看到我下面要写的那些灾难的胚芽开始萌发了,在这些纷至沓来的灾难当中,人们将再也看不到这种间歇时间,能让我有工夫去喘息一下。

然而,我似乎还记得,就是在这个和平的间歇中,即使在我的幽居深处,我还不是十分安静,还不免遭到霍尔巴赫一伙的搅扰。狄德罗就给我引起了一些麻烦;除非我完全记错了,《私生子》一书就是在这个冬天出版的,一会儿我就要谈到这

<hr />

① 指朱丽和克莱尔,她们俩是表姊妹。
② 指一七五七年一月四日达米扬在凡尔赛宫谋刺路易十五未遂一案。

本书。由于后面将会讲明白的种种原因,我那时期的可靠文件剩下的很少了,就是留下的文件,日期也很不准确。狄德罗写信向来是不注日期的。埃皮奈夫人和乌德托夫人写信也只注明星期几,而德莱尔通常也跟她们一样。当我想把这些信依次排列起来的时候,就不得不摸索着,注上一些大概的日期。因此,我既不能确有把握地确定这些纠纷的开始,我就宁愿把我所能记得的一切当作整个一条写在下面。

大地春回,我的狂热更加高涨,我在爱火的激奋中又为《朱丽》的后几部分写了好几封信,这些信都洋溢着我写信时的那种狂喜的心情。我可以特别提出写极乐园和湖上泛舟的那两封信。如果我记得不错的话,这两封信都是在第四部分的末尾。谁读了这两封信而不心软并且融化在促使我写出这些信的那种缠绵悱恻的感情里,谁就该干脆把书合上:他是没有资格来评论感情这个题目的。

正是这个时候,出乎意料,乌德托夫人第二次来访。她的丈夫是近卫队军官,不在家,她的情人也正在服役,她就到奥博纳来了,在蒙莫朗西的幽谷中租了一座相当漂亮的房子。她就是从那里到退隐庐来作一次新的远足。这次出游,她骑着马,扮作男装。虽然我平生不喜欢这种蒙面舞式的乔装,但对她那种乔装的传奇风度却有些一见倾心,这一次可真是爱情了。因为这段爱情是我平生第一遭,又是平生唯一的一遭,又因为它的后果使它在我的记忆里将永远是既难忘而又可怕,所以请容许我把这件事说得稍微详细点。

乌德托伯爵夫人快三十岁了,根本说不上美,脸上还有麻子,皮肤又不细腻,眼睛近视,眼型有点太圆。尽管如此,她却显得年轻,容貌又活泼,又温柔,老是亲亲热热的。一头乌黑的长发，天然鬈曲，一直拖到膝弯。身材娇小玲珑，一举一动都显得又笨拙又有风韵。她的禀性极自然，又极隽雅：愉快、轻率和天真在她的身上结合得非常巧妙。她有的是那种讨人喜欢的妙语，不假思索，有时竟夺口而出。她多才多艺，会弹钢琴，舞跳得很好，还能写几句相当漂亮的小诗。至于她的性格，简直是天使一般：心肠好是它的基础，而除了谨慎与坚强以外，她一切美德都兼而有之。特别在为人方面，她是那么可靠，在社交方面，又是那么忠诚，纵然是她的仇敌，做事也不瞒她。我所说的她的仇敌，是指恨她的男人或女人，因为，就她自己来说，她是没有一颗能够恨人的心的，而且我相信我们这点相同之处曾大有助于我对她的热恋。在最亲密的友情的倾诉之中，我从来没有听到她背后说过人家的坏话，就连她嫂子的坏话，她也从来不说。她不能对任何人掩饰她心里所想的事，甚至不能抑制她的任何感情：我深信，她就是在丈夫面前也谈她的情人，正如她在朋友面前、熟人面前、所有的人面前都谈她的情人一样。最后，有一点不容置辩地证明她那善良天性的纯洁与真诚，那就是她可以心不在焉到无以复加，轻率到十分可笑的地步，常常于无意之中说出些话或做出些事来，对她自己可谓不慎之至，但从来没有冒犯过别人。

她很年轻的时候就被勉强嫁给乌德托伯爵了①。乌德托伯爵有地位，是个好军人，但是喜欢赌博，喜欢闹事，很不亲切，她从来就没有爱过他。她在圣朗拜尔先生身上发现了她丈夫的一切优点，再加上许多可爱的品质，既聪明，又有德，又

---

① 乌德托夫人（1730—1813）十八岁出嫁，引起卢梭的热恋是在二十七岁的时候，卢梭当时四十五岁。

有才能。在本世纪的风俗中如果还有一点东西可以原谅的话,毫无疑问,就是这样一种依恋之情:它的持久使它变得纯正,它的效果使它受人钦仰,它之所以能巩固起来,只是由于双方的相互尊敬。

我猜测,她来看我,固然也有点儿出于兴趣,但更多地还是为了博得圣朗拜尔的欢心。他曾敦促她来,他相信我们之间开始建立起来的友谊会使我们三个人对这种往还都感到愉快。她知道我了解他们俩的关系,她既然能在我面前无拘无束地谈他,自然就表明她喜欢跟我相处了。她来了;我见到她了。我正陶醉于爱情之中而又苦于没有对象。这陶醉就迷住了我的眼,这对象就落到了她的身上。我在乌德托夫人身上看到了我的朱丽,不久,我就只看到乌德托夫人了,但这是具备了我用来装饰我的心头偶像的那一切美德的乌德托夫人。为了使我痴情到底,她又以炽热的情侣身份跟我谈着圣朗拜尔。多么巨大的爱情感染力啊!我听着她说话,感到自己在她身边,竟幸福得不由自主地浑身颤抖起来,这是我在别的女人身边都从来没有体会过的。她谈着,谈着,我自己也就感动了。我还以为我只是对她的感情感兴趣呢,其实这时我自己也已经产生了同样的感情了;我大口大口地吞下这毒汁,可是我当时只感到它的甜美。总之,在我们两人都没有觉察的情况下,她用她对情人所表现的全部爱情,激发起我对她的爱情来了。唉!为着一个心中已经别有所恋的女人而燃烧起这样既不幸而又炽烈的爱情,真正是为时已晚,也真正是太令人痛苦了!

虽然我在她身边已经感到了那些异常的冲动,但我先还没有觉察到我心里究竟发生了什么变化。只是在她走了以后,当我开始想朱丽的时候,我才吃惊地发现,我想来想去都只能想到乌德托夫人。这时候我的眼睛睁开了,我感到了我的不幸,我为此而哀叹,但是我还料想不到这个不幸将要产生的许多后果呢。

我今后对她持什么态度呢?我迟疑了很久,仿佛真正的爱情还能留下足够的理智让你去深思熟虑似的。我正在举棋不定,她又一次出乎意料地来找我了。这一下我心里可有数了。伴随邪念而来的羞涩之心使得我哑口无言,在她面前直发抖,我既不敢开口,也不敢抬起头来,我心头的慌乱简直无法形容,而她不可能看不出来。于是我就决定向她承认我心里慌乱,并让她猜测慌乱的原因:这等于把原因相当明白地告诉她了。

如果我年轻而又可爱,如果乌德托夫人后来软弱了,我在这里就应该谴责她的行为,然而,事实并不是这样,所以我对她只有赞美,只有钦佩。她做出的决定是既大方又谨慎的。她来看我,是圣朗拜尔叫她来的,她不能突然疏远我而不向圣朗拜尔说明原因,因为这样就可能使两个朋友绝交,也许还会闹得满城风雨,而这是她要避免的。她本来是对我既敬重而又怀有善意的,所以她就怜悯我这点痴情,但是不予以逢迎,而是表示了惋惜,并且努力要医好我的痴情。她很乐意为她的情人和她自己保留一个她看得起的朋友。她说等我将来变得理智了,我们三人之间很可以构成一种亲密而甜美的关系,而她每跟我谈到这一点,便显得再愉快也不过的。她并不只是限于这种友好的劝告,必要时她也不惜给我一些由我自己招来的较严厉的责备。

我也同样严厉地责备我自己。等到我独自一人的时候,我就清醒了,我把话说出了之后,心里也就比较平静了。大凡一个人的爱情,被激起爱情的女方知道了之后,就变得好受些。我用来责备自己的那种力量理应医好我的爱情的,如果事实是可能的话。我把所有强有力的理由都找来帮助我扼杀我这份爱情。我的操守呀、我的感情呀、我的原则呀、可羞可耻呀、不义不忠呀、罪在不赦呀、负友之托呀,最后还有个理由:以我这样的年纪,还让最荒唐的热情燃烧起来,而且对方又已经心有所恋,既不能对我的爱有所回报,又不能让我保留任何希望,未免太惹人笑话了,而且这样荒唐的热情不但不能由坚持而得到任何好处,反而变得一天比一天更苦痛难堪。

谁能相信啊!这最后一种考虑,原该给所有其他的考虑增添分量的,却反而把它们都抵消掉了!"一段痴情,"我想,"只于我个人有害,那又有什么可顾忌的呢?我难道是个要让乌德托夫人小心提防的轻狂小生吗?别人看到我这样煞有介事的悔恨,不会说是我的殷勤、仪表和打扮在诱使她走入歧途吧?嘿!可怜的让-雅克啊,你自由自在地去爱吧,心安理得地去爱吧,别担心你的叹息会有损于圣朗拜尔。"

读者已经看到,我就是在年轻的时候也从来没有自命不凡过。上面那种想法正合我一贯的心理倾向,它使我的激情感到安慰;这样一来,我就无保留地沉溺于激情之中了,甚至笑我那种不合时宜的顾虑是出于虚荣而不是出于理智了。对一颗正直的心来说,这是一个多么重大的教训啊!邪恶进攻正直的心灵,从来不是那么大张旗鼓的,它总是想法子来偷袭,心是戴着某种诡辩的面具,还时常披着某种道德的外衣。

我既怙恶而又无悔意,不久就毫无节制地为恶了;请读者看看我的激情是怎样循着我的天性的故辙,最后把我拖下了深渊吧。最初,为了使我放心,它采取谦卑的态度,后来,为着使我放手做去,它把这种谦卑转变成为疑惧。乌德托夫人不断提醒我,叫我勿忘本分,保持理智,她从来也没有片刻迎合我的痴情,不过待我总是极其温存,对我总是采取最亲切的友谊的态度。我敢保证,如果我相信这份友谊是真诚的话,我一定也就感到满足了,但是我认为它太热烈了,不会是真正的友谊,因而我脑子里就不免产生了这样的想法:这种与我的年龄和仪表太不适合的爱情,使我在乌德托夫人眼里的地位降低了,这个轻狂的少妇只是要拿我和我这过时的热情来取乐,她一定把心里话都告诉圣朗拜尔了,她的情郎恨我对不起朋友,便赞成她要弄我,两人串通一起要把我逗得晕头转向,好叫人家嗤笑我。这种愚蠢的想法曾使我二十六岁时在我所不了解的拉尔纳热夫人身边说了许多糊涂话,现在我是四十五岁的人了,又是在乌德托夫人身边,假如我不知道她和她的情郎都是不至于开这样残忍的玩笑的正派人,那么我这种愚蠢的想法倒也还是情有可原的。

乌德托夫人继续来拜访我,我不久也就回拜她了。她欢喜步行,我也是一样,我们在迷人的景色中作长时间的散步。我爱她,又敢于说出我爱她,我已经心满意足了,如果不是我的糊涂言行毁了其中的全部妙趣的话,我当时的处境实在是再甜蜜不过了。她起先一点也不明为什么我在接受她的爱抚时会那么傻气,但是我的心从来就不会对自己所想的事丝毫有所隐瞒,所以我不久就把我的猜疑对她说明白了。她起先想一笑置之,但这个办法不成功,她的笑会激起我的狂怒的,她便改变了口吻。她那种怜惜的温存真是战无不胜的,她对我说了些直沁入我心脾的责备的话,她对我那些不正确的畏惧表示担忧,我就抓住这种担忧而加以滥用,我要求用事实来证明她不是戏弄我。她明白,没有任何别的办法能够使我放心。我就越逼越紧,这一步是微妙的。一个女人已经被迫到了讨价还价的地步了,竟还能那么便宜了事,真是惊人,也许可说是空前绝后的一遭吧。凡是最缠绵的友情所能给予的,她都不予拒绝。任何足以使她失节的事,她都绝不放松。并且我很惭愧地看到,每逢她稍微给我一点好处就把我的感官烧得炽热难熬,而这种炽热在她的感官上却引不起半点火星。

我曾在某处①说过,如果你不想给感官什么东西,你就绝不能让它先尝到一点甜头。要想知道这句箴言对乌德托夫人说来是多么不正确,要想知道她是多么能够自持,那就必须详细了解我们那些频繁的、长时间的密谈,把我们那四个月当中的热烈的密谈从头到尾都回顾一番。我们在一起度过的那四个月是在两个异性朋友之间无与伦比的亲密中度过的,而双方又都把自己限制在我们始终不曾逾越的那个范围里。唉!我体会到真正的爱情确实是太迟了,可是一经体会,我的心灵和感官为了偿付这笔拖欠的情债,又付出了多大的代价啊!单方面的爱情尚且引起这样的狂热,那么,一个人若是处在他所爱并博得其爱情的那个对象身边,他所感到的狂喜该是多么剧烈啊!

但是,我说单方面的爱情是说错了,我的爱情在一定程度上是有回报的,它虽然不是相互的,却是两方面的。我们两人都陶醉在爱情之中:她爱她的情郎,我爱她;我们的叹息,我们的甘美的泪水都交融在一起了。彼此都是多情的知心人,我

---

① 见《新爱洛伊丝》第三部第十八函。

们的情感太相投了,不可能没有相合的地方。不过,在这种危险的陶醉之中,她从来没有一刻忘形;而我呢,我保证,我发誓,虽然我有时被感官迷惑了,曾企图使她失节,却从来也不曾真正蓄意打她的主意。我那热情的激烈,本身就控制了这份热情。克己的义务荡涤了我的灵魂。一切美德的光辉都装饰着我心头的偶像,玷污它那神圣的形象就等于把它毁灭。我很可能犯这个罪,我在心里犯了这个罪不下百余次;但是,真正要玷污我的索菲①么?这样的事情是可能的吗?不,不!我把这话对她说过千百遍了,即使我有满足欲望的权力,即使我能支配她自己的意志,除了若干短暂的狂热时刻以外,我都会拒绝以这种代价来求得快乐。因为我太爱她了,我才不想占有她。

从退隐庐到奥博纳,将近一法里;在我频繁前往的旅行中,我有时也在那里住宿。有一天晚上,两人面对面地用过晚餐之后,我们就到花园里,在美丽的月色下散步。这花园的深处有个相当大的剪修过的树林,我们穿过树林去找一个幽美的树丛,树丛里还造了一挂瀑布点缀着,这是我给她出的主意。永世难忘的无邪与享受的回忆啊!就是在这树丛里,我和她坐在一片细草地上,头上是一棵花儿盛开的槐树,为着表达我心头的感情,我找到了真正无愧于这种感情的语言。这是我平生第一次,也是唯一的一次达到崇高的境地——如果人们可以把最缠绵、最热烈的爱情所能输进男人心灵的那种亲切而又富有魅力的东西称为崇高的话。我在她的膝上流下了多少令人心醉的眼泪啊!我又使她情不自禁地流了多少这

① 乌德托夫人的名字。

样的眼泪啊！最后在一阵不由自主的激动之中，她叫道："不，从来没有像你这样可爱的人，从来没有一个情人像你这样爱过！可是，你的朋友圣朗拜尔在叫着我们，我的心是不能爱两次的。"我一声长叹，就不说话了；我拥抱她——这是一次怎样的拥抱啊！但是，仅此而已。她独自一人生活着，也就是说，远离她的情人和丈夫，已经有六个月了；我差不多天天都去看她，而且爱神始终伴随着我们也已经有三个月了。我们时常先面对面地用过晚餐，然后两人到树丛深处，在那月光之下，经过两小时最热烈、最缠绵的私语之后，她又在半夜里离开树丛和朋友的怀抱，身和心都和来时一样无瑕、一样纯洁。读者们，衡量衡量所有这些情景吧，我不再加半句话了。

　　人们可别以为在这种场合下，我的感官能让我安静，就像在戴莱丝和在妈妈身边一样。我已经说过，这次是爱情，而且是以其全部力量和全部狂热迸发出来的爱情。至于我不断感觉到的不安、战栗、心悸、痉挛、昏厥，我都不去描写了：人们单凭她的形象在我心头所产生的效果，就可想而知了。前面已经说过，退隐庐离奥博纳相当远，我常从昂蒂里那一带山坡边上走过，那里的景色是极其引人入胜的。我一边走，一边梦想着我即将见到的那个人，梦想着她将给我的亲热的接待，梦想着在我到达时等着我的那一吻。单是这一吻，这不祥的一吻，在没有接受之前就已经把我的血点燃起来了，使我头脑发昏，眼睛发花，两膝颤抖，站立不住；我不得不停步坐下来，整个身体仿佛都乱了套，我几乎要晕过去了。我意识到这种危险，所以出门时总是力求分心，想别的事情。可是我还没走二十步，那同样的回忆，以及随之而来的那一切后果，就又来侵袭我，绝对无法摆脱；并且，不问我用什么办法，我不相信我有哪一次能逍遥自在，一个人走完这程路。我走到奥博纳时，疲惫不堪，有气无力，简直要倒下去了，站都站不住。可是一见到她，我就完全恢复过来了，我在她身边只感到精力无穷却又不知如何使用的苦恼。我来的路上，在望得见奥博纳的地方，有一片风景宜人的高岗，叫奥林匹斯山，有时我们俩各自从家里走到这里相会。如果是我先到，当然要等她；但是这个等候又叫我多么受罪啊！为了有所自遣，我总是用我带的铅笔写些情书，这些情书，简直是用我最纯粹的血液写出来的：我从来没有能把一封情书写完而字迹依然可以辨认清楚的。当她在我们两人约定的壁橱里找到这样的情书的时候，她从中看到的，除了我写情书时那副可怜的样子外，别的什么也看不到。这种样子，特别是拖了那么久，经过三个月不断的刺激和绝望，就使我疲惫得好几年都恢复不过来，最后还使我得了疝气病，将来我是要把它，或者说，它是要把我带到坟墓里去的。我这个人的气质，也许是大自然所曾产生的最易激动，而又最易羞怯的气质。我这种气质的人所能得到的唯一的爱情享受就是如此。我在人世间最后的好日子也就是如此。下面开始的就是我一生中一大串几乎从未间断的灾难。

在我整个一生中，人们已经看到，我的心像水晶一样透明，从来不会把藏起来的一个稍微强烈的感情隐瞒一分钟。请大家想想，要我把对乌德托夫人的爱情长久隐瞒起来，那是可能的吗？我们的亲密关系所有人都看得一清二楚，我们也不稍加隐讳，或故弄玄虚。这种亲密关系并不属于需要保密的那一类。乌德托夫人对我怀着她自觉是无可指责的最亲密的友谊，而我则对她满怀着谁也没有我知道得更清楚的正当的敬佩。她坦率、心不在焉、有点冒冒失失；我真诚、笨拙、高傲、急躁、狂热，我们就在自以为平安无事的假想中贻人以口实，远超过我们真正有什么越轨行动。我们都到舍弗莱特去，我们常在那儿见面，有时甚至还是事先约好了的。我们在那里和平时一样生活着，天天并肩散步，就在那片园林里，正对着埃皮奈夫人的房子，并且就在她的窗下谈我们的爱情、谈我们的义务、我们的朋友、我们的纯洁的计划。埃皮奈夫人就从窗口不断地窥视我们，她自以为被人欺上脸了，便用两只眼睛往心里灌足了怒气和愤恨。

女人个个都掌握着掩饰愤怒的艺术，特别是在愤怒强烈的时候。埃皮奈夫人脾气暴躁却又工于心计，她高度掌握着这种艺术。她佯装什么也没有看见，什么也不怀疑；她一面对我加强体贴照顾，甚至近于挑逗，一面又故意用不客气的态度和鄙夷的表示欺压她的小姑子，似乎还暗示我也鄙夷她。人们当然料到她这样做是成功不了的，但是我却受到了苦刑。我的心被两种相反的感情撕裂着，我一面被她的爱抚感动了，同时我看她那样对不起乌德托夫人又感到怒不可遏。乌德托夫人的那种天使般的温和性情使得她忍受一切，毫无怨言，甚至并不因此而更不满她的嫂子，而且，她常常又是那么漫不经心，对这种事往往又那么不够敏感，所以有一半时间她根本就没有觉察到嫂子对不起她。

我当时太沉醉在我的狂热之中了，所以，除了索菲（这是乌德托夫人的名字之一）什么也看不见，就连我已经成了埃皮奈全家和许多不速之客的笑柄，也都没有觉察出来。霍尔巴赫男爵，据我所知，以前从来没有到舍弗莱特去过，现在就是这种不速之客之一。如果我当时就像后来那么多疑的话，我一定会猜想到，他这次旅行是埃皮奈夫人事先布置的，好请他来看一场日内瓦公民谈恋爱的把戏。但是我那时太蠢了，连大家一望而知的事我都看不见。然而我的全部愚蠢也挡不住我发现男爵比平时更高兴、更快活的样儿。他不像平常那样愁眉苦脸地看我，却说无数揶揄的话，弄得我莫名其妙，瞪着大眼一句话也答不上来；埃皮奈夫人则笑得前仰后合，我还不知道他们发了什么疯呢。因为一切都还没有越出开玩笑的范围，所以，如果当时我觉察到这一点，最好的办法就是凑上去跟他们一起开开玩笑就是了。但是事实上，人们透过男爵的那种嘲笑的快活劲儿，可以看出他眼里闪烁着一种恶意的喜悦，如果当时我就跟事后回想起来时那样注意到的话，这种恶意的喜悦也许会使我心里不安的。

有一天，我又到奥博纳去看乌德托夫人。她常到巴黎去，这次是刚从巴黎回来，我发现她愁眉苦脸的，并且看出她曾经哭过。我不能不克制自己，因为她丈夫的姊妹伯兰维尔夫人在场；但是我一有机会，就向她表示我心头的不安。"唉！"她叹口气对我说，"我恐怕你的痴情把我一辈子的安宁都葬送掉了。有人告诉圣朗拜尔了，但是讲的不是实情。他倒能为我说公道话，但是他有点发脾气，而最坏的是他有些话又藏着不讲出来。幸而我们之间的关系我一点也没有瞒他，我们的关系本来是他促成的。我在给他的信上尽讲起你，就如我的心里充满了你一样；我只向他瞒住了你那种糊涂的爱情，我原是想医好你这种爱情的，而他，话虽没有说，我看出他是把你的爱情当作我的一个罪过的。有人陷害我们，冤枉了我；不过，管它呢，要么我们从此一刀两断，要么你就老老实实的，该怎么就怎么。我不愿再有一点事瞒住我的情人了。"

到这时候我才感觉到，我在原该充当其导师的一个少妇面前受到了她的严正的责备,自知过失,满面羞惭,真是一件难堪的事。我痛恨我自己,这种痛恨,如果不是受害者给我引起的那种亲切的同情又使我的心软了下来,也许足以把我的懦弱克服下去的。唉!我的心已经被从四面八方钻进来的眼泪渍透了,这时它还能硬起来么?这一阵心软很快就化为对告密人的愤怒了。那班卑鄙的告密人只看到一个虽然有罪却是不由自主的情感的坏的方面。他们根本就不相信,甚至也想象不到有颗真诚的清白的心在补赎着这个方面。至于是谁给我们来了这一手的呢,我们处在疑团中的时间也并不长久。

我们两人都知道埃皮奈夫人是和圣朗拜尔通信的。她给乌德托夫人挑起风波,这已经不是第一次了,她曾千方百计要把圣朗拜尔跟乌德托夫人离间开来,这种努力曾经有几次获得成功,所以乌德托夫人生怕以后又中她的计。此外还有格里姆,我记得他似乎是跟随加斯特利先生到军队里去的,那时也和圣朗拜尔一样正在威斯特法伦;他们在那儿有时能见到面。格里姆曾在乌德托夫人面前试图进攻过几次,但都没有成功。格里姆大为恼火,从此就根本不和她见面了。格里姆的"谦逊"是众所共知的,他既认定乌德托夫人不爱他而爱一个年纪比他大的人,而且他,格里姆,自从跟大人物交往以来,一谈起这个人就只把他当作手下的一个受保护者,大家想想他是不是能冷静吧。

我对埃皮奈夫人的怀疑,在我听到我家里所发生的事情的时候,就变成确信了。当我在舍弗莱特的时候,戴莱丝也常来,或者是把我的信送给我,或者是照顾一下我的坏身子。埃皮奈夫人曾问她,乌德托夫人和我是不是互相通信。一听说互相通信,埃皮奈夫人就逼她把乌德托夫人的信交给她,保证她会把信重新封好,显不出被拆过的样子。戴莱丝并没有显出对这种建议是如何愤慨,甚至也没有把这件事告诉我,只是把送给我的信藏得更紧些而已:真是提防得好啊,因为埃皮奈夫人派人在她来的时候监视她,并且有好几次竟大胆到在半道上搜她的围裙。更有甚者,埃皮奈夫人有一天表示要跟马尔让西先生一起到退隐庐来午餐,这是我自住进退隐庐以来的第一次。她趁我跟马尔让西先生出去散步的时候,和她们母女二人到我书房里去了,并且逼她们把乌德托夫人的信拿出来给她看。如果母亲知道信在什么地方,信就交出去了,幸而只有女儿一人知道,她说这些信一封也没有保留下来。当然,这个谎言是充满着正直、忠诚与宽宏大量的,若是说出真话,反而成为道地的背义行为了。埃皮奈夫人一看不能诱惑她,便努力激起她的醋意,怪她太随和、太糊涂。她对她说:"你怎么能看不出他们之间的罪恶关系呢?如果摆在你眼前的一切你都不信,而还需要一些别的证据,那么,你就帮我的忙来找这些证据好了:你说他把乌德托夫人的信读过就撕了,好吧!你就把碎片小心捡起来,交给我,我负责把碎片拼凑起来。"这就是我的女友给我的女伴的教导。

所有这些企图,戴莱丝竟谨慎到把我瞒了很久;但是,当她看到我那种惶惑困窘的样子,觉得不能不对我和盘托出,好让我知道谁在跟我作对,以便采取措施,预防人家正在给我准备的那种种陷阱。我的愤慨、我的气愤是无法形容的。我不学埃皮奈夫人的榜样,跟她装假,也不想用狡计来破狡计,我完全听凭我的急躁脾气去做,再加上平素的轻率,我就公开闹起来了。人们读了下面这几封信,就可以看出我是多么不谨慎,同时这些信也足以说明双方在这一件事上的作风如何了。

埃皮奈夫人函（甲札,第四四号）

怎么我就看不到你了,我亲爱的朋友? 我为你感到不安。你曾再三答应我只在退隐庐和这里两头跑跑呀! 关于这一点,我一直是让你完全自由的;而现在一星期过去了,你连个人影也不见。如果不是有人告诉我,你的身体很健康,我还以为你病了呢。我前天、昨天就在等候你,到现在还不见你来。我的上帝呀! 你怎么啦? 你现在手头又没有什么事要做,你也不会有什么苦恼,因为如果有的话,不是我自负,你早就跑来向我倾诉了。因此你一定是病了! 赶快解除我这焦躁不安的心情吧,我求你。再见,我亲爱的朋友;愿这个"再见",能给我从你那方面带来个"你好"。

复　函

星期三晨

我现在还什么都不能对你说。我在等待了解得更清楚些,反正或迟或早我一定会弄清楚的。同时,请你确信:被控的无辜者将会找到一个热烈的保卫者,足以让那些诬告者后悔,不论诬告者是什么人。

埃皮奈夫人的第二函（甲札,第四五号）

你的信使我大吃一惊,你知道吗? 它究竟是什么意思呢? 我把它读了又读,一直读了二十几遍。老实说,我一点也不明白。我只看出你心里感到不安和苦恼,你要等到不安和苦恼过去了以后再跟我谈。我亲爱的朋友,我们就这样约定,好吗?我们的友谊、我们的信任,都到哪儿去了?我是怎样失掉了那种信任的呢?你是对我生气,还是为我生气呢?无论如何,你今天晚上就来,我请求你。记得不到一星期前,你还答应过我不把任何事情藏在心里,有事立时就对我说呢!我亲爱的朋友,我是信赖这个信任的……我刚才把你的信又读了一遍:我还是不明白,但是它叫我颤抖。我觉得你心里激动得痛苦极了。我倒很想使你平静下来,可是,我既然不知道你不安的原因,我就不知道对你说些什么才好,我只能告诉你,在看到你之前,我是完全和你一样不幸的。如果你今晚六点钟不到,我明天就到退隐庐来,不管天气怎样,也不管我身体如何,因为我忍受不了这样的不安。再见,我亲爱的朋友。我要冒险给你一个忠告,但不知道你需要不需要,你要极力提防,极力制止不安的心情在孤寂中发展。一只苍蝇会变成一个魔鬼的,我过去常有这种体验。

复　函

星期三晚

只要我现在不安的心情还继续下去,我既不能去看你,也不能接受你的访问。你说的那种信任现在不存在了,你想恢复也将是不容易的。现在,我在你的殷勤当中,所看到只是你想从别人的表白中得到某种合乎你的图谋的好处;而我这颗心,对一颗开诚相见的心是极易流露的,对诡计和狡诈却要关上大门。你说你难以看懂我的信,我却从中看出你惯常的机智。你以为我真傻到相信你没有看懂那封信么?不,但是我将以坦白来战胜你的诡巧。为了使你对我更不了解,我就进一步明说吧。

有两个结合得好好的、彼此都无愧于对方的爱情的有情人,他们都是我亲爱的人;我当然料到你不知道我指的是谁,除非我把名字说出来。我猜测有人曾试图拆散他们,并且利用我来使他们两人之一产生忌妒。这种选择并不十分高明,但是对于那个坏心眼说来,似乎很方便;而这个坏心眼,我怀疑就是你。我希望这就清楚点了吧。

好啦,一个我最钦佩的女人,在我完全知晓的情况下,做出了那种无耻的事——把自己的心和身份给两个情人,而我也那么无耻,竟是这两个懦夫之一。如果我知道你一生中有一时一刻曾对她和我有过这样的想法,我一直到死也恨你;可是,我要责备你的,不是你曾经这样想过,而是你曾经这样说过。在这种情况下,我就不明白三人之中你想害的究竟是谁;不过,如果你爱安宁的话,你应该担心你的成功就是你的不幸。我对某些交往感到不好,这我既没有瞒你,也没有瞒她;但起因是正当的,我要用跟起因一样正当的方式来结束这种交往,我要使非法的爱情变成永恒的友谊。从来不会害人的我,能无辜地被人利用去害我的朋友们吗?绝对不能,我永远不能原谅你,我会变成你的不可和解的仇人。只有你的秘密还会受到我的尊重,因为我将永远不做背信之人。

我不相信我目前这种惶惑的心情还会延续很久。我很快就会知道我是不是弄错了。到那时,我也许要对太对不起人的事进行补赎,而我将感到这是做了平生最大的快事。但是,你知道在我还要在你身旁度过的短时间里,我将怎样补赎我的过失么？我将做到除我之外任何人都不能做到的事,我将坦白地告诉你社会上对你是怎样的想法,告诉你在名誉方面应该修补哪些缺口。尽管你有那么多所谓的朋友环绕着你,将来你看到我走了之后,你就永远向真理告别了,你再也找不到一个能跟你说真话的人了。

埃皮奈夫人第三函(甲札,第四六号)

我不懂你今天早晨的信,我已经对你说过了,因为那是事实。你今天晚上的信我看懂了,别害怕我会回答你:我正急于要把它忘掉。虽然我觉得你可怜,我还是不能不感到这封信使我的灵魂充满了的那种苦涩。我! 对你玩诡计,玩狡诈! 我! 竟被指责做了无耻之尤的事! 再见吧,我很惋惜你竟然……再见吧,我不知道我在说些什么……再见吧,我十分愿意原谅你。你想什么时候来,就什么时候来好了! 你别猜疑你会受到冷遇,其实你将受到很好的接待。不过,你尽可不必为我的名誉操心。别人怎样非议,我都毫不在乎。我品行端正,这就够了。此外,我完全不知道那两个对我和对你一样亲爱的人究竟出了什么事。①

这最后一封信为我解除了一个极大的困难,却又使我碰上了另一个并不稍小的困难。这些信件虽然往返极端迅速,

~~~~~~~~~~~

① 在《埃皮奈夫人回忆录》里,这最后一句话改为:"你什么时候愿意,我就什么时候解除你为我保密的义务,只要你觉得这些秘密稍微有点难以保守的话。你比谁都更清楚,我是没有任何秘密说出来不为我增光的。"但原信尚在,确如卢梭所录。

都在一天之内，但是其中短暂的间隔时间也足够让我在一阵阵的怒气之中想到我的粗心大意严重到什么程度了。乌德托夫人叮咛我保持冷静，让她一人去设法了结这桩公案，并且，特别在当时，要避免任何决裂，任何声张。而我呢，对一个生性就好嫉恨的女人，又用了最明显、最恶毒的侮辱语言，在她心头火上加油。当然，我从她那里只能指望一封又高傲、又轻蔑、又鄙视的回信，逼得我不能再有所留恋，如果不立刻离开她的家门，我就成了一个最可耻的懦夫。幸而她的机巧超过了我的暴怒，她复信里的那种措词避免了这样的结局。然而，要么就离开，要么就立刻去看她，二者必居其一。我采取了后一步骤，同时预料到需要解释一番，而在解释时应该采取什么态度，倒叫我为难起来了。怎样才能把事情应付过去而又既不累及乌德托夫人，也不累及戴莱丝呢？我说出谁的名字来谁就该多么倒霉啊！一个翻脸无情而又好搞阴谋的女人，要报复，便什么事都做得出来，件件事都叫我为成为报复对象的人担忧。正是为了预防这种不幸，所以我才在信里只说到怀疑，避免提出确证。诚然，这种说法使我发的那阵脾气越发不可原谅，因为任何单纯的怀疑也不能容许我像方才对待埃皮奈夫人那样对待一个女人，特别是对待一个女朋友。但是就在这里开始了一个我办得十分得体的既伟大而又高贵的困难工作：我以承担一些更严重的过错来补赎我那些隐瞒起来的过错和软弱，而我承担下的那些过错都是我不能犯而又从来没有犯过的。

　　我无须应付我所害怕的那场舌战，我不过受了一场虚惊而已。我一到，埃皮奈夫人就跳上来搂着我的脖子，满脸热泪。这种来自一个老朋友的意外的接待，使我极为感动；我也哭了起来。我对她说了几句没有多大意义的话；她也对我说了几句更没有什么意义的话。饭已经摆好了，我们就去入席。在席上，我以为那场解释推迟到晚餐以后了，在这个等待阶段中，我的脸色很难看，因为我心里只要稍微有点不安就显得六神无主，连最不明眼的人也瞒不过去。我那副尴尬样子原该鼓起她的勇气的，然而她没敢这样做：晚餐后也和晚餐前一样，都没有进行什么解释。第二天也没有；在我们默默相对之中，只谈了些无所谓的事，或者由我说几句礼貌话，表示我的怀疑究竟有无根据，还完全不能断定，并且实心实意地向她保证，如果发现怀疑没有根据，我一辈子都要向她请罪的。她没有流露出一点好奇之心，想确切地知道这些怀疑究竟是怎么一回事，又是怎么来的；因此，我们的和好，不论是在她还是在我，全都包括在见面时的那一次拥抱之中了。既然只有她一人受到了侮辱——至少表面上是如此，我就觉得她自己都不想把事情搞清楚，更轮不到我来把事情说明白了，因此我是怎样来的，也就怎样回去了。而且，我继续跟她相处，又和以前一样，所以不久我就把这场吵闹几乎忘个一干二净，并且愚蠢地以为她自己也已经忘怀，因为她仿佛已经不再回想这件事情了。

　　人们很快就可以看到，这并不是我的懦弱给我招来的唯一苦恼；我还有别的一些使我同样难受的苦恼，它们却并不是我自己招来的，而只是由于有人要折磨我，好把我从孤独生活中硬拉出去。① 这些苦恼都是从狄德罗和霍尔巴赫一帮那方

---

① 也就是说，要把老太婆从孤寂生活中硬拉出去，因为人家要她去了后，才好布置阴谋。说起来真是惊人，在这场漫长的风暴中，我那愚蠢的信任竟一直阻止我去了解，他们要拉回巴黎的绝不是我，而是她。——作者原注

面来的。自从我住进退隐庐以来，狄德罗就不断地搅扰我，有时是自己出面，有时是通过德莱尔。根据德莱尔拿我在丛林里乱跑为题给我开的那些玩笑去判断，我不久就看出他们是多么兴高采烈地把隐士丑化成风流情人了。但是在我跟狄德罗所闹的那些纠纷里，问题还并不在此，这些纠纷还有更严重的原因。《私生子》出版以后，他曾给我寄来一本，我也以对朋友的作品应有的那种兴趣与注意读完了这本书。当读到他附进去的那篇用对话体写的诗论的时候，我很惊讶也很痛心地发现，里面有好些话都是攻击过孤寂生活的人的，这些话虽令人不快，却还能够容忍，但是其中有这样一个辛辣而粗暴、语气毫不委婉的论断："只有恶人才是孤独的。"这个论断是模棱两可的，可以有两个意义，我觉得其中之一是很正确的，而另一个是很错误的；既然一个人自愿过孤独的生活，他不可能，也不会损害任何人，因此，根本不能说他是恶人。论断本身就需要加以解释，何况作者在发表这个论断的时候，有一个正过着孤独的退隐生活的朋友，那就更需要解释了。我觉得，不论如何推测，这都是引人反感、有亏道义的；或者是他在发表这一论断时忘掉了这个孤居的朋友；或者是，如果他曾想起这个朋友，但在提出这个一般性的格言时，不但没有把这个朋友，而且也没有把那么多自古迄今在隐遁中寻求安宁与和平的受人尊敬的贤人哲士看成是可敬的正确的例外，而竟以一个作家的身份，有史以来第一次把他们都一笔勾销掉，不分青红皂白地一律目之为坏蛋了。

我热切地爱狄德罗，由衷地尊敬他，并且我以彻底的信任，指望他对我也有同样的情感。但是他那股不倦的别扭劲，专在我的爱好上、志趣上、生活方式上，在只与我一个人有关的一切事情上，永远跟我唱反调，真叫我厌烦。看到一个比我年轻的人竟然用尽心机要拿我当小孩子管教，我是很反感的。他那种轻于许诺、忽于践约的习惯，也叫我厌恶。他不知有多少次约而不来，并且专门喜欢爽而又约、约而又爽，实在叫我烦恼。我每月都在他自己订好的日期白白地等他三四次。我一直跑到圣德尼去迎他，等了一整天，结果还是一个人晚上吃闷饭，这又使我感到尴尬。总之，我心里早已装满了他再三再四对不起人的事情。这最后一次对不起我，我觉得更严重，更使我痛心。我就写信向他叫屈，但是措词极其温和，极其感人，连我自己都泪流满纸；我那封信是足以使他感动得流泪的。而他对这问题是怎样答复的呢？人们永远也猜不到。现将他的回信（甲札，第三三号）照录如下：

> 我的作品使你喜欢，并且感动了你，我听了很高兴。你不赞同我关于隐士的意见，你爱为他们说多少好话，你就尽管说吧，你将是世界上唯一我要为之说好话的隐士。而且，如果你听了能不生气的话，可说的话还多着呢。一个八十岁的老太太呀！如此等等。有人告诉我，埃皮奈夫人的儿子的信里有过一句话，一定曾叫你心里很难受，要不然我就是太不理解你的灵魂的深处了。

这封信的最后两句话需要说明一下。

在我开始住到退隐庐的时候，勒·瓦瑟太太似乎不欢喜这个地方，觉得住所太孤单。她这种话传到我耳朵里来了，我就提出，如果她觉得在巴黎好些的话，就把她送回去，我为她付房租，并且和她跟我住在一起一样照顾她。她拒绝了，并且向我声明，她很喜欢住在退隐庐，说乡下空气对她有好处。人们可以看到,这也是真话,因为她在乡下可以说变得年轻了,身体比在巴黎时好得多。她的女儿甚至还向我保证:如果我们真的要离开退隐庐,她心里会是很不高兴的,因为退隐庐确实是个迷人的好住处,而她又很欢喜弄弄园子,拾掇拾掇水果,现在正是得其所哉;不过,她是说了人家叫她说的话,为的是要努力把我劝回巴黎。

此计不成,他们就想用良心责备的办法来获得美意殷勤所没有产生的效果,说我把这个老太太留在乡下,离她那样的岁数所可能需要的救护太远,简直是一种罪恶。他们就没有想到,不但她,还有许多别的老年人,都凭着这地方的新鲜空气而益寿延年的,而那些必要的救护,从我门口的蒙莫朗西就可以得到。他们那么说,仿佛只有巴黎才有老年人,在别的任何地方老年人都活不下去。勒·瓦瑟太太吃的多,极喜欢暴饮暴食,常吐酸水,并且泻得厉害,泻个几天就把肠胃泻好了。她在巴黎,从来也不在意,采取自然疗法。她在退隐庐还是用这个老办法,深知道这个办法最妙不过。可是,他们不管这些:既然乡下没有医生和药房,把她搁在乡下就是想叫她死,虽然她在乡下身体很健康。狄德罗倒该确定一下,老年人到了什么样的年龄就不许住到巴黎以外去,否则就要以杀人论罪。

以上就是那两个十恶不赦的罪状之一,为此,他不肯把我放在他那条"只有恶人才是孤独的"的论断之外;这也就是他那动人的感叹号和他那好意加上的"如此等等"的意义:"一个八十岁的老太太呀!如此等等。"

我觉得要回答这种指责,最好莫过于让勒·瓦瑟太太自己来替我证明。我请她自自然然地把她的感觉写信告诉埃皮奈夫人。为了让她能更自由自在一点，我绝不愿看她的信，并且把我在下面转录的这封信拿给她看。下面这封信是我写给埃皮奈夫人的，里面谈起我曾想对狄德罗的另外一封更严酷的信有所答复，但埃皮奈夫人阻止我把这封复信寄出去。

星期四

勒·瓦瑟太太要给你写信，我的好朋友；我请她把她的想法诚恳地告诉你。为了让她能自由自在地写，我对她说，我绝不看她的信，并且我请你也绝不要把那封信的内容告诉我。

既然你反对，我的信就不寄出去了。但是，我既然觉得受到了极严重的侮辱，若是承认我错了，那简直是卑鄙和虚伪，我绝对不能这样做。福音书叫人左脸挨了耳光再把右脸伸出去，但是并没有叫人请求原谅。你还记得喜剧里那个人一面拿棍子打人，一面还在叫嚷："快救人！"①吗？哲学家②就是演这个角色的。

你别以为你能阻止他不在这样的坏天气里来。友谊不能给他的时间和精力，他的怒气会给他的，这将是他生平第一次在约定的那一天前来的。他累死了也要来把他在信里骂我的话亲口对我再说一遍，而我只有耐着性子忍受着。到时候他也许回到巴黎后就病倒了，而我呢，按照老规矩，我将是个可恶万分的人。有什么办法呢？只好忍着。

---

① 指莫里哀的喜剧《司卡班的诡计》里的司卡班。他骗皆隆特说强盗要来打他，把他藏在袋里，然后一面用棍子打皆隆特，一面嚷着叫不要打。
② 卢梭惯于称狄德罗为"哲学家"，称霍尔巴赫为"男爵"。

然而,你不佩服这个人的智慧吗?他曾经想坐马车到圣德尼来接我,在那里共进午餐,又用马车把我送回家,而一星期之后(见甲札,第三四号),他的经济情况竟只允许他徒步到退稳庐来,别无他法了!用他的话来说,此乃由衷之言——这也不是绝对不可能的;不过,果真如此的话,一定是他的经济情况在一星期之中起了离奇的变化。

我深切同情令慈的病所给你的愁苦;但是,你看得出,你的苦恼还抵不上我的苦恼呢。看到我们所爱的人生病而心里难过,总比看到他们不公平和残忍引起的难过要轻得多。

再见吧,我的好朋友!这是我跟你谈这不幸事件的最后一次了。因为你劝我冷静沉着地到巴黎去,并且说这种冷静沉着将来会使我感到高兴的。

根据埃皮奈夫人本人的建议,我把我在勒·瓦瑟太太的问题上干了些什么,写信告诉了狄德罗。可以想象,既然勒·瓦瑟太太已经选定了留在退隐庐这条路,说她在这里身体健康,经常有人陪伴,生活很舒服,狄德罗再也不知道怎样加罪于我了,于是就把我这个防止谰言的做法当作一种罪行,并且把勒·瓦瑟太太继续居住退隐庐仍然算作我的另一个罪行,尽管继续居住是由她自己选定的,尽管无论过去和现在都只凭她一句话就可以回到巴黎去生活,而从我这方面所得到的援助,在巴黎和在我身边都是一样。

以上是对狄德罗第三三号信上第一条指责所作的说明。至于对第二条指责的说明,就载在他自己的第三四号信里:

文人（这是格里姆对埃皮奈夫人的儿子的一个谑称）大概已经写信告诉你了，城头上有二十个穷人冻饿得要死，等着你和以前一样拿里亚尔①施给他们呢，这就是我们闲聊的题材的一个样品……如果你听到其余那些话，你也会同样被逗得乐起来的。

狄德罗拿出这个骇人的论据来，仿佛很自豪。我对这个骇人的论据答复如下：

我记得我已经答复过文人了，也就是说答复过一位包税人的儿子了，我说：我并不怜悯他在城头上看到的那些候我施舍里亚尔的穷人，他显然已经大大地找补他们了，我已经请他代替了我。巴黎的穷人对这样的人事更迭是不会叫苦的，将来我为蒙莫朗西的穷人找到这样好的一个代替者还很不容易呢。这些穷人需要一个好的代替者，比巴黎的穷人迫切得多呢。这里有个可敬的好老头，操劳了一辈子之后，现在不能劳动了，在迟暮之年行将饥饿而死。我每星期一给他两个苏，比我向城头上所有那些穷鬼布施一百个里亚尔，良心上还要痛快得多。你真会开玩笑，你们这些哲学家们，你们个个都把城里人看作是跟你们的天职有联系的唯一的人们。其实，人们是在乡下才能学会怎样爱人类，为人类服务呢，在城市里，人们只能学会鄙视人类而已。

这就是那种离奇的良心责备；一个聪明人竟糊涂到根据这种良心责备来正颜厉色地把我远离巴黎算作一个罪行，并

① 里亚尔，法国古时的小铜币，合四分之一苏。

且认为拿我自己的实例就可以给我证明一个人不可能生活在首都之外而不是一个恶人。今天想来，我不懂我当时怎么就那么愚蠢，竟还答复他，并且跟他生气，而不以对他嗤之以鼻作为全部的答复。然而，埃皮奈夫人的决定以及霍尔巴赫那帮人的叫嚣把思想界迷惑得对他太有利了，以致在这件事情上都认为是我不对。甚至乌德托夫人——她自己也是非常赏识狄德罗的，也要我到巴黎去看他，要我先向他表示希望和解。但这次和解，尽管在我这方面是诚恳而又彻底的，却没有持续下去。她所提出的使我信服的理由，就是狄德罗此刻正在倒霉。除了《百科全书》引起的那场风暴以外，他的那个剧本当时又惹起了一场十分强烈的风暴。这个剧本，虽然他在前面加了一篇小记①，人家还说他是全部抄袭哥尔多尼②的。狄德罗比伏尔泰还更经不起批评，当时苦恼极了。格拉菲尼夫人③甚至恶意散布谣言，说我为这事跟他绝了交。我觉得公开提出一个相反的证明是既公平而又豪迈的事，于是我去了，不但和他在一起，并且就在他家里住了两天。这是我迁居退隐庐以来第二次到巴黎。第一次我是去看那可怜的果弗古尔，他那时得了中风，后来一直没有痊愈，在他初得病时，我顷刻不离他的床头，直到他脱险为止。

----

① “小记”叙述与剧中人多尔瓦相遇的事。参阅本书第466页注①中关于“克莱瓦尔”的说明。

② 哥尔多尼(1707—1793)，意大利喜剧诗人，将意大利当时的即兴喜剧改革为性格喜剧。名剧有《一仆二主》《女店主》《老顽固们》《乔嘉人的争吵》等。当时的批评家弗雷隆说狄德罗的《私生子》是抄袭他的《真实朋友》的。

③ 格拉菲尼夫人(1695—1758)，女作家，有小说及戏剧问世；与伏尔泰相交甚厚。

狄德罗很好地接待了我。一个朋友的拥抱能消除多少嫌隙啊！一拥抱之后，还有什么怨恨能留在心里呢？我们没有作多少解释。本来彼此对骂是用不着什么解释的，只有一件事可做，就是把骂的话都忘掉罢了。他并没有暗中耍什么手腕，至少据我所知是没有的，这跟埃皮奈夫人不一样。他把《一家之长》的提纲拿给我看了。"这是对《私生子》的最好的辩护书，"我对他说，"先别吭气，好好写这个剧本，写好了就冲着你的敌人的脸扔过去，作为全部的答复。"他就这样做了，效果很好。早在将近六个月以前，我就把《朱丽》的头两部分寄给他看了，叫他提意见。但他连看都没有看。我们就在一起读了一个分册。他觉得通篇都是"酥皮"（这是他用的字眼），也就是说通篇废话太多，冗词太多。我自己也早已感到这一点了；不过那都是发高烧时的闲言碎语，我一直没有能改掉。后面几部分就不这样了。特别是第四部分和第六部分，都是炼句的杰作。

　　我到巴黎的第二天，他一定要拉我到霍尔巴赫先生家去吃晚饭。我们俩心里所打算的相差太远了；我甚至想取消化学手稿的合同，因为我痛恨为了这部稿子而向他那种人表示感激。狄德罗又战胜了。他向我发誓说，霍尔巴赫先生真心诚意地爱我；他那种态度对一切人都是如此，越是朋友就受得越多，应该原谅他。他又解释给我听，那部稿子的稿费，两年前就接受了，现在拒绝，对于付稿费的人就是个侮辱，而这个侮辱是他所不应得的，而且这个拒绝甚至还可能引起误会，仿佛暗中责怪他不该拖那么久才把这场交易确定下来。"我天天看到霍尔巴赫，"他又说，"我比你更清楚他的内心世界。如果你真有理由对他不满意的话，你难道以为你的朋友会劝你做一件有失身份的事吗?"总之一句话,由于我惯常的懦弱,我又让人家把我制服了,我们到男爵家吃晚饭去了,男爵和平常一样接待了我。但是他的妻子却对我冷淡,近乎不客气。① 我已经认不出那个可爱的迦罗琳了,她当年待嫁的时候对我是多么亲切。很久以前我就似乎感觉到,自从格里姆常往艾纳家里去以后,艾纳家的人就对我另眼看待了。

我在巴黎的时候,圣朗拜尔从部队里回来了。我当时根本不知道,所以直到回到乡下以后,才先后在舍弗莱特和退隐庐见到他。他是跟乌德托夫人一起到退隐庐来要我请他们吃饭。可以想象,我是多么高兴地接待了他们的。我看到他们俩那么情意相投,心中越发高兴。我为不曾扰乱他们的幸福而感到满意,感到幸福;我还可以发誓,在我整个那一段痴情时期,特别是在这个时刻,即使我能把乌德托夫人从他手里夺过来,我也不肯,甚至根本不会动这种念头。我觉得她在爱圣朗拜尔的时候是那么可爱,以致我几乎想象不到,如果她爱我的话,是否会显得这样可爱。我绝不想扰乱他们的结合,在我的狂热之中,我所真正希望于她的,只是她能让我爱她而已。总之,不论我为她燃起怎样强烈的热情,我总是觉得做她的知心人也和做她的爱情对象一样的甜蜜,我没有一时一刻把她的情人看作我的情敌,而是永远把他看作我的朋友。有人会说:这不能算爱情。好吧,但是这也就胜于爱情了。

至于圣朗拜尔,他表现得十分正派得体。因为只有我一人是有罪的,所以也只有我一人受到了惩罚,不过是宽大的惩罚。他对我严厉而又友好;我还看出,他对我的敬意稍有减

---

① 指霍尔巴赫的后妻迦罗琳·德·艾纳,是他前妻的妹妹。

少，但对我的友情毫无所损。所以我颇感欣慰，因为我知道，对我的敬意比对我的友情更容易恢复。而且他这个人十分通情达理，绝不会把一时不由自主的软弱跟性格上的缺点混为一谈。如果在过去的那一切之中有我的过错，过错却也并不严重。是我主动追求他的情妇吗？不是他自己打发她到我这里来的吗？不是她来找我的吗？我能够避免接待她吗？我能有什么办法呢？造孽的是他们俩，吃苦的却是我。如果他处于我的位置，他也会和我一样行事，或许还更坏：因为，不管乌德托夫人怎样忠实，怎样可佩，她究竟是个女人呀。他出远门去了；机会多的是，诱惑力又是强烈的，她对一个胆子更大的男人就很难坚持操守了。毫无疑问，在这样的情况下，能始终不越雷池一步，对于她和我，都算是难能可贵的了。

虽然我在内心深处为自己做了个相当光彩的辩解，但反驳我的表面现象太多了，以致那经常钳制我而我又无法克服的羞涩竟使我在他的面前活像一个罪人，而他也就常常滥用我这种羞涩，叫我难堪。我举出一件事，以见这种相互关系的一斑。饭后我把我去年写给伏尔泰的那封信读给他听，这封信，他圣朗拜尔本来早就听说过的。他在我正念的时候竟然睡着了，而我呢，以前是那么高傲，今天又是这么愚蠢，竟一次也不敢中断我的朗读，因此，当他鼾声不止的时候，我还一个劲儿地在朗读呢。我的低声下气就到了这种地步，他的报复也就达到这种地步；但是他的忠厚之心一向只容许他在我们三人之间进行这种报复。

他又出门去了，我发现乌德托夫人对我的态度大大改变了。我很惊讶，其实这是我早就应该料到的；我的感动也超过了应有的程度，这就使我非常痛苦。我原来期待能把我医好的那一切,似乎只是把那支与其说是被我拔出毋宁说是被我折断了的箭向我的心里扎得更深。

我决定完全战胜自己,并且要不遗余力地把我那种痴情变成纯洁而持久的友谊。我为此做出了许多最美好的计划,需要乌德托夫人帮助我去执行。当我要跟她谈这件事的时候,我发现她心不在焉,左右为难的样子。我感觉到她已经不再喜欢跟我在一起了,并且我清楚地看出,一定是发生过什么事,她当时不愿对我说,而我后来也一直无法知道。这种变化是我无法从她嘴里得到解释的,我伤心极了。她向我索回她的信;我就把她的信全部还给她了,老老实实,一封不缺,而她竟然侮辱我,对我这种老实还一度表示怀疑。这种怀疑,又在我的心上造成了意外的创伤,她应该充分了解我的心呀!她也承认我老实,但不是当时就承认的;我明白,她是在检查了我交去的那一包信之后,才感到自己的怀疑是不对的。我甚至看出她为此而引咎自责,这又稍微使我心里舒服一些。她不能只收回她的信而不把我的信还我。她对我说,她把我的信全烧了;现在轮到我来怀疑了,而且我承认,我到现在还怀疑呢。不,这样的信,绝不会付之一炬的。《朱丽》里的信是火一样炽热的啊!上帝呀!对于这样的信,又该怎样说呢?不,不,能激起这样一种激情的人,是永远不会有勇气把这些热情的证据烧掉的。不过,我也并不怕她滥用这些证据:我不相信她能做出这种事,而且,我早已防到了。我那愚蠢而强烈的怕人嗤笑的畏惧心情促使我一开始通信就用一种使我的信不能拿出给人看的口吻。我把我在沉醉中所采取的那种亲昵态度一直发展到以卿卿我我相称;可是,什么样的卿卿我我啊!她是不会因此而感到冒犯的。然而她也有好几次向我提出抗议,可是抗议并没有收到效果:她的抗议只能唤醒我的畏惧心情,而我又舍不得后退一步。如果这些信还在人间,如果有一天它们能被人看到,人们就会知道我曾经是怎样爱的了。[1]

乌德托夫人的冷淡给我造成的痛苦,以及我不该受到冷淡的那种信心,使我做出了一个奇特的决定:我直接写信向圣朗拜尔本人去诉苦。在等候这封信的效果的期间,我就恣情于我早该寻求的那些消遣。当时在舍弗莱特正有些盛大的宴会,我负责为这些宴会准备音乐。乌德托夫人喜爱音乐,我就以能在她面前一显身手为快,从而激起了我的兴致。还有另外一个原因也有助于激起这份兴致,那就是我要显示一下《乡村卜师》的作者也懂得音乐,因为长久以来我就发现有人在努力使大家怀疑我懂得音乐,至少是怀疑我能作曲。其实,我在巴黎初期的那些创作,我在杜宾先生家或波普利尼埃尔先生家所受到的多次考验,我十四年来在最著名的艺人中间,并且当着他们的面谱写的大量乐曲,最后,还有《风流诗神》那部歌剧,《乡村卜师》这部歌剧,还有我为菲尔小姐特别谱写的,并由她在宗教音乐会里演唱过的一首经文歌,以及我为这门艺术跟最著名的大师们在一起开过的那许多次会议,这一切都似乎应能防止这种怀疑的产生或者消除这种怀疑的。可是,这种怀疑居然还存在,就是在舍弗莱特也是如此,我还看出,连埃皮奈先生也不免有这种看法。我装作没有觉察到

[1] 这些信都不在了。有人考证说,乌德托夫人把它们全部烧毁了,只留了一封,实在舍不得烧,因为它是雄辩和言情的杰作;她把这封信交给圣朗拜尔,他搬家时遗失了。又有人说,乌德托夫人烧信时留下了四封,都交给了圣朗拜尔,后者把它们都烧了。

这一点,答应替他编一支经文歌,供舍弗莱特小教堂命名典礼之用,并且请他自由选择,为我提供歌词。他委托他的儿子的老师里南去办。里南把这些切合题旨的歌词整理出来后交给了我,一星期之后,经文歌也就谱成了。这一次,恼恨之情就是我的阿波罗,从我的手里从来也没有产生出过比这更浑厚的音乐。歌词是以 Ecce sedes hic Tonantis① 这几个字开始的。② 乐曲开始的壮丽气氛正好与歌词相称,接下去,全曲的音调之美引起了大家的注意。我习惯用大乐队,埃皮奈就集合了最好的合奏乐师。意大利歌手白鲁娜夫人演唱经文歌时,伴奏得非常之好。这支经文歌太成功了,所以后来还被拿到宗教音乐会上去演奏,尽管有人暗中捣鬼,演奏技术也配不上乐曲,还是两次博得热烈的掌声。我又为埃皮奈先生的生日提供了一个剧本的大意,属半正剧半哑剧性质,埃皮奈夫人就照我的意思写出来了,音乐还是我配的。格里姆一到,就听说了我在和声方面的成功。一小时后,大家不再谈这件事了;但是据我所知,别人至少已经不再怀疑,不再问我是不是会作曲了。

我本来已经不太喜欢待在舍弗莱特,格里姆一来,就越发使我感到留在那里难以忍受,原因在于他的傲慢态度,这是我在别人身上从来没有见过,甚至连想也想不到的。他到的头一天,我就给从我住的那间贵宾室里轰了出来,这个房间和埃皮奈夫人的房间紧隔壁,它布置给格里姆住,另外给了我一个较远的房间。"这真是所谓后来居上了。"我笑着对埃皮奈夫

---

① 拉丁语:这里是雷神之居。
② 我后来才知道,这个歌词是桑托伊原作,里南先生轻巧地把它据为己有了。——作者原注

人说,她显得有点尴尬。当天晚上我对搬动的原因就更加清楚了,因为我听说在她的房间与我腾出的那个房间之间有一道暗门,她以前一直认为不必指给我的。无论是在她家里或是在社会上,她和格里姆的关系没人不知道,甚至连她的丈夫也不是不清楚;然而,尽管我是她的知心人,尽管她曾告诉过我一些更重要得多的秘密,并且知道我这人靠得住,她却不肯在我面前承认这件事,始终坚决予以否认。我懂得这种保留态度的根子在格里姆那里,他保有我的一切秘密,却不愿意我保有他的任何秘密。

我当时还未熄灭的旧情以及他那人的一些真正的优点使我对他还有一些好感,但这点好感也经不起他那样不遗余力的摧残。他待人接物的态度完全是蒂非埃尔伯爵①式的,他几乎不屑于向我答礼,也没有向我问过一个字,而且我说话他连理都不理,这样,我很快也就不跟他说话了。他到处都抢先,到处都占首位,从来不把我放在心上。如果他不故意拿出那种令人难堪的样子来,这也倒还罢了。但是,人们单凭千千万万事例中的这一个事例就可以判断他是个什么样子的人了。有一天晚上,埃皮奈夫人感到有点不舒服,叫人给她送点饭菜到她房间里,她上楼去准备坐在她的火炉旁边进餐。她叫我跟她一起上楼,我就跟她上去了。格里姆接着也来了。小桌子已经摆好,只有两份餐具。上菜了,埃皮奈夫人坐到火炉的一边。格里姆先生拿起一张扶手椅就坐到火炉的那一边,把小桌子往他们俩中间一拖,打开餐巾,吃将起来,连一句话也不跟我说。埃皮奈夫人脸红了,为了促使他纠正他那粗

---

① 蒂非埃尔伯爵是德图什的喜剧《自命不凡的人》中的人物。

鲁的行为，就要把她自己的位置让给我。他呢，一句话也不对我说，看也不看我一眼。我既不能挨近火炉，就决计在房间里踱来踱去，等仆人再拿一副餐具来给我。他就让我在桌子离火炉很远的那一头吃了晚饭，没有对我稍微客气一下。他不想到我身体不好，又是他的老大哥，跟这家人的交情比他还早，而且是我把他介绍到这里来的。现在他作为女主人面前的红人，应该对我优礼备至才对呀。他在其他场合对我的态度也跟在这个事例中完全一样，他不只完全把我看成比他次一等的人，他简直把我看作零。我很难在这种态度中认出当年在萨克森－哥特的储君家里以得我一顾为荣的那个学究先生了。他一面有这样深沉的缄默和这种侮辱人的傲慢态度，一面却又在所有他知道与我有交谊的人们面前吹嘘他对我的友谊如何深挚，这二者怎么能调和起来呢？说真的，他表示友好，不过是为了同情我穷，不过是为着怜我命苦，也不过是为着嗟叹几声而已；而我自己是乐天知命的，并不为穷而抱怨。据他说，他是想善意地照顾我，而我却无情地拒绝了他。他就是用这种手腕来使人赞美他好心的慷慨，谴责我忘恩负义的恨世心情，他就是用这种手腕来使大家于不知不觉中认为在他那样一个保护人和我这样一个不幸者之间，只能有那边施恩、这边感激的关系，根本就想不到，即使这种关系是可能的话，也还有一种平等的友谊存乎其间。在我这方面，我就怎么也找不出一件事能叫我感激这位新的保护人。我借过钱给他，他从来也没有借过钱给我；他生病，我照护过他，我历次生病，他难得来看我一下；我把我的朋友全都介绍给他了，他的朋友他却从来没有给我介绍过一个；我曾尽我的一切力量去宣扬他，而他呢，如果他也宣扬过我，却并不是那么公开的，而且用的方式也并不相同。他从来没有帮过我任何忙,甚至没有对我说过要帮我。他怎么能是我的麦西那斯呢?我怎么能是他的受保护者呢?这一点,我过去想不通,现在还是想不通。

诚然,他对大家都傲慢,只是程度不同而已,但是他对任何人也没有像对我这样傲慢到粗暴的程度。我还记得有一次圣朗拜尔几乎要拿起面前的菜盘子砸他的脸,因为格里姆当着全桌的人说他撒谎,粗暴地对他说:"这不是真话。"在他这种天生的专横口吻上,他还加上一个暴发户的自满,甚至蛮横无理到可笑的程度。他跟阔人们往来的结果,竟使他迷了心窍,只有最不通情理的阔人才能摆得出的架子,他自己也学着摆起来了。他喊他的仆人,从来只叫声"喂!"就好像仆人太多,老爷不知道哪一个当班似的。他叫仆人去买东西的时候,总是不把钱交到他手里,而是给他往地上一扔。总之,他完全忘了仆人也是人,不论什么事,总是把他藐视得那么令人难堪,嫌恶得那么厉害,以致那个可怜的孩子——他为人很好,是埃皮奈夫人介绍给他的——终于辞工不干了。这孩子没有别的什么抱怨,只是抱怨这样的待遇,他没有法子忍受下去:他成了这位新"自命不凡的人"的拉·弗勒尔①。

他既爱好虚荣,又妄自尊大,生就一双浑浊不清的大眼睛,一张松软多皱的脸,却还对女人野心勃勃呢;自从跟菲尔小姐闹了那场笑话以来,竟在好些女人眼里成了一个多情种子了。从此,他学起时髦来,养成了女人式的洁癖:他自己充当美男子,梳洗成了一件大事。大家都知道他是搽粉的,而我

_____

① 拉·弗勒尔是德图什的喜剧《自命不凡的人》中受凌虐的仆人。

呢,先还不信,后来也信了,因为我不但看见他的肤色美起来了,还在他的梳妆台上发现过粉碟子。有一天早晨我到他房间里去,看到他在用一个特制的小刷子刷指甲,他当着我的面显得挺得意。我当时判断,一个人能天天早晨花两个钟头时间刷指甲,就很可能花一点时间用粉把皮肤上的皱纹填起来。那个老好人果弗古尔并不是什么刻薄鬼,却相当风趣地给他起了个绰号,叫"粉面霸王"。

上述的一切都只是些可笑的小事,但是与我的性格太不相投了。这些事终于使我怀疑到他的性格,我很难相信一个晕头转向到这等地步的人,能把心眼放在正中。他动辄吹嘘他的心肠是多么软,感情是多么强烈。而他那些缺点却都是渺小的灵魂才会有的,怎么能跟他所吹嘘的那一切相称呢?一颗敏感的心总是为外界事物而热情奔放的,怎么能让他不断地为他那渺小的躯体忙着做那么多微不足道的照料呢?我的上帝呀!真感到自己的心被那神圣之火燃烧起来的人,总是想法子把他的心倾吐出来的,要把满腔的东西给人看的。这样的人恨不得把心掏出来放到脸上,他决不会想什么修饰打扮。

我那时又想起了他的道德纲领,这是埃皮奈夫人以前告诉我的,也是他实践了的。这个纲领只有一条,那就是:人的唯一义务就是要在一切事情上都随心所欲。这种道德箴言,当我听到的时候,曾引起我无穷的感慨,虽然当时我还只把它当作一种打趣的话看待。但是不久我就看出,这个原则实实在在就是他的行为准则,并且后来那么多叫我吃亏的事都可以证明这一点。这也就是狄德罗对我说过不知道多少遍的那种秘密教条,不过他从来没有对我做过解释。

我又想起了好几年前人家就再三给我下过的那些警告,

说这个人虚伪，说他会装假，特别是说他不喜欢我。我想起了好几个小故事，都是弗兰格耶先生和舍农索夫人告诉我的，这两个人都不怎么瞧得起他，而且他们都应该是了解他的为人的，因为舍农索夫人是已故弗里森伯爵的密友罗什舒阿尔夫人的女儿，而弗朗格耶先生当时跟波立尼亚克子爵过往甚密，当格里姆开始在王宫区落脚的时候，就在那里住了很久。全巴黎都知道格里姆在弗里森伯爵死后那种悲观失望的情形。这是因为他要维持他在遭到菲尔小姐的严厉对待后所博得的那点名声，这种名声，如果我当时不是那么盲目的话，一定会把其中的骗局看得比任何人更清楚的。他被人硬拉到加斯特利公馆，在那里做作得煞有介事，真是悲痛欲绝。他每天早晨到花园里去哭个痛快，用浸透泪水的手帕蒙着眼睛，看到公馆的房子就哭个不停，但是一转过一条小径，就只见他登时把手帕放进口袋，抽出一本书来读了。这种情景多次发生，很快就传遍了整个巴黎，不过马上也就给忘了。我自己也同样把它忘了，可是有一件与我有关的事情却偏偏使我又把它想了起来。我在格勒内尔路住的时候，躺在床上病得要死，他当时在乡下，有一天早晨来看我，上气不接下气地说他刚从乡下赶到，过了一会儿我就知道，他头天晚上就已经到了，当天还有人在戏院里看到他呢。

这一类事情，我想起了很多，但是有一点给我的印象最深，我自己也纳闷怎么会这样晚才注意到。我把我所有的朋友都毫无例外地介绍给格里姆，他们都成了他的朋友。我当时跟他形影不离，简直不愿有哪一家我能进去而他不能进去的。只有克雷基夫人拒绝接待他，而我也就从此不去看她了。格里姆自己也交上了一些别的朋友，有的是凭自己的关系，有的是凭弗里森伯爵的关系。在所有这些朋友之中，没有一个后来成了我的朋友。他从来没有对我说一句话，劝我至少跟他们认识一下；而且我有时在他家里遇到的那些朋友当中，也从来没有一个对我表示过丝毫好感。就连弗里森伯爵也是这样，而他是住在伯爵家里的，因此我若能跟伯爵有一点来往，自然会很高兴。至于弗里森伯爵的亲戚旭姆堡伯爵也没有对我表示过好感，而格里姆跟旭姆堡伯爵相处得还更随便些。

不仅如此，由我介绍给他的我自己的朋友，在认识他之前，个个都对我真诚相待，跟他认识以后就明显地变了心。他从没有把他的任何朋友介绍给我，我却把我的朋友全介绍给他了，而最后，他把我的朋友统统夺走了。如果这就是友谊的结果，则仇恨的结果又将如何？

在开始的时候，就是狄德罗也曾多次警告过我，说格里姆这人，我对他那么信任，却并不是我的朋友。后来当他自己也不再是我的朋友的时候，就改口了。

我以前处理我那几个孩子的办法，是不需要任何人来协助的。然而我把这事告诉了我的朋友们，唯一的目的就是要他们知道这件事，以便不要在他们的眼里把我这个人看得比实际上好些。这些朋友一共有三个：狄德罗、格里姆、埃皮奈夫人；杜克洛是最配听我倾诉秘密的人，却又是唯一我没有告知这秘密的人。然而他却知道了我这个秘密；是谁告诉的呢？我不得而知。这种背信弃义的事很少可能出之于埃皮奈夫人之口，因为她知道，如果我是那种人，也学她背信弃义，我就有办法残酷地报复她，剩下来只有格里姆和狄德罗了，他们俩当时在许多事情上都沆瀣一气，特别是对付我，因此极可能是出于他们的同谋。我可以打赌，只有杜克洛，我没有把我的秘密告诉他,因此他可以有泄漏秘密的自由,而他却反而是唯一为我保守秘密的人。

格里姆和狄德罗在策划把两个女总督从我身边拉过去的时候,曾努力要把杜克洛也拖下水,但他始终以厌恶的态度拒绝了。我只是在事后才从他口里知道他们之间在这问题上的经过;但是,当时我已经从戴莱丝口里听到了一些,足以使我看出在那一切活动当中有着不可告人的密谋,看出他们是想摆布我,即使不是拂逆我的意愿,至少也要瞒着我;再不然,他们是想利用这两个女人作工具去实现什么阴谋。那一切必然都是不正派的,杜克洛的反对就无可辩驳地证明了这一点。谁愿意相信那是出于友谊,就让他相信去吧。

这种所谓友谊叫我在家里和在家外一样地倒霉。几年来他们和勒·瓦瑟太太那种频繁的晤谈使这个女人对我的态度显然变了,而这种改变,当然不会于我有利。他们在这些莫名其妙的密谈中究竟讨论些什么呢?为什么这样讳莫如深呢?这个老太婆的谈话难道就那么有趣,使得他们这样喜欢吗?或者是那么重要,值得这样严守秘密吗?三四年来,这种密谈一直继续着,我早先觉得是可笑的,这时我再想想,就开始感到诧异。如果那时我知道那女人在为我准备些什么的话,这种诧异是会发展到焦虑不安的程度的。

尽管格里姆在外面吹嘘说他对我如何热心,这种所谓热心跟他对我所采取的态度是很难相容的,我在任何方面都没有从他手里得到一点于我有利的东西;他诡称对我抱有的那种慈悲感,很少有助于我,倒是有损于我。他甚至尽其所能,把我所选定的那个职业的财源给我断送了,因为他毁坏我的名誉,说我是个坏的抄缮人:我承认他在这一点上说的是真话,但是这个真话轮不到他来说呀。他自己另用了一个抄缮人,凡是他能拉走的主顾,一个也不留地从我这边拉走了,他就这样证明他所说的话并不是开玩笑。简直可以说他的目的是要让我依靠他,依靠他的影响才能生活,并且要把我的生活来源断得一干二净,不把我逼上他那条路,就不甘心。

把这一切总结一番之后,我的理智最后使我原来还替他说话的那点先入之见再也没有声音了。我认为他的性格至少是很可疑的,至于他的友谊,我断定是虚假的。于是,根据好些不容置辩的事实,我决心不再见他了,并且把这个决心通知了埃皮奈夫人;不过那些事实我现在都忘记了。

她极力反对我这个决心,而对我提出的理由又不知怎么说才好。当时她还没有同他商量。但是第二天,她并不对我亲口解释,却交给我一封由他们俩一起起草的很巧妙的信,她利用这封信替他辩护,说一切都由于他那种收敛的性格,关于详细的事实却一字不提,并且认为我怀疑他对朋友背信弃义是一种罪过,敦劝我跟他言归于好。这封信(见甲札,第四八号)使我动摇了。后来我们又作了一次谈话,我觉得她比第一次谈话时有准备些,在这一次谈话中我完全让她战胜了:我甚至相信,我可能判断错了,果真如此,那我就是对一个朋友做了最不公正的事,应该赔礼。简言之,我也和对狄德罗以及霍尔巴赫男爵已经多次做过的那样,一半出于自愿,一半由于软弱,做出了我原来有权要求对方做的那一切要求和解的表示;我仿佛是另一个乔治·唐丹[①],到格里姆那里去,为他给

---

① 乔治·唐丹,莫里哀喜剧《乔治·唐丹》里的主人公,是个农民,娶了名门的女子为妻,老是受老婆和她的情夫的气,受了气还要向他们赔不是。

我的侮辱而请他原谅；心里老是有这样一个错误的信念，认为只要你和婉客气，天下无不解之冤，就是这一个错误的信念使我一辈子在我那些假装的朋友面前不知做出了多少卑躬屈节的事。其实，正相反，恶人的仇恨心，越是找不出仇恨的理由就越发强烈，越觉得他们自己不对就越发对对方怀恨。我不需要离开我自己的经历就可以在格里姆和特龙香两个人身上找到这个论断的十分有力的证明：他们之所以成了我的两个最不共戴天的敌人，完全是出于他们自己的兴趣、自己的癖好，根本找不到我对他们俩有任何对不起的地方可作借口。①他们的怒气日甚一日，就跟猛虎一样，越容易出气，怒气就越大。

我满以为格里姆看到我这样委曲求全，先来请和，会感到惭愧的，因而会张开两臂，带着最恳挚的友情来接待我。谁知他接待我，就跟罗马皇帝一样，带着一种我一辈子也没有见过的那种傲慢态度。我对这样的接待是一点也没有准备的。当我扮着这样不适当的角色，感到尴尬，羞羞答答地用三言两语说明来意之后，他非但不对我开恩赦罪，却堂而皇之地先宣读一篇事先预备好的长篇训词，训词里罗列了他那许许多多稀有的美德，特别是在交朋友方面。他用了很长时间着重说明一件使我感到惊讶的事，就是：他的朋友是从来不会离弃他的。他在那里说着，我心里就在想：如果我成了这条规律的唯

①　对于特龙香，我只是后来在他公开与我为敌，并在日内瓦和其他地方给我激起血腥的迫害之后很久，才送了他"走江湖的"这个绰号。甚至不久之后，当我看到我已经完全成为他的牺牲品的时候，我又把这个绰号取消了。卑鄙的报复是不配占据我的心灵的，仇恨永远不能在我心里有立足之地。——作者原注

一例外,那才叫我痛心呢。他一个劲装腔作势地说了又说,不免使我想起,如果他在这方面果然是顺乎内心情感行事的话,他就不会那么注意到这条格言,实际上他不过是把这条格言当作用来向上爬的手腕罢了。直到那时为止,我也和他一样,总是保住所有的朋友的;从我童年时代起,我就没有失去一个朋友,除非是他死了,然而,直到那时为止,我根本就没有把这当成一回事,并没有把这看成是一条引以自律的原则。那么,既然这是彼此都有的一个共同优点,如果不是预先就想把我这个优点剥夺掉的话,他又何必那样津津乐道地自我吹嘘呢?后来他又一心想叫我难堪,拿出些证据来说明我们的共同朋友都爱他而不爱我。这个,我倒也和他一样清楚,朋友们是有这样一种偏爱的;问题在于他为什么获得了这种偏爱,是由于德高望重,还是由于会耍手腕?是由于抬高自己的声望,还是由于竭力把我贬低?最后,当他把他自己尽情抬高,把我尽情贬低,使我感到他行将赐予的赦免来之不易的时候,他惠然给了我一个和解之吻,轻轻地拥抱了我一下,就仿佛国王拥抱新受封的骑士一样。我仿佛从云端里掉了下来,张口结舌,不知道说些什么才好。整个这一幕就好像老师训斥小学生,饶了他一顿鞭子一样。我每想起这一幕,总是不禁感到:根据外表来判断是多么容易上当,而俗人又是多么重视这种根据外表的判断啊!我也感到,有罪者放肆大胆、趾高气扬,而无辜者反而羞惭满面、局促不安,这又是多么常见的事啊!

我们总算和好了;这对于我的心来说,终究是减轻了一个负担,因为任何争吵失和都会使我的心苦恼不堪的。大家当然都能猜到,像这样的和好是不会改变他的态度的,它只是取消了我对他的态度的申诉权而已。所以我就决心忍受一切,再也不说什么了。

　　这么多的苦恼接踵而来，压得我郁闷不堪，使我失去了自制的力量。圣朗拜尔没有回信，乌德托夫人也同我疏远了，我不敢再对任何人推心置腹，因而开始害怕起来，怕拿友谊作心灵的偶像，把这一辈子都白白浪费在追求一些幻影上面。经过这次考验之后，在我所有的知交之中，只剩下两个人还保有我的全部敬仰，使我的心还能予以信赖：一个是杜克洛，自从我幽居退隐庐以来，就没有得到他的消息；另一个就是圣朗拜尔。我觉得我若是向圣朗拜尔谢罪，最好莫过于把压在我心头的事都无保留地向他倾诉出来，于是我决定在不牵累他情侣的范围内，向他忏悔一切。我并不怀疑我选择的这个办法还是旧情所布置下的一个陷阱，为的是要使我能跟她接近一些；但另一方面，这也是我的真心实意：我恨不得无保留地投向她的情人的怀抱，充分接受他的指导，把我的坦白提高到尽可能的高度。我正准备给他再写一封信，相信准能得到他的答复时，忽然听到一个消息，知道了他所以没有答复我第一封信的原因。原来他没能把他那一次战役的辛劳经受到底。埃皮奈夫人告诉我说，他刚得了瘫痪症，而乌德托夫人自己也终于忧伤成疾，不能立时写信给我。两三天后，她从巴黎——当时她在巴黎——通知我说，他已经被送到亚琛洗矿泉浴去了。我不敢说这个伤心的消息曾使我像她一样悲痛欲绝，但是我不信我心里的难过会有逊于她的忧伤和痛苦。我为他病到这种地步而难过，又担心他的病可能是受到心绪不宁的影响，就更加难过了，这种心情比我前此所遭受到的一切更叩动我的心弦；而我痛切地感到，我自己估量我实在没有必需的力量来经受这么多的烦恼。幸而这位豪迈的朋友没有使我长久地陷于这种愁闷之中,他虽然得了病,并没有把我忘掉,我不久就从他的亲笔信里知道,我把他的心情和病况都估得太坏了。不过现在到了该讲我的命运大变动的时候了,到了该讲把我的一生分为截然不同两部分的那次大灾难的时候了,这个灾难,由于一个微不足道的原因,竟产生了如此可怖的后果。

有一天,完全出乎我的意料,埃皮奈夫人派人来找我。一进门,我就发现她的眼神里和她的整个举止中都有一种异乎寻常的慌张神色,这特别引起了我的注意,因为平时没有谁能比她更善于控制自己的面部表情和动作。"我的朋友,"她对我说,"我要到日内瓦去;我的胸部不好,身体垮得太厉害了,不能不把一切都撇下来去找特龙香,请他诊断一下。"当时正是入冬的时候,这个决定做得这么突然,很使我惊讶,特别是我离开她才三十六小时,她当时根本不曾提到这件事。我就问她准备带谁一同去。她说她准备带她的儿子和里南先生去,然后她又漫不经心地加上一句:"还有你,我的狗熊,你不也来一个吗?"我不信她说的是正经话,因为她知道在开始到来的这个季节里,我连房门几乎都出不去,所以我就开了个玩笑,说病人护送病人没有多大用处。她自己也显得并非真正有意要提出这个建议,所以就不谈这个问题了,我们只谈了谈她的旅行准备工作。她正忙着张罗,决定半个月后就动身。

我不需要有很大的洞察力就能懂得这次旅行有个瞒着我的秘密的动机。这个秘密,这个家庭里的人除了我谁都知道;而且这个秘密第二天也被戴莱丝发现了,①这是总管家台歇泄漏给她的,而台歇又是从随身侍女口里知道的。既然这秘

① 埃皮奈夫人怀了格里姆的孩子,要到瑞士去分娩。

密不是埃皮奈夫人亲口告诉我的,我也就没有为她保守秘密的义务。虽然如此,但是这跟把它传到我耳朵里来的那些人牵连太大了,我不能把它跟那些人分开,因此,关于这件事,我将闭口不谈。但是这些秘密,虽然永远不会从我的口里或从我的笔下泄漏出去,却早已被太多的人知道了,因为埃皮奈夫人圈子的人都知道这件事。

我听到了这次旅行的真正动机,就看出一定有只仇人的手在暗中推动,要我做埃皮奈夫人的护送人。不过她既然没有坚持要求,所以我也就不把这个企图当作一件正经事去看,只是暗地发笑;如果我真那么傻气,做了她的护送人,我才充当了一个好看的角色呢。此外,我的拒绝倒使她占了大便宜,因为她竟然请到她的丈夫亲自陪她前去。

几天之后,我从狄德罗那里收到下面转录的这张便条。这张便条就那么叠了一下,全部内容可以很容易读到,它是送到埃皮奈夫人家里给我的,托儿子的家庭教师、母亲的亲信里南先生转交。

狄德罗的便条(甲札,第五二号)

我是注定要爱你并且要给你苦恼的。我听说埃皮奈夫人要到日内瓦去,却没有听说你陪她去。我的朋友,如果你对埃皮奈夫人满意的话,你就应该陪她去;如果你对她不满意,你就更应该去。你是不是受了她的恩,感荷不尽呢?这正是一个机会,让你偿还一部分债,减轻你的负担呀。在你一生之中,你还能找到另一个机会对她表示感激么?她是到一个陌生的国家去,将和从云端里掉下来一样。她是个病人,她需要娱乐和消遣。是冬天呀!

你看，我的朋友，你以自己身体不好来推脱，这理由可能比我所相信的要强有力得多。但是你今天的身体是不是就比一个月以前和将来入春以后都更坏些呢？你三个月后去旅行是不是就比今天更方便些呢？要是我，我坦白告诉你吧，如果我坐不了车，我也会挂着棍子跟她走。而且你不怕人家误解你的行为吗？人家会怀疑你不是忘恩负义就是别有用心。我很知道，不管你做什么事，你总归有良心作证，但是只凭这点证明就够了吗？能容许把别人的证明忽视到这种程度吗？此外，我的朋友，我给你写这个便条，是为着对得起你，也为着对得起我自己。如果你不欢喜它，就把它付之一炬吧，以后也不必再提，就跟我没有写这个便条一样。我问候你，爱你，拥抱你。

我读着这个便条，气得发抖，两眼发花，几乎不能读完，但这并未阻止我注意到其中的伎俩：狄德罗在这封信里装出一种口吻，比他在任何别的信里都更温和、更亲热、更客气，在别的信里他至多称我为"我亲爱的"，几乎从来也不屑于给我以"朋友"的称号。我很容易看出这个便条是怎样转弯抹角到我这里来的，信上的地址、折叠的方式和转递的情形已经相当笨拙地暴露出个中的曲折了：我们彼此通信平常都是邮寄，或者托蒙莫朗西的信使代交，他利用这种途径还是第一次，也是唯一的一次。

到我的愤怒的最初冲动能容许我执笔的时候，我就急忙给他草了下面这封回信，立即把它从当时我所在的退隐庐送到舍弗莱特去给埃皮奈夫人看，并且在我盲目的愤怒之下，我要把这封回信连同狄德罗的便条一起，亲口读给她听。

我亲爱的朋友,你既不会知道我对埃皮奈夫人的感激之情是如何强烈,也不会知道我对这种感激之情负有怎样的义务;你不知道她在旅途中是否真正需要我,是否真想我陪她,也不知道我是否有可能陪她,也不知道我出于什么理由而不能陪她。我并不拒绝跟你讨论所有这些问题;但是,在讨论之前,你要承认,这样肯定地规定我应该做什么事情而不先作一番判断问题的准备,这就是,我亲爱的哲学家啊,这就是以地道糊涂虫的身份来发表意见。我觉得其中最坏的是,你的意见不是出自你本人。我的脾气不好,不愿意有个第三者或第四者假借你的名义来牵着我的鼻子走;除此而外,我在这些转弯抹角里看出了一些与你的坦率不相称的隐秘。我看,为了你和为了我,你从此以后少管一点为妙。

你怕人家把我的行为往坏处想;可是,我量你那样的一颗心是不至于拿我的心往坏处想的。别人也许会把我说得好些,如果我能多像他们一点的话。愿上帝保佑我,不去求得他们的赞许!让坏人去窥伺我、揣测我好了:我卢梭不是害怕坏人的人,你狄德罗也不是听信坏人的人。

如果我不喜欢你的便条,你就要我把它付之一炬,从此不再提起。你以为从你那里来的东西,人家就能这样轻易忘得了么?我亲爱的,你在给我痛苦的时候毫不顾惜我的眼泪,正如你劝我采取那样的调养办法时毫不顾惜我的生命和健康一样。如果你能改掉你这个毛病,你的友谊对于我就会更甜蜜些,而我也就会变得不这么可怜了。

我一进埃皮奈夫人的房门,就看见格里姆跟她在一起,我高兴极了。我就把我这两封信向他们高声朗读，理直气壮到连我自己也不信的地步，而且在念完之后又加上了几句话，不亚于念信时的那种气势。一个平时那么懦怯的人，现在竟然有这么意外的大胆。我看他们俩都垂头丧气，惊愕万分，一句话也答不上来了，我特别看到那个气焰嚣张的人把眼睛望着地，不敢正视我那闪闪的目光。但是与此同时，他在内心深处是发誓要置我于死地的，而我确信他们在分手之前，一定商量好了置我于死地的伎俩。

差不多就在这个时候，我终于从乌德托夫人手里收到了圣朗拜尔的回信（甲札，第五七号），信上还是注明写于沃尔芬毕台尔，日期是在他病倒后不几天，原来我的信在路上耽搁了很久。这封回信带给了我一些我此刻所极端需要的安慰，因为它充满了尊重与友情的表示，给了我勇气和力量，使我能做到不辜负他的这种尊重与友情。从这个时刻起，我就恪尽我的职责了。不过话又说回来，如果圣朗拜尔不是那么通情达理，不是那么豪爽慷慨，不是那么忠厚正直，我一定早就陷入万劫不复之地了。

季节变坏了，大家都开始离开乡村。乌德托夫人通知我她打算来向山谷告别的日期，并且约我在奥博纳会面。这天碰巧就是埃皮奈夫人离开舍弗莱特到巴黎去完成她旅行准备的日子。幸好她是早晨走，我把她送走以后还有时间去跟她的小姑子一起进午餐。我口袋里装着圣朗拜尔的信，我边走边读了好几遍。这封信使我防止了再犯软弱症的毛病。我下定决心，从此只把乌德托夫人看作我的朋友和我的朋友的情侣，并且我做到了这一点。我跟她面对面待了四五个小时，心里感到一种滋味无穷的平静，即使就享受而论，这种平静也比我直到此时为止在她身边所感到的那阵阵的狂热要好无数倍。她清楚地知道我的心并没有变,所以很能感觉到我为克制自己而作出的努力,因此就格外敬重我,而我也就快慰地看到她对我的友情一点也不曾熄灭。她告诉我,圣朗拜尔不久就要回来,他虽然病体已经基本恢复,却无力再去经受战争的辛苦了,正在办退役手续,以便安安静静地生活在她的身边。我们俩商定了将来我们三人亲密相处的美好计划,而且我们可以希望这个计划能够长久执行下去,因为它的基础是所有能把多情而正直的心灵联合在一起的那些感情,而我们三人又拥有充分的才能和知识,可以自给自足,不需要外界的任何补助。唉!我沉醉于这样一种甜蜜生活的希望之中,竟丝毫没想到那正在等候着我的现实生活。

我们接着就谈到我当时跟埃皮奈夫人相处的情况。我把狄德罗的信以及我的回信拿给她看,我对她详细叙述了这个问题的一切经过,并且告诉她我要离开退隐庐的决心。她极力反对,她所列举的理由都在我的心头具有无上的权威。她表示她是多么盼望我去作这一次日内瓦的旅行,因为她预料到,我一拒绝,人家会把她也扯到这里面去的。这一点,狄德罗的信仿佛已经在预告了。然而,由于她跟我自己同样清楚我的理由,所以也就没有坚持;不过她敦劝我要不惜任何代价避免把事情闹出来,一定要找些说得过去的理由来掩饰我的拒绝,免得人家胡乱猜疑,以为她在其中有什么关系。我对她说,她所要求于我的可不是那么容易办到,但是,我既决心不惜以名誉为代价来补赎我的过错,只要是在名誉的容许范围内,当然愿意把她的名誉放到第一位。过一会儿就可以看到,我曾否实践了这个诺言。

我可以发誓，我那不幸的热情当时远没有减弱它的力量，我从来也没有像那天一样，把我的索菲爱得那么热烈，那么亲切。但是，圣朗拜尔的信、责任感和对背信弃义行为的憎恶所给我的印象是如此之深，以致在这一次会面中，从头到尾，我的感官竟能让我在她身边保持着充分的平静，甚至连想也没想到要吻她的手。临别时，她就当着她的仆人们的面拥抱了我一下。这一吻，和我以前在树荫下有时偷偷摸摸给她的那些吻就太不相同了，对我来说，它成了一种保证，保证我又恢复了我对自己的控制力；我几乎可以断言，如果我的心能有时间在宁静中坚定下来的话，我用不了三个月就可以从根本上痊愈了。

　　这里结束了我跟乌德托夫人的私人关系。这种关系，每人都可以根据他自己的心理倾向从外表上去判断，但是在这种关系中，这位可爱的少妇在我身上引起的那种热情，也许任何人都不曾感受到的那种最强烈的热情，由于双方为义务、为荣誉、为爱情、为友谊做出的罕见的痛苦的牺牲，将在天人之间，永远值得人们尊敬。我们彼此都在对方的眼里把自己提得太高了，不可能轻易自甘堕落。一个人除非不值得别人的任何尊敬，才肯失掉如此宝贵的尊敬；我们的强烈的感情是可能使我们犯罪的，但也正因为它是强烈的，才防止了我们去犯罪。

　　就这样，我跟这两个女人——其中一个，我曾保持那么长久的友谊，而另一个，我曾怀有那么热烈的爱情——在一天之内都分别珍重告别了：一个告别后就终身不再相见，另一个告别后只重逢过两次，在什么情况下，下文我再说明。

　　她们走了之后，我就感到非常为难，因为我要尽那么多急

576

迫而又互相矛盾的义务——这些都是我过去做事不慎所产生的后果。如果我在正常状态下，在这次日内瓦之行经人提出和遭到我拒绝之后，尽可以安安静静地待下去，再也没有什么可说的了。但是我已经愚蠢地把日内瓦之行搞成一件不能就此了结的事情，我除非迁出退隐庐，否则以后就必须再作解释；可是我又已经跟乌德托夫人讲定，不迁出退隐庐，至少暂时不迁。而且，她又曾要求我在我的那些所谓朋友面前说明一下我拒绝这次旅行的理由，以免人家说是她策动的。然而我若说出真正的原因，就不能不辱没埃皮奈夫人。论埃皮奈夫人为我做过的一切，我当然是要感激她的。左思右想，我发现我正面临着这样严酷的、却又不能避免的抉择：或者是对不起埃皮奈夫人，或者是对不起乌德托夫人，再不然就对不起我自己；我采取了最后这条道路。我坚决地、彻底地、毫不动摇地采取了这条道路，怀着一种慷慨牺牲的精神，一定要洗清那些把我逼到这种窘境的过错。这种牺牲，我的仇人曾巧妙地加以利用，并且也许是他们早就等待着的，它造成了我的名誉的破产，并且由于他们的活动，把社会上对我的尊敬全剥夺净尽了；但是它恢复了我对我自己的尊敬，并且在我的种种不幸之中使我得到安慰。人们将可以看到，这不是我做出这样的牺牲的第一次，也不是人家利用我的牺牲来打击我的最后一次。

格里姆是唯一在表面上与这件事没有任何关系的人，我就决计向他申诉。我给他写了一封长信，说明把这次日内瓦之行作为我的一种义务来看，未免有点可笑，我在旅途中对埃皮奈夫人不但毫无用处，甚至会造成麻烦，而且旅行的结果又会给我带来种种不便。我在这封信里还情不自禁地让他看出，我是知道底细的，人们认为我应该做这次旅行，而他自己却脱了身，别人连提也不提他，我觉得很离奇。在这封信里，我既不能明白说出我的理由，就不得不常常支吾其词，因而在社会上一般人的心目中，显得我有很多不对的地方。但是，对像格里姆那样了解我言外之意并且充分了解我的行为的人来说，这封信是极为含蓄的。我甚至不怕再加上一个于我不利的臆测，假定别的朋友也有与狄德罗相同的意见，以便暗示乌德托夫人也曾有这样的想法——这一点倒是真的，可是我就没有提起乌德托夫人后来听到我的理由便改变了主张。我要为她开脱，使人家不会怀疑她曾与我串通，最好的办法莫过于在这一点上显出对她不满。

这封信最后以对对方表示极大的信任作结束，这种信任，任何别人都会受到感动；因为，我恳切地要求格里姆在权衡我的理由之后把他的意见见告，还明白向他表示，不论他的意见如何，我都会照办的。我心里的确也是想照他的意见去办，即使他的意见是要我前去；埃皮奈先生既然亲自陪他的妻子旅行，我若同往，事情的面目就完全不同了，而在以前，人家是想把这个差使交给我的，只是在我拒绝之后才找到了他。

格里姆的回信，我等了很久才来；这是一封很离奇的信。我把它(见甲札，第五九号)转录于下：

> 埃皮奈夫人启程的日子推迟了；她的儿子病了，必须等他痊愈。我将慢慢考虑你的信，你安安静静地待在你的退隐庐吧。我将把我的意见及时告诉你。既然她几天内肯定不会动身，那就不用着急。目前，如果你认为合适的话，可以向她提出你愿意为她效劳，不过我觉得提不提也都差不多，因为我跟你自己一样地清楚你的处境，毫不

怀疑她会对你的提议做出恰如其分的答复的:我看你这样做,唯一的好处就是你将来可以对敦促你去的人们说,你之所以没有去,不是因为你没有自告奋勇。此外,我不明白为什么你一定要说"哲学家"是大家的代言人,为什么他有意要你去,你就以为你所有的朋友都有同样的主张。如果你写信给埃皮奈夫人,她的答复就可以作为你对所有这些朋友的反驳,你心里不是急于要反驳他们吗?再见。问候勒·瓦瑟夫人和刑事犯①。

我在读这封信时深感惊讶,忐忑不宁地探索它究竟是什么意思,却怎么也琢磨不出来。怎么!他不直截了当地答复我的信,却要费时间去考虑,仿佛他所费的时间还不够似的。他甚至还通知我,要我暂时等待,仿佛有什么深奥的难题需要解决似的,再不然,仿佛他有什么心思,一定要在透露出来以前,不让我有任何办法猜透。这种提防,这种拖延,这种神秘,究竟是什么意思呢?对别人的信任就是这样报答的么?这种行径算是正直的、善意的吗?我很想对这种行径找出一个于他有利的解释,却怎么也找不到。不论他的意图如何,如果这意图是与我相反的话,他所处的地位是便于他去实现的,而我所处的地位却使我绝对无法加以阻止。他在一个显赫的亲王家里是红人,交际又广,在我们共同的社交圈子里又有风行草偃之势,说出话来就像是圣旨,以他平时的那种机巧,很容易就能开动他的全部机器。而我呢,一个人待在我的退隐庐里,

① 勒·瓦瑟大爷被太太管得很严,就称她为"刑事犯检察官"。格里姆开玩笑,把这个名字转送给他们的女儿戴莱丝,并为简便计,又去掉了"检察官"几个字。——作者原注

远离一切,没有人给我出主意,跟外界没有任何来往,我没有别的办法,只好等待,只好安安静静地待下来。不过,我给埃皮奈夫人写了一封信,提起她儿子的病,信是写得尽可能客气的,但是我没有中人之计,没有提出要跟她一起走。

在那狠心人把我投进的这种苦痛难堪的惶惑状态之中,我仿佛等候了好几百年。过了八天或十天,我听说埃皮奈夫人已经走了,他的第二封信我也收到了。信只有七八行,我没有读完……那是一份绝交书,但是其中的措辞,只有怀着不共戴天之仇的人才写得出来,而正因为要极尽侮辱之能事,用词反而显得愚蠢了。凡是他所到之处,他都不准我去,仿佛那都是他的藩国,一概不许我入境。他这封信,只要读的时候稍微冷静一点,就不免哑然失笑。我没有把它录下来,①甚至连读也没有读完,就登时把它退回去了,另附上下面这封信:

> 我本来不肯对你有所猜疑,尽管这猜疑是正确的。现在我把你看透了,可惜太晚了。
>
> 原来这就是你从从容容思考的那封信:我退还给你,它不是写给我的。你可以把我的信拿给全世界的人看,并且公开地恨我,这样做,将给你减少一项虚伪的行为。

我说他可以把我的前一封信拿给人看,是顶他来信上的一段话的,根据这段话,人们就可以看出他在整个这件事里用了多么奥妙的诡巧。

我已经说过,对于不知底蕴的人,我那封信是有很多地方可以授人以口实的。他看到这一点很高兴,但是怎样能利用

① 可惜没有录下来,因为在埃皮奈夫人《回忆录》里转录的跟卢梭所说的完全不一样。不过《回忆录》转录的信,一般都经过篡改,不足为凭。

这一个有利之点而自己又不受到牵累呢？他把我那封信拿给人看,会受到滥用朋友信任的谴责的。

为了摆脱这种困境,他就想到以极尽尖刻之能事的方式跟我绝交,并且在信里说,他如何恩厚地顾全我,不把我那封信拿出去给人家看。他早就料到,我在气头上一定不接受他那种伪装的小心谨慎,一定会答应他把我的信公开出去:这就正中他的下怀,一切也就照他所布置的那样实现了。他把我的信拿出去传遍巴黎,由他随心所欲地加以解释,然而,这些解释并没有获得他所预期的全部成功。人家并不认为,他骗去了我的一句话,允许他拿我的信去公开,他就能免于物议,叫人家不骂他那么轻率地抓住我的话来害我。人家总是要问问,在私人关系上,我究竟有什么对不起他的地方,能容许他有这样一种强烈的仇恨。最后,人家还觉得,即使我曾做过这样对不起他的事,使他不能不跟我绝交,但朋友之情尽管断绝了,我总还保有若干权利,他不能不予以尊重。但是不幸得很,巴黎人是轻浮的,当时的这种种看法被忘记了,不在场的倒霉蛋就被忽视,在场的走运的人就使人敬畏。恶毒的阴谋活动继续进行,层出不穷,它那花样翻新的效果很快就使前此的一切都泯灭殆尽了。

以上是说明这个人怎样在把我欺骗了那么久之后,终于对我剥下了他的假面具,因为他深信,他把事情已经处理到这种地步,就没有再戴假面具的必要了。我原来还生怕对这个坏蛋有失公允,现在没有这种顾虑,心上感到轻松,让他去扪心自问,从此也就不再想到他了。我收到这封信的一星期之后,又收到埃皮奈夫人从日内瓦寄来的一封信,是复我上一封信的(乙札,第一○号)。看她在这封信里生平第一次使用的那种口吻,我就懂得他们俩相信他们所用的计谋万无一失,是配合起来做的,而且,他们既认为已经把我置于万劫不复之地,从此就可以放心大胆地享受落井下石之快了。

我的情况确实是最悲惨的。我看到我所有的朋友都远离我了,既无法知道是怎样疏远的,又无法知道为什么要疏远。狄德罗自夸还是我的朋友,并且是我剩下的唯一的朋友,三个月来就答应来看我,却一直迟迟不来。冬天开始使人感觉到了。随着冬天的到来,我那些惯常的病痛复发了。我的体质虽然健壮,却无法经受得了那么多喜怒哀乐的冲击,我疲惫不堪,不容我再有一点力量、再有一点勇气去抵抗任何事物。即使我有言在先,即使狄德罗和乌德托夫人也劝我此时搬出退隐庐,我也不知道搬到哪里,不知道怎么能一步步地走到要搬去的地方。我待在那里一动也不动,麻木不仁,既不能有所作为,又不能有所思考。只要想到要走一步路,要写一封信,要说一句话,我心里就发慌。然而,我又不能对埃皮奈夫人的信不加辩驳,除非承认我理该受到她和她的朋友打击我的那种种毒手。我决定把我的心情和我的决定通知她,没有一刻怀疑到她会不出于人道、慷慨、礼数以及我一直以为在她身上看到的那些好情好意——虽然也有恶情恶意,而赶忙予以首肯的。我的信如下:

> 一七五七年十一月二十三日,于退隐庐

> 假使忧能伤人,我早已不在人世了。但是,我最后总算做出了我的决定。友谊在我们之间已经熄灭了,夫人!然而,不复存在的友谊也还保有一些权利,我是懂得什么是应该尊重的。我绝没有忘掉你对我的那些恩惠,因此,你可以放心,对于一个不应该再爱的人所能感到的一切

激情,我还是有的。任何其他的解释都无济于事:我有我的良心,请你也问问良心吧。

　　我曾想离开退隐庐,我本来应该这样做。可是有人认为我必须待在这里,直到来春再离开;既然我的朋友要我这样做,我就在这里待到来春了——如果你同意的话。

　　这封信写好发出之后,我就只想在退隐庐安静下来,将息身体,努力恢复精力,并采取措施,以便来春不声不响地迁出,不显得彼此决裂。然而,格里姆先生和埃皮奈夫人所打算的并非如此,待一会儿就可以看到。

　　过了几天,我总算有幸受到狄德罗的那一次屡约屡爽的拜访了。这次拜访,来得再及时也没有了,他是我最老的朋友,也几乎是我还剩下的唯一的朋友。人们当然可以想象到我在这种环境中看到他时的那种快慰之情,我有满腔的话要说,我就向他尽情倾诉。有许多事实,人家在他面前隐瞒了的、掩饰了的、捏造出来的,我都给他说清楚了。过去的一切,凡是我可以对他说的,我都告诉了他。我绝没有企图把他知道得太清楚的事对他隐瞒起来,就是说,一场既糊涂而又不幸的恋爱成了使我身败名裂的导火线;但是我始终没有承认乌德托夫人知道我这份爱情,或者,至少我没有承认我曾对她说明我爱她。我跟他谈到埃皮奈夫人为了查出她小姑子的那些纯洁无邪的信所使用的卑鄙手腕,我要他从她所企图买通的两个女人的口里直接听听那些详细情形。戴莱丝是一五一十地如实对他说了,但是轮到母亲说的时候,她一口咬定所有这一切她什么都不知道。我心里是多么惊愕呀!她就是这么说的,始终不肯改口。不到四天以前,她还把那些情形原原本本地对我重述了一遍,现在她竟在我朋友面前冲着我的脸来否定了！这一点，我觉得是有决定意义的，我这时才痛切地感到，我过去太不谨慎，竟把这样一个女人留在我身边这么久。我并没有多费唇舌去痛骂她一顿，连几句蔑视的话几乎都不对她说。我感到我对她女儿应该感激，女儿的正直恰与母亲的卑鄙懦弱形成一个明显的对照。但是从那时起，我对那个老太婆，决心是抱定了，只等机会去执行。

这个机会比我预期的来得早。十二月十日我接到埃皮奈夫人答复我前函的信（乙札，第一一一号）。内容如下：

> 一七五七年十二月一日，于日内瓦
>
> 我给予你一切可能的友谊与关切的表示，已经好几年了，现在我剩下要做的，只有可怜你。你真是不幸。但愿你的良心也和我的良心一样平静。这可能对我们的生活的安宁是必要的。
>
> 既然你曾想离开退隐庐，而且本来就应该这样做，我很惊讶你的朋友们竟把你留了下来。要是我，义务所在，我就不请教我的朋友们，因此，关于你的义务，我也再没有什么可说的了。

这样出乎意料的，却又是这样明白说出的一道逐客令，不容我有片刻的犹豫了。不论天气如何，不论我的情况如何，哪怕是在树林里、在当时覆盖大地的积雪上过夜，也不管乌德托夫人再说什么，做什么，我都必须立刻迁出。我很愿意事事迁就乌德托夫人，但不能迁就到叫我没脸做人的地步。

我陷入了平生仅有的最艰难的窘境之中；但是我的决心已经下定了：我发誓，无论如何，到第八天就不在退隐庐过夜。我开始履行我的义务，把我的衣物拣出来，决计宁可把它扔到田野里,也不能到第八天后还不退还钥匙,因为我急于要在人们能给我写信到日内瓦和我能得到复信之前把一切都办好。我有了从来不曾感到的勇气,全身的精力又来了。荣誉与愤慨使我恢复了埃皮奈夫人所没有料到的那种精力。时运又来协助我的大胆。孔代亲王的财务总管马达斯先生听人说起我的窘境,派人给我提供了一所小房子,这是他自己的,坐落在他那座路易山的花园里,就在蒙莫朗西。我怀着感激的心情连忙接受了。条件很快就谈好;我匆匆地叫人买了几件家具,连同我自己已有的,供戴莱丝和我两人住宿之用。我又叫人用手车把衣物都搬了去,困难既大,耗费又多;尽管是冰天雪地,我的家两天就搬好了。十二月十五日我就退了退隐庐的钥匙,并且事先付了园丁的工资——房租我是付不起的。

　　至于勒·瓦瑟太太,我向她宣布,我们必须分开;她的女儿起初还想动摇我,我却一点不为所动。我叫她带着她和她女儿共有的衣物和家具,乘邮车到巴黎去了。我给了她一点钱,另外,不管她住在她的儿女家里或住在别处,负责替她付房租,并且说明将来尽我力之所及,供给她的生活费用,只要我自己有饭吃,绝不让她吃不上饭。

　　最后,我到路易山的第三天,就给埃皮奈夫人写了下面这封信:

　　　　一七五七年十二月十七日,于蒙莫朗西

　　夫人,当你不赞成我再待下去的时候,没有比搬出你家的房子更简单、更必要的事了。我一知道你不肯同意我在退隐庐度过残冬,就在十二月十五日离开了退隐庐。我的命运就是这样,住进去不由我,搬出去也不由我。我感谢你邀我前去居住;如果我付的代价不是那么大的话,我还会更加感谢你呢。此外，你觉得我不幸，这是对的；天下人没有比你更清楚知道我是多么不幸的了。错交了朋友固然是不幸，从那么甜蜜的一个错误中醒悟过来又是一个不幸，其残酷的程度，殆有过之无不及。

以上是我寓居退隐庐以及使我搬出退隐庐的种种原因的忠实记录。我不能中断这段叙述，将它极精确地写下来是必要的，因为我一生中的这一个阶段曾对我以后的生活发生过影响，并且这影响还将继续到我最后一息。

第 十 章

　　一时的愤激给了我非常的精力，使我离开了退隐庐；我一迁出退隐庐，这种精力就不知到哪里去了。我在新居里刚勉强住定，我的尿闭症就复发了，频繁的剧痛又加上一个疝气病的新麻烦，这个病已经叫我苦了若干时候了，我还不知道是一种病呢。不久我就落到了极其难堪的阵痛的境地。我的老朋友蒂埃里医生来诊视我，给我说明了病情。探条呀、捻子呀、绷带呀，老年病痛所需要的全部器械都聚集在我的周围，严酷的事实使我感觉到，人不年轻了，而有一颗年轻的心，是不会不吃苦头的。明媚的春光一点也没有把我的精力恢复过来，整个一七五八年，我都是在有气无力中度过的，这使我相信，我的生命已经接近尾声。我怀着一种急不可待的心情看着生命末日的来临。我从友谊的幻象中醒悟过来了，一切使我热爱生命的东西，我也都解脱净尽了，我在生命中再也看不到一点东西能使我感到人生的乐趣。从此，我只看到痛苦和灾难在妨害我的各种享受。我渴望着使我获得自由并逃开我那些仇敌的那一刹那的到来。不过，我们还是循着事态发展的线索来叙述吧。

　　我迁居蒙莫朗西，似乎使埃皮奈夫人有点不知所措；她很可能没有料到我这一手。我的身体垮得那么惨，天气又那么冷，又遭到了众叛亲离，这一切都使他们俩——格里姆和她——相信,他们一把我逼到走投无路的地步,就一定能迫使我开口求饶,做出有失身份的事来:乞求人家允许我留住在那所我的尊严不容我继续住下去的房子里。我搬得太突然了,他们没有时间防到这一着,剩下来的只有选择孤注一掷这条路了,要么索性把我完全毁掉,要么努力把我再拉回去。格里姆采取了第一条路;但是我相信埃皮奈夫人倒是宁愿采取另外那一条路的,我从她对我最后一封信的答复,得到这么一个结论,因为她在这封回信里把她在前几封信里所用的那种语气和缓了许多,并且似乎为和好敞开了大门。她这封信叫我等了整整一个月,这样长久的拖延就足够说明她为回信的适当措词曾感到为难,并且在回信之前曾经过再三考虑。她要是把好话说过了头就会牵累到她自己,但是在她前此写的那几封信之后,在我突然搬出她的房子之后,人们不可能不注意到她是多么仔细地要在这封信里不漏出半个难听的字眼。我把这封信全部转录出来,好让大家判断一下(乙札,第二三号):

一七五八年一月十七日,于日内瓦

先生,十二月十七日函我昨天才收到。它是装在一口大箱子里送来的,箱子里装着各式各样的东西,整个这段时间都是在路上走着。我只能回答你的附注;至于信的本身,我不很理解,如果情况许可我们当面解释的话,我倒想把全部经过都当作是出于一种误会。现在再谈那附注吧,你可能还记得,先生,我们本来是约好了的,退隐庐园丁的工资要经过你的手付给他,使他能更好地感觉到他是依靠你的,以免他再和他的前任一样,跟你闹那些不成体统的笑话。事实可以证明:他的头几个季度的工资都已经交给你了,并且在我走之前不多天,我还跟你约定,将来你预付他的工资,我还是要归还你的。我知道,你先曾推辞,但是这笔工资是我请你预付的,当然要归垫,彼此都有约在先。卡乌埃曾通知我说,你没有肯接受这笔钱,这里面必然有些误解。我现在叫人再把这笔钱给你送去,我就不懂为什么你会不依成约,硬要为我的园丁出工资,甚至付到你住在退隐庐的那一个季度以后。因此,我深信,先生,你想到我很荣幸地对你说的这些话,会不拒绝收回你惠然为我预付的那笔工资的。

有了以前的那一切经历,我既对埃皮奈夫人不能再有所信任,当然就不愿再和她复交了。我没有答复这封信,我们的通信就到此为止。她看我做出了我的决定,她也就做出自己的决定了;这时候,她完全赞同了格里姆和霍尔巴赫那个小集团的意见,把自己的努力和他们的努力配合起来,好把我彻底打垮。他们在巴黎活动,她就在日内瓦活动。后来格里姆到日内瓦和她相会,就完成了她所开始的工作。特龙香被他们俩不费力地就拉了过去,他大力协助他们,成了我的最疯狂的迫害者,而他也和格里姆一样,从来没有丝毫可以抱怨我的地方。他们三人沆瀣一气,暗暗地在日内瓦撒下了种子,人们四年以后就看到这种子在日内瓦生出芽来。

在巴黎他们就比较困难些。我在巴黎比较知名,同时,巴黎人不那么倾向于仇恨,因而也就不那么容易接受仇恨的影响。为了更巧妙地打击我,他们先宣扬说,是我离开了他们(见德莱尔函,乙札,第三〇号)。由此,他们就假装着始终还是我的朋友,巧妙地散布着他们的恶意中伤,表面上显得是对他们的朋友的不义行为的抱怨。

这就使得一般人不那么提防,较易于听信他们而对我加以谴责了。他们对我背信和忘恩的暗中指责,进行得比较小心翼翼,唯其如此,也就越发有效。我知道他们栽诬我许多令人发指的罪行,却绝对无法打听到他们说的这些罪行究竟有些什么内容,我从甚嚣尘上的传闻中所能推测出来的一切,就是传来传去都不外乎的这四大罪状:一、我退隐在乡间;二、我对乌德托夫人的爱情;三、拒绝陪埃皮奈夫人去日内瓦;四、迁出退隐庐。如果在此以外他们还加上了些什么别的怨嫌,他们采取的措施可真是太周密了,我一直就根本没法知道怨嫌的理由究竟是什么。

我相信,掌握着我命运的那班人后来付诸实施的那套计谋,就是在这个时期制订出来的。这套计谋进展与见效之速,如果一个人不知道一切助人为恶的事是多么易于搞起来的话,一定会惊为奇迹。现在我必须把我在这套阴暗而深邃的计谋中所能看得清楚的部分,努力用三言两语来说明一下。

虽然我在欧洲已经享有盛名,我还是保持了我初期喜好的那种淳朴。我对一切所谓党呀、派呀、钩心斗角呀,都恨入骨髓,这种恨就维持了我的自由、独立,除了我的心灵有种种依恋而外,就没有其他束缚。因为我是独自一人,远在异国,与世隔绝,既无依靠,又无家庭,只坚持我的原则和义务,所以我大胆地走着正直的道路,绝不有损于正义与真理而谄媚和敷衍任何人。而且,两年来我退隐在孤寂之中,不通消息,断绝世务,对一切外事既无所闻知,也绝无好奇之心,所以我虽住在离巴黎四法里的地方,却由于我不闻不问,就仿佛住在提尼安岛①上,和这个京城远隔重洋。

~~~~~~~~~~

① 提尼安岛在太平洋中,位于新几内亚东北方。

格里姆、狄德罗、霍尔巴赫则相反,他们都处在漩涡的中心,生活在最上流的社会里,交际极其广阔,整个上流社会的各部门,差不多就由他们三人全部瓜分了。显贵呀、才子呀、文学家呀、律师呀、女人呀,他们到处都能串通一气,叫所有这些人都听他们的话。人们应该已经看到,这种地位,使紧密联合在一起的三个人,对于处在我这样地位的一个第四者,具有何等的优势了。诚然,狄德罗和霍尔巴赫并不是(至少我不能相信是)搞什么十分毒辣阴谋的人,一个无此险恶①,另一个无此狡黠,但是唯其如此,他们也就搭配得更好。只有格里姆一人在脑子里想他的方案,对其他三人,只把他们必须知道才能配合执行的部分告诉他们。他在他们心目中的威信使他很容易获得这种配合,而全盘计谋的效果也是跟他高超的本领相称的。

　　正是凭着这个高超的本领,感到他从我们双方不同的地位中所能取得的优势,他就策划着要把我的名声彻底地毁灭掉,并给我制造一个截然相反的名声,而同时又不牵累到他自己。入手的办法就是先在我的周围筑起一道阴影之墙,使我不可能凿通这道围墙来看见他的阴谋活动,揭开他的假面具。

━━━━━━━━

①　然而卢梭是有所怀疑的,巴黎稿本里的一条小注(见下)就说明了这一点。狄德罗是确有此"险恶"的,因为我们知道狄德罗曾为格里姆的《通讯》写了被格里姆誉为小杰作的一七五六年七月一日的那封信,信是为埃皮奈夫人的《回忆录》写的,题为《让-雅克·卢梭七大罪恶的传说》;在让-雅克死后,他还在他的《论塞内加的生平》里写了很险恶、很伪善的一条小注。但是让-雅克不可能看到这两篇文字,也不可能看到格里姆的文字,所以他总觉得有些神秘,使他更加不安。
　　卢梭在巴黎稿本中加了这样一条小注:自写了这本书以来,我从围绕着自己的神秘气氛中所能瞥见的一切,都使我怀疑自己并不了解狄德罗。

这项工作是困难的,因为必须蒙蔽那些配角,使他们看不见其中的不义之处。必须欺骗那些正派人,把所有的人都从我的身边拉开,不给我留下一个朋友,不论这朋友有无地位。无论如何,绝不能让半句真话透露到我的耳朵里。只要有一个仁人君子对我说:"你还充有德行的人呢,可是人家是这样看待你的,人家是根据这个来评判你的,你还有什么可说的呢?"那么,真理就胜利了,格里姆就完蛋了。他也知道这一点,但是他探测过自己的心,而且对人们的能耐估计得一清二楚。我为人类的光荣感到遗憾的是:他计算得太准确了。

他在地道中行走,要想脚步稳,就必须走得慢。他依计行事已经十二年了,而最困难的部分现在还有待完成,那就是欺骗整个社会。社会上还有许多只眼睛盯着他,比他所料想的要严密些。他就害怕这一点,所以还不敢把他的阴谋暴露于光天化日之下。① 但是他已经找到了不太困难的办法,那就是把那股支配着我的势力拉进他的阴谋。在这股势力的支持下,他就可以向前迈进而少冒一些风险了。既然这股势力的爪牙们通常都不很以正直自炫,更不以坦率自豪,他就再也不怕有什么好人会泄漏风声了;因为他所特别需要的就是把我蒙在浓密的黑影之中,让他的阴谋永远不跟我打照面,他很知道,不论他的机关设置得多么巧妙,我也能一眼看穿。他最大的诡巧就是一面毁坏我的名声,一面又显得要顾全我,给他背信弃义的行为披上一件慷慨好义的外衣。

通过霍尔巴赫那个小集团的暗中指责,我感觉到这套计

① 自从我写了这句话之后,他已经以最圆满、最出人意料的成功,跨过了这一步。我相信是特龙香给了他跨过这一步的勇气和方法的。——作者原注

谋的初步效果,却不可能知道,乃至不可能推测到那些指责的内容究竟如何。德莱尔在他历次的信里都对我说,人家把许多罪恶都栽在我的头上;狄德罗也告诉过我,不过更加神秘些;而当我向这两个人追问的时候,又都不外乎上述的那几条罪状。我在乌德托夫人的历次来函中感觉到她对我逐渐冷淡了。我又不能把这冷淡归咎于圣朗拜尔,因为圣朗拜尔还以同样的友情继续给我写信,甚至远行归来后还来看我。我也不能归咎于自己,既然我们分手时彼此都很满意,分手后在我这方面除搬出退隐庐外又没有发生任何事故,我搬出退隐庐,她自己也觉得是必要的。因此,这种冷淡——她并不肯承认,但是我的心是骗不过去的——我既不知道何所归咎,就对一切都感到惴惴不安了。我知道她是极端敷衍她的嫂子和格里姆的,因为他们俩跟圣朗拜尔都有关系;我生怕他们俩在捣鬼。这种极度不安的心情又揭开了我的疮疤,使得我写起信来总是牢骚满纸,竟至叫她完全讨厌我的信了。我隐约望见无数令人痛心的事,却又一点也看不清楚。我陷入了对一个想象力极其敏感的人来说是最难以忍受的境地。如果我一直是完全孤独的,如果我索性什么都不知道,我是会平静一些的,但是我的心仍然是旧情难舍,而我的仇敌们就抓住我这点旧情,造成无数的口实来攻击我。透进我的幽居的那点微光,我只能看到人们瞒住我的那些神秘勾当的黑暗。

我生性是开朗、坦白的,正因为我不能掩饰自己的感情,所以我对于人家将感情向我掩饰起来也就疑虑万端;对这样一种天性的人说来,我当时的苦恼真是太大、太难以忍受了。如果不是万分侥幸地又遇到一些事,足够牵住我的心灵,对于我这些摆脱不开的心事,构成一种有益的排遣的话,我无疑会苦恼而死的。上次狄德罗到退隐庐来看我的时候，曾对我谈到达朗贝在《百科全书》里写的《日内瓦》那篇文章。他告诉我说，这篇文章是与日内瓦的上流社会人士商量好的，目的是要在日内瓦建立一个剧场；人们已经为此做好了准备，剧场的修建不久就会进行。狄德罗觉得这一切都很好，对它的成功毫不怀疑，而我当时跟他争辩的事太多，不愿在这件事上又发生争辩，所以我什么话也没有说。但是，我对人家在我的祖国所要的这一套诱惑手腕感到愤慨，所以我急待载有这篇文章的那本《百科全书》出版，看看有无办法写篇答复，好对这不幸的一着防患于未然。我住到路易山不久就收到了这本书，发现那篇文章写得既巧妙又有艺术，不愧为该文作者的手笔。然而，这并不能转移我打算驳斥的意图；尽管我当时心灰意冷，尽管我忧愁多病，天气严寒，再加上新居不便，一切都还没有来得及布置好，我还是拿起了笔，凭着我一片热诚，克服了一切困难。

在一个相当严酷的冬季，在二月的天气里，在上述的那种种状况下，我天天跑到我住的那个园子尽头的一座四面通风的碉楼里，早晨呆两个钟头，午饭后又呆两个钟头。这座碉楼在一条台坡路的尽头，俯瞰蒙莫朗西的幽谷和池塘，远望则见那座简朴而可敬的圣格拉田城堡，这是贤德的加狄拿①退隐之所。就是在这个当时冷得像冰窖一般的地方，既无屏障以蔽风雪，又除我心头的热情外别无其他取暖之物，我只用了三个星期的时间，写成了我那篇《给达朗贝论戏剧的信》。这是我写作时感到了乐趣的第一篇作品（当时《朱丽》连一半还没

---

① 加狄拿（1637—1712），路易十四时期的法国名将。

有写完)。直到那时为止,都是道德的愤激之情做了我的阿波罗①,而这一次做我的阿波罗的则是温存敦厚之心。以前只是从旁见到的那许多不平激起我的恼怒;此时是以我自己为对象的不平引起我的悲哀,而这种不含恼怒的悲哀,只是一颗太多情、太软弱的心被它原以为品质相同的心欺骗了以后而不得已收敛时所感到的那种悲哀罢了。我的心当时还充满着我新近所遭受到的一切,同时那么多的激烈动荡也都余波未平,所以我就把自己的苦痛感觉和思考主题时所产生的概念都一下子混合起来了;在我的作品中也就可以感到这种混合的影响。我不知不觉地在作品里把我当时的处境描写了出来;我在里面刻画了格里姆、埃皮奈夫人、乌德托夫人、圣朗拜尔和我自己。② 我写这部作品时曾流了多少甘美的眼泪啊!唉! 人们在这部作品里很容易感觉到,爱情,我所努力医治的那个致命的爱情,还没有从我心里排除出去。在这一切当中,还掺杂有我的自怜之感,因为我那时觉得自己奄奄待毙,以为这就是我向公众的最后一次告别了。我绝不是怕死,我看到死期渐近,反而感到快乐;但是我惋惜我离开人群而人群还没有感到我的全部价值,还不晓得如果他们知我较深的话,我是多么值得为他们所爱。这就是弥漫在我这篇作品里的那种特殊笔调的秘密原因,这种笔调跟前一部作品③的笔调形成了鲜明的对比。

---

① 阿波罗,希腊神话中掌管诗歌、音乐之神,即灵感的赋予者。

② 卢梭就是莫里哀喜剧《恨世者》里的阿尔赛斯特,斐兰特可能是指格里姆,色里曼纳可能是指埃皮奈夫人。乌德托夫人、圣朗拜尔还有让–雅克自己,可能就是拉辛悲剧《贝雷妮丝》里的三个人物(可是卢梭把这个悲剧的结局改掉了)。

③ 指《论人类不平等的起源》。——作者原注

我正在修改并誊清这封长函并准备把它付印的时候，忽然在长久无消息之后收到了乌德托夫人的一封信，这封信又使我陷入了新的悲痛，陷入了我生平最伤心的悲痛。她在这封信（乙札，第三四号）里对我说：我对她的热恋全巴黎都知道了，一定是我告诉了一些什么人后才宣扬出去的；这些风声传到她的情人的耳朵里，几乎使他送了命；最后他总算了解了她，他们已经和好如初了；但是，为对他负责，也对她自己和她的名誉负责，她必须跟我断绝一切关系；不过她还保证，他们俩都永远不会中止对我的关怀；他们将在社会上为我辩护，她还将不时地派人来探听我的消息。

　　"你也在内呀，狄德罗！名不副实的朋友！……"我叫了起来。然而我还不能下决心去谴责他。我这个弱点也还有别人知道，可能是别人要他说出来的。我想怀疑……，但是很快我就不能怀疑了。不久之后，圣朗拜尔就做出一件事来，不愧是他的豁达大度的一种表现。他充分了解我的心，看到我被一部分朋友出卖了，又被另一部分朋友抛弃了，就推测到我是处在怎样的一种境况之中。他来看我了，第一次他没有多少工夫跟我谈，第二次他又来了。不幸得很，我不知道他要来，没有在家。戴莱丝在家，跟他谈了两个多钟头，在这次谈话中，他们彼此都说明了一些事实，是他和我都有必要知道的。我从他口里知道，社会上没有人怀疑我曾经跟埃皮奈夫人有过现在格里姆和她那样的关系，而我当时的惊讶，也只有他自己听到这个流言竟然会毫无根据时所感到的惊讶可以与之相比。圣朗拜尔也曾使那位夫人大为不快，他在这方面的遭遇也和我完全相同。这次谈话揭出来的一切真相，把我跟她决裂后的后悔心情完全消除净尽了。关于乌德托夫人的事，他对戴莱丝说明了好几个细节，而这些情节，戴莱丝固然不知道，连乌德托夫人本人也不知道，只有我一人知道，并且我也只告诉过狄德罗一人，请他以友谊为重，替我保守秘密，而他就单单选定了圣朗拜尔，把我这个秘密当作私房话告诉他了。这样一来，我就下定决心和狄德罗永远绝交。决心既定，我就考虑该用什么方式绝交才好，因为我早就发现，暗地绝交反而于我不利，因为这种绝交把友谊的假面具留给我那些最险恶的仇人。

关于绝交，社会上有些所谓既成准则，这些准则似乎都是根据骗人与卖友的精神定出来的。你已经不是某人的朋友了，却还显出是某人的朋友的样子，这就是你想留一手儿，好欺骗老实人以便来损害某人。我还记得，当那位大名鼎鼎的孟德斯鸠和杜尔纳明神父绝交的时候，他赶快公开声明，对任何人都说："杜尔纳明神父谈我或我谈杜尔纳明神父，你们都不要听，因为我们已经不是朋友了。"这一举动曾大受赞赏，大家都夸奖他的坦率与豪迈。我对狄德罗也决计学这个榜样；但是我怎么能从我的隐居之地把这个绝交决定公开出去，既明确无疑而又不引起人言啧啧呢？我就想起在我这篇作品里，以附注的形式把《教士书》①中的一段话插进去，用这段话宣布这个绝交，甚至连原因都说了出来，对任何了解内情的人这是相当清楚的，而对局外人则毫无意义；此外，在这篇作品里，我还特别留心，每提到我所抛弃的这个朋友，总还是带着人们即使在友情熄灭之后还应该对旧友永远保持的那种敬

① 为《经外书》（英文为 Apocrypha）中的一篇，全名是《教士书，或西拉的儿子耶稣的智慧》。

意。这一切，人们读到这篇作品的时候，就可以看到。

天下事有幸有不幸。人倒了霉，仿佛任何勇敢行为都成了罪状。同样一件事，孟德斯鸠做了，人家就赞美，我做了，就只能引起呵斥和责难。我的作品印出来后，我刚收到一批样本，就寄了一本给圣朗拜尔，因为他头天晚上还以乌德托夫人和他自己的名义写了一封充满最缠绵的友情的信给我呢（乙札，第三七号）。请看他把赠书退还给我时的这封信吧（乙札，第三八号）：

一七五八年十月十日，于奥博纳

真的，先生，我不能接受你刚给我寄来的这个赠品。当我看到你在序言里为狄德罗引用的那段《传道书》（他弄错了，是《教士书》）①，书就从我的手里掉下去了。经过今年夏天的几次谈话之后，我觉得你似乎已经确信狄德罗是无辜的，你怪他的那些所谓泄漏秘密的事都是放不到他头上的了。他可能有些对不起你的地方：这一点，我不知道；但是我清楚知道那些对不起你的地方并不能使你有权给他一个公开的侮辱。你不是不知道他现在所遭受的迫害，而你还要把一个旧友的怨言掺到忌妒者的叫嚣中去。不瞒你说，先生，这种残酷的行为是多么使我愤愤不平。我跟狄德罗相处并不亲密，但是我尊敬他，这个人，你在我面前一直只怪他有点儿软弱，而你现在竟使他这样苦恼。先生，我们俩在为人处世的原则上太不同了，所以永远不能相投。请忘掉我的存在吧，这应该不是

① 《传道书》为《圣经·旧约》中的一篇，法文是 l'Ecclésiaste；《教士书》的法文是 l'Ecclésiastique。

什么难事。我对别人，从来也没有做过什么能使他们永志不忘的好事或坏事。我呢，先生，我向你许愿，我将忘掉你这个人，只记住你的那些才华。

我读了这封信，愤慨有过于痛心；在我痛苦到极点的时候，我终于又恢复了我的自豪感，给他的复信如下：

> 一七五八年十月十一日，于蒙莫朗西

> 先生，在拜读你的来信时，我为自己的惊讶向你表示敬意，而且我还傻得居然为之感动，但是现在我觉得你这信是不值一复的。

> 我不愿意继续为乌德托夫人抄缮了。如果已抄缮的部分她觉得不宜于保存，她尽可以还给我，我把钱还给她。如果她要保存已抄部分，就该派人来把剩下的纸张和钱都拿回去。我请她把存在她手里的那份大纲也同时还给我。别了，先生。

在不幸中所表现出来的勇气，通常总是使卑怯的心灵恼怒，而使高尚的心灵喜悦的。我这封信似乎使圣朗拜尔醒悟过来了，对他所做的事感到后悔；但是，他太骄傲了，所以不便公开承认，于是抓住了也许是制造了一个机会，来缓和他所给我的打击。两星期后，我收到埃皮奈先生的下面这封信（乙札，第一〇号）：

> 二十六日，星期四

> 先生，你惠赠的书收到了；我读着非常高兴。凡是从你笔下出来的著作，我读着总是感到同样的喜悦。请接受我的谢忱。如果我的事务容许我在你邻近的地方住一些时候的话，我早就登门致谢了，不巧的是今年我住在舍

弗莱特的时间很少。杜宾先生和夫人要我下星期日在舍弗莱特请他们吃饭。我打算还邀请圣朗拜尔、弗兰格耶两先生和乌德托夫人跟他们同席。如果你也肯来的话，先生，那我就欣幸之至了。我请的客人都希望你来，如果那天他们能跟你一同度过一部分时间，一定也和我一样感到十分欣幸的。顺致敬意。

这封信真叫我心跳得厉害。一年来我已经成了巴黎的新闻了，一想到要我去跟乌德托夫人面对面地摆出来给人家看，我就浑身发抖，简直很难找到足够的勇气去经受这场考验。然而，既然她和圣朗拜尔都一定要这样，既然埃皮奈是代表全体客人说话，既然他所提到的客人没有一个不是我想见面的，我就觉得，归根结底，接受一次可以说被大家邀请去的晚宴，总不会叫我怎样难堪的。因此我答应了。星期日，天气很坏。埃皮奈先生派自己的车来接我，我就去了。

我的到来引起了轰动。我从来没受到比这更亲热的接待。看来，全堂宾客都感到我是多么需要得到鼓舞和安慰啊。也只有法国人的心才懂得这种体贴入微的感情。然而我见到的客人比我所预料的要多：其中有乌德托伯爵，是我从来没见过的，有伯爵的妹妹伯兰维尔夫人，是我以不见为妙的。她上年到奥博纳来过好几次；她的嫂子在我们俩独自散步的时候常让她一个人等得不耐烦，她心里早就对我不满，这次在席上可就能痛痛快快地出气了。可以想见，有乌德托伯爵和圣朗拜尔在场，嘲笑的人是不会站在我这一边的，而且，像我这样一个在最随便的谈话中都还感到尴尬的人，在这种谈话里自然是不会很神气的。我从来没有感到那么难受，显得那么手足无措，受到那么意外的奚落。最后总算散席了，我赶快离开了那个泼妇，我高兴地看到圣朗拜尔和乌德托夫人走到我跟前来，我们在一起消磨了下午的一部分时间，谈的诚然都是些无所谓的事，但是毫不拘礼，跟在我走入歧途之前完全一样。这种友好态度不可能不使我受到感动，如果圣朗拜尔能看见我的心的话，他一定也会感到满意的。我可以发誓，虽然我来的时候一看见乌德托夫人心跳得几乎晕了过去，我走的时候，差不多连想也不想她了。我满心只想着圣朗拜尔。

　　这次晚宴，虽然有伯兰维尔夫人的恶意揶揄，还是对我大有好处，我深自庆幸不曾谢却。我在这次晚宴中不但看出了格里姆和霍尔巴赫一伙的那许多阴谋活动都没有把我的旧交跟我离间开；①更使我高兴的是我发现乌德托夫人和圣朗拜尔的感情并没有像我原先想象的那样有很大变化。最后我了解到，圣朗拜尔之所以要使乌德托夫人跟我疏远，出于醋意者多，出于鄙视者少。这就使我得到了安慰，也使我安了心。我既确实知道，在我所敬仰的人们面前，我并不是一个藐视的对象，我也就比以前更有勇气，更加成功地努力克制我自己的感情。固然，我没有能够把我心里那种有罪的、不幸的痴情完全扑灭，但至少我把那残余的痴情控制住了，所以从那时起这点余情就不曾使我再犯错误。乌德托夫人要我继续抄写的那些稿子和我继续寄赠她的那些新出版的作品，都还不时地从她那里给我带来若干信息和短笺，诚然都无关紧要，但也却美意殷勤。她并且还有进一步的表示，人们在下文就可以看到；在我们断绝往来之后，我们三人之间彼此相处的态度足为正人

---

　　①　由于我心地朴实，在写《忏悔录》的时候还是这样认为的。——作者原注

君子在彼此不宜相见时如何分手树立楷模。

这次宴会给我的另一个好处，就是人们在巴黎都谈到它，它为我作了一个不容置辩的辟谣机会；本来我那些仇敌到处散布谣言，说我早就跟那天所有参加宴会的人，特别是跟埃皮奈先生，都无可挽回地闹翻了。其实我在离开退隐庐的时候还给埃皮奈先生写过一封很客气的谢函，他回信也同样客气，彼此礼敬之意一直不曾断绝，甚至他的兄弟拉利夫还到蒙莫朗西来看过我，并且还把他的版画寄给我。除了乌德托夫人的一姑一嫂外，我跟那家人没有一个处得不好的。

我的《给达朗贝的信》取得了很大的成功。① 我所有的作品都取得了很大的成功，但是这次的成功却比较于我有利。它使社会大众都知道霍尔巴赫小集团散布的那些谣言是绝对靠不住的。当我住到退隐庐的时候，霍尔巴赫小集团就以其惯常的自满态度预言我在退隐庐待不了三个月。当他们看到我竟待了二十个月，而且被迫搬出之后，还是定居在乡间，他们就肯定说我纯粹是出于执拗，说我实际上在隐居生活中闷得要死，不过骄傲成性，宁愿吃执拗的亏，闷死在乡间，也不愿表示反悔，回到巴黎来。《给达朗贝的信》里洋溢着一种温和气味，谁也感到不是伪装出来的。如果我真是在隐居生活中怀着满腹牢骚的话，我的笔调总会受到感染的。我在巴黎写的作品都是满篇牢骚，而我到乡间后写出的第一篇作品就不是这样了。对于有观察能力的人来说，这一点是有决定意义的。大家都看到，我到了乡下，真是如鱼得水。

---

① 发表于一七五八年十月二十日。这封信阻止了在日内瓦建立剧院的计划，并标志着让-雅克跟哲学家们的决裂。

然而,也就是这篇作品,尽管它充满了温和气味,也还由于我一贯的笨拙和倒霉,又给自己在文坛上添了一个新的敌人。我早就在波普利尼埃尔先生家里认识了马蒙泰尔,后来这份交情又在男爵家里维持下去了。马蒙泰尔当时是《法兰西信使》杂志的主编。因为我一向高傲,不愿把我的作品送给期刊的撰稿者,又因为我这次偏要把我这篇作品赠送给他,却又不要他认为我是把他视为期刊撰稿人,更不要他在《信使》杂志上谈到这篇作品,所以我在送他的那份上写着,不是送给《信使》杂志的主编,而是送给马蒙泰尔先生。我以为我把他恭维得很妙,他却以为我把他侮辱得很苦,就成了我的不可调和的仇敌了。他写了一篇文章反对我那篇长信,写得很有礼貌,但是怨怒之气也很容易感觉出来,并且从此以后,他就不放过任何机会在社会上损害我,在他的作品里间接攻击我。由此可见,文人的那种易受刺激的自尊心是多么难于应付,由此也可见,你恭维他们的时候应该如何小心翼翼,千万不要说出稍微带有模棱两可意思的字眼。

　　我从各方面都安定下来了,便利用空闲的时间和当时的独立生活来比较有秩序地重理我的作品。这年冬天我把《朱丽》完成了,并把它寄给了雷伊,他第二年就把它印了出来。然而这个工作还被一个小小的、然而相当不愉快的插曲中断了一次。我听说歌剧院正准备把《乡村卜师》重新上演。我看到那班人竟目中无人地支配我的财产,气愤极了,便把以前寄给达让森先生而没有得到答复的那份备忘录再拿出来,修改了一下之后,就请日内瓦代办赛隆先生把它交给接替达让森先生主管歌剧院的圣佛罗兰丹伯爵先生,还附了一封信,也是由赛隆先生代交的。圣佛罗兰丹先生答应回我的信,但却一直没有下文。我把我所做的事通知了杜克洛,杜克洛就跟"小小提琴手"们①读了,"小小提琴手"们没有答应把我的歌剧还给我,却答应把免费入场券还给我,而这时免费入场券对我已经是毫无用处了。我看我从哪一方面都休想得到公平的对待,便把这事撇到了一边;而歌剧院的主管部门对我所提的理由既不肯答复,又不肯倾听,一直就继续利用《乡村卜师》牟利,就跟利用自己的财产一样,而实际上这部歌剧是不容置辩地只属于我一人的。②

　　自从我摆脱了那些暴君的桎梏后,就过着相当平静而愉快的生活;我固然尝不到那些太强烈的依恋之情的妙趣,但是也就解脱了这些依恋之情的枷锁。我的那些充当保护人的朋友拼命要支配我的命运,不由分说地要把我置于他们的所谓恩惠的奴役之下,真叫我厌恶透了,我决计从此只要以善意相待的交情,这种交情并不妨碍自由,却构成人生的乐趣,同时有平等精神作为基础。像这样的交情,我当时是很多的,足以使我尝到相互交往的甜美滋味,而又不感到受人支配之苦;我一尝到这种生活的滋味,便立刻感到它确实适合我这样的年龄,可以使我在宁静中度过余生,远离不久前使我险遭没顶的风暴、争吵和烦恼。

　　我住在退隐庐的时候,以及迁居蒙莫朗西以后,就在附近认识了好几个人,我觉得他们都很称我的心,而又丝毫不束缚我。在他们中间首先要推那年轻的洛瓦索·德·莫勒翁,那时他初当律师,自己还不知道将来会在法律界占到什么地位。

① 见本书第 450 页注①。
② 现在就属于歌剧院了,因为它新近跟我订了一个合同。——作者原注

604

我那时就不像他那样疑虑，不久就向他指出他是会做出辉煌的事业的。这点今天已经成了事实。我向他预言，如果他能对承办的案件严加选择，如果他永远只做正义与道德的保卫者，他的天才将从这种崇高的精神得到培育，会跟最伟大的雄辩家的天才相媲美。他照我这个忠告去做了，并且感到了这个忠告的效果。他为波尔特先生作的那篇辩护词可以与狄摩西尼①相匹敌。他年年来到距退隐庐四分之一法里的圣伯利斯村，在莫勒翁采地上度假，这片采地是属于他母亲的，当年那伟大的博叙埃也在那里住过。像这样的大师联袂而出，真使这片采地的高贵声名难乎为继。

也就是在这个圣伯利斯村，我还认识了书商盖兰，他是个才子，有文学修养，很可爱，在他那一行是第一流人物。他还将他的朋友、阿姆斯特丹的书商让·内奥姆介绍给我，他们有通信联系，后来为我印行了《爱弥儿》。

在比圣伯利斯更近的地方，我还认识了格罗斯来村的司铎马尔陶先生。如果是才能决定地位的话，这个人本来是该做政治家和大臣而不该做乡村司铎的，至少应该让他管理一个大教区。他曾充吕克伯爵的秘书，跟让-巴蒂斯特·卢梭特别熟识。他一面对这位赫赫有名的被放逐者追怀景仰，一面对陷害他的骗子手梭朗深恶痛绝。关于这两个人，他知道很多珍奇的轶事，都是色圭没有收进他那部待印的卢梭传记里的。他常向我保证说，吕克伯爵对他绝对没有什么可抱怨的地方，一直到死都还对他保持着最热烈的友谊。这个相当好的退休之地，就是在他的东家死后由凡蒂米尔先生赠他的。

---

① 狄摩西尼（公元前 383—322），古希腊十大演说家之一。

马尔陶先生还曾办过许多事务,现在虽然年老,还记得清清楚楚,并且评论得十分恰当。他的谈话,既有趣又有教益,没有他那乡村司铎的气味,因为他把社交界人士的口吻和读书人的知识结合起来了。在我所有那些长住的邻居之中,跟他交游最使我喜悦,我离开了他,也最感惆怅。

我在蒙莫朗西还认识几位奥拉托利会的教士,特别是贝蒂埃神父,他是个物理学教授,虽然蒙上了一层薄薄的学究色彩,我还是很喜欢他的,因为我觉得他有点老好人的味道。然而我又很难把他这种高度的纯朴和他那种到处钻——钻要人、钻女人、钻信徒、钻哲学家——的欲念与本领调和起来,他懂得见什么人说什么话。我很喜欢跟他在一起,我到处这样夸他,我的话显然传到他耳朵里去了。有一天他微笑着感谢我夸他是个老好人。我在他那微笑里发现了一种说不出的嘲讽意味,这就在我的眼光里把他的面目完全改变了,并且从那时起我还时常想起他那嘲讽的意味。他那个微笑酷似巴努奇买妥丹德诺的绵羊时的那种微笑,①这是我能找到的最恰当的比喻。我们两人在我住到退隐庐之后不久就开始相识,他时常到退隐庐来看我。等我在蒙莫朗西定居以后,他才离开那里,回到巴黎去了。他在巴黎常见到勒·瓦瑟太太,有一天我万想不到,他代这个女人写了一封信给我,为的是通知我说,格里姆先生建议负担她的生活费,并且要求我允许她接受

---

① 这是拉伯雷《巨人传》里的一个故事。害人精巴努奇乘船渡海,羊商丹德诺和他同船,得罪了他。他表面装作不在乎的样子,微笑着向丹德诺买了一只绵羊。成交后,他突然把这只羊推到海里,其他的羊也一个接一个跟着跳下了海,丹德诺急着在羊群后面拖,结果也被羊群带到海里去了。

这份接济。我听说这是一笔三百利勿儿的年金,条件是要勒·瓦瑟太太住到舍弗莱特与蒙莫朗西之间的德耶来。我不想说明这个消息给我的印象怎样;这个消息也许不那么令人吃惊,如果格里姆自己有一万利勿儿的年金,或者他跟这个女人有点什么较易理解的关系,如果当初我把她带到乡下来时人家不加给我那么多严重的罪名——而现在他又乐于把她送回乡村,仿佛她已经返老还童了。我明白,那个老太婆之所以要得到我的允许,只是因为不想失掉我这方面的接济,如果我不允许,她是很可以不顾我的允许就接受那笔馈赠的。虽然我觉得这种慈善行为十分异乎寻常,当时却还并不像后来那样使我感到惊讶。但是,即使我当时就料到后来所洞察的一切,我还是同样要表示同意的,我当时就这样做了,并且也不能不这样做,因为若不同意,就是向格里姆先生讨价还价了。从那时起,贝蒂埃神父就把我对他的那种老好人的看法医好了一点,他曾觉得我这种看法那么可笑,而我又曾那么轻率地对他产生了这种看法。

也就是这个贝蒂埃神父认识的两个人,不知道为什么都想跟我攀交;毫无疑问,在他们的喜好和我的喜好之间,是没有多少关联的。他们都是麦尔基色代克[①]的子孙,人们不知道他们的籍贯、家世,也许连他们的真实姓名都不知道。他们都是冉森教派的,一般人都认为他们是化装的教士——也许是因为他们把顷刻不离身的长剑佩带得那么可笑的缘故。他们的一举一动都带着一种不可思议的神秘,这就使他们有着

---

① 麦尔基色代克,《圣经》中人物,萨勒姆国王。《创世记》没有载明他的家世及生卒年代。麦尔基色代克的子孙即指来历不明的人。

派系领袖的神色，我一直怀疑他们是办《教会日报》的。他们一个是身材高大，和颜悦色，甜言蜜语，叫费朗先生；另一个矮矮胖胖，似笑非笑，摇唇鼓舌，叫蜜拿尔先生。他们彼此以表兄弟相称。他们本来跟达朗贝一起住在巴黎，寄宿在他的奶娘卢梭太太家里。他们曾在蒙莫朗西租了一套公寓房子，在那里过夏。他们亲自做家务事，没有仆人，也没有代购日用品的包工。他们一人一星期，轮流出去采购、留家烧饭、打扫房间，他们料理得相当好，我们有时也彼此往来吃吃饭。我不知道他们为什么对我感兴趣，我对他们感兴趣只是因为他们常下棋，而我为了插上去下一盘，就得花上一天里的四个钟头。因为他们到处钻，什么都要插一手，所以戴莱丝管他们叫"长舌妇"，这个名字就在蒙莫朗西流传下来了。

　　以上这些人，再加上我的居停主人马达斯先生——他是一个好人——就是我在乡间的主要熟人。我在巴黎还有一些熟人，如果我愿意住在巴黎的话，是可以住得舒舒服服的。这些熟人都是文坛之外的；在文坛之内，只有杜克洛这么一个朋友。至于德莱尔，他还太年轻，而且，虽然他就近看到那个哲学帮对我耍的那些手腕之后，已经完全脱离那个哲学帮了，我还是不能忘记他过去曾那么轻易地就做了那班人在我面前的代言人。

　　首先，我有我那可敬的老朋友罗甘先生。他是我幸福时代的一个朋友，不是由于我的作品交结上的，而是凭我自己的为人交结上的，也就是为了这个理由我把这份交情一直保留下来。我还有我的同乡，那老好的勒涅普，以及他的女儿，当时还健在的朗拜尔夫人。还有一个年轻的日内瓦人，叫作库安德，当时我觉得是个好孩子，很细心、殷勤、热诚，但是无知，自信心强，好吃好喝，自命不凡；我一住进退隐庐，他就来看我了，过了不久，尽管我不愿意，也没有别人介绍，自己就住到我的家里。他对图画有点兴趣，认识些艺术家。在给《朱丽》制版画方面①，他对我还算有点用处。他负责指导插图和刻版，颇能不负所托。

还有杜宾先生那一家，这家的豪华虽然已经比不上杜宾夫人盛年时代的情景，但由于两位主人的声望，也由于来此聚会的宾朋均属上选，仍不失为巴黎最好的门第之一。由于我没有因趋附别人而抛弃他们，又由于我离开他们只是为着能自由生活，所以他们一直对我友好相待，我有把握随时会受到杜宾夫人的欢迎的。自从他们夫妇在克利什置了一处别墅之后，我甚至还可以把她算作我的乡下邻居之一；我有时也到她这处别墅里去住一两天，而如果杜宾夫人和舍农索夫人相处得更融洽些的话，我还会到那里多去几次呢。但是在同一个人家，两个女人彼此情感不相投，是叫人左右为难的，这就使我感到在克利什太不自在了。由于我跟舍农索夫人之间的关系比较平等，比较随便，所以我喜欢比较自由地在德耶看到她——德耶差不多就在我门口，她在那里租了一所小房子——甚至在我家里见到她，因为她来看我也相当勤。

还有克雷基夫人，她在虔信宗教之后，就停止跟达朗贝之流、马蒙泰尔之流以及大部分文人见面了，我相信特吕布莱神父是个例外，当时他是一种半真半假的虔信者，但她甚至也相当讨厌他。至于我呢，她原是找着要跟我结识的，我一直没有失掉她的关注，一直和她通信。她曾送给我几只芒斯鸡来做

---

① 插图是格拉夫罗制的，库安德是双方的介绍人。

年礼,并且计划开年来看我,只是由于这时卢森堡公爵夫人的一次旅行把她的旅行打断了。我在这里应该为她特别提一笔,她在我的记忆中将是永远占有一个优越地位的。

还有一个人,除了罗甘以外,我是该把他放到第一位的,他就是我的老同事兼老朋友卡利约,前西班牙驻威尼斯大使馆的秘书,后又驻瑞典,为他的宫廷代办外交事务,最后真除了驻巴黎的大使馆秘书之职。在我万想不到的时候,他突然到蒙莫朗西来找我了。他佩带一枚西班牙勋章,我忘记了勋章的名字,形式是宝石镶成的一个漂亮的十字架。在他所提出的证件中,他曾不得已把"卡利约"这个名字改了一下,现称为卡利荣骑士。我发现他还是那个样子,心眼儿好,风度一天比一天更可爱。如果不是库安德照他的老习惯插到我们两人之间,利用我住得离巴黎远,就代表我,并以我的名义赢得了他的信任,并且由于为我服务太热诚,就把我顶掉了,我是会和他相处得跟从前那样亲密的。

想起卡利荣,我就联想起另一个乡下邻居,我若是不谈到他,就太对不起他了,特别因为我还有一件很不可原谅的对不起他的事,需要坦白出来。这邻居就是那位正派的勒·布隆先生,他曾在威尼斯给我帮过忙,这次全家来法国旅行,在离蒙莫朗西不远的拉布利什村租了一所别墅。[①] 我一听说他成了我的邻居,就满心喜悦,觉得去登门拜访不但是一种义务,还是一件快事。第二天我就去看他了,路上遇到一些人正来看我,不得不同他们又走回头路。两天后我又去看他,那天他

---

① 当我写这些话的时候,心里充满了我往日的那种盲目的信任,远没有疑心到他这次巴黎之行的真正动机与结果。——作者原注

和全家连午饭都是在巴黎吃的。第三次他倒是在家：我听到好些女人的声音，又在门前看到一辆华贵的马车，这叫我害怕。我想我第一次看他，至少要能看得从从容容的，跟他叙叙旧情。总之，我把我的拜访一天一天地往下拖，最后觉得尽这样一个义务未免太迟了，感到羞惭，便干脆不尽这个义务了。我有胆子拖了那么久，却没胆子再见他的面。这种疏忽叫勒·布隆先生感到理所当然的不满，而且在他眼里，我的懒惰就有了忘恩负义的迹象了。然而，我觉得我的心实在是无罪的，如果能为勒·布隆先生做点什么真正能叫他开心的事，即使是不让他知道，我可以保定他绝不会觉得我这人懒惰。不过，懒散、疏忽以及在小事情上的那种拖拉劲儿，往往比大的恶习对我还更加有害。我的最严重的错误一直都是由玩忽造成的：我很少做过我不应该做的事，同时，不幸得很，我更少做过我应该做的事。

既然我又谈起我在威尼斯的那些旧交，我就不应该忘记另外也与此有关的一个，这个旧交，也和其他的一样，已经中断了，但是时间比较晚得多。这就是我和戎维尔先生的交谊；戎维尔先生自从热那亚回来之后，一直对我非常友好。他很欢喜跟我见面，和我谈意大利的事和蒙太居先生闹的笑话，他在外交部有许多熟人，所以从外交部知道的有关蒙太居的故事就很多。我在他家里又很欣幸地遇见了我的老伙伴杜邦，他在他的本省买了一个官职，有时也为公务来到巴黎。戎维尔先生渐渐变得太殷勤，老要我到他家里去吃饭，竟使我感到他有些碍手碍脚了；虽然我们住在相距很远的两个地区，如果我有一星期不到他家去吃饭，我们就要吵几句。他到戎维尔领地去的时候，总是要把我带去；但是我有一次在那里住了一星期，真叫我感到度日如年，之后，我就不愿再去了。戎维尔先生这个人当然是既客气又风雅，甚至在某些方面还很亲切，但是他不够聪明；他长得漂亮，多多少少有点纳尔西斯顾影自怜的劲头，相当乏味。他收藏了一套奇特的东西，或许全世界也只有他那一套，他自己非常欣赏，也拿出来给客人欣赏，而客人有时却并不像他那样感到兴趣。那是很完整的一套滑稽歌舞剧，都是五十年来在宫廷和巴黎流行的，从中可以看到的许多轶事，在别的地方是无法找到的。这些关于法国历史的真实记录，在任何别的国家人们都绝不会想得出来的。

在我们相处得正融洽的时候，有一天他对我的接待是那么淡漠、冰冷，那么不合他平时的风度，以致我在给机会让他解释，乃至请求他解释之后，就走出了他的家门，决心不再涉足，并且我一直实践了这个决心。我在任何地方只要受到一次冷遇，人们就绝不会在那里再见到我的面了，而且这里又没有狄德罗出来替戎维尔先生辩护。我当时苦思苦想，到底有什么事对不起他，可是想来想去总想不出。我绝对相信，我跟别人谈到他和他的家人，从来都是称许备至的，因为我实心实意地喜欢他；而且，除了我对他只有好话可说而外，我的最不变的原则始终是，凡是我常来往的人家，我谈到时总是礼敬有加的。

最后，经过长期思考，我终于推测出是这么回事：我们最后一次相见的时候，他请我在他熟识的几个姑娘那儿吃饭，那次是跟几个外交部的职员在一起，他们都是些很亲切的人物，绝无浪荡汉的态度或派头；我可以发誓，在我这方面，那整个晚上都是在悲天悯人地默想着那些可怜虫的不幸命运。我没有出聚餐费，因为是戎维尔先生请我们吃饭的；我没有拿钱给他的那些姑娘,因为我没有像跟帕多瓦姑娘在一起那样给她们以我应该付出报酬的机会。我们出门时大家都欢天喜地的,情感十分融洽。这次晚宴之后,我没有再到那些姑娘那儿去,也没有再见到戎维尔先生。过了三四天,我到戎维尔先生家去了,他就给了我上述那种接待。除了关于这次晚餐有点误会之外,我想不出别的原因,同时又看到他不愿意解释,就采取了我的决定,不再去看他了;但是我还继续把我出版的作品寄赠给他,他也还常托人问候我,并且有一天我在喜剧院的烤火间里碰到他时,他还很客气地责怪我为什么不去看他,但也并没有使我重登他的家门。由此可见,这件事,样子倒像是斗气,不像是绝交。不过,从那时起我就没有再见到他,也没有听人谈到他。隔绝了好几年之后,若是再回头,就未免太迟了。所以我在这里不把戎维尔先生列在我的知交的名单里,虽然我曾有相当长的一段时间常到他家去。

我不想再拿别的熟人来把我这个名单搞得太臃肿了。这些熟人都不那么亲密,或者是由于我不在巴黎就不再那么亲密,不过我有时还免不了在乡下见到他们,或者在我自己家里,或者在邻居家里,比方吧,像孔狄亚克和马布利两位神父,像梅朗、拉利夫、波瓦热鲁、瓦特莱、安斯莱诸先生,还有其他许多人,一个个地数出来就未免太多了。我只顺便提一下马尔让西先生跟我的交往,他是国王的内侍,以前是霍尔巴赫小集团里的人物,后来和我一样脱离了;他以前也是埃皮奈夫人的朋友,后来和我一样撒手了;还有他的朋友德马西先生也跟我认识,我也顺便提一下,他是喜剧《冒失鬼》的作者,曾名噪一时,只是一阵风就过去了。马尔让西先生是我的乡下邻居,因为他的马尔让西地产就靠近蒙莫朗西。我们本来早就见过面,但是邻居关系或阅历上的某种相契之处使得我们更接近起来。德马西先生不久之后就死了。他有能力,有才华,但是有点像是他那篇喜剧的模特儿,在女人面前颇有点自炫,而死后并没有受到女人们的极端惋惜。

但是我不能漏记这个时期的一个新的通信关系,这个关系对我后来的生活影响太大了,不能把它的开端略而不谈。我说的是拉穆瓦尼翁·德·马勒赛尔卜先生,他是税务法庭首席庭长,当时主管出版事业;他在这方面的领导既温和又明智,文学界人士都十分满意。我在巴黎时一次也没有去看过他;然而我经常体验到他审查我的作品处处从宽,非常令人感激;我知道,他曾不止一次很不客气地对待那些写文章反对我的人。这次关于《朱丽》的印行,我对他的盛情又有了新的证据;因为这样大部头作品的校样要交邮局从阿姆斯特丹寄来,耗费是很大的,他有免费寄递权,所以就答应把校样先寄给他,然后又用他父亲的掌玺大臣关防同样免费再寄给我。作品印的时候,他不管我愿不愿意就叫人另印了一版,版税归我,这一版销完之后才准那一版在法兰西王国销行。因为我的稿本已经卖给雷伊了,这笔收入就等于对雷伊的一种盗窃,所以我不得他明文批示就不肯接受这批专为增加我的收入而印的赠书,结果他很慷慨地批下来了;不但如此,这批赠书一共卖了一百个皮斯托尔,我要跟他均分,他又一点也不肯接受。为了这一百个皮斯托尔,我却有过一件很不愉快的事:马勒赛尔卜先生事先没有通知我就把我的作品删节得不成样子,并且在这坏版本售完之前,一直阻止了好版本的销售。

我始终把马勒赛尔卜先生看作一个正直的人,他的正直是经得起任何考验的。凡是我所遇到的事,从来没有一点使我对他的公正能有片刻的怀疑;但是他的软弱也和他的忠厚相当,他有时对他所关心的人,由于极力要保全他们却反而害了他们。他不但在我的书的巴黎版里叫人删掉了一百多页,还在他送给蓬巴杜尔夫人的那一册好版本里作了一个可以叫作不忠实的删削。在我这部作品的某个地方有这样一句话:一个烧炭人的妻子比一个王爷的情妇还更配受人尊敬些。这句话是我兴之所至,信笔写出来的,我敢发誓,没有丝毫影射意味。然而,我有一个很不谨慎的原则:凡是我写的文章,只要我扪心自问在写出时没有影射意图,我就绝不因为别人可能指为影射而丝毫有所删削,所以,我绝不肯删去这一句话,只是把原来的"国王"一词改为"王爷"。这个修改,在马勒赛尔卜先生看来似乎还不够,他干脆把全句都删掉了,特意叫人另印了一页,尽可能整齐地贴在蓬巴杜尔夫人的那一本书里。可是她还是知道了这个偷天换日的手法:免不了有些好心人把内情告诉了她。至于我自己呢,我只是很久以后,当我开始感到这件事的后果的时候,才知道有这么回事。

　　另一位贵妇人①的情况也与此相似,而我也毫不知情,甚至我在写那段文章的时候还不认识她呢,而她却那么不声不响地、咬牙切齿地恨我,其最初的起因不也就在这里吗?书出版的时候,我跟她认识了,心里便非常不安。我把这事告诉了罗伦齐骑士,骑士笑我多心,保证那位贵妇丝毫没有感到冒犯,甚至根本没有注意到。我也许稍微轻率了一点,就信了他的话,并且十分不合时宜地就放心了。

　　入冬时候,我又受到马勒赛尔卜先生的一次盛情的表示,

① 指孔蒂亲王的情妇布弗莱伯爵夫人。

虽然我不认为这番盛情是宜于接受的，心里还是十分感动。当时《学者报》有一个缺额，马尔让西先生写信给我，作为他自己的意思，向我建议这个位置。但是透过他信上的措词（丙札，第三三号），我很容易理解到他是有人授意并且指令他这样做的；而且他自己后来又写信告诉我（丙札，第四七号），他是受人之托才对我作此建议的。这是个闲差使，每月只要写两篇提要，原书会有人送到我这里来，用不着往巴黎跑，甚至向主管官晋谒致谢都没有必要。通过这个途径，我就可以厕身于梅朗、克莱罗、德·几尼诸先生和巴泰勒米神父等第一流文人学士之林了。前两人我本来早已认识，后两人我能认识一下当然也是极好的。此外，只要做这样一点毫不困难、轻而易举的工作，我就可以有八百法郎的额定薪金。我在决定前考虑了几个钟头，我可以发誓，我之所以要考虑，只是因为怕惹马尔让西生气，叫马勒赛尔卜先生不高兴。但是，最后我感觉到，这样我将不能按我的时间去工作了，按期交稿这种约束我受不了，更重要的是，我深信我做不好我要承担的任务，这两个理由就战胜了一切，使我决定谢绝一个我不适于担任的职位。我知道，我的全部才华都来自对我要处理的题材的热爱，只有对伟大、对真、对美的爱，才能激发我的天才。大部分要我写提要的书籍所讨论的问题，乃至那些书籍本身，与我有什么关系呢？我对要写的东西既然毫无兴趣，我的文笔自然就冷冰冰的，我的神思自然也就迟钝了。人家以为我也和所有别的文人一样，为谋生而写作，而实际上我是永远只晓得凭热情而写作的。《学者报》所需要的当然不是如此。所以我给马尔让西写了一封谢函，措词极其委婉，在这封谢函里我把我的种种理由说得十分详细，使得他和马勒赛尔卜先生都不可能误会我这一拒绝当中会有任何愠怒或骄傲的因素。所以他们俩都同意了我的拒绝，丝毫没有因此而对我白眼相加，而这件事的秘密一直也就守得非常之紧，社会上一点也没有听说过。

这个建议也来得不是时候，因为若干时以来，我已经在制定计划，要完全抛弃文学，特别要完全抛弃作家的职业了。我最近遭受到的一切，使我恨透了那些文人们，同时我体会到，要干同样的行业而不和他们发生关系是不可能的。我也同样憎恨那些社交界人士，并且一般说来，我也同样憎恨我最近所过的那种一半属于我自己、一半属于那些与我生活不合拍的社交圈子的混合式的生活。我那时特别感觉到，而且由于一贯的经验感觉到，任何地位不平等的交际总是对弱者一方不利的。我跟与我选定的身份不同的富豪们生活在一起，虽然家里不需要他们那样的排场，却也不得不在许许多多的事情上学他们的做法；种种小费，在他们根本就不算什么，在我则既无法可省，又不胜负担。别人到朋友的别墅里去住，不论是在餐席上还是在卧房里都有自己的侍僮随身侍候，需要什么就派侍僮去找什么。由于跟主人家的仆役没有任何直接关系，甚至也见不到他们，所以他给他们赏钱也就只凭他高兴，爱怎样赏就怎样赏，爱什么时候赏就什么时候赏。而我呢，单身一人，没有仆役，只好事事都靠主人家的仆役，这就得买他们的欢心，免得多吃苦头。我既被看作和他们的主人处于平等地位，也就必须把他们当作仆役看待，甚至比别人对他们还要优厚些，因为事实上我比别人更需要他们侍候。如果这家仆役不多，倒也还罢了；但是，在我去的那些人家，仆役都是很多的，个个都很傲慢，个个都很狡猾，个个都很警觉——我是说为他们的利益而警觉,那些坏蛋专会那一套,要我不断地需要使唤他们中间的每一个人。巴黎女人可谓聪明伶俐,可是对这一点却毫无正确概念;她们拼命要为我节省开支,结果却叫我倾家荡产。如果我到城里去吃晚饭,离家稍远一点,女主人总是不肯让我派人去雇一辆马车,一定要人驾车,用自己的车子把我送回来。她很高兴为我省了二十四个苏的车费,至于我赏给侍仆和车夫的那一个埃居,她就想不到了。若是一个女人从巴黎写信给我,寄到退隐庐或蒙莫朗西,为了体惜我该付的那四个苏的邮资①,便专门派一个仆人送来,这仆人步行来,跑得满头大汗,我得给他饭吃,还要赏一个埃居,当然,他得这一个埃居一点也不亏心。若是她建议我跟她到乡下去住几天,她心里总是想:"对这个穷小子,这总是一种节约,在这期间,伙食总不要他花一个钱的。"她就想不到,在这时候,我也就不能工作了;我的家用、我的房租、我的内衣、我的服装,都还是照样出钱不误,刮胡子钱还要多出一份,总之,在她家住花的钱要比在自己家里多得多。虽然我赏那些小费只限于我惯常去住的那几家人家,可是这种赏钱对我免不了还是负担奇重的。我可以保证,我在奥博纳乌德托夫人家里足足花了有二十五个埃居,而实际上我在那里只不过住了四五次而已。而在埃皮奈和舍弗莱特,在我到那里常跑的那五六年之中,我花了不止一百个皮斯托尔。像我这样脾气的人,什么也不会自己料理,什么事都不会取巧,又看不得一个仆役嘀嘀咕咕,在侍候你的时候那副不乐意的样子,这些小费都是非花不可的。就是在杜宾夫人家里,我总算是她家里的人了,给仆

---

① 那时代,邮资是由收信人付的。

人们也不知道帮过多少忙，可是我受他们的服侍，从来也都是花大钱换来的。到后来，我不得不完全放弃这些小赏赐，因为我的境遇已经不容许我这样做了；也就是在这时候，人家更加严酷地使我感觉到了跟地位比自己高一等的人来往是多么不相宜。

如果这种生活是合我口味的，花大钱去买快乐，倒也可以聊以自慰，可是倾家荡产去买苦吃，这就太难堪了。我痛感这种生活方式的沉重压力，所以我就利用当时那一段自由生活的间隙，下决心把这种自由生活永远继续下去，完全放弃上层社交界，放弃写书工作，放弃一切文学活动，终我之身，隐遁在我自觉生而好之的那种狭小而和平的天地里。

《给达朗贝的信》和《新爱洛伊丝》这两部书的收入已经使我的经济状况稍有起色，而我的财源在前此住退隐庐时已经濒于枯竭了。眼前大约还有一千埃居可得。我写完《爱洛伊丝》后就正式动手写的《爱弥儿》已经搞得差不多了，它的收益应该至少可以把上面的数字翻一番。我计划把这笔款子存起来，作为一笔小小的终身年金，连同我抄缮的收入，可以维持我的生活，不必再写作了。我手头还有两部作品。一部是《政治制度论》，我检查了一下这部书的写作情况，发现还需要花好几年工夫。我没有勇气再往下写，没有勇气等到把它写完再执行我的决定。因此，我就把这部作品放弃了，决计把可以独立的部分抽出来，然后把其余的都付之一炬；我热忱地进行着这项工作，同时也并不间断《爱弥儿》的写作，不到两年，我就把《社会契约论》整理好了。

剩下的还有《音乐辞典》。这是个机动的工作，随时可以做，目的只在卖几个钱。我保留随意把它完成或放弃的自由，就看我别的收入总算起来使这笔收入对于我是必要的还是多余的。至于《感性伦理学》，一直停留在提纲阶段；我干脆把它放弃了。

我还有一个最后的计划，如果我能完全不靠抄写来生活的话，我就到远离巴黎的地方去住，因为在巴黎，不速之客络绎不绝，使得我的日用开支太大，又不让我有时间去挣钱。由于我有这样一个最后的计划，又由于一般人都说作家丢了笔就会陷入苦闷之中，所以，为着在我的孤独生活里防止这种苦闷，我还保留着一项工作，可以用来填补空虚，却绝对不想在生前付印。我不知道雷伊怎么想起来的，他长久以来就催我写我的回忆录。虽然直到那时为止，没有什么事实能使这样一部著作很有兴趣，可是我觉得，凭我自问能够放进去的那种坦率，它是可以变得有意思的；于是我决定以一种史无前例的真实性把这个回忆录写成一部独一无二的作品，使得人们至少能有一次看到一个人的内心世界。我老是笑蒙田①的那种假天真，他佯装承认自己的缺点，却小心翼翼地只给自己派上一些可爱的缺点。我呢，我一直就认为，并且现在还认为，总的说来，我还是最好的人，我也觉得，一个人的内心不论怎样纯洁，也不会不包藏一点儿可憎的恶习。我知道人们在社会上把我描绘得太不像我本来的面目了，有时竟把我的面目歪曲得太不成样子，所以，尽管我对我坏的方面不愿有丝毫隐瞒，我亮出真面目还是只有所得，毫无所失的。而且，如果要做这种事，就不能不把别的一些人的真面目也揭露出来，因

①　蒙田(1533—1592)，法国文艺复兴时期的大师之一，著有《随笔集》，透过自己的心理分析人性，为现代哲学、科学和文学的先驱。

此,这部作品只能在我和别的许多人死后才可以发表,这就更使我壮起胆来写我的《忏悔录》了,我将永远不会在任何人面前为这部《忏悔录》而脸红的。所以我决计把我的余暇用来好好地做这件工作,并且开始搜集足以引导或唤醒我的记忆的种种函件和资料,深深惋惜我在此以前撕掉、烧掉、丢掉的那些东西。

这种绝对隐遁的计划是我平生制定的最合情理的计划之一,它深深地印在我的脑海里,我已经在为执行这一计划进行准备了,可是上天偏偏又给我安排了另一个命运,把我投进一个新的漩涡之中。

蒙莫朗西原是以这个地方为姓的那个名门望族的古老而幽美的世业,后来遭到没收,就不属于这个家族了。它由亨利公爵①的妹妹传到了孔代家族,孔代家族就把蒙莫朗西的名字改为昂吉安。现在这片公爵采地已经没有什么府第,只剩下一座老碉堡,里面藏着档案文件,以接受附庸的朝拜。但是在蒙莫朗西或昂吉安,有一座私人房屋,是号为"穷人"的克鲁瓦泽盖的,其富丽堂皇足与最华贵的府第相媲美,所以很配称为府第,而且实际上也就被人称为府第。这座华屋的那种令人肃然起敬的外观,它身底下的那片平台,它那在全世界也许都算是独一无二的景色,它那经高手绘画过的大厅,它那经著名的勒·诺特尔②培植出来的花园——所有这一切就构成

---

① 即最后一个蒙莫朗西公爵,称亨利二世,因背叛权臣黎塞留而被斩首(1632年),家产被没收。他的妹妹嫁了一个孔代族人,就把这份产业带过去了。现在法国的昂吉安已不是十八世纪的昂吉安,而是十九世纪初在古昂吉安地区附近新建的一个市镇。

② 勒·诺特尔(1613—1700),法国园林设计家,凡尔赛、伏沃、第戎等名园的设计者。

了一个总体,在令人肃然起敬的威严之中,还带有一种说不出的简朴风味,使人赞赏不绝。卢森堡公爵元帅当时住在这所房子里,每年都到他的祖先曾做过主人的①这片采地上来两次,一共度过五六个星期,虽然是以普通居民的身份,但是排场的显赫并不减他家的旧日豪华。在我住到蒙莫朗西以后,他第一次来旅行的时候,元帅先生和夫人就派了一个侍从来代表他们向我问候,并请我随时到他们家去吃晚饭。后来他们每来一次,总是不忘记再重复一次同样的问候和同样的邀请。这就使我回想起伯藏瓦尔夫人叫我到下房吃饭的那段故事。时代不同了,但是我却依然故我。我既不愿人家叫我到下房去吃饭,也无意跟大人先生同席。我但愿他们让我保持本色,不捧我,也不作践我。我很客气并且很恭敬地回答卢森堡先生和夫人的好意问候,但是没有接受他们的邀请。我既有病在身,行动不便,又赋性羞涩,拙于言词,一想到要跟宫廷的显贵周旋,我就发抖,所以我连登府拜谢都不肯去一下,虽然我理解到,我的登府拜谢正是他们所追求的目的,而他们之那样再三敦请,毋宁说是好奇心切,并不是真正以青睐相加。

然而,友好的表示接踵而来,而且日甚一日。布弗莱伯爵夫人和元帅夫人过从甚密,她一到蒙莫朗西,就派人打听我的消息,并且询问是否可以来看我。我很有礼貌地回答了,但是没有松口。罗伦齐骑士是孔蒂亲王王府里的人,也是卢森堡夫人的座上客,次年(即一七五九年)复活节到这里旅行的时候,来看了我好几次,我们算是认识了,他敦促我到府里去,我照旧不肯。最后,有一天下午,在我万想不到的时候,只见卢

① 卢森堡氏系出蒙莫朗西氏。

森堡元帅先生到了,后面还跟了五六个人。这样一来,我就没有办法再推脱了;除非是个倨傲不恭和没有教养的人,否则就不能不去回拜他,并向元帅夫人致意,因为他曾代表元帅夫人向我致意,并且极其殷勤恳切。就这样,在凶多吉少的朕兆之下,开始了我们之间的往来,这种往来实在是我再也推脱不了的,但是在我接受之前,一直就有一种极其持之有据的预感,使我避之唯恐不速。

我非常怕卢森堡夫人。我知道她是很亲切的,在十年或十二年前,当她还是布弗莱公爵夫人,还在蓓蕾初放、艳色照人的年纪,我就在戏院里和在杜宾夫人家见过她好几次。但是,人家都说她心眼儿坏,在地位这样高的一个贵妇人方面,这种名声是叫我发抖的。可是我刚一见她的面,就为她倾倒了。我觉得她风韵可人,并且是那么一种风韵,经得起时间的考验,最足以感动我的心田。我原以为会发现她有一种辛辣而满含讥刺的谈吐的。实际上并非如此,而且要好多了。卢森堡夫人的谈话并不妙语连珠,也不怎么隽永俏皮,甚至严格说来也不是什么微言奥旨,但却有一种滋味无穷的细腻,从不惊人,而且永远令人喜悦。她的恭维话越是质朴就越能使人心醉,人们简直可以说那种恭维话都是脱口而出的,并没有经过思索,是她的内心流露,只因为她太感情洋溢了。第一次拜见,我就看得出尽管我样子笨拙,语言迟钝,却并不使她讨厌。凡是宫廷贵妇,当她们愿意的时候,都懂得使你产生这种信心,不管那是真是假;但是并不是所有宫廷贵妇都能和卢森堡夫人一样,懂得把你这种信心变得那么甜滋滋的,叫你根本就不再想到要对此有所怀疑。要不是她的媳妇蒙莫朗西公爵夫人——一个癫狂的少妇,相当调皮捣蛋,我想,还有点好撩拨人——想起来要拉拢我，在她婆婆极口夸奖我的时候插进来说些假情假意的话，使我怀疑她们在嘲弄我，那我从第一天起就对卢森堡夫人完全信任了。

我在这两位贵妇人面前的疑惧心情也许会很难解除掉的，但是元帅先生的那种极端的美意向我证实了她们婆媳两人的美意也是真实无欺。以我这样腼腆的性格，竟凭卢森堡先生的几句话就立刻相信他愿意平等待我，这个速度可算是够惊人的了；而他呢，也只凭我的几句话就立刻相信我是确实愿意过独立不羁的生活，那个速度也许还更为惊人。他们夫妇俩都深信我确实有理由满足于我的处境，不愿有所变更，所以不管是卢森堡先生或夫人都似乎没有片刻要过问我的钱囊或财产；虽然我无可怀疑地知道他俩都对我衷心关切，但他们却从来没有提出要为我谋一官半职或表示过要为我鼎力提携。只有一次，卢森堡夫人似乎希望我进法兰西学士院做院士。我以宗教不同为理由推辞了；她说这并不是个什么障碍，即使是障碍的话，她也负责为我排除。我又回答说，尽管做这样著名的学术机关的一个成员于我是多么光荣，不过我既然已经拒绝了特莱桑先生，也可以说我已经拒绝了波兰国王，不肯进南锡学士院为院士，我就不能再进任何学士院而不见罪于人。卢森堡夫人没有坚持，这件事也就搁下不谈了。卢森堡先生是并且也真不愧是国王的私交，与这样显赫的、能为我玉成一切的高贵人物相往还，竟还能如此朴实，回想到我刚撇开的那些假充保护人的朋友，老是设法贬低我而不是设法给我帮忙，他们那种不断的、既殷勤又极讨厌的操心，与这种朴实形成了多么刺目的对比。

当元帅先生到路易山来看我的时候，我十分尴尬地在我那唯一的一间卧室里接待他和他的随从，倒不是因为我不得不请他坐在我那些脏碟子和破罐子当中，而是因为我的破烂的地板往下陷，生怕他的随从人多，把它压得完全塌了下去。我倒不为我自己的危险担忧，却怕这位仁厚的贵人因谦和待人而遭到危险，所以我赶紧请他出来，尽管天气还很冷，就把他领到我那座四面通风，又没有壁炉的碉楼里去了。

他一到碉楼，我就向他说明我不能不把他领去的原因。他把这原因又对元帅夫人说了，于是他们两人都敦促我在修葺房间地板的时候，搬到府第里去暂住，或者，如果我愿意的话，就住在一所孤立的房子里，这房子在园林中间，叫"小府第"。这个迷人的住所是值得我们来谈一谈的。

蒙莫朗西园林不是和舍弗莱特园林那样修在平地上的，而是起伏不平，间有小丘和洼地，那巧妙的艺术家就利用这些陵谷来使丛林、水流、装饰和景色千变万化，把本身相当局限的一片空间，可以说凭艺术和天才的力量扩大了多少倍。这园林的高处是那片平台和府第，底部形成一个隘口，向一个山谷伸展和扩大，拐弯处是一片大水池。大水池的四周都是山坡，被幽丛和大树点缀得非常美丽，隘口宽阔处是一个橙树园。在橙树园与大水池中间就是那个小府第。这座建筑物和周围那块地以前是属于那著名的勒·布伦①的，这位大画师着意用他那修养有素的建筑与装饰的绝妙美感，建筑并装饰了这所房屋。这个府第后来又经重建，但始终还依照原主的图样。房子很小，很简单，但很雅致。因为它是在谷底，介乎

---

① 勒·布伦(1619—1690)，路易十四时代的宫廷画师，任绘画院院长，凡尔赛宫装饰工作的主持人，为一代画家，对法国绘画艺术的发展影响极大。

橙园的小塘和那个大水池之间，很容易受潮，就在房子当中穿了一个明廊，上下两层排柱，使空气可以在全屋流通，所以虽然地点低湿，还可以保持干燥。当你从对面为房子作远景的那带高地望这所房子的时候，房子就像是被水环绕着一样，你简直以为看见了一个迷人的小岛，或者是看见了马约尔湖内三个波罗美岛当中最美丽的 Isola bella①。

他们叫我在这所幽静的建筑里挑选一套房间——里面的房间一共有四套，楼下一层还有舞厅、弹子房和厨房。我就挑了厨房顶上那最小、最简单的一套，连下面的厨房我也占用了。这套房间干净极了，家具都是白色和蓝色的。我就是在这个深沉恬静的幽境里，对着四周的林泉，听着各种鸟儿的歌声，闻着橙花的香气，在悠然神往中写了《爱弥儿》的第五卷。这卷书的清新色彩，大部分都是得之于写书的环境所给我的那种强烈印象。

每天早晨，在太阳上山的时候，我是多么急于到那条明廊上去呼吸馨香的空气啊！我在那里，和我的戴莱丝面对面，吃到了多么好的牛奶咖啡啊！我那只猫和那只狗都陪着我们。这样的陪伴够叫我一辈子都满足的，绝不会感到一刻的厌烦。我在那里真像是住在人间天堂；我生活得跟在天堂一样纯真，品尝着天堂一样的幸福。

在七月的那次小住期间，卢森堡先生和夫人对我那么关怀，那么亲切，以致我，既然住在他们家里，又备受他们款待，就不得不经常去看他们，作为对盛情的报答。我差不多顷刻不离

① 意大利文：美丽的岛。按：马约尔湖在意大利与瑞士之间，以风景秀丽著称。

他们了：早晨我去问候元帅夫人，就在那里吃午餐；下午我又去跟元帅先生一同散步；但是我不在那里吃晚饭，因为贵宾太多，饭又吃得太晚。直到那时为止，一切都还很合适，如果我懂得适可而止的话，就没有什么坏处了。但是我从来就不懂得在情谊上保持中庸之道，不懂得以尽我的社交职责为限。我生平对人不是全心全意，就是无心无意；不久，我就变得全心全意的了。我看我被这样高贵的人们款待着、宠爱着，便超越了界限，对他们产生了一种只有对地位相等的人才允许有的友谊。我在行动中表现了这种友谊的全部亲昵，而他们呢，在他们的行动中却从来不放松他们使我受惯了的那种礼貌。然而，我跟元帅夫人在一起，总是不十分自在，虽然我对她的性格还不怎么放心，可是我对她的性格的害怕还不及对她的才智的害怕。特别是在这方面，她使我肃然起敬。我知道她在谈话中对人非常挑剔，知道她也是有权这样做的。我知道太太们，特别是贵妇人们，要人家取悦她们，而你宁可冒犯她们，也不能叫她们感到厌烦；根据客人走后她对客人说的话所做的评论，我就判断出她对我的语言迟钝会做何感想了。我想起了一个补充办法，以挽救我在她跟前说话时所感到的尴尬；这办法就是念书给她听。她听说过《朱丽》那部书，也知道这部书正在印刷中，就表示急于要看到这部作品。我为了献殷勤，提出要念给她听，她接受了。我每天上午十点左右到她房里去，卢森堡先生也来了，把房门关上，我就坐在她床边念。我的诵读是精心安排了的，即使他们这次小住没有中断①，也够供整个小住期间之用

① 一个大败仗使国王很伤心，迫使卢森堡先生匆匆回朝去了。——作者原注

了。这个不得已的办法所获的成功超过了我的期望。卢森堡夫人迷上了《朱丽》和它的作者；她嘴上谈的也只是我，心里想的也只是我，整天都对我说好听的话，一天要拥抱我十次。她在餐桌上一定要我坐在她身边；有几个贵宾要坐这位子的时候，她就告诉他们说这是我的位子，并把他们请到别的位子上去。我是稍微受到一点亲切的表示就会被笼络住的，大家想想，这些迷人的态度该对我产生什么样的影响吧。我真正依恋上她了，她对我也同样依恋。我看她这样入迷，又感到自己太少风趣，不足以使她永远入迷下去，所以就唯恐她由入迷而变成厌恶，可是不幸得很，这种恐惧却是太有根据了。

　　在她的气质与我的气质之间准是有一种天然的对立，因为除了我在谈话中，乃至在函件中经常漏出的那大批的蠢话外，就是在我和她相处最好的时候，也还有些事使她不高兴。究竟是什么原因，我想不出来。我只举一个例子，其实二十个例子我也举得出来。她知道我为乌德托夫人正在抄写一份《爱洛伊丝》，按页论价；她也想以同样条件要一份。我答应了。由此我就把她放在我的主顾之列了，所以我为这事给她写了一封很感激、很客气的信——至少我的主观愿望如此。下面就是她的回信（丙札，第四三号），它使我仿佛从云端里掉了下来。

　　　　　　　　　　星期二，于凡尔赛

　　我高兴极了，我很满意；你的信给了我无限的快乐，所以我赶快写信告诉你，并且谢谢你。

　　你的信里原来的措词就是这样的："虽然你靠得住是一个极好的主顾，我却难于接受你的钱，按说，应该是我出钱买为你工作的乐趣才对呀！"关于这句话，我不必对你多说了。我很遗憾,你总是不跟我谈你的健康状况,没有比你的健康更引起我的关心的了。我衷心喜欢你,我还向你保证,给你写信反而使我感到十分怅然,如果我能当面对你讲,我该多么快乐啊。卢森堡先生爱你并且衷心地问候你。

我一接到这封信,也没有把它反复琢磨,就赶紧写了一封回信,说明对我的话不能作任何令人不快的解释。后来,我在可想而知的不安心情中琢磨了好几天,始终还是莫名其妙。最后,我写了下面这封信作为最后答复:

　　　　一七五九年十二月八日,于蒙莫朗西

　　上信发出以后,我又把那段话琢磨了上千遍。我照它的本来的、自然的意义去理解,又照别人可能给它的一切意义去理解,可是,我坦白告诉你,元帅夫人,现在我已经不知道究竟是我该向你道歉呢,还是你该向我道歉了。

这几封信已经是十年前写的了,从那时起我还时常想到它们。今天我对这个问题还是越想越糊涂:我一直就看不出那段话里有什么冒犯她,甚至仅仅是使她不快的地方。

关于卢森堡夫人想要的那份《爱洛伊丝》手抄本,我应该在这里说一说我想了什么主意使它具有超出其他手抄本的明显的优点。我另外写过一篇《爱德华爵士奇遇记》,并且考虑了很久,应不应该把它全部或摘要地插到这部作品里来,但总觉得放在这里不合适。最后我决计把它完全删掉,因为它的格调与全书不同,会损害全书那种动人的淳朴风味。自从我认识了卢森堡夫人以后,我还有一个更有力的理由,就是,在这篇奇遇记里有一位罗马的侯爵夫人,性格十分可憎,这种性格的某些表现虽不能用到卢森堡夫人身上，但是在只闻其名的人们看来，很可能会说是影射她的。所以我深自庆幸采取了这种删削的决定，并且按照这个决定去做了。但是，我既热烈希望在她这份抄稿里增加一点任何别的版本都没有的东西，我竟又想起那些倒霉的奇遇，决定把它写成提要加了进去，真是糊涂主意啊！只有用那盲目的把我拖向毁灭的宿命，才能解释我这个主意的荒唐！

Quos vult perdere Jupiter dementat. ①

我竟有那种傻劲，费了很多心血，花了很多工夫，编成了这个摘要，并把这篇文章作为稀世之珍递给她。不过我预先向她声明，原稿我已经烧了，这份摘要只是供她一人看的，除非她自己要拿给人家看，别人是看不到的。可是这种话不但不能像我所想的那样证明我的谨慎和缜密，却反而向她说明了我自己就有所感觉，某些地方有影射的意味，会使她感到侮慢。我蠢就蠢到这样的地步：我还绝对相信她会对我这种做法感到欣喜呢。然而，她对这事并没有像我所预期的那样，把我大大恭维一番，使我大为吃惊的是，她对我送给她的那份摘要连提都没有提过。而我呢，老是觉得我这件事做得妙，高兴极了，只是很久以后，才根据别的一些迹象，觉察到它所产生的后果。

为了这份抄本，我还动了另一个念头，这个念头比较合理，但是由于某些较长远的后果，对我还是同样有害，真是命该受苦，什么倒霉事都来了！我想起要把《朱丽》里的木刻画

①　拉丁文：朱庇特要毁灭谁，先让他失去理智。——引自欧里庇得斯的作品

的原稿拿来装饰这个抄本，因为那些原稿正与这抄本的大小相同。我就向库安德要原稿，因为这些原稿不论以什么名义都该归我所有，特别因为我把销路很广的版画的收入已经让给他了。库安德太狡猾，我又太不狡猾。我几次催索画稿，他就知道了我要用来干什么。他借口要给这些画稿加上若干装饰，就把画稿暂且留在他那里，最后才亲自把画稿送来。

Ego versiculos feci, tulit alter honores. ①

这就把他引进了卢森堡公馆，占有某种地位了。自从我住进小府第以来，他就时常来看我，总是一清早就来，特别是当卢森堡先生和夫人在蒙莫朗西的时候。这就使我要同他待一整天，不能到大府第去。人家怪我老是不去，我就把原因说了出来。他们就敦促我把库安德先生也带去，我照办了。这正是那个滑头所一直追求的目的。就这样，泰吕松先生的一个小雇员，主人在没有外客同席的时候偶然也让他在一桌吃吃饭的，现在，由于人家对我太好，竟一下子被邀与法兰西的元帅同席，跟许多亲王、公爵夫人和宫廷里所有最显贵的人物坐在一起了。我永远不能忘记，有一天，他要早点回巴黎去，元帅先生饭后对所有在座的人说："我们到圣德尼那条路上去散散步吧，去送送库安德先生。"那可怜的小伙子受宠若惊，简直有些不知所措。我呢，也感动得那么厉害，连一句话也说不出来。我跟在后面，像孩子一样哭着，恨不得吻一吻这位仁慈的元帅的脚印。这个抄本的故事使我把许多以后的事都提早说出来了。还是就我的记忆所允许的，依时间的顺序来谈吧。

---

① 拉丁文：作诗的是我，享名的是别人。

路易山的小房子一修好，我就把它布置得干干净净和简单朴素，又回去住下了。我离开退隐庐时就立下了一条规定：要经常有个属于我自己的住所。这个规定我不能放弃，但是我又舍不得丢开我在小府第的那套房间。我就把房间的钥匙留下，同时因为我非常喜欢在柱廊下吃的那种别有风味的早餐，就常到那里去过夜，有时连住两三天，就和住别墅一样。我当时也许是全欧洲住得最好、最舒服的一个平头大百姓了。我的房主马达斯先生是天下第一好人，他把路易山房子的修理工作完全交给我去安排，要我自由指挥他的工匠，他自己毫不过问。因此我就得以把楼上的一个大房间改成完整的一套小房间，包括一间卧室、一个套间和一个藏衣室。楼下是厨房和戴莱丝的卧室。碉楼就做了我的书房，装上一套很好的嵌玻璃的板壁和一个壁炉。我住进去之后，又拿装饰平台作为消遣；平台上已经有两行菩提树庇荫，我又添上两行，构成一个绿荫环绕的书斋，我在平台上又放了一张石桌、几个石凳，环绕平台我又种了些丁香、山梅、忍冬，我还做了一个很美的花坛，跟两排树平行。这个平台比大府第的平台高，景色至少也并不稍逊，我在那里还养了无数鸟雀，它就成了我的大客厅，好接待卢森堡先生和夫人、维尔罗瓦公爵先生、唐格利亲王先生、阿尔曼蒂尔侯爵先生、蒙莫朗西公爵夫人、布弗莱公爵夫人、瓦兰蒂诺瓦伯爵夫人、布弗莱伯爵夫人，以及跟他们同样显赫的其他人物，他们都不惜走一段很累的上坡路，从大府第来朝拜路易山。所有这些大人物来拜访我，都是由于卢森堡先生和夫人对我的厚爱：我是感到这一点的，心里对他们非常感荷。正是在这种感激心情的激奋之中，我有一次拥抱着卢森堡先生对他说："啊！元帅先生，在认识你之前我通常是恨大人物的,自从你使我这么亲切地感觉到他们是那么容易得到人们的爱戴后,我就更恨他们了。"

此外,凡是在这个时期了解我的人,我都要问他们一下,他们可曾发现这种显赫的光焰曾有一时一刻眩惑过我的眼睛,这种香火的烟云曾有一时一刻熏昏过我的头脑?他们曾否看到过我在举止上就不那么始终如一了,在态度上就不那么质朴单纯了,对人民群众就不那么和蔼可亲了,对左邻右舍就不那么亲切随便了?我在能为人帮忙的时候,可曾有一次因为我讨厌人家不断添给我的那些无数的,并且常常是不合理的麻烦,就不那么爽快地为大家服务了呢?我的心固然由于我对蒙莫朗西府两位主人的衷心依恋而常把我吸引到那儿去,但是它也同样把我拉回到我的左邻右舍,使我尝到我认为除此而外就别无幸福可言的那种平淡而简单的生活的甜美滋味。戴莱丝交上了一个瓦匠的女儿——瓦匠是我的邻居,名叫皮约,我也就交上了那个父亲。为了讨好元帅夫人,我在上午不无拘束地在府第里午餐,午餐之后,我是多么急于跑回来跟那个老好人皮约一家,有时在他家,有时在我家,一起用晚餐啊!

除了这两个住所以外,我不久又有了第三个住所,就在卢森堡公馆;公馆主人要我有时也到那里去看看他们,把我逼得太紧了,所以我尽管痛恶巴黎,还是不得不予以同意——自从我隐居到退隐庐以后,我到巴黎本来只有我在前面已经说过的那两次。不过现在我到巴黎,只是按约定的日期前去,完全为的是在那里用晚餐,第二天早晨就回来。我进出都是走面对环城马路的那座大花园,所以我可以极正确地说,我没有踏上巴黎街道。

在我这一阵转瞬即逝的红运当中，早就酝酿着一场标志红运结束的灾祸。我回到路易山不久，就在那里又结识了一个新交，也和平时一样，完全是不由自主的。这个新交在我的历史上有划时代的意义，人们读到下文就可以判断那究竟是福还是祸。我说的是我那女邻居韦尔德兰侯爵夫人，她的丈夫刚在离蒙莫朗西不远的索瓦西置了一座别墅。她原是达尔斯小姐，即达尔斯伯爵的女儿，伯爵是个有地位的人，但是很穷；达尔斯小姐嫁了韦尔德兰先生，而这位韦尔德兰又老、又丑、又聋、又严厉、又粗暴、又好吃醋，面带刀伤，还瞎了一只眼，不过，如果你能摸到他的脾气的话，本质上还是个好人；他有一万五千到两万利勿儿的年金，她就被嫁给这笔年金了。这个活宝老是咒骂、叫嚷、暴跳如雷，弄得太太一天到晚哭哭啼啼，然而最后总是太太要他做什么他就做什么，而这样还是叫她生气，因为她要他承认是他自己愿意她要他做什么就做什么的，而不是她要他这样做的。前面已经提到过的马尔让西先生原是太太的朋友，后来又成了先生的朋友。他把他靠近奥博纳和昂蒂里的那座马尔让西府租给他们，已经有好几年了；我跟乌德托夫人热恋的时候，他们正住在那里。乌德托夫人和韦尔德兰夫人之互相认识是由她们的共同朋友多伯台尔夫人的关系；由于乌德托夫人要到她特别欢喜的地方奥林匹斯山去散步，就必须穿过马尔让西园林，所以韦尔德兰夫人就给她一把钥匙，好让她过路。凭了这把钥匙我也常跟她一起穿过这个园林，但是我不欢喜碰到什么不期而遇的人，当我们偶然碰见韦尔德兰夫人的时候，我就让她们俩在一起谈，不跟她说话，一个劲儿朝前走。这种不够殷勤的态度一定不会给她留下好的印象。然而，她一住到索瓦西，还是找上门来了。她到路易山来看我,好几次都没有碰上,见我老不回拜她,便送了几盆花给我装饰平台,逼得我去回拜。我非去谢她不可了:我们就这样打上了交道。

这个来往一开始就是风波频起的,凡是不由我自主的来往都是如此。在跟她的来往当中,从来就没有过真正的平静,韦尔德兰夫人的气质跟我太格格不入了。她的俏皮话和讽刺语脱口而出,你必须时刻注意——这对我来说是很伤脑筋的——才能感觉到你在什么时候被她嘲弄了。我现在想起的一件小事就足以说明这一点。她的哥哥刚奉派为驱逐舰舰长,在海上对英国人游弋。我就谈这艘驱逐舰的武装是怎样配备而不妨害它的轻快的。"是呀,"她以极平淡的语调说,"只要装上够战斗用的大炮就行了。"我很少听到她在背后说朋友们的好话而不带点挖苦的意味。什么事她不是往坏处想,就是往可笑的方面看,她的朋友马尔让西也未幸免。我觉得她还有一点叫人受不了的,那就是她一会儿给你带个口信,一会儿给你送点礼物,一会儿给你来个便条,真是烦人,我就得绞尽脑汁去答复,是领谢还是拒绝,叫我实在为难。然而,由于我经常见到她,终于对她产生了感情。她有她的苦处,我有我的苦处。彼此倾诉衷肠就使我们觉得我们的单独交谈是饶有兴趣的事,没有比两人在一起对泣的那种甜蜜滋味更能把心和心联系起来的了。我们俩设法会面,互相安慰,这种需要常使我把很多事情都原谅过去了。我对她除了真诚坦白之外,有时也很粗暴,对她的人品极不尊重,而这时又需要对她极大的尊重才能相信她真诚地原谅我。我有时也给她写信,下面就是一个样品;像这种信,她在复信中从来没有显出过丝毫不快之感。

一七六〇年十一月五日,于蒙莫朗西

你对我说,夫人,你的话没有说清楚,无非是为了要我认识到我的话说得词不达意。你对我说你愚蠢,无非是为了要我感觉到我自己愚蠢。你自夸你只是一个老实人,就好像你生怕别人听了你的话就真相信你是老实人,而你向我道歉,无非是为了要我知道我应该向你道歉。是啊,夫人,我清楚地知道,愚蠢的是我,老实人也是我,如果可能的话,还有更坏的呢;是我不善于斟酌字眼,不能叫像你这样注意辞令而又善于辞令的一位美丽的法国贵妇听了中意。然而,请你也想想,我都是按照语言的通常意义来遣词造句的,我根本不懂得或者不想学巴黎的那些道德高超的社交团体里对词语所采取的那种高雅的用法。如果有时我用的词语模棱两可,我总努力叫我的行为来确定它的意义,等等。

信的其余部分也差不多都是同样的口吻。请大家看看这封信的回信吧(丁札,第四一号),请看一看,女人的心是何等令人难以置信地委婉,对这样一封信竟能毫无反感,不但在这封回信里无所流露,就是当面也从来没有任何表示。库安德非常善于钻营,胆大到不识羞耻,凡是我的朋友他都钻,很快就以我的名义钻到韦尔德兰夫人家里去了,并且不久就在她家里跑得比我还熟,连我都蒙在鼓里。这个库安德真是个怪家伙。他以我的名义到我所有的知交家里去,一去就扎上根,毫不客气地吃起饭来。他满腔热忱地为我效劳,一谈起我来,总是热泪盈眶;但是他来看我的时候,对所有这些人事关系,以及他明知道我会感兴趣的一切,总是讳莫如深。他不把他听过、说过,或者见过的于我有关的事情告诉我,反而听我说,甚至向我探问。巴黎的事,除了我告诉他的那些,他从来就什么也不知道;总之,虽然大家都在我面前谈到他,他却从来不在我面前谈到任何人:他只有在我这个朋友面前才是诡谲神秘的。不过暂时把库安德和韦尔德兰夫人撇开吧,我们到后面再谈。

我回路易山不久,画家拉图尔就来看我,把他为我用色粉画的那幅像也带来了,这幅画像是他在几年前放在沙龙里展览过的。他曾想把这幅像送给我,我没有接受。但是埃皮奈夫人曾把她的像送给我,并且想要我这张像,叫我向他再讨回来。他又花了一些时间把像修改了一番。就在这段时间内我跟埃皮奈夫人决裂了,我把她的像还给她了;既然谈不上再把我的像送给她,我就在小府第我那个房间里把它挂起来了。卢森堡先生看见了,认为画得很好;我表示愿意奉赠,他接受了,我就派人送给了他。他和元帅夫人都明白,我是很欢喜有他们的肖像的。他们就叫人制了两张十分精巧的袖珍小像,嵌在一个用整块水晶制成的镶金糖果盒上,把这份制得极其雅致的礼物送给我,我高兴极了。卢森堡夫人怎么也不肯让她的像粘在盒子上面。她多次怪我爱卢森堡先生胜过爱她;我从来也没有否认过,因为这是事实。她就利用这种放肖像的方式,很委婉地,但是很明白地向我表示她并未忘记我这种偏爱。

差不多与此同时,我又做了一件无助于我保持她的恩宠的傻事。尽管我毫不认识西鲁埃特先生[①],也无意爱他,但是

---

① 西鲁埃特,当时任财政总监,九个月(1759 年 3 月至 11 月)后即去职;他的名字后来就成了官运短促者的代词。

我对他的行政措施却深为佩服。当他开始对金融家开刀的时候，我就看出他进行大刀阔斧的做法的时机并非有利，可是我并不因此就不热烈地祝愿他成功。当我听到他调职的时候，我就凭我那一阵鲁莽劲给他写了下面这样一封信，这封信，当然，我现在并不想为它辩解。

一七五九年十二月二日，于蒙莫朗西

先生，请接受一个隐遁者的敬意，这个隐遁者是你所不认识的，但是他为你的才具而钦佩你，为你的施政而敬仰你，他曾因为推崇你而预料到你在职不会长久。你不削弱这误国的首都就不能救国，所以你曾置那些唯利是图者的叫嚣于不顾。原先我看你狠打那班大坏蛋，真羡慕你有大权在握；现在，我看你离职而还不改初衷，我又对你赞美之至。你是足以自豪的，先生，你这一任官职留给你一种荣名，将使你长久受用而无人跟你竞争。邪僻小人的咒骂正构成公正人士的光荣。①

卢森堡夫人知道我写过这封信，便在复活节来旅行的期间跟我谈起了这件事；我就把信拿给她看，她想要一份抄稿，我就抄给她了。但是我交抄稿给她的时候，丝毫不知道她也就是那些关心包税分局而使西鲁埃特调职的唯利是图者之一。人们看到我这许许多多的蠢事，简直要说我是一个劲儿要无缘无故地激起一位可亲而又有势力的女人对我的仇恨，而对这个女人，老实说，虽然我由于笨上加笨，把招致失宠的事都做尽了，却一天比一天更依恋她，绝不愿在她面前失宠。

～～～～～～～

① 卢梭在另一部作品里也怪自己写了这封信，但观点完全不同："在我平生写作之中，这也许是唯一可受谴责的东西。"（见《山中来信》第九函）

我相信,现在已经用不着补充说明了,我在第一部里谈到的特龙香先生鸦片制剂的那个故事就是与她有关的,另外那位贵妇人就是米尔普瓦夫人。她们俩都从来没有再对我谈起过这件事,也没有丝毫流露出把这件事还记在心上。但是要说卢森堡夫人真能把这件事忘掉了,即使你对后来发生的事情都毫无所知,我觉得也很难。至于我自己,我对我那些蠢事可能产生的后果,当时还在自宽自解呢,因为我自己心里明白,没有一件蠢事是有意做出来冒犯她的,我就不知道女人永远不会原谅这样的蠢事,即使深知这些蠢事绝不是有意做出来的。

然而,虽然她表面上显得什么也没有看到,什么也没有感觉到,虽然我还没有发现她的殷勤有所稍减,态度有所改变,但是一种不但继续存在而且日益增长的确有根据的预感,使我不断地害怕她对我的感情不久就会变成对我的厌恶。这样高贵的一位夫人,我能期待她有那么一种恒心,经得起我对维持这种恒心的笨拙的考验吗?这种闷在心里、使我六神不安、比以前更加闷闷不乐的预感,我甚至不会对她掩饰起来。读者从下面这封信就可以看得出来,这封信是包含着一个很奇特的预言的。

我这封信的草稿上没有注明日期,至迟是一七六〇年十月写的。

……你们的盛情是多么残酷啊!一个遁世者本来已经放弃了人生的乐趣,免得再感到人生的烦恼,你们为什么偏又搅乱他的安宁呢?我已经费了一辈子的光阴去寻找坚实的情谊,结果都是徒劳无功。在我以前能够取得的社会地位中,我都没有能结成这种情谊,难道在你们这样的社会地位中我还应该去寻找吗?势与利都吸引不了我了;我没有什么野心,也没有什么畏惧;我能抵抗一切,就是不能抵抗爱抚。你们俩为什么都要从我这个应该克服的弱点方面来向我进攻呢?像我们之间这样悬殊的地位,温情的自然流露是不会把我的心跟你们联结起来的。对于一颗不知道有两种交心方式、只能感受友谊的心灵,感激之情就够了吗?友谊啊,元帅夫人!这正是我的不幸所在!在你,在元帅先生,用这个名词是漂亮的,但是我如果信以为真,就未免太糊涂了。你们等闲游戏,而我却是一往情深,而游戏的终了就给我准备着许多新的怅惘。我多么恨你们所有的那些头衔啊,我又多么惋惜你们竟有那么些头衔啊!我觉得你们太配领略私生活的乐趣了!你们为什么不住在克拉兰斯①呢!如果你们住在那里,我就会到那里去找我的人生幸福的。然而,又是什么蒙莫朗西府呀,又是什么卢森堡公馆呀!人们应该在这种地方看到让-雅克吗?一个爱平等的人,他有一颗多情的心,以爱来报答别人对他所表示的敬,便以为所报的相当于所受的了,他能把这样一颗心的爱送到这种地方吗?我知道,也已经看到你是慈祥而多情的,我惋惜我没能早日相信这一点,但是在你所处的那种地位,在你那种生活方式里,任何事物也不能给人一个持久的印象,那么多新的事物太容易互相抵消了,没有一个能留得下来。夫人,在你使得我无法再效法你之后,你是会把我忘掉的。我的不幸大部分是你给促成的,所以你不能得到谅解。

---

① 克拉兰斯,日内瓦湖上的小村,风景幽美。

我在信里把卢森堡先生也拉到她一起，是想叫她听了我这番话不感到过于严峻；再说，我对卢森堡先生太放心了，对他的友谊的持久性，心里连一点疑惧的念头也不曾动过。我从卢森堡夫人方面所感到的担心，绝对不曾有一时一刻扩及到他身上。我知道他性格软弱，却很可靠，对他从来没有一点不信任。我不怕他的心会忽然变冷，正如我不能指望他的心能有英雄式的感情一样。我们相处中的质朴与亲昵，就表明了我们是多么互相信赖。我们两人都做对了：我有生之日，都将永远崇敬、永远爱戴这位贤良的高贵人物；而且，不管人家想了些什么办法要把他跟我离间开来，我深信他至死都是我的朋友，就仿佛我听到了他临终时的遗言。

　　一七六〇年他们第二次来蒙莫朗西小住的时候，《朱丽》朗读完了，我就乞灵于《爱弥儿》的朗读，好使我在卢森堡夫人面前继续待下去，但是这部书的朗读没有那么成功，也许是题材不合她的口味，也许是朗读太多，使她厌烦了。然而，因为她老怪我甘愿受那些书商的骗，所以这次她要我把这部书交给她去设法付印，让我多挣几个钱。我同意了，却明白地提出条件：不得在法国印刷。也就是在这一点上我们争了很久；我呢，我认为不可能得到默许，甚至连请求默许都是不谨慎的，我又不愿让人家不得默许就在王国印刷；她呢，她却坚持说在政府当时所已经采取的那种制度下，连正式审查都不会有什么困难。她居然有办法叫马勒赛尔卜先生也同意了她的看法，他为这事亲笔写了一封长信给我，说明《萨瓦助理司铎的信仰自白》正是一部到处都可以获得人们赞许的作品，在当时的情况下也可以获得宫廷的赞许。我看到这位官员一向是那么怕事，现在竟在这件事上变得这么随和，真有点吃惊。

一般说来，一部书稿只要经他赞许，印刷就完全合法，所以我对这部书稿的印刷就再也提不出什么反对意见了。然而由于一种非常的顾虑，我还是要我这部书稿在荷兰印刷，并且还要交给书商内奥姆，我指定了书商还不够，又直接通知了他。不过我同意这一版书归一个法国书商发行，书印好了，在巴黎销售或随便在什么地方销售都可以，因为这种销售与我无关。卢森堡夫人和我商定的就是如此，约定之后，我就把我的手稿交给她了。

她这次小住，把她的孙女布弗莱小姐——今天是洛赞公爵夫人——也带来了。她那时叫作阿美丽，是一个十分可爱的姑娘。她有着处女的面貌、温柔和羞涩。她那副小面孔再可爱、再有趣不过了，它给人引起的感情也再温馨、再纯洁不过了。本来么，她还是个孩子，还不到十一岁呢。元帅夫人觉得她太羞涩了，总是想方设法鼓动她。她有好几次允许我吻她，我就带着我平时那种闷闷不乐的样子照办了。别人处在我那时的地位会说出许许多多好听的话来，而我却和哑巴一样待在那儿，窘迫万分；我也不知道究竟谁最害羞，是那个可怜的小姑娘呢，还是我自己。有一天我在小府第的楼梯上遇到了她：她刚去看戴莱丝，保姆还在跟戴莱丝说话。我不知对她说些什么才好，便提出给她一吻，她心里是一片天真无邪，所以也没有拒绝，她当天早晨还奉祖母之命，并且当着祖母的面，曾受到我的一吻呢。第二天，我在元帅夫人床头朗读《爱弥儿》，正好碰上我不无理由地批评我头天所做的那种事的那一段。她觉得我那种想法很正确，并且还对这一问题说了些很合情理的话，这就使我脸红起来了。我多么咒骂我这种不可思议的愚蠢啊，这种愚蠢常使我显出一副卑鄙有罪的样子,而其实我只是笨拙尴尬而已。在一个大家都知道不是没有智慧的人身上,这种愚蠢甚至会被认为是假装出来的辩白。我可以发誓,在这可能受到指摘的一吻中,和其他各次的亲吻一样,连阿美丽小姐的心灵和感官也不比我更加纯洁;我甚至还可以发誓,如果我当时能够避开她的话,我是会避开她的,并不是因为我不乐意看到她,而是因为我临时找不到一句好听的话来对她说,因而感到尴尬。一个人连国王的权力都不怕,一个小孩子就能叫他胆怯吗?究竟如何是好呢?脑子里连一点临机应变的能力都没有,怎么办呢?如果我勉强去跟遇到的人们说话,我就准要说出傻话来。如果什么话都不说吧,我就是个恨世嫉俗的人了,是个野性难驯的禽兽了,是只狗熊了。索性完全是白痴倒于我还有利些;可是,我在交际方面所缺乏的才能反把我所具有的才能变成毁灭我的工具了。

就在这次小住终了的时候,卢森堡夫人做了一件好事,其中我也有份儿。狄德罗很不小心,得罪了卢森堡先生的女儿罗拜克王妃。巴利索是她所保护的人,就拿《哲学家们》那部喜剧来为她报复。在这部喜剧里,我被取笑了[1],而狄德罗则被挖苦得极其厉害。作者多敷衍了我一点,我想不是因为他感激我,[2]而是因为他知道他的保护人的父亲是很爱我的,怕

<hr>

[1] 这部喜剧是一七六〇年上演的,里面取笑卢梭的地方是:
〔仆人克利斯班四脚趴着,一面吃着一颗莴苣,一面唱道:

我们进化了就失掉了一切,
健康呀,幸福呀,以至于道德。
因此我埋头过着野兽的生活,
请看我的伙食吧,简单,淡泊。

[2] 参阅本书第 431 页。

得罪他。书商迪舍纳，我当时还不认识，在这个剧本出版时寄了一本给我，我疑心这是出于巴利索的指使，他大概以为我看到我已经绝交的一个人被攻击得体无完肤，心里一定感到很痛快。其实他的算盘打错了。我相信狄德罗害人之心倒比较少，主要是嘴不严、软弱，所以我虽跟他绝交，却始终在内心里对他保有留恋之情，乃至敬佩之心，并且对我们的旧谊还保持着重视之意，因为我知道我们那段旧谊，在他那方面和在我这方面一样，很久都是诚挚的。格里姆就完全不同了，他禀性虚伪，从来不曾爱过我，甚至根本就谈不上爱任何人，他没有任何抱怨的理由，完全是为了满足他那罪恶的忌妒心，就在假面具的掩饰下甘心乐意地成了我的最残酷的诬蔑者。格里姆从此对于我就等于不存在了，而狄德罗则始终还是我的旧友。我看到这个极其可憎的剧本，万分激动，越读越难受，所以没有读完就把它退还迪舍纳，并附了下面这封信：

一七六〇年五月二十一日，于蒙莫朗西

先生，我翻了翻你寄给我的这个剧本，看到我在里面受到称赞，真是诚惶诚恐。我不接受这个可憎的赠品。我深信你赠给我时并不是想侮辱我；但是你不知道，或者你忘记了，我曾荣幸地跟一个可尊敬的人做过朋友，而这人在这个谤书里被卑鄙地侮辱了、诬蔑了。

迪舍纳把这封信拿出去给人看了。狄德罗原该被这封信感动的，却反而大为恼火。他的自尊心不能原谅我以这种豪迈的态度显出比他胜过一筹。同时我知道他的妻子还到处发我的脾气，其言语之毒辣，我倒并不怎样生气，因为我了解人人都知道她是个泼辣货。

轮到狄德罗来报复了,他发现莫尔莱神父①是一个好的报仇人;莫尔莱神父模仿《小先知书》②,写了一篇短文,攻击巴利索,题为《梦呓》。他在这篇作品里很不小心,把罗拜克夫人得罪了,罗拜克夫人的朋友们就设法把他关进了巴士底狱。罗拜克夫人本人生性是不爱报复的,而且当时她已经气息奄奄,我深信她没有过问这件事。

达朗贝跟莫尔莱神父很要好,就写信给我,托我请求卢森堡夫人帮助释放他,并答应在《百科全书》里褒美卢森堡夫人③,以示感激。下面是我的回信:

> 先生,我没有等到你来信就已经向卢森堡元帅夫人表示过我为莫尔莱神父被拘禁一事所感到的痛苦了。她知道我对这事的关怀,她也将知道你对这事的关怀,而且只要她知道莫尔莱神父是个有价值的人,她自己也会对这事关怀的。不过,虽然她和元帅先生惠然对我垂青,使我终身引以为慰,虽然你的朋友这个名字就能使他们对莫尔莱神父予以照拂,可是我还不知道他们这次将如何利用他们的地位和他们的人品所能产生的影响。我甚至还不能相信目前这个报复行为究竟能与罗拜克王妃夫人有多大关系。你似乎想象得太过了,即使关系很大,人们也不应该认为复仇之乐是哲学家的专利。哲学家会当女

---

① 莫尔莱神父(1727—1819),名作家兼哲学家,《百科全书》的编辑人之一。

② 《圣经·旧约》里将古代先知依其作品篇幅的大小分为《大先知书》和《小先知书》。

③ 这封信和其他好几封信都在卢森堡公馆里不见了,当时我的文件都是寄存在那里的。——作者原注

人,女人也会当哲学家的。

　　等我把你的信给卢森堡夫人看了,她对我说些什么,我再告诉你。目前,以我知她之深,我相信可以预先向你保证,当她乐于出力使莫尔莱神父获释之前,她是绝不会同意你在《百科全书》里对她表示感激的。虽然她会引以为荣,但是她做善事并不是为着得人褒美,而是为着使她的善心得到满足。

我不遗余力地煽动卢森堡夫人的热忱与同情,去为那可怜的囚徒关说,结果成功了。她特地到凡尔赛跑了一趟,去看圣佛罗兰丹伯爵;这趟路就缩短了她在蒙莫朗西小住的时间。元帅先生也不得不同时离开蒙莫朗西到卢昂去,因为那里的议会有些骚动,需要控制,国王派他去那里当诺曼底的总督。下面是卢森堡夫人去后第三天给我写来的信(丁札,第二三号):

星期三,于凡尔赛

　　卢森堡先生昨天早晨六点钟走了。我还不知道我去不去。我候他来信,因为他自己也不知道要在那里待多少时候。我看了圣佛罗兰丹先生,他极愿为莫尔莱神父帮忙,不过他在这件事上遇到了些障碍,然而他仍然希望当他下星期见到国王的时候能克服这些障碍。我又曾求情,不要把他流放出去,因为那时人们正在谈这个问题,要把他发配到南锡去。以上,先生,就是我所能获得的结果;但是我向你保证,事情一天不像你所希望的那样了结,我就一天不让圣佛罗兰丹先生安宁。现在请允许我告诉你,我这么早就离开了你,心里是多么怅惘,我敢说,你对这种怅惘之情是猜想不到的。我衷心爱你并且一辈子爱你。

几天后,我收到了达朗贝的这个便条,它使我感到了真正的快慰(丁札,第二六号):

八月一日

我亲爱的哲学家,仗着你的力量,神父已经从巴士底狱出来了,他的拘留也将毫无其他后果。他明天就到乡下去,并和我一起向你致无限的谢意与敬意。Vale, et me ama.(珍重并爱我。)

几天后神父也给我写了一封谢函(丁札,第二九号),我觉得这封谢函并未显出某种至情的流露,他似乎贬低了我给他所帮的忙。又过了若干时候,我发现达朗贝和他在卢森堡夫人面前似乎把我……我不说把我顶掉了,但是可以说是继承了我的位置。他们在她心里得到了多少地位,我就在她心里失掉了多少地位。然而,我并不认为是莫尔莱神父曾促使我失宠的,我太敬重他了,绝不能有这样的怀疑。至于达朗贝,我在这里暂时不说什么,以后再谈。

就在这个时候,我又遇到另外一件事,使我给伏尔泰先生写了最后一封信。他对这封信大叫大嚷,仿佛是什么了不起的侮辱,但是他从来没有把这封信拿给人家看过。我将在这里把他所不曾肯做的事补充起来。

特吕布莱神父这个人,我有点认识,但见面不多,一七六〇年六月十三日他写信给我(丁札,第一一号),对我说,他的朋友兼通信对象福尔梅曾在他的报上把我致伏尔泰先生论里斯本灾难的信印了出来。特吕布莱神父想知道这封信是怎么印出来的，并且以他那种奸巧虚伪的作风，问我对于重印这封信的意见，却又不愿把他自己的意见告诉我。我最恨这种耍滑头的人，我理该向他致谢的还是向他致谢了，但是采用了一种严峻的口吻，这种口吻他感觉到了，却并没有挡住他又给我花言巧语地写了两三封信，直到他知道了他所要知道的一切为止。

我很明白，不管特吕布莱怎么说，福尔梅找到的那封信绝不是印的，那封信的最初印刷正是出自他的手。我知道他是个不要脸的剽窃手，毫不客气地拿别人的作品来自己发财，虽然他还没有无耻到把已经出版的书抹掉作者的姓名后放上自己的姓名然后卖出去牟利这样令人难以置信的程度①。但是这原稿怎么落到他手里的呢？问题就在这里。其实这问题并不难解决，可是我当时头脑太简单了，竟为解决这问题感到为难。虽然伏尔泰在这封信里是被推崇备至的，可是，如果我不得他的同意就把它印出来，尽管他自己的手法不大正派，还是有理由鸣不平的，所以我决计为这问题给他写封信。下面就是这第二封信，他对这封信没有作答，可是，为了更能自由自在地发他那种暴躁脾气，他就装出为这封信气疯了的样子。

　　　　　　　　　一七六〇年六月十七日，于蒙莫朗西

先生，我原不想再跟你通信的，但是我听说我一七五六年写给你的那封信在柏林被印刷出来了，我不能不对这一点向你说明一下我的行径，并且我将真诚地履行我这一义务。

那封信既是实实在在写给你的，就绝对不是准备付

① 后来他侵占了《爱弥儿》，就是用的这个伎俩。——作者原注

印的。我曾以保密为条件,把它抄给三个人看了,对这三个人,友谊的特权不容许我拒绝做这样的事,同时,这同样的特权更不容许这三个人背弃他们的诺言,滥用他们手里所存的抄稿。这三个人就是舍农索夫人(杜宾夫人的儿媳)、乌德托伯爵夫人和一个名叫格里姆先生的德国人。舍农索夫人曾希望那封信能印刷出来,并曾征求我同意,我对她说,这件事应该由你决定。人家曾征求你同意,你拒绝了,事情也就不谈了。

然而,特吕布莱神父先生原与我无任何关系,最近却写信给我,以十分客气的关怀对我说,他收到了几份福尔梅先生的报纸,在里面读到了那封信,还附有编者的一则按语,是一七五九年十月二十三日写的,说明那封信是在几星期前得自柏林坊间,因系活页印刷,一经散佚即不可复得,所以觉得应该载入他的报纸。

以上,先生,就是我对这件事所知道的一切。有一件事是十分可靠的,就是,直到那时为止,人们在巴黎连听也没有听说过有这封信。还有一件事也是十分可靠的,就是,落到福尔梅先生手里的那份稿子,不论是手抄稿或印刷品,只能是从你那里(这似乎不可信),或者是从我方才提到的那三人之中的一人手里出去的。最后还有一件事也是十分可靠的,就是,那两位夫人不可能做出这种背信的事。我在隐遁生活中无法得知其详,你有一个广泛的通讯网,如果你觉得值得一查的话,很容易利用这个通讯网去溯流寻源,弄清事实。

在那同一封信里,特吕布莱先生还对我说,他把那份报纸保留起来了,不得我同意就不借出去。我当然是不会表示同意的,不过那份报在巴黎不是唯一的一份。我但愿,先生,那封信不在巴黎印行,并且我将尽力去防止,但是,如果我不能阻止它在巴黎印行,如果我及时知道能有印行的优先权的话,那么,我将毫不迟疑地由我自己印行。我觉得这也是既公平又自然的事。

至于你对那封信的答复,我不曾传给任何人看,你可以放心,它不会不得你同意就被印刷出来的①,而你这种同意我当然也不会冒昧向你请求,因为我深知一个人写信给另一个人,并不是写给社会大众看的。但是如果你愿意另写一封复信供发表之用,并且把它寄给我,我保证把它忠实地附在我的信后,不辩驳半句话。

我一点也不爱你,先生;我是你的门徒,又是你的热烈拥护者,而你却给我造成了许多使我最痛心的苦难。作为你在日内瓦受到收容的报答,你断送了日内瓦;作为我在我的同胞面前为你极力捧场的报答,你把我的同胞跟我离间开了;是你,使得我在我的本国住不下去;是你,使得我要葬身异乡,既失掉奄奄待毙之人应得的一切安慰,又博得被抛弃到垃圾堆里这样的尊荣,而你却把一个人所能期待的一切尊荣都要在我的祖国享受尽了。总之,我恨你,因为你要我恨你;但是我恨你却还显得我是更配爱你的人——如果你要我爱你的话。在过去充满我的心灵的那一切对你的好感之中,所剩下的只有对你那美妙的天才所不能拒绝的赞美和对你那些作品的爱好

---

① 换句话说,是在他的和我的有生之年;毫无疑问,对于一个把一切审慎的举止都粗暴地践踏在脚下的人,即使最审慎的行为也不能有更多的要求。——作者原注

了。如果我在你身上只能崇敬你的才能,其过错并不在我。我将永远不失掉对你的才能所应有的敬意以及这种敬意所要求的礼数。别了,先生。①

在这些越来越使我下定决心的文学方面的小麻烦当中,我却得到了文学所曾给我招来的一次最大的光荣,使得我最受感动。这光荣就是孔蒂亲王先生两次惠然来访,一次是到小府第,另一次是到路易山。这两次来访,他都选在卢森堡先生和夫人不在蒙莫朗西的时候,以便更明显地表示出他是专诚来看我的。我从来也没有怀疑过,我之所以能获得这位亲王的光顾,首先是由于卢森堡夫人和布弗莱夫人的撮成;但是我也不怀疑,从那以后,亲王所不断给我的那些荣宠,都是出于他本人的情谊,并且也是由我自己招致而来的。②

由于路易山的房子很小而碉楼的景色绝佳,我就把亲王领到碉楼里来了,亲王又恩宠至极,要抬举我陪他下棋。我知道他总是赢罗伦齐骑士的,而罗伦齐骑士的棋又比我高明。然而,不管骑士和旁观的人怎样向我递眼色、做鬼脸,我都只装没有看见,结果,我把我们下的两盘棋都赢了。收场时,我以恭敬却又庄重的口吻对他说:"大人,我太崇敬殿下了,以至不容许我不总是在棋上赢你。"这位伟大的亲王有才有识,

---

① 人们将注意到,这封信写了差不多七年以来,我都没有对任何人谈起或拿给任何人看过。去年夏天休谟先生逼得我不能不给他写的那两封信也是如此,直到他,如众所周知,为这两封信而大叫大嚷的时候为止。我要说敌人的坏话,我总是秘密地直接对他们本人说;好话呢,当有好话可说的时候,我总是公开地说,并且心甘情愿地说。——作者原注

② 请看我那种盲目而愚蠢的信任吧,它在我受到最足以促使我觉醒的那种种对待时还依然坚持不改。只是从我一七七〇年回到巴黎以后,这种信任才消失了。——作者原注

不爱听阿谀奉承之词,他果然感觉到——至少我是这样想——在那种场合下只有我一人拿他当作一个普通的人看待,我有十足的理由相信他对我这一点是真正感到满意的。

即使他感到不满意,我也不会责怪自己没有对他存丝毫欺骗之心;当然,我在内心里绝对没有辜负他的盛情,关于这一点,我也是无可自责的,不过,我报答他的盛情,有时态度不很好,而他呢,对我表示盛情时却主动采取非常雅致的态度。不多几天之后,他就派人送了一篮野味给我,我敬领了。过了不久,他又派人给我送了一篮来,同时他的一个从猎武官承旨写信告诉我说,那是殿下狩猎的成绩,是他亲手打到的野味。我还是敬领了;但是我写信给布弗莱夫人说,再送,我就会不接受了。这封信受到异口同声的谴责,并且也实在是该受到谴责的。礼品只是些野味,又来自一个宗室亲王,他派人送来时又那么客气,而竟然加以拒绝,这不是一个要保持独立不羁的高尚之士所表示出来的细腻,而是一个不识身份的鲁莽之徒所表示出来的粗鄙了。我从来不能在我的函稿集里重读这一封信而不感到脸红,而不怪我不应该写。可是,我写我的《忏悔录》,究竟不是为着讳言我的愚蠢行为的,这次的愚蠢行为太使我恨我自己了,不容我把它隐瞒起来。

如果说我没有做出另一件蠢事,变成他的情敌,那也只是差一点儿罢了。布弗莱夫人那时还是他的情妇,而我却一点也不知道。她跟罗伦齐骑士一起来看我,来得相当勤。她那时还很年轻貌美,装出了一副古罗马人的派头,而我呢,又总是一副浪漫色彩;这就有点气味相投了。我几乎着了迷;我相信她看出来了,罗伦齐骑士也看出来了,至少他跟我谈起过,而且并没有叫我泄气的意思。可是,这一次我可老实了,到了五十岁也该是老实的时候了。我在《给达朗贝的信》里曾把那班人老心不老的胡子佬教训了一番，现在还言犹在耳呢，而我自己如果不能接受教训，那就太难为情了；而且，我既听到了我原先不知道的那件事，若不是完全晕头转向，就绝不能跟地位这样高的人去争风。最后还有个原因，我对乌德托夫人的那段痴情也许还没有完全医好，我感到从此以后再没有任何东西能在我心里代替她了，我这一辈子都和爱情永诀了。就在我写这几行的时候，还有个少妇看中了我，我方才还从她那里受到很危险的挑逗，眉目传情，乱人心曲。但是，如果她假装忘记了我这花甲之年，我却记住了呢。这一步路我没有摔跤，就再也不怕失足了，这一辈子都可以保险了。

布弗莱夫人既然看出了她曾使我动心，可能也就看出了我曾把这点波动压了下去。我既不那么傻，也不那么狂妄，会以为在我这样的年龄还能引起她的兴趣；但是根据她对戴莱丝所说的某些话，我相信我曾引起她的好奇。如果这是事实，如果她因为这点好奇心没有得到满足就不肯原谅我的话，那么，就必须承认，我真正是生来就注定要做我易于动情这个弱点的牺牲品的，因为爱情战胜了我，我就那么倒霉，我战胜了爱情，我又倒霉得更加厉害。

在这两年里为我做向导的那个函件集，到这里结束了。今后我只有步着我回忆的痕迹去前进了，但是在这个残酷的阶段里，我的回忆是如此清晰，强烈的印象又留得如此深刻，以至我尽管迷失在我的灾难的汪洋大海里，还是不能忘掉我第一次沉船的那些详细情形，虽然沉船的后果只给我留下了一些模糊的回忆。因此，我在下一章里仍然能走得相当稳当。如果我再走远一点，就只好在暗中摸索了。

第十一章

一七六〇年年底,久已付印的《朱丽》尚未出版,就已经开始哄传了。卢森堡夫人在宫廷里谈过它,乌德托夫人在巴黎谈过它。后者甚至还得到我的允许,让圣朗拜尔把手抄本给波兰国王读了,国王欣赏之至。我也叫杜克洛读过,他又在法兰西学士院里谈起它。全巴黎都急于要看这部小说:圣雅克路各书商和王宫广场的书商都被打听消息的人包围起来了。最后,它终于出版了,而它取得的成功,与常例相反,没有辜负人们期待它的那种急切心情。太子妃是最早读到的人之一,她对卢森堡先生谈起它,说是一部绝妙的作品。在文学界,观感颇不一致。但在社会上却只有一个意见;特别是妇女界,她们对作品也好,对作者也好,都醉心到这样的程度,如果我真下手的话,即使在最上层的妇女当中,也很少是我所不能征服的。关于这一点,我有许多证据,不过我不愿意写出来,而这些证据,不必经过实验,就能证实我的这个论断。说也奇怪,这部书在法国比在欧洲其他国家都更成功,虽然法国人不论男女,在这部书里都没有得到很好的对待。和我的预料完全相反,它在瑞士取得的成功最小,而在巴黎取得的成功最大。是不是友谊、爱情、道德在巴黎就比在别的地方地位更高呢?毫无疑问,不是;但是在巴黎还有那种精细的感觉,它使人的心神往友谊、爱情、道德的形象，使我们珍惜我们自己已经没有，却在别人身上发现的那种纯洁、缠绵、敦厚的感情。今天，到处一片腐化，风化和道德在欧洲都已荡然无存了。但是，如果说对风化和道德还有若干爱慕之情存在的话，那就必须到巴黎才能找到。①

要想透过那么多的成见和假装出来的激情，在人心中辨别出真正的自然情感，就必须善于分析人心。要想——如果我敢这样说——感觉到这部作品里充满着的那种种细腻的感情，就必须有精审入微的分寸感，而这种分寸感只能从高级社会的教养中得来。我不怕拿这部书的第四部分跟《克莱芙王妃》②相比，并且我肯定，如果这两部作品的读者都是外省人的话，他们永远不会感觉到它们的全部价值。因此，如果我这部书是在宫廷里获得了最大的成功，那也是不足为奇的。书中满是生动而含蓄的传神之笔，只有在宫廷里才能得到欣赏，因为宫廷里的人较有训练，易于体会弦外之音。不过这里还要区别一下，有一种机灵人的精细只表现在体察恶事上面，到只有善事可看的地方便什么也体察不到了，对于这种人，读这部书肯定是不相宜的。比方吧，如果《朱丽》是在我心中的某个国家③发表的话，我断定没有一个人能把它读完，它一出世就会夭折的。

人们关于这部作品给我写的许多信，大部分我都收集起来了，辑成一札，现存那达雅克夫人手中。万一这个函件集发

---

① 这些话是在一七六九年写的。——作者原注
② 《克莱芙王妃》(1678年)，法国女作家拉法耶特夫人写的言情小说，以细腻入微的心理描写著称。
③ 有人认为，卢梭心中指的是英国。

表出来的话，人们会看到里边有好些稀奇古怪的言论，可以看到意见是如何分歧，说明跟社会大众打交道究竟是怎样一回事。有一点是人们在这部书里所最忽视，而同时又将永远使这部书成为独一无二的作品的，就是题材的单纯和趣味的连贯。整个趣味集中在三个人物身上，贯穿了六卷，没有穿插，没有传奇式的遭遇，而无论在人物方面还是情节方面，没有任何邪恶之处。狄德罗曾大捧理查生①，说他的场面千变万化，人物层出不穷。诚然，理查生有他的长处，他把所有的场面和人物的特点都很好地描绘出来了，但是，在场面和人物的数量方面，他与最乏味的小说家同出一辙，他们总是拿大量的人物和奇遇来弥补他们思想的枯窘②。不断地表现闻所未闻的事件和走马灯似的一掠而过的新面孔，用这种办法来刺激读者的注意是容易的，但是要把这个注意力经常维持在同一个对象上，又不借助神奇的遭遇，那就显然比较困难了；如果在其他一切都相等的条件下，题材的单纯更能增加作品的美的话，那么理查生的小说虽然在许多方面都高人一等，在这一方面却不能和我这部小说并驾齐驱。然而我知道我这部小说现在死寂了，我也知道它死寂的原因何在，但是它将来是一定要复活的。

　　我的全部顾虑就是由于追求单纯而使故事的发展变得沉闷，我怕自己没有能力把趣味一直维持到底。有一个事实把

①　理查生（1689—1761），英国作家，著有《克莱丽莎·哈娄》《帕米拉》等；狄德罗、卢梭等均曾受其影响。

②　说也奇怪，浪漫派的始祖竟对艺术提出一种古典的、近乎拉辛式的观点。不过，使法国文学有别于英国文学的——不论是戏剧还是小说——正是它的单纯性。

我这种顾虑打消了,而单是这一事实,就比这部作品所给我招来的一切夸奖都更使我高兴。

这部书是在狂欢节开始时出版的。一天,歌剧院正要举行大舞会,一个书贩把这部书送到达尔蒙王妃①手里。晚饭后,她叫人给她上装,好去跳舞,然后一面等候,一面就拿这部新小说读将起来。半夜,她命令套车,接着又继续读。有人来报告说车套好了,她没有答话。她的仆从看她读得忘形了,便来报告她说,已经两点了。她说:"还不急。"仍然读个不停。过了一阵子,因为她的表停了,便撤铃问几点钟,人家对她说四点钟了。"既然如此,"她说,"赴舞会太迟了,把车上的马卸下吧。"她叫人给她卸装,然后一直读到天亮。

自从人家把这件事告诉了我之后,我老想见见达尔蒙夫人,不但要从她口里知道这件事是否完全真实,也因为我老是这样想:一个人对《爱洛伊丝》发生这样强烈的兴趣,准是有那种第六感,那种道德感,而世界上具有这种第六感的心灵太少了,没有这第六感,谁也不能了解我的心灵。

使妇女们对我发生如此好感的一点,就是她们都深信我是写了自己的历史,我自己就是这部小说的主人公。这种信念太根深蒂固了,以至波立尼亚克夫人竟写信给韦尔德兰夫人,托她求我让她看看朱丽的肖像。大家都深信,一个人不可能把他没有体验过的情感写得那么生动,也只有根据自己的心灵才能把爱情的狂热这样地描绘出来。在这一点上,人们想得是对的,的确,我这部小说是在最炽热的心醉神迷中写出

①　不是她,是另外一位我不知道姓名的贵妇人;但是事情是千真万确的。——作者原注

来的;但是人们以为必须有实在的对象才能产生出这种心醉神迷的境界,那就想错了;人们绝对意识不到我的心能为想象中的人物燃烧到什么程度。要不是有若干青年时代的遥远回忆和乌德托夫人的话,我所感到的和描写的那些爱情只能是以神话中的女精灵为对象了。我既不愿肯定,也不愿驳斥一个于我有利的错误。人们从我单印出来的那篇对话形式的序言中就可以看到,我是怎样在这一问题上让社会自己去捉摸的。要求严格的德育家们说我应该把真相爽爽快快地说出来。而我呢,我就看不出有什么理由非这样做不可,并且我相信,如果没有必要而作此声明,那就不是坦率而是愚蠢了。

《永久和平》①差不多也就是在这个时候出版的。头一年我把稿子交给一位叫巴斯提德的先生了,他是《世界报》的主编,而且不管我愿不愿意,他一定要把我的全部手稿都塞到那家报纸去。他是杜克洛先生的熟人,就以杜克洛先生的名义来逼我帮他充实《世界报》。他听人说起《朱丽》,就要我把它拿到他的报上发表,他又要我把《爱弥儿》也在他的报上发表,如果他对《社会契约论》听到一点风声的话,也会要我送给他的报纸发表的。最后,我被他麻烦够了,便决定把我那部《永久和平》的提要以十二个金路易的代价让了给他。我们原来约定只在他的报上发表,但是手稿一归他所有,他就觉得出单行本合适——单行本有若干删节,都是审查官要求的。如果我把我对这书的评论也附上,那又该审查得怎样了呢?十分侥幸,我没有对巴斯提德先生谈起我那篇评论,它不在我

① 即圣皮埃尔神父的那部草稿的提要,卢梭受托为之整理而成。参阅本书第九章。

们的合同范围之内。这篇评论现在还是手稿,同我的其他文稿在一起。万一有一天它被发表出来,人们将会看到,伏尔泰关于这一问题所开的那许多玩笑和所持的那种傲慢口吻①,怎能不叫我哑然失笑! 这个可怜人在他插嘴乱谈的那些政治问题上究竟见识如何,我可看得太清楚了。

正当我在社会上取得成功,在女人方面赢得宠幸的时候,我感到我在卢森堡公馆里走下坡路了,倒不是在元帅先生面前,因为他对我的盛情和友谊还仿佛在与日俱增,而是在元帅夫人面前。自从我不再有什么东西可以读给她听,她住的那套房间就不那么对我敞开了;她来到蒙莫朗西小住的时候,我虽然还相当经常地前去拜谒,但除在餐席以外就几乎见不到她了。甚至我的座位也不再标明在她的身边了。既然她不再把这个座位给我,既然她很少跟我说话,既然我跟她也没有多少话可说,我就宁愿坐另外一个位子,这样还比较舒服些,特别是在晚上,因此我不知不觉地就渐渐养成了坐到离元帅先生较近的地方的习惯了。

① 伏尔泰将《永久和平》提要揶揄备至,曾杜撰一封中国皇帝的诏书说:"朕读让-雅克所拟纲要,谓赋予欧洲以永久和平,易如反掌;朕对此颇感懔丧。彼将世界其余部分忘却,而此等部分,理应在其小册中提及。法国之君主制度据称为君主制度中之天下第一;德国之无政府制度则为无政府制度中之天下第一;西班牙、英吉利、波兰、瑞典,各按其史家所说,各以其类,称为天下第一;各该国均应邀参加让-雅克之条约。朕之表妹俄罗斯女皇亦在被邀之列,朕心殊为欣慰。唯名单之中未见朕名,朕颇为震惊。朕以为,朕既与御表妹如此邻近,实应与之同受邀请;且土耳其大君为匈牙利与那不勒斯之近邻,波斯又为土耳其大君之近邻,蒙古大君又为波斯王之近邻,亦皆有受邀请之权;而号称普遍同盟,竟将日本忘却,亦属不公之至。"(见《伏尔泰全集》,第二十四册,杂著三)

提到晚上,我记得已经说过我不在府第里用晚餐,这在我们开始认识的时候确是事实;但是,因为卢森堡先生不吃午饭,甚至在席上连坐也不坐一下,结果我在他家已经好几个月,已经很熟了,还没有跟他在一起吃过饭。承他好意,特别把这一点提出来,这就使我决定当客人不多的时候,偶尔也在那里吃顿晚饭。我觉得这样也很好,因为他们吃午饭几乎就在露天,并且如俗话所说,屁股不沾凳子,而晚餐却因为作了漫长的散步回来,人们乐于利用吃饭时间来休息一下,所以吃得时间很长;又因为卢森堡先生很贪口福,所以很精美;还因为卢森堡夫人殷勤招待,所以很惬意。要不是这样解释一下,人们就很难理解卢森堡先生有一封信的结尾几句话(丙札,第三六号),他说他回想起我们的散步,总是感到滋味无穷,特别是,他又补充说,晚上回到院里,我们看不到高车驷马的辙迹——这是因为,每天早晨有人用耙把院子里的沙耙平,扫除车辙;所以,根据沙上痕迹的多少,可以判断下午来的客人多不多。

自从我荣幸地见到这位忠厚的贵人以来,他曾遭到接二连三的丧事。一七六一年,他的不幸达到了极点:就仿佛命运给我准备的灾祸一定要从我所最依恋的、同时也最值得我依恋的人开始似的。第一年他失去了妹妹维尔罗瓦夫人;第二年失去了女儿罗拜克夫人;第三年失去了他的独生子蒙莫朗西公爵和他的孙子卢森堡伯爵,因而也就失去了他的宗支和姓氏的最后仅存的后嗣了。他以一种表面上的刚毅忍受着所有这些丧亡,但是他的心一直在暗中流血,终生不已,而他的身体也就一天天垮了下来。他的儿子的意外惨死特别使他伤心,因为国王那时刚刚恩准他的儿子,并且预许他的孙子世袭他的近卫军司令之职。而他这个最有希望的孙子,他又痛心地看到他慢慢地衰萎而亡了。这全怪做母亲的盲目信任那把药给他当饭吃的医生,结果就叫这可怜的孩子因营养不良而夭折。唉!如果人家听了我的话,祖孙二人到现在还都健在呢。母亲迷信医生,对儿子的饮食禁忌太多,关于这种过分严酷的饮食制度,我有什么话没有当面或写信对元帅先生说尽啊,又有什么意见没有向蒙莫朗西夫人提过啊!卢森堡夫人的想法倒跟我一样,但又不愿侵犯母亲的权威;卢森堡先生为人温和而软弱,绝不喜欢拂逆别人的意志。蒙莫朗西夫人把波尔德奉为神明,结果就把儿子的命送掉了。这个可怜的孩子,当他获得允许,跟布弗莱夫人到路易山向戴莱丝要点心吃,放些食物到他那长久挨饿的小胃里的时候,他是多么高兴呀!当我看到这样大的财富、这样高的门第、这样多的头衔和官爵的唯一继承人竟和乞丐一样贪婪地吞噬着一小块面包,我心里是多么嗟叹富贵尊荣的虚幻啊!然而,我说也是白说,做也是白做,医生胜利了,孩子饿死了。

同样是对江湖医生的信任,先葬送了孙子,又为祖父挖掘坟墓;这里除对医生的迷信外还加上一种讳言衰老残疾的畏怯心情。卢森堡先生本来隔一段时间就感到大脚趾有点痛,他在蒙莫朗西犯过一次,害得他失眠并且有点发烧。我大胆说了痛风这个词,卢森堡夫人还骂了我一顿。元帅先生的侍从外科医生硬说不是痛风,并且用止痛膏把患处包扎起来。不幸得很,痛真是止住了,再痛的时候,当然还是用那个曾经止过痛的老办法;体质亏了,病痛厉害了,药剂也就随着加强了。卢森堡夫人最后明白了,确实是痛风,便反对这种妄想奏效的医疗。人家却瞒住她照医下去,几年之后,卢森堡先生由于自己的过失，由于他固执地要把自己医好而死了。但是不要把许多不幸的事提前说得太早吧：在这个不幸之前我还有多少其他不幸的事要说啊！

说也奇怪，凡是我所能说能做的一切，都仿佛注定要讨卢森堡夫人的不快，即使是在我最小心翼翼地要保持她的好感的时候。卢森堡先生接二连三感到的那些伤痛只能使我更加依恋他，因而也就更加依恋卢森堡夫人；因为我始终觉得他们夫妇俩是那么真诚地结合在一起，以至于你对一个人的感情必然会扩及到另一个人的身上。元帅先生渐渐老了。他经常守在宫廷，因而就要时刻操心，还要不断地从猎，特别是他那司令部里公务的劳累，这一切都需要有个青年人的精力才成，而我已经看不出他有什么必要继续费那么多精力去维持他的职位。他的官职将来都要分散出去，他的宗支在他死后也就要绝嗣，他的那种辛勤生活，主要的目的原是想在君主面前保持恩宠，荫及子孙的，现在还有什么继续的必要呢？有一天，只有我们三个人在一起，他诉说着宫廷生活的劳累，俨然是一副亲属凋零的人灰心丧气的样子，我就大胆跟他谈到退休问题，向他提出当年西尼阿斯给皮洛斯①的那个忠告。他叹了一口气，未置可否。但是卢森堡夫人一到跟我单独见面的时候，就气势汹汹地驳斥了我这个忠告，看来我这个忠告曾使她大起恐慌。她又补充了一个我感到非常正确的理由，使我永远不重弹这个调子了；她说，宫廷生活的长期习惯已经变成一种真正的需要，甚至在这个时候，对卢森堡先生说来还是一种排遣愁绪的办法，我劝他退休，这对他不是休息，而是一种放

①　见本书第 227 页注①。

逐,在这种放逐生活中,闲散无聊、忧愁烦闷,很快就会使他精力衰竭的。虽然她应该看出她已经使我心服口服,虽然她应该信得过我,我既然答应了不再提退休的事,就一定能说到做到,但是我觉得她始终还是不很放心;我记得就是从那时起,我跟元帅先生个别谈话的时候少了,并且差不多总是有人来打断话头。

一方面,我的笨拙和我的霉运就这样配合起来在她面前损害我,另一方面,她所常见到的而又是她所最喜爱的人们在这方面也对我没有什么帮助。特别是布弗莱神父先生,这个丰采出众的青年人,我从来就看不出他对我怀有多大好感;不但他在元帅夫人的社交圈子里是唯一一个对我表示丝毫关切的人,并且我似乎觉察到,他每到蒙莫朗西来一次,我就在元帅夫人面前受到一点损失。说真的,即使他不愿意损害我,只要他在场也就够了,因为他那乖巧言行的风韵和趣味使我那严重的 spropositi(愚蠢言行)显得格外触目。头两年他差不多没有到蒙莫朗西来过;我蒙元帅夫人厚待,还勉强维持得像个样儿,但是他来得次数多一点,我就无可挽回地被压倒了。我倒很想钻到他的卵翼之下,力求使他对我友好,但是,蠢脾气使我需要博得他的欢心时反而妨碍了我,使我不能达到这个目的;我为讨他的欢心而笨拙地做出来的事,使我在元帅夫人面前彻底失宠了,而在他跟前却对我毫无益处。以他那样的颖慧,原该做什么都可以成功的;但是他既不能专心钻研,又喜欢游乐,这就只能使他在各方面都仅仅一知半解。可是,好处也就在他的一知半解很多,要在上流社会里出头露面,所需要的也只是如此而已。他的小诗做得很好,信也写得很好,西斯特尔琴也能胡乱弹几下,彩铅画也能涂几笔。他想起要给卢森堡夫人画像:这幅像可画得真吓坏人。她认为这幅像一点也不像她,这倒是事实。这个阴险的神父却偏要问我;我这个傻瓜,这个撒谎者,却说画得挺像。我原是想讨神父的好,可就讨不到元帅夫人的好了,她在她的记过簿子上又给我记上了这一笔;而神父呢,耍了我这一手之后,就嘲笑我。我也是年老才学卖乖,经过这件事以后,可就学到别再不顾自己有无此本领而妄想乱捧乱拍了。

我的才能就是对人们说些有益而逆耳的真理,并且说得相当有分量,相当有勇气;我原该以此为满足的。我生来就不会阿谀逢迎,就连赞美别人也不会,我想赞美别人时的那种笨拙劲儿比起我批评别人时的那种尖刻劲儿还更叫我吃亏。我可以在这里举出一个可怕的例子来,它的后果不但影响了我后半生的命运,也许还要决定我身后的名声。

在卢森堡夫妇来蒙莫朗西小住时期,舒瓦瑟尔先生[①]有时也到府第里来用晚餐。有一天他来到府第,正赶上我从府第出去。他们就谈起我来了:卢森堡先生对他说了我在威尼斯跟蒙太居先生共事的那段经历。舒瓦瑟尔先生说我丢开这个职业很可惜,如果我还愿意回去的话,他非常愿意为我安排。卢森堡先生把这番话对我说了,我对此特别感动,因为我还没有接受大臣宠爱的习惯;尽管我已经屡下决心,但是如果我的健康状况能容许我考虑这件事的话,我自己也不敢担保真能避免再干那种傻事。当没有任何别的激情占据我的心灵的时候,雄心壮志在我心中也只能转瞬即逝,但就是这一瞬间也足以叫我去重温旧梦了。舒瓦瑟尔先生的这番美意既然使

① 舒瓦瑟尔(1719—1785),一七五八年任外交大臣,后任陆海军大臣。

我对他有了感情,也就加强了我对他的敬仰,因为他当大臣以来的若干措施早已使我对他的才具起了敬仰之心,特别是那个《家族协定》①,我觉得这正表明他是个第一流的政治家。他在我的思想里还占着另一个便宜,就是我一向瞧不起他的前任各大臣,就连蓬巴杜尔夫人也不例外,因为我一向是把她当作首相看待的。当谣传说她或他两人之中一定要有一个排挤掉另一个的时候,我认为祷祝舒瓦瑟尔先生的胜利就是祷祝法国的光荣。我从来都是对蓬巴杜尔夫人存有反感的,甚至远在她发迹之前,当我在波普利尼埃尔夫人家里见到她,而她还叫埃蒂奥尔夫人的时候就是如此。从那时起,我就不满意她在狄德罗问题上的沉默,以及她在与我有关的《拉米尔的庆祝会》《风流诗神》和《乡村卜师》等问题上的态度。歌剧《乡村卜师》,不论是哪一种收入,都没有给我带来与它的成功相应的利益;而且,在任何场合,我总发现她很不愿为我帮忙,而罗伦齐骑士还是向我建议,劝我写点东西颂扬这位贵妇人,暗示这样于我有利。这个建议使我愤慨极了,特别是因为我看得很清楚,他这个建议并非出于主动;我知道他这个人本身等于零,只是在别人的推动之下才能想点什么,做点什么。我太不懂得克制自己了,所以我对这个建议的鄙视没有能瞒得过他。我对那位宠妃缺乏好感,也瞒不过任何人;我心里十分明白,她是知道我对她没有好感的,而这一切也就把我的切身利害跟我的自然气质在我为舒瓦瑟尔先生的祝愿中结合起来了。我既对他的才具(我所知道的只是他的才具)早有敬

---

① 《家族协定》是舒瓦瑟尔在一七六一年发动法国、西班牙和那不勒斯三个波旁王朝订立的一个攻守同盟条约,以对付英国的海军势力。

佩之心,又对他的美意满怀感激之情,此外,我在我的隐居生活中又完全不知道他的爱好如何、生活方式如何,所以我预先就把他看成了社会大众和我自己的报仇人了。当时我正在对《社会契约论》作最后的修改,就在这部书里把我对前几任大臣的想法和对超越前人的现任大臣的想法只用一句话表示了出来。这一次我可就违反了我所最信守不违的箴言了;而且,我当时就没想到,当你要在同一篇文章里强烈地称颂或谴责,而又不指出人名的时候,你就必须使你的称颂之词切合你所称颂的对象,使最多疑善妒的人也不能从中看出任何模棱两可之处。在这一点上,我当时太糊涂了,认为绝对没有问题,连做梦也没有想到会有人误解。过一会儿大家就可以看到我究竟是对还是不对了。

我的霉运之一是总跟一些女作家打交道。我以为至少在大人物之中,我总可以避免这个霉运了。其实不然:霉运仍然钉住我。卢森堡夫人,据我所知,是从来没有这种毛病的。但是布弗莱伯爵夫人却有这种毛病,她写了一个散文悲剧,先在孔蒂亲王先生的社交圈子里朗读、传诵和吹嘘过,有这么多的赞赏她还不满足,还要问问我的意见,想得到我的赞赏。我的赞赏她是得到了,可是温和得很,恰如作品所应该获得的那样。此外,我还觉得不能不向她提出一个意见,就是她那个叫作《豪迈的奴隶》的剧本跟一个英国剧本很相似,这个剧本不很知名,可是译出来了,题为《奥罗诺哥》①。布弗莱夫人谢谢

---

① 这是英国作家埃芙拉·布恩夫人(1640—1689)的一部小说,后由英国剧作家索森改编为剧本,一七四五年译成法文,叙述黑人王子奥罗诺哥和黑女伊曼达恋爱及被殖民者毕扬迫害的故事,一时颇负盛名,作家模仿的很多,伏尔泰的剧本《中国孤儿》就有一个场面取材于这部作品。

我的意见，一面却又向我保证说，她的剧本和另外那一个毫无相似之处。这个剽窃，我除对她一人说过以外，从来没有对任何别人谈过，而我之所以告诉她，也只是尽了她强使我尽的责任罢了；从那时起我就时常想到吉尔·布拉斯在讲道的大主教面前尽责的那种后果。①

不单是布弗莱神父——他根本就不喜欢我，不单是布弗莱夫人——我在她面前犯了女人和作家都永远不能原谅的错误，我总觉得元帅夫人的所有其他朋友也都不很愿意跟我交朋友。其中就有埃诺议长，他加入作家队伍后就免不了有作家的毛病，也有迪德芳夫人和莱斯彼纳斯小姐，他们俩都跟伏尔泰相交甚厚，又是达朗贝的密友，后者甚至到最后就跟达朗贝同居了——当然罗，他们住在一起都是极规矩的，极冠冕堂皇的，根本不可能作别样的解释。最初我曾十分关切迪德芳夫人，因为她双目失明，在我的眼光里就成了同情的对象。但是她的生活方式跟我的太相反了，差不多一个人的起床时间就是另一个人的就寝时间。她对小有才气的人又那么无限度地热爱，随便出版一本破烂货，也当作了不起的大事或捧或骂。她说话就是圣旨，说得又那么专断，那么粗暴；不论对什么事，赞成也好，反对也好，都那么执着，谈起来总是青筋暴涨，浑身抽搐。她那不可思议的成见，那不可克制的固执，那感情用事的论断的顽固性所产生的毫无道理的热忱——所有这一切不久就使我生厌了，不想再照顾她了。我疏远了她，她也觉察到了这一点：这就够叫她怒不可遏。虽然我清楚地感

---

① 卢梭的不讨好的直言，使自己想起了勒萨日的《吉尔·布拉斯》中的故事：格拉纳达大主教问吉尔·布拉斯，他最后的那篇讲道词写得如何，他回答说不如以前的，结果由于说了一句真话而被辞退了。

觉到,一个有这样性格的女人是多么可怕,但是我还是宁愿挨她的仇恨的大棒,也不愿遭她的友谊的灾殃。

我在卢森堡夫人的社交圈子中这样孤立无援还不够,又在她的家里结了仇敌。这个仇敌,只有一个,可是,就我今天所处的境况而言,这一个就抵得上一百个了。这个仇敌当然不是她的兄弟维尔罗瓦公爵先生,他不但曾来看我,并且还多次邀我到维尔罗瓦去;由于我回答得极为礼貌,他就把这种含糊的答复当作同意,因而邀请卢森堡先生和夫人去小住半个月,并且向我提出跟他们同行。当时我的健康状况所需要的照料不容许我出去走动而不发生危险,所以我就请卢森堡先生烦神代我谢绝了。人们从他的复信(丁札,第三号)里就可以看出他是极其恳切殷勤的,维尔罗瓦公爵先生并不因此就不对我厚爱如前。他的侄子兼继承人、那年轻的维尔罗瓦侯爵对我就没有他的伯父待我的那种美意了,同时,我承认,我对他也没有像对他的伯父那样敬仰。他那种轻浮的态度叫我受不了,而我的冷淡态度也招来了他的憎恨。有天晚上他甚至在餐席上捉弄了我一下,由于我蠢,沉不住气,应付得很不好,而我一发怒,我那点儿机智不但不见增长,反而飞到九霄云外去了。我有一只狗,是别人在它很小的时候,也就是差不多在我刚住到退隐庐的时候送给我的,我管它叫“公爵”。这只狗并不好看,可是在它那一种里还很罕见,我把它当成我的伴侣和朋友,并且毫无疑问,它比大部分自称为朋友的人还更配称为朋友。由于它禀性对人亲热,又有感情,我们彼此又互相依恋,它便在蒙莫朗西府里出名了;但是出于一种很愚蠢的顾忌心理,我又把它的名字改为“土耳其人”,其实有无数的狗都叫作“侯爵”,也没见过哪一个侯爵为此而生气的。维尔罗瓦侯爵知道这个改名字的事，便向我紧紧追问，以至我不得不当席把我做过的事叙述一篇。在这段故事里，"公爵"的名字之所以有侮辱意味，不在于给狗取了这个名字，而在于给它取消了这个名字。最糟的是当时有好几位公爵在座：卢森堡先生是公爵，他的儿子也是公爵。维尔罗瓦侯爵是未来的公爵——今天他就是公爵了。他以一种幸灾乐祸的喜悦，从他给我造成的窘态以及这窘态所产生的后果中取乐。第二天有人对我说，他的伯母为这事把他臭骂了一顿；大家可以判断一下，这顿臭骂，假使实有其事，是不是会有助于改善他跟我的关系的。

　　无论是在卢森堡公馆还是在老圣堂区①，只有罗伦齐骑士帮我对付那么多敌人。罗伦齐骑士自称是我的朋友，但是他与达朗贝相交更密，他就是凭达朗贝的保护才在女人们面前充起大几何学家来的。此外他向布弗莱伯爵夫人献殷勤，或者毋宁说是甘愿受她摆布的，而伯爵夫人本人就是达朗贝的好朋友；罗伦齐骑士只有靠她才能存在，也只以她的思想为思想。所以，不但我在外界没有什么力量来抵消我的笨拙，维持我在卢森堡夫人面前的关系，而且凡是她身边的一切都仿佛配合起来，要在她的心目中损害我。然而，除了曾表示愿意负责出版《爱弥儿》之外，她在那个时期还给了我另一个关切和感情的表示，使我相信，即使她对我感到厌倦，却还保持着，并且还将永远保持着她那么再三再四向我保证的终生不渝的友谊。

　　有了可以从她那方面期望这种友情的信心，我就在她面

---

① 老圣堂区，巴黎的贵族住宅区。

前开始把我的一切过错都坦白出来，以求得良心的安宁。我交朋友有个牢不可破的原则，就是在他们眼里正确地显示我的真面目，不要显得比实际好些或坏些。我向她说明了我跟戴莱丝的关系，以及这关系所产生的一切后果，连我处理我那几个孩子的方式也没有隐讳起来。她听了我忏悔的这些事，表示的态度很好，甚至太好了，免了我所应受的谴责；特别使我深受感动的就是看到她对戴莱丝表示出的种种盛情，送些小礼物呀，派人找她呀，敦促她去看她呀，以百般的爱抚接待她呀，屡次当着大家的面拥抱她呀等等。那可怜的女孩子真是受宠若惊，感激涕零，而我当然也有同感。卢森堡先生和夫人这样对我恩厚至极地推爱于她，使我受到的感动比他们直接爱我还要深切得多。

在相当长的一段时间内，事情就发展到这个程度，但是元帅夫人后来又恩厚到要把我的孩子领一个回来。她知道我在大孩子的襁褓里放过一个号码，就问我要这个号码底子，我就交给她了。为了这次认领，她把她的贴身侍役又是她的心腹人拉·罗什派了去。拉·罗什白白地进行了许多调查，虽然事隔不过十二年或十四年，结果却一无所得；如果育婴堂的记录保存得好的话，如果调查认真进行的话，那号码是不会找不到的。不管怎样，这次认领失败并未使我怎样不快，假使我从这孩子出生时起就注视着他的命运，我还会更不快呢。而且万一人家根据线索，随便拿一个孩子算作我的，我心里一定会问这真是我的孩子呢还是人家换了一个假的呢。这种怀疑会使我因无法断定而心中难受，我也就不能领略到真正的自然情感的全部美妙：要想维持这种情感，是需要双方朝夕相处的，至少是在孩子的童年时代。孩子你并不认识，又长期不在身边,这就会削弱、终至破坏你为父母的感情,你永远不会对放在别人家里奶大的孩子和放在身边养大的孩子同样疼爱。我在这里所做的思考,就过错的后果方面来说,能够减轻我的过错,但是就过错的动机方面来说,又加重了我的过错。

有件事提一下也许不是无益的:这个拉·罗什,由于戴莱丝的介绍,又跟勒·瓦瑟太太认识了。勒·瓦瑟太太还是由格里姆养在德耶,紧挨着舍弗莱特,与蒙莫朗西近在咫尺。我离开蒙莫朗西之后,就是托拉·罗什先生继续交钱给这个女人的,一直没有断过,并且我相信,他也常替元帅夫人送些礼物给她;因此她虽然常常诉苦,处境却绝不会困难。至于格里姆,因为我绝不喜欢谈起我应该恨的人,所以我在卢森堡夫人面前只是在不得已时才谈到他;但是她有好几次逗引我谈他,却又不告诉我她对这个人的观感如何,也始终不让我猜透这个人和她是否相识。你所爱的人们对你毫无保留,而你对他们却持着保留态度,特别是在与他们有关的事情上,这种保留态度是不合我的口味的,所以我从那时候起有时就不免想起她对我的那种保留态度,不过那也只是在别的事情使我自然而然地产生这种想法的时候才是这样。

自从我把《爱弥儿》交给卢森堡夫人之后,很久没有听人说起了;最后我总算得悉,交易是在巴黎跟书商迪舍纳谈妥的,又通过迪舍纳,跟阿姆斯特丹的书商内奥姆谈妥了。卢森堡夫人把我跟迪舍纳要订的合同一式两份寄给了我,叫我签字。我一看字迹,就认得是马勒赛尔卜先生不亲笔给我写信时替他代笔的那个人的手迹。我深信我的合同是经过这位官员核准,并且由他看着订立的,这就使我满怀信任地签了约。迪舍纳为这部稿子,应付我六千法郎,先付半数,还有,我记得似乎是一百或两百部书。我签了约之后，就把一式两份都如卢森堡夫人所愿寄还给她。她把一份交给迪舍纳，自己留了另外那一份，没有再寄回给我，后来我一直就没有再见到过。

我认识了卢森堡先生和夫人，便对我的隐遁计划多少起了些牵制作用，但是并没有使我放弃这个计划。就是当我在元帅夫人面前最得宠的时候，我也始终感觉到，只有我对元帅先生和夫人的真诚感情才能使我忍受得了他们周围的那些人事关系；我感到的全部困难，就是怎样才能把这种感情和一种较合我的口味、较不违反我的健康需要的生活方式协调起来。尽管他们费尽心思照顾我的身体，但是那种拘束和那些晚宴还是使我的健康状况不断下降。在这方面，他们的关怀真是到了无微不至的地步；比方说，每天晚饭后，元帅先生要早睡，总是不管好歹就把我带走，让我也去睡觉。只是在我的灾难临头之前不多时，不知为什么他才停止了这种关注。

甚至在发觉元帅夫人冷淡之前，我就想执行我原先的那个计划，免得陷于这种处境。但是我没有办法这样做，我不能不等《爱弥儿》合同的签订；在等待期间，我最后修订了《社会契约论》，并且把它寄给了雷伊，定价一千法郎，他也照付了。我也许不应该漏掉一件跟这部稿子有关的小事。我是把这部稿子封得好好的交给迪瓦赞的，他是伏沃地方的牧师兼荷兰教堂的祈祷师，有时来看我，跟雷伊有联系，所以就负责把稿子带给雷伊。这部稿子是用小字写的，体积很小，还装不满他的口袋。然而过关卡的时候，他那包稿子不知怎的竟落到关吏手里了，关吏打开了包，检查了一下，当他以大使的名义索回的时候，就还给他了，这就使他自己也有可能读到这部稿子，他曾天真地告诉我说他是这样做了的，并且极口称赞这部作品，没有说半句批评或指摘的话，毫无疑问，心里是准备等作品出版后再为基督教报仇的。他把稿子封好，寄给了雷伊。他在写信给我报告经过情形时大致就是这样说的，而我对这件事所知道的情况也就是如此而已。

除了这两本书和我的《音乐辞典》（我一直是不时搞这部书的）以外，我还有别的几部次要的作品，都整理得好好的随时可以出版，我准备把它们印出来，或用单行本，或者，如果我有一天出全集的话，就放在我的全集里。这些作品现在大部分都还是手稿，存在佩鲁手里，主要是一部《语言起源论》，这部稿子我请马勒赛尔卜先生看过，也请罗伦齐骑士看过，他说写得很好。我算了算，所有这些收入加起来，除了一应开支，至少可以使我得到一笔八千到一万法郎的资金，我要以我和戴莱丝两人的名义把这笔资金存起来作为终身年金；然后，像我已经说过的那样，我们俩就一同到外省的边远地区去生活，不再让大众为我操心，我自己也不再操心别的事情，只求安安静静了此一生，一面继续在我的周围做力所能及的一切善事，从从容容地写我沉思已久的回忆录。

我的计划就是如此，而雷伊的慷慨好义——这是我不应该略而不谈的——使这个计划易于执行。这个书商，人家在巴黎对我说了他那么多的坏话，然而在我与之打过交道的所有书商中，却是唯一使我要永远自庆得人的。① 诚然，我们为我的作品的印行常常争吵；他很不经心，我又好发脾气。但是在金钱方面，以及与金钱有关的问题上，尽管我跟他从来没有

① 当我写这句话的时候，还远没有想到或料到，更难以相信我后来在印行我的作品中所发现的，而他自己也不能不承认的那许多舞弊行为。——作者原注

订过什么正式契约，我始终觉得他是很严格、很公正的。甚至也只有他一人曾坦白地向我承认，他跟我合作，生意做得很好；并且他常对我说，亏了我，他才发了财，愿意把发的财分给我一份。他不能直接向我报恩，便要在我的女总督身上表示对我的感谢：他赠给她一笔三百法郎的终身年金，在契约上载明是为了报答我为他取得的好处的。这是我们两人办的事，没有炫耀，没有矜夸，没有声张；要不是我先逢人便说这件事，谁也不会知道。他这种态度太使我感动了，所以从那时起我就对雷伊产生了一种真正的友情。若干时之后，他又请我做他的一个孩子的教父，我同意了；现在，在人家把我逼到的这种境遇里，我的遗憾之一是，我被剥夺了使我的感情稍稍有益于我的教女和她的双亲的机会。为什么我对这位书商质朴的慷慨行为就这样知所感戴，而对那么多阔佬的喧噪的高情厚谊就无动于衷呢？他们大张旗鼓地叫嚷他们如何有赐予我，把天都震坍了，而我却无动于衷，这是他们的过错呢，还是我的过错呢？是他们只知道虚妄矜夸呢，还是我专会忘恩负义呢？明达的读者啊，你衡量吧，你决定吧；我呢，我不说了。

这笔年金对戴莱丝的生活是一个很大的资源，对于我的负担是一个很大的减轻。但是，我可没有为我自己而直接利用这笔年金，凡是人家给她的赠礼，我都从不沾手，一直由她自己支配。当我替她保管银钱的时候，总是忠实地为她记账，从来不拿出半文钱来作共同开支，即使是在她比我更富裕的时候也是这样。"我的就是我们两人的，"我对她说，"你的就是你一个人的。"我经常把这个原则对她讲，也从来都是按照这个原则行事的。有人竟那么卑鄙，说我利用她的手来接受我亲自拒绝的东西，毫无疑问，他们是以小人之心度君子之腹,他们太不认识我了。如果是她挣来的面包,我是乐意跟她同吃的,但是我绝不愿意同吃人家给她的面包。关于这一点,我现在就可以请她来为我作证,将来,按照自然规律,我死在她前面,她还是可以为我作证的。不幸得很,她在各方面都不很懂得节约,不很仔细,很会花钱,倒不是由于虚荣,也不是由于贪吃,唯一的原因就是漫不经心。在这个尘世上谁也不是完人;既然她那些绝好的优点必须有所抵消,我就宁愿她有些缺点,而不愿她有恶习,虽然这些缺点也许给我们俩造成了更多的损害。我为她,也和当年为妈妈一样,操了许多心,想为她积蓄一点,以便有朝一日作她的生活资源。我操的这些心真是别人难以想象的,但是这些操心始终是白费了。她们两人都从不计算计算;尽管我万分努力,总归是来多少就去多少。不管戴莱丝穿得多么简朴,雷伊的年金从来也不够她穿的,我每年还得拿我的钱贴补她。不论她或我,我们俩生来就不是当财主的,我当然也不会把这一点算在我们的种种不幸之内。

《社会契约论》印得相当快。《爱弥儿》就不是这样了,我是等《爱弥儿》出版后再来执行我所考虑的隐遁计划的。迪舍纳不时寄来一些样板让我选择;我选定了,他还不开始印刷,又给我寄些别的样板来。当我们最后对版本大小、对字体都完全决定好了,而且已经印出几页的时候,我在校样上稍微改动一下,他又把全部校样拿来重新开始。六个月后,进展连第一天都还不如。在历次试印的过程中,我明白地看出了,作品既在荷兰印,也在法国印,两版同时进行。我能有什么办法呢?我已经不是我的手稿的主人了。我不但没有插手法国版,而且还始终是反对在法国出版的;可是既然这一版不管我愿不愿意是在进行着,既然它为另外那一版做样子,我就必须注意它一下,看看样张,不要让人家把我的书弄得残缺不全,不成样子。而且,作品完全是在主管官的同意之下印的,差不多就是他自己在指挥工作,他又时常写信给我,甚至为这问题还来看过我。是在什么情况之下,我一会儿再谈。

这方面迪舍纳跟乌龟一样爬,那方面内奥姆受到他的牵制,进行得更慢,人家不是忠实地把样张随印随寄给他。他在迪舍纳的行径里,也就是说在居伊的行径里(因为居伊代迪舍纳印刷)发现他居心不良;他看人家不履行契约,就左一封、右一封地写信向我诉苦,我自己一肚子苦都没有办法,对他就更爱莫能助了。内奥姆的朋友盖兰当时常跟我见面,不断跟我谈这部书,但始终持着最大的保留态度。他又知道又不知道这部书在法国印刷,他又知道又不知道主管官也插手其间。他为这部书行将给我带来的麻烦向我表示同情,同时又仿佛怪我太不谨慎,而又绝不肯说出究竟不谨慎在哪里。他一个劲儿绕着弯子说话,左遮右闪,似乎只是为了要套我的话才开口。我那时觉得自己太保险了,所以还笑他在这件事上所用的那种圆滑而神秘的口吻呢,认为那是一种从大臣和官僚那里学来的癖性,因为他经常到他们的办公室去。我自己认为这部作品在各方面都合乎规定,因而十分放心,同时又深信它不但获得了主管官的同意与保护,甚至还值得受并且实际上也受到了主管部门的照顾,所以我暗自庆幸我有勇气把事情做好,同时还笑我那些仿佛在为我担忧的胆怯的朋友。杜克洛就是其中之一;我承认,如果我不那么坚信作品本身的有益和它那些保护人的公正的话,我对他的正直与见识的信任是可能使我也跟他一样惊慌起来的。正当《爱弥儿》在印刷的时候,他从巴伊先生家里来看我,跟我谈起这部书。我就把《萨瓦助理司铎的信仰自白》念给他听,他很安静地听了,似乎还很欣赏。我一读完,他就对我说:"怎么!公民!这就是在巴黎印的书里的一部分?""是呀,"我对他说,"人们简直可以用国王的命令在卢佛宫里印呢。""我同意你这种想法,"他对我说,"但是请你照顾我一点,别告诉任何人说你曾把这篇文章读给我听过。"这种惊人的措辞使我愕然,却并没有使我惊慌。我知道杜克洛常跟马勒赛尔卜先生见面,我很难设想他们两个人怎么在同一问题上所想的就那么不同。

　　我住在蒙莫朗西已经四年多了,身体却从来没有一天好过的。虽然那里空气绝佳,水却很坏,这很可能就是促使我那惯发的病痛日趋恶化的原因之一。快到一七六一年秋末的时候,我完全病倒了,整个冬天都在苦痛中度过,几乎就没有一会儿轻松过。肉体上的痛苦被无数的忧虑加剧了,转而又使这些忧虑在我的心上更加沉重。若干时以来,有些朦胧而阴暗的预感扰乱着我的心曲,却又不知道为的是什么。我收到一些相当离奇的匿名信,甚至还有些署名的信也同样离奇。我收到巴黎议院一位参议员的一封信,他不满现行的社会制度,预料后果绝不会好,请我指教他选择一条退路,到日内瓦还是到瑞士,好让他全家去退隐。我又收到某议院的司法院长某先生①的一封信,他建议我为这个司法院——它当时与宫廷不和——草拟些备忘录和谏书,愿意为我提供所需的一切文件和资料。我有病痛的时候总是容易发脾气的。我收到这些信的时候脾气就不好,所以在回信中也就发作起来了,干

----

① 是第戎议院的伯乐斯先生。

脆拒绝了人家的要求。当然,我所引以自责的并不是这个拒绝本身,因为那些信可能都是我的敌人所布置的陷阱,①而且人家所求于我的都是违反我绝对不愿背弃的原则的,而是我原可婉言拒绝,却粗声厉气地拒绝了,这就是我不对的地方。

人们在我的文件里还能找到我方才说的那两封信。参议员的那封信并不使我惊讶,因为我和他一样,也和很多人一样,认为那腐朽的制度在威胁着法兰西,使它不久就会崩溃。由于政府措施失当而招来的一场不幸的战争②所引起的重重灾难;财政上难以置信的紊乱;行政界的不断倾轧——当时行政权分掌在公开互相攻击的两三个大臣手里,他们为了你害我,我害你,不惜使王国垮台;人民大众和全国各阶层的普遍不满;还有一个顽固的女人③,她如果有点头脑的话,也把这点头脑用在个人的好恶上了:她差不多总是把最有能力的人从工作岗位上踢开,以便安插最能得她欢心的人——所有这一切都加在一起证明那位参议员、社会大众以及我个人的预见的正确。这种预见甚至也使得我自己多次犹豫不决,不知道是否也应该在那些似乎威胁着王国的动乱爆发之前跑到王国以外去找个栖身之处;但是因为我觉得自己是孑然一身,又秉性和平,相信在我所愿意过的这种孤独生活之中,任何风暴都不会打到我头上来。我遗憾的只是,在这种局势之下,卢森堡先生接受了一些会使他在政府中失去声望的任务。我倒很愿意他在这方面为自己留点儿退路,以防这个庞大的机器一

① 例如,我知道某院长跟百科全书派和霍尔巴赫集团都过往甚密。——作者原注
② 指"七年战争"。
③ 指蓬巴杜尔夫人。

且如当时似乎令人可虑的那样垮下来；就是现在，我还觉得，如果政权不是最后落到一个人①手里的话，法国专制政体一定是早已陷入绝境了。②

　　一方面，我的身体一天比一天坏下去，另一方面，《爱弥儿》的印刷一天比一天慢起来，最后完全停顿了，而我无法打听出原因，居伊再也不肯写信给我，也不肯复我的信，我又无法得到任何人的消息，无法了解情况，因为马勒赛尔卜先生当时正在乡下。不问是什么不幸的事，只要我知道它是怎么回事，我就不会慌乱，不会气馁；但是我生来就害怕黑暗，我害怕并且恨黑暗的那种阴森森的样子，神秘永远是使我不安的。我生性坦率到不谨慎的程度，神秘与我的生性有如水火之不相容。我觉得，在白天，最狰狞的怪物形象都不会使我怎样惊慌的；但是，如果我在夜里看到一个人以白布蒙头，就会害怕。因此，我的想象力被这个长期的沉默煽动起来，就在我眼前画出许多鬼影。我越是关心我这部最后的又是最好的作品的出版，我就越冥思苦想去找那可能阻碍出版的原因；我对任何事情都是走极端的，所以我在这部书印刷的停顿之中，就以为看到了它的被取缔。然而，我既想象不出为什么要取缔，又想象不出是怎样被取缔的，所以我就陷于最难堪的惴惴不安之中。

①　指舒瓦瑟尔公爵。

②　卢梭在这里回顾当时政治上的种种困难。七年战争是蓬巴杜尔夫人要打的。在七年战争过程中，舒瓦瑟尔总算几乎把全部政权都抓到自己手里了，这就挽救了法国专制政府。在本章开始，卢梭曾提到他对舒瓦瑟尔有很好的印象，并把这种印象隐约地表现在《社会契约论》里。不久之后，他又认为他后来受到的迫害，是由于他没有继续在《爱弥儿》里表示同样的赞美。实则伏尔泰发表作品都不署名或用假名，这就使他避免了追究；毫无疑问，卢梭不该在《爱弥儿》上署出真名，并在法国印行。

我左一封、右一封地写信给居伊,给马勒赛尔卜先生,给卢森堡夫人;回信不到,或没有按我预期的时间到,我就完全慌乱和发狂了。不幸得很,就在这时候听说耶稣会教士格里非神父曾谈到《爱弥儿》,甚至还引用过几段。我的想象力登时就像闪电一般奔腾起来,把那不义的神秘给我整个揭开了:我看到那神秘的进程,就和神灵给我启示了一样,又清楚、又确实。我想象那些耶稣会教士在看到我论中学①时所用的那种鄙视的语气便暴跳如雷,夺去了我的作品;阻碍这部作品出版的就是他们;他们从他们的朋友盖兰那里得知我当时的病情,预料我死期已近——我自己当时对此也不怀疑——所以要把印刷拖到我死的时候,存心要阉割、篡改我的作品,给我伪造些与我的意见不同的意见,好达到他们的目的。说来也真惊人,有多少事实和情节都跑到我的脑子里来印证这种疯狂的想法,使它显得活灵活现。啊!岂止是活灵活现!简直显得我那种想法有根有据,像明摆着似的。盖兰已经完全投向耶稣会教士了,我是晓得的。我就认为他以前向我要求结交的表示都是出于耶稣会教士的授意,我深信他当初敦促我跟内奥姆订合同,就是那些教士策动的,他们就是通过内奥姆得到了我的著作的头几页,后来他们又想办法把迪舍纳那里的印刷也制止了,也许还夺去了我的手稿,以便从从容容地搞些鬼把戏,等我死了,好让他们自由自在地把我的作品依他们的意思篡改后再发表出来。我一直感觉到,不管贝蒂埃神父怎样巧言令色,耶稣会教士全都是不喜欢我的,不但因为我是百科全书派,而且因为我的全部观点比起我那些同行的不信神主义更

———————————

① 当时法国的中学均由耶稣会教士主办。

680

加违反他们的教义和威信，还因为无神的狂热和有神的狂热由于它们共同的不容忍态度而能互相接近，甚至还能联合起来。他们过去在中国①是这样，现在一起反对我也是这样；相反，合理的、道德的宗教则取消一切人对宗教信仰的管理权，因而就不让掌握这种权力的那些专断者再有立足之地了。我知道大臣②先生对耶稣会教士也是很友好的，我生怕儿子③慑于父亲的威势，就被迫把他所曾保护的作品交给他们。我甚至从人们开始从头两卷给我找的那许许多多麻烦之中，看出了这种撒手的后果，因为在头两卷里，人们为了一点微不足道的问题就要求重新改版，而另外两卷，人们并不是不知道，都是充满了极其厉害的话的，如果都像前两卷那样审查的话，就非整个改写不可。此外我还知道，并且也是马勒赛尔卜先生亲自告诉我的，他是托格拉夫神父监督这部书的出版的，而格拉夫神父又是耶稣会的支持者。我到处都只看到耶稣会教

①　耶稣会教士到中国传教后，对中国原有的祭祀做出了许多让步，以便适应地方风俗；当主教宣布中国文人都是真正的无神论者的时候，这些教士就起来反对主教。卢梭在下文提到了最初几道制裁耶稣会教士的法令。该教会只是在三年后（1764 年）才被取缔的。

　　十六世纪末期（明万历年间），耶稣会教士利玛窦和龙华民相继来华，两人对中国人的祭祖的风俗看法不一致，前者认为纯属伦理范围，后者认为系偶像崇拜，因而引起该教会的内部论战，双方都介绍中国历史、哲学、风俗等作为自己的论据。后来这场论战扩展到其他教会，耶稣会教士差不多都站到为中国辩护的立场。十八世纪上半期，论争向社会公开了，介绍中国文化的论著变成了大众读物；孟德斯鸠、伏尔泰、狄德罗等都根据耶稣会教士的著述，赞美中国文化，并以中国文化的实例为依据，攻击当时法国的政治、社会与宗教组织，其中以伏尔泰为最突出，他的作品里涉及中国的地方特别多。

②　指拉穆瓦尼翁。

③　指马勒赛尔卜。

士,而真没想到他们已经处在被取缔的前夕,正自顾不暇,哪还会跟一部与他们无关的书的印刷问题找麻烦。我说"真没想到"是不对的,因为我的的确确想到了,甚至这就是马勒赛尔卜先生一知道我这种胡思乱想时就特意给我提出的一个反驳的理由。然而,一个人要想从他的隐居深处对他毫无所知的国家大事判断出其中的奥妙,必然是要乖谬百出的;我的另一个乖谬之见就是怎么也不肯相信耶稣会教士真处于危境之中,我认为散布出来的这种谣言正是他们使出的一种障眼法,好麻痹他们的敌人。他们过去着着成功,从来就没有一点迹象能证明他们会失败,这就使我对他们的势力有那么一种可怕的印象,竟为议院行将垮台而悲叹①。我知道舒瓦瑟尔先生曾在耶稣会教士那里读过书,蓬巴杜尔夫人跟他们相处得也不坏,他们跟宫廷宠幸和大臣们结成的同盟,就对付共同的敌人而论,对于双方也都一直显得是有利的。宫廷似乎是什么事都不管。我深信,如果耶稣会有一天受到严重挫折,那么有足够的力量打击它的也不会是议院,所以我根据宫廷这种袖手旁观的态度就判断耶稣会的信心是有根据的,他们的胜利是有朕兆的。总之,我从当时的一切传言里只看到他们的伪诈手法和他们布置的陷阱,认为他们太平无事,有的是时间,什么都能管;因而我毫不怀疑他们不久就会粉碎冉森派,粉碎议院,粉碎百科全书派,粉碎不受他们奴役的一切势力。到最后,如果他们让我的书出版,那也只是在把它改到能由他们用作武器的地步之后,才利用我的名字去欺骗读者。

我感到我自己真是气息奄奄了;我现在都难以理解,怎么

①　当时议院在和耶稣会做你死我活的斗争。

我这种想法当时竟没有使我忧愤而死。我想到，我这部最有价值、最好的著作反而使我落得个身后名誉扫地，实在是太可怕了。我从来没有那么怕死，而且我相信，如果我真是在那种情况下死去，我是死不瞑目的。就是今天，我看到一个为毁坏一个人的身后名声而布置的空前阴险、空前丑恶的阴谋正在毫无阻碍地付诸实施，我也会比那个时候死得泰然得多，因为我确信在我的许多作品里已经留下了于我有利的证据，它迟早会战胜人们的阴谋。

马勒赛尔卜先生看到我这样焦躁不安，又听到我的倾诉，便费尽心思要把我的情绪安定下来，他这番心思正足以证明他那无穷的乐善之心。卢森堡夫人也襄助了这一善举，往迪舍纳那里去了好几次，了解出版工作究竟进展到了什么程度。最后，印刷总算又开始了，并且进行得比较顺利，可是我始终还不知道它过去为什么搁置起来。马勒赛尔卜先生还不厌其烦地到蒙莫朗西来宽慰我，结果，我的心安定下来了。我绝对信任他为人公正，这种信任就战胜了我这可怜的头脑里的迷惘，因而他为促我醒悟而做出的一切努力都产生了效果。他看到我那么焦急、那么惶惑的样子，自然会觉得我的处境是值得怜悯的。他又想起了包围他的那个哲学家集团所不断给他灌输的那些话。我已经说过，当我住到退隐庐去的时候，他们就宣称我在那里不可能久留。当他们看见我坚持下去的时候，他们又说那是因为我执拗，我骄傲，不好意思反悔，说我实际上在乡下闷得要死，日子过得十分不幸。马勒赛尔卜先生信以为真，并且写信劝我；我那么敬仰的一个人居然会有这样错误的看法，我心里颇为感慨，便给他一连写了四封信，向他说明我的行为的真正动机。我在这四封信里忠实地描写了我的爱好、我的志趣、我的性格以及我的全部心事。这四封信都没有草稿，纵笔写去，甚至写后也没有重读一遍，它们也许是我生平唯一一气呵成的作品；在我当时那种种痛苦和极度颓丧之中而能如此，实在令人惊讶。我觉得我已经日渐衰亡，一想到我在正人君子的心目中会留下这样一个对我不公平的看法，便感到肝胆俱裂，所以我努力用我在这四封信里仓促草成的那个纲要来或多或少代替我计划中的那部回忆录。这几封信，马勒赛尔卜先生很满意，在巴黎拿出去给人家看，它们可以说是我在这里详细叙述的内容的摘要，是值得保留下来的。我曾请他叫人抄出一份给我，几年后他把抄稿寄来了，现在收在我的文件中。①

　　在我死期将近的时候，唯一使我伤心的就是没有一个具有文学修养的心腹人，能把我的文稿保存起来，在我死后加以整理。自从我到日内瓦旅行以后，就跟穆尔杜结交了；我很喜欢这个青年，倒很盼望他能为我送终。我向他表示了这个愿望，并且我相信，如果他的事务和他的家庭容许他来，他一定会欣然前来尽这种人道责任的。我既得不到这种安慰，至少我要向他表示出我的信任，就把我的《萨瓦助理司铎的信仰自白》在出版前寄给他了。他对这篇文章很满意，但是在他的回信里，我觉得他似乎不像我当时等着看《信仰自白》的效果时那样放心。他又希望从我手里得到几篇别人没有看过的文章。我就把《故奥尔良公爵悼词》寄给他了，这篇悼词是我代达尔蒂神父写的，神父并没有拿去宣读，因为出乎他意料之

---

① 致马勒赛尔卜先生的四封信确实是名不虚传；这几封信使我们得以了解让-雅克的性格和他称之为"灵感"的东西。

外,奉派去读悼词的不是他。

印刷工作恢复之后,就一直继续下去,甚至相当平安无事地完成了;我注意到一点奇怪的现象,就是人们对头两卷严格要求改版,而对后两卷什么话也没说就放过去了,这两卷的内容没有为出版造成任何障碍。然而,我还是有点不放心,应该在这里提一提。我在害怕耶稣会教士之后,又对冉森派和哲学家们害怕起来了。我憎恨一切所谓党、所谓派、所谓系,我从来不指望属于党、派、系的人对我会有什么好感。那两个"长舌妇"前些时离开他们原来的住所,跑来住在紧挨着我的地方:从他们的房间就可以听到我房间里和平台上所说的一切,从他们的园子可以很容易爬过把他们的园子和我的碉楼隔开的那堵小墙。我曾把这座碉楼当作我的工作室,所以里面有一张桌子,摆满了《爱弥儿》和《社会契约论》的校样和印成的散页;人家把这种散页寄来,我就边收边装订,所以在我的作品出版前很久,桌上就有了我的全部成书。我的轻率、我的粗疏以及我对马达斯先生的信任(我住的地方是圈在他的花园里面的),使得我常常晚上忘记锁碉楼的门,而早晨发现碉楼门大开着,如果不是觉得我的稿件有些翻动,这倒不会叫我怎样不安。我好几次看出这种现象之后,就变得仔细些,把碉楼门锁上了,但门上的锁不好,钥匙只能转半个圈子。我比较注意了,就发现我的稿件反而比我让门大开着的时候被翻动得更厉害。最后,我装订成册的书有一册不见了,有一天两夜都没法知道给搞到什么地方去了,直到第三天早晨才在桌上找到。当时和以后我都不曾对马达斯先生有所怀疑,我也不怀疑他的外甥迪穆朗先生,因为我知道他们俩都喜爱我,我完全信任他们。可是我对那两个"长舌妇"就开始不那么信任了。我知道他们虽然是冉森派，却跟达朗贝有些关系，并且住在同一所房子里。

这就使得我有些不安，并且比以前更加小心起来。我把我的稿件都拿回我的房间里，完全终止了和那两个人见面，因为我还知道他们曾拿我的《爱弥儿》第一卷在好几个人家招摇，这一卷是我一时不慎借给他们的。虽然他们还继续做我的邻居，一直到我离开为止，但是我从那时起就不再和他们有任何往来了。

在《爱弥儿》之前一两个月，《社会契约论》出版了。我一直要求雷伊决不要把我的任何著作偷运到法国，所以他就正式呈请主管官批准他把这部著作由海路运到卢昂进口。雷伊没有得到任何批复：他的包裹在卢昂搁了好几个月，原是打算要没收的，只因为他大张旗鼓地闹起来，只好又发还给他。有些好事者从阿姆斯特丹买来了几部，就在法国不声不响地流传开了。莫勒翁曾听说过这部书，甚至还看了一些，他跟我谈起时的那种神秘的口吻，很使我惊讶，如果不是我确信在各方面都符合规定，自觉无可谴责，用我那伟大的信条把我的心完全稳定下来的话，这种口吻甚至会使得我不安起来的。我甚至毫不怀疑，舒瓦瑟尔先生早已对我垂青了，而我对他的敬仰又使我在这部书里对他有所颂扬，他必然心中知感，能在这种场合下支持我，来对付蓬巴杜尔夫人的恶意。

我当然有理由在这时候比在任何时候都更指望卢森堡先生的盛情，于必要时为我撑腰，因为他这时候所给我的友好表示比任何时候都更频繁、更动人。在他复活节来旅行的时期，我因为身体太坏，不能去拜会他，他就没有一天不来看我；最后，他看我痛个不止，便极力劝我让科姆修士来诊视；他派人去找科姆,亲自把他领来,并且居然有勇气——在一个达官贵人身上,这种勇气的确是稀罕而又可佩的——待在我家里看着动手术,而那次手术既使我疼痛难堪,又费时甚久。然而,所谓手术不过是探测而已;不过我一直就没有被探测过,即使是莫朗,他试了好几次也都没有成功。科姆修士的手法既轻又巧,无与伦比,他使我剧痛了两个多小时之后,总算插进了一根很小的探条——我在这两个多小时里极力忍住了呻吟,以免惹得那位仁慈而敏感的元帅为我心碎。第一次检查,科姆修士觉得探到了一块大结石,并且把这结果告诉我了;第二次检查,他又没有探到那块结石了。他一而再,再而三地既仔细又准确地探着,使得我感到时间很长,之后,他宣布说,并没有什么结石,只是前列腺患硬性肿瘤,也比一般人的粗,他发现膀胱很大,情况良好,最后对我说我将来要吃不少苦,活的也很长。如果他预言的第二点也和第一点一样能实现的话,我的痛苦一时还结束不了呢。

就这样,我先后就医那么多年,说的病不下二十种之多,其实我一种也没有,最后我总算知道了我的病是个不治之症,却又不是死症,它将拖得和我的寿命一样久。我的想象力从此便约束在这个范围里,不再瞻望我要在结石的痛苦中惨死了,也不再怕很久以前在尿道里折断的那一小截探条会构成结石的核心了。对我来说,那些假想的病痛比实际的病痛还难受,现在解除了假想的病痛,我对实际的病痛也就能较安静地忍受了。实际上也一直就是这样,从那时起,我在我这个病上所感到的痛苦就比以前少得多,每逢我想到,我的病痛之所以能减轻,完全得力于卢森堡先生,我就不能不为追怀死者而动容。

我可说是又恢复了生命,所以也就越发想到我要安度余生的那个计划了,我只等《爱弥儿》一出版就去执行这个计划。我那时想到的是都兰地区,那个地方我到过,很中我的意,不但气候温和,居民也很温和。

La terra molle lieta e dilettosa

Simili a segli abitator produce. ①

我已经把我这个计划告诉过卢森堡先生,他劝我不要去;这次我又对他重新提起,说是决心已下,不可动摇。于是他就建议我住到距巴黎十五法里的美尔鲁府去,认为可能是于我相宜的一个去处,他们夫妇俩都乐于把我安顿到那里。这个建议很使我感动,也很中我的意。首先,必须看看那个地方,我们就约好日子,由元帅先生派他的亲随带车子来领我前去。到了那天,我恰好感到很不舒服,就不得不把这事推迟,接着又来了些不凑巧的事,根本就没有去成。后来我听说美尔鲁那片地产不是属于元帅先生的,而是属于元帅夫人的,我没有去成,也就比较容易释然于怀了。

最后,《爱弥儿》总算出版了,我没有再听说有什么改版,也没有听说有什么困难。出版前,元帅先生向我要去了马勒赛尔卜先生与这部著作有关的全部信件。我对他们两人都太信任了,自己又觉得很保险,就不会去考虑在索回信件这件事上有什么非常的,乃至令人不安的因素。我把那些信件都给了他,只有一两封,我无意中夹到别的书里去了,没有退还。在这以前不久,马勒赛尔卜先生曾通知我说,他要把我在为耶

---

① 塔索的两行诗:

土地宜人、肥沃、招人喜爱,

培养出来的居民也和它一样美。

稣会教士而惊慌时写给迪舍纳的那些信都收回来;必须承认,这些信都不会怎样使人佩服我的理智的。但是我告诉他说,在任何事情上,我都不愿在表面上显得比实际上更好,因此他尽可以把那些信留在迪舍纳手里。后来究竟怎样,我就不得而知了。

这部书的出版,没有引起我所有的作品出版时曾博得的那种轰轰烈烈的彩声。从来没有一部著作曾获得那么多的私下的颂扬,也从来没有一部著作曾获得那么少的公开的赞美。最有能力评论我这部书的人们对我说的话,给我写的信,都证实这是我最好的作品,同时也是最重要的作品。但是所有这些意见,说出时都带着最离奇的谨慎态度,就仿佛要说这部书好,非得保密不可。布弗莱夫人告诉我说,这部书的作者理应给树铜像,值得受一切人的推崇,信末却毫不客气地请我把原信退回;达朗贝写信给我说,这部著作决定了我的优越,应该把我放到全体文学家的领袖地位,信末却不署名,虽然他前此给我写的许多信没有一封不是署了名的;杜克洛是靠得住的朋友,为人真诚,但是很圆通,他很重视这部书,却避免用书信对我说;拉·孔达米纳①抓住《信仰自白》东拉西扯;克莱罗在他的来信里也只谈那一篇;但是他敢于表示他读这篇文章时所受到的感动,并且明明白白对我说这次阅读温暖了他那颗衰老的心:在接受我赠送的这部书的所有人之中,只有他一人大声地、自由地对大家说出了他对这部书的全部好评。

在这部书公开出售前,我也送了一本给马达斯,他又把这

① 拉·孔达米纳(1701—1774),名数学家。克莱罗(1713—1765),名数学家兼天文学家。

本书借给斯特拉斯堡总督的父亲、参议员布莱尔先生看了。布莱尔先生有所别墅在圣格拉田，马达斯是他的老熟人，有时得便就到那里去看看他。他使他在《爱弥儿》公开出售之前先读到这部书。布莱尔先生把书还给他的时候对他说了这样一句话，这句话当天就传到我耳朵里来了，"马达斯先生，这是部极好的书，但是不久就会众口喧腾，超过作者所希望的程度。"当他向我转述这句话的时候，我只是发笑，觉得那是一个做文官的人自高自大的习气，不管说什么都要带点神秘色彩。种种令人不安的话，凡是传到我耳朵里来的，都没有比这句话给我的印象更深。我远没有料到我已经濒于灾难的边缘，却坚信我的书既有益处，又写得好，坚信我在各方面都合乎规定，坚信——如我当时以为确有把握的那样——我有卢森堡夫人的全力支持，甚至还有主管部门的爱护，所以我深自庆幸我是在节节胜利之中抽身，在压倒一切忌妒者的时候撒手，还以为我这个决定非常之妙呢。

这部书的出版，只有一件事叫我担忧，而这种担忧，并不是为了我的安全，而是为了良心的宁静。在退隐庐，在蒙莫朗西，我曾就近看到，并且愤慨地看到，人们为了不顾一切地维护王爷们的娱乐，就叫那些不幸的农民大遭其殃。农民出于无奈，只好忍受那些供射猎的野兽糟蹋他们的田地，除以声响惊走野兽外不敢用其他方法来自卫；他们不得不在他们的蚕豆和豌豆田里过夜，带着铁锅、鼓、铃铛吓走野猪。我亲眼见到夏洛伊瓦伯爵对待这些穷人的那种野蛮无情的手段，便在《爱弥儿》的末尾把这种暴行骂了几句，这就违反了我的处世原则，并使我后来为此吃了亏。那时我听说孔蒂亲王先生的随从在亲王的田产上也同样残酷；我是深深敬仰和感激这位亲王的,生怕他把我由于人道感受了刺激而骂他叔父的那几句话误认为是骂他而见怪。然而,我的良心告诉我对这件事尽可处之泰然,我凭这点良知也就把心放下了。我这样做对了。至少,我从没有听说这位亲王曾稍微注意到这个段落——本来这个段落是在我荣幸地认识他之前很久就写出来了。

在我的书出版之前或之后不几天(我记得不很清楚了),曾出现另一部同样题材的作品,逐字逐句都是从我的第一卷里抽出来的,外加上若干无谓之词,穿插在这篇摘抄里。这部书上的署名是一个日内瓦人,叫作巴勒克赛尔;题下注明曾获得哈莱姆学院的奖金。不难理解,这个学院和这个奖金都是崭新的创造,为的是要在社会大众的眼里把剽窃行为掩盖起来,但是我也看出这里有我当时尚不理解的阴谋:我既不理解我的原稿怎么被传出去的——原稿不传出去就不可能进行剽窃,也不理解为什么要捏造出这个所谓奖金的故事,因为要捏造,总得要给它一点根据。只是很多年以后,我从狄维尔诺瓦漏出的一句话里才识破了这个秘密,约略知道了那些盗用巴勒克赛尔君名字的人们。

风暴前的隐隐雷声已经开始听到了,凡是稍有眼光的人都看得清楚,针对我的书和我本人,有个阴谋正在酝酿着,不久就要爆发出来。而我呢,我的安全感、我的愚蠢竟到了这种程度:我远没有预见到我的灾难,甚至感到了灾难的效果还猜不透灾难的原因。人们先相当巧妙地放出风声说,在严厉对待耶稣会教士的同时,也不能偏袒攻击宗教的书和作者。人们责怪我不该在《爱弥儿》上署名,好像我过去没在所有其他作品上署了名而没见谁说过半句闲话似的。看样子,大家担心,形势将迫使人们采取一些原来不愿采取的措施,而我做事不慎,又给了可乘之机。这些流言传到我耳朵里来了,却没有使我不安。我甚至根本想不到这里面与我本人会有一丝一毫的关系,因为我自己觉得太无可谴责了,太有靠山了,又在各方面都太合规定了。我也绝不担心卢森堡夫人会让我因某一过失而陷入窘境,而这一过失,如果有的话,也完全是由她一人造成的。再说,我知道在处理这种案件的时候,通常总是严惩书商而曲全作者,所以我还不免为那可怜的迪舍纳提心吊胆呢——万一马勒赛尔卜先生把他撇开不管的话。

　　我安安静静地待着。谣言日盛一日,不久就改变调门了。社会大众,特别是议院,似乎看到我还安安静静,就越发恼怒。几天之后,来势就凶得可怕了;威胁改变了对象,直接指到我头上来了。人们听到议员们公开声称,光烧书没有用,一定要烧死作者。至于书商呢,人家提也不提。这种话,简直像果阿①宗教裁判官的口吻而不像一个参议员的口吻。当它初次传到我耳朵里来的时候,我毫不怀疑那都是霍尔巴赫派的一种新发明,为的是要极力吓唬我,促使我逃走。我冲着这种幼稚的狡计直发笑,心里一面讥诮他们,一面对自己说,如果他们知道底细的话,他们一定会另找别的办法来吓唬我的。然而流言最后变得太确凿了,很明显,人家真是要这样干了。卢森堡先生和夫人这一年是第二次到蒙莫朗西来,他们来得特别早,在六月初就到了。虽然我那两部新书在巴黎已经闹得乌烟瘴气,这里却很少有人提起,而这家的两位主人更是闭口

① 果阿,葡萄牙在印度西部的一块属地;当年葡萄牙的宗教裁判所可以将认为是异教徒的人活活烧死,在海外的属地上此类事情更为频繁。一九六一年,印度政府用武力收回了该地。

不谈。然而,有天早晨我单独跟卢森堡先生在一起的时候,他对我说:"你在《社会契约论》里说了舒瓦瑟尔先生的坏话吧?""我?"我说,惊得向后退了一步,"没有啊,我可以向你发誓;相反,我以一支不妄许人的笔,为他写下了一个大臣所从来没有受到过的最美的赞扬。"我立刻把那一段文章读给他听。"在《爱弥儿》里呢?"他又问。"没有一句话,"我回答说,"没有一句话与他有关。""啊!"他带着比平时更多的激动情绪说,"你在那部书里本来不该说到他呀,或者要说就说得明白些!""我相信是说明白了,"我又补充说,"我相信他是能看得清楚的。"他还要说话;我看他正要把心里话全说出来,可是他又缩回去了,一言不发了。不幸的朝臣伎俩啊,在最仁厚的心里友情也被它压制下去了!

　　这次谈话虽然很短,却使我看清了我的处境,至少是在某一方面;它使我了解到,人家恨的确实是我本人。我只怪那闻所未闻的宿命,它把我说的好话、做的好事都一律变成我的祸根。然而,我觉得在这件事上有卢森堡夫人和马勒赛尔卜先生做挡箭牌,也就看不出人家会有什么办法能撇开他们而一直攻击到我本人头上,因为,从那时候起我就已经清楚感觉到,这已经不是什么公正不公正、法理不法理的问题了,人家是不会劳神去审查我实际上是做得对还是不对的。这时候,隆隆的雷声越响越厉害,就连内奥姆也不免在他那东拉西扯的闲谈中向我表示,他后悔不该牵涉到这部著作里来,并且他似乎认为威胁书和作者的那种命运已经是万难幸免的了。然而有一件事却始终使我安心:我看卢森堡夫人还是那么安静,那么高兴,甚至还那么笑呵呵的,一定是她对她所做的事确有把握,才不为我感到丝毫的不安,才不对我说出半句同情或抱歉的话,才能那么冷静地看着事态的发展,就仿佛她根本没有插过手,就仿佛她对我一直毫不关心似的。使我诧异的是她什么话也不对我说,我总觉得她倒该告诉我一点什么才是。布弗莱夫人就显得不那么安静了。她一会儿来,一会儿去,一副焦躁的样子,忙得不可开交,并且向我保证说,孔蒂亲王先生也正在大忙特忙,想挡掉人家准备给我的那个打击;她总认为这个打击是当前形势促成的,议院那时有必要不让耶稣会教士骂它不关心宗教。然而她对亲王和她自己的活动,又似乎不抱多大的成功希望。她的历次谈话,使人惊慌的成分多,使人安心的成分少,都是倾向于促我退避的,她还老是劝我到英国去,愿为我在英国介绍很多朋友,其中有她多年的老朋友——著名的休谟。她看我坚持要安安静静地待下来,便转了一个较能打动我的话头。她让我了解到,如果我被捕,受到审讯,我就会不得不把卢森堡夫人也供出来,而她对我的友谊很值得我不要眼睁睁地把她也株连进去。我回答说,在这种情况下她尽可放心,我是绝不会连累她的。她又反驳说,这个决心下起来容易,做起来却难;关于这一点,她说得也对,尤其是对我这样一个人,因为不管说真话可能有多大的危险,我是绝对不会在审判官面前背誓或说谎的。

她看她这种想法在我身上起了一点作用,却还不能使我下定决心逃走,便谈起巴士底狱,说把我在那里关几个星期,作为逃脱议院裁判权的手段,因为议院是管不到国事犯的。我对这种离奇的恩典一点也没有反对,只要它不是用我的名义求来的。可是她后来又不再跟我提这件事了,所以我事后判断,她给我出这个主意不过是要试探我一下,人家并不曾愿意采取这个一了百了的不得已办法。

几天之后，元帅先生从一位德耶的教区神父那里收到一封信，这神父是格里姆和埃皮奈夫人的朋友，信里有个通知，说是从可靠方面得来的消息：议院将极其严厉地对我进行起诉，并注明某日将下令逮捕我。我判断这个通知是霍尔巴赫派制造出来的；我知道议院非常注意手续，在当前这种场合下，不先依司法手续去了解我是否承认这部书，了解我是否真正是这部书的作者，而劈头就下令逮捕，这就违反一切手续了。"只有，"我对布弗莱夫人说，"只有危害公安的罪行，才能根据一点犯罪的迹象就下令逮捕，因为怕被告人逃脱法网。但是要惩罚我这个理应得到荣誉和受到奖励的行为，总是只对作品起诉而尽可能不找上作者的。"关于这一点，她给我指出了一种很微妙的区别，我现在忘记了，目的是向我证明，不先行传讯就下令逮捕，那还是对我的一种优待呢。第二天我收到居伊一封信，告诉我说，那天他到检察长家里去，曾在他的写字台上看到了对《爱弥儿》和作者的公诉状的草稿。请注意，这个居伊是迪舍纳的合伙经营人，作品就是他承印的，他自己倒处之泰然，反而大发慈悲给作者来这样一个通知。人们可以判断，这种事在我眼里能有几分可信的成分吧！一个书商被检察长先生接见了，竟能安安静静地在这位官员的写字台上读到零散的手稿和底稿，这可是太简单、太自然了！布弗莱夫人和别的许多人也都向我肯定了这件事。听到人们不断在我耳朵里灌进去的那许多荒谬绝伦的话，我简直以为所有的人都疯了。

我清楚地感觉到这里面有些什么人家不愿意告诉我的秘密，也就安安静静地等候事态的发展，反正我自己在这件事上是正直的、无辜的，同时，不管是什么样的迫害在等着我，我能有为真理而受苦的光荣，也就太可庆幸了。我绝对不怕，绝对不隐藏起来，仍然天天到府第里去，每天下午照常散步。六月八日，逮捕令下达的前夕，我跟两个奥拉托利会的教师阿拉曼尼神父和曼达尔神父一同去远足。我们带了点心到尚波去，吃得很起劲，由于忘了带酒杯，就拿麦秆插到瓶里吸，各人都选顶粗的麦秆，争着多吸，以竞相夸耀。我一辈子也没有那么快乐过。

　　我已经讲过我年轻时怎样失眠。从那时起我就养成习惯，天天晚上躺在床上看书，感觉到眼皮发重了，我就灭掉蜡烛，勉力眯盹一会儿，时间总是长不了。我晚上通常是读《圣经》，我这样把它周而复始地读着，至少接连有五六遍了。那天晚上，我比平时更少睡意，就把读书的时间拖得更长，我把由以法莲山的利未人作结的那一卷《圣经》整个读完了，如果我记得不错的话，那一卷就是《士师记》；因为从那以后我就再也没有读过这卷书了。这卷史书给了我很深的印象，我正在蒙眬中思考着，忽然被响声和灯光惊醒了。戴莱丝掌着灯，照着拉·罗什先生，拉·罗什先生看我突然坐了起来，便对我说："不要惊慌，是元帅夫人派我来的，她给你写了一封信，还把孔蒂亲王先生的一封信带来了。"果然，在卢森堡夫人的信里，我看到这位亲王刚派快差送给她的一封信，信里通知说，尽管他尽了一切努力，人家还是决定要用最严厉的方式对我起诉。"局势紧张到极点了，"他对她说，"怎么也挡不住了；朝廷交办，议院要办；早晨七点钟就要发出逮捕令，登时就要差人去逮捕他；人家总算答应我，如果他走了，也就不追了；但是如果他执意要让人家抓住他的话，他就一定会被捕的。"拉·罗什传达元帅夫人的意思，催我起来去跟她商量。当时是下午两点,她刚睡下。"她在等你,"他又补充说,"看不到你就不肯入睡。"我赶紧穿上衣服就去了。

她显得焦躁不安,这还是第一次呢。她的慌乱感动了我。在这种意外的时刻,又是在半夜里,我自己也免不了有点激动,但是一见到她,我就忘了我自己而只想到她了,只想到我如果被捕,她就要担任可悲的角色。因为,我虽然感到有足够的勇气永远只说实话,哪怕说实话于我有害,把我毁掉,但我却感到自己没有足够的镇定和机智,也许也没有足够的坚毅在被逼得太紧的时候避免连累到她。这就使我决计为她的安宁而牺牲我的荣誉,决计在这种场合下做出我为自己怎么也不会做出的事。我的决心一下定,立即就向她说了出来,绝不愿意要她付出代价来降低我这一牺牲的价值。我确信她对我的动机绝不会有所误解,然而她竟没有对我说半句感激的话,我对这种不在乎的态度颇为不快,以致犹豫起来,很想取消前言。但是元帅先生来了,不一会儿布弗莱夫人也从巴黎赶到了。他们做到了卢森堡夫人所应该做的事。我被恭维了一番,羞于改口,自此,问题就只在于逃往何处和何时动身了。卢森堡先生建议我先在他家里匿名隐藏几天,好商量商量,比较从容地采取措施,我不同意,也没有采纳要我秘密跑到老圣堂区的建议。我坚持当天就走,不愿到什么地方躲藏起来。

我感到在法兰西王国里有些隐秘的、强有力的敌人,所以我认为,尽管我留恋法兰西,我还是应该走出国境,以保证我的安宁。我最初的想法是到日内瓦退隐,但是只消片刻的考虑,就打消了我去做这种傻事的念头。我知道法国内阁在日内瓦比在巴黎还更有力量,如果它决计要困扰我,就绝不会让我在日内瓦比在巴黎更安静些。我知道我那篇《论人类不平等的起源》曾在日内瓦议会里引起了仇恨心理,这种仇恨越是不敢表现出来就越危险。最近我知道,在《新爱洛伊丝》出版的时候,日内瓦议会在特龙香大医师的敦促之下曾匆忙禁止它发行,但是一看连巴黎也没人响应,它就自惭冒失,又把它的禁令撤回了。我毫不怀疑,它这次既然觉得机会更为有利,就一定要尽力利用的。我知道所有的日内瓦人尽管表面上做得那么漂亮,心里却对我怀有一种隐秘的忌妒,只等机会一到就去泄愤。不过,爱国热忱召唤我回到祖国去,如果我能指望在祖国安安静静地生活下去的话,我就会毫不犹疑地这样做。但是,既然荣誉与理智都不容许我以逃亡者的身份回到祖国去避难,我就只好做出这样的决定:在靠近祖国的地方待下,到瑞士去等着,看看日内瓦将对我做出什么决定。人们过一会儿就会看到,这种犹豫的时间并未持续多久。

布弗莱夫人很不赞成我这个决定,再次努力劝我渡海到英国去。她未能使我动摇。我一向就不爱英国,也不爱英国人;布弗莱夫人的全部辩才远没有战胜我的憎恶,却似乎把这憎恶反而加深了,我也不知道为什么。

我既已决定当天离开,他们一清早就对外面说,我已经动身了;拉·罗什是我派去拿我那些文稿的,他连对戴莱丝也不肯说我是不是真的动身了。自从我决定将来有一天要写我的回忆录以来,我就积累了很多信件和其他文件,需要来回好几趟才能拿完。这些文件的一部分,已经挑选好的,都放到一边了,上午剩余的时间,我就忙着挑选其余的部分,以便把可能有用的带走,剩下的一把火烧掉。卢森堡先生很乐意帮我做这项工作,谁知需要的时间太久,上午没有做完,哪还有工夫去烧呢。元帅先生自告奋勇,答应由他负责挑选剩余的文件,把不要的亲自烧掉,不交给任何人,并把挑出来的寄给我。我接受了这个盛意,乐于摆脱这件差使,好跟我最亲爱的、行将永别的人们在一起度过我剩下的那为数不多的几个小时。他拿上我存放这些文件的房间的钥匙,并且在我的恳切请求下派人去把我那可怜的姨妈找来——她当时正急得要死,既不知道我究竟怎么样了,又不知道她将来会怎么样,她时刻等着法院的人的到来,却不知道该怎么办,怎样回答他们。拉·罗什把她带到府里来了,什么话也不对她说,她原以为我已经走远了,一看到我,她就一声尖叫,扑到了我的怀里。啊!友情,心灵的契合,习惯,亲密!在这甜蜜而又惨痛的一刹那间,我们在一起度过的那么多幸福、温馨、安谧的日子全都涌上了心头,使我在近十七年几乎没有一天不形影相随的生活之后,更深切地感到第一次别离的锥心之痛。元帅看到我们这样的拥抱也忍不住流下泪来,他走开了。戴莱丝不愿意再离开我。我叫她想到,她这时跟着我走是多么不便,同时她又是多么有必要留下来,为我清理衣物、催收款项。依惯例,每逢下令逮捕一个人,就要提走他的文稿,查封他的衣物或开具衣物清单,并指定一个保管人。因此她必须留下来办理善后事宜,对一切都尽可能作最妥善的处理。我答应她不久就会跟我相会,元帅先生也保证我的诺言,但是我始终不愿对她说出我要到什么地方去,以便将来逮捕我的人逼问她时,她可以照实说她毫无所知。我临别拥抱她时,内心里也感到一种异常的激动,在一阵激奋之中——唉!这激奋具有何等的预言意味啊!我对她说:"孩子,要拿出勇气把自己武装起来。你在我幸福的日子里曾跟我共安乐,今后,既然你愿意这样做,就要跟我共患难了。从此以后,等着你的只是跟在我后面受侮辱、遭灾殃。这个可悲的日子为我启开的命运是要把我逼到最后一息的。"

现在我剩下要做的就是考虑动身的事了。法院的人原该是十点钟就来,我动身时已经是下午四点钟了,他们还没有到。我们早就商量好了,我将租用驿马。我没有轿车,元帅先生就送了我一辆三轮小篷车,并且临时借给我两匹马和一个车夫,把我送到第一个驿站。到了驿站,由于他事先的安排,人家就毫不留难地给我提供了驿马。

因为我没有在席上吃午饭,也没有在府第里露面,夫人们就到我整天没有离开的那层底楼来跟我告别。元帅夫人拥抱了我好几次,神色相当悲凄,但是在这几次拥抱中,我不再感到两三年前她动辄拥抱我时的那种亲热劲儿了。布弗莱夫人也拥抱了我,并且对我说了些很亲切的话。有一个人的拥抱使我更感惊讶,那就是米尔普瓦夫人,当时她也在场。米尔普瓦元帅夫人是个非常冷淡、端庄而矜持的人,我觉得她还没有完全摆脱洛林家族那种与生俱来的傲气。她从来没有对我表示过很多的关注。也许因为我受宠若惊,便对自己着意抬高这次宠遇的价值,也许因为她在这次的拥抱里确实放进了一点凡属高贵心灵都生而有之的那种同情心,反正我在她的动作和眼神里发现了一种莫名其妙的强有力的东西,直沁入我的心脾。后来我想起这件事,常做这样的猜测:她既然知道我注定要走上什么样的一条末路,就一定是情不自禁地对我的命运动了一刹那的怜悯之情。

元帅先生一直不说话,脸色苍白得和死人一般。他一定要送我上车,车子是停在饮马池边等我的。我们俩穿过了整个花园都没有说一句话。我身上带着花园的钥匙,我就用这钥匙开了园门,之后,我没有把钥匙放回口袋,默默无言地递给他了。他接着钥匙,激动的神情令人吃惊,从那以后,我时常情不自禁地想到他的这种表情。我一辈子也没有遇到比这次别离更痛苦的时刻了。拥抱是长久的、默默无言的:彼此都感到这一次拥抱就是最后的诀别。

在巴尔与蒙莫朗西之间,我遇到一辆租用的马车,里面坐着四个穿黑衣服的人,微笑着向我打招呼。根据后来戴莱丝给我说的法院来人的面容、到达的时刻以及他们表现的态度,我绝不怀疑那四个人就是他们;特别是后来我又听说,我的逮捕令不是像人家预告我的那样在七点钟发出,而是到中午才发出的。我必须直穿巴黎。一个人坐在敞开的篷车里藏得当然不会很严密,我在街上看到好几个人向我打招呼,样子像是很熟,可是我一个也不认得。当晚,我绕道从维尔罗瓦领地经过。在里昂,驿运的客人通常都得要带去见城防司令。这对于一个既不愿说谎又不愿更姓换名的人来说,可能是很尴尬的。我就带着卢森堡夫人的一封信去找维尔罗瓦先生,请他设法为我免除这件苦差事。维尔罗瓦先生给了我一封信,结果没有用上,因为我没有经过里昂。这封信现在还封得好好的存放在我的文件里。公爵先生苦苦敦劝我在维尔罗瓦过夜,但是我宁愿重登大路,所以当天又走了两站路。

我的车座很硬,我身子又不舒服,不能多赶路。此外,我的样子又不够威风,不能使人家好好地服侍我,而在法国,大家都知道,要驿马感到鞭子,就非经过车夫的肩膀不可①。我以为多多塞钱给执缰人,就可以补充我言不惊人、貌不压众的

① 意谓驿马的快慢完全要由车夫去操纵,因而就要随他高兴。

缺陷,谁知结果更糟。他们以为我是当差的下人,平生第一次坐驿车。从此我就只能得到些驽马,自己也成了车夫的笑料。我最后只好耐下性子,什么也不说,凭他们的高兴去赶路——其实我一开始就应该这样做的。

我是有法子使我在旅途中不感到寂寞的,那就是对最近的一切遭遇来一番思索,弄个水落石出!但是我既没有这样的性格,也没有这样的心情。说来也真怪,已经过去了的灾难,不管它隔得多么近,我是很容易忘记的。当灾难还没有来到时,稍一想及就使我惊慌不知所措,可是灾难一旦发生了,对它的回忆也就非常淡薄,而且也非常容易消失。我这个害死人的想象力,它不断地使我烦恼,使我总想预防尚未发生的灾难,而且使我的记忆不能专注,不让我已经把过去的灾难再回想起来。对于木已成舟的事情,就用不着再预防了,而且再去想它也徒劳无益。我的苦难可以说在发生以前就已经叫我受尽了,在等待期间,我越是感到痛苦,忘记也就越发容易;而与此相反,我总是不断地记住我过去的幸福,我回想它,咀嚼它,可以说是什么时候愿意就什么时候重新享受一次。我感觉到,我就是亏了有这种绝妙的禀赋,所以从来就不晓得什么叫作记仇。这种记仇的脾气,由于对所受的侮辱耿耿于怀,所以经常在一颗好报复的心里发酵,它恨不得叫仇人受尽痛苦,然而自己却先受尽痛苦了。我生性急躁,在感情冲动时曾感到气愤,甚至感到狂怒,但是报仇的欲念从来没有在我心里扎根。我太少想到所受的冒犯了,因而也就不会怎样多想到冒犯我的人。我之所以想到他给我造成的损害,只是因为怕他再给我造成损害,如果我确信他不再来害我,那么他给我带来的痛苦便立刻被抛到九霄云外去了。人们常向我们说教,要

702

我们宽恕别人对我们的冒犯，这当然是个美德，但对我是用不上的。我不知道我的心灵能否抑制仇恨，因为它从来没有感到仇恨，同时，我也太少想到我的仇人了，不可能有宽恕他们的美德。我的仇人们为着叫我苦恼而自己就先苦恼到什么地步，这我说不上来。我是听凭他们摆布的；他们有绝对的权力，他们还使用这个绝对的权力。只有一件事是超乎他们的权力之外的，并且我谅他们也做不到：他们为害我而伤脑筋，却不能强迫我也为害他们而伤脑筋。

从动身的第二天起，我就把刚刚发生的一切都忘得一干二净了，我在整个旅途中，除了不得不时刻予以提防的那些事情外，什么议院，什么蓬巴杜尔夫人，什么舒瓦瑟尔先生，什么格里姆，什么达朗贝，以及他们的阴谋和他们的同伙，连想都不去想了。然而代替这一切而涌上了我心头的，就是我动身前夕所读的那一卷书。我也想起了格斯耐尔①的《牧歌》——这是他的译者于贝尔前些时候寄赠给我的。这两个念头老是浮现在我的脑际，它们是那样清晰，那样交织在一起，以致我想尝试一下，把二者结合起来，用格斯耐尔的诗体，写"以法莲山的利未人"这个题材。这种歌咏田园的纯朴风格似乎是颇不适于写这样一个惨烈的题材②的，同时我眼前的处境也不能给我提供多少欢快的思想来把这个题材写得活泼些。然而我还是勉力为之，唯一的目的就是要供我在车中消遣，绝不抱成功的希望。我刚一尝试，就惊讶地感觉到，我的思想是那

----

① 格斯耐尔（1730—1788），瑞士的田园诗人，浪漫主义的先驱，著有《达夫尼斯》《阿伯尔之死》及《牧歌》多种。
② 《士师记》里《以法莲山的利未人》故事，是叙述一个以色列族妇女被污辱因而在兄弟部落之间引起的一场残酷战争。

么温和,而表达时又那么得心应手。三天工夫就把这首小诗的头三章写成了,后来在莫蒂埃又完成了全作。我敢说,我一辈子也没有写过一点东西能比这篇诗有更动人的淳朴风尚,更鲜艳的色彩,更朴素自然的描写,更贴切的性格勾画,更古色古香的质朴;而这一切,并没有受到那可憎的恐怖题材的影响,因此,除了其他优点以外,我还有战胜困难的优点。《以法莲山的利未人》如果不是我的最佳作品,也永远是我所最喜爱的作品。我从来不能、也永远不能重读这篇诗而不感到一种无怨无艾的心灵的欢乐——这个心绝不因自己所遭遇的不幸而愤懑,却反而能自宽自慰,从自身找到一种东西来补偿它所遭遇的不幸。请你把所有那些在著作中对他们并未经历的逆境显得那么豁达大度的大哲学家都集合起来,把他们放到像我所处的这种境况里,让他们在感到荣誉受到了侮辱的那最初的一阵愤慨之中去写这样一部作品吧,那时你就会看到他们将怎样处理这部作品了。

　　我从蒙莫朗西动身去瑞士的时候,曾决定到依弗东①去,在我那善良的老朋友罗甘先生家里住下来,罗甘退休在那里已经有几年了,他曾邀我去看他。我在路上听说到里昂去要走弯路,这就省得我路过里昂了。但是,不路过里昂就要路过贝藏松,这也是个要塞,因而也就有同样的不便。我就想不如绕点路经过萨兰,托辞去看杜宾先生的侄子梅朗先生,他在那里的盐场工作,以前曾多次邀我去看他。这个办法成功了;我没有找到梅朗先生,也就用不着停留,我对此感到十分高兴,又继续走我的路,谁也没有盘问我一句。

――――――――――

　　① 伏沃地方的一个小城,在讷沙泰尔湖边。

我一进入伯尔尼邦境内，就叫车子停下来，我走下车，趴下来亲吻大地，并在情感激动中叫道："天啊！你是道德的保护者，我赞美你，我踏上自由的土地了！"我就是这样，一有了希望，眼就瞎了，满心信任了，老是把要成为我的灾殃的事物也热爱起来。我的车夫大吃一惊，以为我疯了。我又登上车，不几小时，就得到那既强烈又纯粹的快乐，紧抱在那可敬的罗甘的双臂之中了。啊！让我在这位贤主人家里喘息片刻吧！我需要在这里恢复一下勇气和精力，不久我就会找到使用这勇气和精力的地方的。

在我上面的这一段叙述里，凡是我能想得起来的情节我都不厌其详地写了出来，这并不是没有理由的。虽然这些情节本身不见得十分清楚，可是，你一旦抓住了那阴谋的线索，这些情节就能照亮那阴谋的进程；比方吧，它们对我行将提出的问题固然不能提供基本概念，却大有助于这一问题的解答。

假设为了执行以我为对象的那个阴谋，人家非要我走开不可，那么，一切经过就应该差不多像实际发生的那样，才能使我走开。但是，如果我不被卢森堡夫人夜半派人前来所吓倒，不为她神色慌张所感动，而继续保持坚定，如果我不待在府第里，而回到床上去安安静静地睡到大天亮，我会同样被下令逮捕吗？这是个大问题，许多别的问题的解答都是以这个大问题为转移的，而要研究这个大问题，那恫吓性的逮捕令的下达时间和那实际逮捕令的下达时间都不是没有注意的价值的。这是一个粗浅的，却又明显的实例，说明在事实的陈述中，你若想探索事实的隐秘原因，那些最不足道的细节也有其重要性，它可以引导你去用归纳法把隐秘原因揭发出来。

第 十 二 章

　　黑暗的樊篱从此开始了;八年来,我就一直禁锢在这个牢笼里,不论我用什么办法都没能刺透它那骇人的黑影。在我沉溺于其中的这个不幸的深渊里,我感到人家给我的打击,一下一下都落到我的身上,我看到打击我的直接工具,却看不见那只操纵工具的手,又看不见这只手所使用的方法。耻辱和灾难,仿佛自动地落到我头上来了,表面上还显得若无其事。当我这颗破碎的心忍受不住而呻吟起来的时候,我倒像个无痛呻吟的人了。造成我身败名裂的那些人们,竟然找到了那种不可思议的伎俩,使社会大众都不知不觉地成了他们的同谋,还看不出他们的阴谋所产生的后果。所以当我现在叙述与我有关的那许多事件、我身受其苦的那种种虐待以及我所曾遭受到的一切的时候,我都无法追本穷源,找到那只发动的手,无法一面说出事实,一面指出原因。这些最初的原因,在前三章里都写下来了;一切与我利害攸关的事情,一切秘密的动机,在前三章里都揭示出来了。但是,要说明这种种不同的原因究竟怎样结合在一起造成了我生活中那许多离奇的事件,我是办不到的,连猜也猜不出来。如果我的读者中有人乐于深究这些秘密,发现真理,我就请他们仔细重读一下前三章;然后,请他们在以后每读到一个事实,就利用他们掌握到的材料进行考查,由一个阴谋上溯到另一个阴谋,由一个因素上溯到另一个因素,直到全局的最初发动者。我当然知道他们的研究将达到什么样的终点,但是引导他们达到这个终点的那些地道,路途是幽暗而曲折的,我自己无法摸清。

我在依弗东居住期间,跟罗甘先生的全家都认识了,其中有他的甥女波瓦·德·拉·杜尔夫人以及她的女儿们。我似乎已经说过,孩子们的父亲我是以前在里昂就认识了的。波瓦·德·拉·杜尔夫人是来依弗东看舅父和他的姊妹的;她的长女,年约十五岁,非常聪明,性情脾气又极好,使我十分喜爱。我以最亲切的友谊依恋着她们母女二人。这个女孩子本来由罗甘先生做主,许给了他的当上校的侄儿了。上校已届中年,对我也表示极端敬慕,但是,虽然伯父热衷于这桩婚事,侄儿也切盼成功,我也极希望他们两人都能获得满意的结果,可是年龄的悬殊和那女孩子的极度憎恶使我和做母亲的联合起来劝阻这桩婚事,结果它也就没有成功。上校后来娶了他的亲戚狄安小姐,她的性情和面貌,我觉得都十分出色,并使他成了最幸福的丈夫和父亲。虽然如此,罗甘先生还是不能忘记我在这件事上拂逆了他的意愿。我心里却是泰然的,因为我深信,我对他和对他的家庭,都尽了最神圣的友谊所规定的义务,这个义务并不是事事逢迎,而是事事都进些最好的忠告。

我若是到日内瓦去,究竟会有什么样的待遇在等待我呢?关于这个问题,我揣度的时间并不长。我的书在日内瓦被烧掉了,并且,六月十八日,即在巴黎被通缉之后九天,我又在日内瓦被通缉了。在这第二道通缉令里,荒谬绝伦的话堆砌得实在太多,教会法也违犯得实在太明显,所以我刚开始听到消息的时候还不肯相信呢;到消息完全证实之后,我生怕这样明目张胆、这样骇人听闻的一个违法行为,把从良知的法则起的一切法则都破坏净尽了,也会把日内瓦闹得天翻地覆的。后来我把心放下了,因为一切都平静如常。如果在无知的小民中间有些人言啧啧,那也只是冲着我的,我被所有的妄人、所有的学究公开地骂着,仿佛像一个没有好好背出教理入门的小学生,人家要举起鞭子打他。

这两个通缉令就是信号,全欧洲都起来咒骂我了,其愤激之情,真是史无前例。所有杂志,所有报纸,所有小册子,都敲起了最可怕的警钟。特别是法国人,这个民族本来是那么温和、有礼貌、豪迈,平时又那么自负,能对不幸者顾大体、全大义,现在竟突然忘掉了他们最宠爱的那些美德,都争着来打击我,以辱骂的频繁和猛烈来显得高人一等。我成了一个反教分子、一个无神论者了,一个狂人、一个疯子了,一头猛兽、一只豺狼了。接办《特勒夫日报》①的主编骂我患有狼人病,而其语无伦次倒恰好证明他自己患有狼人病。总之,简直可以说,在巴黎,一个人随便以什么为题发表一篇文章,如果不插进几句话来骂我,就怕以违警论罪。我对这种全体一致的愤恨百思不得其解,所以我几乎认为所有的人都疯了。真是怪事啊!《永久和平》的编者竟会挑起纷争,《萨瓦助理司铎的信仰自白》的印行者竟会是反教分子,《新爱洛伊丝》的作者竟会是只豺狼,《爱弥儿》的作者竟会是个狂人!我的上帝呀,如果我发表了《精神论》②或类似的一部书,又该是什么人

① 特勒夫,法国东部的一个小城,是耶稣会的根据地之一,《特勒夫日报》就是该会主办,反对当时的进步哲学家的。
② 这是百科全书派哲学家爱尔维修(1715—1771)的重要著作,出版于一七五八年,不久即遭法国政府禁止,并当众焚毁。

了？然而，在起来反对《精神论》的作者的那场风暴中，社会大众远没有把自己的呼声跟迫害者的呼声联合起来，相反，他们却以对作者的极口称赞为他出了气。我请大家把他的书和我的著作比一比，再把这些书所受到的不同对待，两个作者在欧洲各国所受的不同待遇也比一比；请大家对这种种不同找出些能使通情达理的人感到满意的理由来吧。我所要求的不过如此，其余的我什么也不说了。

我在依弗东的日子过得很好，所以在罗甘先生和他的全家热烈要求之下我决定就在那里待下去。本城大法官莫瓦利·德·让让先生又以其隆情厚谊鼓励我留在他的治下。上校家里有一座小楼，在庭院与花园之间，他敦促我就在那里住下。他的情意至为恳切，所以我接受了；于是他立刻就忙着布置家具，安排我的小家庭所需要的一切。罗甘本人是包围我最殷勤的人之一，整天不离开我。我对这样多的爱抚，始终是心中知感的，但是有时也感到相当麻烦。我搬家的日子已经定了，我又写了信给戴莱丝，叫她来跟我相会，这时我突然听说，伯尔尼邦掀起了一场反对我的风暴，据说是那些虔诚的教徒搞起来的，但我始终没能识透它最初的原因。参议院不知是受了谁的鼓动，似乎不愿意让我在隐遁中得到安宁。法官先生第一次得到这种骚动的消息，就写信给好几位政府成员，为我关说，责备他们不该采取盲目的不宽容态度，说他们把那么多的匪徒都还收留在他们的治下，而对一个受压迫的才智之士却反而拒绝收容，未免可耻。据某些机灵的人推测，他责备得那么强烈，反而招恼了那班人，并没有起什么缓和作用。姑不论这种推测对不对吧，反正他的信誉和辩才都没能挡住那一着。他一听说有命令要向我下达，便赶前通知了我；我为着不坐待命令的到达，决定第二天就动身。难的是不知道该往哪里跑。眼前日内瓦和法国都对我关门了，我预料到在这件事情上每个国家看到邻邦的做法都会赶紧仿效的。

波瓦·德·拉·杜尔夫人建议我住到一所家具齐全的空房子里去，这是他儿子的房子，在讷沙泰尔邦①的特拉维尔山谷中的莫蒂埃村，只要翻过一座山就到了。这份盛情来得特别合适，因为在普鲁士国王治下的各邦里，我会自然而然地得到庇护，免遭迫害的，至少，宗教在那里不大会成为借口。但是我心里有个难处，却又不便说出，很使我有迟疑的必要。我生来就热爱公理，这种热爱一直燃烧着我的心灵，再加上我对法国又暗中倾慕，所以我对普鲁士国王有一种厌恶之情，我觉得他以他那些处世原则和所作所为，把对自然法则和对人类义务的任何尊严都放在脚下践踏尽了。在我当初装饰蒙莫朗西碉楼的那些配了框的版画之中，就有这位国王的一幅肖像，像下我写了一首双行诗，末句是：

> 他思想是哲学家，而行为则是君王。

这句诗，在任何别人的笔下写出，都会是一句相当美的颂词，但在我的笔下却另有一种意义，毫不含糊，而且上一句②把它解释得太清楚了。这首双行诗，凡是来看我的人都见过，而且来看我的人并不在少数。罗伦齐骑士并且把它抄给了达朗贝，我毫不怀疑，达朗贝准会把它奉给国王作为我对他的献礼的。这第一个错误，我又拿《爱弥儿》里的一段文章把它加

---

① 讷沙泰尔邦在整个十八世纪均在普鲁士的统治下。
② 此句为"光荣、利益，这是他的上帝和法则。"

重了,在这段文章里,人们在多尼安人的国王阿德拉斯特①身上可以相当清楚地看出我心目中所指的究竟是谁。这个影射并没有逃过许多挑剔者的眼睛,布弗莱夫人就多次跟我提起过。因此,我保证我是被用红墨水记在普鲁士国王的纪录簿子上的;而且,假定他的处世原则真如我设想的那样的话,那么,我的作品和它们的作者就只有讨他嫌恶了,因为,大家都知道恶人和暴君总是把我恨入骨髓的,即使他们不认识我,单是读到我的著作就够了。

然而,我还是放胆去听凭他摆布,而且我相信冒的危险并不太大。我知道,卑劣的好恶之情只能支配软弱的人,而对性格坚强的人——我一向认为他就是这样的人——是起不了多大作用的。我判断,按照他的统治艺术,遇到这样的机会是要做出豁达大度的样子给人看看的,而且,真正的豁达大度也并非他的性格所不能做到的事。我认定,卑鄙而轻易的报复在他的心里一点也不可能胜过他对光荣的追求,而且,我设身处地去想,觉得他利用这次机会以他的慷慨大度来征服一个曾胆敢私议他的人,又绝非不可能的事。所以,我就怀着充分的信任到莫蒂埃去住下了,相信他是能感到这种信任的价值的;我心里想,让-雅克能把自己提高到与高力奥兰②并驾齐驱的地位,腓特烈还会不如弗尔斯克人的将领吗?

～～～～～～～

① 阿德拉斯特是古希腊传说中阿尔戈斯城邦的国王,费讷隆在其著作《忒勒马科斯历险记》中采用了这个人物的故事。卢梭在《爱弥儿》第五章里又引用了这个人物。

② 高力奥兰,公元前五世纪的罗马名将,与邻族弗尔斯克人作战,屡获胜利;后遭谗言,被罗马政府放逐,后转投弗尔斯克族,弗尔斯克族的首领不但不记仇报复,反而予以信任。

罗甘上校一定要陪我过山，而且要到莫蒂埃把我安顿下来。波瓦·德·拉·杜尔夫人有个小姑子叫吉拉尔迭夫人，我去住的那座房子原来对她是很方便的，她看见我去，心里并不高兴，然而她还是美意殷勤地让我住进去了，并且我在等戴莱丝到来、安顿小家庭期间，就在她家里吃饭。

自从我离开蒙莫朗西以来，我感到我从此就要在大地上东逃西窜了，所以我很犹豫，不敢答应戴莱丝来和我相会，共同度我自己认为注定了的那种飘零生活。我感觉到，由于这次大祸，我们的关系要变了；在此以前，凡是我对她的恩与惠，从此以后就是她对我的恩与惠了。如果她对我的感情能经得起我的灾难的考验，她会为我的灾难而伤心的，而她的悲伤又会加深我的痛苦。如果我的不幸使她对我的感情冷下来，她就会在我面前夸耀她的坚贞之德，把它当作是一种牺牲；而且，她将不会感到我与她分享我最后一块面包的那种快乐，而只感到她不问命运迫使我到哪里她都愿意跟着我的那种美德。

我一定要把话全说出来：我没有讳言我那可怜的妈妈和我自己的缺点，我也就不该对戴莱丝特别留情；不管我怎样乐于称许我这样亲爱的人，我也不愿意掩饰她的过错——如果心灵情感上的不由自主的变化能算作真正过错的话。长久以来我就发现她的心渐渐冷下来了。我感觉到，她对我已经不像我们黄金时代那样了，而且，我越是对她始终如一，就越发对这一点感觉得真切。我又陷入了我在妈妈身边感到后果的那个尴尬处境，而这种后果，在戴莱丝身上也是一样。我们别去追求自然界中并不存在的完美；这种后果不论在人世哪个女人身上都是一样的。我对我那几个孩子所采取的决定，不管我当时觉得是如何考虑周全，却并不总是让我心安理得的。我默想着我的《论教育》①，就觉得我曾忽略掉一些任何理由都不能使我免除的义务。我的后悔心情最后变得如此强烈，以致它几乎是强迫我在《爱弥儿》的开端对我的过失作了一个公开的承认，而且讲得那么明白无误，谁要是读了那段文章之后竟还有勇气谴责我的过失，那就不能不是怪事了。然而我当时的处境仍然与过去相同，甚至由于我那些一心只想抓我的辫子的敌人的恶意，比过去还更坏些。我生怕再犯过去的错误，不想冒此危险，宁愿忍受制欲之苦而不愿让戴莱丝再遇到那同样的情况。此外，我又注意到，房事使我的健康明显地日趋下降。这双重理由曾使我屡下决心，但有时未能坚持，不过近三四年来，我却较能持之以恒了；也就是从那时候起，我看出戴莱丝对我冷淡了：她从职责感出发对我的感情还是照样，但在爱情方面就不再跟从前一样了。这在我们相处之中就必然减少一些乐趣，因此我想，既然她不管在什么地方都准能得到我的照顾，她或许宁愿留在巴黎，不愿来跟我飘零。然而，她在我们别离时曾显得那么痛苦，她曾要求我做出那么肯定的诺言，保证我们后会有期，我走后她又在孔蒂亲王先生和卢森堡先生面前那么热烈地表示了要和我重行会合的愿望，以致我不但没有勇气跟她谈彼此分开的事，连我自己想这件事的勇气都没有了。当我从心底里感到我实在少不了她的时候，我就一心只想把她立刻召回到我的身边。我写信叫她动身，她就来了。我离开她还不到两个月呢，但是从那么多年以来，这还是我们第一次的分别呀！我们彼此都太痛切地感

① 即《爱弥儿》。

觉到分离之苦了。我们互相拥抱时，心情是多么激动啊！啊！爱怜与快乐的眼泪是多么甜美！我的心又是多么酣美地饮着这种眼泪呀！像这样的眼泪，人们为什么竟让我流得那么少呢？

我一到莫蒂埃，就写信给讷沙泰尔总督、苏格兰元帅吉斯勋爵，通知他我到国王陛下的领土上来退隐了，并且要求他保护。他以人所共知的，并且也是我所期待于他的那种慷慨之情答复了我。他邀我去看他。我就跟马蒂内先生一起去看他了——马蒂内先生就是特拉维尔谷地的领主，在总督阁下面前是个红人。这位德高望重的苏格兰人的那种令人崇敬的风貌有力地感动了我的心，我们彼此之间登时就产生了一种强烈的感情，这种感情，在我这方面一直是始终如一的，而在他那方面，如果不是那班使我失去一切人生慰藉的奸贼趁我离远了他，就欺他老迈，把我的形象在他眼里歪曲得不成样子的话，也一定会是始终如一的。

乔治·吉斯是苏格兰的世袭元帅，也就是那位生得光荣、死得壮烈的名将吉斯的兄弟；他青年时代就离开了故乡，由于他曾依附斯图亚特王室，被他的祖国放逐了。但后来他很快就厌恶了斯图亚特王室，因为他看出了它那无义而又暴虐的精神，而这种精神一直就是这个王室的主要特征。他在西班牙住了很久，很欢喜那里的气候；最后跟他的老兄一样，依附了普鲁士国王。普鲁士国王知人善任，给了他们以应得的接待。国王由于这种接待而获得了很好的报答，因为吉斯元帅帮了他许多大忙，而尤其可贵的是他博得了元帅勋爵的真诚的友谊。这位可敬的人物的伟大灵魂是彻底共和主义的、高尚的，只能在友谊的笼络下才能低下头来，但是它向友谊低头又是那么全心全意,以致尽管两人的思想不同,他一依附了腓特烈,心目中就只有腓特烈了。国王曾托他办了些重大事务,派他到巴黎,到西班牙,最后,看他年事已高,需要休息了,便授他以讷沙泰尔总督之职,以便让他养老并能终其身为这个小邦之民造福。

讷沙泰尔人只爱浮光虚彩,不识真材,听到夸夸其谈,便惊为才气横溢,看到一个人冷静而不拘俗套,便把他的质朴当作高傲,把他的坦率当作粗野,把他的沉默寡言当作愚蠢。他们拒绝他的好心好意的照拂,因为他只愿意造福人民而不愿意逢迎阿谀,所以不会博取他所不佩服的人们的欢心。珀蒂皮埃尔牧师被他的同行们驱逐出去了,因为他不愿意他的同行们永远被罚在地狱里受罪。① 在这个可笑的事件里,勋爵因为反对牧师们僭夺行政权,竟遭到全邦一致的反对,而实际上他是为全邦利益着想的;当我到达该邦的时候,这种愚昧的恨恨之声还没有完全平息。人们说他至少是一个招人对他抱偏见的人;在他受到的一切责难之中,这也许是比较正确的。我看到这位可尊敬的老人②,第一个感觉就是怜悯他身体的瘦削,岁月已经把他的肌肉销蚀尽了;但是一举眼看到他那副神采奕奕、爽朗而又高贵的面容,便立刻产生一种肃然起敬的感情,并寄予他以充分的信任,这种敬仰之情战胜了其他一切感觉。他听了我走上前去对他说的那几句寒暄话后,竟谈起别的事作为答复,就仿佛我在那儿已经待了一个星期了。他没有叫我坐下,而那位拘谨的领主也就直挺挺地站在那里。

① 珀蒂皮埃尔宣称地狱的惩罚不是永恒的,因而讷沙泰尔的牧师们群起而攻之。事件发生在一七五九年,但争辩一直还在继续进行着。
② 当时吉斯已经七十多岁了。

我从勋爵那副锐利而精明的眼神里看出了慈祥的神色,马上感到十分自在,就毫不客气地在他坐的那张沙发椅上挨他身边坐下了。我听到他登时采用的那种亲切口吻,就感到我这种随随便便的态度很使他喜欢,他心里一定在说:"这人倒不是个讷沙泰尔人。"

真是性格相投的奇特效果啊!在那样的年龄,一般人的心都已经失掉它的自然热力了,而这位慈祥老人的心却为我燃烧起来,达到了使大家感到惊异的地步。他竟然到莫蒂埃来看我,借口说是来打鹌鹑,在这里住了两天,但连一支枪也没有摸过。我们之间建立起了这样一种友谊——这里说的友谊是名副其实的——以致两人谁也离不了谁了。他夏天住的科隆比埃府离莫蒂埃有六法里路,我至多隔两个星期就去住上一昼夜,然后又像朝圣人一样走回来,一心只惦着他。我当年由退隐庐往奥博纳去的时候,内心的感觉当然与此很不相同,但是它并不比我走近科隆比埃府时所感到的滋味更为甜美。我想到这位可敬的老人那种慈父般的恩情、那种可爱的美德、那种温厚的哲学,时常在路上流下多少感激的眼泪啊!我称他为父亲,他称我为孩子。这两个甜蜜的称呼可以部分地表示出联系我们的依恋之情,但是还不能表示出我们彼此相求的那种需要和经常互相接近的愿望。他一定要我住到科隆比埃府去,曾长时催促我定居在我临时去住的那套房间里。最后我告诉他说,我住在自己家里比较自由,宁愿一辈子都这样跑去看他。他很嘉许我这种坦率,从此就不再谈这件事了。仁慈的勋爵啊!我的可敬的父亲啊!我现在想到你,我的心还是多么激动啊!那班野蛮人!他们把你跟我离间开来,给了我多大的打击啊!然而,不,不,伟大的人啊,你对于我,现在是、将来永远是一样的,我也始终是一样的。他们欺骗了你,但是他们没能改变你。

元帅勋爵不是没有缺点;他有见识,但他究竟是个人。他有最锐敏的智慧、最机灵的识力,他最深于知人,但是他有时也受人蒙蔽,并且迷而不返。他的脾气很奇特,运思有点古怪、反常。他似乎把天天见到的人忘记了,可是在他们万想不到的时候忽然想起了他们。他对人的关注似乎总不合时宜,他的馈赠都凭他一时高兴,不问合适不合适,他脑子里一想到要送给你什么,他就登时拿给你或寄给你,价值高昂或毫无价值,在他都无所谓。有一个日内瓦青年想到普鲁士国王手下投效,跑来找他,勋爵给他的不是一封信,而是一个小布袋,满装着蚕豆,叫他拿去交给国王,国王接到这个奇特的介绍,登时就为送袋的人安排了一个工作。卓越的天才彼此间另有一种语言,凡夫俗子是永远不能懂得的。这些小小的怪癖,有似美妇人无端作态,使我觉得元帅勋爵格外有趣。我深信,并且我后来也体会到,这些怪癖并不影响他的感情,也不影响友情在重要关头所要求于他的那种对别人的照拂。不过有一点也是事实,在他给人帮忙的方式上,他还是显出同他对人的态度上同样的奇特。我只举出一点来说明这种奇特之处,这是关于一件无所谓的小事的。从莫蒂埃到科隆比埃,要一天走到,我实在吃不消,所以总是分两天走,午饭后动身,半路上在布洛特歇一夜。居停主人名桑托兹,他需要向柏林求得一个于他非常重要的恩准,便托我请总督阁下替他要求。我当然乐于帮忙,便带了他跟我一起去府上,我把他留在套间里,自己走去将他的事向勋爵说了,但勋爵没有吭气。上午过去了,我走过套间去吃午饭的时候,只见那可怜的桑托兹等得烦躁不安,我以为勋爵把他忘了,便在入席时又对他重说了一遍,他还是和以前一样,一声不响。我觉得,他是以这种方式使我感到我是多么讨他厌烦,但这样未免太叫人受不了,便闭口无言,暗中替桑托兹叫苦。第二天回来时,他的道谢使我十分惊讶,因为他在总督阁下家里受到了很好的接待,吃了很好的一餐午饭,并且,总督阁下还接受了他的呈文。三个星期后,勋爵就把他所请求的诏令派人送给他了,诏令是经国王签署、由大臣发出的。他这样办了,一直不愿对我和对桑托兹本人提一个字或说一句话。我原来以为这件事他是不肯负责去办的。

我真想将乔治·吉斯不停地谈下去啊!我最后的快乐的回忆都是来自他那里的,而我的生活的其余部分则只是些苦恼和痛心事了。我想起这些事来就伤心,越想越乱,所以不可能在叙述时有什么层次:今后我不得不随便安排我的叙述,想到什么就写什么了。

我在这里避难,原来怀有不安情绪。不久就由国王给元帅勋爵的复信把我从不安中解脱出来了,我在元帅身上找到了一个很好的辩护律师。国王陛下不但同意他已经做过的事,并且还托他——我得把什么都说出来——送给我十二个路易。那仁厚的勋爵为这样一个使命颇感为难,不知道怎样才能把它完成得不失体统。他极力减轻这个侮辱,把这笔钱改成实物供应,通知我说,他奉国王之命为我提供薪炭,好让我把我的小家庭建立起来;他甚至补充说——这也许是出于他自己的意思①——国王很愿意为我盖一所小房子,式样完

---

① 卢梭错了。腓特烈的信里的确是这样写的。

全随我的意,只要我愿意选定一个地点。后面这一个馈赠使我很感动,并且使我忘掉了前一馈赠的小气。这两个馈赠我都没有接受,但是我就把腓特烈看成我的恩人和保护者了,并且我是那么真诚地对他表示好感,从此就对他的光荣感到十分关怀,正如我过去对他的成就感到十分不平一样。在他不久后签订和约①的时候,我用一个十分雅致的灯彩表示了我的欢欣:那是一套花环,我用来装饰我住的那所房子。在这套花环上,我的确是倾注了那种报复性的豪迈心情的,因为我花的钱差不多就有他预备送给我的钱那么多。和约一签订,我就以为他在军事上和政治上的光荣既已达到顶点,他将会休养生息,振兴商业和农业,在国内开垦荒地并在其上重新安排居民,同一切邻邦保持和平,由欧洲的魔王一变而为欧洲的仲裁者,以争取另外一种光荣。他是很可以放下宝剑而不冒任何风险的,因为他完全可以相信别人将不会迫使他再把宝剑拿起来。我看他还不解除武装,就生怕他不善于利用他的有利条件,只能成为半个伟人。我为这个问题,放胆写了一封信给他,并且采取像他那样性格的人所爱听的那种家常口吻,把这个神圣的真理之声直送到他的耳朵里去——这种真理之声是很少国王能有资格听到的。这件放肆的事我是秘密做的,出自我口,入于君耳。我甚至连元帅勋爵也不让与闻。我把致国王的信函封得好好的交给了他,勋爵也就把我的信送了出去,没打听内容如何。国王对这封信没有答复;不多时后,元帅到柏林去了,国王只告诉他说,我曾好好地把他教训了一顿。由此我就了解到,我的信引起了不良的反应,我那一片热

---

① 指一七六三年结束的"七年战争"的和约。

忧的坦白暴露被当作学究先生的才气了。实际上这是十分可能的;也许我说的不是我应该说的话,我用的语气不是我应该用的语气。我只能保证,我之所以动笔是出于我的一番苦心。

我在莫蒂埃-特拉维尔定居下来以后不久,就得到了一切可能的保证,我觉得人家会让我安安静静地在这里待下去,所以就穿上了亚美尼亚服装。这并不是什么新鲜念头,在我一生中,这个念头已经在不同的时期动过好几次了,在蒙莫朗西时我就常这样想,因为那时我常用探条,不能不待在卧室里,这就特别使我感到穿长袍的好处。正好有一个亚美尼亚裁缝时常来看他的一个住在蒙莫朗西的亲戚,这种方便又引诱了我,很想趁此就换上这种新装,不管人家说什么闲话——我对别人的闲话本来就是满不在乎的。然而,在采用这种新的服饰之前,我还是愿意征求一下卢森堡夫人的意见。她是极力劝我采用的,因此我就置了一小箱亚美尼亚衣服。但是,冲着我来的那场风暴掀起来了,这又使我不得不到比较平静的时候再穿。只是在几个月之后,由于我旧病复发,再次乞灵于探条,我才觉得我很可以在莫蒂埃采用这种新的装束而不致冒什么风险,尤其是事先我还请教过当地的牧师,他说我即使穿这种服装到教堂去也不足为奇。所以我就穿上了长袍,披上了皮斗篷,戴上了皮圆帽,系上了大腰带。我穿这样的装束参加了圣事之后,就觉得穿这种服装到元帅勋爵家里去也没有什么关系。总督阁下看我这样装束,唯一的客套话就是说声"萨拉姆阿勒基"①;从此我就不再穿别的服装了。

我既已完全抛弃了文学,就想只要我自己做得了主,就去

---

① 阿拉伯语,意为"你好",系见面时的问候语。

过一种宁静而甜美的生活。我独自一人的时候,从来没有感到过厌烦,即使是在完全无事可做的时候也是一样的。我的想象力可以把一切空白都填补起来,单是它,就够叫我闲不住。只有几个人面对面地坐在屋子里闲谈天,专门耍嘴皮子,那才是我一辈子也忍受不了的事。走走路,散散步,那倒也还罢了,至少脚和眼睛都还在做点事;但是抱着胳臂呆坐在那里,一个劲儿谈什么今天天气如何呀,苍蝇在飞呀,或者更糟糕些,你恭维我、我恭维你呀,这对我就真是不可忍受的苦刑了。为着不过野人的生活,我就想起要学着编编带子。我带着我的坐垫去串门,或者和女人一样,坐到门口去干点什么活儿,跟过路的人聊聊天。这就使我能把无聊的废话忍受下去,使我能在一些女邻居家里消磨时间而不感到腻味。我那些女邻居有好几个都是相当可爱的,也不缺乏才智,其中有个名叫伊萨贝尔·狄维尔诺瓦的,是讷沙泰尔检察长的女儿,我觉得她相当值得敬佩,所以跟她建立了一种特殊的友谊。她得到我的友谊也颇不吃亏,因为我曾给她许多有益的忠告,在紧要关头还照顾了她;所以,现已成为贤妻良母的她,也许是亏了我她才有那样的头脑、那样的丈夫、那样的生活和那样的幸福。在我这方面,我也是亏了她才得到很甜美的安慰,特别是在一个凄凉的冬季,那时,在我的病痛和苦恼正日益加剧的时候,她经常来跟戴莱丝和我作长夜谈,她知道用她那隽雅的才智和我们互诉衷肠,使我们毫不感到长夜漫漫。她称我为爸爸,我称她为女儿,我们现在还是这样称呼着,希望这两个称呼将来对她和我永远留下亲切感人的怀念。为了使我编的带子有点用处,我就在我那些年轻的女朋友结婚的时候当作礼物送给她们,条件是要她们将来亲自带她们的孩子。伊萨贝尔的姐姐就以结婚礼物的名义收到了一副带子,并且没有辜负这份礼物;伊萨贝尔也同样有了一副,在主观愿望上也没有辜负这份礼物,但是她不曾有如愿以偿的幸福。我送带子的时候,给每人都写了一封信,第一封信曾传诵一时①,但是第二封信就没有怎么哄传出去了:友谊本来是不需要那么夸张的。

我在邻近地区跟许多人的来往,就不详细说了;不过我应该提一提我跟皮利上校的关系。皮利上校在山上有一所房子,夏天就到这里来住。我并不急于要跟他认识,因为我知道他在朝廷上和在元帅勋爵跟前都处得很不好,他根本就不见勋爵的面。然而,因为他来看我,并且对我有很多客气的表示,我也就不得不去看看他。这种来往继续下去了,我们有时还彼此邀请在家里吃吃饭。我在他家认识了贝鲁先生②,后来我跟贝鲁先生相交太密了,所以我免不了要把他谈谈。

贝鲁先生是个美洲人,苏里南的一个司令官的儿子,司令官死后,继任人讷沙泰尔籍的尚伯里埃先生就娶了司令官的遗孀。这位遗孀再度寡居后,便带儿子到后夫的故乡来落户。贝鲁是独子,十分富有,受到母亲的百般疼爱,得到精心的抚养,很得益于所受的教育。他掌握许多一知半解的知识,对艺术有一定程度的爱好,特别以长于推理自诩,他那又冷漠、又像哲学家的荷兰人的神气,他那黝黑的肤色,他那沉默而收敛

---

① 信里说:"请在这吉日良辰戴上这个美满姻缘的象征吧,它将成为你和你那位幸福的丈夫之间的纽带,同时你要想到,这副带子是我这双规定母职的手编出来的,戴上它,就是保证克尽母职。"

② 这位贝鲁先生后来常和让-雅克一同作植物研究的散步,让-雅克还把某些手稿托付给他了。《忏悔录》的第一部在一七八二年出版时,他就是编辑人之一。

的性格,很使人相信他是个思想家。他年纪虽轻,可是又聋又闹痛风,这就使他的一切动作都很稳重、严肃;而且,虽然他很爱争吵,甚至有时吵得时间过长,但一般说来,他还是说话不多,因为他耳朵听不见。他的整个这副外表都使我肃然起敬,我心里想:"这是位思想家,是个明哲的人,有这样一个人做朋友会是很幸福的。"为着彻底使我拜倒,他时常跟我说话,始终不带任何恭维语。他不大谈到我,不大谈到我的书,也很少谈到他自己;他不是没有见解,相反,所说的话都相当正确。这种正确和准确就吸引了我。在思想上,他没有元帅勋爵那样高超精细,但是有同样的朴实;就这一点来说,他是勋爵的代表。我并没有对他入迷,但是我由敬佩而产生了感情,慢慢地,这敬佩之情就带来了友谊。我跟他相处,完全忘了我当初反对跟霍尔巴赫男爵交朋友时的那句话:他太富有了;我现在相信我当时是错了。经验一直使我怀疑,一个享有巨大财富的人,不论他是谁,会真诚地喜欢我那些原则和这些原则的制订人。

在相当长的一段时间内,我很少见到贝鲁,因为我不到讷沙泰尔去,而他又每年只到皮利上校的山上来一次。为什么我不到讷沙泰尔去呢?这是一种孩子气,不应该避而不谈。

虽然我受到了普鲁士国王和元帅勋爵的保护,总算避免了我在避难地方受到迫害,可是我没能避免公众的、市政官吏的以及牧师们的嘀嘀咕咕。自从法国向我发动攻击以来,谁要是不至少给我一点侮辱,就不能显得是好样儿的,人们怕不照我那些迫害者的榜样行事,就被看作是不赞成那种做法。讷沙泰尔的上层分子,也就是说该城的牧师集团,首先发难,企图策动邦议会来对付我。这个企图未能得逞,牧师们就去找行政长官,行政长官立刻禁了我的书。他是一有机会就要不客气地对待我的,他透出话风,甚至明白直说,如果我原先想住在城里,人们也是不会容忍的。牧师们在他们办的《信使》杂志里塞满了荒谬言论和最无聊的伪善之谈,这些言论,尽管使头脑清楚的人为之齿冷,却也煽动了民众起来反对我。但是听了他们那些话,我毕竟还该感激涕零呢,因为他们能让我在莫蒂埃住下来,也算是一种不同凡响的恩典了——实际上,莫蒂埃是在他们的权力范围以外的。他们恨不得用品脱量空气给我,要我付高价来买。他们要我感谢他们的保护,而这种保护,是国王不顾他们的反对给我的,也是他们不断努力要给我剥夺掉的。最后,由于他们办不到这一点,便在尽力损害我、毁谤我之后,拿他们力所不能及的事算作自己的一个功劳,向我夸示他们是如何仁慈,竟容忍我在他们的国土上住下。我原该嗤之以鼻的,可是我太蠢了,竟跟他们生起气来,并且荒谬到决心不到讷沙泰尔城里去,还把这个决心坚持了近两年之久。殊不知他们的态度,不论是好是坏,都是不由自主的,始终是受别人推动的。我若注意到他们的态度,反而是太瞧得起他们了。再说,那批既无教养又无知识的人,只看重地位、权力和金钱的人,连做梦也想不到对才智之士应该有所尊重,想不到谁侮辱了才智之士就是丢自己的脸。

有一个什么村长,曾因贪污撤职的,竟对我那伊萨贝尔的丈夫、特拉维尔谷地的警官说:“人家都说那个卢梭如何如何聪明,你把他带来给我看看是不是真的。”当然罗,说这种话的人所表示的不满,是不会叫遭到这种不满的人怎样生气的。

根据我在巴黎、日内瓦、伯尔尼乃至讷沙泰尔受到的待遇,我就不指望当地的牧师对我能给点什么照顾。然而,我是由波瓦·德·拉·杜尔夫人介绍给他的,他也曾对我表示欢迎。不过在这地方,人们对任何人都一律奉承,友好的表示是毫无意义的。那时候,我既已正式重奉新教,又生活在一个新教国家,我就不能不参加我所信奉的宗教的公开活动,否则就要违背我的誓愿和我作为公民的义务,所以我得去参加圣事。另一方面,我又怕走到圣体台前被人拒绝,遭到难堪。看样子,日内瓦的议会,讷沙泰尔的宗教界都已闹得满城风雨了,此地的牧师简直不可能让我安安静静地走进他的教堂里去领圣餐的。所以我看圣餐礼快到的时候,就决定写封信给蒙莫朗先生(这就是那个牧师的名字),表示一下我的心愿,并且向他声明,我心里始终是归附新教教会的;同时,我对他说,为了避免有关信条的无谓争辩,我不愿个别地对信条作任何解释。这个手续一办,我就放心了,认为蒙莫朗先生一定会拒绝我去,因为他绝不肯让我不经过事先的个别解释就去参加圣餐,而我又决不愿意进行事先的个别解释,这样一来,事情就不了了之,而且不能怪我。谁知道事情完全不是这样:在我万想不到的时候,蒙莫朗先生来了,不但向我说明,他在我提出的条件下容许我去领圣餐,并且还说,他和老教友们都以有我这样一个信徒而引为极大的光荣。我从来没有这样地惊讶过,也从来没有感到过这样的欣慰。我觉得老是孤独地生活在世上是一种十分凄凉的命运,特别是处于逆境的时候。在这么多的通缉与迫害之中,我能对自己说:"至少,我是跟我的教友们在一起。"这可是太甜美了,所以我就去领了圣餐,这时我内心的感动和由感激而流出的眼泪也许是人们在领圣餐时最能使上帝满意的精神状态了。

不久之后,勋爵派人给我送来了布弗莱夫人的一封信,据我推测,这封信至少是通过达朗贝转来的,因为他认识元帅勋爵。这是这位夫人自我离开蒙莫朗西以来给我写的第一封信,在这封信里,她痛切地责备我不该给蒙莫朗先生写那封信,尤其不该去领圣餐。我真不懂她是跟谁发这顿脾气,特别因为,自从我那次到日内瓦旅行以来,我一直就公开宣布我是新教徒,我又曾在众目睽睽之下到过荷兰教堂,谁也没觉得我这事做得不对。布弗莱伯爵夫人居然想在宗教问题上指导我的信仰,我觉得未免太可笑了。不过,我并不怀疑她的用心是好到无以复加的——虽然我一点也不懂她的用心何在,所以我对这种离奇的谴责绝不生气,心平气和地复了她的信,给她说明我的理由。

这时,辱骂我的印刷品方兴未艾,它们那些好心眼的作者责怪权力机关对我太温和了。主谋者继续在幕后指挥的这种吠影吠声的大合唱,很有点阴森可怕的样子。我呢,让他们说去,丝毫不为所动。有人跟我说,索尔朋神学院发出过一个谴责书。我根本不信。这件事,索尔朋有什么可插手的呢?它想宣布我不是天主教徒吗?这是众所周知的事。它想证明我不是好的喀尔文派教徒吗?这又与它有何相干?操这种心真是太离奇了,简直是要顶替我们的牧师了。看到那个文件之前,我以为是别人假索尔朋的名义把它传播出去,以便讥笑索尔朋的,读了那个文件之后,我更相信是这样。最后,当我不能再怀疑那个文件的真实性的时候,我千想万想都只想到这一点:应该把整个索尔朋的人都送到疯人院去。

另一份公布的文件使我更加痛心,因为它来自我所始终敬仰的一个人;这个人,我佩服他的性格坚定,却惋惜他的行动盲目。我说的是巴黎总主教反对我的那份训谕。

我觉得我义不容辞,必须予以答复。我可以答复得不失身份,这和我当年答复波兰国王的情形差不多是一样的。我从来不喜欢伏尔泰式的粗暴的争吵。我只知道在保持尊严的条件下和人家交手;我要确信攻击我的人能不辱没我的打击时,才肯自卫。我毫不怀疑那篇训谕是耶稣会教士的手笔,虽然他们当时自己已经成了落水狗,但我在这份训谕里还看得出他们打落水狗的那个老信条。因此,我也就依照我的老信条行事:一面尊重名义上的作者,一面给作品以致命的打击。我就是这样干的,并且相信干得相当成功。

　　我觉得住在莫蒂埃很惬意,要想终老于此,只缺一个可靠的生活来源。这地方生活程度很高,由于我原来的家拆散了,又安了一个新家,一切家具,卖的卖,丢的丢,再加上我离开蒙莫朗西以来那些必不可免的耗费,我原来的计划全给推翻了。眼看我面前的那笔小资金一天天在减少,再有两三年就会把剩下的那点钱消耗净尽,而除了再去写书以外,又看不出任何方法能再积起这样一笔小资金,而写书是个不祥的职业,我又早已放弃了。

　　我深信,形势不久会向于我有利的方面转变的,社会大众从他们的疯狂中觉悟过来之后,会使权力者也为自己的疯狂而感到羞惭,所以我只想设法把我的生活资源维持到那个时来运转的时候,将来有了这种转变,我就能在各种送上门来的生活资源中加以选择。为此,我又拿起了我那部《音乐辞典》。这部辞典,我费了十年工夫,已经搞得差不多了,只差最后的修改和誉清。不久前别人给我寄来的我的书籍为我提供了完成这个工作所需的资料;同时寄来的我那些文件,又使我能够开始写我的《回忆录》,从此以后,我要集中精力专搞这部著作了。我首先把一些信件转抄到一个集子里，以便引导我的记忆力，弄清事实与时间的顺序。我早已把我要为此而保留的信件都选择好了，次序的衔接差不多十年都没有间断。然而，当我清理转抄的时候，发现里面有个漏洞，很使我惊讶。这漏洞有近乎六个月之久，从一七五六年十月到次年三月。我清楚地记得我把狄德罗、德莱尔、埃皮奈夫人、舍农索夫人等等的许多信都挑选出来了，这些信正好填满这个漏洞，而现在却找不到了。都到哪里去了呢？我的稿件存在卢森堡公馆里的那几个月当中有人动过吗？这是不可思议的事。我曾看到元帅先生拿去了我存稿件的那个房间的钥匙。因为有好几封夫人的信以及所有狄德罗的信都没有日期，又因为我曾被迫凭着记忆力摸索着把日期填上，以便依那些信的原有次序予以排列，所以我先还以为我曾把日期弄错了，特意把无日期的信或经我追填日期的信都拿出来，一一加以检查，看看在这里面是不是真找不到应该填补这个漏洞的信件。这个尝试没有成功！我看出，漏洞确实是存在的，那些信的的确确是被偷去了。谁偷去了呢？为什么要偷呢？这正是我百思不得其解的。那些信，都是在我那几场大争吵之前，在我为《朱丽》而感到初期陶醉的时候写的，跟谁也没有利害关系。内容至多也只是狄德罗的一些纠缠、德莱尔的一些挖苦、舍农索夫人乃至埃皮奈夫人的——那时我跟埃皮奈夫人之间的关系非常之好——一些友谊的表示。这种信对谁又有什么用呢？拿去干什么呢？七年之后，我才猜想到这一盗窃的丑恶目的。

这个缺欠查实了，我就检查文稿，看看是不是还会发现其他缺欠。我又发现了几个，而这几个缺欠，又因为我的记性不好,使我假定在我那大堆的文件之中还会有其他的缺欠。我发现《感性伦理学》的草稿没有了,《爱德华爵士奇遇记》提要的草稿也没有了。这后一部草稿的消失,我承认,使我有些怀疑是卢森堡夫人干的。这些文件是她的随身侍从拉·罗什寄给我的,我想天下也只有她能关心这点废纸;但是另外那一部草稿,还有那些被取去的信,又有什么值得她关心的地方呢?那些信,即使一个人怀有恶意,也不能利用来害我呀,除非是想照着伪造。至于卢森堡先生,我知道他一向是正直的,对我的友谊也是真实的,我不能有一时一刻疑心到他,甚至我也不能把这种疑心就落在元帅夫人身上。我为寻找这个窃犯伤了很久的脑筋,最后觉得只有一个想法比较合理,就是把这个偷窃行为归咎于达朗贝。他那时已经钻到卢森堡夫人家里去了,很可能想了个什么办法去看这些文件,拿去了中他意的东西,不管是手稿也好,信件也好,其目的或者是给我添点麻烦,或者是把可能于他合适的东西据为己有。我想,《感性伦理学》这个名称可能迷惑了他,以为是发现了一部真正的论唯物主义的著作的纲要。大家都不难想象,他会怎样利用这种纲要来对付我。我深信他细阅草稿后,很快就会发现自己想错了;而且我既已决定完全脱离文坛,所以对于这次扒窃,也就不很放在心上了——这次的扒窃已经不是同一只手所犯的第一次,过去我都一直忍受下去,没有发过一句牢骚。[1] 不

---

[1] 我在他的《音乐概论》里发现,许多东西都是从我为《百科全书》写的关于这门艺术的那些文章里抽出来的。这些文章,我在《概论》出版好几年前就交给他了。我不知道他在名为《美术辞典》的那一部书里担任多大一部分工作,但是我在里面发现了一些条目,都是从我的条目里逐字抄去的,而这又是在我的条目收入《百科全书》很久之前。——作者原注

久,我就不再去想这种不老实的事情,就像根本不曾有过这种事一样;我就开始整理剩下的那些材料,好专心写我的《忏悔录》了。

我很久以来就认为,日内瓦的宗教界,或者,至少是公民和市民,对通缉我的那道命令里违反教会法的地方会提出抗议的。可是一切都平静如常,至少表面上如此;而实际上却有一种普遍的不满,只等机会一到就表现出来。我的许多朋友,或者自称为朋友的人们,一封接一封地写信给我,催我去领导他们,保证公众会纠正议会的过失。我怕我一到场就会引起纷乱和骚动,所以没有接受他们的请求;我是忠于我过去的誓言的,永远不插手我国的任何内乱,所以我宁愿让侮辱继续下去,在祖国以外流亡,而不愿用暴烈而危险的手段返回祖国。诚然,我原来期待市民方面对一个与他们有极大利害关系的违法行为会有些合法而和平的表示的,而事实上却一点也没有。领导市民阶级的人所努力追求的不是真正的打抱不平,而是找机会显示自己是不可或缺的人物。他们在暗中捣鬼,却默不作声,让那些喋喋不休的人们、假虔诚和自称虔诚的人们吵翻了天,这些人都是议会推出来打前阵的,为的是使无知的小民觉得我丑恶不堪,而把他们的胡作非为看作是出于宗教热忱。

我原以为有人会出来对非法的裁决程序提出抗议的,可是我白白等了一年多,最后,我做出了决定:我看我被自己的同胞抛弃了,就决心放弃我那忘恩负义的祖国。本来我就一直没有在祖国生活过,也没有得到祖国的任何好处、任何帮助,而作为我努力为它争光的报答,我竟被这样卑鄙地对待了,而且是举国一致的对待,那些应该说话的人什么也没有说。因此,我就给那一年的首席执行委员——我想就是法弗尔先生,写了一封信,正式放弃我的市民权,不过在这封信里,我还是顾到了礼数,保持着克制。敌人的残暴常迫使我在灾难中做出豪迈的举动,而我在做出豪迈的举动时始终是注意到礼数和克制的。

我这种做法终于使公民们睁开了眼:他们感觉到,他们为自身利益计也大不该放弃对我的保卫,因此他们就起来保卫我了,但是为时已经太晚。他们还有别的一些不满,都拿来和这项不满合在一起,构成了多次提出的意见书的内容,提得合情合理。议会自恃有法国政府做后台,便于他们以严酷而令人失望的拒绝,这样一来,他们越发感到议会要奴役他们,所以也就越发扩大意见书的范围,加强意见书的分量。这种反复争辩曾产生出各种小册子,直到《乡间来信》突然发表时,都毫无决定性的效果。《乡间来信》是袒护议会的作品,写得无限巧妙,国民代表①这一派被它弄得哑口无言,一时算是被打垮了。这个文件是作者的稀有才能的传世佳作,出自检察长特龙香的手笔。特龙香是个聪明而有知识的人,精通法律,又深明共和国的政体。Siluit terra。②

国民代表派经过一度气馁之后又打起精神来了,便想写一篇答辩。他们费了不少时间,写得还算过得去。但是大家都属意于我,认为我是唯一可以跟这样一个对手打擂台的,有希望把他打倒。我承认,我当时也是这样想的。我的旧同胞们认为他们这个困难是为我而引起的,我有责任拿我这支笔

---

① "国民代表"是日内瓦国民议会议员的称呼;国民议会是团结着公民和市民的,他们常与掌行政权的小议会对立。

② 拉丁语:大地沉默了。

来给他们帮忙。我在他们的催促之下,便着手驳斥《乡间来信》;我把原作的名称戏改为《山中来信》,用来作为我的作品的名称。这个工作,我计划并且执行得那么秘密,以致我在托农跟国民代表派的首领会晤,专门谈他们的问题的时候,他们把他们的答辩纲要拿给我看了,我却一字不提我的答辩;这时我的答辩已经写好了,只怕稍微漏点风声,不论是漏到官吏或我的私人仇敌的耳朵里,付印都会出现障碍。然而,我并没能避免这部作品出版前在法国就有人看到;但是人们宁愿让它出版,也不愿让我清楚知道他们是怎样发现了我的秘密。关于这一点,我知道多少就将说多少,可是我知道的很有限,凡属揣测之词,我将一概不说。

在莫蒂埃,来拜访我的人差不多和我在退隐庐和蒙莫朗西的时候一样多,但是来访的性质却迥然不同。在这以前,来看我的人都在才能上、爱好上、信念上跟我有些关系,所以他们就以这些关系为借口来找我,使我一见面就能开门见山,谈我能够跟他们谈的事。在莫蒂埃就不是这样了,从法国方面来的人尤其如此。他们都是些军官,或者是其他对文学绝无爱好的人,甚至大部分根本没有读过我的作品,但据他们自己说,却仍然跑了三十、四十、六十、一百法里来看我,瞻仰瞻仰我这个闻人、名人、大名人、大伟人,等等。从那时起,人们就不断对我进行最无耻的阿谀奉迎,而在此以前,来跟我接触的人对我的尊重一直是使我免受这种罪的。由于那些不速之客大部分都不肯通报姓名,也不肯说明身份,又由于他们的知识和我的知识都落不到相同的对象上去,还由于他们没有读过甚至没有翻过我的著作,所以我不知道跟他们说些什么才好。我等他们自己开腔,因为只有他们才知道为什么来访,应该由他们向我说明来意。可想而知，我对这种谈话是不会很感兴趣的，他们也许会感兴趣，这就看他们想打听的是什么了。我这个人没有什么防人之心，无保留地畅谈他们认为宜于向我提出的一切问题；通常，他们回去的时候，对我的处境的一切细节，都了解得和我自己一样清楚。

比方吧，我就是这样接待了范斯先生，他是王后的侍从兼王后卫队的骑兵队长，他竟有那样的耐性，在莫蒂埃待了好几天，甚至牵着他的马，一直跟我步行到拉·费里埃尔，而我们两人除了都认识菲尔小姐，都会玩小转球以外，没有其他共同之处。在范斯先生以前和以后，我还受到过另一次拜访，这次更离奇了。两个人步行来了，每人牵着一头骡子，驮着他的小行李。他们到小客栈里住下，自己把骡子刷洗干净，接着就要来看我。人们看到这两个骡夫的装束，都以为他们是走私犯，消息立刻传了出去，说有走私犯来看我了。但是他们接近我的那种神气就告诉我，他们不是那一类人，不过，他们虽不是走私犯，却也很可能是冒险家，这个怀疑使我一时颇有戒心。但他们很快也就使我安心了，原来一个是蒙多邦先生，又称杜尔·迪·班伯爵，是多斐内省的一个绅士；另一个是达斯蒂埃先生，卡尔邦特拉人，曾任军职，他把圣路易勋章揣在兜里，省得显出来。这两位先生都很亲切，都很有才华，他们的谈话隽雅而又有趣，他们那种旅行方式很合我的口味，又太不合法国绅士的习尚，所以就使我对他们产生了感情，而他们的风度又只能使这种感情加强。我跟他们的相识并不到此为止，现在还在继续下去，他们后来还来看过我好几次，不过就不再是步行来的了——以步行开个头不失为一件雅事。但是我越看这两位先生，就越发现他们的爱好与我的爱好之间很少有共同之处，越觉得他们的信条不是我的信条，越觉得他们并不熟悉我的作品，在他们和我之间没有任何真正的情感共鸣。那么，他们何所求于我呢？为什么穿那种装束来看我呢？为什么待了好几天呢？为什么又来了好几次呢？为什么那么切盼我到他们那里去作客呢？我当时并没想到向自己提出这些问题。可是从那以后，我有时就这样自己问自己。

我被他们盛意的表现感动了，就不加思索地把我的心交了出去，特别是交给了达斯蒂埃先生，因为他的态度比较开朗些，使我更加喜悦。我甚至后来还一直和他通信，并且，当我要印《山中来信》的时候，我还想找他帮忙，好骗过那班在去荷兰的路上窥伺我的文稿包裹的人们。他曾跟我屡次谈到，而且也许是有意地谈到，出版事业在阿维尼翁是何等自由，他又曾自告奋勇地对我说，如果我有东西拿到那里去印，他愿为我效劳。所以我就借重他，陆续把我的手稿的头几分册邮给他了。他把这部分稿子留了很久之后，又给我寄了回来，说没有一个书商敢印，于是我就不得不再找雷伊，小心翼翼地把我那些分册一册一册地寄出去，没有接到前册已经收到的通知，后册就不放手。在该书未出版前，我知道它在大臣们的办公室里曾被人看到过；讷沙泰尔人埃斯什尔尼跟我谈到一本叫作《山中人》的书，说霍尔巴赫曾告诉他是我写的。我向他保证说，我从来没有写过有这个名字的书，因为事实确是如此。《山中来信》出版的时候，他愤怒极了，骂我说谎，虽然我对他说的全是真话。以上是说明，我是怎样确实知道我的稿子曾被人看过。我确信雷伊是忠实的，因而我就不得不向别的方面去作种种推测，而我倾向于肯定下来的推测，就是我那些文稿包裹在邮寄途中被人拆阅了。

另外一个人差不多是与此同时认识的，但是开始是通过写信，这就是拉利奥先生。他是尼姆人，从巴黎写信给我，请我把我的侧面剪影像寄给他，因为他打算拿这张像给勒·穆瓦纳，让他雕一个我的大理石半身像，好放在他的图书室里。如果那是为驯服我而想出来的一种奉承办法，那可是太成功了。我判断，一个人想要将我的大理石半身像放在他的图书室里，一定是饱读过我的著作，因而也就是服膺我的学说的，他一定爱我，因为他的心和我的心是相通的。这种想法当然很难不诱惑我。后来我见到拉利奥先生了，我发现他急于要给我帮点小忙，要插手管我的许多小事，可是，另一方面，我怀疑在他生平所读的那几本书里是否有一本是我的作品。我不知道他是不是有个图书室，倘若有，对于他是否有用；至于那座半身像，不过是一个蹩脚的黏土制品，倒是勒·穆瓦纳做的，并且还在上面雕了一个奇丑的人像。他用我的名字到处宣扬它，仿佛这个像和我本人有任何相似之处似的。

我觉得似乎是出于爱好我的见解和著作而来看我的唯一的法国人，是利穆赞团队的一个青年军官，名叫塞吉埃·德·圣布里松先生，他曾经在巴黎社交界以其相当令人爱慕的才气和自命不凡出过风头，也许现在还是这样。他曾在我大祸临头前的那个冬天到蒙莫朗西来看我，我觉得他感情奔放，很使我喜爱。后来他又写信到莫蒂埃来，并且，也许是想阿谀我，也许是读《爱弥儿》真读得晕头转向了，告诉我说，他要脱离部队，过独立生活，并且说，他正在学木匠手艺。他有个哥哥在同一团队里当上尉，是母亲的唯一宠爱对象，母亲是个过分虔诚的信徒，不晓得是由一个什么伪善的神父教导的，对小儿子非常不好，理由是说他不信宗教，而尤其罪在不赦的是跟我有关系。以上就是他的抱怨，他因此要跟母亲断绝关系，走上我方才说过的那条路，为的是做个小"爱弥儿"。

我看到他那股急躁劲儿就着慌了，赶紧写信给他，叫他回心转意，经过我苦口婆心的敦劝，他总算听了我的话。他对母亲又恢复了子职，并且从他的上校手里把辞呈收了回来。他递了这份辞呈之后，上校总算审慎从事，当时没有作任何处理，好给他留下进一步考虑的时间。圣布里松从他那些傻念头里醒悟过来之后，又动了一个虽然不那么荒谬、然而不合我口味的傻念头，要当作家。他接连出了两三本小册子，这些小册子并不显得作者是个无才能的人，但是我并没有给他鼓舞人心的褒奖，使他继续搞下去，所以我于心无愧。

不多时之后，他来看我了，我们一同去圣皮埃尔岛游玩。在这次旅行中，我发现他跟在蒙莫朗西时候不同了。他有一副说不出的装腔作势的神气，我起先还不感到怎样刺眼，但是以后我就时常回想起来。他在我路过巴黎到英国去的时候，又到圣西蒙旅馆来看了我一次。我在那里听说——他并没有告诉我——他生活在上流社会中，并且相当勤地去看卢森堡夫人。我在特利时，他就音信杳然了，也不托他的亲戚塞吉埃小姐（塞吉埃小姐是我的邻居，对我似乎始终没有多大好感）给我一点消息。总之，圣布里松先生对我的倾慕，和范斯先生的那段关系一样，一下子就完结了；但是范斯不曾得过我的任何好处，而他却欠了我一点情，除非我阻止他做的那些傻事只是他要出来的一种把戏：实际上倒很可能是这样的。

从日内瓦方面来看我的人也只多不少。德吕克父子就先后选我当了他们的护士。父亲是在路上病倒的，儿子从日内瓦动身时就病倒了，两人都住在我家里休养。什么牧师呀、亲戚呀、伪善的教徒呀，各色人等都从日内瓦和瑞士来了，他们不像从法国来的那些人是为着崇拜我或者嘲弄我而来，他们是为着责骂我教训我而来的。唯一使我高兴的是穆尔杜，他来跟我在一起待了三四天，我恨不能留他多住些时候。在所有那些人当中，最有耐心、最固执、把我麻烦得不能不听任摆布的，是狄维尔诺瓦先生，他是日内瓦的商人、法国难民，和讷沙泰尔的检察长是亲戚。这位狄维尔诺瓦先生每年特意从日内瓦到莫蒂埃来看我两趟，接连好几天在我家里从早待到晚，跟我一起散步，给我带来各式各样的小礼物，巧妙地套我的心底话，凡是我的事情都要问一问，而在他与我之间却又没有任何共同的观念、共同的倾向、共同的感情、共同的知识。我怀疑他一辈子任何一类书也没有读完过一整本，甚至我的书里谈的是什么东西他也不知道。我开始收集植物标本的时候，他也跟着我出去收集，但是他对于这种消遣并不爱好，一路上他没有一句话对我说，我也没有一句话对他说。他甚至有勇气在古穆安地方的一个小酒店里跟我对坐三整天，我还以为让他觉得无聊并且使他感到他是多么使我厌烦就会促使他离开小店的，而这一切竟始终不能挫败他那令人难以置信的恒心，我也未能猜透他那恒心是从哪里来的。

　　所有这些来往关系都是被迫开始和被迫维持下去的。在这些关系之中，我不应该漏掉那唯一曾使我感到舒畅并真正关切的一个：那是我跟一个匈牙利青年的关系。这个匈牙利青年来到讷沙泰尔住下了，又从讷沙泰尔住到莫蒂埃来，这是在我定居莫蒂埃几个月之后的事。当地人称他为索特恩男爵，他就是以这个名字被从苏黎世介绍来的。他身材高大，仪表堂堂，面目可亲，待人接物恳切和蔼。他逢人便说，并且也使我理解到,他是完全因为我才到讷沙泰尔来的,目的在和我交游,好趁年轻时修养品德。我觉得他的容貌、风度和举止,都和他所说的话相符,像这样一个青年,我看不出一点不可爱的地方,又怀着这样可敬的动机来找我,我若闭门不纳,当然会感到有愧于最大的天职了。我向人交心,根本不晓得交到一半就算了事。所以不久他就得到了我的全部友谊和信任,我们彼此难舍难分,我每次徒步旅行,他都跟在一起,他也爱上了徒步旅行。我把他带到元帅勋爵家去,元帅也对他百般抚爱。他还不能用法语表达,所以跟我说话,给我写信,都只用拉丁文,我则用法文回答他。尽管混合使用这两种语言,我们两人的交谈依然进行得十分流畅,十分生动。他跟我谈起他的家庭、他的事业、他的遭遇,又谈到维也纳的宫廷,似乎很熟悉那里的内幕。总之,在我们处得极其亲密的那将近两年之中,我只觉得他性情温和,经得起一切考验,操行不但端正,而且高雅,浑身上下都十分整洁,一切谈吐都极其彬彬有礼,总之,他有世家子的一切特征,使我觉得他太可钦佩了,不能不十分喜欢他。

在我们过往正密的时候,狄维尔诺瓦从日内瓦写信给我,叫我提防那个住在我身边的匈牙利青年,说有人告诉他,那是法国政府派来监视我的一个密探。这个警告可能使我不安,特别因为在我住的这个地方,大家都常常警告我,叫我小心注意,说有人在窥伺我,在设法把我诱到法国境内,好在那里对我下手。

为着一下子就叫那班无聊的警告专家闭口无言,我就向索特恩建议,到蓬达里埃①去作一次徒步旅行,先不向他作任

———————
① 法国和瑞士边境的一个小镇。

何解释。一到蓬达里埃，我就把狄维尔诺瓦的信给他看，然后热烈地拥抱他，对他说："索特恩不需要我证明我对他的信任，但是社会大众需要我证明我是善于知人的。"这一拥抱真是甜美，这也是那班迫害者所绝对领略不到而又不能从被压迫者手里夺去的那种精神享受之一。

我永远不信索特恩是个密探，也不信他会出卖我，可是他却欺骗了我。当我推心置腹地向他倾诉的时候，他竟有勇气经常把他的心关得紧紧的，用种种谎言来蒙蔽我。他给我胡诌了一个故事，使我相信他不能不回国。我劝他赶忙动身，他就动身了，当我以为他已经到了匈牙利的时候，却听说他在斯特拉斯堡。他到斯特拉斯堡已经不是第一次了。他曾在那里给一个家庭搞出了纠纷，丈夫知道我和他常见面，便写信给我，我也不遗余力地劝那个妻子重归妇道，劝索特恩行为要端庄。当我以为这一男一女已经完全撒手的时候，他们俩却又跑到一块了，而做丈夫的竟又那么殷勤，把那个青年人再请到他家里住下；这样一来，我就无话可说了。我发现那个所谓男爵是用一大堆谎言骗了我。他根本不叫索特恩，而叫索特斯海姆。男爵那个头衔，是人们在瑞士称呼他的，我不能怪他冒用，因为他从来没有以男爵自称，但是我并不怀疑他是个真正的小贵族，元帅勋爵是很识人的，又到过匈牙利，他一直认为他是贵族，把他当贵族看待。

他刚一离开，他在莫蒂埃经常去用餐的那个小客栈的女仆就宣称怀孕了，说是他搞出来的。那女仆是个邋遢货，而索特恩在全区，由于行为笃实和操守端正，受到普遍的重视和尊敬，同时他又特别讲究清洁，所以这种无耻谰言叫大家听了都起反感。当地的那些最可爱的女人曾极力挑逗他都没有成功的,这时都气极了,我也愤慨得不得了。我尽力叫那个不要脸的女人不要再嚷了,说我愿意负担她的一切费用,并且为索特斯海姆作保。我写信告诉他,我深信她那个肚子不但不是他搞出来的,而且根本就是假装的,都是他的仇人和我的仇人搞出来的鬼把戏。我要他回到这个地方来,当面折辱那个女光棍,叫那班唆使她造谣的人哑口无言。而他的回信竟是那么软弱,使我大吃一惊;他还写信请那个邋遢货的教区牧师设法把事情压下去。我一看这种情形,也就不再过问了,心里总觉奇怪,这么放荡的一个人,居然能如此自制,竟能以其矜持的态度,在与我最亲密的关系中把我欺蒙过去。

索特斯海姆又从斯特拉斯堡到巴黎去找机会,结果找到的只是穷困。他写信给我,痛悔前非,我回想到我们旧日的友情,内心为之感动,就寄了几个钱给他。第二年,我路过巴黎的时候,又见到了他,他差不多还是同样的穷困,但是已经成了拉利奥先生的至交了,我也无法知道他们是怎样结识的,也不知道是旧交还是新识。两年后,索特斯海姆又回到斯特拉斯堡,从那里还写信给我,后来他就死在那里。以上就是我们两人关系的简史和我所知道的他的那些奇遇;但是我一面怜惜这个不幸青年的命运,一面却仍然相信他是个世家子弟,一切放荡行为都是他所处的环境造成的后果。

这些就是我在莫蒂埃交游与结识的人物。这样的交游与结识得有多少才能补偿我在这个时期所遭到的惨痛损失啊!

第一个损失是卢森堡先生的死[1]。他是被医生长期折磨之后,成了他们的牺牲品的。他患的是痛风,而医生们绝不承

———————

[1] 卢森堡元帅卒于一七六一年。

认,硬当作一种他们认为能医得好的病来治。

关于这件事,如果我们应该相信元帅夫人的亲信拉·罗什给我写来的报告,我们的确应该根据这个既惨痛而又难忘的例子来为大人物的苦难哀叹。

这位仁慈的贵人的丧亡特别使我伤心,因为他是我在法国唯一的真正的朋友;他的性格是那么温和,竟使我完全忘了他的官高位显,而把他当作与我平等的人去依恋。我们的关系并没有因我的逃亡而终止,他还和从前一样,继续给我写信。不过我又似乎看出,我们的别离,或者我的不幸,降低了他的眷恋之情。一个廷臣明知道某人已在各国君主面前失宠而仍然对他保持同样的感情,确实是很困难的。而且,据我判断,卢森堡夫人对他的影响很大,绝不曾有利于我,她趁我远在异国就损害了我在他心目中的地位。至于她自己,虽然也曾有过一些做作出来的并且越来越稀少的友爱姿态,却一天比一天更不隐讳她在对我的情感上所发生的变化。她给我往瑞士写过四五封信,都是断断续续的,后来就音讯杳然了。也是我当时先入之见太深、太信任、太盲目,才看不出她的心对我已经不只是冷淡而已。①

迪舍纳的合伙人、书商居伊在我之后常到卢森堡公馆去,他写信告诉我说,我的名字是载在元帅先生的遗嘱上的。这当然是十分自然、十分可信的事,所以我就毫不怀疑。这个消

---

① 相反,卢森堡夫人的信都证明她的友情是忠实的。但是卢梭对她怀有成见,很可能他怀疑他的某些手稿就是她搞丢的。他又怀疑她曾拿逮捕来恐吓他,叫他离开法国,正如他怀疑是舒瓦瑟尔指挥着他在瑞士所受到的那许多迫害。下文他又怪马布利神父没有回他的信,而实际上这封回信是有的。让-雅克极易受到刺激,这就使他悲观;他扩大了他的指控,便明显地犯了几个错误。

息使我在心里琢磨，我对这笔遗赠究竟应该采取什么态度。经过全面权衡之后，我决定不管是什么遗赠都予以接受。我的这一决定是出于对一个正直的人的尊敬，因为像他那样地位的人一般是不会有什么友谊的，而他居然能以真实的友谊待我。后来我没再听说这笔或真或假的遗赠，我便免除了这个接受遗产的义务。说真的，我如果利用我曾爱过的人的死亡而获得若干便宜，这就损害了我的一个最大的道德信条，我会因此而感到难过的。在我们的朋友缪沙尔卧病时期，勒涅普曾向我建议，趁他对我们的照料感激在心的时候，委婉地促使他采取若干于我们有力的措施。"啊！亲爱的勒涅普，"我对他说，"不要拿利益观念来玷污我们对这位垂死的朋友应尽的伤心而又神圣的义务吧。我希望我永远不载入任何人的遗嘱，起码永远不载入任何朋友的遗嘱。"也就是差不多在这个时候，元帅勋爵跟我谈到他的遗嘱，说他有意在遗嘱里对我有所遗赠，我给他的回答，我在第一部里已经说过了。①

我的第二个损失②——使我更伤心、更觉得无法补偿的损失，就是那位最善良的女人、最慈爱的母亲的死亡，她已经不胜衰老、不胜残疾与穷苦之苦，终于离开了这人间苦海到那善人的天国去了，在那里，凡是尘世上所做的善事都有温馨的回忆作为永恒的善报的。温厚而慈悲的灵魂啊，你到费讷隆③、贝尔奈④、加狄拿那样的人物的身边去吧，你到那些虽

<hr>

① 见本书第一部第65页。
② 华伦夫人在一七六二年七月二十九日卒于尚贝里。元帅勋爵于一七六三年离开。
③ 见本书第一部第276页注①。
④ 见本书第一部第57页。

然地位较低,却也和他们一样对真正的慈善敞开了心灵的人们的身边去吧,你去享受你的慈善的果实吧,并为你的被养育者准备下他希望能有一天在你身边占到的那个位置吧!你真算是不幸中之大幸啊,因为上天结束了你的不幸,同时也就免得你看到你的被养育者的这些不幸的惨相了。自从我到瑞士以后,就没有给她写过信,生怕把我先前那些灾难告诉了她,会使她为我伤心;但是我给孔济埃先生写了信,以便了解她的情况,也就是孔济埃先生告诉我说,她已经停止救助受苦的人们而自己也不再受苦了。我自己不久也不再受苦了;但是,如果我不能相信我死后会在那另一个世界里看到她,我这微弱的想象力也就无法相信我所期待于另一世界的那种完美的幸福了。

我的第三个、也是最后的一个损失——最后一个,因为从那以后,我就再也没有任何一个朋友可以失去了——就是元帅勋爵。他没有去世;但是他倦于为忘恩负义的人们服务,离开了讷沙泰尔,从此以后我就再也没有见到他。他还健在,我希望他活得比我久;他还健在,并且,亏了他,我在尘世上的依恋之情才没有完全断绝。尘世上究竟还剩下一个人配享有我的友谊;因为,友谊的真正价值在人们所感到的友谊之中比在人们所唤起的友谊之中体现得更多。但是我已经失掉他的友谊所给予我的那些甜美滋味了,从此我只能把他放在我仍然爱慕却又不再有任何关系的那种人之列了。他那时正要到英国去接受国王的赦免,并收回他过去被没收的财产。我们分别时并不是没有订好重逢的计划,这些计划,对于他和对于我,都差不多是一样甜蜜的。他准备在阿伯丁附近他那座吉斯府里定居下去,我将来也要到那里去看他;但是这个计划,对我来说是太称心如意了，不可能得以实现。他后来并没有留在苏格兰。普鲁士国王的恳切要求又把他召回到柏林。一会儿人们就会看到，我是怎样未能到柏林去和他相会的。

　　他在动身前就预料到人们开始煽动起来反对我的那场风暴，所以他主动派人送给我一份入籍证书，这似乎是一种很可靠的防止别人把我驱逐出境的措施。特拉维尔谷地的古维教会又效法总督的榜样，给了我一份入会证，和入籍证书一样，也是免费的。这样，我在各方面都成了本国公民，可以免受任何合法的驱逐，就是君主也无此权力了。但是，对于一向最尊重法律的人，要想加以迫害，从来就是不经合法途径的。

　　我相信我不能把马布利神父之死算作我这时期所受到的损失之一。我在他的哥哥家住过，所以和他有过若干交往，但是从来就不怎样亲密。我还有若干理由可以相信，自从我获得比他更大的名声之后，他对我的感情就变质了。但是只是在《山中来信》出版的时候，我才第一次看到他对我的恶意的表现。人们在日内瓦传诵着一封致萨拉丹夫人的信，据说是他写的，他在这封信里把我这部作品说成是蛊惑人心的政客煽动叛乱的叫嚣。我对马布利神父的敬重和对他的学问的钦佩，不容许我有一时一刻相信这种荒谬绝伦的信是他写的。于是，我的坦率的性格叫我怎样做，我就怎样做了。我把那封信抄了一份寄给他，告诉他说，人家都说是他写的。他却不给我任何答复①。这个沉默使我诧异了；但是，请大家想想，当舍农索夫人写信告诉我说，那封信确实是神父写的，并且说，我的信曾使他十分尴尬，我又该诧异到何等程度啊！因为，退

————

　　①　见本书第 638 页注①。

一步来说,即使他说得有理,但他那种既没有人强制又没有必要,唯一目的就是要把他一向对之表示好感而又从未辜负过他的人,在其灾难最深重的关头一棍子打死,而且还干得那样兴高采烈,他又怎样解释呢?不久之后,《弗基昂谈话集》出版了,这部书完全是用我的作品肆无忌惮、寡廉鲜耻地拼凑起来的。我读着这本书,就感觉到作者对我是下定决心的了,从此我不能有比他更险恶的敌人了。我相信,他既不能原谅我写出了他力所不能及的《社会契约论》,也不能原谅我写出了《永久和平》,就希望我从事圣皮埃尔神父作品的摘录工作,免得有那么大的成就。

我越往下写,就越难保持事件的顺序,越难前后衔接了。我在余生中所受到的纷扰不让我有时间在我的脑子里把那许多事件排列起来。这些事件为数太多、太错综复杂、太令人不快,不可能叙述得有条不紊。它们留给我的唯一最深刻的印象就是掩盖事件原因的那种可怖的神秘和事件本身把我逼到的这种可悲的境地。我的叙述从此只能胡乱进行下去,脑子里想起什么就写什么。我还记得,就在我谈的这个时期,我正忙于写我的《忏悔录》,又轻率地把这件工作对什么人都说了,万没想到谁会有兴趣、有愿望、有力量对我这件工作横施障碍。即使我相信会有这种事的话,我也是不能做得更谨慎些的,因为我生来就不可能对我所感到和所想到的一切,丝毫有所隐讳。据我判断,这件工作一被别人知道,就促使人们掀起一场风暴,要把我赶出瑞士,把我交到一些能阻止我做这件工作的人们的手里。

我还有一个计划,也是那些怕我做前一项工作的人所同样仇视的,就是编印我的全集。我觉得这项工作是必不可少的，为的是要在用我的名字出版的那许多书籍之中，确认一下哪些真正是我的作品，使社会大众能把这些作品从我的敌人为破坏我的名誉、贬损我的价值而搞出来的那些伪作中区别出来。除此而外，编印全集也是为我保证面包的一个既简单而又正当的方法；而且这也是唯一的方法，因为我已经放弃写作，我的回忆录又不能在生前出版，用别的任何方式也挣不到一文钱，而开支又始终未减，我最后几部书的收入一花完，生活来源就要枯竭。这一理由曾迫使我把《音乐辞典》拿了出去，而它当时还不够完整呢。这部书使我得到一百个路易的现款和一百个埃居的年金。但是，一个人一年要花六十多个路易，这一百个路易当然很快就会花光的；而那一百个埃居的年金，对于一个被乞儿穷鬼像麻雀一般扑上来的人说来，简直就等于零了。

这时来了一伙讷沙泰尔的商人，要承揽印刷我的全集；又有里昂的一个印刷商或书商，叫作雷基亚先生的，不知怎么也跑来了，钻到那伙商人中间主持全集的工作。合同是在合理的基础上订的，同时也很满足我的要求。我的作品，已印和未印的一起算，够出四开版六卷；此外，我还负责照管编印。为此，他们应该给我一笔一万六千法国利勿儿的年金和一次付清的一千埃居的赠款。

合同订好了，但还没有签字；这时《山中来信》出版了。那一声对准这万恶的作品和它那罪在不赦的作者而发的骇人的爆炸，可真吓坏了那伙书商，全集的编印也就随之烟消云散了。我倒很想把这部作品的效果与《论法国音乐的信》相比，只不过那封论音乐的信，在使我招大恨、冒大险的同时，还给我至少带来钦佩和尊敬。而在《山中来信》出版之后，在日内瓦和凡尔赛，人们似乎十分诧异，怎么还会让我这样一个怪物活在人间。小议会在法国代办煽动下，在检察长指使下，针对我的作品发表了一个宣言，以最恶毒的字眼宣称我这个作品不但得由刽子手拿去烧毁，还带着一种近乎滑稽的语调说，人们连答复，乃至提到这部作品时都感到自己丢脸。我倒很想把这篇妙文在这里转录出来，只可惜手头没有，而且连一个字也记不得了。我热烈盼望我的读者中能有人激于追求真理与正义的热忱，愿意把《山中来信》从头到尾再读一遍；我敢说，他在人们横施于作者的那些令人痛心的、残酷的侮辱之后，一定会感到弥漫在这部书里的那种斯多噶派的克制工夫的。但是，他们既不能回答辱骂——因为根本就没有什么辱骂，又不能驳斥论点——因为我那些论点都是无可辩驳的，所以他们就决计做出万分恼怒的样子，不愿有所回答；有一点倒也是真的，如果他们把无法驳倒的论据当作辱骂之词，他们也可以认为是遭到强烈的辱骂了。

那些国民代表们不但没有对这个丑恶的宣言提出任何申诉，反而循着宣言给他们指出的路子去走；他们不但没有把《山中来信》举起来作为胜利的标志，反而躲了起来，把它当作自己的盾牌。他们竟那么怯懦，对这部为保卫他们并应他们的请求而写出来的作品，既不表示任何敬意，又不说一句公道话，既不引用，又不提及，虽然他们暗中从这部作品里汲取了他们的全部论据，虽然他们准确地遵循的这部作品结尾的那个忠告是他们的安全与胜利的唯一原因。他们要求我尽的这个职责，我把它尽了；我曾为祖国、为他们的事业服务到底。我请他们在他们的争执中把我的问题撇开，只为他们自己着想。他们就真照我的话去做了，而我之所以插手管他们的事情,完全是为着不断地敦促他们去求得和平解决,因为我毫不怀疑,如果他们固执下去的话,他们一定会被法国完全打垮的。后一种情况之所以没有发生,其中的道理我是懂得的,但是在这里不说出来了。

《山中来信》发表后,在讷沙泰尔最初引起的反响是微不足道的。我送了一本给蒙莫朗先生,他客客气气地接受了,读了,并没有提出什么意见。当时他也和我一样生着病,病愈之后很友好地来看我,什么也没有对我说。然而,风潮开始了,我那本书不知道在什么地方①给焚毁了。骚乱的中心不久就从日内瓦、从伯尔尼、也许还从凡尔赛移到讷沙泰尔来了,特别是移到特拉维尔谷地来了。在特拉维尔,甚至在宗教界还没有任何明显的行动之前,人家就开始用隐秘的手段煽动民众了。我敢说,我是应该受这个地方的民众爱戴的,就和我在所有住过的地方都受人爱戴一样,因为我大把地掏钱布施,不让我周围有一个赤贫的人得不到救济,我对任何人都不拒绝我力所能及而又合乎正义的援助,我跟所有的人都处得很融洽,同时我尽可能避免任何足以引起忌妒的特殊照顾。而这一切并没有阻止那些无知小民不知道在谁的秘密策动之下逐渐对我愤激起来,直至发展到疯狂的程度。他们在大白天就公开对我进行侮辱,不但在乡间、在路上,甚至在大街上也是如此。那些得到我的好处最多的人偏偏也最激烈,就是我还在继续接济的人,他们不好意思亲自出面,就暗中煽动别人,好像要用这种办法来洗雪他们向我感恩的耻辱。蒙莫朗装作

① 是在巴黎;根据一七六五年三月十九日的命令,和伏尔泰的《哲学辞典》一起焚毁的。

什么都看不见,暂时还不露面;但是,当某次圣餐礼快到的时候,他到我家里来了,劝我不要去领圣餐,并向我保证说,他并不恨我,他是绝不会扰乱我的。我觉得他这番客套话很离奇,他还给我提起布弗莱夫人的那封信,我就不明白,我领不领圣餐究竟跟谁有那么重要的关系。由于我认为,如果在这件事情上让步,就是一个怯懦的行为,而且我不愿意为民众提供这个新的借口,让他们叫嚷我不信宗教,所以我干脆拒绝了牧师的劝告;他不高兴地回去了,暗示说,我将后悔莫及。

他不能一人做主就拒绝我去领圣餐,得由以前接受我领圣餐的那个教务会议做主才成,只要教务会议没有说话,我就可以放心大胆前去,不怕遭到拒绝。宗教界交给蒙莫朗一个任务,要他传唤我到教务会议席上去交代信仰,如果我拒绝,就开除出教。这种开除出教的事也只能由教务会议办理,并且要经多数通过才成。但是以老教友名义组成这个会议的那些乡民是以牧师为主席的,大家都可以理解,他们是受牧师操纵的,当然不会跟他持不同的意见,特别是在神学问题上,他们懂得的比他更少。因此,我被传唤了,我决定去出席。

如果我善于辞令,如果我的笔是在嘴里的话,这将是多么好的一个机会,对我又将是多么大的一个胜利啊!我会以多么优势的力量,多么轻而易举地在他那六个乡民中间把那个可怜的牧师击败啊!统治欲使新教的牧师们完全忘记了宗教改革的原则,为了提醒他们这些原则,迫使他们哑口无言,我只要把《山中来信》的头几封信作一番解释就成了,而他们竟还那么愚蠢,居然根据这几封信来攻击我呢!我的文章是现成的,我只要稍加发挥就能叫那家伙无地自容。我是不会傻到采取守势的地步的,我很容易采取攻势,还要他们丝毫觉察不到,或者无法预防。宗教界的那些末流教士既无知而又轻率,是他们自己把我置于我能取得的最有利的地位,我随随便便就可以把他们压倒。然而,可惜! 要能说话才成呀,并且还要能即席发言,一遇必要,就能登时想出主意,找到合适的语句,找到恰当的字眼,始终清醒,经常镇静,永远一点也不慌乱才成! 我痛感自己没有随机应变的能力,我对我自己还能抱什么希望呢? 当年我在日内瓦,在一个完全袒护我、已经决定同意一切的会议面前,还被弄得哑口无言,丢尽了脸。这次情况就完全相反了:我碰到了一个捣蛋鬼,他以狡诈代替学识,他会给我布下一百个圈套而我连一个也看不出来,他是决计不惜任何代价要抓我的错儿。我越考虑这种形势,就越觉得危险太大,因为我感到不可能应付好,所以就想出另一个不得已的办法。我预先拟了一篇演说词,到教务会议席上去宣读,根本否认它的处理权,以免除我回答的义务。这事是很容易办的:我就把这篇演说词写好,满腔热忱地把它读熟。戴莱丝听到我咿咿哑哑的,不断重复那同样的几句话,想把它们塞到我的脑子里来,便取笑我。我希望最后能把我的演说词背出来;我知道领主作为国王的官员,一定会参加教务会议的;又知道不管蒙莫朗怎样耍手段,请吃酒,大部分老教友都还对我抱有好感;而且,我又有道理,又有真理,又有正义,又有国王的保护,又有邦议会的权威,又有与这种宗教裁判制度的建立有利害关系的善良爱国者的愿望做我的后盾——一切都在配合起来鼓舞着我。

到期的前夕,我把我的演说词全记住了,背得一字不差。整整一夜,我都在脑子里默诵。可是到了早晨,我又背不出来了,每背一个字我都要迟疑一下,我以为我已经是在那个大名鼎鼎的会议席上了,我慌张,说话吞吞吐吐,而且头也昏了;最后,差不多就在要去的时候,我的勇气完全消失了。我就在家里待了下来,决定给教务会议写封信,仓促提出些不去的理由,我的借口是身体不适——在我当时的健康情况下,我的身体的确也是难以让我在那次会上支持到底的。

牧师接到我的信,颇感为难,便把这事推迟到下次会议。在这期间,他自己和他的爪牙百般活动,想诱惑老教友中间的那班宁愿凭自己的良心而不愿照他的心意办事,因而不愿照宗教界和他的意志提出主张的人们。不管他从酒肉招待中得出的论调对那班人多么有力量,除了那两三个已经投靠他为虎作伥的以外,他没有能买通其余任何一个老教友。那位国王的官员和皮利上校——上校在这件事里极表热诚——把其他的老教友都掌握住了,使他们无亏职责;当那蒙莫朗要进行表决开除我的时候,教务会议便以多数票干脆拒绝了他。于是,他就只有采取那破釜沉舟的办法,煽动愚民了。他跟他的同事和另外一些人公开活动起来,并且做得那么成功,以至尽管国王曾多次颁发严厉的诏书,尽管邦议会曾三令五申,我还是不能不离开那个地方,以免那位国王的官员为保卫我而自己遭到暗杀的危险。

关于这桩公案,我的印象太模糊了,想起了几点,也理不出一个头绪,连缀不起来,只能照它们浮现到我的脑际那样,零散地、孤立地记载下来。我还记得我跟宗教界举行过一次谈判,蒙莫朗是谈判的中间人。他诡称人们是怕我以写作来搅乱地方的安宁,怕别人会怪这个地方不该让我自由自在地乱写。他暗示我说,如果我答应放下笔杆,既往也就不咎了。我本来对自己已经许下这个愿了,所以毫不迟疑地对宗教界也许下这个愿,不过有个条件,只以不写宗教问题为限。他要求做些改动,并要我立下字据,一式两份。我的条件后来被宗教界拒绝了,我就索回我的字据:他只还了我一份,借口搞丢了,把另一份扣了下来。在这以后,民众在牧师们公开煽动下,蔑视国王的诏书和邦议会的命令,简直无法无天了。在宣教的讲坛上,我被宣布为反基督的人;在乡间,我被当作狼精①驱赶。我的亚美尼亚服装,对于无知小民,成了一种便于辨识的标志,我痛心地感到不方便极了,但是在这种情况下换掉这种服装又似乎太示弱了。所以我不能下决心改装,仍旧穿着我的长外套,戴着我的皮圆帽,安安静静地在当地散步,四周都是流氓的叱骂,有时还有小石头掷来。有好几次我从人家屋前走过,只听里面有人说:"把我的枪拿来,让我给他一枪。"这时我并未因此就走得快些,而他们却更加怒不可遏了。不过他们始终限于恫吓而已,至少枪是不敢打的。

在这场骚乱中,仍然有两件很令我感到愉快的事。第一件是借元帅勋爵的关系,我能受到值得感激的对待:讷沙泰尔所有正直的人都为我所受到的虐待和针对我的那些鬼祟活动而愤愤不平,他们非常憎恨那些牧师,清楚地感觉到他们是受到了别人的指使,只做了一些暗中操纵他们的人的爪牙,生怕我这事会造成一个恶劣的先例,导致真正宗教裁判所的成立。地方官员们,特别是继狄维尔诺瓦先生之后任检察长的默龙先生,都尽了一切努力来保护我。皮利上校虽然只是个平民,却尽力更多,收效更大。就是他,想方设法使老教友们恪守职责,使蒙莫朗在教务会议上碰了钉子。因为他有声望,所以他

---

① 狼精,欧洲传说中的一种妖巫,夜间化为豺狼,到处乱窜。

尽量利用这种声望去防止暴动，但是他只能用法律、正义和公理的权威来对付金钱与酒肉的势力。双方的力量不是对等的，所以在这一点上，蒙莫朗就战胜他了。然而，我对他的照顾和热心还是感激的，很想以德报德，用什么方式来报答他这笔情分。我知道他切盼得到一个邦议员的职位，但是在珀蒂皮埃尔牧师的案件里，宫廷认为他表现不好，他在国王和总督面前都失宠了。虽然如此，我还是冒险写信给元帅勋爵，为他关说，我甚至大着胆子提到了他所企求的那个职位。真太侥幸了，与任何人所预料的相反，这个职位差不多立刻就被国王批准了。命运就一直是这样，它一面把我捧得太高，一面又把我压得太低，这会儿又继续把我从一个极端推到另一个极端；一方面无知小民给我涂满了污泥，另一方面我还能使人当上邦议员。

我的另一件大快事就是韦尔德兰夫人和她的女儿来看我；她是带女儿到布尔朋矿泉疗养回来的，特意绕道来莫蒂埃，在我家里住了两三天。她对我的关切与照顾，终于把我对她的长期反感克服下去了；我的心被她的爱抚征服了，充分回报了她长期以来对我表示的友好。她这次来这里旅行很使我感动，特别是在我当时所处的环境里，我是极端需要友谊的安慰来支持我的勇气的。我生怕她为我从愚民方面所受到的侮辱而有所感触，很想不让她看到那种情景，免得她为我痛心，但是这是我办不到的，虽然在我们一起散步时，有她在场就能使那班横蛮无理的人稍事收敛一些，可是她仍然能看出许多迹象，足以使她判断出平日的情形如何。甚至就在她住在我这里的时期，我夜间在住宅里受到了骚扰，她的侍女早晨发现我的窗台上落满了石块，都是人家在夜里扔上来的。一张笨重的石凳子,原来是在街上靠我的门边摆着,并且固定在底座上的,竟然被人卸下了,搬来靠到我的门上,如果不是有人发现,谁第一个开门出去,一定就会被石凳子砸死的。韦尔德兰夫人对所发生的事情全都知道,因为除了她自己看到的以外,她的一个心腹仆人在村子里交游广阔,跟什么人都接触,甚至还跟蒙莫朗谈过话。然而她对我所遭到的一切似乎毫不介意,她跟我既不谈蒙莫朗,又不谈其他任何人,我有时跟她谈,她也很少答话。不过,她似乎深信我住到英国去比住在任何地方都好,所以她常向我谈起休谟先生①——休谟当时在巴黎——说他对我很友好,极望能在英国为我效劳。现在是该谈一谈休谟先生的时候了。

休谟先生在法国曾获得很大的声誉,特别是在百科全书派中间,因为他写了些论商业和政治的著述,最近又写了《斯图亚特家族史》,这是我通过普列伏神父的翻译读到的他的唯一作品。我没有读过他的其他作品,只能根据别人给我的介绍,认为休谟先生是把彻底的共和主义精神和英国人崇尚奢华的这种矛盾现象结合在一起的。又根据这个想法,我把他为查理一世写的那套辩护之词看作是持平精神的奇迹②;我极钦佩他的道德,也极钦佩他的天才。休谟先生的好朋友布弗莱夫人早就劝我到英国去;结识这位罕见的人物,博得他的友谊这个愿望大大增强了我到英国去的念头。我到瑞士

～～～～～～～～～～

① 即英国名哲学家大卫·休谟。毫无疑问,休谟并不是法国哲学家们手中的工具,但是他监视卢梭,使卢梭十分苦恼。

② 查理一世(1600—1649),英格兰及苏格兰王,属斯图亚特家族,他的专制政体引起了内战,后被保卫共和政体的克伦威尔派俘虏,送上了断头台。休谟能以彻底的共和主义的精神为查理一世辩护,所以称为持平之论。

后，就收到他经这位夫人转来的一封信，对我奉承之至，除对我的天才大加奖饰之外，又恳切地邀我到英国去，愿意运用他的一切影响，把他所有的朋友介绍给我，好使我在英国住得舒服些。在此地，休谟先生的同乡兼朋友——元帅勋爵对我说，我把休谟的一切优点都估计得完全不错，他甚至还告诉我一则关于休谟的文学轶事，这则轶事曾给他一个深刻的印象，同样也给了我一个深刻的印象。华莱士曾就古代人口问题写文章攻击休谟，他的作品付印的时候，他不在，休谟就负责替他看校样，并监督印行。这种行为正与我的意趣相投。我也是这样，有人曾写了一首歌来攻击我，我就替人家卖这首歌，六个苏一份。因此，当韦尔德兰夫人来跟我谈到休谟的时候，我是怀有种种对他有利的先入之见的；她绘声绘色地告诉我，休谟对我如何如何友好，如何如何切盼能在英国对我尽地主之谊——她就是这样说的。她极力劝我利用休谟先生的这一片热忱，写信给他。我因为生来对英国就没有什么好感，非到万不得已时不愿出此下策，所以不肯写信，也不肯应承；但是我让她自己做主，觉得怎样合适就怎样做，以便保持休谟先生的这番美意。由于她把关于这位大名人的一切都对我如此这般地说了，所以她离开莫蒂埃的时候已经使我深信，他是在我的朋友之列，而她更是在我的朋友之列了。

她走后，蒙莫朗就加紧了他的暗中活动，而那些无知小民也就不知什么叫作节制了。我依然继续安安静静地在叱骂声中散步；对植物学的爱好是我在狄维尔诺瓦博士跟前开始染上的，为我的散步添上了一种新的兴趣，使我走遍各处，采集植物标本，对那些无聊的人的叫嚣毫不在意，而我这种镇静又只能更激起他们的狂怒。最使我痛心的一件事，就是看到我的许多朋友①或者号称朋友的人们的家属,竟也相当公开地加入了我的迫害者的行列,例如狄维尔诺瓦氏一门,我那伊萨贝尔的父兄,还有就是我的那位女友(我住在她家)的亲戚波瓦·德·拉·杜尔以及她的小姑子吉拉尔迭夫人。那个皮埃尔·波瓦简直是个白痴,是个傻瓜,做出事来又十分粗暴;为了避免生气,我只好拿他开一个玩笑,我用《小先知书》的文体,写了一本只有几页的小册子,题为《号称通天眼的山中皮埃尔梦吃录》,在这个小册子里,我诙谐地向当时被人用作主要借口来迫害我的那些奇迹开火。贝鲁把这篇稿子叫人在日内瓦印出来了。这篇文章在此地取得的成功很有限;因为哪怕是最聪明的讷沙泰尔人,也体会不了雅典式的风趣,体会不了幽默,只要玩笑开得稍微微妙一点,他们就领略不出了。

我还写了另外一篇作品,写得比较用心些,手稿还存在我的文件中,我应该在这里谈一谈这篇作品的来由。

在通缉令和迫害闹得最疯狂的时候,日内瓦人显得格外突出,死命地大叫大喊;在这些人当中,我的朋友凡尔纳以真正神学的豪情,偏偏选在这个时候来发表一些攻击我的信件,想证明我不是基督徒。那些信写得倒是神气十足,但是不怎么高明,虽然据说博物学家博内也曾插手其间。这位博内固

---

① 这种命运在我住在依弗东时就已经开始了。罗甘骑士在我离开这个城市后一两年就死了,罗甘老伯十分正直,痛心地告诉我说,在他那个侄子的文件中找到了一些证据,证明他曾参与把我逐出依弗东和伯尔尼邦的那个阴谋。这就十分清楚地证明,这个阴谋不是像有人要使别人相信的那样,是什么宗教信仰事件,因为罗甘骑士绝不是一个虔诚的信徒,他已经把唯物主义和怀疑主义发展到偏激和狂信的地步了。此外,在依弗东没有一个人曾比这位骑士赢得我更大的信任以及对我表示了更多的爱抚、赞扬和阿谀,但他却忠实地执行迫害我的人们如此珍视的那个方案。——作者原注

然是唯物主义者,可是一谈到我,便仍然是褊狭的正教思想。当然,我是无意于答复这种作品的,但是既然有在《山中来信》里说几句话的机会,我就插进了一个揶揄备至的小注,把凡尔纳气得火冒三丈。他在日内瓦声嘶力竭地狂吼,据狄维尔诺瓦告诉我说,他已经气得六神无主了。不久之后就出现了一张无头帖子①,似乎不是用墨水写的,而是用沸勒热腾河水②写的。这张帖子说我把我的几个孩子都扔到大街上了,说我拖着一个随营娼妓到处跑,说我是以酒色伤身,害着杨梅大疮,以及其他诸如此类好听的话。我当然不难看出我的对头是谁。我读到这个谤书的时候,眼看一个一辈子没有跑过娼寮的人,他的最大缺点始终是怯懦羞惭如处女,而现在竟被人家称为跑娼寮的能手;眼看人家说我害着杨梅大疮,而我不但终身没有得过这一类病,甚至内行人还说我的体质生来就不会得这种病的;这时我的第一个念头就是要痛切地问一问,人世上的一切所谓名誉、声望究竟还能有多大的真正价值。经过仔细权衡之后,我觉得要驳倒这个谤书,最好莫过于把它拿到我住得最久的那个城市里去印刷出来,于是我就把它寄给了迪舍纳,叫他照原样印出,加上一个按语,我在这个按语里把凡尔纳先生的名字点了出来;另外还加上几则短注,说明事实真相。我还不以把帖子印出为满足,又把它拿给好几个人看了,其中有符腾堡邦的路易亲王先生——他一向对我很

---

① 这张题为《公民们的感想》的无头帖子,很可能出自伏尔泰而不是出自凡尔纳的手笔。下文引的克拉美夫人大概是伏尔泰作品(或许也就是《公民们的感想》)的印行人的妻子,她保证它不是出自凡尔纳。她一定是知道内幕才这样说的。

② 沸勒热腾河,古希腊神话中的地狱里的河流之一,流的不是水而是火焰。用这种河水写的文章当然是充满怨毒的了。

客气,当时同我互相通信。这位亲王、贝鲁以及其他一些人都似乎怀疑凡尔纳是这个谤书的作者,怪我把他点出来未免过于唐突。我经他们一说,良心不安起来,就写信给迪舍纳,叫他把这个印刷品取消。居伊写信告诉我说,已经取消了;我不知道他是否当真照办了;我发现他说谎次数太多了,这次多说一个谎也算不了什么奇迹;而且从那时起,我就被封锁在深沉的黑暗里,不可能透过黑暗去识破任何真相了。

凡尔纳先生忍受了这个指控,态度非常温和;如果一个人真不该受到这样的指控,而在他发出那样的狂怒之后还能如此温和,那真是太令人惊讶了。他还给我写了两三封很有分寸的信,目的似乎是想从我的复信里探知我究竟掌握了多少底细,是否有反对他的证据。我回了他两封短信,内容冷酷、严峻,而措辞则并不失礼,他对这两封信一点也没有生气。我收到他的第三封信时,看出他是想保持长期通信关系,我就不答复了,于是他求狄维尔诺瓦跟我解释。克拉美夫人写信给贝鲁说,她确有把握知道谤书不是凡尔纳写的。这一切都不能动摇我的信念;不过,我也可能弄错,如果真是我弄错了,我就该亲自向凡尔纳赔礼道歉,所以我请狄维尔诺瓦转告他说,如果他能把谤书的真正作者给我指出来,或者至少他能给我证明他不是谤书的作者,我一定向他赔礼道歉,保证叫他满意。我还更进了一步:因为我充分感觉到,如果归根结底,他的确是无辜的话,我是无权要求他作任何证明的,所以我又决计把我之所以深信是他的理由,写在一份相当长的备忘录里,请一个凡尔纳所不能拒绝的公断人来评判一下。人们是猜想不到我所选的那个公断人是谁的——他就是日内瓦议会。我在备忘录的末尾宣称,如果议会在审阅了备忘录,并作了它认为必要而又力所能及的调查之后，宣布凡尔纳先生不是谤书的作者，我便立刻真诚地不再相信他是谤书的作者，立刻跑去跪到他的脚前，向他请求宽恕，直到取得他的宽恕为止。我敢说，我追求公道的热忱、我的灵魂的正直与豪迈、我对人皆生而有之的那种对正义之爱的信心，从来也没有比在这份合理而又动人的备忘录里表现得更充分、更明显了，因为我在这份备忘录里毫不迟疑地把我那些最不容情的仇敌拿来做诬蔑者和我之间的公断人。我拿这备忘录读给贝鲁听，他主张取消，我就把它取消了。他劝我等候凡尔纳答应提出的证据，我就等候了，我今天还在等候着呢。他劝我在等候期间不要说话，我就不说话了，我将终身不再说话，让人家骂我把一个严重的、莫须有的、无证据的罪状栽到凡尔纳头上，但是我内心里现在仍旧跟确信我自身的存在一样，确信他是谤书的作者。我的备忘录现在还在贝鲁先生手里。万一有一天它得见天日，人们将可以在那里面看到我列举的那些理由，同时，我希望，人们也将可以从中认识让–雅克的灵魂，这是我的同时代人所一直不愿意认识的。

现在该谈谈我的那场莫蒂埃之灾了，该谈谈我在特拉维尔谷地住了两年半之后，在以坚定不移的精神忍受了八个月最恶劣的待遇之后，怎样又离开了特拉维尔谷地了。这个不愉快的时期的详细情形，我无法清晰地回忆，但是这些情形，人们在贝鲁发表的那篇记事里都可以看到，我在下文还要谈到这篇记事。

自从韦尔德兰夫人走后，骚乱更激烈了；尽管有国王的历次诏令，尽管邦议会三令五申，尽管本地领主和行政官员多次警告，民众却认真把我当作反基督的人看待。最后，他们看到叫嚣无效,似乎要动起手来了;在路上,石头已经开始在我的周围乱滚,不过扔得还算太远一点,砸不到我。最后,在莫蒂埃集市那一夜——集市期是九月初——我在住宅里受到攻击,所有住在宅里的人都有生命危险了。

半夜,我听到哐啷一声,响声是在沿着屋后那道长廊里发出的。冰雹似的石头扔向面对长廊的门窗,哗啦啦地飞到长廊里来,原来睡在长廊里的那条狗开始还汪汪地叫,后来吓得不敢作声,躲到一个角落里,扒住板壁又咬又抓,拼命要逃出去。我听到声响就赶快起来,我正要出屋门到厨房里去,这时由一只有力的手扔来的一块石头,打破了窗户,穿过厨房,撞开我的房门,直落到我的床脚下来;如果我走快一秒钟,石头就打到我的肚子了。我判断那哐啷一声是有意引我出来的,扔的石头是要给我拦门一下。我一个箭步就到了厨房,只见戴莱丝也起来了,浑身哆嗦着向我奔来。我们俩赶紧靠着墙,避开窗户的方向,以免挨到石头,并且商量一下该怎样应付,因为出去呼援就正好让人家砸死。幸而我楼下住了一个老头,他的女仆听到声响就起来,奔去喊领主先生去了——领主先生跟我们住的是门对门。领主先生跳下床,忙披上睡衣,登时就带着警卫队跑来了,因为有集市,警卫队这一夜正在巡逻,当时近在咫尺。领主看到破坏的情况,直吓得面如土色,一见满廊都是石头,便叫道:"上帝啊!简直是个采石场了!"在查看下面的时候,发现一个小院子的门被冲开了,有人曾想从走廊上钻到屋子里来。大家研究为什么警卫队没有看到或阻止这场乱子的发生,结果发现,虽然那夜的巡逻任务已经轮到别的村子,莫蒂埃的警卫队却坚持由它巡逻。领主第二天就给邦议会打了报告,两天后,议会就下令给他,叫他对这个事件进行调查,悬赏检举肇事者,答应为检举人保守秘密,同时,在破案之前,用国王的公费,在我的房子外面和毗连我的房子的领主的房子外面设置卫兵。第二天,皮利上校、检察长默龙、领主马蒂内、税务官居约内、司库员狄维尔诺瓦和他的父亲,总之,地方上所有的头面人物都来看我了,并且一致敦促我避避风头,至少暂时离开一下我再也不能安全地、体面地住下去的这个教区。我甚至看出,那位领主被这群暴民的狂怒吓慌了,生怕他们迁怒到他的头上,很乐意看到我赶紧走开,以便解除他保护我的这个艰难的任务,并且自己也可以脱离这个教区——我走后他真的这样办了。因此我让步了,甚至心里还有些难过:因为民众的那种仇恨情绪真叫我痛心疾首,忍受不了。

我的退路,可供选择的不止一个。韦尔德兰夫人回到巴黎以后,给我写过好几封信,谈到一位她称为爵士的华尔蒲尔先生①,说这位华尔蒲尔先生对我十分热心,要在他的一份产业上给我提供一个去处。她把这个地方给我描写得极其引人入胜,怎样居住,怎样生活,都说得十分详细,足见华尔蒲尔爵士的这个计划是跟她精心商量过的。元帅勋爵则一直劝我到英格兰或苏格兰去,他也愿意在他的产业上给我提供一个去处;但是后来他又给我提供了另一个地方,在波茨坦,就在他身边,这对我说来,诱惑力更大了。他新近还向我转达国王跟他谈到我的一番话,这番话就是促我前去的一种邀请;萨克森-哥特公爵夫人竟认为我这次旅行已经是翘首可待的了,

---

① 指荷拉斯·华尔蒲尔(1717—1797),英国作家,"哥特式小说"的创始人,与法国文学界及百科全书派往来甚密。

所以她写信给我，促我顺便去看看她，并且在她身边住上若干时候。但是我对瑞士又太留恋了，我舍不得离开瑞士，只要我还有可能在瑞士生活下去，我就要利用这个时机来执行我数月来就考虑着的一个计划，这个计划，为了免得打断我叙事的话头，我一直还没能谈到。

这个计划就是住到圣皮埃尔岛上去。圣皮埃尔岛是伯尔尼医院的产业，在比埃纳湖中心。上年夏天我跟贝鲁一起徒步旅行时，曾游览过这个岛屿，当时它把我迷住了，所以从那时起，我就多次打算到那里去住家。最大的障碍就是这个岛归伯尔尼人所有，而伯尔尼人三年前曾把我驱逐出境，态度极其恶劣；再说，人家那么不客气地对待了我，我还要回到那里去住，不但我的自豪感受不了，还怕人家不让我在这个岛上有片刻安静，比在伊弗东时还厉害。我以前曾为这事请教过元帅勋爵，他也和我的想法一样，觉得伯尔尼邦人会乐于看到我囚居在这个岛上，乐于把我当作人质扣留在那里，作为我将来可能写的东西的担保；所以他托他的科隆比埃府的旧邻居斯图尔勒先生去就这一问题试探一下他们的态度。斯图尔勒先生找了该邦的领袖人物，根据他们的回答，向元帅勋爵保证说，伯尔尼人对他们自己过去的行为很感惭愧，很乐意看到我定居在圣皮埃尔岛上，绝对不来骚扰我。我为了慎重起见，在冒险去住之前，又托夏耶上校再去打听一下，夏耶上校向我证实了那同样的说法。当住在岛上的医院出纳员获得他的上司让我住进该岛的允许之后，我就觉得，伯尔尼邦的最高当局和岛的所有者既然都默许了，我住到出纳员家里去是绝对不会有什么危险的；我说默许，因为我绝不能指望伯尔尼邦的首脑诸公会公开承认他们过去那样对待我是不公平的，不能指望他们会违反一切掌权者的那条最不可侵犯的原则。

圣皮埃尔岛在讷沙泰尔被称为土块岛,位于比埃纳湖中心,周围约半法里;但是在这个狭小的空间里,它提供了生活必需的一切主要产品。岛上有田地、草场、果园、树林、葡萄园,而这一切,由于多变的地形和起伏的丘陵,就形成了一个特别引人入胜的布局:岛上的各部分并不是一下子就和盘托出,使人一览无遗,而是互相掩映,使人觉得这个岛比实际要大。岛的西部是一片很高的平台地,面对着格勒莱斯和包纳维尔两镇。在这个平台地上,栽了很长一排树,中间留了一个"大沙龙",葡萄收获季节,人们每星期天都从邻近的湖岸聚集到这里来跳舞、娱乐。岛上只有一所房子,但是很大,很方便,就是出纳员住的,坐落在一片低地上,风刮不到。

从这个岛向南五六百步是另一个岛,这个岛小得多,既未耕种,又无住户,仿佛是从前由于风暴的袭击而从大岛分离出去的;在它那沙砾之中只生长些柳树和春蓼,但是那里却有个高墩,细草如茵,极可人意。湖是近乎规则的椭圆形,湖岸虽比不上日内瓦湖和讷沙泰尔湖那么富丽,却依然构成一片相当美丽的景色,特别是西岸,人烟十分稠密,山脚下一串葡萄园,有点像是在科特-罗蒂①,不过出产的酒没有那么好就是了。在湖西,由南向北走去,有圣约翰司法区、包纳维尔镇,还有比埃纳和位于湖的尽头的尼多,这些市镇中间还点缀着许多村庄,景色十分宜人。

这就是我早就为自己布置下的那个去处,我决计在离开

---

① 法国的著名葡萄产地之一,距里昂二十余公里。

特拉维尔谷地时①就到那里去安家。这一选择太符合我对平静的爱好和孤僻而又疏懒的性格了,所以我把它算作我所最衷心热爱的那种甜美梦想之一。我觉得住在这个岛上,就更与世人隔绝,更能避开他们的侮辱,更能被他们忘却,总之一句话,我就更能沉醉于闲散与沉思生活的甘美之中。我恨不得在这个岛上将自己彻底禁闭,与世人不再有任何往来;当然,我也就采取了一切可能想象出来的措施,以摆脱与世人保持接触的必要。

生活问题来了;在这个岛上,粮食既贵,运输又困难,生活费用很高,此外,住在岛上就要完全听从出纳员的支配。这个困难,由于贝鲁惠然跟我商订了一个安排,总算克服了,他代替了那批先承揽后又放弃印行我的全集的书商。我把出版全集的一切材料都交给他了,我自己担任整理和安排这些材料的工作。我还答应他,将来把我的回忆录也交给他,让他担任我的全部文稿的总保管人,不过明文规定一个条件,他只能在我死后加以利用,因为我一心要安安静静地了却余生,不愿再叫社会上想起我。根据这个安排,他负责给我的那笔终身年金就够我维持生活了。元帅勋爵收回了他的全部产业之后,要送我一笔一千二百法郎的年金,我只是把金额减掉一半之后才接受了。他要把年金的本金交给我,我婉辞了,因为存放

----

① 有一件事在这里声明一下也许不为无益:我在特拉维尔还留下一个私人仇敌,就是一位泰罗先生,他是维利埃尔村村长,在当地颇不受人敬重。但是他有一个兄弟,据说是个受人尊敬的人,在圣佛罗兰丹先生手下做事。在我这次遭难之前不久,村长曾去看他那个兄弟。这一类小事本身毫无意义,但是日后很可能有助于去发现许多暗中的勾当。——作者原注

困难,于是他就把这笔本金交给贝鲁,到现在还在贝鲁手里,贝鲁就按他和馈赠人商定的标准支付给我年金。这样,把我跟贝鲁订的合同、元帅勋爵的年金(其中三分之二是要在我死后支付给戴莱丝的)以及我应由迪舍纳手里支取的那三百法郎的年金都加在一起,我是很可以指望把生活过得像个样子的。即使在我死后,戴莱丝的生活也不成问题,因为把雷伊的年金和元帅的年金加在一起,我留给她七百法郎的年金了:总之,我就不必再怕她将来没有面包吃,也不必怕我自己没有面包吃了。然而,宿命却注定了荣誉是会逼我拒绝幸运和劳动送到我手边来的一切财源的,注定了我死时是要和在世时一样贫穷的。读者可以想一想,除非我甘心做一个最无耻的人,我是否能接受别人处心积虑要使我屈辱、断绝我其他一切生活来源、迫使我同意做丢脸的事的那种安排?他们怎能料到我在这二者不可兼得的时候所采取的选择呢?他们一直是拿他们自己的心来揣度我的心的。

我在生活方面安了心,在其他任何方面也就无忧无虑了。虽然我把整个世界都让给我那些仇敌去为所欲为,我却在贯穿我的全部写作的那种高贵的激情中和我的思想原则的那种永恒的一贯中,为我的心灵留下了一个证据,这个证据完全符合发自我的天性的全部行为。我不需要别的辩护来驳倒我的那些诬蔑者,他们尽可以在我的名字下面描画出另一个人来,但是他们只能欺骗那些甘心受骗的人。我可以把我的一生拿给他们去进行彻头彻尾的批判,我确信,通过我的许多过失和软弱,通过我不能忍受任何羁绊的本性,人们总会发现一个正直而又善良的人,他无怨无艾,不忌不妒,勇于承认自己对不起别人的地方,更易于忘记别人对不起自己的地方,他只在缠绵温厚的感情中寻找他的全部幸福,对任何事都真诚到不谨慎的程度,真诚到最令人难以置信的忘我程度。

我这就算是向我的时代、向我的同时代人告别了,我要一辈子禁锢在这个岛上而与世长辞;我的决心就是如此。过闲散生活的伟大计划,到那时为止,把上天赋予我的那点活动能力用尽了都没能实现,现在我打算就在这个岛上最后实行起来。这个岛就要成为我的巴比玛尼岛①——那个可以酣眠的幸福之乡:

> 这里还更进一步,这里可以无所事事。

这个"更进一步"对于我完全够了,因为我一向不惋惜我不能酣眠:我能无所事事就成了。只要我无事可干,我宁愿醒着梦想而不愿睡着做梦。浪漫盘算的年龄过去了,荣华富贵的云烟曾使我头昏脑涨,并没有使我心旷神怡,剩下来的只有最后一个希望,希望能无拘无束地在永恒的闲散中过生活。这是天国里有福之人的生活,从此我要把它当作我的无上幸福而在人间享受。

说到这里,责怪我有那么多矛盾的人们一定又要怪我自相矛盾了。我曾说,社交场中的闲逸使我感到社交场不可忍受,而现在我倒恣意于闲逸而追求孤独的生活了。然而,我就是这样的,如果其中有矛盾,那也是大自然的过错,而不是我的过错;实际上这里不仅没有矛盾,而且正因为如此,我才所

---

① 巴比玛尼岛是拉伯雷假想的乐园,在那里,人们可以酣眠。拉封丹在他的故事诗《巴卜菲基埃尔的魔鬼》里提起这个乐园,并且补上下面引的那句诗,表明他所想象的乐园比巴比玛尼还更进一步,不但可以酣眠,还可以无所事事。

以始终是我。社交场中的闲逸是令人厌恶的,因为它是被迫的;孤独生活中的闲逸是愉快的,因为它是自由的、出于自愿的。宾客满堂时,无所事事便使我苦不堪言,因为我是被迫无所事事的。我得待在那里,钉在一张椅子上,或是直挺挺的像个哨兵那样站着,不动脚,不动手,不敢跑,也不敢跳,不敢唱,不敢叫,也不敢指手画脚,甚至连梦想也不敢。闲逸的极度无聊再加上受拘束的极度痛苦使我不得不注意听所有的傻话和所有的恭维,并不断绞尽脑汁,以免失掉机会,轮到我时也把我的哑谜、我的谎言插上去说说。而你们就把这个叫作闲逸!这是地道的苦役犯的劳动啊!

　　我所爱的闲逸不是一个游手好闲者的闲逸,游手好闲者是抱着膀子待在那里一动也不动的,是脑子和四肢都无所作为的。我所爱的闲逸是儿童的闲逸,他不停地活动着,却又什么也不做;是胡思乱想者的闲逸,浮想联翩,而身子却在待着。我爱忙些无所谓的小事,什么都做一做,却什么都不做完,我爱随兴之所至东奔西走,我爱时时改变计划。我爱盯住一个苍蝇看它的一切动作,我恨不得搬起一块岩石,看看底下到底有些什么东西,我爱满腔热忱地捡起一个十年才能完成的工作,而十分钟后又毫不惋惜地把它丢掉,总之,我爱整天东摸摸、西看看,既无次序,又不持续,一切都只凭一刹那的高兴。

　　我心目中的植物学,开始成为我的癖好的植物学,正是一门闲人的学问,适于填满我的闲暇时间的全部空隙,既不让想象力有发狂的余地,也不让绝对无所事事的苦闷有产生的可能。在树林和田野里漫不经心地溜达,无意识地在这里那里有时采一朵花,有时折一个枝,差不多遇到什么就嚼点什么,同样的东西观察个千百遍而永远怀着同样的兴趣,因为我总是看过什么马上就忘记掉的——这就足够使我历千万年而不会感到片刻的厌烦了。植物的构造不论怎样精细，不论怎样奇妙，不论怎样种类繁多，是不会吸引一个无知者的注视而使他产生兴趣的。在植物的组织上表现出来的那种恒常的类似与无穷的变化，只能使对植物界有若干知识的人为之叫绝。别人看到大自然这许多宝藏，只能产生一种愚昧的、单调的赞美，他们细看就什么也看不出来了，因为他们连该看些什么都不知道；他们又看不到整体，因为他们根本就不晓得各种关系与组合之间的联系，而这种联系是以其万千神奇奥妙而使观察家感到无限惊奇的。由于我的记忆力不好，我经常处于这种神妙的状态：我掌握的必要的知识，使我对一切都能够感知。那个岛虽小，却分成种种不同的土壤，而我面前的草木也就有相当多的品种，够我终身研究和消遣了。我不愿在岛上漏掉一根草而不加以分析，我已经在准备用无数有趣的观察来辑成一部《圣皮埃尔岛植物志》了①。

我叫戴莱丝把我的书籍、衣物都带来了。我们就寄宿在岛上的出纳员家，他的妻子有几个姊妹住在尼多，她们轮流来看她，给戴莱丝做做伴。我在那里尝试着一种甜美的生活，恨不得在这种甜美的生活中度过我的一生，而我对这种生活所发生的兴趣又只有使我更深切地感觉到马上就要随之而来的那种生活的苦涩。

我一向是热爱水的，一见到水就沉入那滋味无穷的遐想，

① 卢梭是一七六五年九月中旬住到圣皮埃尔岛上来的，他在《一个孤独的散步者的遐想》又译《漫步遐想录》第五篇里特别回忆到这个岛。现在这个岛已经由一片沙滩把它跟西南面的那个小岛连起来了，小岛现名兔岛。卢梭住的房子现在是个旅馆，年轻的浪漫主义者经常到这里来朝圣。

虽然时常没有明确的目标。天气晴朗的时候,我一起床总是忘不了跑到平台上去呼吸早晨那清新而又有益健康的空气,极目眺望美丽的湖对岸的天际,湖岸和沿湖的山岭构成了一片赏心悦目的景色。我觉得对神的崇敬,没有比这种由静观神的业绩而激起的无言的赞美更恰当的了,这种赞美不是具体的行动所能表达出来的。我懂得为什么城市里的居民没有多少宗教信仰,他们见到的只是墙壁、街道和罪行;但是我就不懂得为什么农村里的人,特别是与外界隔绝的人,能没有宗教信仰。他们目睹着种种神奇,他们的灵魂怎么能不每天千百遍地悠然神往这些神奇的创造者呢?至于我,特别是在起床之后,被一夕无眠弄得疲惫不堪,但由于长期的习惯而能这样心醉神迷,是绝不需要有思索之劳的。可是要做到这一点,我的眼睛必须接触到大自然的那种动人的景象。待在我的房间里,我就祷告得比较少,比较枯燥;但是一看到美丽的景色,我不知为什么就感到心弦颤动。我记得有本书上说,一个明哲的主教巡视他的教区,发现一个老太婆在祷告的时候只会说声"呵!",他就对她说:"好大娘,你永远这样祷告吧,你的祷告比我们的都好。"这个最好的祷告也就是我的祷告。

早餐后,我就皱紧眉头赶着写几封倒霉的信,热烈企盼着不再有信要写的那种幸福时刻的到来。我又在我的书籍和文稿的周围绕上一阵子,是为着打开包,整理整理,而不是为着读它们。这种整理工作,在我已经成了珀涅罗珀织的布①了,

---

① 见《奥德修纪》。远征特洛亚的希腊英雄奥德修斯在海上漂泊了十年,在这期间,许多人向他的妻子珀涅罗珀求婚;她答应把手里织的那块布织完,再行选择对象,但是她白天织,夜里拆,直等到奥德修斯回家时还没有织完。

它予我以消磨时间的快乐；然后，我厌烦了，就扔下这工作，把早晨剩下的那三四小时都用来研究植物学，特别是研究林内乌斯①的系统，我对这个系统产生了一种难以摈弃的癖好，即使在感到它的空疏无谓之后，也是如此。这个伟大的观察家，据我看，是到现在为止唯一——还有路德维希②——以博物学家和哲学家的眼光看待植物学的；但是他在标本室和植物园里研究得太多，而在大自然中研究得却不够。我呢，我把整个岛当作一个植物园，需要进行观察或验证一个观察时，就跑到树林里或草地上去，我的胳臂底下夹着一本书，到了那儿就在要研究的那个植物旁边躺下，以便从从容容地就它长在地上的状态去考察。这个方法对我大有好处，使我能认识在未经人手培植或改变性质之前的处在自然状态的植物。有人说，路易十四的首席御医法贡能透彻认识御花园里的全部植物，并且都说得出名字来，但是一到乡间就显得那么无知，什么都不认识了。我正好和他相反，对大自然的作物倒略知一二，而对园丁栽培的作物就一无所知了。

下午的时间，我将自己完全交付给我那闲散疏慵的性情，听随当时的冲动去活动，毫无规律。风平浪静的时候，我常常一离开餐桌就独自跳上一只小船，一直划到水中央；这是出纳员教会我用单桨划的。到我随水漂流的时刻，我就快乐得浑身打战，我说不上也不明白我这样快乐是什么原因，也许那是暗自庆幸我就这样逃出了恶人们的魔掌吧。然后，我就一人在这湖上荡漾，有时也接近湖边，可是从来不上岸。我时常让

①　林内乌斯，瑞典植物学家林内(1707—1778)的拉丁名。
②　路德维希(1709—1773)，德国植物学家。

我的船听凭风吹水推,自己则沉醉于无目的的遐想之中,这种遐想,尽管难以捉摸,却并不因此而不甜美。有时我心头一阵发软,就叫将起来:"啊! 大自然啊! 我的母亲啊! 我现在是在你单独的守护之下了,这里绝对没有什么奸诈邪恶的人插在你我之间了。"就这样,我一直漂离陆地有半法里之遥,我恨不得这个湖是一个汪洋大海。然而,我的狗可不像我,它是不喜欢这样在水上长期停留的,为了迎合我那只可怜的狗,我通常总是有个游览的目的,那就是登上那个小岛,在那里溜达一两小时,或者躺在土墩顶上的那片绿茵上面,饱享观赏湖内外风光的乐趣,考察和解剖我手边的各种植物,像是又一个鲁滨逊那样,在这个小岛上为自己建造一个幻想的幽居。我非常喜爱这个小山丘,每当我能把戴莱丝和出纳员的太太以及她的姊妹们带到这里来散步的时候,我是多么自豪地做她们的桨手和向导啊! 我们郑重其事地运些兔子到这里来繁殖,这又是让-雅克的一个盛大节日。这一小群居民使我感到这个小岛更加有趣,从那时起,我就到那里去得更勤,乐趣更浓了,为的是研究那些居民发展的迹象。

除了这些消遣之外,在一定的季节,我还有另外一种消遣,它使我回想起沙尔麦特的那段甜蜜的生活,那就是收获蔬菜和水果。戴莱丝和我都以能和出纳员的太太及其全家一起劳动为乐。我记得有次一个名叫基什贝尔格的伯尔尼人来看我,发现我跨坐在一棵大树上,腰带上系着一个大口袋,里面苹果已经装得那么满,我简直没法动弹了。我对这次相遇以及其他类似的几次相遇,并不感到难堪。我希望伯尔尼人亲眼看看我是怎样利用我的余暇,不再打算扰乱我的安宁,让我在孤寂中太太平平地居住下去。我真是宁愿他们主动把我幽禁在这种孤寂的生活里,这比由我自己主动还要好得多,那样,我就会更加保险,不怕有人来扰乱我的休息了。

这里又是我预先就料到读者不会相信的那种自白了,读者虽然在我整个生活过程中已经不能不看到我千千万万的内心感受都与他们的毫不相同,却总是固执地要以己之心度我之心。更奇怪的是,他们既不肯承认我会有他们所没有的那一切好的或不好不坏的感情,他们却又经常准备把一些坏到根本不能在人心里产生的感情硬派到我的头上。他们觉得最简单的办法就是把我放到与大自然直接矛盾的地位,使我成为一种根本不可能存在的怪物。他们想给我抹黑的时候,就觉得任何荒谬绝伦的话都是能使人相信的;他们一想到要说我好,就觉得任何不同凡响的事都是不可能的。

但是,不管他们信不信,不管他们会怎么说,我仍然要继续忠实地暴露让-雅克·卢梭是个什么样的人,做了些什么事,想了些什么东西,对他的思想感情上的奇特之处,丝毫不加解释,绝对不予以辩护,也不去研究别人想的是否跟他一样。我太爱圣皮埃尔岛了,在岛上居住实在太中我的意了,我把一切欲念都寄托在这个岛的范围以内,打定主意绝不再走出岛外。我对不得不到邻近地区去进行的拜访——去讷沙泰尔、比埃纳、伊弗东、尼多等地,一想起来就感到厌倦。我觉得在岛外度过一天,就等于我的幸福被扣除了一天,出了湖就是如鱼离水。而且,过去的经验已经使我胆寒了,随便一个什么好的事物,只要是能称我的心愿,我就得作很快要失掉它的思想准备。所以,想在岛上了此一生的那种热烈愿望,是和怕被迫迁出的那种畏惧完全不能分开的。我已经养成了习惯,天天晚上跑到沙滩上去坐,特别是在湖上有风浪的时候,我看着波涛在我的脚前化作泡沫,便感到一种奇特的乐趣。它使我觉得这正是人世的风波和我住所的宁静的象征,我有时想到这里便觉得心头发软,直感到眼泪夺眶而出。我怀着热爱享受着的这种安宁,只有唯恐失之的那种不安心情在搅乱它,但是这种不安的心情是那样强烈,竟至损害了它的甜美。我感到我的处境太没有保障,实在靠不住。"啊!"我心里想,"我多么愿意拿离开岛的自由去换取永远留在岛上的保证啊!这个自由我是连想都不愿意想的。我多么想被强制留在这里,而不是蒙恩和被容忍而居住在这里啊!仅只因为容忍而让我住在这里的人们是随时可以把我撵走的,我能希望那些迫害者看到我在这里很幸福就让我幸福下去吗?啊!人们只容许我生活在这里是不够的,我真想人们判决我住在这里,我真想被迫留在这里,以免又被迫迁出去。"我以艳羡的眼睛看着那幸运的米舍利·杜克莱[1],他安安静静地待在阿尔贝的城堡里,只要他想得到幸福就能得到幸福。最后,由于我老是这样想,老是有令人不安的预感,觉得有新的风暴时时刻刻准备扑到我头上来,所以我竟至盼望,并且以一种非常热烈的心情盼望,他们干脆就把这个岛作为我服无期徒刑的监狱,而不只是宽容我在这个岛上居住。我可以发誓,如果只凭我自己做主就能叫人家判决我住在这里的话,我是会以最大的喜悦心情这样做的,因为我万分情愿被迫在这里度过我的余生,绝不愿有被驱逐出岛的危险。

这种恐惧不久就成事实了。在我万想不到的时候,我收到尼多的法官先生一封信(圣皮埃尔岛是属于他的司法区

---

① 参阅本书第 260 页。

的）；他以这封信向我下达了邦议会诸公的命令，要我搬出这个岛，并离开他们的辖境。我读着这封信简直以为是在做梦，没有比这样一个命令更不自然、更不合理、更出乎意料的了，因为，我原来对我的那些预感，一向只看作是一种惊弓之鸟的不安情绪，而不看作是具有若干根据的预见的。我曾采取种种步骤以得到管辖机关的默许，人们又让我那么安安静静地搬到岛上来安家，还有好几个伯尔尼邦的人以及法官自己都曾来访问过我，而且法官对我又殷勤备至、优礼有加，再加上季节又那么严酷，在这时候驱逐一个衰老有残疾的人出境，未免太惨无人道了。这一切使我和许许多多的人都相信，在这道命令里必然有些误会，完全是那些居心不良的人特意趁这葡萄正在收获、参议院正在休会的时期，给我突然来这一下打击。

如果依我一时气愤去行事的话，我一定当时就走了。但是走到哪里去呢？在这入冬之际，既无目标，又无准备，既无车夫，又无车辆，怎么办呢？除非把书籍、衣服、全部什物都一概扔掉，否则我就得有点时间，而命令里又没有说给不给时间的话。连绵的灾难已经开始消磨我的勇气了。我生平第一次感到我天生的那种豪迈之气在窘迫的压力下低下头来，我心里尽管愤愤不平，还是不能不卑躬屈节地请求一个期限。命令是由格拉芬列先生下达给我的，我就请求格拉芬列先生解释一下。他的信显示出他对这道命令是极不赞成的，他只是以万分歉疚的心情把它下达给我；我觉得，信里充满的那些痛心和钦仰的表示，仿佛都是在和蔼地敦促我敞开心跟他谈谈；我就这样做了。我甚至绝不怀疑，我这封信一定会使那班无义之人睁开眼睛，看到他们自己的野蛮，即使不收回这样一个残酷的成命，至少也会给我一个合理的期限的，也许还会给我一整个的冬天，好让我去准备退路，选择一个地点。

我一面等候回信，一面就开始考虑我的处境，盘算我该采取什么决定。我到处都看到那么多的困难，忧愤又太伤我的心，此刻我的健康情况又很坏，所以我竟不由自主地灰心到了极点，而我灰心的结果就使我的脑子里剩下的一点智慧也丧失净尽了，没法子对这种可悲的处境做出一个尽可能好的安排。很明显，不论我到什么地方去避难，我都逃脱不了人们为驱逐我而采用的那两种方式中的任何一种：一种方式是用暗中活动的办法激起无知小民来反对我；另一种就是用公开强制的办法驱逐我而不说出任何理由。因此我无法指望得到任何一个安全的退路，除非是到我的力量和当时的季节都似乎不能容许我跑得那么远的地方去找。这一切又把我拉回到我方才那些念头上来了，所以我就大着胆子去希望，去建议，宁可让人把我管制起来，禁锢终身，也不要叫我在大地上不断流浪，一再把我逐出我所选定的那些避难的处所。我写出第一封信的两天之后，又写了第二封信给格拉芬列先生，请他为我向当政诸公提出这个建议。伯尔尼邦对我这两封信的答复，是以最明确、最严酷的措辞写成的一道命令，限我在二十四小时内离开岛屿和该共和国的一切直接和间接的领土，永远不得重来，否则定予严惩。

这个时刻是十分可怕的。我曾感到比这更苦的焦虑，却没有遇到过比这更大的困难。但是，最使我痛心的还是被迫放弃那个我盼望能在岛上过冬的计划。现在正是时候，应该补叙一下这件命定的憾事了。这件事使我的灾难达到顶点，并且拖着一个不幸的民族跟我一同垮台——而这个民族的许多初生的美德本来已经预示它有一天会与斯巴达和罗马争光的。

　　我以前在《社会契约论》里曾提到科西嘉人，认为他们是一个新兴的民族，是欧洲唯一不曾衰敝的民族，可以为之立法图治；我还说明，人们应该对这样一个民族抱有很大的希望，如果它能幸而找到一个贤明的导师的话。我这部作品被几个科西嘉人读到了，他们对于我谈到他们时的那种赞扬的态度，深有所感。他们当时正致力于缔造他们的共和国①，这就使他们的领袖们想到来征求我对于这一重要工作的意见。有位布塔弗哥先生，是出身于该地的望族之一，当时在法国的王家意大利团队任上尉，曾为这个问题写信给我，并且给我提供了好几种文件，都是我为了解该民族历史和当地情形向他索取的。保利先生也给我写过好几次信。虽然我感到这样一项工作超出我的能力之外，却仍然相信，将来掌握了为此而需要的一切材料之后，我就不能拒绝贡献出我的力量来共襄这个伟大的善举。我对他们两人的来信都是照这个意思去答复的，这种通信一直继续到我离开圣皮埃尔岛的时候为止。

　　正在这时候，我听说法国派兵到科西嘉岛去了，和热那亚人签订了一个条约。这个条约和这次派兵使我不安起来；当时我并没有想到我会跟这一切有任何关系，可是我已经觉得，为一个民族的立法建制而工作是需要绝对安静的，而在这个民族可能就要被征服的时候去致力于这种工作，当然是既不可能而又可笑的了。我对布塔弗哥先生并没有隐瞒我这种不

---

　　①　科西嘉人在保利领导下于一七五二年起义，脱离了热那亚的管辖。法国先居间调停；后于一七五九年由德马莱·德·乌期布瓦用武力控制了科西嘉岛，然后于一七六八年从热那亚手里把这个岛买了过去。

安的想法,而他却劝我放心,向我保证说,如果那个条约里有损害他的民族的自由的规定,像他那样一个好公民是绝对不会继续在法国军队里服务的。事实上,他要为科西嘉人立法图治的那种热忱,以及他与保利先生保持的那种密切关系,都不容许我对他本人有任何怀疑的余地。当我听说,他常到凡尔赛和枫丹白露去,又跟舒瓦瑟尔先生有些联系,我就得不出其他的结论来,只有相信他对法兰西宫廷的真实意图确有把握,而他只让我去心领神会,不愿在信上公开说明。

这一切总算使我部分地放心了。然而,我一点也不明白法国这次为什么派兵,想不出理由来证明法国兵派到那里是为了保障科西嘉人的自由,因为单是科西嘉人自己的力量就足够反抗热那亚人并进行自卫了。所以我还是不能完全安下心来,也不能在掌握确实的证据、知道那一切并不是人家在戏弄我之前,就当真插手去搞那个拟议中的立法工作。我倒极想跟布塔弗哥先生见一次面,这是真正弄清我所需要的情况的办法,他也使我感到会面是有希望的,所以我怀着非常焦躁的心情等待他。在他那方面,他是否真有前来和我相见的计划,不得而知,但是,即使他有这样的计划,我那些灾难一定也会阻止我利用他那个计划的。

我越考虑这项拟议中的工作,越对手里的材料作深入的研究,就越感觉到,为之立法的那个民族,他们所居住的土地,以及法制应该与之适应的种种关系,都有就近研究的必要。我一天比一天更懂得,要想从远处获得指导我的一切必要的知识,那是不可能的。我把这个意见写信告诉布塔弗哥了,他也有同感。如果说我还没有真正下决心到科西嘉岛去,我却也很动了一番脑筋在考虑这次旅行的办法。我把这件事向达斯蒂埃先生谈了,他是应该了解这个岛上的情形的,因为他以前曾作为马耶布瓦先生的部下在那儿做过事。他极力劝我休作此想,我承认,他把科西嘉人和他们的乡土给我描写得那么可怕,使我原来想到他们中间去生活的念头冷了一大截。

但是当在莫蒂埃受到的迫害使我想到离开瑞士的时候,这个念头又复活了,因为我希望最后能在那些岛国之民中间找到人家到处都不让我享有的那种安宁。不过有一件事使我对这次旅行感到胆怯,就是我将不得不过一种紧张的生活,而我对这种生活始终是不能适应而又极端憎恶的。我生来就是为着独自一人在闲暇中进行沉思默想,而不是为着在大庭广众中说话、行动和处理事务。大自然给了我第一种才能,就拒绝给我另一种才能。我感觉到,我将来一到科西嘉岛,尽管我不直接参加公务,还是不能不投入人民的热情活动之中,并常常跟领袖们开会、商讨问题。我此行的目的本身就要求我不是去寻求隐遁,而是到那个民族的怀抱中找我所需要的知识。很明显,我将再也不能支配我自己了,我既不由自主地卷进了我生来就不能适应的那种事务的漩涡,就会在这漩涡中过一种与我的爱好完全相反的生活,而且我在漩涡中的表现将只能于我自己不利。我预料到,我的著作可能曾使科西嘉人觉得我有些能力,我一到那里就会使他们感到见面不如耳闻,因而我在科西嘉人心目中的声望就会降低,同时他们对我原有的信任就会丧失,这于我固然是损失,于他们也同样是损失,因为没有他们的信任,我就不可能把他们期待于我的工作做出成绩来。我确信,我这样越出了自己的能力范围,既于他们无益,也使我自己不幸。

好几年来,我被各式各样的狂风暴雨震撼着、冲击着,横遭迫害，到处奔波，弄得我疲惫不堪，我痛切地感到休息的必要，可是我那些野蛮的仇敌却偏以使我不得休息为乐事；我比任何时候都更渴望我一向就极端羡慕的那种可爱的清闲、那种身心的恬静，自从我从爱情与友谊的幻象中醒悟过来之后，我的心就一直把这种清闲恬静看作唯一的无上幸福。我怀着恐慌的心情瞻望我行将承担的那些任务和行将陷入的那种纷繁生活；目标的伟大、美妙和意义固然激发我的勇气，可是一想到我冒险犯难而不能获得成果，我的勇气就完全消失了。若论所耗的精力，我独自默想沉思二十年，也抵不上我在人事的纠缠中紧张生活六个月，而且还一准是劳而无功。

我想起了一个在我看来是可以把一切都照顾到的权宜之计。我既然每逃到一个地方都被我那些暗中的迫害者的诡计阴谋钉住不放，既然现在我只看到一个科西嘉岛还能使我指望在老年得到他们在任何地方都不愿让我享有的那种安宁，那么，我就决计依照布塔弗哥的指示，当我一有可能的时候，就到那个岛上去。但是，为着能在那里生活得安静，我又决计至少要在表面上放弃那立法的工作，而只限于就地写科西嘉人的历史，作为对他们殷勤待客的一种报答。不过，如果我看出有成功的可能的话，我也不声不响地作些必要的调查，以便我对他们能有更大的用处。这样，我既不承担任何责任，又可以暗暗地、更自由自在地想出一个适合他们的方案，而且这不需要我放弃我那心爱的孤独生活，也不需要我勉强接受一种我既不能忍受又无能力应付的生活方式。

但是这次旅行，依我当时的处境，不是一件容易做到的事。照达斯蒂埃先生跟我所谈的科西嘉岛的那种情形，除了自己带去的东西之外，在那里连最简单的生活用品都会找不到的,内衣、外衣、锅盆瓢碗、纸张、书籍,什么都得随身携带。我要带我的女总督迁居到那里去,就得越过阿尔卑斯山,并且把一大套行李拖在后面走上二百法里的长程,还得穿过好几个统治者的国境。并且,看全欧洲当时已经形成的那种风气,我当然还要预料到在我的灾难之后我到处都会碰到的障碍,会看到每个人都要幸灾乐祸地予我以新的打击,在我身上违犯一切国际法与人道的准则。像这样一次旅行的巨额耗费和种种疲劳、危险,也使我不得不预先就料到并且仔细衡量一下各种困难。以我这样的年龄,最后落得孤身一人,束手无策,举目无亲,托命于这个像达斯蒂埃先生所给我描绘的那样野蛮而剽悍的民族,这种前景,当然要使我在执行我的决定之前深思一番。我热烈盼望我和布塔弗哥的会晤,我等待晤谈的结果,以便把我的计划最后确定下来。

正当我这样犹疑不定的时候,来了莫蒂埃的迫害,逼着我去逃难。我那时并没有为长途旅行做好准备,特别是到科西嘉岛去旅行。我是在等候布塔弗哥的消息时逃到了圣皮埃尔岛,到入冬的时候,我又如上文所说,被驱逐出岛了。这时,阿尔卑斯山上盖满了雪,这种迁徙计划根本就不能实现,特别是限期又那么急促。说真的,像这样一道命令,其本身的荒唐就使它不可能执行:因为,要从这四面环水的孤僻之区的中心搬出去,从命令下达时起,只有二十四小时来准备,又要找船,又要找车来离开岛屿和整个国境,即使我长了翅膀,也是难以应命。我把这种情形写信告诉了尼多的法官先生,作为对他的来信的答复,接着我就赶紧离开了这个无义之邦。以上是说明我怎样迫不得已放弃了我那心爱的计划,怎样在灰心丧气的时候不能求得人家对我就地实行管制,就接受了元帅勋爵的邀请，决计到柏林去走一遭，让戴莱丝守着我的衣物、书籍在圣皮埃尔岛上过冬，同时把我的文稿都交到贝鲁手里。我处理得那么快，第二天早晨就从岛上动身了，到比埃纳还没有过午。由于一个意外的插曲，我几乎在比埃纳就结束了我的旅行，这个插曲也是不应该略而不谈的。

我奉命离开避难所的消息一传出去，邻近地区来拜访我的人便络绎而至，特别是伯尔尼邦人，他们以最可恨的虚情假意来恭维我、敷衍我，并向我保证，人家是利用放假的时期和参议院休会的时候草拟和下达了这道命令的，据他们说，二百人议会的成员对这个命令都感到愤慨。在这一大堆安慰者里面，有几个是从比埃纳市——比埃纳市是个小自由邦，圈在伯尔尼邦里——来的，其中有个青年人，名字叫韦尔得勒迈，他的家庭是第一流望族，在这个小城市里享有最大的威信。韦尔得勒迈代表该邦公民，恳切劝我到他们那里去选择避难处所，说他们热切盼望能在那里接待我，将以让我住在那里忘掉过去的种种迫害之苦为一种光荣和义务，又说我在他们那里不必害怕伯尔尼邦人的任何势力，说比埃纳是个自由市，不接受任何人的法令，全体公民都一致抱定决心，不听从任何于我不利的请求。

韦尔得勒迈看他一个人不能打动我，便找了好几个人来帮腔；这些人，有的是比埃纳市和邻近地区的，也有的就是伯尔尼邦的，其中就有我已经提到过的那个基什贝尔格，他从我退居瑞士以来就一直要跟我攀交，而同时他的才能和思想也使我感到他这人很有意思。但是，比较更出乎我意料，同时也比较更有分量的，是法国大使馆秘书巴尔泰斯先生的敦劝，他跟韦尔得勒迈一起来看我，极力怂恿我接受韦尔得勒迈的邀请,他对我显示的那种热烈而好心的关切,真令我吃惊。我本来一点也不认识巴尔泰斯先生,然而,我看他说的话倒很热情恳切,觉得他是真心实意要说服我在比埃纳市住下来。他在我面前把这个城市和居民夸得冠冕堂皇,他表示他和他们相处得太亲密了,以致他好几次竟在我面前把他们称为他的恩主、他的父老。

　　巴尔泰斯的这番交涉可把我原来的一切推测弄糊涂了。我一直怀疑舒瓦瑟尔先生是我在瑞士所遭到的那一切迫害的暗中主使人。驻日内瓦的法国代办的行径,驻索勒尔的法国大使①的行径,只能肯定地证实我这种怀疑;我看得出,我在伯尔尼邦、日内瓦、讷沙泰尔所遭受到的一切,都是由法国在暗中施加影响,同时我不信我在法国除舒瓦瑟尔公爵一人外,还有什么有势力的仇人。那么,我对巴尔泰斯的拜访以及他对我的命运显出的那种好心的关切,又能作何感想呢?我历次的灾难都还没有磨灭我的心灵所自然具有的那种对人的信任,经验也还没有使我学会能在爱抚下随时看出陷阱。我怀着惊诧的心情寻思巴尔泰斯这种盛意的理由,我倒不那么傻,认为他办这个交涉是出于主动,我在他那番交涉中看出他有意张扬,乃至矫揉造作,这正说明他别有用心,我确实从来没有在这种小幕僚身上发现过我当年在类似的岗位上常使我的心灵沸腾起来的那种见义勇为的精神。

　　我以前在卢森堡先生家里就多少有点认识波特维尔骑士,他也曾对我表示过若干美意。从他任大使以来,他还表示他依然记得我,甚至还邀我到索勒尔去看他。这个邀请,我虽

<hr />

　　① 即下文的波特维尔。

然没有接受,却令我颇为感动,因为我不习惯于接受身居高位的人这样客气的对待。所以我猜想,波特维尔先生在有关日内瓦事件的问题上是不得不按照上级的指示行事的,然而他心里却同情我的不幸,所以他以特殊的照顾,为我布置下比埃纳市这个避难处所,好让我能安安静静地生活在他的庇荫之下。我很感谢这种照拂,但是并无意加以利用,我已经最后决定到柏林去旅行,所以我只热烈地盼望着与元帅勋爵会晤时刻的到来,深信从此以后,我只有在他身边才能找到真正的安宁和持久的幸福。

我从岛上动身的时候,基什贝尔格一直把我送到比埃纳。我在那里看到韦尔得勒迈和其他几个比埃纳人在迎接我下船。我们大家一起在小客栈里吃了午饭;我到达后的第一件事就是叫人去找辆轿车,想第二天一早就走。吃饭的时候,那些先生们又重申前请,要留我在他们那里住下,而且要求得那么热烈,又保证得那么动人,以致,尽管我已最后决定,我这颗向来就不会抗拒爱抚的心,到底还是让他们的爱抚给感动了。他们一看我已经动摇,便越发加倍努力,我终于被他们战胜了,同意在比埃纳留下,至少留到开春。

韦尔得勒迈立刻忙着给我找房子,把一个丑陋的小房间在我面前吹得像个意外的新发现似的;这个小房间是在四层楼的后楼,对着一个院子,院子里供我赏目的是一个麂皮商人的一汪臭水。我的房东是个矮子,一脸贱相,相当狡猾,第二天我就听说,他是个荡子,又是个赌徒,在地方上名声很不好;他既无妻室,又无儿女,更无仆役。我凄凄凉凉地将自己关在那个孤寂的房间里,可以说是身在世界上风景最佳的地域,而住的却是不到几天就能闷死人的小屋。使我感触最深的是,尽管人家对我说当地居民怎样热心，要留我做客，我打街上过的时候，在他们的态度中却看不到一点对我客气的表示，在他们的眼光里也看不到一点亲切的神情。然而，我已经完全决定要在那里待下去了，就在这个时候，我听说也看到而且还感觉到该市正酝酿着一场针对我的可怕的骚乱。有好几个献殷勤的人卖乖讨好地来通知我说，明天就要以尽可能最严酷的方式给我下达一道命令，限我立刻离开国境，也就是说离开市境。我没有任何人可以信赖了，所有挽留我的人都已散去，韦尔得勒迈不见了，我也听不到人家说巴尔泰斯了，而且他在我面前给自己拉上的那许多恩主和父老，似乎并没有因他的嘱托而对我怎样关照。有个叫什么伏·特拉维尔的先生，他是伯尔尼邦人，在本市附近有座漂亮的房子，他倒请我到那房子里去避难，据他对我说，希望我在那里可以免于被人用乱石打死。这个优点似乎没有足够的诱惑力使我在这个好客之邦继续逗留下去。

然而，这一耽搁，就是三天过去了，伯尔尼邦人为了使我离开他们的领土而给我的那二十四小时的限期，已经超过很多了。我领教了他们的狠心，当然免不了感到若干焦虑，不知道他们会怎样让我穿越他们的国境。这时，尼多的法官先生来了，正好为我解决了困难。他对当政诸公那种粗暴的做法公然不赞成，所以，他以慷慨好义的精神觉得应该向我作一个公开的表白，证明他在这件事里绝对不曾插手，并且不惜走出他的司法区，跑到比埃纳来拜访我一次。他是在我动身的前一天来的，不但不是微服出访，而且还要故意张扬一下：坐着自己的专车，带着他的秘书，in fiocchi（穿着盛装艳服）而来，并且送给我一份以他自己的名义签发的护照，好让我自由自在地穿越伯尔尼邦的边境,不怕有人刁难。他的拜访比那份护照还更使我感动,即使这个拜访的对象是别人而不是我,我也还会为之感佩不止的。为着支持一个横受欺凌的弱者而及时做出的勇敢行为,我真不知道除此以外还有别的任何事物能在我的心头产生更强烈的印象。

最后,在我好不容易找到了一辆轿车之后,我第二天早晨就离开了这个杀人的乡土,没等要派来抬举我的那个代表团的到来,甚至也没能等到跟戴莱丝见面——本来我以为要在比埃纳住下的,所以通知她来跟我相会,这时却没有时间给她写几个字把我这次新的灾难告诉她,叫她不要前来了。如果我还有力量再写第三部的话①,人们将在那里看到,我原先是怎样想去柏林,而实际上却到了英国,一心摆布我的那两位夫人又怎样在使尽诡计阴谋把我赶出瑞士(我在瑞士还不算是在她们掌握之中的)之后,终于达到了目的,把我送到了她们的朋友的手心里了。

在我把这部作品读给埃格蒙伯爵先生和夫人、皮尼亚泰

---

① 卢梭没有写这第三部;照他自己的说法,他不愿对他身受的那些痛心事,由于追述而重尝一遍苦味。他没有到柏林腓特烈二世的身边去,而是到了英国,住在休谟家里,先在伦敦,后在齐斯威克,最后到伍顿继续写他的《忏悔录》。他从英国回到法国之后,零零碎碎地继续写他的回忆录,有的在《对话录》或称《卢梭论让-雅克》里,有的收在自一七七六年起直到一七七八年七月二日他死于埃尔姆农维尔时止所写的《一个孤独的散步者的遐想》(又译《漫步遐想录》)里。

我们要提醒一下,他责怪布弗莱和韦尔德兰两位夫人,似乎是没有根据的,至少不能说得那么斩钉截铁。但是卢梭认为休谟是与法国哲学家们串通一气的,所以他认为她们之所以劝他到英国,只是为了帮助他的仇人们更好地监视他。

利亲王先生、梅姆侯爵夫人和朱伊涅侯爵先生听的时候①，我加了下面这一段话：

"我说的都是真话；如果有人知道有些事情和我刚才所叙述的相反，哪怕那些事情经过了一千次证明，他所知道的也只是谎言和欺骗。如果他不肯在我在世的时候和我一起深究并查明这些事实，他就是不爱正义，不爱真理。我呢，我高声地、无畏地声明：将来任何人，即使没有读过我的作品，但能用他自己的眼睛考查一下我的天性、性格、操守、志趣、爱好、习惯以后，如果还相信我是个坏人，那么他自己就是一个理应掐死的坏人。"

我的朗读就这样结束了，大家都默默无言。只有埃格蒙夫人一人，我觉得似乎受到了感动：她明显地颤抖，但很快又镇定下来，和在场的其他人一样保持沉默。我从这次朗读和我的声明中所得到的结果就是如此。

---

① 这是一七七一年五月初在埃格蒙夫人家里的事。另外在迪索家、在珀泽侯爵家也朗读过，听众很多。这就使得狄德罗和格里姆知道卢梭说了他们一些什么话，并让他们有时间在埃皮奈夫人的《回忆录》付印之前加以篡改。而且埃皮奈夫人竟还胆敢去向警察局长告发，请求禁止她过去曾保护过的那位旧友朗读他的《忏悔录》。

附　录

《忏悔录》的讷沙泰尔手稿本序言[*]

　　我常注意到，即使在那些自以为最识人的人中，每人也几乎只认识他自己，要是真有人能认识自己的话。因为在不和任何事物作比较的情况下，单凭一个人身上仅有的一点关系，怎能很好地确定他是个怎样的人呢？然而这种对自己的不完全认识却是我们用来认识他人的唯一方法。人以自己作为衡量一切的尺度。也正因为如此，我们总因过分看重自己而产生两种错觉：或是把我们在处于他们的地位时我们会怎么行动的动机强加给他们，或是在这同一种假设下，不知已处于和自己处境很不相同的另一处境中，对自己的动机做了错误的解释。

　　我作这些观察是对我自己而言的，我不是按照我对别人作的判断（这时我很快就感到自己是个与众不同的人），而是按照别人对我作的判断。别人对我的行为的动机的判断几乎总是错的，而一般说来，作这类判断的人越有才智就越错得厉

<hr />

害,他们衡量的事物越广,他们错误的判断和事物间的距离也越大。

由于注意到这些,我决心使我的读者在识人方面更进一步。要是可能的话,我要使他们从这总是以己之心来度他人之腹的唯一而又错误的尺度中解放出来,同时相反地,为了认识自己的心,须经常先了解别人的心。为了使他们学会评价自己,我愿尽力使其至少能有一件可与之相比的事物,使其能认识他们本人和另一人,而这另一人可以是我。

是的,是我,仅我一人,因为直至目前为止我还不知道有任何人敢于做我要做的事。种种经历、生活,人物写照和性格,所有这一切都是些什么?精心构思的传奇故事建立在外在的行动、与之有关的言论以及作者细致的臆测上,而作者更多地致力于炫耀自己而不是在发现真理。他们抓住性格里最鲜明之处,将其与他们臆造出来的东西揉在一起,用这些捏成一副嘴脸,管它像不像呢! 没有人能从这上面做出什么判断。

为了更好地认识一种性格,须将其中属于先天和后天的部分区别开,看看这一性格是怎样形成的,在任何情况下它有了发展,何种隐秘的感情促使它演变成今天的状况,这些变化是怎样进行的,有时怎么会产生最矛盾和最无法预料的后果。所有这些能看到的东西只是性格中极少的部分,是经常很复杂而隐伏的内因的外在表现。各人以各自的方式来推测,照自己的幻想来描绘,毫不害怕别人会用原型来和自己的涂抹相对照。怎样来使我们了解这一原型的内心呢?描绘别人内心的人无法看到这个内心,而看得到这个内心的人又不肯把它暴露出来。

只有本人,没有人能写出他的一生。他的内心活动、他的真实的生活只有他本人才知道,然而在写的过程中他却把它掩饰起来,他以写他的一生为名而实际上在为自己辩解,他把自己写成他愿意给人看到的那样,就是一点也不像他本人的实际情况。最坦率的人所做的,充其量不过是他们所说的话还是真的,但是他们有所保留。这就是在说谎。他们没有说出来的话竟会如此改变他们假意供认的事,以致当他们说出一部分真事时也等于什么都没有说。我让蒙田在这些假装坦率的人里高居首位,他们用说真话来骗人。蒙田让人看到自己的缺点,但他只暴露一些可爱的缺点。没有可憎之处的人是决不存在的。蒙田把自己描绘得很像自己,但仅仅是个侧面。谁知道他挡起来的那一边的脸上会不会有条刀伤或者有只瞎眼,把他的容貌完全改变了呢?一个比蒙田更自负、但比他更直率的人是加尔丹①。然而很不幸,就是这个加尔丹也是如此疯癫,旁人无法从他的遐想中得到任何教益。再说,谁肯在十卷对开本的狂言书里觅取如此少的教益呢?

因此,可以肯定,要是我很好地实践了自己的诺言,我可能就是做了一件独一无二的好事。但愿大家不反对我以下所述:我只是个平民。没有值得读者一听的事要说。我一生的经历是真实的,我按事件发生的先后把它们写出来,不过我写事件的经过要比写我在这一事件中的心理状态要少些。然而人之是否崇高,只是以其情感是否伟大高尚,思想是否敏捷丰富而定。这里,事实只是些偶然的原因而已。我的一生尽管默默无闻,但要是我的思想比国王们更丰富更深刻,那我的内心的全部活动就会比他们的更能吸引人。

<hr />

① 加尔丹(1501—1576),十六世纪意大利的哲学家、数学家和医生。

我说更能吸引人，这是指对一事物的观察和经验而言，我处在一个人所能到达的也许是最有利的处境。我没有社会地位，然而却熟悉一切等级，曾在除王室外的最低至最高的各等级中生活过。大人物只认得大人物，小人物也只认得小人物。小人物看大人物只从他们那令人仰慕的身份地位去看，而自己则身受不公正的蔑视。在这极其疏远的关系里，双方具有的那个共同本质——人，却失去了。对我来说，细心地除去这种假面具后，我到处都能认出这一本质。我考虑和比较过他们各自的兴趣、意愿、成见和道德行为的准则。我既无奢望，也无足轻重，我为所有的人所接受，而且研究他们也很方便，当他们不装假时我就能作人和人之间、身分地位和身分地位之间的比较。我一无所有也一无所求，既不使人为难也不使人厌烦；我进入各界而无所留恋，有时早晨和亲王共进早餐，而晚上则和农民分享晚饭。

我没有显赫的门第和出身，但却有另外一种我所特有的、花了重大代价换得的显赫，即我的人所共知的厄运。有关我的议论传遍欧洲，才智之士感到震惊，善良的人为之痛心。最后大家终于明白，对这个科学和哲学的世纪，我比他们认识得更为清楚，我已看出，他们以为早已消灭的盲信只不过伪装起来而已；我早在它除去伪装之前就说过这话①，可我没料到是我使它去掉伪装的。这些事件的经过值得塔西陀大书一笔，而我的笔也该使其稍添兴味。事件是公开的，人人都能知道，问题在于要去了解形成这些事件的隐秘的起因。当然没有人

---

① 请参阅一七五〇年出版的我的第一篇讲话的序言。——作者原注
这篇讲话就是指卢梭应第戎学院征文写的那篇文章，见本书第421页及第426页。

会比我更清楚这些事,所以要把它公之于世,就得写出我一生的历史。

我曾经历过如此众多的事件,产生过如此强烈的感情,见过那么多不同类型的人,在那么多境遇中生活过,所以要是我善于利用这些条件的话,五十年的生涯对我来说就像过了几个世纪似的。因此,就事件数量之多及种类之繁而言,我都有条件使我的叙述饶有兴味。尽管这样,我的叙述也许并非如此,不过,这决不该归咎于题材,而是作者的错误。即使在叙述最杰出的人的生活时,这类缺点照样也会产生。

要是说我所从事的这项工作不同寻常,那么促使我这样做的处境也极为罕见。在我的同代人中,很少有人其名在欧洲为人所共知而其人则越少为人知晓。我的书传遍各大城市,而我这个作者却在森林里隐居。大家都在读我的书,都在批评我,都在议论我,但是我却不在场。我远离这些人,远离这些议论。人家说些什么我一无所知。每人都按自己的想象来描绘我,也不怕这原型会出来戳穿他。上流社会里有个卢梭,而另一个与前者毫不相似的卢梭却处于退隐状态。

总起来说,我对公众对我的议论不应有所怨艾①,他们有时把我攻击得体无完肤,但他们也往往把我恭维得无以复加。这取决于他们在评断我时的心情以及他们对我的成见于我有利或是不利,他们在褒贬时都不再注意分寸。当人们单凭我的著作来评断我时,他们根据读者的兴趣爱好,把我看成是一个每发表一部著作就改变一次面貌的怪人。但一旦我有了敌

①　这句话是我一七六四年写的,时年五十二岁,当时一点也没有预见到这一年里等待着我的命运。我本想现在对这段话做一些较大的改动,但我还是让它原封不动地保留下来。——作者原注

人，他们就根据各人的观点想出种种妙计，并在此基础上对他们无法败坏的我的名誉采取一致行动。为了一点也不显出他们在扮演不光彩的角色，他们并不谴责我有什么坏的行为——不论是真有还是捏造。即使他们谴责我，他们也把这些坏事归之于我的坏脾气，这样仍然使人误以为他们的上当受骗是出于轻信，所以还是会说他们是出于好心而来责备我的心地不良。他们在装作原谅我的错误的同时又在攻击我的感情，在显得是从称赞的角度看待我时也知道将我暴露在完全不同的角度下。

采取这样巧妙的语调是合适的，他们在好心好意抹黑我时神气也相当憨厚，他们友情洋溢，但却使我变得可憎，在向我表同情时又把我攻击得体无完肤。就这样他们表示对事实可以不予追究，但却无比严厉地批评我的性格，做到赞扬我而又使我面目可憎。没有什么能比这幅肖像和我本人更不相像的了，我不比人家要求的更好，我是另外一个人。不论在好的方面或坏的方面，他们都没有给予我正确的评价。在把我不具备的美德归于我时是在使我成为坏人。与此相反，做了无人知晓的坏事我仍觉得自己是个好人。从更好地判断我来看，我可能会失去平庸之人而赢得才智之士，而我向来也只求后者的赞同。

以上这些不仅是我从事这一写作的动机，也是我写作时的忠实保证。既然我的名字要流传下去，我决不愿自己有虚假的名声，也决不愿人家把一些不属于我的美德和恶行归给我，也决不愿人家把我描绘得不像我自己。当我想到我将名传后世而感到快慰，这得有些比我的名字更站得住的事迹。我宁愿人家认识我以及我的一切缺点，这是我，而不愿是一个连我自己都感到陌生的人,有着虚假的美德。

很少有人能比我做得更糟,也从没有人像我谈论我自己那样谈论他自己。和承认卑劣低级的行为相比,承认性格上的缺点则更易接受。可以相信,敢于承认这些行为的人会承认一切。这也就是对我的真诚的一种难堪而可信的考验。我要说真话,我会毫无保留地这样做,我将说出一切,好事,坏事,总之一切都说。我要严格地做到实事求是。最胆怯的女信徒也从没有做过一次比我更为深刻的反省,也从不会像我向公众所披露的那样,向她的忏悔师更深刻地披露心中的一切。大家只要一读我的作品,立即就会发现我愿意遵守诺言。

必须创造一种与我的写作计划相称的新的语言,因为要澄清如此纷繁、如此矛盾的一大堆乱七八糟的感情,我要采取什么样的语调,什么样的文体来写作呢?这类感情有些往往很卑劣,但有些有时又很高尚,为此我心中始终无法平静。有多少微不足道的事,多少痛苦我不该暴露?为了追随我心中隐秘的活动,为了说明我心中留下痕迹的每一印象初次是怎样产生的,何种令人厌恶、猥亵、稚气而常是可笑的细节我不该涉及?当我一想到自己要谈之事而脸红时,我知道有些冷酷的人还会把作最难出口的自白时感到的屈辱称作恬不知耻。但还是得说出来,或仍然装假,因为如果我不把某事说出来,人家就无从认识我。在我的性格中,一切都相互关联,成为一体,为了很好揭示这一怪异奇特的混合体,要求我把一生中所有一切都说出来。

要是我像别人那样精心写部著作,那我就不是描绘自己,而是在给自己涂脂抹粉。这是个与我的画像有关而不是与一本著作有关的问题。可以这么说,我像在暗房里工作一样,那里不需要其他技巧,只需要把我所见到的相貌准确地描绘出来。我在文体和内容方面都选定了,我一点也不想使文体统一,想起什么就写什么,随着心情无所顾忌地加以改变。对每一件事我都毫不做作,毫不勉强,也不因写得驳杂而担心,我怎样感受的,怎样看到的就怎样写。我使自己同时处于现时的感受和过去的印象的回忆之中,以便描绘自己内心状况的双重性,也就是事件发生时及把它写下时的心情。我的文笔自然而多变化,时而简练时而冗长,时而理智时而疯狂,时而庄重时而欢快,它是构成我的历史的一部分。最后,尽管这一著作是以这种方式写下来的,这也总是一本因其内容而使哲学家感到可贵的书。我重复一遍,这是一份研究人的内心活动的参考资料,也是世上独一无二的一份资料。

以上是我要说明的我在写一生经历时的意图,大家也应本着这一意图来读我的书,并加以利用。我和好些人的关系使我谈到他们时不得不像谈论自己那样,很随便。只有当我使人同样认识他们时我才能使人很好认识我自己,人不该指望,在这种情况下,我隐瞒起不能不说之事而不影响我该说的真话。我会对别人比对自己作更多照顾。对牵累任何人都会使我非常不快。在生前决不让这一回忆录出版的决定正是出于在不影响我计划执行的同时对我的仇人的尊重。我甚至将采取最可靠的措施,使这一著作只在事件所涉及的人由于时光流逝已不再引起公众注意时才出版,同时我将把它存放在非常可靠的人的手里,以便它永不会被人利用去作任何泄露内情的用途。生前发表此书对我来说会使我较少受到责难,我也不在乎那些在读完此书后可能蔑视我的人。我在这里谈到了自己一些特别令人厌恶,而我也不想求得原宥之事。但这确是我心中最隐秘之事,是我的一份极其严格的忏悔。这是合情合理的,我在保住名声的愿望促使下所犯之罪应以我的名声去抵偿。公众的议论,高声宣判时的那种严厉,我都可以预料到,而我也会低头认罪。但愿每个读者都来仿效我,像我那样去作一次反省,要是他敢这样,在内心深处对自己这样说:"我比那人要好些。"

远方 译

安德烈·莫洛亚为一九四九年
法国勃达斯版《忏悔录》写的序言

　　对很少作家才可以这样说:"要是没有他,法国文学就会朝另一个方向发展。"卢梭就是属于这一类作家。在一个所有作家都由社交活动造就的时代里,他们一步步从十七世纪雍容华贵的贵族文体发展到十八世纪的马里沃文体,再发展到离经叛道、玩世不恭的阶段。这位既非法国人又非贵族的日内瓦公民,毫无贵族的风采可言,却多愁善感胜过风流情种,乡间的孤寂较之沙龙更常在他心头萦回。他使我们饱览瑞士和萨瓦地区的景色,使文坛充满一种清新的气息。

　　夏多布里盎的《勒内》优美和谐,其主人公的思想言语莫不得之于卢梭。如果没有他,我们在《墓外回忆录》里就不会听到贡堡燕子的呢喃和树叶上淅沥的雨声,也不会听到布瓦丝蒂安小姐所唱的歌了。夏多布里盎之所以产生这一构思,是由于读了《忏悔录》里关于苏森姑姑唱歌的那段"亲切的充满家庭气氛的"描写。"这种奇异的情趣,我真是百思不得其解,"卢梭这样写道,"然而,我怎样也不能把这支歌曲一气唱到底,而不被自己的眼泪打断……"

　　勒内,这是改写后的卢梭,是一个"骑士、贵族,一个到过很多地方的人"，是爱上印第安姑娘和西尔菲德①的人，而不再是一个徒步的旅行者，一个雕刻师的徒弟，一个小偷小摸的仆人，一个向成年妇女献殷勤的人。要是夏多布里盎没有读过《忏悔录》，那么他的《回忆录》里那些极其美丽的迷人的描写就不会出现。正如圣勃夫所说，卢梭是第一个使我国文学充满青翠的绿意的作家。夏多布里盎和娜塔莉·德·诺亚伊一起度过的那种富有魅力的、迷人而极度兴奋的日子，不免使人想起卢梭在华伦夫人身旁时也产生过的那种热烈、温柔、悲伤和感人至深的感情。是让-雅克给勒内定下了基调。

司汤达也没有少向卢梭学习。这不单表现在感情的强烈以及有勇气承认这些感情方面，如果没有卢梭这一先例，这是不可能做到的，就连于连·索瑞尔这整个形象也是向卢梭的《忏悔录》学来的。于连在木尔侯爵家的情景就是卢梭在古丰伯爵家的情景，一个对玛特儿的轻视非常生气，另一个则想博得布莱耶小姐的垂青。就像于连一样，卢梭也是以他精通拉丁文而使大家对他刮目相待的。

> 大家都盯着我，面面相觑地一句话也说不出来。我一辈子也没有见过有人惊奇到这种程度。但是，叫我最得意的是布莱耶小姐的脸上显然露出了满意的神情。这位十分傲慢的少女又向我看了一眼，这一次至少和第一次一样可贵。接着她又把目光转向她的祖父，她好像迫不及待地等待他应该给我的夸奖。老伯爵以非常满意的

---

① 西尔菲德是神话中的女精灵。夏多布里盎青年时耽于幻想，在想象中把现实生活中众多女性的面容、身材、品德、智慧等集于一身，称之为他的"西尔菲德"。

神气对我加以最大的最完美的赞扬,以致所有在座的人都连忙异口同声地称赞起来。这个时刻虽然短暂,但是从各方面看来,都是令人心旷神怡的。

这一段难道不像是从《红与黑》里摘出来的吗?

而且,要是卢梭不曾提供这样一种供认不讳的光辉先例,那么在一百年之后,纪德在写《如果种子不死》时能如此坦率地表现他那种形式的情欲吗?在纪德的笔下有着更多的保留,在卢梭的笔下有着更多的得意和自满。这是因为纪德是"一个上层的资产阶级分子",而让-雅克则是一个资产阶级下层人物的儿子。在卢梭之前,爱真诚以及一心追求真诚并不是人的天生的感情。在古典作家身上,体面较真实更为作家所重。莫里哀和拉罗什富科都把自己的自白美化了,伏尔泰也不作什么自我表白,所以到了卢梭才出现一个以把一切都说出而引以为荣的人。

在讷沙泰尔图书馆里有一部手稿,上面有卢梭为《忏悔录》开始部分写的第一次草稿。比起定稿本里那有点戏剧性的开头,那最后审判号角的吹响以及他向上帝的呼唤来,他在这里把他独特的意图表达得更为完善:

> 只有本人,没有人能写出他的一生。他的内心活动、他的真实的生活只有他本人才知道,然而在写的过程中他却把它掩饰起来,他以写他的一生为名而实际上在为自己辩解,他把自己写成他愿意给人看到的那样,就是一点也不像他本人的实际情况。最坦率的人所做的,充其量不过是他们所说的话还是真的,但是他们有所保留。这就是在说谎。他们没有说出来的话竟会如此改变他们

假意供认的事,以致当他们说出一部分真事时也等于什么都没有说。我让蒙田在这些假装**坦率**的人里高居首位,他们用说真话来骗人。蒙田让人看到自己的缺点,但他只暴露一些可爱的缺点。没有可憎之处的人是决不存在的。蒙田把自己描绘得很像自己,但仅仅是个侧面。谁知道他挡起来的那一边的脸上会不会有条刀伤或者有只瞎眼,把他的容貌完全改变了呢?

这最初的草稿提出了两个问题:卢梭自己是不是一个假装坦率的人? 绝对的坦率是可能的吗?

要说卢梭自以为是坦率的,这我同意。他是想做到这一点的,连自己身上丑恶的东西也不隐瞒。比如他承认自己过早地染上手淫的恶习,承认朗拜尔西埃小姐打他时产生了快感,承认他在女人身边感到的胆怯来自一种可能产生类似阳痿状况的过度的敏感,承认他和华伦夫人的那种半乱伦性质的爱情,尤其是承认他那奇特形式的暴露癖。但是这里要提请大家注意的是这种坦率的目的是要引出卢梭在性的方面的态度和表现而已,而这方面的坦率恰恰又是某种形式的暴露癖。写自己乐意去做的事,这就使他的放纵行为有了成千上万的观众,自己也因而感到分外快乐。在这一题材方面所表现的恬不知耻使那些和他是难兄难弟、共染恶习和一丘之貉的读者同他建立起亲密的关系。一个一心想在这方面下功夫的作者撒起谎来,总是有过之而无不及的。

卢梭的确承认自己偷盗,诬陷别人(如可怜的玛丽永的丝带)以及对华伦夫人的忘恩负义。但这些偷窃是小偷小摸;至于诬告,他对我们说他的过错只是因为他太软弱;而他那样严重地谴责自己遗弃华伦夫人,这也是发生在他离开她很久之后,而在这种情况下,别的很多人也会像他那样行事的。他这样痛心地低头认罪,是因为他知道读者会原谅他。相反地他对抛弃他所有的孩子却一笔带过,好像那是一件小事似的。大家会想,他自己难道不属于那种"假装坦率的人"的行列?这种人也暴露缺点,但只暴露一些可爱的缺点罢了。

对于这一点,卢梭回答说:"但愿有人,要是他敢这样说,比我还诚实。"他这样说也许也有理,因为彻底的坦率要求人把自己当作事物来加以客观的观察,但无人能使观察的头脑不走样。讲自己过去历史的作者相信自己的记忆,但记忆却像艺术家和决疑者一样,已经有所选择。作者对他有深刻印象的某些插曲极其关注,但同时却忽略了,而且也根本没有想起过他在很多很多正常情况下所做的事。乔治·吉斯多夫在《发现自我》一书里戳穿了这种手法,他说:"忏悔从来没有把一切都说出来过,也许是因为现实是如此复杂和纷繁,如此没有终结,以致没有任何描述能重建一个真正忠实的形象……就这点而言,去阅读一本旧的私人日记是很说明问题的。我们打算逐日记下的东西是对日常现实生活的一份最原始的说明,但我们记忆里所保留的却和它一点也不相符……"

写忏悔录的作者以为是在回顾他的过去,但事实上他所描述出来的是这一过去在今日的记忆。富歇在老年时讲起他对革命的回忆,他是这样写的:"罗伯斯庇尔有一天对我说:'多特朗特公爵①……'"因此,后来发生的事也会使从前的

① 富歇是一八〇九年才封为多特朗特公爵的,而罗伯斯庇尔死于一七九四年。

事实染上一层色彩。一种经常要求和自己观点一致的想法使我们找出理由来解释某些行为，而这些行为在当时之所以产生，却纯属偶然，或因我们难以忍受，或因交谈时对方的语气所造成。"我越是注视，就越是走样，"瓦雷里说，"或者不如说我已换了个观察对象。"我们以为我们想起了我们童年时代的一段往事，事实上我们想起的是别人对这段往事的叙述。

在所有的人身上都有装假的一面。我们不仅为别人演一个角色，而且也为自己演一个角色。我们需要这样继续扮演下去，这就要求我们把不是出自我们本能的行动强加给自己。一切伦理道德都是建立在更为执拗的第二天性上的，因此每一个人都是一个合成的人物。完完全全的坦率就在于把两种角色都描写出来。但是它们是矛盾的，所以作家很难照办。司汤达在他的主人公身上以及在他本人的日记里很好地向我们说明了这种疯狂和逻辑的混合，而作品里的这种交替出现要比在生活中更为常见。除本性外，如不强加给它更多的其他的性格，那还叫艺术吗？

事实上一种忏悔只能是一篇传奇故事。要是回忆录的作者是诚实的，在能回忆得起以及正确的叙述下，作品的事实就会和历史的真实完全一致，但感情则是想象的产物。卢梭的《忏悔录》是骗子无赖冒险小说里最好的一部。一切传奇性的素材他都具备：一个放任自流的少年，多种多样的环境，各种性格的人和众多的场面，谈情说爱和旅行，对社会缓慢的认识过程——年过四十而对它还几乎一无所知——，就是这些素材塑造出一个伤感的吉尔·布拉斯，而卢梭在这些方面是什么都不缺的。

奇怪的是，他竟要求他书里描绘的那些往昔的感情要比描绘的事实更真实。

> 我很可能漏掉一些事实，某些事张冠李戴，某些日期
> 错前倒后；但是，凡是我曾感受到的，我都不会记错，我的
> 感情驱使我做出来的，我也不会记错；而我所要写出的，
> 主要也就是这些。我的《忏悔录》的本旨，就是要正确地
> 反映我一生的种种境遇，那时的内心状况……

据上所述，可以做出这样的假定：人能认识他的内心世
界，并能把它和外界区别开，但有不是来自感知的思想存在。
所有这一切我根本不信。卢梭的真实并不见于他的反省，而
见于他以极其蔑视的口吻讲述出来的那些事实上。

讲述自己生平的人在描绘自己时，总以自己的方式不知
不觉地，而且不由自主地重述相似的处境。司汤达曾不离安
日拉·比埃特拉格吕安的左右，但他又去拜倒在梅拉妮·罗
爱松的脚下；卢梭在和华伦夫人、克洛德·阿奈形成三人同居
的男女关系之后，又去和圣朗拜尔和乌德托夫人重建三角恋
爱关系。他的很多行为是因为他的身体有缺陷而造成的，他
的膀胱病使他怕见人。对于他的被迫节欲，他有一套理论。
他为"如此热烈的情欲和一颗专为爱情跳动的心居然从没有
热爱过某个女人"而感到惊奇。然而他无意中向我们作了解
释："这一残疾是使我远离集体并阻止我把自己关在女人家
里的主要原因……"有一次他和一个讨他喜欢的女人相会，
仅仅这一想法就使他处于一种难以想象的状态，以致在赴约
时已疲惫不堪。让-雅克不健康的身体使他遭到不幸，而我
们却从他那里得到了《忏悔录》和《新爱洛伊丝》。"一个作家
在自己力所能及的情况下，从不公正的命运那里得到了

补偿。"

　　人的思想若能相当客观,使其能以其他已知条件对自以为在自己身上发现的感情加以修正,这样认识自己才有可能。这些条件是:他的出身、童年、阶级以及这些环境使他形成的成见,他的身体状况及由此而受到的局限,使他产生种种反应和欲望的环境,他所生活的时代以及这一时代里的人的癖好、迷恋和迷信等。我们可以设想,台斯特先生①就这样剔除了所有在他身上而又不算是他的东西。但是这么做之后他还能剩下什么呢? 对自己的真正认识不就是对世界或上帝的认识吗?

　　对卢梭的情欲来说,有好几处值得我们注意。他从童年时代起,对女人就有这种真正的强烈的兴趣。当他沐浴在温馨的感情里时,这一兴趣就使他的叙述充满诗意。再也没有什么能比他在《忏悔录》第四章里描写他和葛莱芬丽小姐和加蕾小姐一起散步,并因此得到纯洁的精神上的满足那一段文字更美的了:

　　　　我们在佃户的厨房里吃午饭,两位女友坐在一张长桌子两头的凳子上,她们的客人坐在她们中间的一只三条腿的小圆凳上。这是多么美的一顿午餐啊! 这又是多么迷人的一段回忆啊! 一个人付出那么一点点代价就能享受那样纯洁、那样真实的快乐,何必还去寻找别的欢乐

　　① 台斯特先生是法国诗人瓦雷里的散文集《台斯特先生》中的一个奇特的人物,是作者想象出来的。台斯特要消灭一切形之于外的表情,廓清心中的一切思念,单凭逻辑去发现思维的规律。

呢？就是在巴黎的任何地方也不会吃到这样的午餐。我这话不单单指它带来的欢乐与甜蜜，也是指肉体上的享受。

午饭后，我们采取了一项节约措施：我们没喝掉早餐留下的咖啡，而把咖啡跟她们带来的奶油和点心一起留待下午吃茶的时候。为了促进我们的食欲，我们还到果园里去用樱桃来代替我们午餐的最后一道点心。我爬到树上，连枝带叶地一把把往下扔樱桃，她们则用樱桃核隔着树枝向我扔来。有一次，加蕾小姐张开了她的围裙，向后仰着脑袋，拉好等着接的架势，而我瞄得那样准，正好把一束樱桃扔到她的乳房上。当时我们是怎样哈哈大笑啊！我自己心里想："为什么我的嘴唇不是樱桃！要是把我的两片嘴唇也扔到那同样的地方，那该有多美啊！"

在第二章里他和巴西勒太太纯真的爱情也毫不逊色：

（我）在她跟前尝到了不可言喻的甜蜜。在占有女人时所能感到的一切，都抵不上我在她脚前所度过的那两分钟，虽然我连她的衣裙都没有碰一下。是的，任何快乐都比不上一个心爱的正派女人所能给予的快乐。在她跟前，一切都是恩宠。手指的微微一动，她的手在我嘴上的轻轻一按，都是我从巴西勒太太那里所得到的恩宠，而这点轻微的恩宠现在想起来还使我感到神魂颠倒。

圣勃夫有充分理由来赞赏卢梭就他与华伦夫人的第一次相见所作的迷人的叙述以及它给法国文学带来的新气象。这些篇页向凡尔赛的女读者展示了一个她们前所未知的充满阳光和清新气息的世界，尽管这一世界就近在咫尺。

"这些篇页提供了敏感和本性相结合的例子,其中触及情欲的那一小点也是为使我们最终摆脱爱情和唯灵论的十足玄学论调所许可而必不可少的……"但是他感到遗憾的是,一个能描绘如此纯洁的精神满足的作家,一个能有这种情感的人竟如此缺乏高雅情趣,致使读者在读到那个令人厌恶的摩尔人、那个里昂教士或朗拜尔西埃小姐的文字时为他惋惜不已。还有,当华伦夫人已成为他的情妇时,为什么还称她为"妈妈"?

圣勃夫,这位高雅之士,今天人们已不再有此教养,对这类错误以及"正派人不说而且也根本不知的某些下流的脏话"是用卢梭当过仆人因而学来了这些字眼来解释的。对"一个有过许多阅历的人来说,当他说出那些丑恶和卑鄙的事时是不会感到恶心的"。现在我们改变了所有这一切,谈吐的下流已不复为某种身份的人所专有。卢梭激起十九世纪这位批评家反感的大胆,今日看来,似尚嫌不足。

卢梭和他的仿效者居然把任何男人都知道、任何女人想必也知道的事都坦率地说出来,这是不是该引以为憾呢?对在主要之事上保持沉默的这一坦率加以称颂,而对如实地描绘人的真实情况的坦率感到愤怒,这是虚伪的。性欲方面的直言不讳产生了一种诱惑力,使读者通过联想也有了性欲,这种诱惑力还加强了他和读者间的一种友好感情。在另一个人,而且在一个伟人身上去发现他有情欲,有时还是些已经养成的或至少他曾很想去尝试的反常的性行为,这就使读者对他产生信任,他压抑在心底的东西全都发泄出来了。这就是胜利,但同时也是危害。使整整一个时代弥漫着淫荡的气氛,从来都不是健康的。厚颜无耻的时代是堕落的时代。爱里奥加巴尔①时代的罗马使人怀念卡图②时代的罗马。过分的贞洁可以引起痛苦的压抑,过度的放纵导致无休止的邪念。所以卢梭的情况,多少是有点因性而引起的精神失常的。

这种失常情况,就像大多数精神病一样,几乎整个都是想象的产物,因为他整个一生只和少数几个女人发生过性的关系,如华伦夫人、拉尔纳热夫人、帕多瓦姑娘、克鲁卜飞尔介绍给他的"小女孩"、戴莱丝·勒·瓦瑟,我相信这些就是所有的相好了。不过搞女人最多的人并不是那些谈情说爱最多的人。卢梭过多地谈情说爱,这就激怒了他的朋友,因为他向他们宣扬了他所信奉而从不付诸实施的道德说教。为了了解整个上流社会和两个教派③对卢梭的严重敌对情绪,必须回忆一下一七五〇年时使他突然成为红人的哲学。他,一个聪明的公民④,一个与道德为伍的朋友,一个对不纯洁的享乐的蔑视者,一个文明的敌人,征服了巴黎。接着,这个戏剧的反对者却为宫廷写了一部歌剧。这个骄傲的共和主义者,尽管自己反对这样做,却仍接受了蓬巴杜尔夫人赐予的五十个路易。这个夫妇之爱的宣传捍卫者,却诱奸了一个很年轻的姑娘并与之同居⑤,过着不道德的生活。这位发表最著名的教育论文的作者却把自己的五个孩子全送进了育婴堂,或者至少还为此而夸耀。他就这样给自己的敌人提供了致命的武器。

<hr>

① 爱里奥加巴尔(204—222),二一八年至二二二年为罗马皇帝。他强迫人民信奉叙利亚的太阳神,后被刺死。
② 卡图(公元前234—前149),罗马政治家,擅长雄辩,公元前一八四年任谏官,极力反对罗马的穷奢极侈。
③ 指天主教和新教。
④ 卢梭是日内瓦共和国的公民。
⑤ 原文如此,但与事实不符。见本书第416页。

他有敌人,《忏悔录》的整个第二部是卢梭针对敌人的诬蔑竭力在为自己辩解。《忏悔录》开头的六章一直写到一七四一年,是在英国伍顿写成的,成功地描绘了他当学徒的那些年月。后来的六章是相隔两年之后,从一七六七年到一七七〇年在多菲内及特利陆续写成的。故事讲到一七六六年就停止了,那一年卢梭同时受到法国、日内瓦和伯尔尼方面的迫害,于是他决定到英国去避难。《忏悔录》的第二部叙述他开始在巴黎的活动,和戴莱丝·勒·瓦瑟的同居,文学生涯的开始,和乌德托夫人的充满爱情的友谊以及这一热情所引起的不良后果。

在这第二部里,大家还可以读到一些优美的片断。当卢梭应埃皮奈夫人的邀请到退隐庐时所感到的欢乐,他又重新回到了那欢迎他、爱他的大自然的怀抱里,重新看到青翠的颜色、花朵、树木和湖泊;在这幸福的使人心醉神迷的环境的影响下产生了朱丽;他对这位窈窕姑娘——他的精神的产儿——的热爱;他和乌德托夫人的散步,最初几次相会时的传奇性色彩,在小树林里的夜间会晤;所有这一切都非常迷人,出现了如同他在沙尔麦特时那样美的画面。

但是慢慢地在这些篇章里出现了怨恨的情绪。在夏日的芳香里渗进了一种窥探的气息。卢梭自以为受到一个神秘的阴谋集团的迫害:

> 黑暗的樊篱从此开始了,八年来,我就一直禁锢在这个牢笼里,不论我用什么办法都没能刺透它那骇人的黑影……

这是不是一种受害后的病态心理?无病呻吟?评论家们

长期以来一直作如此想,因为卢梭的敌手,他们都是些文人和有权势的人,都享有身后声誉。我们要是读了亨利·吉尔敏的《一个人,两个影子》的话,也就不会怀疑卢梭是有不共戴天的仇人的,他们为了种种不同的理由,齐心协力,非置他于死地不可。

低微、不幸、默默无闻、但又很有独特见解的他,在近四十岁时才初露头角。闻名一时的妇女骄傲地发现了一个新的天才,于是成功便接踵而来,这就是为什么男人很难原谅他的原因了。格里姆、狄德罗,这些卢梭以为是他最忠实的朋友的人,已经听够了别人对他的赞颂。格里姆是恶毒的,狄德罗倒不是那样一个人,但他不能原谅卢梭是个基督教徒。百科全书派没有动摇这位日内瓦公民的信仰,相反使它变得更为坚定,这对整个教派和教义宣传来说都是极其危险的。要是他当初曾坚定地依附两大教派中的一派的话,至少基督徒会支持他,然而起初是新教徒,继而改宗天主教,接着又皈依新教。他声称这是一种纯属个人的信仰,一种摆脱"无甚价值的文辞"的和萨瓦助理司铎的信条一样的信仰。这种独立性值得敬佩然却危险,所以耶稣会教士和大臣们就联合起来反对他了。

轮到妇女了。当时也相当有势力,她们因他谈到她们时的亲切口吻而长期保护他、奖励他。他成功地使她们变成奴隶。她们请他为她们消愁解闷,要他去做伴,然而他却喜欢独自散步,陷入沉思,而不愿成为贵妇人小客厅里的装饰品。他的残疾使他不适合担任一些难以胜任的职务,如奉承者或得宠者那类角色。埃皮奈夫人待他很好,然而他竟爱上了她的小姑子乌德托夫人,并且还让她看出这一爱情,从而极其严重地伤害了她。他又很天真,居然把这一隐情透露给他以为是自己朋友的狄德罗,而事实上狄德罗早已不是他的朋友了。没有什么能比一个曾是朋友的人更为恶毒的了,为了证明自己在一件明知是坏事的事里是清白的,他就把自己出卖的一切恣意抹黑。狄德罗滥用了别人对他的信任,而格里姆则耍手腕,使一切都激化了。乌德托夫人,虽说是他的情人,也对这位柏拉图式的同时又守不住秘密的情人感到厌倦,因为这是两种不可饶恕的错误。卢梭突然发现,这个过去对他显得如此迷人的小集团现在却在激烈反对他,必须离开退隐庐了,这是一大悲剧。读着这个故事,大家会想起巴尔扎克笔下那个可怜的杜尔本堂神父,他也是一个多种深仇大恨的牺牲品。

剩下的可能只有沉默了。一束束信件、对霍尔巴赫小集团所作的焦虑的分析、伯尔尼或特拉维尔那些地方的人的褊狭心胸,文学史家对这一切都有一定的兴趣。对热心的读者来说,《忏悔录》的魅力在第十二章里消失了。但是这类读者对让-雅克既不会失去敬仰,也不会稍减赞赏。作品在结束时也像开始时一样,有一段真诚的告白:

> 我说的都是真话;如果有人知道有些事情和我刚才所叙述的相反,哪怕那些事情经过了一千次证明,他所知道的也只是谎言和欺骗。如果他不肯在我在世的时候和我一起深究并查明这些事实,他就是不爱正义,不爱真理。我呢,我高声地、无畏地声明:将来任何人,即使没有读过我的作品,但能用他自己的眼睛考查一下我的天性、性格、操守、志趣、爱好、习惯以后,如果还相信我是个坏人,那么他自己就是一个理应掐死的坏人。……

有一切理由这样想：卢梭在人类思想存在的缺点所许可的限度里说出了真话——他的真话。

远方　译

"外国文学名著丛书"书目

第 一 辑

书　名	作　者	译　者
伊索寓言	〔古希腊〕伊索	周作人
源氏物语	〔日〕紫式部	丰子恺
堂吉诃德	〔西班牙〕塞万提斯	杨　绛
泰戈尔诗选	〔印度〕泰戈尔	冰　心　石　真
坎特伯雷故事	〔英〕杰弗雷·乔叟	方　重
失乐园	〔英〕约翰·弥尔顿	朱维之
格列佛游记	〔英〕斯威夫特	张　健
傲慢与偏见	〔英〕简·奥斯丁	王科一
雪莱抒情诗选	〔英〕雪莱	查良铮
瓦尔登湖	〔美〕亨利·戴维·梭罗	徐　迟
欧·亨利短篇小说选	〔美〕欧·亨利	王永年
特利斯当与伊瑟	〔法〕贝迪耶	罗新璋
巨人传	〔法〕拉伯雷	鲍文蔚
忏悔录	〔法〕卢梭	范希衡 等
欧也妮·葛朗台 高老头	〔法〕巴尔扎克	傅　雷
雨果诗选	〔法〕雨果	程曾厚
巴黎圣母院	〔法〕雨果	陈敬容
包法利夫人	〔法〕福楼拜	李健吾
叶甫盖尼·奥涅金	〔俄〕普希金	智　量
死魂灵	〔俄〕果戈理	满　涛　许庆道

书　名	作　者	译　者
波斯人信札	〔法〕孟德斯鸠	罗大冈
伏尔泰小说选	〔法〕伏尔泰	傅　雷
红与黑	〔法〕司汤达	张冠尧
幻灭	〔法〕巴尔扎克	傅　雷
莫泊桑中短篇小说选	〔法〕莫泊桑	张英伦
文字生涯	〔法〕让-保尔·萨特	沈志明
局外人　鼠疫	〔法〕加缪	徐和瑾
契诃夫小说选	〔俄〕契诃夫	汝　龙
布宁中短篇小说选	〔俄〕布宁	陈　馥
一个人的遭遇	〔苏联〕肖洛霍夫	草　婴
少年维特的烦恼	〔德〕歌德	杨武能
德国，一个冬天的童话	〔德〕海涅	冯　至
绿衣亨利	〔瑞士〕戈特弗里德·凯勒	田德望
斯特林堡小说戏剧选	〔瑞典〕斯特林堡	李之义
城堡	〔奥地利〕卡夫卡	高年生

第 三 辑

埃斯库罗斯悲剧二种	〔古希腊〕埃斯库罗斯	罗念生
索福克勒斯悲剧二种	〔古希腊〕索福克勒斯	罗念生
欧里庇得斯悲剧二种	〔古希腊〕欧里庇得斯	罗念生
神曲	〔意大利〕但丁	田德望
西班牙流浪汉小说选	〔西班牙〕克维多 等	杨　绛 等
阿拉伯古代诗选	〔阿拉伯〕乌姆鲁勒·盖斯 等	仲跻昆
列王纪选	〔波斯〕菲尔多西	张鸿年
蕾莉与马杰农	〔波斯〕内扎米	卢　永
莎士比亚喜剧五种	〔英〕威廉·莎士比亚	方　平
鲁滨孙飘流记	〔英〕笛福	徐霞村

书 名	作 者	译 者
月亮与六便士	〔英〕威廉·萨默塞特·毛姆	谷启楠
萧伯纳戏剧三种	〔爱尔兰〕萧伯纳	潘家洵 等
红字 七个尖角顶的宅第	〔美〕纳撒尼尔·霍桑	胡允桓
汤姆叔叔的小屋	〔美〕斯陀夫人	王家湘
白鲸	〔美〕赫尔曼·梅尔维尔	成 时
马克·吐温中短篇小说选	〔美〕马克·吐温	叶冬心
老人与海	〔美〕欧内斯特·海明威	陈良廷 等
愤怒的葡萄	〔美〕斯坦贝克	胡仲持
蒙田随笔集	〔法〕蒙田	梁宗岱 黄建华
悲惨世界	〔法〕雨果	李 丹 方 于
九三年	〔法〕雨果	郑永慧
梅里美中短篇小说选	〔法〕梅里美	张冠尧
情感教育	〔法〕福楼拜	王文融
茶花女	〔法〕小仲马	王振孙
都德小说选	〔法〕都德	刘 方 陆秉慧
一生	〔法〕莫泊桑	盛澄华
普希金诗选	〔俄〕普希金	高 莽 等
莱蒙托夫诗选	〔俄〕莱蒙托夫	余 振 顾蕴璞
罗亭 贵族之家	〔俄〕屠格涅夫	陆 蠡 丽 尼
日瓦戈医生	〔苏联〕帕斯捷尔纳克	张秉衡
大师和玛格丽特	〔苏联〕布尔加科夫	钱 诚
茨威格中短篇小说选	〔奥地利〕斯·茨威格	张玉书 等
玩偶	〔波兰〕普鲁斯	张振辉
万叶集精选	〔日〕大伴家持	钱稻孙
人间失格	〔日〕太宰治	魏大海

第 五 辑

书　名	作　者	译　者
泪与笑　先知	〔黎巴嫩〕纪伯伦	冰　心　等
华兹华斯 柯尔律治诗选	〔英〕华兹华斯　柯尔律治	杨德豫
济慈诗选	〔英〕约翰·济慈	屠　岸
汤姆·索亚历险记	〔美〕马克·吐温	张友松
大街	〔美〕辛克莱·路易斯	潘庆舲
田园三部曲	〔法〕乔治·桑	罗　旭　等
金钱	〔法〕左拉	金满成
果戈理小说戏剧选	〔俄〕果戈理	满　涛
奥勃洛莫夫	〔俄〕冈察洛夫	陈　馥
谁在俄罗斯能过好日子	〔俄〕涅克拉索夫	飞　白
亚·奥斯特洛夫 斯基戏剧六种	〔俄〕亚·奥斯特洛夫斯基	姜椿芳　等
复活	〔俄〕列夫·托尔斯泰	草　婴
静静的顿河	〔苏联〕肖洛霍夫	金　人
谢甫琴科诗选	〔乌克兰〕谢甫琴科	戈宝权　任溶溶
维廉·麦斯特的学习时代	〔德〕歌德	冯　至　姚可崑
叔本华随笔集	〔德〕叔本华	绿　原
艾菲·布里斯特	〔德〕台奥多尔·冯塔纳	韩世钟
豪普特曼戏剧三种	〔德〕豪普特曼	章鹏高　等
铁皮鼓	〔德〕君特·格拉斯	胡其鼎
加西亚·洛尔卡诗选	〔西班牙〕加西亚·洛尔卡	赵振江
你往何处去	〔波兰〕亨利克·显克维奇	张振辉
显克维奇中短篇小说选	〔波兰〕亨利克·显克维奇	林洪亮
裴多菲诗选	〔匈〕裴多菲	孙　用
轭下	〔保〕伐佐夫	施蛰存